# De jacht op

*Eerder verschenen van Tom Clancy*

De Colombia Connectie
Operatie Rode Storm
Kardinaal van het Kremlin
Ongelijke strijd
Golf van ontzetting
De meedogenlozen
Ereschuld
Uitstel van executie
Het uur van de waarheid
SSN
SSN-pakket (boek + cd-rom)

*Tom Clancy's Net Force*-serie
*Tom Clancy's Op-Center*-serie
*Tom Clancy's Power Plays*-serie
*Tom Clancy's Netforce Explorers*-serie

Tom Clancy

# De jacht op de Red October

Zwarte Beertjes

*Oorspronkelijke titel*
The Hunt for Red October

*Vertaling*
Thomas Mass en Rein van Essen


ISBN 90 449 2626 8
NUGI 331

Derde druk, februari 2000

Voor Ralph Chatham, een duikbootcommandant die de waarheid sprak, en voor iedereen die het embleem van de dolfijn droeg.

# De eerste dag – vrijdag 3 december

*De Red October*

Kapitein eerste rang Marko Ramius was gekleed op het poolklimaat dat rond de noordelijke duikbootbasis Poljarny heerste. Vijf lagen wol en oliejas beschermden hem. Een smerige sleepboot duwde de kop van zijn onderzeeër naar het noorden, in de richting van het kanaal. Het dok waarin de *Red October* twee eindeloos lange maanden had gelegen was nu een met water gevulde betonnen doos, een van de vele die de Noordelijke Vloot had gebouwd om de raketboten voor het geweld van de elementen te behoeden. Op de kade stonden matrozen en arbeiders in koele bewondering naar de afvaart te kijken, zonder te juichen of te zwaaien.

'Langzaam vooruit, Kamarov,' beval Ramius. Terwijl de sleepboot uit de weg ging, keek hij naar achteren, waar de twee bronzen schroeven het water in beroering brachten. De kapitein van de sleepboot zwaaide. Ramius beantwoordde zijn groet. De *Red October*, een onderzeeër uit de Typhoonklasse, ging op eigen kracht op weg naar de voornaamste vaarroute door de Kola Fjord.

'Daar is de *Purga*.' Gregori Kamarov wees naar de ijsbreker die hen naar open zee zou brengen. Ramius knikte. De twee uur varen door de fjord was een kwestie van geduld, niet van stuurmanskunst. Het late najaar was verrassend zacht geweest, met nauwelijks sneeuwval van betekenis, tot een geweldige storm een week voor de afvaart de streek rond Moermansk had geteisterd en grote stukken van het poolijs had afgebroken.

Het woelige water, opgezweept door de stevige noordenwind, golfde over de ronde boeg en het uitgestrekte lanceerdek. De groezelige laag olie, afkomstig van de talloze schepen in de fjord, loste in het koude water nauwelijks op en vormde op de rotsige oevers een donkere rand alsof een vuile reus hier een bad had genomen. Ramius lachte grimmig bij het idee. Als kind was hij vaak meegevaren met vissersboten, zodat hij wist wat het was om een met de natuur te zijn, maar de Russische reus bekommerde zich nauwelijks om de troep waarmee hij het aangezicht van de aarde bezoedelde.

'Vermogen opvoeren tot een derde,' zei hij. Kamarov herhaalde de order door de telefoon. Hij was aangesteld als navigator, nadat hij de laatste jaren dienst had gedaan als loods op de oorlogsschepen die in de fjord hun basis hadden. De twee officieren hielden een waakzaam oog gericht op de gepantserde *Purga*, waar zich op het achterdek verschil-

lende bemanningsleden hadden verzameld. Stampvoetend tegen de kou sloegen ze de eerste afvaart van de *Red October* gade; het was weer eens wat anders dan de dagelijkse sleur.
'Zo, kameraad, we zijn weer op weg om ons *Rodina* te verdedigen!' Kapitein tweede rang Iwan Joerievitsj Poetin stak zijn hoofd door de luikopening – zoals gewoonlijk zonder toestemming – en klom onhandig als een landkwab de kleine toren in. Poetin was de politieke officier, de *zampolit*. Alles wat hij deed was gericht op het dienen van zijn Rodina, het Moederland – voor veel Russen een mystiek geladen begrip en samen met Lenin de communistische versie van een opperwezen.
'Wat je zegt, Iwan,' antwoordde Ramius opgewekter dan hij zich voelde. 'Twee weken op zee, waar we thuishoren. Een zeeman houdt er niet van in dok te liggen en lastig gevallen te worden door bureaucraten en arbeiders met smerige laarzen. En we zullen het warm krijgen.'
'Vind je het dan koud?' vroeg Poetin ongelovig.
Ramius bedacht voor de zoveelste keer dat Poetin de volmaakte politieke commissaris was. Hij sprak altijd wat te luid, zijn grapjes waren gezocht en hij liet je nooit vergeten wat je plaats was. Poetin kon intimideren als de beste.
'Dat krijg je als je zolang een duikboot gewend bent geweest; je houdt van normale temperaturen en vaste grond onder je voeten.'
Poetin negeerde de bedekte belediging. Zijn missie aan boord van een oppervlakteschip was plotseling afgebroken omdat hij zijn zeeziekte niet kon overwinnen. Daarentegen kon hij heel goed tegen de benauwde ruimte in een onderzeeër.
'Ach, Marko Aleksandrovitsj, in Gorki bloeien de bloemen op zo'n mooie dag als vandaag!'
'En wat voor bloemen mogen dat wel zijn, kameraad?' Ramius liet zijn verrekijker over de horizon gaan. Zelfs op het middaguur kwam de zon er amper bovenuit. De klippen waren in paarse schaduwen gehuld.
'Sneeuwbloemen natuurlijk!' antwoordde Poetin lachend. 'Vrouwen en kinderen krijgen blozende wangen, je adem maakt wolkjes in de lucht en de wodka smaakt beter dan ooit. Ach, Gorki is een prachtige stad.'
De idioot moet bij een reisbureau gaan werken, dacht Ramius. Zelf was hij twee keer in Gorki geweest en hij vond het een typisch Russische stad met lelijke gebouwen, vuile straten en slecht geklede voorbijgangers. In de winter ging het nog, door de sneeuw die alle troep overdekte. Ramius bewaarde betere herinneringen aan het kustplaatsje in Litouwen waar hij opgegroeid was, met de rijke gevels die

aan de Hanzetijd deden denken.
Het was trouwens heel ongewoon dat iemand van zijn afkomst het bevel over een marineschip voerde. Marko's vader Aleksandr was een toegewijd communist geweest en een trouw volgeling van Stalin. Na de Russische bezetting van Litouwen in 1940 had hij dissidenten, winkeliers, priesters en andere gevaarlijke elementen laten deporteren. Hij vocht heroïsch tegen de Duitse invallers en later ook bij Leningrad. In 1944 keerde hij in de voorhoede van het leger terug naar zijn geboorteland om zich bloedig op alle collaborateurs te wreken. Hij had zich een ware held van de Sovjetunie betoond, en Marko schaamde zich diep. Zijn moeder was gestorven terwijl ze hem het leven schonk, waarna hij door zijn grootmoeder in Litouwen werd grootgebracht. Na de oorlog klom Aleksandr op tot het Centrale Partijcomité in Wilnioes en Moskou, en zijn lidmaatschap van het Politbureau werd alleen verijdeld door de hartaanval die een eind aan zijn leven maakte.
Marko's schaamte was maar gedeeltelijk. Hij had zijn huidige positie aan zijn vader te danken en dat zou hem in staat stellen zichzelf en zijn duizenden vermoorde landgenoten op de Sovjetunie te wreken.
'Waarom is het toch, kameraad kapitein,' vroeg Poetin, 'dat je ons Rodina zo graag verlaat om naar zee te gaan?'
Ramius glimlachte achter zijn kijker. 'Een zeeman heeft één vaderland, Iwan Joerievitsj, maar twee vrouwen. Dat zul je nooit begrijpen. Ik ben op weg naar mijn tweede vrouw, de koele en harteloze die meester is over mijn ziel.' Ramius zweeg en zijn glimlach verdween. 'Mijn enige vrouw.'
Ook Poetin wist een ogenblik niets te zeggen. Hij was erbij geweest toen de kist van glanzend hout in het crematorium begon te zakken. De dood van Natalia Bogdanova Ramius had Poetin tot echte tranen bewogen, al was het voor hem slechts de wil van een onverschillige god wiens bestaan hij in het openbaar ontkende. Ramius zelf zag er veel meer de wil van de staat in. Een nodeloze en afschuwelijke misdaad die om wraak schreeuwde.
'IJsschotsen,' zei de uitkijk.
Kamarov keek naar voren. 'Het zijn maar losse stukken aan stuurboord. Afgebroken van de gletsjer, denk ik. We hebben genoeg ruimte.'
'Schipper!' klonk het blikkerig door de luidspreker in de toren. 'Bericht van het hoofdkwartier.'
'Laat maar horen.'
'Oefengebied vrijgegeven. Geen vijandelijke vaartuigen in de nabijheid. Vaarplan volgens orders. Getekend: Korov, vlootcommandant.'

'Bedankt,' zei Ramius. 'Zo, er zijn dus geen *Amerikantsi* in de buurt...'
'Twijfel je aan de woorden van de commandant?' vroeg Poetin onmiddellijk.
'Ik hoop dat hij gelijk heeft,' antwoordde Ramius, openhartiger dan zijn politieke officier lief kon zijn. 'Maar je weet hoe het is.'
Poetin schuifelde heen en weer. Misschien begon hij de kou te voelen.
'Die Amerikaanse 688-duikboten, Iwan, weet je nog wat onze spion daarover vertelde? Die dingen zijn stil genoeg om een walvis een beurt te geven voor het beest er erg in heeft. Ik vraag me af hoe onze man dat te horen is gekomen. Misschien was het een mooie knaap, opgevoed in het decadente westen, slank en blond zoals de imperialisten hun vrouwen graag zien...' Poetin lachte instemmend. 'In elk geval zijn het gevaarlijke duikboten, net als die nieuwe Britse Trafalgars.'
'Technisch zijn ze goed op de hoogte, kameraad,' zei Poetin, 'maar laat je niet voor de gek houden. Wij kunnen het beter.'
Ramius knikte peinzend. Een zampolit moest altijd wel iets weten van het schip waar hij op meevoer, zoals de Partij voorschreef.
'Hebben de boeren van Gorki je nooit gezegd dat het juist de onzichtbare wolven zijn die je moet vrezen, Iwan? Maar je hebt gelijk, ik denk dat onze boot hun nog een lesje kan leren.'
Poetin klopte hem vriendschappelijk op de schouder. 'De *Red October* is in de beste handen, zoals ik al tegen mijn meerderen heb gezegd.'
De smeerlap, dacht Ramius. Laat mijn mensen maar goed merken dat *jij* hier de lakens uitdeelt, al kan je zelf nog geen rubberboot over een kinderbadje krijgen. Jammer dat je niet lang genoeg zult leven om die woorden in te slikken.
De aanzwellende deining werd op de smalle toren steeds sterker voelbaar, en ten slotte zocht Poetin een excuus om naar beneden te gaan. Ramius en Kamarov glimlachten naar elkaar. Zeebenen had de zampolit nog steeds niet.
Het volgende uur ging snel voorbij. Het water werd ruwer naarmate ze open zee naderden. Ramius keek naar de schommelende ijsbreker. Zelf had hij alleen op onderzeeërs gevaren, waar meer comfort en ook meer risico aan verbonden was. Aan dat laatste was hij intussen gewend, en zijn jarenlange ervaring zou hem op deze missie goed van pas komen.
'Boei in zicht, kapitein.' Kamarov wees naar een rood licht dat hevig op de golven danste.
'Wat is de diepte?' vroeg Ramius door de brugtelefoon.
'Honderd meter onder de kiel, kapitein.'
'Snelheid opvoeren tot twee derde, tien graden bakboord.' Ramius

keek naar zijn luitenant. 'Sein onze koersverandering door aan de *Purga*. En dan maar hopen dat hij niet de verkeerde kant opgaat.'
De dertigduizend ton zware duikboot verzette zich tegen de versnelling en duwde de boeggolf op tot een muur van water die een ogenblik bleef staan en vervolgens schuimend over het dek spoelde. De *Purga* week uit naar stuurboord om de onderzeeër te laten passeren.
Ramius keek achterom naar de klippen rond de fjord, duizenden jaren geleden gevormd onder de gestage druk van enorme gletsjers. Hoe vaak in zijn twintigjarige loopbaan bij de Noordelijke Vloot had hij niet naar die brede inham gekeken? Dit zou hoe dan ook de laatste keer zijn. Ramius besefte dat de afloop van zijn missie hem niet werkelijk kon schelen. Misschien had zijn grootmoeder gelijk gehad met haar verhalen over God en de beloning voor een goed leven. Hij hoopte van wel – hij zou graag geloven dat Natalia niet echt dood was. In elk geval had hij elke terugweg afgesneden met de brief die hij vanuit de haven had verstuurd.
Ramius keek op zijn horloge. 'Kamarov, sein aan de *Purga*: "Duiken om 1320 uur. Oefening VROEGE WINTER volgens plan begonnen."'
Kamarov gaf de boodschap door met de seinlamp bij het luikhoofd. De *Purga* antwoordde onmiddellijk: 'Laat de walvissen je niet opvreten! Behouden vaart, *Red October*.'
Ramius gaf de radiokamer opdracht hetzelfde bericht aan het hoofdkwartier in Seweromorsk te sturen. Daarna zocht hij verbinding met de controlekamer.
'Diepte onder de kiel?'
'Honderdveertig meter, kapitein.'
'Klaarmaken om te duiken.'
Ramius stuurde de uitkijk en Kamarov naar beneden en liet voor het laatst zijn blik over de horizon dwalen. De zon was vaag zichtbaar tegen de loodgrijze hemel, het zwart van de zee slechts hier en daar doorbroken door witte kruintoppen. Ramius had graag met een opwekkender uitzicht afscheid van deze wereld genomen.
Hij sloot het luik zorgvuldig boven zijn hoofd en liet zich via de ladder acht meter zakken tot in de controlekamer. Een matroos deed het luik naar de drukcabine dicht en draaide het wiel met machtige slagen zover het ging.
'Gregori?' vroeg Ramius.
'Afsluiting voltooid,' antwoordde de navigator met een gebaar naar het controlepaneel. 'Alle systemen groen, compensatie ingezet.'
De kapitein liet zijn blik over de instrumenten gaan en knikte. 'Duiken.' Hij posteerde zich achter de periscoop terwijl Kamarov op een knop drukte en het schelle alarmsignaal liet weerklinken.
'Grote ballasttanks vol. Duikroeren uit, tien graden neer,' beval Ka-

marov. De kapitein liet de operatie met een gerust hart aan zijn luitenant over. Kamarov had al vaker bewezen zijn vertrouwen volledig waard te zijn.
De kleppen van de ballasttanks werden geopend en het instromende water verdreef de lucht onder een hevig geruis. Ramius stelde de periscoop in en zag het zwarte water schuimend in beroering komen. De *Red October* was het grootste en modernste schip dat hij ooit had gecommandeerd, met een groot vermogen en een nieuw voortstuwingssysteem dat zowel Amerikaanse als Russische achtervolgers kon misleiden, maar door haar omvang steeg en daalde ze even traag als een verlamde walvis.
'Periscoop neer,' zei Ramius eindelijk. Hij stapte bij het instrument vandaan.
'Veertig meter,' zei Kamarov.
'Horizontaal op honderd meter.' Ramius keek naar de bezige bemanningsleden. De helft kwam bij wijze van spreken zó van het platteland; voor hen was het de eerste duik. Hij zag enkelen bleek worden toen de romp onder de toenemende druk van het water begon te kraken.
Tien minuten later kwam de onderzeeër precies op honderd meter diepte horizontaal te varen. 'Mooi werk, Gregori. Jij houdt het bevel. Snelheid afnemen tot een derde, en laat de passieve sonar in de gaten houden.' Ramius wenkte Poetin en maakte aanstalten om de controlekamer te verlaten.
En zo begon het.
De kapitein nam Poetin mee naar het officiersverblijf, een behoorlijke ruimte tussen de kombuis en de hutten van de officieren. De wanden waren geluiddicht en de deur kon op slot – niet alles wat hier besproken werd was voor de oren van het lagere personeel bestemd. Behalve een grote eettafel stond er een brandkast waarin de vaarorders werden bewaard, zodat niemand de gelegenheid zou hebben er ongemerkt een blik in te werpen. Ramius en Poetin kenden ieder een helft van de noodzakelijke cijfercombinatie om de safe te openen, hoewel Poetin ongetwijfeld de opdracht al kende en Ramius in elk geval de hoofdlijnen ervan.
De kapitein deed heimelijk de deur op slot terwijl Poetin zich met de thee bemoeide. Een blik op de klok aan de wand leerde hem dat hij nog een kwartier moest wachten voor hij de kluis mocht openen.
'Dat worden twee eenzame weken,' zei de zampolit, in zijn thee roerend.
'De Amerikanen houden het twee *maanden* uit, Iwan. Maar die hebben het dan ook veel comfortabeler.'
Ondanks haar grote omvang had de *Red October* de bemanning van

honderd matrozen weinig meer te bieden dan in het vooronder in hoeken en gaten weggestopte kooien. Alleen de vijftien officieren konden over behoorlijke hutten in het achterschip beschikken. Een groot deel van de ruimte binnen de dubbele romp werd in beslag genomen door raketten, torpedo's, de kernreactor, een omvangrijk dieselaggregaat en een hele rij nikkel-cadmiumbatterijen. De bemanning had de handen vol aan het in de vaart houden van de boot, die met haar geautomatiseerde systemen toch een van de modernste uit de Russische vloot was. Meer dan vier tot zes uur per etmaal rust was er voor de matrozen niet bij, wat Ramius goed van pas kwam, evenals het feit dat hij zijn voornaamste officieren zelf had kunnen uitkiezen.
'Zou jij twee maanden van huis willen zijn?' vroeg Poetin.
'Dat heb ik met diesels wel meegemaakt. Een duikboot hoort op zee, Iwan, om de imperialisten de schrik op het lijf te jagen. Dat bereik je niet door een groot deel van het jaar in de haven te blijven liggen, maar jammer genoeg houden onze matrozen het niet langer dan twee weken uit. Je zult het zien, als we terugkeren zitten we met een stelletje zielloze robots aan boord.' Wat precies was waar Ramius op speculeerde...
'En dat verandert zeker door ze in de watten te leggen, zoals de kapitalisten doen?' snoof Poetin.
'Een ware marxist is objectief, kameraad,' antwoordde Ramius scherp. 'Objectief gezien is alles wat onze missie bevordert goed, alles wat tegenwerkt slecht. Ongunstige omstandigheden zijn alleen te tolereren zolang onze mensen hun scherpte niet verliezen, maar dat gebeurt juist wel. Twee weken opgesloten zitten is al zwaar genoeg.'
'Voor jou niet, Marko,' grinnikte Poetin.
'Ik ben een zeeman, in tegenstelling tot het grootste deel van de bemanning. We hebben boerenzoons en arbeiders aan boord, Iwan, en daar zullen we het mee moeten doen. De jeugd is anders dan vroeger.'
'Dat is zeker waar,' beaamde Poetin. 'Maar jij legt je niet gauw ergens bij neer, kameraad. Mensen zoals jij dwingen de anderen tot grotere inspanning en vooruitgang.'
De twee mannen wisten heel goed dat de omstandigheden aan boord weinig van doen hadden met de reden waarom Russische onderzeeërs amper twee maanden in het jaar op zee varen. De *Red October* voerde zesentwintig SS-N-20 raketten mee, elk voorzien van acht afzonderlijk te richten kernkoppen van vijfhonderd kiloton, voldoende om meer dan tweehonderd steden in de as te leggen. In tegenstelling tot grondraketten en nucleaire bommenwerpers waren deze wapens, eenmaal op zee, niet meer te controleren door wie dan ook – behalve door de kapitein en zijn naaste officieren. Duikboten waren bestemd om buiten bereik te blijven. Alles kwam dus aan op de betrouwbaar-

heid van de bemanning, juist iets waar de politieke leiding weinig fiducie in had. Russische duikboten met kernwapens aan boord voeren daarom zelden uit, en dan altijd met een politieke officier om het doen en laten van de kapitein in de gaten te houden.
'En zou jij het twee maanden met die boerenzoons en arbeiders uithouden, Marko?'
'Zoals je weet werk ik het liefst met knapen die net met hun opleiding zijn begonnen, die hoeven minder af te leren. Dan kan ik tenminste echte zeelieden van ze maken, als je dat niet te veel op persoonsverheerlijking vindt lijken.'
Poetin stak lachend een sigaret op. 'Daar is in het verleden wel eens een opmerking over gemaakt, Marko, maar jij bent onze beste instructeur en je betrouwbaarheid staat buiten kijf.'
Het was waar: Ramius had inmiddels honderden bekwame officieren en matrozen afgeleverd.
'Je zou een van onze marinescholen moeten leiden, kameraad, daar komen je talenten heel wat beter tot hun recht.'
'Ik ben niet meer dan een zeeman, Iwan Joerievitsj, geen schoolmeester, laat ze zeggen wat ze willen. De wijze kent zijn beperkingen.' En de stoutmoedige grijpt zijn kansen. Op drie onderluitenants, die zijn orders even blindelings zouden opvolgen als de eerste de beste kadet, en de onbruikbare scheepsarts na had Ramius met alle officieren al eens gevaren. Hij wist wat hij deed.
De chronometer aan de wand wees vier glazen.
Ramius ging naar de brandkast en draaide het eerste cijferslot in de juiste combinatie, waarna Poetin zijn voorbeeld volgde. Behalve vier codeboeken en kaarten met doelcoördinaten bevatte de kluis een grote envelop. Ramius haalde die eruit en sloot de brandkast.
'En wat zijn onze orders denk je?' vroeg Ramius overbodig.
Poetin glimlachte. 'Een vaderlandslievende opdracht, kameraad.'
Ramius verbrak het zegel en las de vier bladen van de opdracht snel door. Het was een eenvoudige klus.
'Hm, we gaan onze collega's van de *Konowalov* opzoeken, van kapitein Toepolev. Ken je Viktor niet? Hij beschermt ons tegen eventuele imperialistische bemoeials en zal tevens vier dagen lang proberen ons op te sporen.' Ramius lachte. 'Dat zal hem niet meevallen. Onze eigen mensen kunnen de nieuwe aandrijving nog niet herkennen op de sonar, en ik denk niet dat de Amerikanen al zover zijn. Om het Viktor wat makkelijker te maken blijven we in een beperkt operatiegebied.'
'En je laat je niet vrijwillig opsporen?'
'Wat denk je wel?' snoof Ramius. 'Ik heb Viktor zelf opgeleid, maar de vijand krijgt niets cadeau! Toch heeft hij een redelijke kans. Het

gebied is beperkt tot negen segmenten, veertigduizend vierkante kilometer. We zullen eens zien wat hij heeft geleerd sinds hij onder mij op de *Soeslov* diende.'
'Vergis ik mij of stelt de opdracht je teleur?'
'Ach, nee. Een oefening met de *Konowalov* is een aardige afleiding.'
Smeerlap, dacht hij bij zichzelf, je wist precies wat onze orders waren – en Viktor Toepolev ken je ook. Maar dit is je laatste leugen geweest.
Poetin drukte zijn sigaret uit en liep naar de deur. 'In elk geval krijg ik weer eens de gelegenheid om een vakman aan het werk te zien. Arme Viktor, ik denk niet –'
Ramius was met een sprong bij hem en schopte zijn benen onder hem vandaan. Hij ving hem in zijn val op en klemde zijn sterke handen rond de keel van de politieke officier, die hij meedogenloos tegen de scherpe stalen rand van de tafel drukte. De knie op zijn borst was niet meer nodig - met een afschuwelijke knak brak Poetins nek bij de tweede halswervel.
Poetin sperde radeloos zijn mond open en hapte naar adem als een vis op het droge. Zijn verlamde zenuwen lieten geen beweging meer toe, alleen zijn grote ogen richtten zich geschokt op de kapitein.
Ramius liet hem voorzichtig tegen de betegelde vloer glijden en voelde aan zijn pols. De verbijsterde uitdrukking op Poetins gezicht gleed langzaam weg, maar het duurde nog bijna twee minuten voordat elk teken van leven was verdwenen. Ramius pakte de theepot van tafel en sprenkelde wat van de vloeistof over de tegels en Poetins schoenen. Daarna legde hij het lichaam van zijn slachtoffer op tafel en deed de deur open.
'Dokter Petrov! Een ongeluk, snel!'
De scheepsarts snelde de gang op en was met een paar passen in het officiersverblijf. Uit de controlekamer kwam een officier aangerend.
'Hij is uitgegleden in die plas,' zei Ramius hijgend terwijl hij hartmassage op Poetin toepaste. 'Ik probeerde hem nog op te vangen, maar hij kwam met zijn hoofd tegen de rand.'
Petrov duwde de kapitein opzij en onderzocht het levenloze lichaam. Poetins pupillen waren groot en star. De dokter drukte zijn vingers tegen de halsslagaderen en schudde langzaam zijn hoofd.
'Kameraad Poetin is dood. Gebroken nek.' Petrov drukte de ogen van de politieke officier dicht.
'Het is mijn schuld!' riep Ramius snikkend uit. 'Ik reageerde te laat, ik had hem moeten opvangen!' Hij liet zich op een stoel zakken en sloeg de handen voor zijn gezicht.
Petrov legde een hand op zijn schouder. 'Het was een ongeluk, kapitein. Het kan ons allemaal overkomen. U heeft zich niets te verwijten.'

Ramius vloekte binnensmonds en keek op. ' Was er niets meer aan te doen geweest?'
De dokter schudde het hoofd. 'Tegen een gebroken nek staat de beste arts machteloos. Het is een snelle dood, en vrijwel pijnloos,' besloot hij troostend.
Ramius stond met een strak gezicht op. 'Iwan was een trouw lid van de partij, een bekwaam officier en een beste kameraad.' Uit een ooghoek zag hij de toegesnelde officier bedenkelijk kijken. 'Kameraden, wij zullen onze missie zonder hem moeten vervullen! Dokter Petrov, ik laat het aan u over om het lichaam in te vriezen, zodat hij bij onze terugkeer een eervolle begrafenis kan krijgen, zoals hem toekomt.'
'Zal ik het hoofdkwartier op de hoogte brengen?'
'Dat is helaas onmogelijk. Onze orders schrijven absolute radiostilte voor.' Ramius overhandigde hem een stel papieren die niet uit de kluis afkomstig waren. 'Pagina drie, dokter.'
Petrov zette grote ogen op terwijl hij de orders las.
'Ik zou er het liefst direct melding van maken, maar u ziet het: het is strikt verboden signalen uit te zenden.'
Petrov gaf de papieren terug. 'U heeft gelijk, kapitein, orders zijn orders. Jammer voor onze kameraad dat hij deze missie niet meer mag meemaken.'
'Borodin,' zei Ramius tegen de tweede officier, 'neem er goede nota van dat ik volgens voorschrift de moedersleutel van kameraad Poetin overneem.' Hij trok de ketting met de sleutel over het hoofd van de dode en stak die in zijn zak.
'Ik zal het in het logboek vermelden,' antwoordde Borodin gewichtig.
Petrov en zijn assistent namen het lijk op en droegen het via de controlekamer naar het onderste rakettendek, waar zich een koelcel bevond. Daar werd het in een grote zak gestopt en in een hoek gelegd, onder de hompen vlees. De persoonlijke eigendommen van Poetin werden door de officier van de dag in drievoud beschreven en achter slot en grendel opgeborgen.
Inmiddels begaf Ramius zich naar de controlekamer om het bevel op zich te nemen. Hij zette de *Red October* op een koers van tweehonderdnegentig graden westnoordwest. De *Konowalov* bevond zich ver naar het oosten.

# De tweede dag – zaterdag 4 december

*De Red October*
Aan boord van Russische marineschepen was het de gewoonte dat de kapitein zijn bemanning bijeenriep om iedereen op te wekken de nieuwe orders in de ware geest van het vaderland uit te voeren. De orders werden daarna ter inspiratie aan de deur van de zogenaamde Leninkamer gehangen, in de *Red October* een ruimte ter grootte van een bezemkast waarin ideologische boeken werden bewaard. Ramius week niet af van de traditie. De dag na de afvaart kwam hij om acht uur bij de morgenwacht in de controlekamer en hield zijn toespraak door de intercom.

'Kameraden!' begon hij, voorlezend van het papier dat hij uit zijn binnenzak had gehaald. 'Hier spreekt de kapitein. Zoals jullie weten is onze dierbare vriend en kameraad, kapitein Iwan Joerievitsj Poetin, door een tragisch ongeval om het leven gekomen. Wij zullen onze inspanningen op deze missie wijden aan de nagedachtenis van Iwan Joerievitsj, onze trouwe partijgenoot en metgezel.

Officieren en mannen van de *Red October*! Het opperbevel van de Noordelijke Vloot heeft ons schip en haar bemanning een taak toebedeeld waarmee wij de hoogste eer kunnen behalen. Om ons nieuwe geluidloze voortstuwingssysteem te testen zullen wij rond de Noordkaap van de Noorse marionettenstaat naar de Atlantische Oceaan varen en alle imperialistische sonarlinies passeren zonder ontdekt te worden. Onze eigen eenheden zullen intussen een grote oefening houden om de kapitalisten zand in de ogen te strooien. Dicht onder de Amerikaanse kust zullen wij de modernste vijandelijke duikboten omzeilen en onze socialistische broeders van Cuba begroeten. Als eersten zullen wij gebruik maken van de geheime duikbootbasis die de afgelopen twee jaar onder de neus van de vijand aan de zuidkust van Cuba is aangelegd. Een bevoorradingsschip is al onderweg om ons daar te ontmoeten.

Kameraden! Als wij erin slagen Cuba ongemerkt te bereiken – en waarom zouden wij niet? – krijgt de hele bemanning een volle week verlof om aan wal te gaan. Ik ben op Cuba geweest, kameraden, en het is precies zoals de boeken beloven: een paradijs van zon, palmbomen en warme kameraadschap.' Van onze socialistische zusters, dacht Ramius erbij. 'Na afloop van ons bezoek keren wij via dezelfde route terug naar het vaderland. De imperialisten zullen tegen die tijd door hun intriganten en hun illegale luchtverkenning van onze aanwezigheid op de hoogte zijn, maar dat is juist de bedoeling: ook tijdens de terugweg blijven wij geheel onopgemerkt. Wij zullen de Amerikanen een lesje leren over onze technologie dat hen lang zal heugen! Voortaan zullen zij de Sovjetunie respecteren!'

Ramius keek op van zijn papier. De mannen in de controlekamer lachten breed naar elkaar. Russische zeelieden kregen zelden de kans om van boord te gaan, zelfs in bevriende staten. Bovendien had Cuba een exotische klank; het was een eiland van witte zandstranden en donkere vrouwen. Ramius kende ook de andere kant van de medaille door zijn eigen bezoek en door de artikelen die hij had gelezen over de arbeidsvreugde op Cuba.

Ramius draaide het blad om. Nu het slechte nieuws waar iedereen op zat te wachten. 'Officieren en mannen van de *Red October*! Onze missie is niet eenvoudig. Van ieder wordt de grootste inspanning vereist. Absolute radiostilte wordt gehandhaafd en ook het routinewerk moet strikt volgens de regels worden uitgevoerd. Iedereen aan boord, van de commandant tot en met de jongste matroos, moet zijn socialistische taak kennen en uitvoeren. Wij zullen slagen door samen te werken als de Nieuwe Russen die wij zijn. Kameraden kadetten: luister naar jullie meerderen en leer je plicht kennen. Er zijn geen onbelangrijke posten aan boord, iedereen is voor zijn leven afhankelijk van de anderen. Doe je plicht, volg je orders op en aan het eind van de reis zullen jullie waarachtige matrozen zijn! Dat is alles.'

Ramius schakelde de microfoon uit. Hij was tevreden over zijn toespraak: veel beloften en weinig dreigementen.

In de kombuis keek een kwartiermeester bevreemd van zijn vers gebakken brood naar de luidspreker aan de wand. Dat waren toch niet de oorspronkelijke orders? Voor hij erover kon nadenken begon de opper grapjes te maken over de week die ze op Cuba zouden doorbrengen. Hij had veel over het eiland gehoord en wilde graag uit eigen ervaring te weten te komen of de verhalen over de Cubaanse vrouwen waar waren.

'Ik vraag me af of er Amerikanen in de buurt zijn,' peinsde Ramius hardop in de controlekamer.

'Wat u zegt, kapitein,' zei overste Borodin. 'Zullen we de rupsband inschakelen?'

'Ga je gang.'

'Motoren stop,' beval Borodin.

Een kwartiermeester zette de scheepstelegraaf op stop, en na een paar seconden stierf het gestage dreunen van de motoren weg.

Borodin nam de telefoon en riep de machinist op. 'Is de rups klaar voor bedrijf?'

Het nieuwe aandrijvingssysteem had nog geen officiële naam, alleen

een projectnummer. De term rups was bedacht door een van de jonge ingenieurs die bij de ontwikkeling betrokken was geweest.
'Alles is klaar, kameraad Borodin,' antwoordde de machinist na een ogenblik.
'Deuren voor en achter open.'
Op het controlepaneel werden vier schakelaars omgezet. De lampjes erboven lichtten groen op. 'Deuren open.'
'Stel de rups in werking. Snelheid geleidelijk opvoeren tot dertien knopen.'
De machinist herhaalde het bevel. Een heel ander geluid drong tot de controlekamer door, veel zachter dan eerst. De kleine reactor werkte vrijwel geruisloos, alleen de pompen die het koelwater lieten circuleren waren hoorbaar. De rups zelf verbruikte relatief weinig energie. In het vooronder werd een handjevol slapende matrozen gestoord door het zoemen van elektromotoren, maar na hun eerste volle dag op zee waren de mannen te moe om zich hun kostbare uurtjes rust te laten ontnemen. In de controlekamer begon de snelheidsmeter, die naar vijf knopen was gezakt, langzaam weer omhoog te kruipen.
'Alles werkt naar behoren, kameraad,' meldde Borodin.
'Uitstekend,' antwoordde Ramius. 'Roerganger, koers twee-zes-nul.'
'Twee-zes-nul, schipper.' De roerganger draaide zijn stuurwiel naar bakboord.

*De Bremerton*

Dertig mijl naar het noordoosten kwam USS *Bremerton* onder het ijsveld vandaan. De aanvalsonderzeër uit de 688-klasse had haar spionagemissie in de Karische Zee opgegeven om de *Red October* te begeleiden. De afvaart van de Russische boot was een week eerder dan verwacht gekomen, en commandant Wilson ergerde zich niet voor het eerst aan het gebrekkige functioneren van de inlichtingendienst. Maar ondanks het tijdverlies hadden zijn sonarmensen enkele minuten eerder de vijand opgepikt.
'Brug, sonar hier.'
Wilson nam de hoorn op. 'Ga je gang.'
'We zijn het contact kwijt, sir. Sinds een paar minuten liggen haar schroeven stil. Verder naar het oosten vangen we nog wat geluiden op, maar niet van de *October*.'
'Ze laten zich zeker voortdrijven. In dat geval halen we ze langzaam in. Hou je oren open.' Wilson ging peinzend naar de kaartentafel, waar twee officieren bezig waren het vuurtraject volgens het laatste contact uit te stippelen.
'Als ik hem was, zou ik hier de bodem opzoeken en een beetje blijven hangen.' Met zijn vinger trok Wilson een ruwe cirkel rond de positie

van de *Red October*. 'We zullen vaart minderen en kijken of we geluid van zijn reactor kunnen opvangen.'
De commandant keek naar zijn dekofficier. 'Vaart terugnemen tot vijf knopen.'
'Vaart terugnemen tot vijf knopen, schipper.'

*Seweromorsk*, USSR
In het hoofdpostkantoor van Seweromorsk keek een sorteerder zuur naar de chauffeur die een grote postzak op zijn tafel deponeerde en met een groet vertrok. De chauffeur was weer eens te laat, of liever gezegd, net zo laat als hij vijf jaar lang al kwam. De sorteerder hield er niet van op zaterdag te moeten werken. De invoering van de veertigurige werkweek, enkele jaren geleden, was aan de arbeiders in de belangrijkste overheidsdiensten voorbijgegaan. Hij vond het een schande dat hij nog steeds een zesdaagse werkweek had, en dat zonder extra loon, zoals hij niet naliet tijdens de kaartavondjes met zijn collega's onder het nuttigen van wodka en augurken op te merken.
Hij maakte de zak open en keerde hem om. Verschillende kleinere zakken vielen eruit. Zin om zich te haasten had hij niet. Zijn ploeg had nog de hele maand om het vastgestelde quotum brieven en pakjes naar de andere kant van het gebouw te krijgen. Het gezegde luidde immers niet voor niets: zolang de bazen doen alsof ze ons betalen, doen wij alsof we werken.
Uit een van de kleine zakken kwam een gewichtig uitziende envelop, gericht aan de politieke afdeling van de marine in Moskou. De sorteerder betastte de omslag en speelde het spel van zijn collega's over de hele wereld: raden wat erin zit. Zo te zien was de brief afkomstig van de duikbootbasis Poljarny, aan de overkant van de fjord. Misschien een bevestiging dat ze klaar waren voor de beslissende aanval op het imperialistische westen? De namen van partijleden die hun contributie niet voldaan hadden? Een aanvraag voor meer toiletpapier? Je wist het maar nooit met die duikbootgasten. Al kwamen ze regelrecht uit de varkensmest, hier liepen ze met hun neus in de wind alsof ze de partijbonzen zelf waren.
De sorteerder was tweeënzestig. Tijdens de Grote Patriottische Oorlog had hij als infanterist aan het front in de Oekraïne gevochten. Dat was het echte mannenwerk, achter op een grote tank meerijden tot vlak bij de mangaten waarin de laffe Duitsers zich verborgen hadden. Toen kwam je nog oog in oog met de vijand te staan, en wat was er van die dappere Russische soldaten geworden? Een stel nietsnutten die zich aan boord van cruiseschepen lieten verwennen met lekker eten en een warm bed. Ha, de enige warmte die hij had gekend was de uitlaat van een tank, en voor dat plaatsje moest hij nog vechten ook!

Alles was anders geworden. Gewone matrozen gedroegen zich als tsaristische prinsen en noemden het werk als ze een brief naar huis schreven. In de watten gelegd, dat werden ze. Zelfs hun brieven kregen voorrang, al waren het nog zulke slijmerige kattebelletjes aan hun liefjes. En hij mocht dat werkje opknappen, op een zaterdag nog wel, terwijl ze het antwoord toch pas over een paar weken kregen. Nee, het was niet meer zoals vroeger.
Hij gooide de envelop met een onverschillige beweging van zijn arm naar de postzak met bestemming Moskou. De envelop miste zijn doel en belandde op de betonnen vloer. Ook goed, dacht de sorteerder, dan gaat hij een dag later met de trein mee. In gedachten was hij al bij de belangrijke ijshockeywedstrijd van die avond. Hij had een liter wodka op de uitslag gezet.

*De V.K. Konowalov*
De onderzeeër gleed met een snelheid van drie knopen net boven de harde zandbodem van de Barentszzee. Tien uur lang had de *Konowalov* heen en weer gevaren in de zuidwesthoek van het aangewezen gebied, wachtend op de komst van de *Red October* en het begin van de oefening Vroege Winter. Kapitein Viktor Alexievitsj Toepolev ijsbeerde rond de periscoop in de controlekamer van zijn kleine, snelle duikboot. Hij was twee jaar bij Ramius in de leer geweest en hoopte zijn mentor de loef af te steken. Hij bewaarde goede herinneringen aan de Leermeester, die ondanks zijn scepsis ten aanzien van de partij een onovertroffen zeeman was.
Toepolev had in drie jaar tijd trouwens een eigen reputatie opgebouwd. De *Konowalov* was een van de gloednieuwe Alfa's, de snelste duikboten waarover de Russische vloot beschikte. In november was Toepolev met drie van zijn officieren naar de Kaspische Zee gegaan, waar in het diepste geheim het prototype van de *Red October* werd beproefd. Het model, tweeëndertig meter lang, werd door een gesloten dok beschermd tegen spionagesatellieten. Toepolev herkende zonder moeite de hand van Ramius in het nieuwe aandrijvingsmechanisme. Uiterst moeilijk op te sporen, maar ook niet helemaal onmogelijk. Na proeven met de beste sonarapparatuur die er voorhanden was, meende Toepolev de zwakke plek gevonden te hebben. Geen ernstig gebrek, maar wel iets om bij deze oefening uit te buiten.
De afloop bleef vooralsnog onzeker. Hij moest het niet slechts tegen een machine opnemen, ook tegen een doorgewinterde commandant. De omstandigheden werkten in het voordeel van de *Konowalov*. Door de gelijkmatige temperatuurverdeling van het water traden er geen barrières op waaronder een duikboot zich kon verschuilen, terwijl ze ver genoeg van de kust waren om geen last te hebben van zoetwater-

stromen die de sonar konden verstoren. De *Konowalov* beschikte over de beste apparatuur, volgens de deskundigen een verbetering van het Franse DUUV-23 systeem.

Toepolev was van plan een minimale snelheid aan te houden tot de *Red October* hun pad kruiste en ongemerkt gevolgd kon worden. Daarna hoefden ze hun prooi alleen maar in het oog te houden en elke verandering in koers en vaart te noteren, zodat Ramius bij het vergelijken van de logboeken zou zien dat ook anderen met succes zijn spel konden spelen. Dat zou tijd worden.

'Nog nieuws?' Toepolev begon de spanning te voelen. Hij was niet gezegend met een geduldig karakter.

'De situatie is ongewijzigd, kapitein.' De officier van de wacht tikte op het kruis dat de positie aangaf van de *Rokossovski*, een raketboot uit de Deltaklasse die ze sinds een paar uur in de nabijheid gelokaliseerd hadden. 'Onze vriend vaart nog steeds in een grote kring. Denkt u dat hij ons zand in de ogen wil strooien? Om Ramius te helpen?'

Toepolev had die mogelijkheid overwogen. 'Het is mogelijk, maar ik denk van niet. Admiraal Korov heeft zelf op deze oefening aangedrongen. Onze vaarorders waren verzegeld, die van Marko moeten het ook geweest zijn.' Toepolev schudde zijn hoofd. 'En al is Korov een oude vriend van Marko, ik denk niet dat hij zich tot zo'n spelletje zal verlagen. Nee, Ramius zal zijn best doen om zo laat mogelijk hier te arriveren, alleen om op onze zenuwen te werken. Misschien komt hij wel uit een heel andere richting, of wil hij ons dat laten denken. Jij hebt nooit onder hem gevaren, kameraad, maar laat mij je vertellen dat hij een sluwe vos is vol streken. De eerste uren blijven we hier patrouilleren. Hebben we hem tegen die tijd nog niet opgepikt, dan gaan we naar de zuidoost-hoek en werken vandaar naar het midden toe. Zo doen we het.'

Toepolev had er nooit op gerekend dat het een makkelijke klus zou worden. Ramius liet zich door niets en door niemand van de wijs brengen. Hij wist dat hij de beste was, en elke volgende zware opdracht maakte zijn positie alleen maar sterker. Toepolev wist wat er op het spel stond. Hij had zichzelf twee jaar gegeven om de top te bereiken.

# De derde dag – zondag 5 december

*De Red October*

De *Red October* kende geen eigen tijd. Voor haar ging de zon niet op of onder en de dagen van de week hadden weinig betekenis. Zoals in alle onderzeeërs waren de klokken afgesteld op de plaatselijke tijd van Moskou, die 's zomers en 's winters een uur verschoof om energie te besparen.

Ramius betrad halverwege de ochtend de controlekamer. De *Red October* voer op een koers van tweehonderdvijftig graden met een snelheid van dertien knopen, dertig meter boven de bodem van de westelijke Barentsz Zee. Over enkele uren zouden ze diep water bereiken. Ramius keek van de kaart naar de talrijke instrumenten op beide zijschotten van de afdeling, waarna hij een aantekening in het orderboek maakte.

'Luitenant Iwanov!' zei hij scherp tegen de officier van de wacht. Iwanov was de jongste aan boord, bleek, mager en leergierig, regelrecht afkomstig van Lenins Komsomolschool in Leningrad. 'Wij gaan zo dadelijk vergaderen; jij neemt het bevel op je. Dit is je eerste reis, Iwanov. Hoe bevalt het je?'

'Beter dan ik gedacht had, kameraad kapitein,' antwoordde Iwanov overtuigder dan hij zich kon voelen.

'Dat komt goed uit. Het is mijn gewoonte jonge officieren alle verantwoordelijkheid te geven die ze kunnen dragen. Vergeet niet dat de veiligheid van het schip en haar opvarenden in *jouw* handen ligt! Je vindt mijn instructies in het boek. Zodra er een ander schip wordt opgemerkt, begin je een uitwijkmanoeuvre, waarna je mij onmiddellijk waarschuwt. Nog vragen?'

'Nee, kapitein.' Iwanov stond stram in de houding.

Ramius glimlachte. 'Pawel Ilitsj, dit wordt een van de grote dagen in je leven. Ik kan het weten, ik herinner me mijn eerste commando nog. Wat er ook gebeurt, denk aan je instructies en je verantwoordelijkheid!'

De ogen van de knaap blonken van trots. Jammer dat hij het niet lang meer zal maken, dacht Ramius. Op het eerste gezicht ziet hij eruit als iemand die het ver kan brengen.

De kapitein draaide zich om en liep naar het kantoor van de scheepsarts.

'Morgen, kapitein,' zei Petrov, opkijkend uit de gebruiksaanwijzing voor zijn nieuwe röntgenapparaat. 'Tijd voor de politieke bespreking?'

'Dat wel, dokter, maar daar hoeft u niet bij te zijn. Ik had een ander werkje voor u. Tijdens de vergadering laat ik de wacht over aan lagere officieren.'
'Zo?' Petrov keek hem verwonderd aan. Hij had al een paar jaar niet meer met een onderzeeër gevaren.
'Maak u niet ongerust,' zei Ramius glimlachend. 'Als het nodig is zijn we in twintig seconden in de controlekamer. Die jonge knapen moeten vroeg of laat toch op hun eigen benen staan, dan kunnen ze het net zo goed meteen maar leren. Maar het zou prettig zijn als u een oogje in het zeil hield. Ze weten wat ze moeten doen, de vraag is alleen of ze ook de juiste instelling hebben. Met Borodin of mij in de buurt gedragen ze zich anders.'
'U wilt dus van mij horen of ze de verantwoording kunnen dragen?'
'Zonder dat ze het idee hebben dat ze in de gaten worden gehouden,' beaamde Ramius. 'Jonge officieren moeten de ruimte krijgen, maar ook weer niet te veel. Ik verwacht trouwens geen problemen. We zijn in open water, er zijn geen andere schepen in de buurt en de reactor werkt op een laag pitje. Ik wil het ze de eerste keer niet te moeilijk maken. U vindt wel een excuus om heen en weer te lopen. Of vraag gewoon wat ze aan het doen zijn.'
'Ik moet er zelf ook nog wat van opsteken, kameraad?' vroeg Petrov lachend. 'Ze hadden me al voor u gewaarschuwd. Goed, ik zal het doen. Al wordt dit de eerste politieke bespreking in jaren die ik misloop.'
'Ach, volgens het dossier kan het Politburo nog het een en ander van u leren, Jevgeni Konstantinovitsj.' Wat weinig over zijn bekwaamheid als arts zei, dacht Ramius bij zichzelf.
De kapitein liep door naar de grote kamer, waar de hogere officieren aan boord al op hem zaten te wachten. Een hofmeester had thee en roggebrood met boter klaargezet. Ramius keek naar de tafelrand. Het bloed was opgeveegd, maar hij kon zich de vorm van de vlek nog precies voor de geest halen. Geweten, dat was nog een verschil tussen hem en de man die hij vermoord had. Ramius deed de deur op slot en zette zich aan het hoofd van de tafel.
De zondagen werden op zee gereserveerd voor de wekelijkse politieke discussie. Normaal was het Poetins werk geweest om wat hoofdartikelen uit de *Pravda* voor te lezen, aangevuld met toepasselijke citaten uit het werk van Lenin. De zitting had doorgaans veel weg van een kerkdienst.
Het verscheiden van de zampolit bombardeerde Ramius tot zijn plaatsvervanger, maar de kapitein betwijfelde of de voorschriften voorzagen in het onderwerp dat hij op de agenda had staan. Alle aanwezige officieren zaten met hem in het complot. Ramius stelde hun

de kleine veranderingen voor die in de plannen gemaakt moesten worden, waarna hij over zijn laatste brief vertelde.
'Wij hebben stuk voor stuk met het plan ingestemd; nu zijn we hieraan gebonden.'
De reactie op zijn onthulling was even nuchter als hij gehoopt had. Dat was ook niet verbazingwekkend. Geen van de officieren liet vrouw of kind achter. Het waren allemaal geziene leden van de partij, met hun lidmaatschapskaart nog op de juiste plaats, net boven hun hart. En allemaal deelden ze een intense afkeer van de Russische staat.
Het plan was kort na de dood van zijn Natalia bij hem opgekomen, gedragen door een woede die hij al een groot deel van zijn leven onbewust met zich meedroeg.
Marko zat nog niet op school toen andere kinderen hem vertelden wat zijn vader tijdens de oorlogsjaren in Litouwen had gedaan. Tot zijn ontsteltenis verdween de vader van een vriendinnetje spoorloos nadat hij Aleksandr had verteld wat er bij het meisje thuis over hem gezegd werd. Door dit ongewilde gevolg – dat door de staat werd aangemoedigd – kreeg Marko het etiket van verrader opgeplakt. Daarna zorgde hij er angstvallig voor zijn mond te houden.
Terwijl Aleksandr de meeste tijd in Wilnioes doorbracht werd de moederloze jongen opgevoed door zijn grootmoeder, een normaal verschijnsel in het door vier oorlogsjaren geteisterde land. De vrouw hield zich aan de katholieke traditie waarin ze was grootgebracht en ging voor de oorlog nog elke dag naar de kerk. Ramius herinnerde zich haar als een grijze oude vrouw die hem elke avond voor het slapen een verhaal uit de bijbel vertelde. Hoewel ze hem niet durfde mee te nemen naar de verboden erediensten, slaagde ze er wel in hem in het geheim te laten dopen zonder dat zijn vader het te weten kwam. Tegen Marko zelf had ze het nooit gezegd. De kerk werd in de Baltische staten wreed onderdrukt, en toen Marko ouder werd leerde hij al snel dat het marxisme-leninisme een jaloerse god was die geen rivalen duldde.
De bijbelse verhalen die grootmoeder Hilda vertelde bevatten duidelijke lessen over goed en kwaad, deugd en beloning, lessen die naar de achtergrond verdwenen nadat Aleksandr zelf de opvoeding van zijn zoon ter hand had genomen. Toch bleef Marko het gevoel houden dat het staatscommunisme een wezenlijk deel van de mens, namelijk de ziel, veronachtzaamde en daardoor de basis van alle menselijke waarde en waardigheid ontkende. Het welzijn van het volk was een loffelijk streven, maar hield geen rekening met de normen van gerechtigheid en ethiek die de beschaafde mens aan zijn religieuze achtergrond te danken had. Marko vormde al gauw zijn eigen standpunt over goed

en kwaad, een standpunt dat afweek van het officiële. Het werd zijn maatstaf om zijn eigen houding en die van anderen mee te beoordelen, een anker voor zijn ziel dat altijd onder het oppervlak verborgen bleef.
Zijn twijfels lieten zich intussen niet raden. Als alle Russische kinderen ging Marko bij de Kleine Oktobristen en daarna bij de Jonge Pioniers. Met glimmende laarzen en bloedrode halsdoek paradeerde hij bij de voorgeschreven oorlogsmonumenten, hield ernstig de wacht bij de overblijfselen van een onbekende soldaat, kaarsrecht in de houding voor de eeuwige vlam. Marko vervulde zijn taken met gepaste trots. Hij verbeeldde zich dat de soldaat die hij eer bewees een held uit een oorlogsfilm was, een van die dappere mannen die zich hadden opgeofferd om vrouwen en kinderen van de gehate Duitsers te redden. En hij was ook trots op de verheven positie van zijn vader, bijna alsof hij de zoon van een edelman uit vroeger dagen was. Als kleuter was hem al honderden malen verteld dat de partij de ziel van het volk was, en de eenheid in de partij, volk en staat het behoud van de Sovjetunie. Het strenge, maar rechtvaardige karakter van zijn vader paste goed in het beeld dat Marko van een echte partij-*apparatsjik* had.
Hoewel naar de vorm een voorbeeld voor zijn leeftijdgenoten, vroeg hij zich steeds vaker af wat de reden kon zijn waarom sommige ouders hun kinderen niet met hem lieten spelen, waarom andere leerlingen hem fluisterend 'verrader' noemden. De partij en zijn vader hadden hem toch geleerd dat het een vaderlandslievende daad was om ongehoorzame medeburgers aan te geven?
Iets klopte er niet – maar wat? Hij besloot voor zichzelf op zoek te gaan naar een antwoord. Zo werd hij in zijn denken een individualist en beging ongewild de grootste zonde tegen het communisme. Naar buiten hield hij zich aan de rol, de zoon van een partijlid waardig. Steeds was hij onder de eerste vrijwilligers te vinden als er iets opgeknapt moest worden en hij liep bij alle manifestaties voorop. Hij wierp zich op de sport, vooral de atletiek en andere takken waarin hij zich met anderen kon meten. Na verloop van tijd werd het zijn tweede natuur anderen koel en afstandelijk te beoordelen, achter een onbewogen gezicht dat zijn conclusie niet prijsgaf.
Hij was net acht geworden toen zijn leven ingrijpend veranderde. Als weer eens niemand met de 'kleine verklikker' wilde spelen, ging hij naar de kleine vissershaven bij het dorpje waar hij met zijn grootmoeder woonde. Elke ochtend voer er een bonte verzameling oude houten boten uit naar de Finse Golf, steeds begeleid door patrouilleboten van de MGB, de voorganger van de KGB. De bescheiden vangsten vulden het eiwitarme dieet aan en leverden de vissers een miniem inkomen op. Marko leerde in de haven algauw de oude Sasja kennen, die als

officier op de kruiser *Aurora* met de andere bemanningsleden tegen de tsaar in opstand was gekomen. Pas jaren later kreeg Marko te horen dat de bemanning vervolgens ook met Lenin had gebroken – en met geweld door de communisten tot rede was gebracht. Voor zijn aandeel in de rebellie was Sasja tot twintig jaar dwangarbeid veroordeeld en pas aan het begin van de Tweede Wereldoorlog vrijgelaten. Het Moederland had gebrek aan ervaren zeelui die de konvooien van de geallieerden veilig naar Moermansk en Archangelsk konden loodsen. In de kampen had Sasja zijn lesje geleerd, zodat hij zijn taak nauwgezet vervulde en geen eisen stelde. In ruil voor zijn diensten was hem na de oorlog een zekere mate van vrijheid gegund, de vrijheid om lang en hard te werken en voortdurend onder verdenking te staan.

Sasja was de zestig gepasseerd toen Marko hem leerde kennen, een knoestige visser met een bijna kaal hoofd en een schat aan verhalen waar de jongen ademloos naar kon luisteren. Na zijn eerste wantrouwen overwonnen te hebben, bood Sasja zijn vriendschap aan, en zo werden de jongen zonder vriendjes en de visser zonder familie kameraden. De oude man kon uren vertellen over zijn tijd aan boord van de *Petropavlovsk*, het vlaggeschip van admiraal Makarov dat in 1906 de enige overwinning tegen de Japanners had bevochten – om op de terugweg naar Port Arthur op een mijn te lopen. Hij had het corrupte tsaristische regime van te dichtbij meegemaakt om zich afzijdig te houden toen de eerste matrozenraden werden opgericht onder de neus van de ochrana, de geheime politie van het bewind. Sasja vertelde kleurrijke verhalen over zijn belevenissen tijdens de oktoberrevolutie, maar over wat er daarna was gebeurd liet hij niets los.

In de zomer liet hij Marko meevaren en bracht de jongen de kneepjes van het vak bij, maar ook de liefde voor de vrijheid en de aantrekkingskracht van de zee. Door simpele, duidelijke voorbeelden liet hij hem zien dat je voor geen gevaar bang hoeft te zijn als je maar weet wat je doet. Marko zou later nog vaak aan die zomer terugdenken en zich afvragen wat Sasja niet had kunnen bereiken als de omstandigheden hadden meegezeten.

Op het laatst had Marko zijn vader van Sasja verteld en hem zelfs een keer meegenomen om de oude zeerob te ontmoeten. Aleksandr raakte genoeg onder de indruk om hem aan een nieuwe, grotere boot te helpen en een hogere plaats te geven op de lijst van aanvragers voor een ander huis. Marko was trots op zijn bemiddelende rol en geloofde half en half dat de partij ook iets goeds kon uitrichten. Maar een paar maanden later stierf de oude Sasja en was alle hulp vergeefs. Lang daarna besefte Marko dat hij niet eens de achternaam van zijn vriend kende; ook hij had Sasja maar gedeeltelijk leren kennen.

Marko was dertien toen hij naar de lagere zeevaartschool in Leningrad werd gestuurd; toen al stond zijn besluit vast om bij de marine te gaan, net als Sasja. De Russische vloot was in die tijd nog nauwelijks meer dan een veredelde kustwacht, maar Marko verkoos zijn eigen broodwinning boven de met kruiwagens bevorderde loopbaan die zijn vader hem in het vooruitzicht stelde. Hij wilde geen verlengstuk van de 'bevrijder' van Litouwen zijn, en bovendien trok de romantiek en de spanning van de zee hem aan. Daar wilde hij zelfs voor in staatsdienst gaan. Het gebrek aan traditie bij de vloot beloofde veel ruimte voor eigen initiatief, terwijl hij zich verbonden voelde met de andere kadetten die net als hij, voor zover hun omgeving het toeliet, op eigen benen wilden staan.

In het laatste van de drie leerjaren kreeg zijn klas de gelegenheid om alle vlootonderdelen van dichtbij te leren kennen. Marko had meteen een zwak voor duikboten, ook al waren die klein en smerig en stonken ze als een latrine. Het waren de enige offensieve eenheden waarover de vloot beschikte, en Marko had zich van het begin af aan tot het avontuur aangetrokken gevoeld.

Hij kwam met glans door zijn eindexamen en kreeg een vergulde sextant voor zijn gebleken kennis van navigatie. Als uitblinker van zijn jaargang mocht hij zelf zijn verdere opleiding bepalen; zonder aarzelen liet hij zijn keus vallen op de hogere marineschool voor onderwaternavigatie in Leningrad.

Het werden de vijf intensiefste jaren van zijn leven, niet in de laatste plaats door zijn onverzettelijke wil om in alles de beste te zijn. En elk jaar werd hij ook werkelijk tot de beste student uitgeroepen. Een artikel van zijn hand over de politieke betekenis van de Russische vloot werd voorgelegd aan Sergei Gorsjkov, commandant van de Oostzeevloot en gezien als toekomstige opperbevelhebber. Gorsjkov liet het opnemen in de *Morskoi Sbornik*, Maritieme Berichten. Het was een voorbeeldig constructief artikel, met zes citaten uit Lenins werken.

Aleksandr Ramius, inmiddels opgeklommen tot kandidaat voor het Presidium, had alle reden om trots te zijn op zijn zoon. Het was hem ook niet ontgaan dat de Rode Vloot op den duur een belangrijk machtsinstrument zou worden en dat Marko daar een vooraanstaande rol in kon spelen. Hij wendde al zijn invloed aan om de loopbaan van zijn zoon te bevorderen.

Rond zijn dertigste kreeg Marko zijn eerste commando en zijn eerste vrouw. Natalia Bogdanova was de dochter van een diplomaat die met zijn gezin de hele wereld bereisd had. Haar zwakke gezondheid leidde tot drie miskramen, waarvan ze de laatste zelf nauwelijks overleefde. De aantrekkelijke, maar tere Natalia was een voor Russische begrippen ontwikkelde vrouw die het schoolengels van haar man oppoetste

met toegelaten Amerikaanse en Engelse boeken – veelal van linkse filosofen, maar ook wat werken van Hemingway, Mark Twain en Upton Sinclair. Marko's vaak langdurige afwezigheid maakte hun perioden van samenzijn des te intenser.
Marko werd assistent-inspecteur en liep de werven af waar de eerste Russische kernonderzeeërs gebouwd werden. Al snel werd hij zich bewust dat zijn leven afhing van vaak dronken lassers en fitters, die een kwade opzichter aan hem hadden. Na twee jaar op zee kreeg hij zijn eerste commando, over een aanvalsonderzeeër uit de November-klasse. Het was de eerste ruwe poging van de Sovjets om een slagvaardig wapen tegen vijandelijke vlooteenheden en verbindingslijnen te ontwikkelen. Nog geen maand later ging er iets mis met een reactor van een zusterschip ter hoogte van de Noorse kust. Marko werd ernaar toegestuurd en wist de bemanning aan boord te nemen en de onfortuinlijke boot tot zinken te brengen om haar geheimen te bewaren. De succesvolle uitvoering van de opdracht bleef niet onopgemerkt; korte tijd later kreeg hij het bevel over een nieuwe duikboot uit de Charlie I-klasse.
Het waren jonge officieren als Ramius die de confrontatie met Amerikanen en Britten moesten aangaan. Marko koesterde weinig illusies. Hij wist dat de Amerikanen een lange traditie kenden, teruggaand tot de tijd waarin de legendarische Jones voor Katherina de Grote had gevochten. Velen hadden nog ervaring opgedaan in de strijd op leven en dood tegen de moderne Duitse en Japanse duikboten, terwijl technische verbeteringen vrijwel onmiddellijk werden toegepast. En toch was het geen hopeloze opgave.
Ramius had zich langzaam de Amerikaanse tactiek eigen gemaakt en alles gedaan om bekwame matrozen en officieren op te leiden. De kwaliteit van de bemanning vormde zoals bij alle vlootonderdelen het grootste probleem, maar in tegenstelling tot vele collega's beperkte Ramius zich niet tot spot en scheldpartijen. Zijn eerste duikboot uit de Charlie-klasse kreeg al gauw de bijnaam Wilnioes Academie, een satirische verwijzing naar zijn half-Litouwse afkomst, maar ook een erkenning van zijn kwaliteiten als leermeester. Ramius was afkerig van de dictatoriale praktijken waarmee gewone matrozen doorgaans door hun officieren benaderd werden. Hij zag het als zijn taak bekwame zeelieden af te leveren, en binnen enkele jaren waren andere commandanten maar al te graag bereid om bemanningsleden aan te nemen die door hem waren opgeleid.
Na anderhalf jaar kreeg Marko voor het eerst de gelegenheid om zijn lessen in praktijk te brengen. In de Noorse Zee stuitte hij op de Amerikaanse *Triton* en zette een genadeloze achtervolging in die twaalf uur duurde. Tot zijn niet geringe voldoening werd de *Triton*

snel daarna uit de vaart genomen – de logge boot was niet in staat het op te nemen tegen de nieuwste Russische ontwerpen. Ook de conventionele Britse en Noorse duikboten kregen met hem te maken, en een keer wist hij een Amerikaanse raketonderzeeër twee uur lang te volgen voordat het schip als een spook in het zwarte water verdween.

De snelle groei van de Rode Vloot en de behoefte aan bekwame officieren bezorgden Ramius een aanstelling als instructeur aan de Froenze Academie in Moskou, vernoemd naar een held van de revolutie, de vervolgopleiding voor hogere officieren uit alle legeronderdelen. Ramius had zijn aanstelling uitsluitend aan eigen verdiensten te danken, niet aan de invloed van zijn vader.

Marko kreeg grote bekendheid door zijn lessen over maritieme geschiedenis en strategie, waar niet alleen zijn studenten naar kwamen luisteren. De weekenden bracht hij vaak door in het buitenverblijf van zijn vader, waar hij aan handboeken werkte en zijn gedachten over de ideale onderzeeër op papier zette. Niet altijd vonden zijn controversiële ideeën gehoor, maar de oude admiraal Gorsjkov – inmiddels opgeklommen tot opperbevelhebber van de gehele vloot – bleef hem de hand boven het hoofd houden.

Ramius stelde onder meer voor officieren jaren achtereen met dezelfde duikboot te laten varen, zodat ze hun schip na verloop van tijd door en door kenden. Ervaren kapiteins zouden niet 'weggepromoveerd' mogen worden naar een of andere bureaufunctie. Hij prees de gewoonte in het Rode Leger commandanten te velde net zolang te handhaven als ze zelf wilden, en vergeleek hiermee de praktijk bij de vloot van imperialistische staten. Hij benadrukte de noodzaak van betere opleidingen ter zee, van langere dienstplicht, van goede voorzieningen aan boord van duikboten. Sommige opvattingen kregen bijval van het opperbevel, maar lang niet allemaal – en zo moest Marko zich neerleggen bij het besef dat hij het zelf nooit tot admiraal zou brengen. Erg veel schelen kon hem dat niet, daarvoor was hij te veel aan het leven in een onderzeeër gehecht geraakt.

Na zijn tijd op de Academie werd hij met de rang van kapitein eerste klas ingezet voor het testen van nieuwe duikboten om de sterke en zwakke punten te beoordelen. Zo voer hij uit met de eerste Alfa, de eerste Delta, de eerste Typhoon. Afgezien van een ongelukkig incident met een Alfa bestond zijn loopbaan louter uit successen.

Inmiddels was hij van veel jonge officieren de mentor geworden, een talentrijke groep die praktisch door hem en Natalia geadopteerd was als substituut voor het eigen gezin dat hun ontzegd was. Het waren mannen met wie Marko zich geestverwant voelde, mannen met sluimerende twijfels over de inrichting van de staat. Marko lette niet op rang of stand; hij bevorderde niemand omdat hij toevallig de zoon van een hoge partijfunctionaris was, maar zuiver op verdienste. Wie eenmaal zijn vertrouwen gewonnen had, vond altijd een willig oor bij hem, en ook voor de politieke twijfelaars luidde zijn advies telkens: 'Ga bij de partij.' De meesten waren natuurlijk al lid van de Komsomol, maar hij moedigde hen aan ook de volgende stap te zetten. Het was de onontkoombare prijs voor een voortgezette loopbaan op zee, een prijs die de meerderheid er ook voor overhad. De invloed van zijn vader had Marko al op zijn achttiende het lidmaatschap van de partij bezorgd, en op de wekelijkse vergaderingen toonde hij zich immer een aanhanger van de orthodoxe lijn. Moeilijk was het niet, hield hij zijn pupillen voor – je hoefde alleen de voorgekauwde kost met andere woorden te herhalen. Zampolit kon iedereen worden. Zo werd Marko niet alleen een instructeur van bekwame officieren, maar ook een geslaagd ronselaar voor de partij.

Tot zijn vrouw stierf. Marko was aan de wal, zoals meestal. Hij had inmiddels zijn eigen buitenverblijf gekregen, in de bossen ten westen van Poljarny, een eigen auto met chauffeur en andere voorrechten die bij zijn positie en afkomst pasten. Het was daarom een begrijpelijke, maar fatale vergissing dat hij zijn vrouw met buikklachten naar de speciale kliniek stuurde waar alleen elite behandeld werd. Hij zag Natalia voor het laatst in leven toen ze op de rijdende brancard naar de operatiekamer gebracht werd.

De dienstdoende chirurg was dronken van huis gekomen en had te veel tijd aan het zuurstofapparaat nodig om nuchter te worden voordat hij aan de blindedarmoperatie kon beginnen. Het gezwollen orgaan barstte open en leidde tot buikvliesontsteking, nog verergerd door de geperforeerde darm die de chirurg in zijn haast had veroorzaakt.

Natalia moest antibiotica hebben, maar er was een gebrek aan medicijnen. De buitenlandse antibiotica, doorgaans uit Frankrijk ingevoerd, waren niet meer voorradig en daarom kreeg ze Russische toegediend. De partij was nooit gecontroleerd of beproefd – en de capsules waren vermoedelijk, zoals Marko later hoorde, gevuld geweest met gedistilleerd water in plaats van met antibiotica. Natalia raakte in coma en overleed voordat de fouten hersteld konden worden.

De begrafenis was er niet minder plechtig om geweest, bijgewoond door meer dan honderd marinemensen die hij in de loop der jaren had leren kennen en door vertegenwoordigers van het plaatselijke partijcomité. De dood van zijn vader had hem niet erg veel gedaan, maar het overlijden van Natalia was niets minder dan een catastrofe. In de vijftien jaar van hun huwelijk hadden ze elkaars sterke en zwakke punten leren kennen en waren steeds dichter bij elkaar gekomen.

De kist was onder de treurige klanken van een requiem in het crematorium weggezakt, en pas toen besefte Marko de volle betekenis van het gebeurde. De staat had hem niet slechts zijn vrouw ontnomen, maar ook het middel om zijn verdriet te overwinnen door een geloof, door de hoop – al was het niet meer dan een illusie – Natalia ooit terug te zien. Natalia de tedere, zijn enige bron van geluk sinds die zomer aan de Finse Golf, lang geleden. De herinnering aan haar liet hem geen rust in de weken en maanden die volgden. Op straat meende hij haar in andere vrouwen te herkennen, aan een kapsel, een manier van lopen, aan een lach; en wanneer hij aan haar dacht was hij niet meer de professionele marineman van vroeger.

De dood van Natalia Bogdanova Ramius was te wijten aan grof plichtsverzuim, maar Marko slaagde er niet in de chirurg ter verantwoording te roepen. Hij werd van het kastje naar de muur gestuurd, net zolang tot hij zijn woede wist te bedwingen en besloot dat de staat zelf zou boeten.

Zijn langzaam gerijpte plan was het produkt van zijn opleiding en ervaring. Na twee jaar stilstand werd de bouw van de *Red October* hervat; Ramius wist dat hij het bevel over de eerste afvaart zou krijgen. Hij was zelf een van de ontwerpers van het revolutionaire voortstuwingssysteem en had het prototype in het diepste geheim getest in de Kaspische Zee. Hij vroeg en kreeg toestemming om al zijn tijd te besteden aan het opleiden van de speciale bemanning, zogenaamd om de afvaart van de *October* niet nog langer te vertragen. Het fiat werd gegeven door de bevelhebber van de Noordelijke Vloot, een sentimentele man die bij de begrafenis van Natalia gehuild had.

Ramius wist van tevoren welke officieren hij zou kiezen. Het waren allemaal mannen die hij eerder onder zijn bevel had gehad, die hun rang en positie aan hem te danken hadden, die zijn afkeer deelden van het staatsapparaat dat hun niet de technische middelen gaf die bij hun mogelijkheden pasten, een apparaat dat hen dwong goedbetaalde papegaaien in blauwe uniformen te worden.

Ramius keek de tafel rond. Ondanks hun lidmaatschap van de partij, en ondanks hun bekwaamheid, hadden de meeste van zijn officieren weinig over het verdere verloop van hun carrière te zeggen gehad. De staat had niet de gewoonte kleine vergrijpen uit het verleden, ook niet uit de onbezonnen jeugd, te vergeten. De raketofficier werd achtergesteld omdat zijn ouders weliswaar toegewijde communisten, maar niettemin van joodse afkomst waren; zulke mensen genoten geen vertrouwen. Een ander was gedegradeerd omdat zijn broer bedenkingen had geuit tegen de inval in Tsjechoslowakije in 1968, een daad waarmee hij zijn hele familie te schande had gemaakt. Borodin zou nooit voor een eigen commando in aanmerking komen omdat hij ooit een zampolit van homoseksuele praktijken had beschuldigd – wat hem duur was komen te staan, aangezien de man een zoon was van de voornaamste politieke commissaris bij de Noordelijke Vloot. Vele wegen leiden tot verraad.

'Wat doen we als ze ons lokaliseren?' vroeg Kamarov.

'Ik betwijfel of zelfs de Amerikanen ons kunnen opsporen als de rups in werking is,' zei Ramius. 'Onze eigen duikboten zijn er zeker niet toe in staat. Vergeet niet dat ik zelf een van de ontwerpers ben, kameraad.'

'Ze zullen ons met alle middelen willen tegenhouden.'

Ramius glimlachte. 'Luiden onze orders niet dat we opsporing moeten vermijden? Dat zullen we.'

# De vierde dag – maandag 6 december

*Langley*

Ryan liep door de gang op de bovenste verdieping van het CIA-hoofdkwartier in Langley, Virginia. De drie controleposten die hij inmiddels was gepasseerd hadden hem niet gevraagd het koffertje te openen dat hij nu onder de houtje-touwtjejas hield die hij ooit van een marineofficier had gekregen.

Het chique kostuum dat hij onder zijn jas droeg was gekocht op Savile Row, vooral op aandringen van zijn vrouw. De Engelse snit overleefde elke modegolf zonder uit de tijd te raken. Hij had verscheidene van zulke pakken in de kast hangen, netjes op kleur geordend, en een groot aantal witte overhemden en gestreepte dassen. Zijn uiterlijke verschijning werd voltooid door een digitaalhorloge met een gouden band, zijn trouwring en een ring van de universiteit. Hoewel hij in alle kringen voor de dag kon komen, vergat hij nooit de essentie van zijn werk: door alle schijn heen kijken om de waarheid te ontdekken.

Ryan was van normaal postuur, waaraan ietwat afbreuk werd gedaan door een beginnend buikje – het miserabele Engelse klimaat dwong hem tot te weinig lichaamsbeweging. In zijn blauwe ogen lag vaak een misleidend afwezige blik wanneer hij in gedachten bij zijn werk of zijn laatste boek verkeerde. Zijn onopvallende gestalte hinderde hem niet in het minst; degenen op wie hij indruk moest maken wisten toch al wat hij waard was, en hoe anderen over hem dachten interesseerde hem nauwelijks. Hij had geen ambitie om de kranten te halen, het leven had hem al meer te bieden dan je zo aan hem kon afzien. Hij was blij met zijn vrouw en twee kinderen, met het werk waarop hij zijn talenten kon botvieren, met de financiële onafhankelijkheid die hem in staat stelde zijn eigen weg te kiezen. Voor Jack Ryan was die weg de CIA. De waarheid maakt je vrij, luidde het officiële motto van de CIA en Ryan hield zichzelf minstens een keer per dag voor dat het maar een kwestie was van die waarheid te vinden. Ook al betwijfelde hij of hij er ooit in zou slagen die opperste staat van genade te bereiken, in zijn hart vond hij er vrede mee er af en toe een glimp van op te vangen.

Het kantoor van de onderdirecteur inlichtingen besloeg een hoek van de bovenste etage en keek uit op het beboste dal van de Potomac. Ryan passeerde de laatste controle.

'Hallo, Nancy.' Hij glimlachte naar de secretaresse die hier al twintig jaar werkte en acht onderdirecteuren had zien komen en gaan. Ver-

moedelijk wist ze net zoveel van het inlichtingenwerk als haar chef.
'Alles goed met uw vrouw en kinderen, dr. Ryan?'
'Reken maar. Alleen maakt Sally zich zorgen. Ze is bang dat het kerstmannetje niet weet dat we verhuisd zijn, zodat hij ons dit jaar overslaat.'
'Leuk zijn kinderen op die leeftijd.' Nancy drukte op een onzichtbaar knopje. 'U kunt meteen naar binnen.'
Ryan deed de elektronisch beveiligde deur open en betrad het kantoor. Vice-admiraal James Greer zat in zijn hoge stoel een dossier te lezen. Zijn overgrote mahoniehouten bureau was beladen met stapels mappen, de randen afgeplakt met rood band en bedrukt met codewoorden.
'Kom binnen, Jack!' riep hij opgewekt. 'Koffie?'
'Graag.'
James Greer was zesenzestig jaar oud, maar aan pensioen wilde hij niet denken. Wat dat betreft was zijn wilskracht even groot als die van zijn voorganger, Hyman Rickover. Hij was een werkpaard, in veertig jaar tijd opgeklommen van dienstplichtig matroos tot drie-sterrenadmiraal. Na zijn actieve dienst als duikbootcommandant was hij overgegaan naar de CIA om zijn ervaring niet te verspillen. Greer was veeleisend, maar voor wie zijn vertrouwen eenmaal had gewonnen kon hij door het vuur gaan. Ryan was een van die mensen.
Ryan ging naar het koffiezetapparaat op het tafeltje achter Greers bureau – de admiraal deed, ietwat tot Nancy's teleurstelling, aan zelfbediening. Hij pakte een kroes zonder oor zoals bij de vloot gebruikelijk, en schonk zich een bak van de sterke vloeistof in.
'Als je honger hebt,' zei Greer, 'ik heb hier een paar smakelijke broodjes voor je.' De admiraal trok een lade open en haalde een trommeltje te voorschijn.
'Die gaan er wel in. Ik heb niet veel gegeten aan boord.'
Greer lachte. 'Vliegen bevalt je nog steeds niet?'
Ryan ging in de stoel tegenover het bureau zitten. 'Ik kan er maar niet aan wennen. Zo'n Concorde is trouwens wel prettig, je hoeft maar half zo lang in de rats te zitten. Deze broodjes zijn prima.'
'Er is bij mij in de buurt een nieuwe bakker gekomen. Ik ga er elke ochtend even langs.' Greer ging rechtop zitten. 'Maar goed, waar kom je voor?'
'Ik heb foto's bij me van de *Red October*, de nieuwe Russische duikboot,' zei Ryan tussen twee happen door.
'Zo, en wat willen onze Britse broeders ervoor terug?' vroeg de admiraal wantrouwend.
'Een toelichting op de nieuwe instrumenten van Barry Somers. Niet de apparatuur zelf – nog niet – maar wel de ontwikkelde opnamen.

Het lijkt me een billijke vraag.' Ryan wist heel goed dat de CIA niet over foto's van de nieuwe onderzeeër beschikte. Er waren geen betrouwbare informanten op de werf van Sewerodwinsk of op de basis Poljarny, terwijl de overdekte 'boothangars' satellietogen onbruikbaar maakten. 'We hebben tien opnamen, gelijk verdeeld over voor- en achtersteven. Twee negatieven zijn nog niet ontwikkeld, zodat Somers zijn gang kan gaan. Vaste afspraken zijn er niet, maar ik heb Sir Basil gezegd dat u het in overweging zou nemen.'
Greer bromde. Sir Basil Charleston was het hoofd van de Britse inlichtingendienst en het toonbeeld van het gezegde: 'Voor wat, hoort wat.' De afspraken tussen de diensten van verschillende landen hadden veel weg van koehandel. 'We kunnen de nieuwe techniek alleen toepassen als we over de gebruikte camera beschikken, Jack.'
'Dat weet ik.' Ryan haalde de camera uit zijn jaszak. 'Zoals u ziet is het de laatste mode, klein en plat. Sir Basil zei dat hij in een tabakszak was verstopt.'
'Hoe wist je dat we die camera nodig hadden?'
'Er zijn wel meer dingen die ik weet...'
'Geen grapjes, Ryan. Vertel op!'
'U weet dat we in februari over de nieuwe SS-20-installaties aan de Chinese grens spraken. Na afloop bracht ik Somers naar het vliegveld, en onderweg vertelde hij honderduit over het nieuwe idee waar hij aan ging werken. Ik kon lang niet alles volgen, maar het werd me wel duidelijk dat hij laserstralen door de camera stuurt om een mathematisch model van de lens te krijgen. De rest is gokwerk... Ik denk dat hij uit de belichte negatieven het oorspronkelijke beeld haalt en met behulp van een computer-gestuurde lens een duidelijke afdruk krijgt. Iets dergelijks moet het zijn.'
Het gezicht van de admiraal verried dat hij het bij het rechte eind had.
'Somers moet zijn grote bek eens leren houden.'
'Dat heb ik hem ook gezegd, sir. Maar als hij eenmaal begint, is er geen houden meer aan.'
'En hoeveel weten de Britten?' vroeg Greer.
'Dat durf ik niet te zeggen. Sir Basil stelde me allerlei vragen, maar ik heb me op de vlakte gehouden. Per slot van rekening ben ik meer thuis in economie en geschiedenis dan in techniek. Ik heb wel gezegd dat we de camera nodig hadden, maar dat wist hij al. Hij had het ding in zijn bureau liggen.'
'Ik zou wel eens willen weten tegen wie hij nog meer zijn mond heeft opengedaan. Dat heb je met die knappe koppen, die leven in hun eigen wereldje. Somers is soms net een klein kind. En je kent onze eerste regel: de kans dat een geheim verraden wordt, is evenredig aan het *kwadraat* van het aantal ingewijden.' Het was een van Greers favoriete uitspraken.

De telefoon ging. De admiraal nam op. 'Greer... Bedankt.' Hij legde neer en keek Ryan aan. 'Charlie Davenport is op weg naar boven, Jack, zoals je gevraagd had. De sneeuw heeft hem zeker opgehouden.' De admiraal gebaarde naar het raam. Buiten was alles bedekt met een witte laag en er was nog meer sneeuw voorspeld. 'Er hoeft hier maar een sneeuwvlok te vallen en alles loopt in het honderd.'
Ryan begon te lachen. Greer scheen soms te denken dat hij nog op het platteland van Maine was, waar hij vandaan kwam.
'Je vindt dus dat we op het voorstel moeten ingaan?'
'Er zijn zoveel tegenstrijdige verhalen over die nieuwe boot in omloop dat we dringend behoefte hebben aan goede foto's. Het is natuurlijk aan u en de directeur om te beslissen, maar het lijkt me een goede ruil. Het zijn leerzame opnamen.'
'We kunnen beter iemand op die verdomde werf zien te krijgen,' zei Greer somber. Ryan ging er niet op in. Het feitelijke spionagewerk ging hem niet aan, zolang hij maar gegevens op zijn bureau kreeg die hij naar hun waarde kon beoordelen. Hoe ze hem bereikten interesseerde hem niet. 'Basil liet zeker niets los over hun eigen mannetje?'
Ryan schudde glimlachend het hoofd. 'Nee, en ik heb er niet naar gevraagd ook.' Greer knikte instemmend.
'Morgen, James!'
Ryan keek om en zag schout-bij-nacht Charles Davenport binnenkomen, de directeur van de marine-inlichtingendienst, met in zijn kielzog een kapitein.
'Hallo, Charlie. Je kent Jack Ryan, geloof ik?'
'Zeker. Ryan, dit is kapitein Casimir.'
Ryan drukte de twee nieuwkomers de hand. Davenport had hem enkele jaren eerder eens flink aan de tand gevoeld nadat hij op de marineschool in Newport een lezing had gehouden. De admiraal was afkomstig uit de luchtvaartdienst, maar had sinds een halve crash zelf nooit meer gevlogen. Het verhaal ging dat hij sinds het ongeluk een wrok koesterde die hem tot een ongemakkelijke baas maakte, maar niemand wist tegen wie die wrok gericht was.
'Neem een bak koffie, jongens,' zei Greer, 'en ga zitten. Ryan heeft een aardigheidje meegebracht.'
Casimir haastte zich om twee kommen koffie in te schenken. Ryan wachtte tot iedereen zat, waarna hij zijn aktentas openmaakte en enkele dossiers te voorschijn haalde. Drie ervan deelde hij rond.
'Ik hoor dat je wel vaker leuke verrassingen voor ons hebt,' zei Davenport. Hij stond bekend als een wispelturig mens die in een oogwenk van stemming kon veranderen. Zeker om zijn ondergeschikten onder druk te houden, dacht Ryan.
'Allemachtig!' Davenport staarde naar de inhoud van de map.

'Heren,' zei Ryan vormelijk, 'namens de Britse geheime dienst bied ik u de *Red October* aan.'
De foto's waren naar verschillende grootte gegroepeerd en toonden om en om voor- en achtersteven van de duikboot. Alle opnamen waren vanuit een lage, schuine hoek gemaakt, blijkbaar vanaf de rand van het dok waarin de *October* na de eerste proefvaart was afgemeerd.
'Het zal u niet verbazen dat de kwaliteit te wensen overlaat,' vervolgde Ryan. 'Er is een 400-asa kleurenfilm gebruikt. De eerste twee stellen foto's zijn normaal ontwikkeld, bij het derde is de kleur, bij het vierde de lijnoplossing digitaal versterkt. Twee negatieven zijn ten behoeve van Barry Somers achter de hand gehouden.'
'Zo?' Davenport keek vluchtig op. 'Verdomd aardig van de Britten. Wat staat er tegenover?'
Greer vertelde het hem. 'Jack vindt dat we akkoord moeten gaan.'
'Geen wonder,' lachte Davenport. 'Je weet toch dat hij eigenlijk voor hen werkt?'
Ryan haalde diep adem en bedwong een scherpe reactie. Hij mocht de Engelsen, hun aanpak beviel hem, maar hij begreep ook dat Davenport hem wilde prikkelen.
'Ik vergis me toch niet als ik zeg dat Sir John Ryan goede contacten met de eilandbewoners heeft?' drong Davenport aan.
Ryan was in de adelstand verheven nadat hij als toevallige voorbijganger in het St. James' Park in Londen een terroristische aanslag op twee prominente figuren had weten te verhinderen. Hij was als onschuldige Amerikaanse toerist naar Engeland gegaan, lang voordat hij iets met de CIA te maken kreeg. Zijn ingrijpen bezorgde hem meer publiciteit dan hem lief was, al kwam hij daarmee ook in de belangstelling te staan van mensen die hij nodig had. De indertijd gelegde contacten maakten hem ook interessant voor de CIA, die hem vroeg toe te treden tot een Brits-Amerikaanse overleggroep. Uit die tijd dateerde zijn goede verstandhouding met Sir Basil Charleston.
'We hebben meer dan genoeg vrienden in Engeland, admiraal,' antwoordde Ryan koel. 'Daar heeft u deze foto's aan te danken.'
Davenport bond in. 'Akkoord, Jack. Ik laat het aan jou over om een passende tegenprestatie te bepalen, dat is het zeker waard. Vertel nu eens wat meer over de foto's.'
Voor een ongeschoold waarnemer onthulden de opnamen weinig meer dan de stompe boeg en spitse achtersteven van een atoomonderzeeër. De opmerkelijke afmetingen waren af te leiden uit de silhouetten van arbeiders tegen de stalen romp. De twee schroeven waren bevestigd aan beide zijden van wat de Russen een 'beverstaart' noemden, een plat uitsteeksel. Een enkel detail liet zich niet zo makkelijk raden.

'Waar dienen die deuren voor?' vroeg Casimir.
Davenport deed of hij het niet gehoord had. 'Een verduiveld groot ding is het. Zo te zien zeker tien meter langer dan we dachten.'
'Iets meer dan dertien meter,' zei Ryan. Hij mocht Davenport niet erg, maar de admiraal wist waar hij het over had. 'Somers kan het wel precies uitrekenen, denk ik. En de wijdte beslaat twee meter meer dan bij de andere boten van de Typhoon-klasse, waar deze een voortzetting...'
Davenport viel hem in de rede. 'Casimir stelt een goeie vraag. Waar dienen deze deuren voor?'
Ryan had het zelf al na vijf seconden gezien. 'Dat weet ik niet, en de Engelsen tasten eveneens in het duister.'
Voor en achter waren duidelijk twee deuren zichtbaar, half rond van vorm. Omdat ze gesloten waren, was alleen de omranding te zien.
'Lanceerbuizen misschien?' zei Greer. 'Of nee, ik zie er vier binnenboords.' Hij haalde een vergrootglas uit zijn bureau – ogenschijnlijk een anachronisme in de eeuw van de computer.
'Jij bent hier de duikbootman, James,' merkte Davenport op.
'Dat was twintig jaar geleden, Charlie.' Greer was al in het begin van de jaren zestig overgestapt naar de CIA. Ryan keek naar het uniform van Casimir en herkende de tekens van de marineluchtvaartdienst. De kapitein was blijkbaar verstandig genoeg om zich zoveel mogelijk buiten de discussie te houden. Zo te zien behoorde hij niet tot de haviken.
'Nee, lanceerbuizen kunnen het niet zijn. Hier zie je de openingen in de boeg, vier stuks... Kunnen die deuren niet iets te maken hebben met hun nieuwe kruisvluchtraketten?'
'Dat zeiden de Engelsen ook,' antwoordde Ryan. 'Ik heb er met een paar marinemensen over gesproken. Maar volgens mij kan het niet. Je gebruikt geen lanceerdek voor wapens die tegen oppervlakteschepen gericht zijn, wij in elk geval niet. En de deuren zijn symmetrisch geplaatst ten opzichte van de lengteas. Aan de achtersteven zitten ze vlak bij de schroeven, dat zou veel te link zijn.'
'Sonarapparatuur die ze achter zich aan slepen?' vroeg Davenport.
'Dan zouden ze een schroef buiten gebruik moeten houden,' wierp Ryan tegen. 'Waarom hebben ze er twee?'
Davenport keek hem kwaadaardig aan. 'Die lui doen alles overdadig.'
'Twee deuren voor, twee achter. Openingen voor kruisraketten houd ik voor mogelijk, net als sonarlijnen. Maar waarom zijn de deuren voor en achter dan van dezelfde grootte?' Ryan schudde zijn hoofd. 'Dat kan geen toeval zijn. Volgens mij is het iets nieuws, dat zou meteen verklaren waarom de bouw twee jaar vertraagd is. Ze hebben al die tijd nodig gehad om het conventionele model van de Typhoon aan

te passen. En ik mag misschien ook nog opmerken dat het aantal meegevoerde raketten met zes is uitgebreid.'
'Dat denk je,' zei Davenport.
'Daar word ik voor betaald.'
'Oké, Jack,' zei Greer, 'stort je hart maar uit.'
'Over de details kan ik niets zeggen, sir. Ik ben nu eenmaal geen technicus.'
Admiraal Greer keek de kamer rond. Daarna leunde hij met een glimlach achterover. 'Samen zijn we goed voor negentig jaar ervaring op zee, en dan hebben we ook nog onze liefhebber.' Hij gebaarde naar Ryan. 'We liggen aan je voeten, Jack. Je bent niet voor niets persoonlijk gekomen.'
'Nee, ik wil deze foto's aan iemand laten zien.'
Greer hield zijn hoofd schuin en keek hem achterdochtig aan. 'Aan wie?'
'Skip Tyler. Zegt die naam misschien iets?'
'Mij wel,' zei Casimir. 'Ik ken hem van Annapolis, waar hij een klas lager zat dan ik. Hij heeft toch een ongeluk gehad?'
'Ja, vier jaar geleden verloor hij een been bij een aanrijding. Een dronken automobilist reed hem van de weg, terwijl hij zijn aanstelling tot commandant van de *Los Angeles* praktisch op zak had. Tegenwoordig doceert hij technische vakken aan de marineschool. Hij wordt ook veel gevraagd als adviseur, daar heeft hij zowel de kennis als de inventiviteit voor.'
'Is hij te vertrouwen?' vroeg Greer.
'Volkomen. In verband met zijn werk is hij op alle mogelijke manieren gescreend.'
'Heb jij bezwaren, Charlie?'
Davenport keek fronsend voor zich uit. Tyler behoorde nu eenmaal niet tot de ingewijden van het inlichtingenwerk. 'Is dat dezelfde Tyler die ons over de *Kirov* heeft ingelicht?'
'Nu je het zegt, dat was hij inderdaad,' antwoordde Casimir. 'Hij heeft samen met Saunders aan de *Kirov* gewerkt.'
'Als hij nu weer zulk werk levert heb ik geen bezwaar.'
'Wanneer ga je naar hem toe, Ryan?' vroeg Greer.
'Als het kan vandaag nog. Ik moet toch in Annapolis zijn om iets op te halen... en om inkopen voor de kerst te doen.'
Davenport keek hem aan. 'Hebben ze je in Engeland ook verteld dat de *October* vrijdag is uitgevaren?'
Het nieuws overviel Ryan. 'Nee, ik dacht dat de afvaart voor deze week gepland was.'
'Dat dachten wij ook. Marko Ramius is de commandant. Komt die naam je bekend voor?'

'Alleen van horen zeggen. Volgens de Britten is hij een van de beste kapiteins.'
'Dat is nog zacht uitgedrukt,' merkte Greer op. 'Een echte waaghals is hij, zoals we die niet vaak tegenkomen. Bij de militaire inlichtingendienst hadden ze een omvangrijk dossier over hem. Wie houdt hem voor jullie in de gaten, Charlie?'
'De *Bremerton* heeft een speciale opdracht gekregen, meteen nadat het bericht over de afvaart doorkwam. Bud Wilson voert het bevel.'
'Bud Wilson, de zoon van Red?' lachte Greer. 'Dat was nog eens een felle! Is zijn zoon net zo?'
'Ze zeggen van wel. Ramius mag dan een van de betere Russische commandanten zijn, Bud beschikt over de beste apparatuur. Over een week hebben we een schat aan gegevens over de *Red October*.' Davenport stond op. 'We moeten er weer vandoor, James. Kan ik deze foto's houden?'
'Wat mij betreft wel, Charlie, zolang je ze niet aan het prikbord hangt. Ook niet om pijltjes naar te gooien. Jij wilt zeker ook op weg, Jack?'
'Dat lijkt me het beste.'
Greer nam de telefoon op. 'Nancy, wil je voor dr. Ryan een wagen laten komen? Ja, dank je.'
Davenport en Casimir namen afscheid en vertrokken. 'Met die sneeuw kun je wel een wagen gebruiken, Jack,' zei Greer. 'En een chauffeur ook, want na een jaar in Engeland zul je wel een onbedwingbare neiging hebben om links aan te houden.'
'Dat zou best eens kunnen. Kan ik een stel foto's bij Tyler achterlaten?'
'Wat mij betreft... al hoop ik bij God dat hij inderdaad te vertrouwen is. En hij mag ze in geen geval laten slingeren.'
'Daar zorg ik wel voor.'
'Ik denk niet dat je vroeg terug bent met dit weer. Je hebt een kamer in het Marriott genomen?'
'Ja.'
'Greer dacht een ogenblik na. 'Ik heb zelf nog overwerk te doen. Kom nog even langs voor je onder de wol kruipt, dan kunnen we eens bijpraten.'
'Afgesproken, sir.'
Ryan nam afscheid en Greer bleef alleen achter. Hij mocht Ryan; eindelijk iemand die niet te beroerd was om ronduit te zeggen wat hij op z'n hart had. Greer vermoedde dat het te maken had met Ryans financiële onafhankelijkheid, een bevoorrechte positie waardoor hij nauwelijks vatbaar was voor omkoperij of chantage. Desnoods kon Ryan zich uitsluitend bezighouden met het schrijven van historische boe-

ken. Greer hechtte geen geloof aan het verhaal dat Ryan uit vrije wil zijn bestaan als beursmakelaar had opgegeven omdat hij zijn geluk niet al te zeer op de proef wilde stellen; hij achtte het veel waarschijnlijker dat Jack zich was gaan vervelen – per slot van rekening was hij met een rijke vrouw getrouwd, dus waarom zou hij zich om een extra inkomen druk maken? De admiraal schudde vertwijfeld zijn hoofd. Ryan was niet alleen een van zijn betere assistenten, zijn goede relaties met de Britse inlichtingendienst maakten hem dubbel waardevol. Ryan bezat het zeldzame vermogen uit een hele stapel gegevens de essentie te halen, en om zulke mensen zat de CIA dringend verlegen. Er ging nog altijd te veel geld en tijd zitten in het verzamelen van inlichtingen, en te weinig in het beoordelen ervan. Het wezenlijke werk had nog maar weinig te maken met de spionageverhalen die door de filmindustrie gepopulariseerd waren. Jack Ryan was een van de weinigen die durfden te zeggen wat ze dachten, ook al was het voor hun bazen niet even prettig om te horen. Er zaten te veel mensen bij de CIA die hun meerderen alleen maar naar de ogen keken.

*Marineschool, Annapolis*

Oliver Wendell Tyler was een groot deel van zijn linkerbeen kwijtgeraakt, iets wat aan zijn levenslust geen afbreuk had gedaan. Zijn vrouw kon erover meepraten: sinds het ongeluk, vier jaar geleden, hadden ze er nog drie kinderen bijgekregen terwijl ze nu aan een zesde werkten. Ryan vond hem in een leeg lokaal in Rickover Hall, een van de gebouwen van de marineschool in Annapolis.

'Hallo, Skip,' zei Ryan vanuit de deuropening.

'Hé, Jack! Ik dacht dat jij in Engeland zat.' Tyler stond op en hobbelde naar de deur om hem de hand te schudden. Hij had vroeger in een rugbyteam gezeten, en zijn lichaam was even hard als het aluminium en fiberglas in zijn kunstbeen. Zijn handdruk was krachtig genoeg om een gorilla af te schrikken. 'Wat kom je hier doen?'

'Ik ben hier voor mijn werk... en om inkopen te doen voor de kerst. Hoe is het met Jean en je vijf kinderen?'

'Vijf en driekwart.'

'Alweer? Jean moest je laten steriliseren.'

'Nee, dank je, aan mijn lijf geen gedonder meer.' Tyler lachte. 'Ik denk dat ik nog wat wil goedmaken na al die eenzame jaren onder water. Pak een stoel.'

Ryan ging aan de lessenaar zitten en haalde een map uit zijn aktentas. 'Zeg eens wat je van deze foto's vindt.'

'Goed.' Tyler sloeg de map open. 'Zo, wat een knaap! Zo te zien is het een Typhoon, maar dan met de nodige aanpassingen. Zesentwintig

raketten in plaats van twintig. Een stuk langer ook. De romp is wat afgeplat. Breder?'
'Twee tot drie meter.'
'Ik hoorde dat je tegenwoordig bij de CIA zit. Je mag zeker niet te veel kwijt?'
'Nee. En deze foto's heb je nooit gezien, Skip. Akkoord?'
'Afgesproken. Wat is de reden dat ik er niet naar mag kijken?' vroeg Tyler lachend.
Ryan liet hem de vergrotingen zien. 'Het gaat om deze deuren voor en achter.'
Tyler legde de opnamen naast elkaar. 'Behoorlijk groot, zeg twee meter elk, symmetrisch geplaatst. Lanceeropeningen voor kruisvluchtwapens misschien?'
'Dat kan haast niet. Verder zijn er alleen lange-afstandswapens aan boord.'
'Die commies zijn een raar stel, Jack, ze hebben zo hun eigen ideeën. Vergeet niet dat de boten van de Kirov-klasse een kernreactor èn stoomturbines aan boord hebben! Hm, ik zie dat ze een dubbele schroef heeft. Die deuren achter kunnen niet voor de sonar zijn, daarvoor zitten ze te dicht bij de schroeven.'
'Behalve als ze maar één schroef laten draaien.'
'Dat doen ze wel eens om brandstof te sparen, net als oppervlakteschepen, maar dit ding is zo groot dat je volgens mij twee schroeven nodig hebt om op koers te blijven. Zie je dat de deuren aan weerskanten van de boeg elkaar bijna raken?'
'Dat valt me nu pas op.'
Tyler keek op. 'Verdomd, dat had ik meteen kunnen weten! Het is een voortstuwingssysteem. Dat krijg je als je te lang voor de klas staat, Jack, dan verlies je je scherpte.'
'Wat bedoel je met een voortstuwingssysteem?'
'In de tijd dat ik hier kadet was, een jaar of twintig geleden, waren we er zelf mee bezig. Maar het onderzoek werd stopgezet, het systeem bleek te inefficiënt.'
'Vertel er eens wat meer over.'
'Het is eigenlijk het principe van een ouderwetse watermolen. Water wordt bij de boeg ingelaten en door rotorbladen aan de achterkant weer uitgestoten – dat levert de kracht voor de voortstuwing.' Tyler dacht fronsend na. 'Als ik me niet vergis hadden wij in het begin van de jaren zestig een prototype gebouwd, met twee tunnels aan weerskanten en vier rotoren.'
Ryan maakte haastig wat aantekeningen. 'Waarom is het niets geworden?'
'Het vermogen was het grote knelpunt. De tunnels nemen veel ruim-

te in beslag en kunnen toch maar een beperkte hoeveelheid water opnemen. De druk op de rotorbladen werd gedeeltelijk opgevoerd door het invoegen van inductiemotoren, maar ook die namen weer veel plaats in. Alles bij elkaar leverde het een topsnelheid van tien knopen op, en dat werd onvoldoende geacht. Een voordeel was wel dat je veel minder geluid voortbracht.'
'Hoe zit dat?'
'Het draaien van een gewone schroef op hoge snelheid trekt net achter de boeg bijna een vacuüm. Daardoor verdampt het water en krijg je een belletjesspoor. Die belletjes klappen meteen weer uit elkaar, het water wordt tegen de schroef aangezogen. Dat geeft op zich al geluid, wat de kans op ontdekking groter maakt, en bovendien veroorzaakt de ongelijkmatige druk aanzienlijke trillingen. Bij die grote passagiersschepen van vroeger kon je die trilling zelfs aan de boeg zien, dus je kunt wel nagaan wat een kracht erachter zit. De schroeven die ze vroeger gebruikten, gingen maar een paar jaar mee, tegenwoordig zijn de materialen er beter op berekend. Hoe dan ook, bij dit systeem hoor je voornamelijk geluid in de tunnels zelf, niet aan de buitenkant.
Het probleem is alleen dat je veel te veel ruimte nodig hebt om een behoorlijke snelheid te ontwikkelen.'
'Dus ik kan het zo samenvatten: het is een geluidarm voortstuwingsmechanisme met een topsnelheid van tien knopen?'
'Bij benadering,' zei Tyler. 'Om het precies te zeggen zou ik de gegevens moeten opvragen van het Taylor Laboratorium waar ons onderzoek is uitgevoerd, maar ik denk dat alles nog militair geheim is. Trouwens, die cijfers moet je met een korreltje zout nemen.'
'Waarom?'
'Vergeet niet dat het twintig jaar geleden is. Het prototype was niet groter dan vijf meter en tegenwoordig kun je met de computer veel nauwkeuriger modellen berekenen.' Tyler tikte op de foto's. 'Aan de hand van deze afmetingen kunnen we veel meer te weten komen – het probleem is dat je daar een verdomd grote computer voor nodig hebt.'
'Je zou er een van ons kunnen gebruiken, dat kan ik wel voor je versieren.'
Tyler lachte. 'Daar verkijk je je lelijk op, Jack. Vergeet niet dat je een compleet model moet maken, een gedetailleerd schema van de waterstroom, de druk van de rotorbladen, de invloed van elektromotoren, noem maar op. Dan zit je al aardig in de richting van wat de NASA met de Space Shuttle heeft moeten doen, dat zijn ettelijke miljoenen berekeningen per seconde. Als je het goed wilt doen heb je een Cray-computer nodig, en daar zijn er maar een paar van. De NASA heeft er een staan in Houston, de marine in Norfolk – die kunnen we wel verge-

ten. Het Pentagon zal er zeker een hebben, en dan zijn er nog een stuk of wat in Californië.'
'Maar je denkt dat je het onderzoek voor ons kunt doen als ik voor een computer zorg?'
'Absoluut.'
'Goed, wat mij betreft kun je aan de slag. Hoelang heb je nodig, denk je?'
'Dat hangt af van de gegevens die ze op het laboratorium nog hebben. Laten we zeggen een week.'
'Hoeveel wil je ervoor hebben?'
Tyler maakte een afwerend gebaar. 'Kom nou.'
'Het is vandaag maandag, Skip. Zorg dat je vrijdag iets voor ons hebt, dan hou je er twintigduizend dollar aan over. Akkoord?'
'Top.' Ze drukten elkaar de hand. 'Kan ik de foto's houden?'
'Als je een veilige plaats hebt om ze op te bergen. Niemand krijgt ze te zien, Skip, absoluut niemand.'
'De directeur heeft een kluis in zijn kantoor. Hij zal het niet leuk vinden dat hij ze niet mag zien, maar bewaren doet hij ze zeker.'
'Desnoods laat je hem admiraal Greer bellen. Hier is het nummer.' Ryan gaf hem een kaartje.
'Begrepen, Jack. En laat me nu maar met rust, je hebt me weinig tijd gegeven tot vrijdag. Ik hoor nog van je.'
Ryan nam afscheid en liet Tyler aan het werk. Hij zocht zijn chauffeur op en liet zich naar een speelgoedzaak rijden.

*Langley*
Ryan was om acht uur die avond terug op het hoofdkwartier van de CIA. Een snelle gang langs de veiligheidsposten bracht hem in het kantoor van Greer.
De admiraal keek op. 'Zo, heb je je Surf Barbie gevonden?'
'Ski Barbie,' verbeterde Ryan. 'Doet u zelf nooit iets aan de kerst?'
'Daar ben ik te oud voor, Jack. Zelfs mijn kleinkinderen zijn die leeftijd gepasseerd.' Greer draaide zich om naar het koffiezetapparaat. Ryan vroeg zich af of de admiraal ooit wel eens sliep. 'Er is wat meer nieuws over de *Red October*. Het schijnt dat de Russen in de Barentszzee een grote oefening aan het houden zijn. Een handvol verkenningsvliegtuigen, een eskader fregatten en minstens een Alfa-duikboot.'
'Dat lijkt op een oefening in duikbootbestrijding. Volgens Tyler maken die deuren deel uit van een nieuw voortstuwingssysteem.'
'Zo?' Greer leunde naar achteren. 'Vertel maar op.'
Ryan keek in zijn aantekeningen en gaf een korte samenvatting. 'Skip zegt dat hij een computermodel kan maken,' besloot hij.

Greer trok zijn wenkbrauwen op. 'Op welke termijn?'
'Misschien binnen een week al. Ik zei dat hij twintigduizend dollar tegemoet kon zien als hij het tegen vrijdag voor elkaar had.'
'Is het dat waard?'
'Als hij genoeg gegevens kan verzamelen zeker. Tyler is een van de beste, admiraal. Je promoveert niet zo maar aan het MIT.'
'Goed, maar twintigduizend...' Greer stond bekend om zijn zuinige aanpak.
Ryan had zijn antwoord klaar. 'Als we het onderzoek uitbesteden zijn we vijf tot tien keer zoveel kwijt – en dan mogen we van geluk spreken als we tegen Pasen iets horen. Als het op deze manier lukt, hebben we er iets aan terwijl de *October* nog op zee is. Desnoods wil ik het zelf nog wel voor mijn rekening nemen, maar ik heb alle reden om aan te nemen dat Tyler met iets bruikbaars komt.'
'Je hebt gelijk,' zei Greer. Het was niet de eerste keer dat Ryan van de gebruikelijke procedure afweek om resultaat te bereiken – en voor Greer telde alleen dat laatste. 'Goed, de Russen hebben dus een nieuwe aanvalsonderzeeër met een geruisloze aandrijving. Wat willen ze daarmee?'
'Het kan niet veel goeds zijn. Opsporing van vijandelijke duikboten is een van de belangrijkste pijlers van onze defensie, met dit systeem wordt het een ander spelletje. Ik heb overigens niet gehoord van welk materiaal de romp van de *October* is gemaakt.'
'Van staal. De Russen kunnen zich bij zo'n bakbeest geen titaanlegeringen veroorloven. Je weet hoeveel geld hun Alfa's verslinden.'
'Meer dan hun lief is. Het is trouwens knap stom van die dure boten te bouwen zonder iets aan het lawaai te doen.'
'Dat kan zijn, maar de snelheid is een belangrijk pluspunt. Hoe dan ook, als die nieuwe aandrijving werkt zijn de Russen mogelijk in staat ongemerkt boven het continentaal plat te komen.' In een van de onverkwikkelijkste scenario's van een oorlog werd Washington – op net honderdvijftig kilometer van de Atlantische Oceaan gelegen – van niet al te grote afstand met kernkoppen bestookt. Als de Russen erin slaagden binnen vijf minuten het opperbevel uit te schakelen, zouden ze voldoende voorsprong krijgen om ook de Amerikaanse grondraketten op hun basis te vernietigen.
'Denkt u dat de *October* met dat doel gebouwd is?'
'Ze zullen er zeker aan gedacht hebben,' antwoordde Greer. 'Net als wij er rekening mee houden. In elk geval houdt de *Bremerton* een oogje in het zeil, en hopelijk komt Tyler binnenkort met een antwoord. Hoe voel je je?'
'Het is een lange dag geweest.'
'Dat geloof ik. Goed, dan moet Afghanistan maar tot morgen wach-

ten. Tot dan.'
Ryan pakte zijn jas en vertrok. Een kwartier rijden bracht hem bij het Marriott, waar hij de vergissing maakte de televisie aan te zetten. De rugbywedstrijd tussen Cincinnati en San Francisco werd uitgezonden, met de twee beste quarter-backs uit de competitie. Amerikaans rugby was een van de dingen die hij in Engeland het meest miste, en pas twee uur later viel hij voor het scherm in slaap.

*SOSUS*

Al het personeel was in uniform, anders had een leek zich in het ruimtevaartcentrum van de NASA kunnen wanen. De zes rijen controlepanelen waren elk voorzien van een beeldscherm en een toetsenbord, omringd door schakelkasten met ettelijke lampjes, koptelefoons en andere instrumenten.
De Atlantische sectie van SOSUS - het sonar surveillance systeem - was ondergebracht in een onopvallend overheidsgebouw met raamloze betonnen muren, een plat dak en een goed verzorgd, maar wintergeel grasveld voor de ingang. De drie toegangen werden onopvallend in het oog gehouden door gewapende mariniers. In de kelder werden twee computers bediend door twintig ingewijden, terwijl een drietal grondstations de verbindingen met satellieten en andere secties onderhield.
In alle zeeën ter wereld, maar vooral in de 'uitvalswegen' van Russische onderzeeërs, waren door de Verenigde Staten en andere NAVO-landen reeksen ultragevoelige sonarontvangers neergelaten. De talloze gegevens werden doorgeseind naar controlecentra en met behulp van een nieuwe generatie supercomputers geanalyseerd. Weinig of niets passeerde ongemerkt de apparatuur; zelfs de vrijwel geruisloze Britse en Amerikaanse duikboten werden meestal opgepikt.
Aan een van de bedieningspanelen zat Deke Franklin, van huis uit een oceanograaf. De ontvangers die hij beluisterde bestreken een sector van veertig zeemijl voor de kust van IJsland, gedeeltelijk overlapt door ten oosten en westen gelegen sectoren van zijn collega's. Elk binnenkomend signaal werd gecontroleerd door zijn 'buren', waarna het werd doorgegeven aan de bevelvoerend officier die op zijn beurt voortdurend in verbinding stond met alle vlooteenheden. Twee wereldoorlogen hadden geleerd hoe belangrijk het was zeeroutes open te houden.
Franklin zat bedachtzaam op een oude bruyèrepijp te paffen. Het was doodstil in de kerkerachtige ruimte, hoewel zijn peperdure koptelefoon hem effectief tegen elke storing uit de omgeving beschermde. Franklin had enkele jaren op destroyers en fregatten dienst gedaan, waardoor hij elke duikboot als een natuurlijke vijand beschouwde –

zelfs als ze onder Amerikaanse vlag voeren.
Ineens trok hij een wenkbrauw op en hield zijn bijna kale hoofd schuin. Hij vergat zijn smeulende pijp terwijl hij met zijn instrumenten aan de slag ging om een duidelijk signaal te krijgen. Het contact was erg zwak, maar het kon niet ver van de lijn zijn. Franklin voerde de gegevens in via het toetsenbord. Een ogenblik later kreeg hij als antwoord dat de *Dallas* zich vlak in de buurt bevond. Hebbes, dacht hij met een tevreden glimlach. Meteen hoorde hij een ander geluid, een laag gerommel dat slechts enkele seconden aanhield. Waarom had hij dat niet eerder opgevangen? Hij legde zijn pijp neer en probeerde zijn filters uit.
'Deke?' klonk het door zijn koptelefoon. 'Kun je even hier komen? Ik wil je iets laten horen.'
'Ik kom eraan, sir.' Overste Quentin, de officier van dienst, was kapitein van een destroyer geweest en werkte sinds kort halve dagen in het centrum nadat hij de strijd tegen een kankergezwel had gewonnen. Bijna gewonnen, verbeterde Franklin in gedachten. De zware medicijnen hadden hem vrijwel al zijn haar gekost en zijn huid tot doorzichtig perkament gemaakt.
De controleruimte was ingericht op een verhoging, zodat de chefs in een oogopslag de hele zaal en het grote beeldscherm tegen de achterwand konden overzien. De glazen afscheiding maakte het mogelijk gesprekken te voeren zonder de technici te storen.
Franklin vond zijn meerdere achter een van de panelen.
'Luister hier eens naar. We hebben het opgepikt in de Barentszzee,' zei Quentin.
Franklin zette de koptelefoon op en luisterde een paar minuten aandachtig zonder erbij te gaan zitten. Zoals zoveel mensen was hij diep in zijn hart bang dat kanker besmettelijk was.
'Het is daar behoorlijk druk. Ik hoor twee Alfa's, een Charlie, een Tango en een stuk of wat oppervlakteschepen. Wat zijn ze aan het doen?'
'Er is ook nog een Delta, maar die is net komen bovendrijven. Ze is een tijdje met actieve sonar bestookt en vervolgens door een destroyer ontdekt.'
'Hm, een oefening in duikbootbestrijding dus. En de Delta heeft verloren.'
'Misschien,' zei Quentin, over zijn ogen wrijvend. Hij zag er moe en overwerkt uit, en al was hij wat aangekomen, zijn energie had nog lang niet het oude peil bereikt. 'Maar de Alfa's liggen nog steeds op snelheid. Zoals je hoort houden ze nu een westelijke koers aan.'
Franklin dacht een poos na. 'Dan zijn ze op zoek naar een andere boot.

Misschien die Typhoon die een paar dagen geleden uitgevaren moet zijn?'
'Dat dacht ik eerst ook, maar die is intussen al veel verder naar het westen. We hebben haar niet teruggevonden, daarom is de *Bremerton* opgetrommeld om haar te zoeken.'
'Misschien is het een voorzichtige schipper en houdt hij de motoren stil.'
'Dat is mogelijk,' gaf Quentin toe. 'Deke, ik wil dat jij het gebied rond de Noordkaap in de gaten houdt om te zien of je haar kan ontdekken. De knapen die ik nu heb zitten zijn me wat te jong, een van hen kan jouw plaats zolang innemen. De Typhoon moet toch enig geluid maken, al was het maar de reactor.' Quentin hoefde niet met zoveel woorden te zeggen dat Franklin meteen zijn ervaring kon gebruiken om de groentjes die de sector rond de Noordkaap beluisterden het een en ander bij te brengen.
'Begrepen, kolonel.'
'Heb je de *Dallas* intussen gevonden?'
'Heel zwak, maar als ik me niet vergis was ze op weg naar haar station in het noordwesten. Als we er een Orion naar toesturen kunnen we haar aardig aan het schrikken maken...'
Quentin grinnikte. Ook hij beschouwde duikboten als zijn aartsvijanden. 'Nee, we hebben vorige maand genoeg geoefend, Deke. We noteren het en laten het de schipper weten zodra hij terug is. Goed werk, trouwens. Je weet wat ze van de *Dallas* zeggen – niemand zou haar kunnen horen.'
'Dan moeten ze toch vroeger opstaan!' snoof Franklin.
'Ik hoor wel van je, Deke.'
'Aye, aye, kolonel. En maak u niet te druk...'

# De vijfde dag – dinsdag 7 december

*Moskou*
Het was niet de fraaiste werkruimte in het Kremlin, maar aan meer had hij geen behoefte. Admiraal Joeri Ilitsj Padorin was al vroeg uit zijn ruime flat aan de Koetoezovski Prospekt vertrokken om zoals elke dag om zeven uur te beginnen. De muren die het Kremlin omsloten blokkeerden het uitzicht op de nu bevroren Moskwa, maar dat vond Padorin niet erg. Als voornaamste politieke officier van de Russische marine had hij met mensen te maken, niet met schepen.

Bij zijn binnenkomst knikte hij vluchtig naar zijn secretaris, een man van veertig die haastig opsprong om zijn chef van diens overjas te ontdoen. Het marineblauwe jasje van de admiraal was een bonte uitstalling van lintjes en eretekens, waaronder de stervormige gouden medaille van de hoogste Russische onderscheiding. Held van de Sovjetunie. Die had hij als sproetige knaap van twintig verdient door over de Wolga voorraden naar het belegerde Stalingrad te smokkelen. Voor hem was dat de goeie ouwe tijd, ondanks de gierende Stuka's en de blinde artilleriebeschietingen waarmee de fascisten zijn afdeling bestookten – zoals de meesten kon hij zich de dodelijke angst niet meer herinneren.

Het was dinsdag, en er lag een hele stapel post op hem te wachten. Zijn secretaris bracht hem een volle theepot en een glas in een houder van zwaar zilver. Padorin had lang en hard moeten werken voor deze post en de bijbehorende opsmuk. Hij nam plaats achter zijn bureau en concentreerde zich eerst op het overzicht van de gegevens die de inlichtingendienst elke ochtend en avond naar alle commandoposten van de marine stuurde. Een politiek officier moest op de hoogte blijven van de imperialistische plannen, zodat hij zijn eigen mensen tijdig kon informeren.

Daarna kwam de correspondentie van het Volkscommissariaat voor de Marine en het ministerie van Defensie. Van de eerste instantie kreeg hij alle post onder ogen, maar Defensie zorgde er altijd angstvallig voor zo min mogelijk gegevens aan derden door te spelen. Vandaag was er weinig nieuws. De normale maandagse bespreking had de werkweek in grote lijnen uitgestippeld, zodat Padorin veel aan zijn staf kon overlaten. Hij schonk nog een kop thee in en maakte een nieuw pakje sigaretten open – ook na een lichte hartaanval, drie jaar geleden, was hij er niet in geslaagd met zijn verslaving te breken.

Bijna onder in het postbakje lag een brief, verstuurd door de Noordelijke Vloot. Uit de code in de linker bovenhoek bleek dat hij van de *Red October* afkomstig was. Daar had hij toch net iets over gelezen? Padorin nam de vlootbewegingen nog eens door. Hm, Ramius was nog niet in het aangewezen gebied gearriveerd. En wat dan nog? Raketonderzeeërs werden geacht in stilte hun weg te gaan en het zou de doorgewinterde admiraal niets verbazen als Ramius een paar spionnen probeerde af te schudden. De zoon van de oude Aleksandr Ramius was een eersterangs soldaat, maar behept met de vervelende eigenschap aan persoonsverheerlijking te doen. Padorin had wel eens het idee dat Ramius in de eerste plaats zeeman was en te weinig communist. Aan de andere kant was hij de telg van een model partijlid en held van de Grote Patriottische Oorlog, daar veranderde ook zijn Litouwse afkomst niets aan. En Ramius zelf had een perfecte staat van dienst opgebouwd, ook was hij een trouw lid van de partij. Aan vergaderingen deed hij actief mee, van zijn hand waren briljante artikelen verschenen. Volgens de GROE, de Russische militaire inlichtingendienst, beschouwden de imperialisten hem als een gevaarlijke en bekwame vijand. Zulke mannen hebben we nodig, dacht Padorin. Hij keek naar de envelop.

De *Red October*, dat was nog eens een naam voor een Russisch oorlogsschip! Het was niet alleen genoemd naar de revolutie die de wereldgeschiedenis blijvend had veranderd, maar ook naar de roemruchte Tractorfabriek bij Stalingrad. Padorin had heel wat keren bij de dageraad naar het westen gekeken om te zien of het gebouw nog bestond waarin de kameraden zich tegen de horden van Hitler verdedigden. Padorin pakte zijn briefopener, eigenlijk zijn dienstmes waaraan hij dierbare herinneringen bewaarde. Het had hem zijn leven gered nadat zijn eerste kanonneerboot op een hete augustusavond in 1942 tot zinken was gebracht en hij op de oever op een Duitse infanterist was gestuit die geen verzet verwachtte van een halfverzopen marinier. Padorin had hem het mes in de borst gedreven, waarbij het lemmet half was afgebroken. Als mes was het niet meer te gebruiken, maar de admiraal was niet van plan zijn souvenir af te danken.

'Kameraad Admiraal,' begon de brief, maar de aanhef was doorgestreept en vervangen door een met de hand geschreven 'Beste oom Joeri'. Zo had Ramius hem jaren geleden spottend genoemd, toen Padorin als politiek officier bij de Noordelijke Vloot had gediend. 'Hartelijk dank voor het in mij gestelde vertrouwen, waardoor ik dit prachtige schip onder mijn bevel heb gekregen!' Ramius had ook genoeg reden om dankbaar te zijn, vond Padorin. Een dergelijk commando was maar weinigen gegeven...

*Wat?* De admiraal keek verbijsterd naar de volgende passage. Zijn sigaret bleef vergeten in de asbak liggen smeulen. Dat moest een grap

zijn, een van de grappen waarom Ramius bekend stond. Maar deze zou hem duur komen te staan. Padorin sloeg het eerste blad om. 'Dit is geen grap, oom Joeri. Hartelijke groeten, Marko.'
Padorin keek uit het raam. De buitenmuur van het Kremlin was hier een netwerk van nissen waarin de asurnen van de grote partijleden waren bijgezet. De admiraal begon de brief met trillende handen te herlezen. Hij moest zich vergist hebben.
Ten slotte pakte hij de telefoon en draaide het nummer dat hem rechtstreeks, zonder tussenkomst van zijn secretaris, met admiraal Gorsjkov verbond. 'Ik moet u onmiddellijk spreken, kameraad admiraal. Er is iets aan de hand.'
'Wat dan?' vroeg Gorsjkov op zijn hoede.
'Dat kan ik alleen onder vier ogen zeggen. Ik kom meteen naar u toe.'
De telefoon kon hij niet gebruiken; Padorin wist dat hij werd afgeluisterd.

*De Dallas*
Sonarman tweede klas Ronald Jones verkeerde in zijn gebruikelijke trance, zo merkte zijn afdelingschef op. De mislukte student zat met gesloten ogen over zijn instrumentenpaneel gebogen, dezelfde nietszeggende uitdrukking op zijn gezicht waarmee hij naar een van zijn vele Bach-opnamen luisterde. Jones behoorde tot de mensen die een uitvoering naar de tekortkomingen beoordelen: een onvast pianoritme, een trillende fluit of een aarzelende waldhoorn. Met dezelfde scherpte luisterde hij ook naar de geluiden van de zee, een eigenschap die voor zijn werk onmisbaar was. De officier van dienst vertelde bij gelegenheid graag het verhaal van de sonarman met wie hij twee jaar had gewerkt en die vrijwel zijn hele diensttijd in hetzelfde gebied had gevaren. Op het laatst kende hij de bultrugwalvissen in die wateren zo goed, dat hij ze elk een eigen naam gaf. Na zijn afzwaaien was hij bij een oceanografisch instituut gaan werken, waar zijn scherp gehoor eerder de bewondering dan de lachlust opwekte.
Jones was drie jaar eerder vriendelijk doch dringend verzocht zijn technische studie in Californië op te geven, nadat hij betrapt was bij een van die twijfelachtige experimenten waarmee de studenten zich een grote faam verwierven. Sindsdien was hij als vrijwilliger bij de marine om later zelf zijn studie te kunnen bekostigen. Het was zijn uitgesproken bedoeling om af te studeren in de cybernetica en signaalverwerking, en in ruil voor vervroegd ontslag was hij bereid bij het laboratorium van de marine te gaan werken. Luitenant Thompson geloofde het graag. Bij zijn overplaatsing naar de *Dallas*, zes maanden eerder, had hij de dossiers van al zijn ondergeschikten doorgenomen. Jones had een IQ van 158, veruit het hoogste van de hele

bemanning. De luitenant kon er geen wijs uit. Zelf was hij de grote rugbyster van Annapolis geweest, terwijl zijn sonarman een bonestaak was die naar Bach luisterde. Maar Jones' donkerbruine ogen waren voor vrouwen blijkbaar onweerstaanbaar, zodat hij op het strand meer aandacht had dan een heel peloton mariniers.

De USS *Dallas*, een aanvalsonderzeeër uit de 688-klasse, bevond zich op veertig mijl uit de kust van IJsland en was op weg naar haar normale uitgangsbasis, in code de Tolboom genaamd. De boot lag twee dagen achter op haar schema nadat de laatste NAVO-oefening door de zwaarste stormen van de afgelopen twintig jaar was vertraagd. Samen met de Britse *Swiftsure* had de *Dallas* het slechte weer benut om de gesimuleerde vijandelijke formatie te verbreken. Het was de zoveelste perfect uitgevoerde operatie van schipper Bart Mancuso, een van de jongste duikbootcommandanten in de Amerikaanse marine. De oefening was gevolgd door een beleefdheidsbezoek aan de Schotse thuishaven van de *Swiftsure*, wat bij de bemanning heel wat hoofdpijn en trillende handen had opgeleverd... Nu was het schip op weg naar een andere missie, een nieuwe ontwikkeling in het spel onder water. Drie weken lang moest de *Dallas* het verkeer in de gaten houden dat zich over de zogenaamde Rode Hoofdstraat bewoog.

De laatste veertien maanden hadden moderne Russische onderzeeërs een vreemde, maar effectieve manier gebruikt om hun Amerikaanse en Britse schaduwen af te schudden. Ten zuidwesten van IJsland volgden ze de Reykjanes Rug, een rij bergen die zich onder water als een vinger naar het diepe Atlantische bekken uitstrekte. Op onregelmatige afstanden verhieven de messcherpe pieken zich tot duizend voet onder het woelige oppervlak van de oceaan. In de jaren zeventig waren telkens Russische oppervlakteschepen gesignaleerd die de rug ook onder de slechtste weersomstandigheden peilden en in kaart brachten. Tenslotte had de USS *Los Angeles* een aanvalsonderzeeër van de Victor II-klasse waargenomen die bij het naderen van de rug dieper water had opgezocht. Na het passeren van de twee voorste zeebergen, die de bijnaam 'Thors Tweelingen' hadden gekregen, was de Victor plotseling op volle snelheid in zuidwestelijke richting verdwenen. De schipper van de *Los Angeles* was vastbesloten de boot niet uit het oog te verliezen, wat hem echter duur kwam te staan.

De Victor bleef bijna op topsnelheid varen en wist ook de gevaarlijkste klippen moeiteloos te omzeilen, als een straaljager die een vallei induikt om de luchtafweer te ontlopen. Voor de *Los Angeles* daarentegen was het telkens op het nippertje omdat zowel de passieve als actieve sonar, waaronder de echodieptemeter, bij een snelheid van boven de twintig knopen vrijwel nutteloos waren – terwijl de kaarten bovendien voor oppervlakteschepen bedoeld waren. Het was, zoals de schip-

per later rapporteerde, alsof je in een auto met dichtgeplakte ramen reed en uitsluitend met kaart en stopwatch je weg moest zien te vinden. De commandant moest de jacht noodgedwongen staken om een botsing met een bergwand te vermijden. De Victor ontkwam.
In het begin werd gedacht dat de Russen een bepaalde route heel nauwkeurig hadden uitgestippeld, zodat hun onderzeeërs een hoge snelheid konden aanhouden. In dat geval zouden de Russische kapiteins, die toch al niet vies waren van waaghalzerij, kunnen vertrouwen op navigatieapparatuur die op die ene weg was afgestemd. Maar erg veel aanhang kreeg deze theorie niet, en na een paar weken werd duidelijk dat de Russen over verschillende wegen door de rug konden beschikken. Amerikaanse en Britse duikboten konden niets anders doen dan af en toe stil blijven liggen om hun positie te bepalen en daarna de achtervolging voort te zetten. Meestal was het onbegonnen werk.
De *Dallas* moest positie kiezen bij de mond van de route die de Rode Hoofdstraat genoemd werd en daar luisteren naar de signalen van een mogelijk nieuw instrument dat de Russen in staat stelde een voorsprong te nemen. Zolang de Amerikanen daar zelf niet over beschikten, waren er drie even onprettige alternatieven: de achterstand accepteren, aanvalsonderzeeërs bij de start- en eindpunten van de routes posteren, òf een heel nieuwe SOSUS-linie instellen.
Jones bleef tien minuten in trance, hoewel hij doorgaans veel korter nodig had om een geluid thuis te brengen. Eindelijk ging hij rechtop zitten en stak een sigaret aan.
'Ik heb iets gevonden, luitenant.'
'Wat dan?'
'Ik weet het niet precies. Luistert u zelf maar.' Jones pakte de tweede koptelefoon en reikte die zijn meerdere aan.
Thompson was zelf een expert in sonarapparatuur. Hij kneep zijn ogen dicht en concentreerde zich op het geluid. Het was heel zwak en onregelmatig – het kon net zo goed ruis zijn. Na een paar minuten deed hij de koptelefoon af en schudde zijn hoofd.
'Ik pikte het een half uur geleden op via de romp,' zei Jones. Het belangrijkste onderdeel van het BQQ-5 sonarsysteem was een gewelf met een doorsnee van ruim vijf meter in de boeg, gebruikt voor zowel passieve als actieve metingen. Sinds kort was het systeem uitgebreid met rijen sensors die zich aan beide zijden van de romp over meer dan zestig meter uitstrekten, het mechanische equivalent van de zintuiglijke organen op de huid van een haai. 'Het zijn geen natuurlijke geluiden, ook niet van vissen,' vervolgde Jones. 'Het klinkt eerder als water dat door een buis stroomt, afgezien van dat vreemde af en aan zwellende gerommel. De richting is ongeveer twee-vijf-nul, de kant

van IJsland uit. Erg ver weg kan het dus niet zijn.'
'Laat het eens zien, misschien kunnen we er dan wijs uit.'
Jones pakte een snoer en verbond zijn sonarpaneel met een oscilloscoop. Na een paar minuten wisten de twee mannen het signaal te isoleren en kwam er een onregelmatige curve op het scherm, die telkens maar enkele seconden zichtbaar bleef.
'Gek is dat, het klinkt regelmatig, maar het schijnt niet zo te zijn. Begrijpt u wat ik bedoel?'
'Nee, jij hebt betere oren.'
'Dat komt doordat ik naar betere muziek luister, sir. Die rock is de pest voor je gehoor.'
Thompson wist dat het waar was, maar dat hoefde hij zich niet door een ondergeschikte te laten vertellen. Dat hij van Janis Joplin hield was zijn eigen zaak. 'Ga verder.'
Jones schakelde de oscilloscoop uit en sloot zijn paneel aan op een computerterminal.
Bij de laatste grote beurt was de *Dallas* uitgerust met de BC-10, de modernste computer waarover een duikboot kon beschikken. Het ding was niet groter dan een schrijftafel, maar kostte ruim vijf miljoen dollar en kon tot tachtig miljoen bewerkingen per seconde uitvoeren. Chips met vierenzestig bits en andere nieuwe snufjes waren erin verwerkt en het geheugen was toereikend voor de activiteiten van een heel eskader duikboten. De BC-10 had hetzelfde doel als het veel grotere SOSUS-systeem, namelijk het analyseren van sonargegevens. Natuurlijke achtergrondgeluiden werden onderdrukt en de overige signalen gerubriceerd, zodat het ten slotte mogelijk was een bepaald schip te identificeren aan de hand van het specifieke geluidspatroon. Het proces had veel weg van het controleren van vingerafdrukken.
Het programma telde zeshonderdduizend stappen en was oorspronkelijk ontworpen om aardbevingen te voorspellen, waar het echter niet bruikbaar voor was gebleken.
Jones voerde het signaal in en wachtte. De BC-10 voerde het omvangrijke programma, 'doorspekt' met talrijke GO-TO lussen, in twintig seconden uit. Jones drukte op een knop en liet het antwoord afdrukken op zijn printer.
'Mooie boel,' bromde hij. '"Anomaal signaal op te vatten als verplaatsing van magma." Met andere woorden, maak je me dáár wakker voor?'
Thompson grinnikte. Het nieuwe systeem was met veel ophef ingehaald, maar erg populair was het niet geworden. 'Dat stond toch in de krant toen we in Schotland waren? Iets over seismische activiteiten in de buurt van IJsland, net als twintig jaar geleden toen dat nieuwe

eilandje boven water kwam.'
Jones stak weer een sigaret op. Hij kende de student die dit misbaksel had ontworpen. Een van de knelpunten was dat het ding de vervelende gewoonte had het verkeerde signaal te analyseren, maar dat kon je aan het antwoord niet zien. Bovendien kon het wel eens een voorkeur blijken te hebben voor seismologische interpretaties, zoals de oorspronkelijke bedoeling was geweest. Jones was er niet gerust op dat het programma voldoende was bijgeschaafd. Computers waren prachtige werktuigen, maar of ze ook voor je konden denken? En dan waren er nog die 'nieuwe' geluiden waar ze voortdurend mee kwamen aandragen, hoewel geen mens ze ooit gehoord had.
'Daar is de frequentie lang niet laag genoeg voor, sir. Als ik het eens met de R-15 probeerde?' Jones doelde op de reeks passieve sensors die de *Dallas* bij lage snelheden achter zich aan sleepte.
Op dat moment kwam de commandant binnen, in zijn hand de onafscheidelijke kop koffie. Mancuso had een spookachtig fijne neus voor problemen, dacht Thomson. Of zou hij overal microfoontjes hebben verstopt?
'Ik kom eens even kijken,' zei Mancuso luchtig. 'Nog iets bijzonders op deze mooie dag?' De commandant leunde met zijn rug tegen het schot. Hij was een kleine man, niet langer dan een meter zeventig, die door de bekrompen bewegingsruimte en zijn hang naar lekker eten de slag met zijn uitdijende buik dreigde te verliezen. De lachrimpels rond zijn donkere ogen verdiepten zich vooral wanneer hij een andere schipper de loef kon afsteken.
Was het al licht? vroeg Thompson zich af. Het was prettig werken in ploegendienst, maar na een tijdje moest je op je horloge kijken om te weten wat voor dag het was, anders kon je het logboek niet bijhouden.
'Jones heeft een eigenaardig signaal opgepikt, schipper. Volgens de computer is het een magmaverplaatsing.'
'Maar niet volgens onze Jones.' De commandant hoefde het niet te vragen.
'Ik weet niet wat het wel is, sir, maar dat zeker niet.'
'Weet je het weer beter dan de machine?'
'Dat ding zit er wel eens vaker naast, kapitein. Het is geen natuurlijk geluid of ruis, daar ben ik zeker van. Maar verder...' Jones aarzelde wat. Ook na drie jaar dienst was hij nog niet helemaal gewend aan de informele manier van praten met zijn meerderen. De bemanning van de *Dallas* was net één grote familie – zij het uit de pionierstijd, want iedereen werkte zich uit de naad. De kapitein was de vader, de bevelvoerend officier de moeder, de overige officieren en de matrozen waren de kinderen in afnemende leeftijd. Hoe dan ook, als je iets te zeggen had werd er naar je geluisterd. Jones voelde zich er thuis bij.

Mancuso knikte bedachtzaam. 'Ga rustig verder. Dit spul is te duur om te laten verroesten.'
Jones grinnikte. Hij had de kapitein eens in detail uitgelegd hoe hij de hele apparatuur tot de grootste stereotoren ter wereld kon ombouwen, waarop Mancuso fijntjes had opgemerkt dat alleen de sonarinstrumenten al twintig miljoen dollar gekost hadden, zodat het eigenlijk geen kunst zou zijn...
'Jezus!' Een van Jones' assistenten veerde overeind. 'Daar geeft er eentje plankgas!'
Jones stelde zijn koptelefoon in op de meegesleepte R-15. Dat was de gevoeligste sonarapparatuur, maar de betekenis van het nieuwe signaal was ook met een minder verfijnd instrument duidelijk geworden. Jones schreef de tijd op een blaadje en controleerde zijn paneel. 'Wat zullen we nou krijgen.'
'Charlie,' zei z'n assistent.
Jones schudde zijn hoofd. 'Nee, ik weet zeker dat het een Victor is. Hij slaat hele gaten in het water en het kan hem niet schelen wie het hoort. Op weg naar de dertig knopen, richting nul-vijf-nul. We zitten in rustig water, schipper, maar het signaal is erg zwak. Hij kan niet dichtbij zijn.' Niet dichtbij betekende op minstens tien mijl; een nauwkeuriger schatting kon Jones niet geven. 'Als ik me niet vergis kennen we die knaap. Het is die boot met het verbogen schroefblad, net of er een ketting omheen zit.'
'Zet hem eens op de luidspreker,' zei Mancuso. Thompson draaide een knop om en sloot de sonar aan op de BC-10.
De luidspreker die aan de wand hing was, zoals alles aan boord van de 688-duikboot, de beste die er te krijgen was. Na een ogenblik werd het gierende geluid van de propellervoortstuwing hoorbaar, gestoord door het gebogen schroefblad, met op de achtergrond het zwaardere dreunen van de kernaandrijving.
Even later begon de printer te ratelen. 'Victor I-klasse, nummer zes,' las Thompson hardop.
Jones knikte. 'Richting nog steeds nul-vijf-nul.' Hij schakelde zijn microfoon in en riep de brug op. 'Sonar hier, we hebben contact met een Victor, richting nul-vijf-nul, geschatte snelheid dertig knopen.'
Mancuso stak zijn hoofd om de hoek van de gang en sprak de dekofficier aan. 'Pat, trommel de vuurgeleidingsploeg op.'
'Aye, aye, kap'tein.'
'Wacht even!' riep Jones. 'Ik heb er nog een!' Hij draaide aan een paar knoppen. 'Uit de Charlie-klasse, en verdomd als hij ook niet op topsnelheid ligt. Meer oostelijk, richting nul-zeven-drie. Ongeveer achtentwintig knopen. En deze kennen we ook. Het is de Charlie II, nummer elf.' Jones schoof zijn koptelefoon van zijn oor en keek Man-

cuso aan. 'Houden de commies vandaag wedstrijden, schipper?'
'Niet dat ik weet, maar ik heb de sportpagina nog niet gelezen,' zei Mancuso grinnikend. Hij schudde de koffie met een zwaaiende beweging van zijn hand en hield zijn gedachten voor zich. 'Ik ga maar eens op de brug kijken. Vakwerk, mannen.'
Een paar passen brachten hem op de brug, waar de normale wacht dienst deed. Mannion voerde het bevel, bijgestaan door een dekofficier en zeven matrozen. Technici begonnen het vuurgeleidingssysteem te activeren, maar daar was niets bijzonders aan. Terwijl de andere legeronderdelen oefeningen op touw moesten zetten om zich met het Oostblok te meten, hielden duikboten onophoudelijk contact met de vijand. De bemanning, doorgewinterd na de zware opleiding en jarenlange ervaring, ging snel en rustig te werk.
'We hebben dus gezelschap,' merkte Pat Mannion op.
'Nou, gezelschap. Erg dichtbij zijn ze nog niet en ze wijken geen centimeter van hun koers af.'
'Brug, sonar hier,' klonk de stem van Jones.
'Zeg het maar, Jones,' zei Mancuso.
'We hebben er weer een, sir. Alfa drie, richting nul-vijf-vijf. Op topsnelheid. Het klinkt enigszins als een aardbeving, maar dan erg zwak.'
'Alfa drie? Dat is de *Politovski*, een oude bekende. Die heb ik een tijdje gemist. Nog meer?'
'Het is een gok, maar het klonk alsof ze net is omgekeerd – in dat geval komt ze onze richting uit. En noordoostelijk pikken we nog wat geluid op, te vaag om er al iets over te zeggen. We zijn ermee bezig.'
'Keurig gedaan, Jones.' Mancuso zette glimlachend zijn koptelefoon af. 'Ik denk wel eens dat onze Jones kan toveren, Pat.' De sonarman was het gezicht en gehoor van de *Dallas*; Mancuso was verdomd blij hem aan boord te hebben. 'Hoe staat het, Chuck?' vroeg hij aan luitenant Goodman, de tweede dekofficier.
'De koers van de drie contacten blijft constant, sir.' Dat betekende vermoedelijk dat ze op weg waren naar de *Dallas*, en ook dat het moeilijk zou worden om ze alle drie goed in het vizier te krijgen. Niet dat er geschoten zou worden, maar het was een mooie oefening.
'Ik wil wat meer ruimte hebben, Pat. We gaan tien mijl naar het oosten.' De manoeuvre zou hen in staat stellen de positie van de vijand beter te bepalen, terwijl de sonar in het diepere water meer kon opvangen. Terwijl Mannion zijn orders gaf, boog de kapitein zich over de kaart.
Bartolomeo Mancuso was de zoon van een barbier uit Illinois, die elk najaar zijn winkel in Cicero sloot om in Michigan op herten te gaan jagen. Als kind was Bart al met hem meegegaan en op z'n twaalfde

had hij zijn eerste prooi geschoten. Het jagen liet hem nooit meer los, maar na zijn opleiding in Annapolis bekommerde hij zich niet meer om herten. De jacht op mensen was veel opwindender.
Twee uur later liet de ELF-radio in de verbindingskamer van de duikboot een waarschuwingssignaal horen. Zoals alle atoomonderzeeërs sleepte de *Dallas* een lange antenne als een staart achter zich aan, afgestemd op de extreem laagfrequente zender ergens in de Verenigde Staten. De bandbreedte van het kanaal was hinderlijk klein, terwijl er per minuut slechts twee signalen werden doorgegeven.
De dienstdoende radiografist wachtte geduldig tot de hele boodschap was opgenomen, waarna hij het bandje terugspoelde en met de hand uitschreef. Hij gaf het bericht aan de verbindingsofficier, die met zijn codeboeken aan de slag ging. De ontvangen signalen vormden de sleutel tot een lijst van willekeurige lettercombinaties die elk half jaar werden gewijzigd en waarvan de betekenis in weer een ander codeboek kon worden opgezocht. Het kostte de officier drie minuten om het bericht te ontcijferen en bij de kapitein te brengen.

Van COMSUBLANT aan Lantsubs ter zee.
Standby voor mogelijke radicale taakwijziging. Onverwachte operatie van Rode Vloot op grote schaal begonnen. Doel onbekend.
Volgend ELF-bericht via SSIX.

COMSUBLANT was vice-admiraal Vincent Gallery, commandant van alle duikboten in de Atlantische Oceaan en daarmee Mancuso's grote baas. Het eerstvolgende signaal via de ELF-radio zou hen oproepen de periscoopantenne uit te steken om contact te leggen met SSIX, de geostationaire satelliet die voor de communicatie met de duikboten diende.
De tactische situatie was iets duidelijker geworden, maar van de strategische betekenis had Mancuso geen idee. De manoeuvre naar het oosten had de *Dallas* meer ruimte geboden. Bij de drie eerder waargenomen vijandelijke onderzeeërs had zich nog een vierde gevoegd, en de Victor-6 was inmiddels binnen het bereik van een Mark 48-torpedo gekomen. De boot was als een hert in Mancuso's vizier – alleen het jachtseizoen was nog niet open.
Een duikbootcommandant heeft meer nodig dan alleen vakkennis; hij moet ook de intuïtie van een kunstenaar bezitten, een onbegrensd zelfvertrouwen en de agressiviteit van een profbokser. Mancuso bezat al die eigenschappen. Hij had er vijftien jaar over gedaan om het zover te brengen, luisterend naar een oudere generatie gezagvoerders die hun kennis overdroegen door middel van de frequente groepsbesprekingen die het beroep zo menselijk maakten. Aan de wal had hij

zich met zijn kameraden door tal van gesimuleerde oorlogssituaties geslagen, terwijl hij aan boord van oppervlakteschepen en marinevliegtuigen had geleerd hoe de vijand zijn domein probeerde te belagen. Zo had hij zich de simpele regel eigen gemaakt dat er maar twee soorten schepen waren: duikboten en doelen.
Mancuso vroeg zich af wat het eerstvolgende doel van de *Dallas* zou worden. De Russische onderzeeërs zouden geen probleem moeten vormen, zeker niet als ze op topsnelheid bleven varen. Samen met de *Swiftsure* had hij de NAVO-experts op het gebied van duikbootbestrijding afgetroefd, mensen wie er alles aan gelegen was om in geval van oorlog de zeeroutes open te houden. Aan zijn boot zou het niet liggen, en ook niet aan de bemanning. Met Jones had hij een van de allerbeste sonarmensen aan boord. Mancuso was klaar voor zijn opdracht, wat die ook mocht zijn. Net als vroeger, bij de opening van het jachtseizoen, had hij nergens anders aandacht meer voor. Hij werd een met zijn wapen.

*Langley*
Het was kwart voor vijf in de ochtend en Ryan zat onrustig te dommelen achter in de dienstwagen die hem van het Marriotthotel naar Langley bracht. De vorige dag had hij zijn chef en Skip opgezocht, cadeautjes voor Sally gekocht en naar het huis gekeken. Dat zag er prima uit. Hij had het verhuurd aan een docent van de marineschool. Van een ander had hij veel meer kunnen vangen, maar de officier was een bijbelvaste zuiderling die tenminste geen wilde feesten zou organiseren en dat was ook wat waard.
Meer dan een paar uurtjes kon hij niet geslapen hebben, al was hij te moe om op zijn horloge te kijken. Slaapgebrek was de pest voor zijn denkvermogen, maar hij wist ook wel dat de admiraal daar geen boodschap aan zou hebben.
Vijf minuten later stapte hij het kantoor van Greer binnen.
'Sorry dat ik je moest wekken, Jack,' loog de admiraal.
'Dat is in orde, sir. Wat is er aan de hand?'
'Neem eerst een bak koffie. Het wordt een lange dag.'
Ryan gooide zijn jas op de bank en liep naar de automaat. Om goed wakker te worden nam hij zijn koffie zwart.
'Kan ik me hier ergens scheren?'
'Die deur door, in de hoek.' Greer gaf hem een geel vel papier dat van de telex was gescheurd. 'Kijk hier intussen eens naar.'

TOP SECRET
102200Z 38976
BULLETIN NATIONALE VEILIGHEIDSRAAD

BETREFT OPERATIES RODE VLOOT
VANAF 083145Z WERD DOOR DIVERSE POSTEN EEN ELF-UITZENDING VAN VLOOTHAVEN SEMIPOLIPINSK OPGEVANGEN XX DUUR VAN UITZENDING TIEN MINUTEN XX ZES ELEMENTEN XX
ELF-SIGNAAL OP TE VATTEN ALS OPROEP AAN DUIKBOTEN TER ZEE XX
VANAF 090000Z OPROEP 'AAN ALLE SCHEPEN' VIA MARINEHOOFDKWARTIER TOELA EN SATELLIETEN DRIE EN VIJF XX GEBRUIKTE FREQUENTIES: HF VHF UHF XX DUUR VAN UITZENDING 39 SECONDEN XX OPROEP HERHAALD 091000Z EN 092000Z XX 475 CIJFERCOMBINATIES VAN VIJF ELEMENTEN XX
OPROEP BESTEMD VOOR NOORDELIJKE VLOOT OOSTZEEVLOOT EN MIDDELLANDSE ZEE-ESKADER XX OPROEP NIET HERHAAL NIET BESTEMD VOOR PACIFIC VLOOT XX
TALRIJKE BEVESTIGINGEN VAN RUSSISCHE EENHEDEN OPGEVANGEN XX DETAILS VOLGEN XX
VANAF 100000Z TOEGENOMEN VERKEER VIA HF EN VHF OP VLOOTBASES POLJARNY SEWEROMORSK PETSJENGA TALLINN KRONSTADT EN OOSTELIJKE MIDDELLANDSE ZEE XX IDEM VAN EENHEDEN TER ZEE XX DETAILS VOLGEN XX
EVALUATIE: ONAANGEKONDIGDE GROOTSCHEEPSE OPERATIE VAN RODE VLOOT XX EENHEDEN STANDBY XX
EINDE BULLETIN NATIONALE VEILIGHEIDSRAAD
102215Z

Ryan keek op zijn horloge. 'Onze mensen zijn er snel bij.' Hij dronk zijn koffie op en ging meteen weer naar de automaat. 'Is er ook al nader bericht binnen?'
'Hier.' Greer gaf hem een tweede telex.
'Dat zijn er nogal wat. Bijna alles wat ze op zee hebben, lijkt me. Alleen in de havens blijft het rustig.'
'Van daaruit kunnen ze rechtstreeks met Moskou bellen,' merkte Greer op. 'Daarom pikken we daar geen radioverkeer van op. Het is tussen twee haakjes werkelijk alles wat ze op zee hebben, althans op het westelijk halfrond. Suggesties?'
'Hm, er was al sprake van toegenomen activiteit in de Barentszzee, misschien zijn ze die aan het uitbreiden. Hoewel dat natuurlijk niets met de Oostzeevloot te maken heeft, of met de Middellandse Zee. Is er niets bekend van een oefening?'
'Nee. Vorige maand hebben ze net de RODE STORM gehouden.'
Ryan knikte. 'Meestal hebben ze wel een paar maanden nodig om alle gegevens te beoordelen, ja. Trouwens, ze zouden wel gek zijn om in het hoge noorden te gaan oefenen. In dit jaargetijde moet het daar bar en boos zijn. Hebben ze wel eens eerder in december geoefend?'

'Niet op grote schaal. Maar vergeet niet dat er veel duikboten bij betrokken zijn, die trekken zich weinig van het weer aan.'
'Alles bij elkaar is het zacht gezegd raadselachtig te noemen. Zeker geen idee wat het bericht uit Toela inhield?'
'Nee. Hun codes zijn dubbel beveiligd, net als bij ons. Als onze jongens ze hebben ontcijferd hebben ze het mij in elk geval niet verteld.'
Op papier viel de Nationale Veiligheidsraad onder de jurisdictie van de CIA, maar in de praktijk maakte hij zijn eigen wetten. 'Zo is het nu eenmaal, Jack. Je moet goed luisteren wie met wie praat, dat is de enige manier om achter de betekenis te komen.'
'In dit geval praat iedereen met iedereen...'
'Wat je zegt.'
'Is er iets over de andere legeronderdelen bekend?'
'Alleen de vloot is in beweging gekomen.'
Ryan rekte zich uit. 'Dan kan het toch weinig anders dan een oefening zijn, sir, al zouden we wat meer gedetailleerde informatie moeten hebben. Heeft u admiraal Davenport al gesproken?'
'Dat ga ik nu doen. Ik ben hier zelf net lang genoeg om me te scheren en koffie te zetten.' Greer ging naar de telefoon en schakelde de versterker in om Ryan te laten meeluisteren.
'Vice-admiraal Davenport,' klonk het kortaf.
'Morgen, Charlie. James hier. Heb je die laatste telex van de Raad al gekregen?'
'Zeker, maar ik was al eerder wakker. SOSUS werkt sinds een paar uur onder hoogspanning.'
'Zo?' Greer keek van het telefoontoestel naar Ryan.
'Ja, bijna alle duikboten die de Russen op zee hebben, gaven op nagenoeg hetzelfde tijdstip plankgas.'
'En wat was hun doel, Charlie?' vroeg Greer.
'Daar zijn we nog mee bezig. Zo te zien zijn de meeste op weg naar de noordelijke Atlantische Oceaan, maar pas over een paar uur kunnen we iets met zekerheid zeggen.'
'Hoe is de situatie voor onze kust, sir?' vroeg Ryan.
'O, hebben ze jou er ook bijgehaald, Ryan. Mooi zo. Eh, twee ouwetjes uit de Novemberklasse. De eerste is omgebouwd tot luistervink en ligt bij de kaap, de tweede bevindt zich ter hoogte van King's Bay om ons een beetje te pesten. Dan is er nog een Yankee op zo'n duizend mijl ten zuiden van IJsland. Volgens de eerste melding lag die op een zuidelijke koers, volgens het laatste bericht is ze omgekeerd. Het kan een vergissing van ons zijn, daar wordt naar gekeken.'
Ryan keek op. 'En de andere raketboten?'
'Hun Delta's en Typhoons bevinden zich zoals gewoonlijk in de Barentszzee en de Zee van Ochotsk. Onze eigen aanvalsboten zitten

daar natuurlijk in de buurt, maar Gallery wil niet dat ze de radiostilte verbreken. Ik geef hem groot gelijk. We weten dus alleen iets over die verdwaalde Yankee.'
'Wat zijn onze maatregelen, Charlie?' vroeg Greer.
'Gallery heeft een algemeen standby laten uitgaan. Onze luchtverdediging is in een iets verhoogde staat van paraatheid gebracht. De vlootstaven hebben het er druk mee, maar dat zal geen nieuws voor je zijn. Er zijn wat extra verkenningsvliegtuigen opgestegen van IJsland. Dat is het wel zo'n beetje. We moeten eerst maar eens zien wat ze van plan zijn.'
'Goed, hou me op de hoogte.'
'Zodra we iets horen laat ik het weten. Ik hoop...'
'Afgesproken.' Greer verbrak de verbinding en stak een dreigende vinger uit naar Ryan. 'Je valt toch niet in slaap, Jack?'
'Wat, met dit spul in mijn maag?' Ryan gebaarde met zijn koffiekop. 'Ik zie dat je er met je hoofd niet bij bent.'
'Ik zou niet weten waar we ons druk om moesten maken, sir. In Moskou is het net middag. Ik denk dat een van hun oude admiraals, misschien Sergei zelf wel, zijn jongens op strafexpeditie wilde zetten. RODE STORM moet niet erg naar tevredenheid zijn verlopen. Zolang leger en luchtmacht er niet bij betrokken zijn hoeven we ons niet al te veel zorgen te maken. Het is dat we onze ogen open moeten houden, anders konden we zo weer gaan slapen.'
'Hoe oud was je ten tijde van Pearl Harbor?'
'Mijn vader was toen negentien, sir. Hij is pas na de oorlog getrouwd en ik was nog niet eens de eerste kleine Ryan.' Jack glimlachte; Greer wist het net zo goed als hij zelf. 'Ik meen dat u zelf nog niet zo oud was.'
'Matroos tweede klas op de oude *Texas*.' Greer had zelf nooit gevochten. Kort na het begin van de oorlog was hij op de marineschool in Annapolis toegelaten en pas de dag na de capitulatie van de Keizer bereikte hij op zijn eerste duikbootmissie de Japanse kust. 'Maar je weet wat ik wil zeggen.'
'Uiteraard, sir. Daar hebben we de Raad, de CIA, de militaire inlichtingendienst en andere instellingen voor. Als die zich allemaal voor de gek laten houden moeten we nodig Marx eens gaan lezen.'
'En al die duikboten die op weg zijn naar de Atlantische Oceaan?'
'Die Yankee is op weg naar het noorden, dat stelt me gerust. Davenport wacht op bevestiging, maar ze hebben genoeg tijd gehad om zich ervan te overtuigen. Als Iwan werkelijk iets in de zin had, zou hij die Yankee naar het zuiden sturen. De raketten van die oudere boten dragen niet zo ver. We houden het rustig in de gaten, is mijn advies. Gelukkig is de koffie hier best te drinken.'

'Lijkt een ontbijt je wat?'
'Prima. Als we vroeger met Afghanistan beginnen kan ik morgen – eh, vanavond misschien al terug.'
'Dat zou kunnen. Dan wen je er eindelijk eens aan om in een vliegtuig te slapen.'
Twintig minuten later werd het ontbijt gebracht. Het was verrassend goed verzorgd. Ryan was gewend aan de smakeloze hap die in de meeste CIA-kantines werd geserveerd. Misschien deden ze er 's nachts beter hun best op, als ze meer tijd hadden. Of wie weet hadden ze het ergens anders gehaald...
Om kwart voor zeven belde Davenport. 'Het is nu zeker dat alle raketboten op weg zijn naar hun thuishavens. We hebben definitieve rapporten over twee Yankees, drie Delta's en een Typhoon. Verder hebben we net satellietfoto's van Kola binnengekregen. De fjord was wonder boven wonder vrij van bewolking en er is een hele vloot oppervlakteschepen te zien. In infrarood gloeien ze van de hitte, dus blijkbaar maken ze zich klaar om uit te varen.'
'Is er nieuws over de *Red October*?' vroeg Ryan.
'Nee. Misschien was onze informatie verkeerd en is ze toch niet vertrokken. Het zou niet onze eerste vergissing zijn.'
'Is het denkbaar dat de Russen haar kwijt zijn?' vroeg Ryan zich hardop af.
Het idee was al bij Davenport opgekomen. 'Dat zou de activiteiten in het noorden verklaren, maar wat zijn ze dan in de Oostzee en Middellandse Zee aan het doen?'
'Twee jaar geleden hadden wij hetzelfde met de *Tullibee*,' merkte Ryan op. 'Het opperbevel was zó woest dat de complete vloot op oefening werd gestuurd.'
'Zoiets zou kunnen,' gaf Davenport toe. De *Tullibee*, een kleine aanvalsonderzeeër, stond al veel langer bekend als een pechvogel, maar bij dat laatste geval had ze heel wat anderen in het ongeluk gestort. In Norfolk waren de nodige koppen gerold.
'In elk geval ziet het er minder dreigend uit dan twee uur geleden,' hernam Ryan. 'Als ze iets van plan waren zouden ze immers hun raketboten niet terugtrekken?'
'Ik hoor dat Ryan nog steeds met je kristallen bol zit te spelen, James.'
'Daar betaal ik hem voor, Charlie.'
'Toch is het vreemd,' erkende Ryan. 'Hebben ze hun boten al eens eerder teruggehaald? En wat gebeurt er in de Grote Oceaan?'
'Over dat laatste heeft CINCPAC me nog niets verteld,' antwoordde Davenport. 'Wat je eerste vraag betreft, tot nu toe hebben ze hun eenheden alleen op grote schaal verplaatst, nooit teruggetrokken. Overigens zijn ze alleen nog maar op weg naar hun thuishavens. Het

zal een paar dagen duren voor we zekerheid hebben.'
'Kan er niet een gezonken zijn?' opperde Ryan.
'Jammer genoeg niet,' smaalde Davenport. 'De laatste was de Golf die we destijds bij Hawaï bijna wisten te bergen. Toen zat jij nog op school, Ryan. En Ramius verstaat zijn vak, zoiets zal hem niet gebeuren.'
Dat zeiden ze ook over kapitein Smith van de *Titanic*, dacht Ryan bij zichzelf.
' Bedankt voor de inlichtingen, Charlie.' Greer legde neer. 'Ik geloof dat je gelijk had, Jack, we hoeven ons nog geen zorgen te maken. We moesten maar aan Afghanistan beginnen – en voor de aardigheid zullen we daarna eens naar die foto's van de Noordelijke Vloot kijken.'
Tien minuten later arriveerde een bode met dossiers uit het centraal archief. Greer hield ervan zelf de informatie uit de eerste hand in ogenschouw te nemen, wat hem in staat stelde heel wat praatjesmakers voor gek te zetten. De belangrijkste gegevens waren afkomstig van luistervinken in Afghanistan zelf en aan de Pakistaanse grens. De Russische militaire communicatie wees niet op een geleidelijke terugtrekking, wat in tegenspraak was met enkele recente artikelen uit de *Rode Ster* en de informatie van in de Sovjetunie actieve spionnen. Het kostte Greer en Ryan drie uur om alle gegevens door te nemen.
'Het lijkt me dat Sir Basil wat te veel de nadruk legt op politieke overwegingen en te weinig op inlichtingen uit het veld. Nu zou het niet voor het eerst zijn dat de commandanten ter plaatse niet weten wat er in Moskou bekokstoofd wordt, dus over het geheel genomen is het beeld niet erg duidelijk.'
Greer keek hem aan. 'Je wordt betaald om antwoorden te geven, Jack.'
'De invasie was een grote vergissing van Moskou, admiraal, zowel politiek als militair. Dat blijkt uit alles. Zo te zien weten ze *zelf* niet wat ze er te zoeken hebben. Bureaucraten doen in zo'n geval het liefst helemaal niets, terwijl de partijbonzen koortsachtig een uitweg zoeken – niet in het minst voor zichzelf, voor het geval de hele zaak uit de hand loopt.'
'Je zegt dus dat wij ook niet goed raad weten met de zaak.'
'Inderdaad. Mij bevalt het ook niet, maar iets anders zou een leugen zijn.'
De admiraal snoof. Hij kwam op Langley vaak genoeg types tegen die alleen een duidelijk antwoord gaven om niet met hun mond vol tanden te staan, ook al wisten ze nergens van. Ryan werkte er nog te kort om ja te knikken als hij iets niet wist. Greer hoopte van harte dat hij niet zou veranderen.
Na de middag werden de satellietfoto's gebracht, bij twee opeenvolgende passages door een KH-11 gemaakt. De eerste opnamen waren

een uur na de oproep uit Moskou gemaakt en toonden de Noordelijke Vloot bij het schiereiland Kola. De meeste schepen lagen afgemeerd, maar in infrarood was te zien dat een groot aantal onder stoom werd gebracht. De tweede serie foto's was bij de volgende passage onder een zeer lage hoek genomen.
'Allemachtig!' riep Ryan uit. 'De *Kirov*, de *Moskwa*, de *Kiev*, drie Kara's, vijf Kresta's, vier Krivaks, acht Udalois, vijf Sovremenni's.'
'Een oefening, zei je toch?' vroeg Greer scherp. 'Kijk hier onderaan eens, alle snelle tankers gaan mee. Dat wil zeggen dat ze de nodige tijd denken weg te blijven, en dat met driekwart van de Noordelijke Vloot.'
'Davenport had inderdaad wel wat duidelijker kunnen zijn. Wat niet wegneemt dat hun duikboten op de terugweg zijn, terwijl ik hier ook geen landingsvaartuigen kan ontdekken. Ze sturen alleen moderne schepen uit, snel en met een groot bereik.'
'En met de beste wapens aan boord.'
Ryan knikte. ' Het moet ook binnen een paar uur zijn georganiseerd, anders hadden wij het al geweten. Het is vanmorgen vroeg begonnen. Interessant.'
'Je begint een neiging tot understatements te krijgen, Jack.' Greer stond op en rekte zich uit. 'Ik zou maar een dag langer blijven.'
'Akkoord.' Ryan keek op zijn horloge. 'Kan ik mijn vrouw even bellen? Anders rijdt ze naar het vliegveld om me af te halen.'
'Ga je gang. Daarna stuur ik je naar een kennis van me bij de militaire inlichtingendienst, dat is de snelste manier om op de hoogte te blijven. Als dit inderdaad een oefening is, weten we het gauw genoeg. Dan kun je je Surf Barbie toch nog morgen mee naar huis nemen.'
Het was een Ski Barbie, maar dat zei Ryan niet.

# De zesde dag – woensdag 8 december

*Langley*

Ryan was al vaker in het kantoor geweest van zijne hoogheid, de directeur van de centrale inlichtingendienst. Het was ruimer dan dat van Greer, met een beter uitzicht op het dal van de Potomac, en de inrichting paste bij de zuidelijke afkomst van de DCI. Arthur Moore was lid geweest van het Hooggerechtshof van Texas. Toen Ryan binnenkwam zaten Moore en admiraal Greer op een bank bij het grote raam. Greer wenkte hem naderbij en gaf hem een rode plastic map.

Op de kaft was een wit etiket geplakt met de woorden: TOP SECRET DELTA – WILG. Ryan sloeg de map open en bekeek de inhoudsopgave. Hij zag dat er slechts drie exemplaren van het document bestonden, toebehorend aan Delta-functionarissen. Aan hun ernstige blikken te zien, waren Moore en Greer twee ingewijden; de derde was vermoedelijk de waarnemend directeur operaties, Robert Ritter.

Ryan sloeg het blad om. Het was een kopie van een uitgetikt rapport, met veel te veel fouten en doorhalingen om het handwerk van Nancy Cummings of een andere directiesecretaresse te zijn. En als zelfs die het niet mochten zien... Ryan keek aarzelend op.

'Ga je gang, Jack,' zei Greer. 'Je hebt zojuist de Deltastatus gekregen.'

Ryan bedwong zijn opwinding en begon het document zorgvuldig te lezen.

De codenaam van de agent die de operatie Wilg uitvoerde was Kardinaal, de hoogstgeplaatste spion die de CIA ooit had gekend en omgeven met legenden. Kardinaal was meer dan twintig jaar geleden gerekruteerd door Oleg Penkovski, een kolonel bij de GROE die via zijn Engelse contactman waardevolle informatie naar het westen smokkelde. Penkovski was tijdens de Cubacrisis van 1962 ontmaskerd nadat hij de Amerikanen had laten weten dat Rusland niet voldoende op een grote oorlog was voorbereid. Het stelde president Kennedy in staat Chroesjtsjov keihard tegemoet te treden, meer nog dan de stalen zenuwen waar hij om bekend stond. De druk van het moment werd Penkovki's ondergang. Kardinaal waarschuwde hem nog dat hij scherper in het oog werd gehouden dan voor iemand in zijn positie normaal was, maar te laat. Toen het de kolonel duidelijk werd dat hij niet naar het buitenland gesmokkeld kon worden, vroeg hij dringend of Kardinaal hem wilde aangeven – een laatste ironische daad om de agent te bevorderen die hij zelf had aangetrokken.

Sindsdien was de carrière van Kardinaal voorspoedig verlopen. Als vertrouweling en voornaamste adviseur van een lid van het Politburo had hij toegang tot belangrijke politieke en militaire geheimen. Voor het westen was zijn informatie daarom van onschatbare waarde – en paradoxaal genoeg tegelijk hoogst verdacht. Slechts weinig CIA-mensen die van zijn bestaan wisten, konden geloven dat hij niet betrapt en 'omgepraat' was door een van de duizenden KGB-agenten die er alleen maar waren om alles en iedereen in de gaten te houden. Om die reden werden zijn inlichtingen veelal gecontroleerd aan de hand van berichten uit andere bronnen, maar tot nu toe was hij steeds betrouwbaar gebleken.

Alleen de drie topmensen van de CIA in Washington kenden de naam Kardinaal. Elke maand werden zijn activiteiten onder een andere codenaam geregistreerd, terwijl de inhoud eerst na strenge censuur aan derden werd meegedeeld. Alleen voor hem werden ook bijzondere voorzorgsmaatregelen genomen. Kardinaal was van nature een behoedzaam man, een karaktertrek die nog versterkt was door de ontmaskering van Penkovski. Zijn inlichtingen werden via een reeks tussenpersonen afgeleverd aan het hoofd van de CIA in Moskou – van wie hij er niet minder dan twaalf had zien komen en gaan.

Vier keer was hem een vlucht naar het westen voorgesteld, maar daar was hij niet op ingegaan. Sommigen zagen hierin het bewijs dat hij een dubbelrol speelde, voor anderen betekende het alleen dat hij zo zijn eigen redenen had voor zijn gedrag, zoals de meeste geslaagde spionnen – en dat hij ook een tikkeltje eigenaardig was.

Het document dat Ryan zat te lezen was twintig uur onderweg geweest. Het hoofd van de CIA in Moskou, een ervaren agent en voormalig verslaggever van de *New York Times* die als persattaché op de ambassade werkte, had het in ontvangst genomen en Washington via de radio gewaarschuwd dat er een dringend bericht op komst was. Hij vertaalde de boodschap uit het Russisch en tikte die uit op zijn eigen schrijfmachine, waarna het oorspronkelijke document in de haard verdween. Het rapport werd in een metalen houder gestopt die eruitzag als een sigarettenkoker en licht explosief materiaal bevatte dat bij onzorgvuldige behandeling zou afgaan – het zou niet de eerste keer zijn dat op die manier een bericht verloren ging. De koker ging in de binnenzak van een koerier met het vliegtuig mee naar Londen en vandaar naar Washington. Om acht uur die morgen had de koerier zijn last afgegeven op het ministerie van Buitenlandse Zaken, waar een CIA-man de koker ophaalde en naar de DCI bracht. Die liet hem door een specialist openen, maakte zelf drie kopieën en verbrandde het papier in zijn asbak. Voorgangers van Moore hadden die hele omslag wel eens idioot gevonden, tot ze het eerste bericht van de Kardinaal onder ogen kregen.

Ryan schudde verbijsterd zijn hoofd terwijl hij het rapport voor de tweede keer doornam. Het bevestigde in sterke mate zijn wens om nooit te weten op welke manier geheime gegevens hem bereikten. Ten slotte sloot hij de map en gaf die aan de admiraal.
'Ik kan het nauwelijks geloven.'
'Ik weet dat ik het je niet hoef te zeggen, Jack, maar wat je net hebt gelezen mag zonder toestemming van de directeur aan *niemand* bekend worden – niet aan de president, niet aan Sir Basil, zelfs niet aan God als die erom mocht vragen.'
Ryan knikte als een verlegen schooljongen.
De directeur haalde een sigaar uit zijn borstzakje en stak die aan, Ryan over het vlammetje recht aankijkend. Iedereen zei dat de rechter in zijn tijd zelf een buitengewone agent was geweest. Tijdens de oorlog in Korea had hij nauw samengewerkt met Hans Tofte en een belangrijke bijdrage geleverd aan een van de legendarische CIA-missies: de verdwijning van een Noors schip dat medisch personeel en voorraden voor de Chinezen vervoerde. Het was een bloedige operatie geweest, waarbij zowel de Chinese artsen als de Noorse bemanningsleden het leven hadden gelaten, maar een Chinees offensief was er maanden door vertraagd en daarmee waren de levens van duizenden Amerikanen en bondgenoten gered. Voor Moore was het niet meer dan een strategische optelsom. Korte tijd later had hij de overheidsdienst verlaten en zich als strafpleiter in Texas gevestigd. Na een spectaculaire loopbaan als advocaat was hij opgeklommen tot alom geroemd rechter van beroep. De combinatie van absolute persoonlijke integriteit en ervaring met ondergrondse activiteiten had hem drie jaar geleden weer bij de CIA gebracht. In Washington hield hij zijn juridische opleiding en hoogst ordelijke geest verborgen achter het uiterlijk van een cowboy uit Texas, wat hem vlot afging hoewel hij het nooit geweest was.
'Ga zitten, Bob,' zei Moore tegen de waarnemend directeur operaties, die net binnenkwam. 'Ryan hier heeft net kennis genomen van het Wilgrapport.'
Ritter trok een stoel bij en zette Ryan ongemerkt in een hoek. 'Zo, en wat zegt onze blonde knaap ervan?'
'Ik neem aan dat u de informatie als betrouwbaar beschouwt,' begon Ryan omzichtig. De anderen knikten. 'Zelf durf ik het nauwelijks serieus te nemen, maar als u er zo over denkt...' Ze wilden zijn opinie horen, maar die vond hij zelf te onwaarschijnlijk om waar te zijn. Nou ja, dacht hij, mijn openhartigheid heeft me hier gebracht, dus het moet maar.
Hij haalde diep adem en vertelde wat hij ervan vond.
Moore knikte wijs. 'Uitstekend, Ryan. Geef ons eerst eens de moge-

lijke alternatieven, daarna kun je je stelling verdedigen.'
'De meest voor de hand liggende interpretatie kan meteen verworpen worden. Bovendien hebben ze al sinds vrijdag de gelegenheid gehad, maar er is niets gebeurd.' Ryan sprak op rustige, overtuigende toon, zoals hij zichzelf had aangeleerd. Gedetailleerd besprak hij de vier alternatieven die bij hem waren gekomen, zijn persoonlijke voorkeur zoveel mogelijk vergetend. Zijn betoog duurde tien minuten.
'Misschien moeten we nog met een laatste mogelijkheid rekening houden,' besloot hij. 'Namelijk dat deze inlichtingen opzettelijk zijn doorgespeeld om Kardinaal door de mand te laten vallen. Daar kan ik niet over oordelen.'
'Dat houden we nog in beraad. Goed, nu je toch hier bent kun je net zo goed meteen zeggen welke actie je ons zou aanraden.'
'De admiraal kan u dat beter vertellen.'
'Dat hoop ik van harte,' zei Moore lachend. 'Ik wil weten hoe *jij* erover denkt.'
'Het zal niet eenvoudig zijn om iets op touw te zetten, daarvoor zijn er te veel variabelen, te veel onzekerheden. Maar als het even kan zou ik zeggen dat we het moeten proberen. De belangrijkste vraag is, of wij onze eenheden tijdig ter plaatse kunnen krijgen.'
'Dat zal niet meevallen,' zei Greer. 'Er is maar één vliegdekschip voorhanden, de *Kennedy*. De *Saratoga* ligt in het dok voor reparatie. Aan de andere kant is de Britse *Invincible* pas maandagavond uit Norfolk vertrokken. Als ik me niet vergis voert admiraal White het bevel over een kleine gevechtseenheid.'
'Bedoelt u Lord White?' vroeg Ryan. 'Graaf Weston?'
'Ken je hem?'
'Ja, via mijn vrouw. In september ben ik nog met hem op hoenderjacht geweest in Schotland. Hij lijkt me een doortastend iemand en hij heeft een goede naam.'
'Je denkt dat we een paar schepen van de Engelsen kunnen lenen, James?' vroeg Moore. 'In dat geval zullen we hen op de hoogte moeten brengen. Maar eerst ons eigen kamp. Vanmiddag komt de Raad bijeen. Ryan, ik laat de briefing aan jou over.'
Ryan knipperde met zijn ogen. 'U laat me weinig tijd, sir.'
'James zegt dat je onder druk het beste werk levert. Laat maar eens zien.' Hij richtte zich tot Greer. 'Zorg dat je de nodige gegevens op papier krijgt en hou je klaar om naar Londen te vliegen als de president akkoord gaat. Het zal jouw taak zijn de premier te informeren. Bob, probeer jij bevestiging van het rapport te krijgen. Doe je werk, maar breng Kardinaal niet in gevaar.'
'Doe ik,' antwoordde Ritter.
Moore keek op zijn horloge. 'We zien elkaar hier weer om halfvier,

als de vergadering tenminste niet uitloopt. Je hebt anderhalf uur, Ryan. Aan de slag.'

Wat willen ze van me? dacht Ryan terwijl hij de kamer verliet. In de wandelgangen ging het verhaal dat Moore binnenkort de CIA zou opgeven voor een lucratieve ambassadeurspost, bij voorbeeld aan het Engelse hof. Admiraal Greer was zijn eerste aangewezen opvolger; die had het voordeel van zijn leeftijd – hij zou ook geen eeuwigheid meer blijven zitten – en van politieke vrienden. Ritter was een stuk jonger en had verschillende congresleden tegen zich in het harnas gejaagd door voortdurend over hun loslippigheid te klagen, terwijl hij op voet van oorlog leefde met de voorzitter van de speciale commissie voor de inlichtingendiensten.

Ryan zelf had lang niet genoeg ervaring om ook maar waarnemend directeur te worden, dat besefte hij. Maar hij behoorde nu toch tot het selecte groepje ingewijden, en wie weet waar hij over een jaar of vijf zou staan...

*De Red October*

Ramius bestudeerde de kaart. De *Red October* volgde de meest westelijke tak van wat bij de marine bekend stond als de 'Gorsjkovspoorlijn'. Haar snelheid was dertien knopen. Ramius dacht glimlachend aan het typisch westerse bijgeloof dat dertien een ongeluksgetal was. Pal achter hem zat Kamarov bij de gravimeter de ene sigaret na de andere te roken. Ramius stoorde de jonge luitenant niet. Kamarov verstond zijn vak.

Aan de kiel van de *Red October* waren twee grote loden gewichten aangebracht met een tussenruimte van bijna honderd meter. De afstand werd met behulp van een laser tot op een fractie van een angström nagemeten. De optredende verschillen wezen op een verandering in het plaatselijke zwaartekrachtveld, die vergeleken werden met de gegevens op de kaart. Door het nauwkeurige gebruik van gevoelige gravimeters was de navigator in staat de positie van het schip tot op honderd meter te bepalen, de halve lengte van de duikboot.

Het nieuwe systeem verleidde sommige commandanten ertoe de gevaarlijke route op topsnelheid te volgen, wat hun ego streelde, maar de navigator moeilijke ogenblikken bezorgde. Ramius was van plan zijn rustige snelheid nog twintig uur vol te houden. Hij wilde geen onnodig risico lopen. Misschien had hij die brief ook beter ongeschreven kunnen laten... Of nee, nu was er in elk geval geen weg terug meer voor hem. En zolang hij de radiostilte handhaafde konden zijn landgenoten hem niet ontdekken; Ramius kende alle sensorsystemen goed genoeg om te weten wat ze waard waren. Zelfs de Amerikanen konden de uitvoering van zijn plan niet verhinderen. Daarom had hij een tijdje eerder glimlachend naar het passeren van een Alfa op dertig mijl afstand geluisterd.

*Het Witte Huis*
De dienstwagen van Arthur Moore was een luxe Cadillac, compleet met chauffeur en een lijfwacht die zijn Uzi onder het dashboard verborgen hield. De bestuurder parkeerde op Executive Drive en haastte zich om het portier open te houden. Moore stapte als eerste uit en liep naar de ingang, Ryan volgde aan zijn linkerzijde op een halve pas afstand. Ryan besefte ineens dat hij zich gedroeg als het hulpje van een hogere officier, zoals hem bij de marine in Quantico geleerd was.
'Ben je hier al eens geweest, Jack?'
'Nee, sir.'
'Dat is waar, je komt hier uit de buurt. Dan interesseren zulke dingen je niet.' Een marinier hield de deur voor hen open. 'De dia's staan beneden al klaar voor je. Ben je zenuwachtig?'
'Dat mag u wel zeggen.'
Moore grinnikte. 'Doe het maar rustig aan. De president is benieuwd naar je. Hij heeft je rapport over terrorisme en nog wat ander werk gelezen en dat viel in goede aarde. Je zult wel merken dat hij best schappelijk in de omgang is, als je in het oog houdt dat hij niet gauw iets vergeet en scherpe vragen kan stellen als hij daar zin in heeft.'
Ryan volgde hem drie trappen af naar een gang die naar de deur van de Situation Room leidde, bewaakt door een agent van de geheime dienst. De kamer was niet half zo indrukwekkend als Ryan had verwacht. Dit deel van het Witte Huis was onder Truman geheel gerenoveerd; tegen de muren waren duur ogende lambrizeringen aangebracht. In het midden stond een grote tafel die in vorm enigszins aan een diamant deed denken; achter de lessenaar hing een diascherm.
De meeste toehoorders waren al aanwezig, onder wie de minister van Defensie en de Gezamenlijke Stafchefs, voorgezeten door generaal Thomas Hilton. Ryan herkende ook Jeffrey Pelt, speciaal adviseur van de president inzake nationale veiligheid, een man vol pretenties die hij jaren geleden op de universiteit van Georgetown ontmoet had. Pelt zat in een stel papieren te bladeren. De legercommandanten waren druk in gesprek gewikkeld toen Ryan binnenkwam. Een van hen stond op en ging naar hem toe.
'Jack Ryan?' vroeg David Maxwell, de commandant van het korps mariniers.
'Jawel, generaal.' Maxwell was een kleine, potig gebouwde man met kort stekelhaar dat leek te vonken van agressieve energie. Hij bekeek Ryan van top tot teen voor hij hem een hand gaf.
'Aangenaam, luitenant. Ik heb gehoord wat je in Londen deed. Goed

werk, jongen.'
'Dank u, generaal. Ik had geluk.'
'Geluk moet je afdwingen. Het schijnt trouwens dat je iets leuks voor ons hebt.'
'Ik denk wel dat u het de moeite waard zult vinden.'
'Zenuwachtig?' De generaal zag het antwoord aan Ryans gezicht. Hij glimlachte flauw. 'Maak je niet dik, we zijn allemaal maar gewone mensen.' Hij stompte Ryan speels op zijn maag en ging terug naar zijn stoel. Ryan zag hem iets fluisteren tegen admiraal Daniel Foster, de chef vlootoperaties.
Een ogenblik later arriveerde de president. Terwijl de anderen opstonden ging hij naar zijn plaats, wisselde snel een paar woorden met Pelt en keek vervolgens strak naar de directeur van de CIA. 'Stilte alstublieft. Heren, ik meen dat de CIA enig nieuws voor ons heeft.'
'Dank u, sir,' zei Moore. 'Er zijn nieuwe ontwikkelingen rond de Russische vlootoperatie die gisteren begon. Ik heb dr. Ryan gevraagd de briefing te verzorgen.'
De president draaide zijn hoofd opzij en nam Ryan onderzoekend op. 'U kunt beginnen.'
Ryan nam een slok ijswater uit het glas dat op de lessenaar voor hem was neergezet. Zijn haastig gemaakte aantekeningen zaten vol fouten en doorhalingen.
'Dank u, sir. Zoals gezegd betreft onze informatie de Russische activiteit in de noordelijke Atlantische Oceaan. Ik zal u eerst een paar minuten de nodige achtergrondinformatie moeten verschaffen. Aarzel niet om mij met vragen of opmerkingen in de rede te vallen.' Ryan zette de projector aan. De plafondverlichting werd automatisch gedimd.
'We hebben deze opnamen aan de Engelsen te danken.' Iedereen luisterde aandachtig toe. 'U ziet hier de *Red October*, een nieuwe Russische raketonderzeeër, gefotografeerd door een Engelse agent in het dok van Poljarny nabij Moermansk. Let op de grote afmetingen: lengte ongeveer tweehonderd, wijdte vijfentwintig meter, en een geschatte waterverplaatsing van 32 000 ton. U kunt die cijfers vergelijken met een slagschip uit de Eerste Wereldoorlog.'
Ryan pakte de aanwijsstok. 'De *October* is ontwikkeld uit het model van de Typhoonklasse, met aan boord zesentwintig SS-N-20 ballistische raketten. Deze hebben een bereik van circa zesduizend zeemijl en zijn uitgerust met acht afzonderlijk te richten kernkoppen met een explosief vermogen van vijfhonderd kiloton. U ziet dat de lanceerbuizen zich vóór de toren bevinden, bij ons zitten die erachter. Er zijn nog meer technische verschillen. De duikroeren aan de voorkant steken hier uit de romp; merk ook op dat de aandrijving met een dubbele

schroef geschiedt. Ten slotte is de romp voor en achter aanzienlijk afgeplat, terwijl onze duikboten cilindervormig zijn.'

Ryan projecteerde de tweede dia op het scherm. Boeg en achtersteven van de *October* werden boven elkaar getoond. 'Deze twee opnamen werden door onze eigen specialisten ontwikkeld en bewerkt. De Engelsen wisten niet goed raad met de deuren die u hier ziet, daarom hebben zij deze week onze hulp ingeroepen. Bij de CIA werd ook niet zo snel een antwoord gevonden op de vraag wat het doel van de openingen kon zijn, vandaar het besluit om een deskundige van buiten in te schakelen.'

'Wie heeft dat dan wel besloten?' vroeg de minister van Defensie fel. 'Ik zie de foto's nu voor het eerst!'

'We kregen ze pas maandag, Bert,' zei Moore sussend. 'En deze twee zijn enkele uren geleden ontwikkeld. Ryan is met toestemming van admiraal Greer en mij naar een deskundige gegaan.'

'Dr. Tyler is zelf afkomstig van de vloot. Hij is tegenwoordig docent aan de marineschool en betaald adviseur van diverse instanties. Hij geldt als expert op het gebied van Russische technologie. Zijn conclusie luidde dat deze deuren de in- en uitlaten zijn van een nieuw en vrijwel geruisloos voortstuwingssysteem. Ik heb hem gevraagd een computermodel van het mechanisme te ontwerpen, waar hij hopelijk al aan het eind van de week in is geslaagd. Er zitten enkele boeiende kanten aan het systeem.' Hij gaf een korte samenvatting van de uitleg die Skip hem gegeven had.

De president ging rechtop zitten. 'U heeft ons duidelijk gemaakt dat de Russen over een nieuwe raketduikboot beschikken die moeilijk op te sporen is. Echt nieuws lijkt me dat niet. Gaat u verder.'

'De commandant van de *Red October* is Ramius, Marko Ramius, de zoon van een hoge partijfunctionaris uit Litouwen en een van de beste Russische kapiteins. De laatste tien jaar heeft hij de proefvaarten met alle nieuwe duikboottypen voor zijn rekening genomen. De *October* zelf is vrijdag uitgevaren. Haar orders zijn ons niet bekend, maar doorgaans blijven deze duikboten – voor zover ze lange-afstandsraketten aan boord hebben – in de buurt van de Barentszzee, beschermd door hun eigen verkenningsvliegtuigen en andere vlooteenheden. Zondagmiddag rond twaalf uur plaatselijke tijd werd een aanzienlijke toename in Russische activiteiten geconstateerd, althans waar het de vloot betreft. Bijna de gehele Noordelijke Vloot is uitgevaren, ondersteund door snelle bevoorradingsschepen. Ook eenheden in de Oostzee en de westelijke Middellandse Zee werden gemobiliseerd. Het verontrustende feit doet zich voor dat bijna alle atoomonderzeeërs van de Noordelijke Vloot, en dat zijn de grootste die ze hebben, op weg lijken te zijn naar het noorden van de Atlantische Oceaan. De reden voor al deze activiteit lijken we inmiddels achterhaald te hebben.'

Ryan toonde de volgende dia, een kaart van de Atlantische Oceaan tussen de Golf van Mexico en de Noordpool. Russische schepen stonden er in rood op aangegeven.

'Volgens onze inlichtingen heeft kapitein Ramius op de dag van de afvaart een brief gestuurd aan admiraal Padorin, het hoofd van de politieke afdeling van de vloot. De inhoud van deze brief is onbekend, maar valt in grote trekken af te leiden uit wat we hier zien gebeuren. Nog geen vier uur na opening van de brief waren achtenvijftig atoomonderzeeërs en achtentwintig grote oppervlakteschepen onderweg, wat een buitengewoon snelle reactie is. Vanmorgen zijn we te weten gekomen wat hun vaarorders inhouden: het lokaliseren en desnoods tot zinken brengen van de *Red October*.' Ryan laste een dramatische pauze in. 'Hier ziet u het merendeel van de Russische oppervlakteschepen, halverwege het Europese vasteland en IJsland. De onderzeeërs volgen een zuidwestelijke koers in de richting van onze kust. Merk op dat er geen ongebruikelijke activiteit plaatsvindt in de Grote Oceaan, afgezien van het feit dat de Sovjets ook daar al hun raketduikboten hebben teruggeroepen; deze zijn op weg naar hun thuishavens. Het patroon stelt ons in staat om bij benadering de inhoud van Ramius' brief te bepalen. Met een snelheid tussen de tien en dertig knopen kan de *October* zich inmiddels hier ten zuiden van IJsland bevinden, maar ook al in de buurt van onze kust. Wat de precieze locatie ook is, Ramius heeft deze vier SOSUS-linies weten te omzeilen zonder ontdekt te worden.'

'Een ogenblik,' zei de president. 'U beweert dat de Russen hun eigen schepen opdracht hebben gegeven om de *October* tot zinken te brengen?'

'Dat is juist.'

De president keek naar Moore. 'Zijn dit betrouwbare inlichtingen?'

'Naar ons beste weten wel.'

'Gaat u door, dr. Ryan. Wat is die Ramius van plan?'

'Volgens onze inschatting is hij van plan met de *Red October* naar de Verenigde Staten te vluchten.'

Er viel een doodse stilte; alleen Ryan hoorde het zachte zoemen van de diaprojector. Hij steunde met beide handen op de lessenaar om zich staande te houden onder de verbijsterde blikken van de tien leden van de Nationale Veiligheidsraad.

'Dat is een hoogst belangwekkende conclusie, dr. Ryan,' zei de president met een glimlach. 'Welke bewijzen heeft u?'

'Het is de enige rationele conclusie die uit de gegevens te trekken valt,' antwoordde Ryan. 'Het cruciale punt is uiteraard het terugtrekken van alle andere raketboten, wat nog nooit eerder is gebeurd. Voeg daarbij de opdracht om hun nieuwste kernonderzeeër tot zinken te brengen en de koers die de eenheden volgen, dan blijft slechts de genoemde gevolgtrekking mogelijk.'

'Goed, maar zijn er geen andere verklaringen denkbaar?'

'Ramius zou geschreven kunnen hebben dat hij van plan was om zijn raketten af te vuren. Naar ons, naar de Chinezen, naar de Russen zelf.'

'Maar dat heeft hij volgens u niet gedaan?'

'Nee. De SS-N-20 heeft een bereik van zesduizend mijl. Direct na de afvaart had hij vrijwel elk doel op het noordelijk halfrond kunnen treffen, maar in de zes dagen die er verlopen zijn is er niets gebeurd. Bovendien had hij in dat geval kunnen aannemen dat de Russen onze hulp zouden inroepen om hem op te sporen en tot zinken te brengen; het afvuren van kernraketten kan immers tot niets anders dan een onmiddellijke reactie onzerzijds leiden. Bovendien zouden we dan met een krankzinnige te maken moeten hebben, of zelfs met meer dan een. Net als bij ons zijn er vijf officieren aan boord die over het inzetten van kernrakketten moeten beslissen, terwijl zij ook nog eens een politieke waarnemer hebben.' Ryan schudde zijn hoofd. 'Onder die omstandigheden hoeven we niet aan een vlaag van waanzin te denken.'

'Denkt u werkelijk dat de Russen ons in zo'n geval zouden inlichten?' vroeg Pelt op een toon die duidelijk liet uitkomen hoe hij er zelf over dacht.

'Dat is eerder een psychologische kwestie, dr. Pelt, en op dat terrein ben ik niet thuis. Niettemin ben ik geneigd uw vraag met ja te beantwoorden. De Sovjets mogen dan in onze ogen niet geheel rationeel zijn, ze weten heel goed wat er op het spel staat. Ik denk niet dat ze in een extreem geval een dergelijk risico zouden durven nemen.'

'Wie wel?' merkte de president op. 'En verder?'

'Er liggen nog verschillende verklaringen voor de hand. De eenvoudigste is, dat het om een oefening gaat. Die mogelijkheid wordt door ons verworpen. Om te beginnen is de grote najaarsoefening van de vloot pas de vorige maand afgelopen. Verder zijn er uitsluitend atoomonderzeeërs bij betrokken, geen boten met dieselaandrijving; blijkbaar staat snelheid op het voorste plan. Ten slotte zijn de weersomstandigheden voor oppervlakteschepen te slecht in deze tijd van het jaar.'

'Dat is correct,' bevestigde admiraal Foster. 'Zelfs wij houden in deze tijd geen oefeningen op de noordelijke Atlantische Oceaan.'

'Er is toch pas een NAVO-oefening gehouden, admiraal?' merkte Pelt op.

'Voornamelijk ten zuiden van Bermuda, waar het weer heel wat aangenamer is. Er zijn wat duikboten naar Schotland gestuurd, maar verder heeft alles zich afgespeeld aan onze kant van de grote plas.'
'Ga verder met die vlootbewegingen, dr. Ryan,' beval de president.
'In plaats van een oefening zou het ook werkelijkheid kunnen zijn, sir: het begin van een conventionele oorlog. Die interpretatie kan echter geen standhouden. Door hun snelle optreden hebben ze een groot strategisch overwicht gekregen, maar daar hebben ze alleen iets aan wanneer het tot feitelijke oorlogshandelingen komt. Er is echter geen spoor van verhoogde activiteit bij andere legeronderdelen. Zowel de Russische land- als luchtmacht bevinden zich in hun normale staat van paraatheid, terwijl ook de vlooteenheden in de Stille Oceaan geen bijzondere bewegingen vertonen. Ten slotte hebben wij aan een provocatie gedacht: een poging om ons bezig te houden in de Atlantische Oceaan en daardoor de handen vrij te krijgen voor een verrassingsaanval elders. In dat geval gaan ze echter buitengewoon vreemd te werk. De Atlantische Oceaan is immers in de eerste plaats ons eigen water. Op de kaart ziet u onze bases, niet alleen langs de kust, maar ook op IJsland en de Azoren. Samen met onze Europese bondgenoten kunnen wij de gehele oceaan beheersen, zeker vanuit de lucht.'
Ryan nam een slok water voor hij verder ging. 'Samenvattend komt het hier op neer: de Russische vloot achtervolgt de *Red October* in onze richting. Dat is blijkbaar het enige doel van de operatie.'
'Hoeveel bemanningsleden telt de *October*?' vroeg de president.
'Vermoedelijk iets meer dan honderd.'
'U veronderstelt dus dat honderd mensen tegelijkertijd besluiten naar ons over te lopen? Dat is geen gek idee,' merkte de president droog op, 'maar niet erg waarschijnlijk.'
Ryan had zijn antwoord klaar. 'Het zou niet de eerste keer zijn, sir. In november 1975 brak muiterij uit aan boord van de *Storozjewoi*, een raketboot uit de Krivak-klasse. De dienstplichtige matrozen kwamen onder leiding van de politieke officier in opstand en sloten de officieren op in hun hutten. Daarna probeerden ze met het schip van Riga naar het Zweedse eiland Gotland te vluchten, maar op vijftig mijl van de Zweedse territoriale wateren werden ze achterhaald. Twee uur verder en ze zouden het gered hebben. De politieke officier en zesentwintig matrozen werden door de krijgsraad ter dood veroordeeld. Ook later hebben dergelijke incidenten zich voorgedaan, vooral met duikboten. In 1980 kwam een onderzeeër uit de Echo-klasse even buiten de Japanse territoriale wateren bovendrijven. De kapitein meldde dat er brand aan boord geweest was, maar verkenningsvliegtuigen konden geen rook of sporen van schade ontdekken. Uit het opgewonden gedrag van de bemanningsleden aan dek viel met vrij grote zeker-

heid op te maken dat er onenigheid was uitgebroken. Ik zou meer van dergelijke voorbeelden kunnen geven.'
Admiraal Foster haalde een dun sigaartje uit zijn binnenzak. Het licht van het vlammetje flonkerde in zijn ogen. 'Ik zou het hele verhaal bijna gaan geloven.'
'Dan mag u mij eens vertellen waarom, admiraal,' zei de president, 'want ik ben nog steeds niet overtuigd.'
'Een muiterij wordt meestal geleid door officieren, niet door matrozen. Daar is een simpele reden voor: gewone bemanningsleden weten niet hoe ze het schip moeten besturen. Dat geldt zeker voor de Rode Vloot. Het is best mogelijk dat alleen de officieren van het plan op de hoogte zijn.'
'Maar de rest van de bemanning moet toch weten wat er aan de hand is,' wierp Pelt tegen. 'Zij en hun gezinnen lopen hetzelfde gevaar als hun meerderen.'
Foster pafte een paar keer zijn sigaar. 'Bent u wel eens op zee geweest, dr. Pelt? Niet? Laten we dan eens aannemen dat u een cruise maakt op de *Queen Elizabeth*. Op een mooie dag zit u ergens op de Grote Oceaan. Maar waar precies? Dat weet u niet, u bent volstrekt afhankelijk van wat een officier u vertelt. Goed, met wat kennis van astronomie en een goed horloge kunt u uw positie tot op enkele honderden kilometers bepalen, maar dat is alles. Verder hebben we het hier over een duikboot. Veel te zien valt er niet. Stel nu dat de officieren een complot hebben gesmeed. Hoe komt de rest dat te weten?' Foster schudde zijn hoofd. 'Die denkt dat er niets aan de hand is. Vergeet niet dat de Russen bijna allemaal dienstplichtige matrozen meesturen, anders dan wij. Verder loopt al het contact met de buitenwereld via de verbindingsofficieren, gecodeerd en wel. Ook de navigator moet in het complot zitten. Zelfs in het Rode Leger, te land, zijn kaarten geclassificeerd materiaal. Bij de vloot is het niet anders, zeker niet aan boord van een raketduikboot. Die matrozen werken veertien tot achttien uur per dag en worden voor niet meer dan een of twee taken opgeleid, dan hoeven ze ook niet na te denken. Daarom gebeurt het vaak dat officieren zelf werktuigen ter hand moeten nemen om iets te repareren – de matrozen zijn daar niet toe in staat, bovendien hebben ze er de instelling niet voor. Luister naar je meerdere, verder heb je niets te doen. Zo houden ze de tucht erin.' Foster tikte de as van zijn sigaar. 'Daarom zijn voor een geslaagde vlucht alleen de officieren nodig – en die zijn heel wat makkelijker bij elkaar te krijgen dan meer dan honderd bemanningsleden.'
'Wel makkelij*ker*, maar daarom nog niet makkelijk, Dan,' wierp generaal Hilton tegen. 'Vergeet niet dat ze een politiek waarnemer aan boord hebben – en wie weet hoeveel spionnen van de inlichtingendienst.'

'En wat dan nog? Je hoorde wat Ryan zei: die eerste muiterij werd nota bene door de politieke officier geleid.'
'Best, maar sindsdien hebben ze die hele afdeling gereorganiseerd.'
'Er lopen voortdurend KGB-types over, allemaal degelijke leden van de partij,' antwoordde Foster, blijkbaar zeer ingenomen met het idee van een vluchtende Russische onderzeeër.
De president dacht een ogenblik na voordat hij zich weer tot Ryan richtte. 'U heeft me ervan overtuigd dat het door u voorgestelde scenario het juiste is. Nu de vraag: wat vindt de CIA dat wij moeten doen?'
'Ik beoordeel alleen de gegevens, sir, geen –'
'Ik weet heel goed wat uw werk inhoudt, dr. Ryan. Ik heb ook genoeg van u gezien en gehoord om te weten dat u zich een eigen oordeel vormt. Laat maar horen.'
Ryan hoefde niet naar Moore te kijken. 'We halen de *Red October* binnen.'
'Zo maar?'
'Zo eenvoudig zal het waarschijnlijk niet gaan, al is het natuurlijk mogelijk dat Ramius een dezer dagen boven water komt en politiek asiel vraagt. In elk geval moeten we op die mogelijkheid voorbereid zijn, zodat we hem met open armen kunnen ontvangen.' Ryan zag de chefs van staven knikken. Eindelijk had hij iemand aan zijn kant gekregen. Alleen generaal Hilton maakte nog bezwaar.
'Hopelijk houdt de CIA er rekening mee dat deze informatie opzettelijk doorgegeven kan zijn om ons om de tuin te leiden en onze ongetwijfeld hooggeplaatste bron door de mand te laten vallen.'
Moore keek hem minzaam aan. 'Dat doen we zeker, generaal,' zei hij lijzig. 'Alleen is het dan wel een verdomd omslachtige truc met al die vlootbewegingen. Ryan geeft deze briefing met als uitgangspunt dat de inlichtingen juist zijn. Mocht dat een vergissing blijken, dan draag ik de verantwoording.' Goddank, dacht Ryan bij zichzelf, terwijl hij zich nog maar eens afvroeg welke positie hun informant precies bekleedde. 'Maar we zullen hoe dan ook op de Russische activiteit moeten reageren,' besloot Moore.
De president ging rechtop zitten. 'U heeft gelijk, we zullen met een antwoord moeten komen. Heren, de Russische Noordelijke Vloot heeft koers gezet naar onze kust. Wat doen wij eraan?'
'Onze eigen eenheden worden gemobiliseerd, sir,' antwoordde admiraal Foster. 'Vliegdekschepen uit het zuiden van de Atlantische Oceaan zijn omgekeerd en onze kernonderzeeërs hebben nieuwe orders gekregen. Sinds vanmorgen worden de vijandelijke oppervlakteschepen in de gaten gehouden door Orions, geassisteerd door Britse Nimrods. Generaal?'

'Wij hebben enkele AWACS-toestellen naar het gebied gestuurd, vergezeld door F-15 straaljagers uit IJsland. Op de basis Loring in Maine wordt een eskader B-52's in gereedheid gebracht, geladen met luchtgrondraketten.' Hilton glimlachte. 'Uiteraard krijgen die de opdracht om heel behoudend op te treden. Het gaat er maar om de Russen te laten merken dat we op alles voorbereid zijn. Als de situatie over een paar dagen onveranderd is, zullen nog meer bommenwerpers van de oostkust worden teruggehaald. Als u ermee akkoord gaat, meneer de president, kunnen dan ook de nationale garde en de nodige reservisten onopvallend worden opgeroepen.'
'En hoe denkt u dat "onopvallend" te kunnen doen?' wilde Pelt weten.
'Er staat voor het komend weekend een herhalingsoefening op het programma in Nevada. In plaats daarvan kunnen de reservisten naar Maine worden gestuurd. Daar zijn de luchtmachtbases afdoende tegen lekken beveiligd.'
'Hoeveel vliegdekschepen zijn er voorhanden?' vroeg de president.
'Op het ogenblik alleen de *Kennedy*, sir. De *Saratoga* ligt voor zeker een maand in dok met een kapotte hoofdturbine, de *Nimitz* en de *America* bevinden zich toevallig in de zuidelijke Atlantische Oceaan. Dat is toeval. Misschien kunnen we een carrier uit de Middellandse Zee terughalen.'
'Nee,' antwoordde de president hoofdschuddend. 'Daar is het Midden-Oosten te belangrijk voor. Tenzij het werkelijk nodig is... Ik bedoel maar, zijn we op het ogenblik afdoende tegen hun Noordelijke Vloot beschermd?'
'Absoluut!' zei generaal Hilton zonder aarzelen. 'Dr. Ryan zei het al, de Atlantische Oceaan is ons water. Ook in de lucht zijn we ver in de meerderheid, dus als het op een confrontatie uitloopt zal de Noordelijke Vloot een snel en opwindend einde kennen.'
'In het uiterste geval natuurlijk,' zei de president bedaard. 'Overigens begint de pers al nieuwsgierig te worden. Vanmorgen kwam er een telefoontje van de *Times*. Het lijkt me niet wenselijk dat het publiek hiervan al te vroeg op de hoogte wordt gesteld... Jeff, jij wilde nog iets zeggen?'
'Laten we een ogenblik aannemen dat dr. Ryans interpretatie juist is,' zei Pelt. 'Ook in dat geval zie ik niet goed wat wij zouden kunnen doen. We kunnen moeilijk een Russische onderzeeër stelen.'
'En waarom niet?' riep Foster uit, bijgevallen door zijn collega's. 'We hebben genoeg tanks, vliegtuigen en noem maar op, in handen gekregen.'
'Dat is nog iets heel anders dan een atoomonderzeeër met zesentwintig kernraketten en een bemanning van honderd koppen aan boord,

admiraal. We zouden hoogstens politiek asiel kunnen verlenen aan de overgelopen officieren.'
'U denkt toch niet dat we die boot teruggeven als ze eenmaal in Norfolk ligt?' vroeg Hilton. 'Dat ding voert tweehonderd kernkoppen mee, man! Vroeg of laat kunnen die vervloekte dingen tegen ons gebruikt worden. Dat kunt u toch niet menen!'
Pelt bond wat in, 'We hebben het over het eigendom van een andere staat, generaal.'
De president glimlachte; hij stond erom bekend dat hij van pittige discussies hield. 'Hoe zit het met de rechtsregels?' vroeg hij aan Moore, de voormalige rechter.
'Dergelijke zaken vallen onder het zeerecht, niet bepaald mijn specialiteit,' antwoordde Moore enigszins verlegen. 'Ik weet nog van mijn opleiding dat het tot het *jus gentium* behoort, dat wil zeggen dat de regels overal ter wereld gelden, althans in theorie. Britse en Amerikaanse admiraliteitshoven houden elkaars uitspraken nauwlettend in het oog. Maar als het om een muitende bemanning gaat – geen idee.'
'Als ik me niet vergis is baratterie het juiste woord, niet muiterij,' merkte Foster op. 'Muiterij betekent insubordinatie, terwijl er hier sprake is van ernstig plichtsverzuim door de officieren zelf. Overigens ben ik van mening dat we ons niet al te veel om de juridische heisa moeten bekommeren nu er kernwapens in het spel zijn.'
'Zo simpel is het niet admiraal,' zei de president peinzend. 'Jeff zei al dat het om andermans eigendom gaat met een onschatbare waarde en niet om aangespoeld wrakhout. Ik geloof dat we het erover eens zijn dat niet de gehele bemanning in het complot kan zitten. We moeten er rekening mee houden dat een groot deel na afloop terug naar huis wil; wij kunnen ze moeilijk tegenhouden, lijkt me.'
'Ik zou wel eens willen weten waarom niet?' vroeg generaal Maxwell, terwijl hij met een potloodje poppetjes zat te tekenen.
'Generaal,' zei de president op besliste toon, 'ik wil met nadruk stellen dat wij part noch deel zullen hebben aan het interneren of erger van mensen die geen andere wens hebben dan terug te keren naar huis en haard. Is dat duidelijk?' Hij keek de tafel rond. 'De Russen zullen ons ongetwijfeld vragen de *Red October* te retourneren, want ik zie niet in hoe we haar verborgen zouden kunnen houden.'
'Zo onmogelijk is dat niet,' zei Foster vlak, 'maar dat lost het probleem van de bemanning niet op. Ik neem aan dat we in ieder geval in de gelegenheid gesteld zullen worden een kijkje aan boord te nemen?'
'Een kijkje lijkt me eufemistisch uitgedrukt, admiraal. U wilt zeker onderzoeken of de boot zeewaardig is en geen verdovende middelen het land in wil smokkelen?' De president lachte. 'Dat kunnen we wel voor u regelen, denk ik. Maar we lopen op de dingen vooruit. Wat is

de reactie van onze bondgenoten?'
'We hebben net een Brits vliegdekschip op bezoek gehad,' antwoordde generaal Hilton. 'Hebben we daar iets aan, Dan?'
'Als ze haar willen uitlenen wel. De Engelsen hebben zich bij de laatste oefening goed gehouden. De *Invincible* is op ons verzoek al teruggekeerd, samen met de vier escorteschepen en een drietal duikboten.'
'Zijn de Engelsen op de hoogte?' vroeg de president.
'Dat zou alleen via hun eigen inlichtingendiensten kunnen,' antwoordde Moore. 'Onze gegevens zijn pas vier uur oud en wij hebben niets losgelaten.' Moore onthulde niet dat Sir Basil zijn eigen bron in het Kremlin had. 'Ik heb admiraal Greer gevraagd zich gereed te houden om naar Engeland te vliegen en de premier in te lichten. Het wachten is slechts op uw toestemming.'
'Wanneer kan hij vertrekken?'
'Als u wilt vanavond nog. Het Congres is net met reces, vandaar dat er enkele speciale vluchten vanaf Andrews gepland zijn.'
'Is er geen snellere manier te regelen?' vroeg de president aan generaal Hilton.
'De luchtmacht kan een Lockheed JetStar ter beschikking stellen. Desnoods zit Greer over een halfuur in de lucht.'
'Dan doen we dat.'
Hilton stond op en ging naar het telefoontoestel in de hoek om zijn instructies door te geven.
'Moore, laat Greer naar het vliegveld gaan. Ik zal hem een brief voor de Engelse premier meegeven. Admiraal, u wilt de *Invincible*?'
'Jawel.'
'Komt voor elkaar. Wat zijn de orders voor onze vloot?'
'Als de *October* ongehinderd een van onze havens bereikt, hoeft er niets te gebeuren.'
'Neem me niet kwalijk,' zei Ryan, 'maar dat lijkt me niet erg waarschijnlijk. Wanneer de andere Russische eenheden haar achterhalen zullen wij iets moeten ondernemen, al was het alleen maar om de mensen te redden die naar ons willen overlopen. De Russen hebben orders het schip tot zinken te brengen.'
Foster voelde zich aangesproken. 'Wij hebben de *October* niet gelokaliseerd. Waarom zouden zij dat wel kunnen?'
'Omdat zij de boot gebouwd hebben, admiraal. Zij moeten op de hoogte zijn van kenmerkende details die de opsporing vergemakkelijken.'
'Daar zit iets in,' beaamde de president. 'Goed, dan moet er iemand naar onze vlootcommandanten gestuurd worden. Het lijkt me tenminste niet dat we de normale wegen kunnen volgen, Moore?'
'Nee, onze informant mag op geen enkele wijze in gevaar gebracht

worden. Meer kan ik op het ogenblik niet zeggen.'
'Akkoord. Vroeg of laat zullen we ook iets tegen de Russen moeten zeggen. Nu kunnen ze nog volhouden dat ze in open zee opereren. Wanneer passeren ze IJsland?'
'Als ze deze koers aanhouden, morgenavond,' zei Foster.
'Dan geven we ze tot zolang de tijd terwijl wij nadere bevestiging proberen te vinden. Heren, ik verwacht u hier morgenmiddag om twee uur voor nadere bespreking. Geen woord hiervan mag uitlekken naar de pers, anders zullen er koppen rollen. Begrepen? Moore, wie is er bij jullie op de hoogte?'
'Vier mensen, sir. Ritter, Greer, Ryan en ik, verder niemand.'
'Houden zo.'
De president stond op. Moore en Pelt bleven achter terwijl de anderen de kamer begonnen te verlaten. Ryan wachtte in de deuropening op zijn chef.
'Goed werk, luitenant,' zei generaal Maxwell tegen hem toen de anderen waren verdwenen. 'Ik hoop dat je weet wat je doet, maar je hebt Foster aardig te pakken gehad.' De kleine marineman grinnikte. 'Als we die duikboot eenmaal in handen hebben, hoeven we alleen de president over te halen en de bemanning te laten verdwijnen. Moore heeft al eens eerder zo iets geflikt.' Maxwell waggelde de gang door en Ryan keek hem verbijsterd na.
'Jack, wil je nog even hier komen?' riep Moore. Ryan ging weer naar binnen.
'Dat was een uitstekende briefing, Jack,' zei de president. 'Je had strafpleiter moeten worden.' Ryan glom van trots. De president had vroeger zelf naam gemaakt als openbaar aanklager en zelfs een aanslag door de Mafia overleefd, iets wat aan zijn politieke aspiraties bepaald geen afbreuk had gedaan. 'Moore zei dat je de commandant van de Britse vlooteenheid persoonlijk kent.'
'Admiraal White, dat is juist. Ik heb wel eens met hem gejaagd en onze vrouwen zijn goed bevriend. De Whites hebben nauwe relaties met het Engelse hof.'
'Goed. We zochten iemand om onze eigen vlootcommandanten en daarna de Britten in te lichten, als ze ons tenminste over de *Invincible* laten beschikken. Dat zal wel lukken. Moore vindt dat je samen met admiraal Davenport moet gaan. Vanavond nog.'
'Maar ik...'
'Kom, kom, dr. Ryan,' zei Pelt. 'U bent veruit de meest geschikte persoon voor deze opdracht. U kent de feiten en u bent bevriend met de Britse commandant. Bovendien bent u onze vlootspecialist. Ik neem aan dat onze mensen niets liever willen dan de *Red October* confisqueren?'

'Ze zijn er uiteraard zeer in geïnteresseerd. Het zou een geweldige slag voor de Russen zijn als wij de kans kregen die nieuwe boot op ons gemak uit elkaar te nemen en er zelfs mee te varen.'
'Dat begrijp ik, maar misschien zijn ze daardoor geneigd wat al te drastische stappen te ondernemen.'
'U denkt toch niet dat onze marine onverantwoordelijke – '
'Dat zegt hij niet, Jack,' interrumpeerde de president. 'In elk geval niet met zoveel woorden. Hij bedoelt dat het van belang kan zijn een buitenstaander zoals jij in het hol van de leeuw te hebben, althans iemand die een onafhankelijke mening kan vormen.' De president glimlachte innemend. Het staatshoofd stond bekend om zijn grillige charme, die elk moment kon omslaan. Ryan kon er niets tegen doen.
'Ik verwacht alleen dat je de komende dagen op zee blijft om de situatie te bekijken, daarna breng je bij mij verslag uit. Niet via de gebruikelijke kanalen, maar rechtstreeks. Ik zal zorgen dat je daarvoor de nodige medewerking krijgt.'
Ryan zei niets. Hij was net tot speciaal agent aangesteld, een persoonlijk afgezant van de president die zijn eigen linies moest bespioneren.
'Ik zie dat het idee je niet erg bevalt. Waar wees gerust, je bent geen spion, ik wil alleen iemand ter plaatse hebben die een onafhankelijk oordeel kan vormen. Het liefst zou ik iemand met meer ervaring sturen, maar op dit ogenblik kunnen we niet te veel mensen bij de zaak betrekken. Ritter en Greer zouden van het begin af aan gewantrouwd worden, terwijl jij tamelijk eh...'
'Onbekend bent?' vulde Ryan aan.
'Zelfs voor de tegenpartij ben je dat,' merkte de directeur op. 'Ik weet van onze bronnen bij benadering wat er in het dossier staat dat de Russen over je hebben aangelegd. Ze beschouwen je als een typisch aristocratische nietsnut, Jack.'
In dit gezelschap ben ik dat zeker dacht Ryan bij zichzelf, maar hij ging niet op de bedekte uitdaging in.
'Nog één ding, Jack,' zei de president. 'Als ik het goed begrijp, had Ramius zonder meer kunnen vertrekken. Waarom zou hij die brief geschreven hebben, denk je? Als je het mij vraagt gooit hij alleen zijn eigen glazen in.'
Ryan glimlachte. 'Heeft u wel eens een duikbootkapitein ontmoet, sir? Niet? Een astronaut misschien?'
'Ik heb een paar mensen van de Shuttle gesproken.'
'Die zijn uit hetzelfde hout gesneden. Een duikbootman is van nature agressief, besluitvaardig en heel arglistig. Hij doet niets liever dan een ander voor gek zetten, bij voorkeur de bemanning van een oppervlakteschip.'
'Daar heb je gelijk in, Jack. De astronauten die ik ken zijn over het

algemeen uiterst bescheiden mensen, maar als het op vliegen aankomt, willen ze het allemaal beter weten.'
'En wat die brief betreft, daar zitten twee kanten aan. In de eerste plaats koestert hij vermoedelijk de een of andere wrok, maar dat zullen we pas zeker weten als hij eenmaal hier is. En verder moet hij het idee hebben dat hij zijn plan ten uitvoer kan brengen, ongeacht wie ervan op de hoogte is – en dat wil hij laten merken.'
De president knikte en drukte hem de hand. 'Goed, ik hoor nog van je. We moeten weer naar boven, Jeff.'
Ryan wachtte tot de president en zijn adviseur vertrokken waren, waarna hij zich tot zijn chef wendde. 'Wat heeft u in vredesnaam allemaal over mij verteld?'
'Niets dan de waarheid, Jack.' In werkelijkheid was er in zijn oorspronkelijke plan geen plaats voor Ryan ingeruimd; hij had het liever aan een van zijn meer ervaren agenten overgelaten. Aan de andere kant was hij genoeg door de wol geverfd om te weten dat een president wel vaker het initiatief overnam zonder dat er iets aan te doen viel. Hij nam het filosofisch op. 'Dit is je grote kans, Jack. Je promotie ligt klaar als je dit klusje goed opknapt. En wie weet bevalt het veldwerk je nog ook.'
Ryan wist wel zeker van niet, en hij zou gelijk krijgen.

*Langley*
De rit terug naar Langley verliep in stilte. Ze stapten uit de dienstwagen in de parkeergarage onder het gebouw en gingen met de speciale lift naar boven. De liftdeur was onzichtbaar in de muur van de gang opgenomen – een tamelijk theatrale voorzorgsmaatregel, vond Ryan.
In zijn kantoor ging Moore meteen naar de telefoon op zijn bureau.
'Bob, kom even langs.' Hij legde weer neer en keek naar Ryan, die midden in de kamer was blijven staan. 'Heb je er zin in, Jack?'
'Uiteraard,' zei Ryan weinig geestdriftig.
'Je denkt misschien dat je je eigen mensen bespioneert, maar vergeet niet dat dit een volstrekt uniek incident is. Je mag blij zijn dat je erbij betrokken wordt.'
Ryan begreep precies wat de directeur bedoelde, maar hij reageerde niet op de verborgen boodschap. Een ogenblik later betrad Ritter het kantoor.
'Is er nieuws?'
'We starten een operatie. Ryan vliegt met Charlie naar de *Kennedy* om de vlootcommandant op de hoogte te brengen. De president gaat akkoord.'
'Dat dacht ik al, Greer is net op weg naar het vliegveld.'
'Mooi. Jack, vergeet niet wat je instructies zijn: behalve Davenport

wordt alleen de commandant van de *Kennedy* ingelicht. Hetzelfde geldt voor de *Invincible*. Als de definitieve bevestiging van onze informatie binnen is kunnen we er meer mensen bij betrekken, maar niet eerder. Bob, ik vind dat we Ryan een passende verschijning moeten geven.'
'We kunnen hem het uniform van een kapitein-luitenant aantrekken – drie strepen en een stel mooie lintjes.' Ritter nam hem op om de maat te schatten. 'Binnen een uur ziet hij eruit om door een ringetje te halen. Is er al een codenaam voor de operatie?'
'Dat komt nu.' Moore nam de telefoon en sloeg vijf cijfers aan. 'Ik heb twee woorden nodig... Ja... Ja, bedankt.' Hij schreef iets op en legde neer. 'Het wordt operatie Mandoline. Ryan, jouw naam is Magi. Ga maar met Bob mee om je iets te laten aanmeten, dan zal ik intussen Davenport bellen en jullie overtocht regelen.'
Ryan volgde Ritter naar de lift. Hij vond dat iedereen een beetje te hard van stapel liep. Operatie Mandoline was in volle gang terwijl niemand nog enig idee had wat er precies met de *Red October* moest gebeuren, om over het hoe nog maar te zwijgen.

# De zevende dag – donderdag 9 december

*De Kennedy*

Samuel Johnson, dacht Ryan, werd tenminste nog in een veilig rijtuig naar de haven gebracht toen hij het varen op een schip vergeleek met 'opgesloten zijn in een gevangenis die elk moment kan overstromen'. Zelf liep hij nog het risico neer te storten met het vliegtuig dat hem naar zijn bestemming moest brengen. Hij zat in de passagiersruimte van een Grumman Greyhound, een vrachtvliegtuig dat de verbinding met vliegdekschepen onderhield. De dicht op elkaar geplaatste stoelen lieten slechts een verkrampte houding toe, en hij had het sterke vermoeden dat er uitsluitend passagiers werden meegenomen om bij een eventueel ongeluk de klap op te vangen voor de kostbare elektronische apparatuur en andere onderdelen die in het open staartdeel werden meegevoerd. De cabine had geen ramen en was onverwarmd; slechts een dunne wand van aluminium scheidde hem van de gierende wind die het geluid van de twee motoren probeerde te overstemmen. Bovendien stormde het op vijfduizend voet boven de oceaan, zodat de Grumman ruw op en neer deinde als het wagentje over een achtbaan. Het enige positieve vond Ryan het gebrek aan verlichting – dan kon niemand zijn groene gezicht zien. De twee piloten waren vlak achter hem luid aan het praten om zich verstaanbaar te maken. Ryan kreeg de indruk dat de idioten zich nog amuseerden ook.

Na enige tijd scheen het lawaai iets af te nemen, al kon hij dat door zijn schuimrubber oordoppen moeilijk met zekerheid zeggen. Tegelijk met die oordoppen had hij een geel opblaasbaar reddingsvest gekregen en een lesje over wat hij moest doen in geval van een ongeluk. De toon van de instructie had hem wel duidelijk gemaakt hoe gering de kans op overleven was als het vliegtuig bij dit weer in zee stortte. Zijn angst om te vliegen stamde uit zijn tijd bij de marine, toen de helikopter waarmee zijn peloton werd overgebracht tijdens een NAVO-oefening op Kreta was neergestort. Hij was slechts langzaam hersteld van de verwondingen aan zijn rug.

Ze waren negentig minuten onderweg vanaf de vlootbasis bij Virginia Beach toen de neus van het toestel merkbaar begon te zakken. Dat moest betekenen dat ze dicht bij de *Kennedy* waren – hoopte hij maar. Hij herinnerde zich een onderzoek dat tijdens de oorlog in Vietnam was verricht en waarbij de piloten met kleine elektrocardiografen waren uitgerust om het moment van de grootste spanning te bepalen. Tot veler verbazing was dat niet tijdens gevechtshandelingen, maar bij de landing, vooral 's nachts. Ryan had het gevoel alsof ze al een maand in de lucht zaten. Stel je niet zo aan, dacht hij bij zichzelf. Hij kneep zijn ogen dicht. Wat er ook ging gebeuren, het zou over een paar seconden voorbij zijn.

Het dek zag nat van de regen, een zwart gat omzoomd door lichtbakens. Een zachte landing op het deinende oppervlak was onmogelijk; speciale steunen en schokdempers waren aangebracht om de klap te absorberen, remkabels brachten de Grumman met een schok tot staan. Ryan haalde al opgelucht adem toen het toestel plotseling weer in beweging kwam en met inklappende vleugels naar de controletoren taxiede. Ten slotte bleef het staan en ging de achterdeur open.

Ryan maakte zijn riemen los en stootte zijn hoofd tegen het lage plafond in zijn haast om naar buiten te komen. Hij klemde zijn reistas tegen zijn borst en ging het trapje af zonder op Davenport te wachten. Een in geel tuniek gestoken matroos wees naar een openstaande deur tien meter verderop. Ryan rende er door de neerplenzende regen heen, waarna hij zich omdraaide en naar de admiraal keek. Die haastte zich niet, maar kwam met waardige, afgemeten pas aangelopen en scheen het bijzonder jammer te vinden dat hij niet door het gebruikelijke muziekkorps werd begroet.

Bij de deur werden ze opgewacht door een marinier in een smetteloos kaki uniform met een sneeuwwitte pistoolgordel.

'Admiraal Painter is in het vlagverblijf, sir. Ik zal u voorgaan.'

'Doe geen moeite, korporaal. Ik heb dit schip ooit zelf gecommandeerd. Kom mee, Jack.'

Ryan nam de tas van de admiraal over en liep met hem mee. 'Heeft u vroeger werkelijk uw brood verdiend met dat vliegen?' vroeg hij.

'Zeker, ik heb honderden van die landingen gemaakt. Wat is daar voor bijzonders aan?' Jack kon zich niet anders voorstellen dan dat Davenport zich groothield.

Het inwendige van de *Kennedy* bevatte het gebruikelijke netwerk van gangen, stalen schotten en buizen, allemaal in dezelfde tint grijs geschilderd. Hier en daar zag Ryan gekleurde banden en raadselachtige woorden, moderne rotstekeningen die alleen voor de bemanning van het schip betekenis hadden. Na korte tijd was hij elk gevoel voor richting kwijtgeraakt in de doolhof, tot Davenport hem bij een bewaakte deur bracht. De marinier salueerde volgens het boekje en deed de deur voor hen open.

Ryan keek verwonderd naar het interieur van het vlagverblijf, dat regelrecht uit een luxe woning in Washington leek overgeplant. Een van de wanden werd door een grote muurschildering in beslag genomen, de overige waren afgewerkt met lambrizeerwerk en behangen met een handvol olieverfdoeken. Ryan herkende het portret van de man naar wie het schip vernoemd was, John Fitzgerald Kennedy. Op het dikke rode vloerkleed stonden eiken meubelen met veel brokaatwerk. Alleen de grijze pijpen tegen het plafond herinnerden aan een oorlogsschip.

'Welkom, Charlie!' Schout-bij-nacht Joshua Painter kwam uit een aangrenzende kamer, zijn handen afdrogend met een handdoek. 'Hoe was de vlucht?'

'Nogal onrustig,' bekende Davenport. 'Dit is Jack Ryan.'

Ryan kende admiraal Painter alleen maar van naam. Na zijn tijd als straaljagerpiloot had de officier een boek geschreven over de rol van de luchtmacht in de Vietnamese oorlog, een boek dat de waarheid bevatte en niet geschikt was om veel voorstanders te werven. Hij was een driftig mannetje van nog geen vijfenzestig kilogram, maar tegelijk een begaafd tacticus van een puriteinse integriteit.

'Van je eigen afdeling, Charlie?'

'Nee, ik werk voor James Greer, admiraal,' antwoordde Ryan. 'Sorry voor dit uniform, maar ik ben geen marineofficier. Dat was een idee van de CIA, niet van mij.'

Painter keek hem fronsend aan. 'Zo? Nou, misschien kom ik dan eindelijk te weten wat Iwan van plan is. Is dit je eerste kennismaking met een vliegdekschip? Hoe vond je de vlucht?'

'Een goeie manier om krijgsgevangenen aan het praten te krijgen,' zei Ryan zo nonchalant mogelijk. De twee vlagofficieren lachten hem hartelijk uit.

Painter liet een verversing halen en even later kwamen twee stewards – 'mess-room-specialisten', zoals de moderne functieomschrijving luidde – binnen met koffie en eten. Ryan had in geen twaalf uur gegeten en schepte zijn bord vol met aardappelsla en roggebrood met corned beef.

Nadat de twee stewards vertrokken waren, deed hij zijn tas open en deelde twee mappen uit. Zijn briefing duurde twintig minuten, waarbij hij nog de tijd vond om het brood en een groot deel van de sla naar binnen te werken en koffie op zijn aantekeningen te knoeien. De admiraals vormden een perfect publiek; ze vielen hem geen enkele keer in de rede, wierpen alleen af en toe ongelovige blikken naar hem.

'God allemachtig,' zei Painter toen Ryan uitgesproken was. Davenport keek met een poker-face voor zich uit en dacht alleen maar aan de mogelijkheid om een Russische raketduikboot van binnen te bekijken.

Painter leunde naar achteren en keek naar Davenport. 'En jij, Charlie? De CIA gelooft misschien dat het waar is, maar vind jij het niet een beetje vergezocht?'

'Josh, dat laatste rapport over de vaarroutes van Russische onder-

zeeërs was van Ryan hier.'
'Zo? Dat was een knap stukje werk. Het bevestigde dingen die ik zelf al drie jaar loop te roepen.' Painter stond op en ging naar de patrijspoort in de hoek om over de woelige zee uit te kijken. 'En wat wordt er van ons verwacht?'
'De operatie is nog niet tot in detail uitgewerkt. Ik vermoed dat u orders zult krijgen om de *Red October* te lokaliseren en contact te leggen met de kapitein. Daarna zullen we haar naar een veilige plaats moeten brengen. De president is namelijk van mening dat we de *October* niet kunnen houden.'
'Wat?' riepen de twee admiraals tegelijk uit. Painter draaide zich met een ruk om en luisterde naar de uitleg die Ryan gaf.
'Eerst krijg ik een onmogelijke opdracht en als we die toch nog uitvoeren is het alleen om die verdomde boot terug te geven!'
'Admiraal, de stafchefs staan aan uw kant, net als de CIA. Niettemin zullen we de bemanningsleden die terug naar huis willen, moeten laten gaan. Vroeg of laat komen de Russen dus te weten dat de *October* in ons bezit is. Bovendien is het schip eigendom van een andere staat, dat is een juridische kwestie. En een praktisch punt: hoe verberg je een duikboot van 30000 ton?'
'Door haar tot zinken te brengen,' zei Painter kwaad. 'Daar worden die dingen voor gebouwd. Eigendom, ha! We hebben het niet over een passagiersschip. Die boot heeft raketten aan boord om onze eigen mensen mee te doden!'
'U hoeft mij niet te overtuigen, admiraal,' zei Ryan bedaard. 'Maar waarom zegt u dat het een onmogelijke opdracht is?'
'Ryan, zo'n raketboot kan zich verdomd lang schuilhouden. Dat zien we bij onze eigen oefeningen. De Atlantische Oceaan is behoorlijk groot en je hebt zelf gezegd dat de *October* al vier sonarlinies is gepasseerd.'
Ryan wist niets te zeggen. Het kwam hem voor dat hij misschien wat te optimistisch was geweest over het resultaat.
'Hoe staan jullie ervoor, Josh?' vroeg Davenport.
'We mogen niet klagen. De laatste oefening is goed verlopen, althans wat onze eenheden betreft. De *Dallas* heeft aardig wat schade aangericht. Maar ik kan wel de nodige hulp gebruiken.'
'Bij ons vertrek waren ze net begonnen P-3's uit de Grote Oceaan terug te halen, dus die kun je binnenkort verwachten. Verder zijn al onze eenheden gemobiliseerd. Voorlopig is de *Kennedy* de enige carrier, dus jij houdt het commando. En jij hebt ook de meeste ervaring met duikbootbestrijding, Josh,'
Painter schonk een kop koffie in. 'De *America* en de *Nimitz* zijn nog een goede week onderweg, een goede reden te meer om de *Invincible*

van de Britten te lenen. Die jongens hebben zich goed geweerd bij de oefening, het kostte ons twee aanvalsonderzeeërs. Met twee vliegdekken zouden we ook meer S-3's kunnen inzetten.'
'Waarom dat?' vroeg Davenport.
'Ik zou wel wat F-18's kwijtraken, maar voor deze operatie hebben we vooral anti-duikbootwapens nodig. Jack, ik hoop dat je begrijpt wat ons te wachten staat als die Russische vloot iets heel anders van plan is dan jullie denken. Heb je enig idee hoeveel raketten die schepen meevoeren?'
'Niet in het minst,' antwoordde Ryan, overtuigd dat het er veel te veel waren.
'De *Kennedy* is het eerste doel, wij zijn de enige carrier. Als er geschoten gaat worden, breekt de hel los. En geloof me, niemand kan ons helpen.'
De telefoon rinkelde en Painter nam op. 'Ja... Ja, bedankt.' Hij legde neer en keek de twee anderen aan. 'Ik krijg net de bevestiging dat we de *Invincible* en twee torpedojagers kunnen gebruiken, de andere escorteschepen en de drie onderzeeërs gaan terug naar Engeland. Hm, dat kan ik ze niet kwalijk nemen. Alleen dat vliegdek interesseert me.'
'Kunnen we Jack overvliegen?' Ryan vroeg zich af of de admiraal wist welke opdracht de president hem gegeven had; Davenport scheen hem zo snel mogelijk weg te willen hebben.
'Het is te ver voor een helikopter,' antwoordde Painter hoofdschuddend. 'Misschien kunnen ze hem met een Harrier ophalen. Ze hebben tegenwoordig een experimentele versie met twee zitplaatsen voor verkenningsvluchten. Zo hebben ze een van onze slapende duikboten weten te vinden. Goed, laten we naar de brug gaan en zien hoe we dit circusnummer onder de knie kunnen krijgen. Daarna neem ik contact op met CINCLANT om hem van onze plannen op de hoogte te brengen. Ryan, ik zal zorgen dat de *Invincible* iets stuurt om je op te pikken.'
Ryan volgde de twee admiraals naar de brug. Twee uur lang zag hij Painter op de grote kaart met eenheden schuiven als stukken op een schaakbord.

*De Dallas*

Bart Mancuso was al meer dan twintig uur in touw. Behalve met brood en koffie had hij zich op de been gehouden met twee koppen soep uit een pakje, een variëteit van de kok waar hij weinig plezier aan beleefde.
'Schipper?' Mancuso draaide zich om en zag Thompson en Jones bij de deur staan. De sonarman had een notitieblok en een kleine cassetterecorder bij zich.
'Jones wil u iets laten zien, sir,' zei Thompson.

Mancuso wilde eigenlijk met rust gelaten worden; zo'n lange dienst werkte altijd op zijn zenuwen. Maar Jones zag er opgewonden uit, alsof hij iets bijzonders gevonden had. 'Goed, kom hier maar bij de kaartentafel.'

De traditionele kaarten waren aan boord van de *Dallas* overbodig geworden door een nieuw instrument, dat de gevraagde kaart op een scherm van ruim een vierkante meter projecteerde en met de beweging van het schip liet verschuiven.

'Ik geloof dat ik een nieuw contact gelegd heb, sir, althans de bevestiging van het anomale geluid dat we laatst opvingen. We hebben onze handen vol aan al die andere Russische schepen, maar ik heb het toch nog drie keer kunnen vinden. Ik zal u laten zien wat ik gevonden heb. Kunt u onze koers sinds het eerste contact projecteren, sir?'

Mancuso sloeg de gegevens aan op het toetsenbord, dat via de BC-10 met het traagheidsnavigatiesysteem in verbinding stond. Even later verscheen de koers die de *Dallas* had gevolgd als een rode slingerlijn op het scherm, afgezet met tekens die een tijdsverloop van een kwartier aangaven.

'Fantastisch!' riep Jones uit. 'Dat heb ik nog nooit gezien. Ik heb elke vijftien minuten geluisterd tussen 0915 en 1030 uur, waarbij de richting geleidelijk veranderde van twee-zes-negen naar twee-twee-zeven graden.' Jones haalde een handvol potloden uit zijn zak en wees de posities aan op het scherm. Daarna keek hij gespannen naar de kapitein. Mancuso was een inschikkelijke en tolerante gezagvoerder, maar je moest wel wat te zeggen hebben. Voor tijdverspilling kon hij geen geduld opbrengen.

'Ik volg je, Jones, ga verder. En steek rustig op als je wilt.'

Jones haalde opgelucht een sigaret uit zijn borstzakje en stak die aan.

'Goed, hij moest ergens tussen ons en IJsland zitten, laten we zeggen halverwege, en ongeveer op deze koers.' Hij legde nog wat potloden neer.

'Wacht eens even, Jonesy, waar haal je die koers vandaan?'

'O ja.' Jones sloeg zijn notitieblok open 'Na afloop van de wacht gisteren liet het me niet los; daarom heb ik een paar berekeningen gemaakt. Het is makkelijk zat, schipper, als je het eenmaal doorhebt. Op de hogeschool heb ik een cursus astronomie gevolgd, daar moesten we bijvoorbeeld de bewegingen van sterren vastleggen.'

Mancuso bromde. Dit was voor het eerst dat hij de bewerking makkelijk hoorde noemen, maar in Jones' cijfers en diagrammen kon hij niet zo gauw een fout ontdekken. 'Ga door.'

Jones haalde een wetenschappelijke calculator te voorschijn en een kaart van de Nationale Geografische Dienst, bezaaid met cijfers en potloodstrepen. 'Als u mijn berekeningen wilt controleren...'

'Dat komt later. Vertel eerst maar eens waar die kaart vandaan komt.'
'Ik weet dat het tegen de voorschriften is, sir, maar ik houd voor mijn plezier de routes bij waarop de Russische duikboten te vinden zijn. Deze kaart gaat niet van boord, daar kunt u van op aan. Voor deze duikboot kom ik bij benadering op een koers van twee-twee-nul en een snelheid van tien knopen. En dat betekent weer dat de boot op weg is naar de ingang van de Rode Hoofdstraat. Ik heb het bandje door de computer gedraaid om alle achtergrondgeluiden weg te filteren en het contact daarna op tien keer de normale snelheid opgenomen.' Hij stelde zijn cassetterecorder in werking. 'Dit is het resultaat.'
Met regelmatige tussenpozen van ongeveer vijf seconden was boven de normale ruis een vaag gebrom te horen. 'Dat kan geen natuurlijk geluid zijn, schipper, ook al valt er op normale snelheid weinig uit af te leiden. Ik durf er iets om te verwedden dat dit geluid van een Russische onderzeeër is, op weg naar de Rode Hoofdstraat.'
'Roger?'
'Mij heeft hij, kapitein,' antwoordde Thompson.
Mancuso keek naar de kaart en probeerde een alternatief te bedenken, maar zonder resultaat. 'Mij ook. Roger, Jonesy wordt vandaag nog bevorderd tot sonarman eerste klasse. Zorg dat de papieren bij het begin van de volgende wacht klaar liggen.' Hij stompte Jones vriendschappelijk op de schouder. 'Uitstekend werk, Ron, ga door zo.'
'Bedankt, schipper.' Jones grijnsde breed.
'Pat, vraag Butler of hij even hier wil komen.'
Luitenant Mannion ging naar de telefoon om de hoofdmachinist van de *Dallas* te waarschuwen.
'Enig idee wat het geluid veroorzaakt, Jones?' vroeg de kapitein.
De sonarman schudde zijn hoofd. 'De schroef kan het niet zijn. Ik heb nog nooit zo iets gehoord.' Hij spoelde de band terug en draaide hem nog eens af.
Twee minuten later betrad luitenant Earl Butler de controlekamer. De eerste machinist had zich na zijn opleiding aan de Universiteit van Texas bij de marine gespecialiseerd in de aandrijving van duikboten.
'Luister hier eens naar, Earl,' zei Mancuso. Hij draaide het bandje voor de derde keer af. 'Volgens Jonesy is het een Rus. Ik denk dat hij gelijk heeft.'
'Wat heb je met dat bandje gedaan?' vroeg Butler.
'Door de BC-10 gehaald en daarna op tien keer de normale snelheid opgenomen,' antwoordde Jones. 'Normaal kon ik er niets van maken.' Met zeldzame bescheidenheid liet Jones na te vermelden dat hij er wel degelijk van het begin af aan iets bijzonders aan had gehoord.
'De schroef kan het niet zijn,' zei Butler peinzend, 'dan zouden we afwisselend een van de bladen moeten horen. Maar het is wel heel

regelmatig. Als het inderdaad een Rus is hebben ze blijkbaar weer iets nieuws uitgevonden.'

'Er was eerst nog iets te horen,' zei Jones. 'Een raar geluid, net alsof er water door een buis stroomde. De computer heeft het uitgefilterd, denk ik, dus daar heb ik verder niets aan gedaan.'

'Dat geeft niet, Jones, je hebt genoeg werk verricht voor een dag. Maar denk je dat je die boot weer herkent als we nog eens in de buurt komen?' Mancuso kende het antwoord.

'Reken maar, schipper! We weten nu waar we naar moeten luisteren.'

Mancuso bestudeerde de kaart. 'Goed, laten we aannemen dat hij op topsnelheid naar de ingang van de Rode Hoofdstraat is gevaren en daarna snelheid heeft afgenomen tot zeg tien knopen... dan zou hij zich in deze buurt moeten bevinden. Dat is een heel eind van ons af, maar als wij gas op de plank geven kunnen we over achtenveertig uur hier zijn en hem de pas afsnijden. Pat?'

'Dat moet kunnen, sir,' beaamde Mannion. 'In de Hoofdstraat hoeft hij zich niet om lawaai te bekommeren, hij kan vier- of vijfhonderd mijl op volle snelheid varen. Dat zou ik zelf in elk geval wel doen.'

'Goed, dan gaan we proberen hem in te halen. We vragen toestemming Tolboom te verlaten om deze spookrijder van dichtbij te bekijken. Jones, op volle snelheid blijft er voor de sonar weinig te doen, zorg dat jij en je collega's goed uitgerust zijn. Als we die boot weer oppikken moet iedereen honderd procent fit zijn. Het kon wel eens een lange en zware achtervolging worden.'

'U kunt op ons rekenen, sir. Zal ik het bandje hier laten?'

'Ja.' Mancuso haalde de cassette uit de recorder en keek verbaasd naar het etiket. 'Heb je hier een Bach voor opgeofferd?'

'Ach, het was toch geen goede opname, sir. Ik heb een veel betere uitvoering door Christopher Hogwood.'

Mancuso stak het bandje in zijn zak. 'Mooi werk, Jones. Ingerukt.'

De sonarman verliet de controlekamer en rekende intussen uit wat hij aan zijn promotie zou overhouden.

'Pat, we gaan naar periscoopdiepte om Norfolk op te roepen. Earl, probeer jij ondertussen te bedenken wat dat geluid kan veroorzaken.'

Terwijl Mancuso een bericht opstelde, bracht luitenant Mannion de *Dallas* naar periscoopdiepte. Het duurde vijf minuten om van vijfhonderd voet tot net onder het woelige oppervlak te komen. De invloed van de sterkere golfbeweging werd voelbaar als een licht deinen. Mannion bracht de periscoop en een speciale antenne voor radarontvangst omhoog. Op zee waren geen schepen te zien en de enige radarsignalen waren afkomstig van ver verwijderde vliegtuigen. Vervolgens werden nog twee masten opgestoken, de eerste voor UHFontvangst, de tweede voor het uitzenden van laserstralen naar de SSIX, de satelliet die de communicatie met duikboten onderhield. Het gebruik van laser verhinderde de plaatsbepaling van de duikboten door eventuele luistervinken.

De radiografist codeerde Mancuso's bericht en drukte op een knop. In een fractie van een seconde werd het overgebracht naar de satelliet boven de Atlantische Oceaan, die het automatisch doorgaf aan de UHF-zender en doorstuurde naar de verbindingspost van de Atlantische Vloot in Norfolk. Daar werd het signaal onmiddellijk via dezelfde weg teruggestuurd naar de *Dallas;* een simpele methode om de juiste herkomst te bevestigen.

De radiografist van de *Dallas* vergeleek het ontvangen bericht met wat hij verstuurd had. 'Alles in orde, sir.'

Mancuso gaf opdracht de periscoop en de lasermast in te trekken.

*Norfolk*

In de zwaarbewaakte computerafdeling van het complex werden de banden bewaard waarop de codecombinaties stonden. Een officier tikte het ontvangen signaal in op zijn terminal; een ogenblik later werd de ontcijferde boodschap uitgeprint. Na een controle op eventuele fouten bracht hij het papier naar de telegrafist, die het bericht doorstuurde naar de geadresseerde: COMSUBLANT, het opperbevel van alle duikboten in de Atlantische Oceaan, nog geen kilometer verderop.

De telegraafkabel liep in een stalen omhulsel onder een geplaveide straat en werd drie keer in de week gecontroleerd: zelfs de geheimen van de kernwapens werden niet zo streng bewaakt als de dagelijkse tactische communicatie.

Een waarschuwingssignaal kondigde de ontvangst van een telexbericht aan. Een jonge luitenant wachtte tot het apparaat was uitgerateld, scheurde het papier los en bracht het naar het kantoor van vice-admiraal Vincent Gallery.

De admiraal was al in touw sinds het begin van de Russische activiteit en kon weinig hebben. Hij las het bericht twee keer over.

Z090414ZDEC
TOP SECRET THEO
AFZ USS DALLAS
AAN COMSUBLANT
BETR RUSSISCHE OPERATIES
1. ONTVANGST ANOMAAL SONARCONTACT 0900OZ 7DEC. NADERHAND GEINTERPRETEERD ALS RUSSISCHE RAKETDUIKBOOT TER HOOGTE VAN IJSLAND OP WEG NAAR RODE HOOFDSTRAAT. SNELHEID TIEN KNOPEN DIEPTE ONBEKEND.

2. CONTACT VERTOONT ONGEWONE HERHAAL ONGEWONE AKOESTISCHE KENMERKEN. VERMOEDELIJKE OORSPRONG NIEUWE AANDRIJVING.
3. VRAAG VERLOF TOLBOOM TE VERLATEN VOOR NADER ONDERZOEK. GOEDE MOGELIJKHEID TOT HERNIEUWD CONTACT
AFZ MANCUSO

Gallery keek op. 'Wat moeten we hiervan denken?'
'Moeilijk te zeggen, admiraal,' antwoordde de luitenant. 'Mancuso meent blijkbaar dat het de moeite waard is om van dichtbij nog eens te luisteren.'
'Dat heb ik zelf ook gelezen, ja. En wat geven we voor antwoord? Denk eens na, meneer, op een goeie dag zul je zelf besluiten moeten nemen.' Hoewel het Gallery onwaarschijnlijk voorkwam dat de luitenant het ooit tot admiraal zou brengen.
'Tolboom is een uitstekende positie voor de *Dallas* om de vijandelijke oppervlakteschepen voorbij IJsland te volgen, admiraal. Ze kan zich beter aan de oorspronkelijke vaarorders houden.'
'Een antwoord uit het boekje,' zei Gallery op een toon alsof hij de luitenant het liefst zou verscheuren. 'Mancuso is niettemin een redelijk bekwame commandant die ons niet onnodig lastig zal vallen. Ongewone kenmerken, misschien een nieuwe aandrijving... Het kan een luchtballon zijn, maar hij verkeert zelf in de beste positie om het uit te zoeken. We sturen een bevestigend antwoord.'
'Jawel, admiraal,' zei de luitenant, die het sterke vermoeden had dat zijn baas besluiten nam door kruis of munt te gooien als er even niemand keek.

*De Dallas*

Z090432ZDEC
TOP SECRET
AFZ COMSUBLANT
AAN USS DALLAS
BETR VAARORDERS N04220
1. VERZOEK TOEGESTAAN.
2. SECTOREN BRAVO ECHO GOLF VRIJ VOOR OPERATIES NAAR KEUZE 090500Z TOT 140001Z. NADER RAPPORT VERWACHT. AFZ GALLERY

Mancuso grinnikte opgetogen. Je kon veel van Gallery zeggen, maar je kreeg altijd per omgaande antwoord van hem. Aan de andere kant zou er heel wat uit te leggen zijn als later bleek dat Jonesy zich vergist had en ze voor niets op jacht waren gegaan. Het zou niet de eerste keer zijn dat een duikbootcommandant zonder pardon aan het strand werd gezet.

Toch wist Mancuso heel goed dat hij daar vroeg of laat toch terecht zou komen. Sinds hij tot de marineschool in Annapolis was toegelaten had hij alleen maar een eigen commando voor ogen gehad, een ideaal dat slechts één keer in vervulling kon gaan. Boven water kon je het nog verder schoppen als je genoeg geluk en bekwaamheid had, bijvoorbeeld tot bevelhebber van een hele vloot. Maar voor de kapitein van een aanvalsonderzeeër was er alleen een weg terug, of hij zijn werk nu goed of slecht deed. Hij zou nog het beste af zijn op een raketboot, hoewel zelfs het omgaan met de modernste modellen hem gruwelijk saai leek. Raketboten waren ontworpen om zich voor alles en iedereen schuil te houden, terwijl Mancuso niets liever deed dan naar andere schepen op jacht gaan. En daarna zou hij definitief boven water moeten komen, misschien wel op de 'verantwoordelijke' post als gezagvoerder van een olietanker of een heel konvooi. Welke fraaie namen ze voor die functies ook verzonnen, het kwam altijd neer op degradatie. Veel papierwerk en niet meer dan eens in de maand naar zee, tot verdriet van zijn vroegere collega's die hem liever kwijt dan rijk waren. En dan 'lokte' ook nog het Pentagon – over actie gesproken! Mancuso kon zich heel goed voorstellen dat sommige astronauten na een maanreis ingestort waren. Zelf had hij nog een jaar te gaan, dan zou hij van dit commando ontheven worden. Hij had slechts de keus er dan het beste van te maken.
'Pat, antennes omlaag en zakken tot twaalfhonderd voet,' beval Mancuso. 'Volle kracht vooruit.'
Mannion herhaalde de orders en zette de ploeg aan het werk. Mancuso zag iedereen zijn taak met mechanische precisie uitvoeren. Alleen waren het geen machines. Het waren mensen, zijn mensen.
In de reactorruimte achterin kregen ook Butler en zijn machinisten het druk. De pompen van het koelsysteem werkten op volle kracht en stuurden steeds meer heet water onder druk naar de wisselaar, waar de warmte werd afgestaan aan de normale, niet-radioactieve stoom in de buitenste ring buizen. Het koelere water werd teruggeleid naar de reactor en ving door de grotere dichtheid meer neutronen op, waardoor het splijtingsproces werd versneld en het vermogen toenam. Inmiddels werd de verzadigde damp onder hoge druk naar de bladen van de turbine gevoerd. De enorme bronzen schroef van de *Dallas* begon sneller te draaien.
Mancuso ging naar de microfoon van het omroepsysteem. 'Hier spreekt de gezagvoerder. De komende achtenveertig uur blijven we op volle snelheid varen om een Russische duikboot in te halen die ons twee dagen geleden passeerde. Blijkbaar is die boot uitgerust met een nieuwe vrijwel geluidloze aandrijving. Het is onze taak om daar nadere bijzonderheden over te ontdekken. Ik wil dat iedereen de komende

twee etmalen goed uitrust, zodat we optimaal in vorm zijn voor de jacht. Het zal ons niet meevallen, maar het is de moeite waard.' Hij schakelde de microfoon uit. 'Welke film hebben we vanavond?'
De duikofficier wachtte met antwoord geven tot de dieptemeter op twaalfhonderd voet stond. Hij ging over de recreatie aan boord, dus ook over de televisieprogramma's. 'Ze kunnen kiezen, schipper: *Return of the Jedi* of twee rugbywedstrijden, Oklahoma-Nebraska en Miami-Dallas. Die zijn gespeeld toen we op oefening waren, dus er zal wel belangstelling voor zijn. De reclamespots staan er nog op en de koks zijn al bezig met de popcorn.'
'Mooi zo, dan kan iedereen zich lekker ontspannen.' Mancuso beklaagde zich in stilte over het gebrek aan afwisseling in het videoprogramma. Het leger had dit jaar natuurlijk alle goede banden ingepikt...
'Morgen, schipper,' zei Wally Chambers, de tweede officier, terwijl hij de controlekamer binnenkwam. 'Iets bijzonders aan de hand?'
'Kom mee naar de mess, Wally, ik wil je iets laten horen.' Mancuso haalde de cassette uit zijn borstzakje en ging Chambers voor naar achteren.

*De Konowalov*
Tweehonderd mijl naar het noordoosten, in de Noorse Zee, was de *Konowalov* met een snelheid van eenenveertig knopen op weg in de richting van IJsland. Kapitein Toepolev zat alleen in de officierskajuit en las het bericht nog eens over dat hij twee dagen geleden had ontvangen. Hij werd heen en weer geslingerd tussen woede en vertwijfeling. Hoe kon zijn oude leermeester zo iets in zijn hoofd halen? Toepolev was verbijsterd.
Maar welke keus had hij? Zijn orders waren overduidelijk, terwijl zijn zampolit er niet voor niets op gewezen had dat hij bij de verrader Ramius in de leer was geweest en daarom ernstig gevaar liep als er niet ingegrepen werd.
Het was een schrale troost te beseffen dat Marko niet alleen hem voor de gek had gehouden. Terwijl iedereen hem in de Barentszzee verwachtte was hij allang op weg naar het westen. Een onbegrijpelijke daad gezien alle voordelen die Marko genoot. Een vierkamerflat, een buitenverblijf, een eigen auto. Daar zat Toepolev nog op te wachten, ook al commandeerde hij zelf een duikboot. En nu stond zijn hele toekomst op het spel; hij mocht blij zijn als het hem niet op degradatie kwam te staan.
En toch, het zou hem moeilijk vallen Marko te doden. Hij was een uitstekende leermeester, maar ook een goede vriend geweest. Wat kon hem tot zulk verraad gebracht hebben?

Natalia Bogdanova.
Ja, dat moest het zijn. Een smerig zaakje was dat geweest. Hoe vaak had hij niet bij hen thuis gegeten en naar Natalia's trotse verhalen over 'haar jongens' geluisterd? Hij schudde zijn hoofd. Zo'n onbenul van een chirurg, een dronkelap. En er was niets tegen hem te beginnen geweest, alleen omdat hij toevallig de zoon van een vooraanstaand partijlid was. Schandalig was het dat dergelijke dingen na drie generaties socialisten nog altijd konden voorkomen. Maar om daar je land voor te verraden, dat ging te ver.
Toepolev boog zich over de kaart die hij had meegebracht. Over vijf dagen zou hij zijn doel bereiken, of sneller nog als de aandrijving het uithield en Marko niet te veel haast maakte. En Ramius zou geen reden hebben om op topsnelheid te vluchten, hij was een omzichtige vos, geen gazelle. Toepolev was niet van plan rekening met zijn collega's te houden, dit was iets dat hij zelf moest opknappen. Hij zou in een hinderlaag gaan liggen en de *October* vernietigen.

*De Atlantische Oceaan*
De Britse Sea Harrier FRS-4 kwam stipt op tijd in zicht. De piloot liet het toestel een ogenblik aan bakboordzijde hangen om het landingsterrein in ogenschouw te nemen, waarna hij het geleidelijk naar rechts bracht en behoedzaam midden op het vliegdek liet zakken. Onmiddellijk rende een ploeg onderhoudspersoneel naar voren met een brandstofslang, vier zware stootblokken en een metalen ladder voor de piloot. De kap van de Harrier zwaaide open en de piloot stapte uit, gehuld in een oranje overall en een geel reddingsvest. Hij keek even naar de manier waarop er met zijn toestel werd omgesprongen voor hij naar de toren liep. Ryan stond bij de ingang op hem te wachten.
'Ryan? Ik ben Tony Parker. Waar is hier de plee?' Jack wees hem de weg en bleef wat onthand achter, een witte plastic helm en een plunjezak tegen zijn borst geklemd. Hij keek naar het bijtanken van de Harrier en hoopte dat die jongens wisten wat ze deden.
Drie minuten later was Parker terug. 'Sorry, maar een toilet is er niet bij in zo'n kist. Ze stoppen je vol met thee en koffie en sturen je de lucht in.'
'Ik ken het gevoel. Heb je nog meer te doen?'
'Nee, uw admiraal heeft me alle instructies over de radio gegeven. Ik zie dat ze bijna klaar zijn, dus laten we maar instappen.'
'Wat doen we hiermee?' vroeg Ryan, zijn plunjezak omhoog houdend.
'Die kan in de kofferbak. Kom maar mee.'
Parker liep met kwieke tred naar de Harrier. De dag was aangebroken, maar de zon bleef verborgen achter het lage wolkendek. Het leek elk

ogenblik te kunnen gaan regenen. De woelige zee strekte zich uit als een grijs doorploegd veld met witte kammen. Ryan verwonderde zich erover dat zelfs op de reusachtige *Kennedy* de beweging van de golven voelbaar was. Een eindje verderop lieten een helikopter en een Tomcat-straaljager hun motoren razen, terwijl ook de gierende wind het vliegdek tot een lawaaiige verblijfplaats maakte.
Parker trok aan een handgreep aan de onderkant van het toestel en opende de kleine bergruimte. Hij stopte Ryans zak erin en sloot het luik, waarna hij het trapje naar de cockpit beklom. Jack volgde hem moeizaam en liet zich onhandig op zijn zitplaats vallen. Een helper maakte zijn riemen vast, drukte de helm op zijn hoofd en wees op de schakelaar van de intercom. Ryan draaide het ding om.
'Parker?'
'Alles klaar?'
'Ik geloof het wel.'
'Mooi, dan kunnen we.' Parker controleerde zijn instrumenten en startte de Pegasus-motor. Drie matrozen stonden aan dek gereed met brandblussers, een tiental anderen keek van grotere afstand nieuwsgierig naar het vertrek van het vreemde vliegtuig.
De Harrier was vrij klein, maar daarom niet minder luidruchtig. Ryan voelde het toestel trillen terwijl de piloot de gashendel verschoof. Er was weinig druk van de versnelling te merken, maar uit het raam zag hij dat de *Kennedy* al een stuk achter hen lag. Enkele seconden later passeerden ze de escorteschepen.
'Eerst maar eens een beetje uitzicht zien te krijgen,' zei Parker. In een oogwenk zaten ze in de wolken en was hun gezichtsveld teruggebracht van vijf mijl tot vijf meter.
Ryan keek naar het instrumentenpaneel in de cockpit. De luchtsnelheid passeerde de honderd vijftig knopen, de hoogtemeter wees vierhonderd voet. Het omgebouwde lesvliegtuig droeg onder de buik een houder met gevoelige sensorapparatuur, onder andere een infrarode warmtemeter die naar voren gericht was en waarmee bij de laatste oefening de Amerikaanse duikboten waren verrast.
'We komen er zo bovenuit,' zei Parker. 'Nu!'
De hoogtemeter stond op zesentwintigduizend voet toen de Harrier uit de wolken schoot en in het schelle zonlicht kwam. De lucht was donkerder blauw dan van de grond af gezien. Parker verminderde de vluchthoek van drieëntwintig graden tot ze horizontaal vlogen. Ryan klapte zijn vizier neer om zijn ogen tegen het felle licht te beschermen.
'Zo beter, sir?' vroeg de piloot.
'Hierboven kun je tenminste wat zien.'
'Jammer dat we geen extra brandstof hebben, anders had ik u een paar

kunstjes kunnen laten zien. Met een Harrier kun je bijna alles uithalen.'
'Dat geloof ik graag.'
'En uw admiraal zei dat u dol was op vliegen,' zei Parker langs zijn neus weg.
Voordat Ryan er erg in had, zakte de neus van het toestel weg en vlogen ze ondersteboven. De piloot liet zijn kist drie complete salto's maken voor hij hem weer horizontaal bracht.
Ryan klemde zich vast aan de armleuningen van zijn stoel, maar tot zijn verbazing hoorde hij zich zeggen: 'Typisch Engels, dat gevoel voor humor...'
'Orders van uw admiraal, sir,' zei Parker op niet al te verontschuldigende toon. 'En ik zei al, met een Harrier kun je een heleboel doen.'
Ryan vroeg zich af welke admiraal de piloot bedoelde: Painter of Davenport. Vermoedelijk waren die allebei wel voor zo'n grapje te vinden.
De bovenkant van het wolkendek was net een wuivend katoenveld, maar Ryan kon er nog altijd weinig waardering voor opbrengen. Op de stoel achter de piloot had hij het sterke gevoel buiten te zitten.
'Mag ik u iets vragen, overste?'
'Ga je gang.'
'Wat is er aan de hand?'
'Hoe bedoel je?'
'De *Invincible* is niet voor niets omgedraaid. En het gebeurt ook niet alle dagen dat ik voor een VIP moet overvliegen.'
'Dat begrijp ik, maar jammer genoeg kan ik er niets over zeggen, Parker,' loog Ryan. 'Ik ben alleen de postbode die een paar brieven bij je baas komt afleveren.' Ga nou maar drie keer op je kop staan als je wilt, dacht hij bij zichzelf, meer kom je van mij niet te weten.
'Sorry dat ik het vroeg, overste, maar mijn vrouw is in verwachting van onze eerste, ziet u. Ik hoop erbij te zijn als ze na de kerst bevalt.'
'Waar woon je?'
'In Chatham, dat ligt...'
'Ik weet waar het ligt, ik woon tegenwoordig zelf in Engeland. In Marlow, daar hebben we begin dit jaar een huis laten zetten.'
'Ryan, Jack Ryan... U bent toch niet...'
'Die ben ik, maar dat hoef je tegen niemand te vertellen, luitenant.'
'Komt in orde. Ik wist niet dat u bij de marine zat.'
'Nee, daarom juist.'
'Sorry voor die stunt daarnet.'
'Een admiraal moet ook iets te lachen hebben. Ik hoorde trouwens dat die oefening laatst goed is verlopen voor jullie.'
'Ja. Met deze kist hebben we de *Tullibee* te pakken genomen, een van

uw duikboten. We kregen haar 's nachts in beeld met de nieuwe infraroodapparatuur toen ze net onder het oppervlak was. We hebben een hele lading nepbommen afgegooid, dat moet een mooie herrie gegeven hebben aan boord. Jammer genoeg kregen we niemand van de bemanning te zien; de *Tullibee* kwam pas een dag na onze afvaart in Norfolk aan.'
'Jullie hebben het er zeker goed van genomen in Norfolk?'
'Dat mag u wel zeggen. We hebben ook nog een dag kunnen jagen aan de baai.'
'O ja? Daar kwam ik vroeger ook vaak. Goeie vangst gehad?'
'De limiet was op drie ganzen gesteld, stom genoeg. Ik had ze in een halfuur.'
'Zo snel? En het seizoen is bijna gesloten.'
'Schieten is mijn vak, overste,' merkte Parker op.
'Ik ben in september nog met admiraal White wezen jagen in Schotland, met een dubbelloops. Normaal gebruik ik altijd een automatische Remington, maar dan kijken ze je aan of je een terrorist bent. Ik kreeg vijftien korhoenders te pakken, al is dat niet zo'n kunst met overal helpers die het geweer voor je laden en de vogels opjagen. Hoever is het nog naar de *Invincible*?'
'Veertig minuten vliegen.'
Ryan keek naar de brandstofmeters, die al tot de helft van de schaal waren teruggezakt. Bij een auto zou hij al aan tanken gaan denken. Gelukkig scheen Parker zich geen zorgen te maken.
Na een tijd zette Parker de landing in. Pas op honderd voet kwamen ze uit de wolken, waarna het gekletter van regen of hagel op de romp tot Ryan doordrong. De *Invincible* was maar half zo groot als de *Kennedy* en deinde zichtbaar op de hoge zeeën. Net als eerst liet Parker het toestel even aan bakboordzijde hangen om vervolgens het midden van het vliegdek op te zoeken. De Harrier landde hard in de grote kring die op het dek geschilderd was. De kap kwam onmiddellijk omhoog.
'U kunt er hier uit,' zei Parker. 'Ik moet naar de lift.'
Ryan maakte zijn riemen los en klom via het laddertje naar beneden. Een matroos haalde zijn plunjezak uit de bergruimte en bracht hem naar de ingang van de toren, waar een luitenant derde klas hem stond op te wachten.
'Welkom aan boord, sir,' zei de officier. Ryan schatte hem op hooguit twintig. 'U kunt uw vliegpak hier laten.'
Ryan deed zijn overall en reddingsvest uit, waarbij hij een paar keer tegen de wand botste. Het zware rollen van het schip en de gevolgen van het vliegen verstoorden zijn evenwicht. Hij vroeg zich af hoe piloten dat doorstonden.
De luitenant voerde hem via verschillende ladders en gangen omhoog

naar de brug. Ryan volgde hem hijgend en dacht met spijt aan de vele trimuren die hij had verzuimd.
Ryan werd binnengelaten en opgewekt begroet door admiraal John White, achtste graaf van Weston. De lange, stevig gebouwde vijftiger had een blozend gezicht, onderstreept door een witte halsdoek. Sinds hun eerste kennismaking in het voorjaar waren hun vrouwen, Cathy en gravin Antonia, nauw bevriend geraakt. Ze speelden samen in een huisorkestje; Cathy op de piano, Antonia op een Guarneri del Gesù-viool. Admiraal White liet zich zelden of nooit op zijn adellijke titel voorstaan; hij had zijn hoge positie bij de Royal Navy uitsluitend aan eigen verdienste te danken. Jack schudde hem de hand.
'Goede vlucht gehad, Jack?'
'Het was weer eens iets anders. Ik had nog nooit in een straaljager gezeten, en deze haalde ook nog allerlei capriolen uit. Het leek wel een kolibrie.'
'Kom mee naar mijn kajuit.'
White ging hem voor door een korte gang. De kapiteinskajuit was naar Engelse maatstaven verrassend sober ingericht, met als enig menselijk trekje een kleurenfoto van zijn vrouw op het bureau. Een van de wanden werd geheel in beslag genomen door een kaart van de Atlantische Oceaan; aan de zeezijde zaten twee patrijspoorten.
'Je ziet er moe uit, Jack,' zei White, naar een van de makkelijke stoelen gebarend.
'Dat ben ik ook. Ik ben al sinds gisterochtend vroeg in touw, het tijdsverschil niet meegerekend. Ik geloof dat mijn horloge nog op de Engelse tijd staat.'
'Er is een bericht voor je gekomen.' De admiraal haalde een stuk papier uit zijn zak en gaf het hem.
Greer aan Ryan, las hij, WILG bevestigd. Groeten van Sir Basil.
Hij vroeg zich af van wie de bevestiging afkomstig was. Van Sir Basil of Ritter, vermoedde hij, maar hij zou er niet om durven wedden.
'Hoe kom je aan dat uniform?' vroeg White.
'Mijn idee was het niet, admiraal. Maar ú weet voor wie ik werk, de anderen niet. Ze denken dat ik zo beter overkom.'
'Nou ja, in elk geval past het je.' De admiraal nam de telefoon om wat eten te bestellen. Even later kwam een steward een schotel met broodjes brengen. Ryan was nog steeds niet gewend aan de Engelse gewoonte om komkommer op brood te eten.
'En vertel nu eens waar de brand is.'
'Het bericht dat u me heeft laten lezen betekent dat ik er meer mensen bij kan betrekken, admiraal. U kunt drie van uw officieren laten halen, als u maar bedenkt dat het zeer vertrouwelijke informatie is.'
'Dat moet wel. Voor een kleinigheid laat ik mijn schip niet omkeren.'

White dacht een ogenblik na voor hij drie officieren naar zijn kajuit liet komen. 'Kolonel Carstairs, kolonel Hunter, overste Barclay – de laatste is van de inlichtingendienst, de twee anderen zijn stafofficieren.'
'Geen stafchef?'
'Die is naar huis in verband met een sterfgeval. Wil je iets bij de koffie?' White haalde een fles cognac uit zijn bureau en schonk een stevige bel in. Ryan was er blij mee; de koffie kon hij gebruiken, al hield hij rekening met de mogelijkheid dat White zijn tong wat losser wilde maken. De admiraal was langer bij de marine dan bevriend met Ryan.
De drie officieren kwamen binnen en werden voorgesteld. Ryan deelde de twee mappen uit die hij over had en deed zijn verhaal. Hij had er een kwartier voor nodig.
'Ik wijs erop dat deze informatie strikt onder ons moet blijven,' besloot hij. 'Voorlopig mag er absoluut niets van uitlekken.'
'Jammer,' merkte Carstairs op. 'Het zou een verdomd mooi verhaal zijn voor in de mess.'
'En wat is onze taak precies?' vroeg White. Hij schonk voor Ryan nog wat cognac in en keek wat er in de fles overbleef voor hij die wegstopte.
'In eerste instantie het opsporen van de *Red October*, daarna zien we wel verder. Ik denk trouwens dat het lokaliseren al moeilijk genoeg is.'
'Dat is zacht uitgedrukt,' bromde Hunter.
'Maar u staat niet alleen. CINCLANT zal u op verzoek van admiraal Painter het bevel over verschillende Amerikaanse schepen geven, inclusief de bijbehorende helikopters.'
'Wat zeg jij, Geoffrey?' vroeg White.
'Het is een begin,' gaf Hunter toe.
'U kunt de versterking over een dag of twee verwachten. Admiraal Painter heeft mij gevraagd zijn volste vertrouwen in uw groep uit te spreken.'
'Gesteld dat de *October* op weg is naar een van onze havens,' vroeg Barclay. 'Wordt het dan een Britse operatie?'
'Vermoedelijk wel, maar aan de kaart te zien is Ramius op weg naar de Verenigde Staten. In elk geval krijgt de Royal Navy alle informatie waarover wij kunnen beschikken. De president heeft dat per brief aan uw premier toegezegd. Per slot van rekening staan we allemaal aan dezelfde kant. De vraag is alleen of het ons lukt.'
'Hunter?' vroeg de admiraal.
'Als de inlichtingen juist zijn, geef ik ons een redelijke kans, misschien wel vijftig procent. Een raketboot is altijd moeilijk op te sporen, maar we hebben heel wat materieel ter beschikking en de koers is

bij benadering bekend. Norfolk is een van de eerste havens die in aanmerking komen, verder Newport, Groton, King's Bay, Port Everglades, Charleston... Het lijkt me niet waarschijnlijk dat ze een civiele haven als New York zal kiezen. Het grootste probleem is dat de Russische Alfa's de *October* de pas zullen afsnijden en in open zee kunnen opereren zonder dat wij er iets tegen kunnen ondernemen. Bovendien hebben de Russen het voordeel dat zij precies weten wat de *October* wel en niet kan. Dat geeft hun een voorsprong, ook al hebben ze mindere apparatuur.'

'Ik begrijp alleen niet waarom Ramius zo langzaam vaart,' zei Ryan. 'Voorbij de SOSUS-linies ter hoogte van IJsland komt hij in diep water, waar hij vol gas kan geven.'

'Daar zijn ten minste twee redenen voor,' antwoordde Barclay. 'U weet hoe geïsoleerd de Russen hun eenheden vaak laten opereren. Ramius weet vermoedelijk niet waar hun aanvalsonderzeeërs zich bevinden, daarom loopt hij het gevaar op een Victor of iets dergelijks te stuiten als hij niet omzichtig te werk gaat. Verder moet hij rekening houden met de mogelijkheid dat er Amerikaanse hulp is ingeroepen, bijvoorbeeld met de smoes dat een duikboot door maoïsten was gekaapt. Wat denkt u dat uw regering zou doen als er vervolgens een raketboot werd ontdekt die op volle snelheid naar de kust koerste?'

'U heeft gelijk,' beaamde Ryan. 'We zouden de halve oceaan leeg bombarderen.'

'Wat u zegt. Ramius is bezig met de uitvoering van een gewaagd plan, daarom zal hij geen onnodige risico's nemen. Ik weet niet of het een voordeel is, maar hij weet blijkbaar wat hij doet.'

'Wanneer krijgen we meer over dat nieuwe voortstuwingssysteem te horen?' vroeg Carstairs.

'Over enkele dagen, hoop ik.'

'En waar wil admiraal Painter ons hebben?' wilde White weten.

'In het voorlopige plan komt u aan de rechterflank. Hij wil de *Kennedy* zo dicht mogelijk onder de kust om de dreiging van de Russische hoofdmacht op te vangen. Het is namelijk mogelijk dat Ramius zich een tijdlang schuil zal houden in het Atlantische bekken, waar hij de meeste kans heeft om onopgemerkt te blijven. De tijd werkt in zijn voordeel, omdat de Russen het zich logistiek en politiek niet kunnen veroorloven de complete Noordelijke Vloot dicht bij Amerikaanse wateren te handhaven. Uiteraard moet de operatie nog goedgekeurd worden door het opperbevel in Norfolk, daarna kunnen de details uitgewerkt worden.'

'Een hele maand op de oceaan, en dat in de winter,' zei Carstairs weifelend. Hij had dienst gedaan op de *Invincible* tijdens de Falklandsoorlog en kende de barre omstandigheden die in het slechte jaargetijde op

de Atlantische Oceaan heersten.
'Wees blij dat we het niet alleen hoeven op te knappen,' zei admiraal White met een glimlach. 'Hunter, werk een schema uit om de schepen die we van de Yanks krijgen in te passen. Barclay, ik wil van jou binnenkort horen wat we nog van Ramius kunnen verwachten, ervan uitgaand dat hij dezelfde sluwe vos blijft die we hebben leren kennen.'
'Aye, aye, sir,' zei Barclay. Hij en zijn twee collega's stonden op en verlieten de kajuit.
'Hoe lang blijf je bij ons, Jack?'
'Dat weet ik niet, admiraal. Tot ik naar de *Kennedy* word teruggeroepen, denk ik. Voor zover ik het kan bekijken, loopt deze hele operatie wat te snel van stapel. Niemand weet nog precies wat we kunnen en moeten doen.'
'Nou ja, jij hebt voorlopig je werk gedaan, laat het maar een tijdje aan ons over. Je ziet er dodelijk vermoeid uit.'
'Dat is waar, ik ben doodmoe.' Hij begon de invloed van de cognac te merken.
'In die kast daar vind je een opklapbed. Je kunt hier zolang slapen. Als er belangrijke dingen gebeuren hoor je het wel.'
De admiraal liet hem alleen. Ryan zette haastig het bed op en kroop onder de wol. Tien minuten later was hij vast in slaap.

*De Red October*
Om de twee dagen werden de stralingsfilms opgehaald door de tweede officier. Borodin maakte van de gelegenheid gebruik om de verblijven van de bemanning te inspecteren en een praatje te houden over het correcte gedrag van Nieuwe Russen zoals zij. Ook vandaag deed hij twee uur over zijn ronde. Na afloop was zijn heupzak gevuld met oude films, die hij naar het kantoor van de scheepsarts bracht.
'Een cadeautje voor je, kameraad Petrov.'
'Dank je,' zei de dokter lachend. 'Ik kan wel wat afwisseling gebruiken. Met al die gezonde kerels aan boord kan ik weinig anders doen dan oude tijdschriften lezen.'
Borodin liet Petrov alleen met zijn werk. De scheepsarts legde de films eerst op volgorde. De drie cijfers van elk etiket gaven respectievelijk de datum van uitreiking, de functie en het slaapverblijf van de matroos aan. Het ontwikkelen zelf was kinderspel. Petrov knipte de rode verlichting aan, sloot de deur van zijn kantoor af en nam de films mee naar de aangrenzende doka. Zonder zich te haasten zette hij zijn spullen klaar. De laatste twee dagen had hij zijn kennis van tropische ziektes opgefrist met behulp van wat oude literatuur, en verder had hij zich voornamelijk verveeld. Net als alle anderen aan boord keek hij reikhalzend uit naar hun bezoek aan Cuba. Jaren geleden was hij al

eens op het eiland geweest en hij vroeg zich af of de rum nog even goed zou smaken als toen. En met een beetje geluk zou een van de bemanningsleden een exotische ziekte opdoen, dan had hij op de terugweg ook nog iets omhanden.
Het belletje klonk en Petrov tilde het rekje met de eerste ontwikkelde films uit de bak. Hij liet ze voorzichtig uitlekken om zijn uniform niet te bederven. Jammer dat ze hun bestemming zo laat te horen hadden gekregen, anders had hij zijn tropenkleding kunnen meenemen. De Cubaanse hitte zou niet meevallen. Petrov vroeg zich af of de eilandbewoners in die vijftien jaar water en zeep hadden leren gebruiken, maar veel fiducie had hij er niet in.
Petrov legde de film onder het röntgenapparaat en draaide de schakelaar om. Zijn adem stokte. Ongelovig keek hij naar het scherm en herkende zijn eigen nummer: 348, derde reeks, scheepsarts, officiersverblijf.
Niet alleen zijn eigen film toonde sporen van besmetting. De vuurploeg, de mannen die de torpedo's bedienden en uitsluitend in het voorschip werkten, was slechts in geringe mate aan straling blootgesteld; van de tien verticale segmenten op elke film was er maar een beslagen. Het hoogste niveau bereikten de mensen uit de machinekamer, met vijf besmette segmenten. Petrov zelf en de andere officieren bleven daar net iets onder.
Petrov sloeg voor alle zekerheid het handboek na, hoewel hij de doses uit zijn hoofd kende. Twaalf tot vijfentwintig rad in twee dagen tijd. Niet levensgevaarlijk, maar veel hoger dan normaal. Hij liet de films in de doka achter en ging naar zijn kantoor om de kapitein te waarschuwen.
'Met Petrov, kameraad. Wilt u even bij mij komen?'
'Ik kom eraan, dokter.'
Ramius haastte zich niet, hij wist al waar het over ging. De dag voor de afvaart had Borodin met het röntgenapparaat zitten experimenteren en had per ongeluk een paar films besmet, terwijl de dokter aan de wal was.
Ramius stapte het kantoor binnen en deed de deur achter zich dicht.
'Er is een stralingslek, kapitein.'
'Onzin, dat zouden onze instrumenten onmiddellijk hebben aangetoond.'
Petrov haalde de films uit de donkere kamer en gaf ze aan de gezagvoerder. 'Kijk zelf maar.'
Ramius hield de strips tegen het licht en bekeek ze nauwkeurig. 'Weet iemand er al van?' vroeg hij fronsend.
'Alleen u en ik, kameraad.'
'Dat blijft zo.' Ramius dacht even na. 'Is het niet mogelijk dat er bij

het ontwikkelen iets mis is gegaan?'

Petrov schudde beslist zijn hoofd. 'Nee, dat is uitgesloten. Alleen u, kameraad Borodin en ik kunnen bij de films komen voor ze uitgereikt worden. En ik heb zoals altijd een steekproef genomen om ze te controleren.'

'Tien tot twintig rad, zo te zien,' zei Ramius. Hij hield zijn schatting aan de lage kant. 'Wie hebben de hoogste niveaus?'

'Boelganin en Soerzpoi. De torpedoploegen zitten allemaal onder de drie rad.'

'Goed, het zou een klein lek in de reactorruimte kunnen zijn. Een *klein* lek, Petrov. Dat is al eerder gebeurd zonder dat het iemand het leven kostte. We zullen het lek opsporen en dichten en niemand hoeft er iets van te weten. Waarom zouden de mannen zich over niets moeten opwinden?'

Petrov knikte instemmend, al wist hij heel goed dat eerdere ongelukken op de *Worosjilov* en de *Lenin* bemanningsleden het leven hadden gekost. Maar dat was al lang geleden en Ramius wist heel goed hoe hij zo iets moest aanpakken. Of niet soms?

*Het Pentagon*

De E-ring was de buitenste en grootste ring van het Pentagon. De ramen boden uitzicht op iets anders dan sombere binnenplaatsen, zodat de meeste hoge defensiespecialisten hier hun intrek genomen hadden. Een van hen was generaal Harris, de directeur operaties van de gezamenlijke chefs van staven.

Edwan Harris had in geen vierentwintig uur van het uitzicht kunnen genieten. Al die tijd had hij opgesloten gezeten in de ondergrondse kamer die bekend stond als De Tank omdat hij volgestouwd was met stoorzenders en andere elektronische apparatuur. Aan zijn uiterlijk was dat overigens niet te merken. Zijn groene uniformbroek zat netjes in de plooi, net als zijn kaki overhemd, en zijn das werd keurig op zijn plaats gehouden door de gouden speld van het korps mariniers. Luitenant-generaal Harris was geen diplomaat en ook geen ijzervreter; de omstandigheden dwongen hem in de vreemde rol van vredestichter.

'Dit is verdomme toch geen manier om een operatie op te zetten?' riep admiraal Blackburn uit, de opperbevelhebber van de Atlantische vloot. De andere stafchefs knikten stuk voor stuk instemmend.

'U weet uit welke hoek de orders komen,' antwoordde Harris bedaard. 'Het plan dat wij aan de president moeten voorleggen, hoeft zich voorlopig alleen met de Russische dreiging bezig te houden. Die ene duikboot kan beter buiten beschouwing blijven.'

'Dat kan wel zijn, maar het is toch voornamelijk een duikbootopera-

tie. Dat betekent dat Vince Gallery en Sam Dodge erbij betrokken moeten worden, dat is hun terrein.'
'Dat is van later zorg,' merkte schout-bij-nacht Stanford op. 'Voor het ogenblik hebben we genoeg aan ons hoofd.'
De acht vlagofficieren verzamelden zich rond de kaartentafel. Modellen van achtenvijftig Russische duikboten en achtentwintig oppervlakteschepen waren opgesteld, vergezeld door een groot aantal tankers en bevoorradingsschepen. Van de ruim driehonderd meegevoerde kruisraketten was naar schatting een derde uitgerust met kernkoppen, waarmee over een dag of wat de grote steden aan de Amerikaanse oostkust beschoten konden worden.
'Painter stelt voor de *Kennedy* zo dicht mogelijk onder de kust te houden,' zei admiraal Blackburn. 'Als hij een deel van zijn gevechtsvliegtuigen door S-3's vervangt kan hij de duikbootbestrijding vanaf de *Kennedy* leiden, terwijl de *Invincible* zijn rechterflank dekt.'
'Dat bevalt me niets,' zei generaal Harris. Samen met Stanford had hij een alternatief uitgewerkt. 'De *Kennedy* is onze enige beschikbare carrier, het is onzin om die alleen tegen de Russische duikboten in te zetten. Ik stel voor de *Kennedy* hierheen te brengen.' Hij nam een stok en wees een plek ten westen van de Azoren aan. 'Josh houdt al zijn gevechtseenheden aan boord, de *Invincible* concentreert zich op de onderzeeërs. Daar is het ding voor gebouwd en de Britten hebben er genoeg ervaring mee opgedaan. Met de *Kennedy* kunnen we zelf veel meer dreiging ontwikkelen. Vanuit deze positie kan ze de vijandelijke oppervlakteschepen aanvallen zonder zichzelf bloot te stellen.'
'De Russische bevoorradingsschepen komen nog eerder in aanmerking,' zei Stanford. 'Als we deze tankers uitschakelen zijn ze nergens meer. Om dat te voorkomen zullen ze andere posities moeten kiezen. De *Kiev* bijvoorbeeld zal naar de flank moeten om de jagers van de *Kennedy* op te vangen. En de S-3's die wij op het vasteland houden, kunnen van daaruit boven hetzelfde gebied patrouilleren.' Hij trok met de stok een lijn over de kaart, vijfhonderd mijl uit de kust.
'Dat maakt de *Invincible* tamelijk kwetsbaar,' merkte admiraal Foster op.
'Painter stelde al voor extra luchtsteun voor de Britten te vragen,' zei Blackburn. Hij keek vragend naar de stafchef van de luchtmacht, generaal Claire Barnes.
'Dat kan geregeld worden,' antwoordde die. 'Morgen vroeg kunnen we een E-3 bij de *Invincible* hebben, en dichter bij de kust is het helemaal geen probleem meer. Desgewenst kan ik een eenheid F-16's inzetten.'
'En wat wil je er voor terug, Max?' vroeg Foster. Niemand noemde de generaal ooit Claire.

'Zo te zien heeft de *Saratoga* niets te doen, dus daar kan ik de vliegtuigen van gebruiken. Tegen het eind van de week staan vijfhonderd gevechtsvliegtuigen klaar voor jullie. Alleen hebben mijn jongens weinig ervaring met schepen, dus we zullen goed moeten samenwerken. Verder wil ik jullie Tomcats hebben, die hebben meer vuurkracht. Een eskader kan van IJsland opereren om de Russische luchtbewegingen in de gaten te houden.'
'Blackie?' vroeg Foster.
'Afgesproken. Alleen vind ik dat de *Invincible* over te weinig antiduikbootwapens beschikt.'
'Daar kan iets aan gedaan worden,' zei Stanford. 'We kunnen de *Tarawa* en de *New Jersey* tot een eenheid samenvoegen en naar de *Invincible* sturen. Dat geeft admiraal White de beschikking over extra helikopters en een stuk of acht Harriers.'
'Dat lijkt me een uitstekende oplossing,' zei Harris snel.

*De Red October*
Hoofdmachinist Melechin stuurde iedereen de reactorruimte uit voor hij aan zijn inspectie begon. Alleen Ramius, Petrov en een jonge luitenant bleven bij hem, uitgerust met geigertellers.
De kamer bood ruimte aan een groot reactorvat, waarvan het stalen omhulsel nog warm aanvoelde. Stralingsdetectors waren in de vier hoeken opgehangen binnen een rode cirkel, geen andere ruimte aan boord was zo smetteloos wit geschilderd als deze. Het was een noodzakelijke voorzorg; ook de geringste lekkage in de koelleidingen moest onmiddellijk ontdekt worden.
Luitenant Swyadov beklom de aluminium ladder aan de zijkant van het reactorvat en liet de pijp van de geigerteller over alle laspunten gaan. Hij had een koptelefoon op zijn hoofd gezet en de luidspreker aan het apparaat geheel open gedraaid. Nerveus dacht hij aan het grapje dat wel eens gemaakt werd. Hoe herken je een matroos van de Noordelijke Vloot? Die gloeit in het donker. Vroeger had hij er zelf smakelijk om gelachen, maar dat was nu wel anders. Alleen een idioot zou met plezier naar een stralingslek op zoek gaan. Daar kwam nog bij dat hij, zoals hij heel goed wist, was aangewezen omdat hij de jongste en onervarenste officier was, eentje die zich makkelijk liet vervangen. Het kostte hem moeite het trillen van zijn knieën te bedwingen, terwijl hij zich uitstrekte om alle lasnaden te bereiken.
Enig geluid produceerde de teller wel, telkens wanneer een deeltje door de buis met geïoniseerd gas ging. Swyadov keek regelmatig naar de cijfers die de intensiteit aangaven, maar de registratie was nauwelijks de moeite waard. Het omhulsel van het reactorvat bestond uit diverse holle staalwanden, gevuld met respectievelijk een mengsel

van barium en water, lood en polyethyleen. De verschillende lagen verhinderden het ontsnappen van neutronen en gammadeeltjes die bij het proces vrijkwamen. Swyadov zag tot zijn opluchting dat het stralingsniveau ver onder het toegestane peil bleef. De hoogste meting deed hij bij de lamp.

'Alle waarden zijn normaal, kapitein,' rapporteerde hij met een glimlach.

'Doe het van het begin af aan nog eens over,' zei Melechin.

Twintig minuten later bevestigde de luitenant zijn eerdere melding, zwetend van de warme lucht die zich boven in de ruimte had verzameld. Met pijnlijke spieren klom hij naar beneden.

'Neem een sigaret, Swyadov,' zei Ramius. 'Je hebt goed werk gedaan.'

'Graag, kapitein. Het is benauwd daarboven.' Hij gaf de geigerteller aan Melechin, die het totaal van de metingen bekeek. Niets om je zorgen over te maken.

'Die films zullen wel besmet zijn geweest,' merkte de eerste machinist zuur op. 'Dat zou niet de eerste keer zijn. Een of andere knoeier in de fabriek of op de werf. Dáár zou de GROE zich eens mee bezig moeten houden. Saboteurs die de kogel verdienen, dat zijn het.'

'Misschien,' zei Ramius. 'Herinner je je dat incident op de *Lenin*?' De *Lenin* was een ijsbreker met atoomaandrijving, die na een ongeluk aan boord twee jaar nutteloos aan de wal had gelegen. 'De kok zat met een paar aangekoekte pannen, en een of andere achterlijke machinist stelde hem voor wat stoom te gebruiken om ze schoon te maken. En de idioot zette rustig een klep open en hield zijn pannen eronder!'

Melechin rolde met zijn ogen. 'Of ik dat weet! Die kok was natuurlijk een Kozak, daar had de kapitein nog speciaal om gevraagd...'

'Hij hield van paardevlees bij zijn kasja,' lachte Ramius. 'Maar die pannen zullen wel goed schoon zijn geworden.'

'Wat je zegt, Marko Aleksandrowitsj – over een jaar of vijftig kan hij ze best weer gebruiken!'

Petrov lachte niet. Een stralingslek was niet iets om de spot mee te drijven, zeker niet in aanwezigheid van een jonge officier. Maar Melechin had altijd een grimmig gevoel voor humor gehad, en als je al twintig jaar met kernreactors omging moest je er wel een eigenaardige kijk op krijgen. En het verhaal bevatte in elk geval een duidelijke richtlijn: laat nooit een onbevoegde in de reactorruimte.

'Goed,' zei de machinist ten slotte, 'dan gaan we nu de generator controleren. Kom mee, Swyadov, we hebben jouw jonge benen nog nodig.'

De aangrenzende ruimte bevatte de conventionele machinerie. De grote turbines waren uitgeschakeld zolang de rups werkte. Radioac-

tieve stoom kon zich uitsluitend in het binnenste buizenstelsel bevinden; de koelvloeistof was weliswaar besmet, maar werd nooit warm genoeg om te verdampen. De meest waarschijnlijke plaats voor een lek was de wisselaar waar de twee buizenstelsels bij elkaar kwamen voor het afgeven van de warmte, vooral door de talrijke kleppen en laspunten.
Het kostte Swyadov vijftig minuten om het ingewikkelde systeem grondig na te lopen. De buizen waren niet zo goed geïsoleerd als in de reactorruimte en hij brandde een paar keer bijna zijn vingers. Zijn gezicht baadde in het zweet toen hij met zijn eerste ronde klaar was.
'Alle metingen zijn normaal, kameraden.'
'Mooi zo,' zei Melechin. 'Rust even uit voor je opnieuw begint.'
Swyadov had de machinist willen bedanken, maar hij hield zich in. Als nieuwe officier en lid van de Komsomol mocht geen inspanning voor de goede zaak hem te veel zijn. Hij klom voorzichtig naar beneden en nam een sigaret aan. Hij strekte zijn benen uit om de spieren los te maken.
'Die pijpen zouden wel eens wat beter geïsoleerd kunnen worden,' merkte Ramius op, maar Melechin schudde zijn hoofd.
'Dan zijn ze veel moeilijker te controleren.'
De kapitein keek op de teller. 'Volkomen veilig,' zei hij. 'Als je in je tuin aan het werk bent, vang je meer straling op.'
'Om over mijnwerkers maar te zwijgen,' vulde de eerste machinist aan. 'Het moet aan die films liggen. We kunnen de nieuwe serie controleren.'
'Dat kan ik niet aanraden, kameraad,' antwoordde Petrov. 'Dan komen we namelijk voor een paar dagen te kort, en dat is tegen de voorschriften.'
'De dokter heeft gelijk. Trouwens, die films zijn toch maar een extra controle op de normale instrumenten.' Ramius gebaarde naar de roodomrande detectors aan de wanden.
Een uur later was de tweede inspectie voltooid. Petrov nam Swyadov mee naar zijn kantoor om hem met thee en zouttabletten te laten bijkomen. Melechin liet de reactor weer in werking stellen.
De andere bemanningsleden gingen wat onzeker door met hun werk. Het was hun niet ontgaan dat de riskante afdelingen met geigertellers gecontroleerd waren, maar niemand wilde zeggen wat er aan de hand was. En in de machinekamer werd menige steelse blik op de klok geworpen om te zien hoelang het nog duurde tot de aflossing van de wacht.

# De achtste dag – vrijdag 10 december

*Invincible*

Het was al donker toen Ryan wakker werd. De gordijntjes voor de patrijspoorten waren dicht. Hij schudde zijn hoofd een paar keer om helder te worden en begon te verzinnen wat er aan de hand kon zijn; de *Invincible* had vaart geminderd. Hij stond op om uit een patrijspoort te kijken en zag de laatste gloed van de ondergaande zon achter het wolkendek. Hij keek op zijn horloge en kwam na een omslachtige berekening tot de conclusie dat het zeven uur in de avond moest zijn. Dan had hij zes uur geslapen. Hij voelde zich dan ook goed, de omstandigheden in aanmerking genomen. Hij had slechts een lichte hoofdpijn – een zoveelste bewijs dat je aan goeie drank geen kater overhoudt – en zijn spieren waren wat stijf. Hij deed een paar oefeningen om ze los te maken.

Aan de hut grensde een kleine badkamer. Zonder in de spiegel te kijken maakte hij zijn gezicht nat en spoelde zijn mond. Met tegenzin bekeek hij zichzelf; hij moest wel. Met of zonder valse voorwendselen, hij droeg nu eenmaal het uniform van zijn land en moest er behoorlijk uitzien. Het duurde wel even voor zijn haar weer goed zat en zijn kleding door de beugel kon. De CIA had, gezien de korte tijd die ter beschikking stond, een mooi stukje maatwerk geleverd. Toen hij klaar was, verliet hij de hut en ging naar de brug.

'Voel je je al wat beter, Jack?' De admiraal wees naar een blad met kopjes. Het was thee, maar niet zo gek om mee te beginnen.

'Dank u, admiraal. Die paar uur slaap hebben me goed gedaan. Ik hoop dat ik nog op tijd ben voor het avondeten.'

'Voor het ontbijt, bedoel je,' corrigeerde White met een lach.

'Eh, hoe bedoelt u, admiraal?' Ryan schudde zijn hoofd weer. Hij was nog steeds een beetje duf.

'Het is zonsopkomst, Ryan. De orders zijn veranderd, we koersen west. De *Kennedy* vaart met hoge snelheid in oostelijke richting en wij moeten ons vlak onder de kust stationeren.'

'Van wie komt dat af?'

'CINCLANT. Joshua was er geloof ik niet erg blij mee. Je moet voorlopig bij ons blijven en gegeven de omstandigheden heb ik je maar laten slapen. Je scheen het nodig te hebben.'

Dan was hij achttien uur onder zeil geweest, dacht hij. Geen wonder dat hij zo stijf was.

'Je ziet er een stuk beter uit,' merkte White op vanuit zijn leren stoel.

Hij stond op, nam Ryan bij de arm en voerde hem naar het achterdek. 'Nu gaan we ontbijten. Ik heb op je gewacht. Hunter zal je nieuwe instructies geven. Over een paar dagen klaart het weer op, zo is mij verteld. We moeten nu samenwerken met jouw *New Jersey*-groep. Onze anti-onderzeeër-operaties beginnen over twaalf uur pas serieus. Wees maar blij dat je wat geslapen hebt, jongen. Dat zal je nog erg van pas komen.'

Ryan streek met zijn hand langs zijn gezicht. 'Kan ik me eerst even scheren, admiraal?'

'Bij ons zijn baarden nog altijd toegestaan. Dat kan wel wachten tot na het ontbijt.'

Het vlagverblijf op de HMS *Invincible* was niet zo chic als op de *Kennedy*, maar het scheelde weinig. White had zijn eigen tafel. Ze werden uitstekend bediend door een in een witte livrei geklede steward, die ook dekte voor Hunter die zich na vijf minuten bij hen voegde.

'Over twee uur hebben we een ontmoeting met een paar van jullie fregatten. We hebben ze al op de radar. Binnen zesendertig uur voegen zich nog twee 1050's, een olietanker en twee Perry's bij ons. Die waren op weg van de Middellandse Zee naar huis. Met wat we al hebben, komen we dan tot een totaal van negen oorlogsschepen. We opereren vijfhonderd mijl uit de kust, met de *New Jersey-Tarawa*-eenheid tweehonderd mijl ten oosten van ons.'

'*Tarawa*? Waarvoor hebben we een regiment mariniers nodig?' vroeg Ryan.

Hunter legde het in het kort uit. 'Dat kan wel van pas komen. Het grappige is dat, nu de *Kennedy* opstoomt naar de Azoren, de bewaking van de Amerikaanse kust bij ons berust.' Hunter grijnsde. 'Het is waarschijnlijk voor het eerst in de geschiedenis dat we die taak toebedeeld hebben gekregen.'

'Wat gaat er verder gebeuren?'

'De eerste Alfa's bereiken vanavond de Amerikaanse kust. De Russische vlooteenheid is vannacht IJsland gepasseerd. Hij is in drie groepen verdeeld. De ene is opgetrokken rond hun vrachtvaarder *Kiev* en vier torpedoboten; de tweede, waarschijnlijk de hoofdgroep, bestaat uit de *Kirov*, twee kruisers en zes torpedoboten; en de derde uit de *Moskwa* met nog eens drie kruisers en zeven torpedoboten. Ik neem aan dat de Russen de *Kiev*- en de *Moskwa*-groepen aan landzijde willen gebruiken, terwijl de *Kirov* de doortocht naar open zee vrijhoudt, maar de herstationering van de *Kennedy* zal ze wel van plan doen veranderen. Maar hun hele vloot heeft de beschikking over een aanzienlijk aantal grond-grondraketten, en in theorie zijn we heel kwetsbaar. De Amerikaanse luchtmacht stuurt een E-3-patrouillevliegtuig dat hier over een uur moet zijn en met onze Harriers gaat samenwer-

ken, en als we dichter bij de kust komen, krijgen we nog meer steun vanuit het vasteland. Over het geheel genomen is onze positie niet bijster rooskleurig, maar die van Iwan is zo mogelijk nog slechter. Voor wat het vinden van de *Red October* betreft zou ik zeggen dat onze aanpak afhangt van de tactiek die Iwan volgt. De eerste Alfa bevindt zich tachtig mijl ten noordwesten van ons. Haar snelheid bedraagt vijfenveertig knopen en een van onze helikopters vliegt vlak achter haar,' besloot hij. 'Zullen we maar naar beneden gaan?'
Dertig minuten later bevond Ryan zich in een verduisterde ruimte waarvan de wanden in beslag werden genomen door elektronische apparatuur en kaarten achter glas. De Atlantische Oceaan was vergeven van de Russische onderzeeboten.

*Het Witte Huis*
De Russische ambassadeur betrad om 10.59 uur het Oval Office, een minuut te vroeg. Hij was een kleine zwaarlijvige man met een breed Slavisch gezicht en ogen waarop een professionele gokker trots zou zijn. Ze onthulden niets. Hij had de hele diplomatieke ladder beklommen, een aantal posten in het westen bekleed en was al dertig jaar lid van de communistische partij.
De president bleef achter zijn bureau zitten, nadat hij hem begroet had. Dat had hij nog niet eerder meegemaakt. Alle andere keren was de president opgestaan om hem een hand te geven en bij hem te komen zitten.
'Bedien uzelf van koffie,' zei Pelt, de speciale adviseur van de president. Arbatov kende hem goed. Hij was een welopgevoede politicoloog, een vijand, maar een *kulturni* vijand. Arbatov had een zwak voor formeel gedrag. Vandaag stond Pelt naast zijn baas en was niet van plan de Russische beer dicht te naderen. Arbatov zag maar van de koffie af.
'Men heeft ons gemeld dat de Russische activiteiten in de Atlantische Oceaan zorgwekkend zijn toegenomen,' begon Pelt.
Om verbazing uit te drukken trok Arbatov zijn wenkbrauwen op, maar hij wist dat het effect nihil was. 'Ik weet hier niets van. Zoals u weet ben ik geen zeeman.'
'Zullen we de gebruikelijke lulkoek maar overslaan, Arbatov?' stelde de president voor. Arbatov stond zich niet toe verrassing te tonen. Een dergelijke vulgaire opmerking verwachtte hij niet van de president van Amerika, die net als Russische gezagdragers een gladde jongen als Pelt nodig scheen te hebben om de scherpe kantjes weg te slijpen. 'Het schijnt dat jullie de laatste tijd zo'n honderd marinevaartuigen in de Atlantische Oceaan hebben opereren of die kant uit. Narmonov en mijn voorganger zijn jaren geleden overeengekomen dat

een dergelijke operatie niet zou plaatshebben zonder voorafgaande waarschuwing. Zoals u weet was het doel van deze overeenkomst daden te voorkomen die als provocatie uitgelegd zouden kunnen worden. De overeenkomst is aan beide zijden gerespecteerd tot nu toe. Mijn militaire adviseurs zeggen me dat de huidige ontwikkelingen veel weg hebben van oorlogsvoorbereidingen. Jullie schepen passeren ten oosten van IJsland, en zullen weldra een positie innemen die een bedreiging kan vormen voor onze handelsroutes naar Europa. De situatie is op z'n minst verontrustend te noemen en zou ook uitgelegd kunnen worden als een ernstige provocatie. De actie is nog niet publiekelijk gemaakt, maar als dat gebeurt, zal het Amerikaanse volk een tegenactie van mij verlangen.' De president zweeg voor een reactie, maar de ambassadeur knikte alleen maar.
Pelt ging voor hem verder. 'Uw land heeft een overeenkomst terzijde geschoven die al jaren model staat voor de oost-west-verhouding. Hoe kunt u verwachten dat wij dit anders op zullen vatten dan als een provocatie?'
'Ik kan alleen maar zeggen, heren, dat ik niets van deze zaak afweet,' loog Arbatov met een oprechte uitdrukking op zijn gezicht. 'Ik zal contact met Moskou opnemen om me van de feiten op de hoogte te stellen. Kan ik daar een boodschap van u aan toevoegen?'
'Ja. Zoals u en uw superieuren in Moskou zullen begrijpen,' zei de president, 'zullen wij schepen en vliegtuigen uitzenden om uw bewegingen te observeren. De voorzichtigheid vereist dat. We hebben geen enkele behoefte om uw operaties, mits ze legitiem zijn, op een of andere wijze te verstoren. Het is niet onze intentie om een incident uit te lokken, maar onder de voorwaarden van onze overeenkomst valt dat we het recht hebben om uit te zoeken wat er aan de hand is. Uw regering dient in overweging te nemen dat een zo grote concentratie van wederzijdse strijdmachten een zeer gevaarlijke situatie in de hand kan werken. Er kunnen ongelukken gebeuren. Eén actie van een van beide zijden die onder andere condities als ongevaarlijk beschouwd zou worden zou nu het tegendeel kunnen lijken. Zo zijn er oorlogen ontstaan.' De president leunde achterover in zijn stoel om deze bespiegeling een ogenblik in te laten werken. Toen hij verder ging klonk zijn stem vriendelijker. 'Natuurlijk beschouw ik de mogelijkheid als zeer onwaarschijnlijk, maar is het niet onverantwoordelijk om dergelijke risico's te nemen?'
'Ik begrijp uw bezorgdheid, maar zoals u weet is de zee vrij...'
De president onderbrak hem. 'Dat is zo, maar de in het leven geroepen situatie is zeer gevaarlijk. En wat ik het meest verontrustend vind is de schending van een verdrag. Ik hoopte al dat onze betrekkingen een nieuw tijdperk ingingen nu we onze handelsgeschillen hadden

opgelost. We hebben zojuist een nieuwe graanovereenkomst gesloten. Uw aandeel in het totstandbrengen daarvan is groot geweest. We bewogen in voorwaartse richting. Komt daar nu een einde aan? Ik hoop van niet. De betrekkingen tussen onze landen zijn gebaseerd op wederzijds vertrouwen.
Ambassadeur, ik hoop dat ik u niet al te zeer gealarmeerd heb. Zoals u weet is het mijn gewoonte om onomwonden te zeggen wat ik op mijn hart heb. Persoonlijk heb ik een hekel aan de stroopsmeerderige manier van onderhandelen die diplomaten eigen is. In tijden zoals deze, moeten we snel en duidelijk communiceren. We bevinden ons in een gevaarlijke situatie en het is onze plicht om daar snel een eind aan te maken. Mijn militaire bevelhebbers zijn ernstig verontrust, en ik moet weten – vandaag nog – wat uw marine-eenheden voorhebben. Ik verwacht voor vanavond zeven uur daarvan op de hoogte te zijn gesteld. Zo niet, dan zal ik me rechtstreeks met Moskou in verbinding stellen om een verklaring te eisen.'
Arbatov stond op. 'Ik zal uw boodschap binnen het uur overbrengen. Maar, wees zo vriendelijk het tijdsverschil tussen Moskou en Washington in het oog te...'
'Ik weet dat het weekend net begonnen is, en dat de Sovjetunie een arbeidersparadijs is maar ik verwacht dat de leiders van uw land nog wel aan het werk zullen zijn. In ieder geval zal ik u niet langer ophouden. Tot ziens.'
Pelt begeleidde Arbatov naar de deur, kwam terug en nam plaats.
'Misschien heb ik me wat te hard opgesteld,' zei de president.
'Misschien wel.' Pelt vond dat hij behoorlijk over de schreef was gegaan. Hij had niet veel met de Russen op, maar ook hij was zeer gesteld op diplomatieke beleefdheden. 'Maar uw boodschap is in ieder geval overgekomen.'
'Hij weet ervan.'
'Ja, maar hij weet niet dat wij dat weten.'
'Dat hopen we dan maar,' grijnsde de president. 'Wat een verrekte klotespelletje is dit! En dan te bedenken dat ik een mooie veilige carrière voor me had als strafpleiter. Denk je dat hij in het aas zal bijten?'
'"Mits uw operaties legitiem zijn." Zag u hoe hij in zijn handen kneep toen u dat zei? Hij gaat er zo zeker als wat achteraan.' Pelt stond op om zichzelf nog wat koffie in te schenken. Het beviel hem dat het porseleinen servies afgezet was met gouden randen. 'Ik vraag me af of zij dat ook zo noemen. Eerder een reddingsactie. Als ze het een vlootoefening noemen geven ze daarmee toe dat ze het verdrag schenden. Een reddingsactie rechtvaardigt de hoeveelheid eenheden die ze inzetten, de snelheid waarmee te werk is gegaan en het uit de publiciteit

houden van de hele onderneming. De pers maakt nooit melding van een dergelijke actie. Ik houd het erop dat ze het een reddingsactie noemen, het erop gooien dat ze een onderzeeër missen, zelfs zover gaan dat ze het over een raketduikboot hebben.'
'Nee, zover gaan ze niet. Dat verdrag waarin staat dat raketduikboten vijfhonderd mijl uit de kust moeten blijven, is er ook nog. Arbatov is waarschijnlijk al geïnstrueerd over wat hij ons moet zeggen, maar hij zal zoveel mogelijk tijd proberen te rekken. Maar het is heel goed mogelijk dat hij nog in het duister tast. Je weet hoe zuinig ze met hun informatieverstrekking zijn. Denk je dat we een beetje te hoge pet op hebben van zijn talent om een rookgordijn op te werpen?'
'Dat denk ik niet. Het is het principe van de diplomatie,' merkte Pelt op, 'dat je iets van de waarheid moet kennen om met overtuiging te kunnen liegen.'
De president glimlachte. 'Ze hebben in ieder geval tijd genoeg gehad om hun spelletje te spelen. Ik hoop dat mijn late reactie hen niet teleurstelt.'
'Nee. Alex moet toch half en half gedacht hebben dat u hem eruit zou schoppen.'
'Die gedachte is meer dan eens bij me opgekomen. Zijn diplomatieke charme is nooit aan mij besteed geweest. Die Russen herinneren me te veel aan de mafia-capo's die ik vervolgd heb. Dezelfde combinatie van verfijnde cultuur en goede manieren met een volkomen gebrek aan moraal.' De president schudde het hoofd. 'Blijf in de buurt, Jeff. Over een paar minuten verwacht ik George Farmer, maar ik wil je erbij hebben als onze vriend terugkomt.'

*Langley*
'Kardinaal zit in de problemen.' Ritter ging zitten.
'Dat verbaast me niets.' Moore verschoof zijn bril en wreef in zijn ogen. Wat Ryan niet had gezien was het omslagblad van het hoofd van het station in Moskou waarop stond dat Kardinaal de helft van de koeriers die de verbinding tussen Moskou en de Verenigde Staten vormden had overgeslagen. De agent werd roekeloos op z'n oude dag.
'Wat zegt het hoofd van het station precies?'
'Kardinaal zou met longontsteking in het ziekenhuis liggen. Misschien is het zo, maar...'
'Hij wordt oud en het is winter daar, maar wie gelooft er nog in toevalligheden? Wat denk je dat ze met hem doen als ze hem door krijgen?'
'Hij zou in alle stilte sterven. Het ligt eraan wie hem ontmaskert. Als het de KGB is, zullen ze proberen er iets mee te doen, vooral omdat het heengaan van Andropov hun een hoop prestige heeft gekost. Maar ik

denk niet dat ze erg ver zullen gaan. In aanmerking genomen wie zijn opdrachtgever is, zou het te veel tamtam geven. Hetzelfde verhaal geldt voor als de GROE zich over hem ontfermt. Ze zouden hem een paar weken het vuur na aan de schenen leggen en hem stilletjes uit de weg ruimen. Een publieke rechtszaak zou hun alleen maar schade berokkenen.'

Rechter Moore fronste zijn wenkbrauwen. Ze leken wel artsen die een terminale patiënt bespraken. Hij wist niet eens hoe Kardinaal eruit zag. Er moest ergens een foto van hem zijn, maar hij had hem nog nooit gezien. Het was gemakkelijker zo. Als rechter van het hof van appèl had hij nog nooit een beklaagde in de ogen hoeven zien; hij had zich alleen met beroepsprocedures beziggehouden. Zijn werk bij de CIA had hij net zo proberen te houden. Moore besefte dat dit door sommige mensen als lafheid opgevat kon worden, strijdig met zijn functie – maar ook spionnen worden oud, en oude mensen worden vaak gekweld door twijfels waar jongeren geen last van hebben. Bijna drie jaar bij de 'club' was genoeg, hij had zich naar behoren van zijn taak gekweten.

'Waarschuw onze contactpersoon in Moskou dat hij Kardinaal met rust moet laten. Of hij nu werkelijk ziek is of niet, daar komen we gauw genoeg achter.'

'Akkoord.'

Verschillende agenten hadden het rapport van Kardinaal bevestigd. De Russische vloot was uitgevaren met een opmerkelijk groot aantal politieke officieren aan boord, terwijl de commandant – een gunsteling van Gorsjkov - pas kort voor de afvaart uit Seweromorsk was overgevlogen. Een Britse agent wist te melden dat de speciale ontstekers voor de meegevoerde raketten uit de magazijnen waren gehaald en overgebracht naar de oppervlakteschepen. Ten slotte zou admiraal Korov, de bevelhebber van de Noordelijke Vloot, naar onbekende bestemming zijn vertrokken.

*Marineschool, Annapolis*

'Skip?'

'Kom verder, admiraal.' Tyler gebaarde naar de lege stoel tegenover de tafel waaraan hij zat te werken.

'Er is een boodschap van het Pentagon voor je gekomen,' zei de directeur van de hogere marineschool, een voormalige duikbootcommandant. 'Je wordt vanavond om halfacht verwacht, meer zeiden ze niet.'

'Prachtig!' Tyler was sinds maandag bijna onafgebroken in touw geweest om zijn programma te schrijven. De afspraak betekende dat hij de beschikking kreeg over de grote Cray-2-computer van de luchtmacht.

'Waar ben je eigenlijk mee bezig?'
'Dat mag ik helaas niet vertellen, admiraal. U weet hoe het gaat.'

*Het Witte Huis*
De Russische ambassadeur was om vier uur die middag weer aanwezig. Om geen aandacht van de pers te trekken was hij via het departementsgebouw aan de overkant en de geheime ondergrondse tunnel naar het Witte Huis gebracht. Pelt werd haastig naar de kamer van de president geroepen.
'Allereerst betuig ik u namens mijn regering onze spijt dat er geen tijd was om u eerder op de hoogte te stellen,' begon Arbatov. 'Een van onze atoomonderzeeërs wordt vermist en dient vermoedelijk als verloren te worden beschouwd. Desondanks hebben wij in allerijl een reddingsoperatie op gang gebracht. U begrijpt misschien dat wij in een netelige situatie verkeren. Net als bij uw marine behoren onze atoomonderzeeërs tot de belangrijkste eenheden, zodat alleen de bekwaamste en betrouwbaarste mannen voor een functie aan boord in aanmerking komen. In dit bijzondere geval zijn verschillende bemanningsleden, officieren moet ik zeggen, zonen van hoge partijfunctionarissen. U begrijpt dat ik geen namen kan noemen, maar ook dat onze operatie de allergrootste spoed vereiste. Vandaar misschien de verwarring die aan uw kant is ontstaan.' Arbatov speelde verlegenheid als een groot acteur, op een toon alsof hij een groot geheim prijsgaf. 'Daarom is dit uitgelopen op wat bij u een "spoedoperatie" wordt genoemd.'
'Ik begrijp het,' zei de president welwillend. 'Dat stemt me al een stuk geruster. Jeff, ik denk dat het zo langzamerhand al laat genoeg is voor een drankje. Als jij dat eens even regelt. Is bourbon goed, ambassadeur?'
'Ja, graag.'
Pelt liep op een palissanderhouten kast tegen de muur toe. Het kunstig bewerkte antiekstuk bevatte een barretje. Compleet met een koelbox met ijs die iedere middag verwisseld werd. De president dronk vaak een paar glazen voor het eten, nog iets wat Arbatov aan huis deed denken. Pelt had ruime ervaring als de persoonlijke barman van de president. Na een paar minuten kwam hij terug met drie glazen.
'Om u de waarheid te zeggen, dachten we al in de richting van een reddingsoperatie,' zei Pelt.
'Ik snap ook niet waarom we zulke jonge mensen dit soort werk laten doen.' De president nam een slok van zijn whisky. Arbatov deed hetzelfde. Op de plaatselijke cocktail-party's had hij vaak gezegd dat hij Amerikaanse whisky prefereerde boven Russische wodka. Misschien

was dat ook wel zo. 'We zijn, geloof ik, twee atoomonderzeeërs kwijtgeraakt. Hoeveel zijn dat er bij jullie?'
'Ik weet het niet. Ik neem aan dat uw informatie hierover beter is dan de mijne.' De president merkte bij zichzelf op dat Arbatov die dag voor de eerste keer de waarheid sprak. 'Maar ik stem er volkomen mee in dat dergelijk werk zeer gevaarlijk en veeleisend is.'
'Hoeveel man zijn er aan boord?'
'Geen idee. Een honderdtal, misschien. Ik ben nog nooit in een duikboot geweest.'
'Het is een trieste constatering dat wederzijds wantrouwen de levens van zoveel dappere jonge mensen in de waagschaal moet stellen,' zei de president. 'Maar wat valt eraan te doen?' Hij zweeg en keek door het raam naar buiten. Op het gazon aan de zuidkant begon de sneeuw te smelten. 'Of misschien kunnen we toch iets doen,' hernam hij peinzend. 'Ja, misschien kunnen we deze tragedie aangrijpen om dat wantrouwen althans enigermate te doen afnemen. In dat geval zou er nog iets positiefs uit kunnen voortkomen.'
Pelt keek een andere kant uit en zocht zijn pijp. Hij had de president tijdens hun langdurige vriendschap al vaker in een dergelijke situatie meegemaakt en hij begreep nog steeds niet hoe de man het er telkens weer zonder kleerscheuren van afbracht. In de tijd dat Pelt hem aan de Universiteit van Washington had leren kennen, was hij al gauw opgeklommen tot voorzitter van de toneelclub. Zijn talenten op dat gebied hadden hem ook zeker geholpen in zijn juridische loopbaan, zoals verschillende mafiosi tot hun schade hadden ondervonden.
'Meneer de ambassadeur, ik geef u alle hulp die de Verenigde Staten kunnen bieden bij het zoeken naar uw vermiste landgenoten.'
'Dat is zeer vriendelijk van u, maar –'
De president stak een hand op. 'Geen maren. Hoe zullen wij ooit tot overeenstemming komen als we zelfs in een zaak als deze niet kunnen samenwerken? Bovendien hebben wij nog een ereschuld in te lossen van een paar jaar geleden, toen een van uw vissersschepen de bemanning van ons neergestorte verkenningsvliegtuig uit zee oppikte. Een ereschuld, zeg ik, en de Verenigde Staten zullen niet ondankbaar genoemd worden.' Hij nam een dramatische pauze in acht. 'Ook al bestaat er misschien weinig kans op overleving, wij zullen alles in het werk moeten stellen. Jeff, als ik me niet vergis hebben wij toch speciale vaartuigen voor reddingsoperaties?'
'Dat zou ik denken met al dat geld dat wij aan de vloot besteden. Ik zal Foster erover bellen.'
'U hoort het,' zei de president tegen Arbatov. 'Meteen na afloop van ons gesprek zal ik de nodige stappen ondernemen om u terzijde te staan.'

Arbatov knikte, zichtbaar slecht op zijn gemak. Hij stond op, drukte de twee Amerikanen de hand en verliet het vertrek. Hij had Moskou van tevoren gewaarschuwd: noem het een reddingsactie en ze zullen hun hulp opdringen. Aan de andere kant moest hij de Amerikaanse president bewonderen. Een vreemde man was het, open en tegelijk arglistig; doorgaans vriendelijk, maar nooit te beroerd om het initiatief naar zich toe te trekken. Hij moest aan die volksverhalen denken waarin kinderen in de wieg door zigeuners werden omgeruild. De Amerikaanse president vertoonde veel Russische eigenschappen.

De president wachtte tot de deur achter zijn bezoeker was dichtgegaan. 'Zo, Jeff, nu kunnen we ze mooi in de gaten houden zonder dat ze iets te klagen hebben. Ze zullen wel nattigheid voelen, maar ze hebben geen idee wat we van plan zijn. Ha, en vanmorgen zei ik nog tegen hem dat onwetendheid zo gevaarlijk was!' Hij dronk zijn glas leeg. 'Ik heb er nog eens over nagedacht, Jeff. Ik wil dat de marine alle gelegenheid krijgt om die duikboot goed te bekijken, en alle bemanningsleden die bij ons willen blijven, worden met open armen ontvangen. In stilte uiteraard.'

'Dat spreekt vanzelf. Al is het overlopen van de officieren misschien nog het belangrijkste.'

'Dat kan zijn, maar de marine heeft natuurlijk vooral belangstelling voor de boot.'

'Ik zie niet in hoe we de *October* in bezit kunnen houden zonder de bemanning te doden, iets waar we niet aan kunnen beginnen.'

'Nee, dat ben ik met je eens.' De president belde zijn secretaris. 'Verbind me met generaal Hilton.'

*Het Pentagon*

Het computercentrum van de luchtmacht was gevestigd in een ondergrondse ruimte van het Pentagon. Skip Tyler zat achter een console waarmee hij net zijn programma had laten proefdraaien. De test was zonder problemen verlopen. Tyler was trots op zijn talenten als programmeur. De oude gegevens uit het laboratorium had hij overgezet in ADA, de gebruikelijke computertaal van het ministerie van Defensie, genoemd naar Ada Lovelace, de dochter van Lord Byron. Normaal was dat zeker een maand werk, maar hij had het in vier dagen voor elkaar gekregen. Behalve de financiële prikkel had ook de uitdaging hem aangesproken.

Hij kende de Cray-2 alleen van foto's en was blij het ding zelf eens te mogen gebruiken. De centrale verwerkingseenheid werd omringd door vier in kruisvorm geplaatste geheugenbanken. Tyler ging aan het werk om zijn programma in te voeren. Voor elk van de hoofdafmetingen van de *Red October* – lengte, wijdte, hoogte – had hij tien

variabele waarden opgesteld, drie voor de structuur van de romp, vijf voor de dimensies van het tunnelstelsel. Bij elkaar leverde dat meer dan dertigduizend mogelijke combinaties op, terwijl hij ook nog rekening hield met de invloed van elektrische hulpmotoren.
'Ga je gang,' zei hij tegen de operateur, een sergeant van de luchtmacht. Die tikte de opdracht 'XQT' in en zette de computer aan het werk.
'Dat is een flinke kluif,' zei de sergeant, een briefje van tien op zijn console leggend, 'maar ik durf te wedden dat hij binnen tien minuten klaar is.'
'Vergeet het maar.' Tyler legde er een briefje van tien naast. 'Minstens een kwartier.'
'Zullen we sam-sam doen?'
'Afgesproken. Waar is hier de W.C.?'
'Rechts de gang op, aan het eind links.'
Tyler hobbelde moeizaam naar de deur, een ongemak waar hij in vier jaar aardig aan gewend was geraakt. Hij was blij dat hij nog leefde. Het ongeluk had zich voorgedaan in een heldere winternacht in Groton, niet ver van de marinewerf waar hij werkte. Na een etmaal ingespannen arbeid was hij op weg naar huis, toen een arbeider van dezelfde werf met een glaasje te veel op door het rode licht reed en de zijkant van Tylers Pontiac ramde. De man was op slag dood, maar van de eerste week na het ongeluk wist Tyler zich volstrekt niets te herinneren. Pas acht dagen later was hij in het ziekenhuis uit zijn verdoving ontwaakt, terwijl Jean naast hem zat en zijn hand vasthield. Sinds die dag was het ook met zijn huwelijk een stuk beter gegaan; slechte relaties waren een veel voorkomend probleem onder duikbootofficieren. In het ziekenhuis was haar uiterlijk, met bloeddoorlopen ogen en verward haar, ineens een stuk minder belangrijk voor hem geworden dan haar aanwezigheid. Voor dat laatste had hij graag een half been over.
'Skip?'
Hij draaide zich om en zag een officier naar zich toekomen.
'Johnnie Coleman! Hoe is het met jou?'
Tyler zag dat zijn vriend het inmiddels tot kapitein van de marine had gebracht. De twee mannen hadden samen dienst gedaan op de *Tecumseh* en de *Shark*. Coleman was vooral een expert op het gebied van wapensystemen.
'Wat doe jij hier?' vroeg Coleman, nadat ze elkaar enthousiast de hand hadden gedrukt.
'Ik kon de computer van de luchtmacht gebruiken om een programma te draaien. Een nieuw duikbootmodel,' antwoordde Skip naar waarheid zonder veel los te laten. 'En wat spook jij tegenwoordig uit?'
'Ik ben adjudant van admiraal Dodge.'

Tyler keek hem onder de indruk aan. Vice-admiraal Sam Dodge was de grote baas van alle administratieve eenheden die met duikbootoperaties te maken hadden. 'Heb je het er druk mee?'
'Ja, wat dacht je? We zitten tot over onze oren in het werk.'
Tyler had wel geruchten opgevangen op de marineschool, maar het schrijven van het programma had hem geen tijd gelaten om ergens anders aandacht aan te besteden.
Coleman keek de gang door. Het was vrijdagavond en rustig in het Pentagon; niemand liet zich zien. 'Ik kan het jou wel vertellen,' zei Coleman. 'Onze Russische vriendjes zijn met een grote operatie bezig, bijna de hele Noordelijke Vloot is op zee. Inclusief de duikboten.'
'Zijn ze op oefening?'
'Dat weten we nog niet zeker, maar het kan heel goed om de een of andere reddingsoperatie gaan. De vraag is alleen wie er dan gered moet worden. Vier Alfa's zijn op volle snelheid onderweg naar onze kust, gevolgd door een hele bende Victors en Charlies. Eerst dachten we dat ze onze doorgaande routes wilden blokkeren, maar die zijn ze zonder vaart te minderen gepasseerd. Je begrijpt dat de informatie onafgebroken binnenstroomt.'
'En wat hebben ze aan oppervlakteschepen?'
'Meer dan dertig.'
'Verdomme! CINCLANT zal wel een beroerte hebben gekregen!'
'Wat je zegt. Onze eigen vloot is gemobiliseerd, alles wat vaart is naar de Atlantische Oceaan gestuurd.' Coleman aarzelde even. 'Je valt toch nog steeds onder de geheimhouding, Skip?'
'Ja, ik krijg nog wel eens bijzondere opdrachten. Ik ben bijvoorbeeld aan het werk geweest met de nieuwe *Kirov*.'
'Zoiets dacht ik al toen ik het rapport las. Techniek is altijd al jouw stokpaardje geweest, Skip. Dodge heeft het nog wel eens over je, moet je weten. De manier waarop je die ouwe *Tecumseh* indertijd opknapte, heeft blijkbaar veel indruk op hem gemaakt. Als je wilt kan ik wel vragen of je bij ons een kijkje kunt nemen. Wanneer ben je hier klaar?'
'Over een halfuur of zo.'
'Je weet waar je ons kunt vinden. Bel me maar op, ik zit op toestel 78730. Oké? Ik moet weer aan de slag.'
'Succes.' Tyler keek zijn vriend na en vervolgde zijn weg, zich afvragend wat de Russen aan het doen waren. In elk geval genoeg om een driesterrenadmiraal in de kersttijd te laten overwerken.
Hij was nog niet terug in de computerruimte of de sergeant stak de twee briefjes van tien in zijn zak. 'Elf minuten en drieënvijftig seconden,' zei hij.
De uitdraai van het programma besloeg meer dan tweehonderd blad-

zijden, waarvan de bovenste in grafische vorm een samenvatting van de oplossingen gaf. De meeste individuele oplossingen kwamen uit op een snelheid van tien tot twaalf knopen, met als grenswaarden zeven en achttien knopen. De voorspelde geluidsvoortbrenging was verrassend laag.

'Sergeant, die Cray is een machtig mooi apparaat.'

'Dat is het zeker. En betrouwbaar ook, we hebben al een maand geen storingen meer gehad.'

'Kan ik hier even bellen?'

'Zoek maar een toestel uit.'

Tyler liep naar een bureau en nam de hoorn van de haak. 'O ja, wis dat programma maar.'

De sergeant tikte de instructie in. 'Daar gaat het... Je hebt toch wel een kopie, hoop ik?'

Tyler knikte en draaide het nummer.

'Kapitein Coleman.'

'Johnnie, met Skip.'

'Ha, mooi. De admiraal wil je graag zien. Kom maar langs.'

Tyler stopte de uitdraai in zijn koffertje en deed dat zorgvuldig op slot. Hij bedankte de sergeant opnieuw en wierp een laatste blik op de Cray-2 voor hij de kamer verliet. Hij moest hier gauw nog eens gebruik van maken.

Alle liften waren buiten werking, zodat hij zich moeizaam de trap op moest hijsen. Vijf minuten later werd hij staande gehouden door een marinier die de gang bewaakte waar hij moest zijn. Tyler liet zijn Pentagonpasje zien en werd toegelaten tot het kantoor van de vice-admiraal.

Sam Dodge zat op een hoek van zijn bureau in wat papieren te bladeren. Hij was een gedrongen, strijdlustige man die zijn sporen verdiend had als commandant, waarna hij de supervisie had gekregen over de tijdrovende ontwikkeling van de aanvalsonderzeeërs uit de Los Angeles-klasse. Tegenwoordig was hij de 'Dolfijn', de admiraal die alle veldslagen met het Congres moest zien te winnen.

'Skip! Je ziet er goed uit, jongen.' De admiraal keek vluchtig naar Tylers manke been terwijl hij hem de hand drukte.

'Ik hoor dat Iwan een spelletje aan het spelen is.'

'Dat mag je wel zeggen,' zei Dodge ernstig. 'Bijna de hele Noordelijke Vloot komt deze kant uit. Achtenvijftig aanvalsonderzeeërs, een grote oppervlaktevloot en een complete eenheid bevoorradingsschepen.'

'En wat is hun doel?'

'Misschien kun jij me dat vertellen. Kom mee naar mijn tempel.'

Dodge ging hem voor naar een tweede kantoor, waar op een groot scherm de noordelijke Atlantische Oceaan tussen de Kreeftskeerkring en de Noordpool geprojecteerd was. Honderden schepen waren met modellen aangegeven. De koopvaardij in wit, met vlaggen om de nationaliteit aan te geven: de Russische oorlogsschepen in rood; die van de Amerikanen en hun bondgenoten in blauw. Zo te zien was het aardig druk op de oceaan.

'Jezus.'

'Dat is treffend uitgedrukt.' Dodge knikte met een grimmig gezicht.

'Zijn deze twee Alfa's op weg naar Norfolk?'

'Daar ziet het naar uit. En ze verbruiken aardig wat neutronen, zo'n haast hebben ze om er te komen.' Dodge pakte een stok en wees op de kaart. 'Deze is op weg naar Long Island Sound, die vermoedelijk naar Boston. De Victors blijven niet ver achter. De meeste Britse havens worden al bewaakt, bij ons zal dat maandag het geval zijn.'

'Het ziet er niet leuk uit, admiraal.'

'Nee, zeker niet. Zoals je ziet hebben al onze eigen schepen open water opgezocht. Maar wat mij vooral interesseert is de vraag wat de Russen eigenlijk aan het doen zijn. Er is geen touw...'

Hij werd onderbroken door de binnenkomst van Coleman.

'Ik zie dat u het verdwaalde schaap weer terug hebt, admiraal,' zei Johnnie.

'Vroeg of laat komen ze allemaal weer bij je terug,' antwoordde Dodge. 'Ik was hem net aan het vertellen over de Russische operaties. Het is vooralsnog onbegrijpelijk wat ze willen. Aanvankelijk leek het erop dat ze de verbindingswegen wilden afsnijden, maar die hebben ze links laten liggen. Met die Alfa's in de voorhoede zou je zeggen dat ze onze grote havens gaan blokkeren.'

'En aan de westkust?'

'Daar gebeurt niets, helemaal niets. Alle vlootbewegingen in de Grote Oceaan zijn normaal.'

'Dat is inderdaad vreemd,' merkte Tyler op. 'Je begint geen oorlog door een halve vloot buiten beschouwing te laten. Trouwens ook niet door al je aanvalsduikboten naar de overkant te laten racen.'

'Met die Russen weet je het maar nooit, Skip,' zei Coleman.

'In elk geval maken ze met die snelheid zoveel lawaai dat we een goede positiebepaling kunnen maken,' hernam Dodge. 'Dat weten ze natuurlijk zelf ook wel, daarom kan ik niet geloven dat ze echt iets kwaads in de zin hebben. Zo stom zijn ze niet – tenzij ze ons dat juist willen laten denken.'

'Hebben ze niets aangekondigd?' vroeg Tyler.

'De ambassadeur kwam vertellen dat er een duikboot vermist wordt met nogal wat zoons van hoge pieten aan boord, zodat ze een grote reddingsoperatie op touw moesten zetten. Maar of we dat moeten geloven...'

Tyler zette zijn koffertje neer en ging dichter bij het scherm staan. 'Het patroon klopt wel ongeveer met een opsporingsactie, maar waarom zouden ze onze havens willen blokkeren?' Hij zweeg en dacht koortsachtig na terwijl hij zijn blik over de bovenrand van de kaart liet gaan. 'Ik kan hier overigens nergens raketboten ontdekken, admiraal.'
'Die zijn stuk voor stuk teruggetrokken, zowel uit de Atlantische als uit de Grote Oceaan. De laatste Delta is een paar uur geleden in haar thuishaven aangekomen. Ja, ook dat is nog onbegrijpelijk,' besloot Dodge.
'Stuk voor stuk, zegt u?' vroeg Tyler zo nonchalant mogelijk. Hij had een ingeving gekregen. Op het scherm was de *Bremerton* in de Barentszzee aangegeven, maar niet de boot die ze in de gaten moest houden. Hij draaide zich om toen hij geen antwoord kreeg en zag de twee officieren scherp naar hem kijken.
'Waarom wil je dat weten, jongen?' vroeg Dodge bedaard, maar kalmte was bij hem vaak een rode waarschuwingsvlag.
Tyler moest een ogenblik over zijn antwoord nadenken. Hij had Ryan bezworen er met niemand over te spreken, maar misschien kon hij toch iets meer te weten komen zonder zich al te veel te laten ontvallen.
'Is het niet zo dat de Russen nog een gloednieuwe raketduikboot op zee hebben, admiraal?'
Dodge rechtte zijn rug, al moest hij ook nu nog tegen de ingenieur opkijken. 'Hoe kom je aan die informatie, Tyler?' vroeg hij met ijzige stem.
Tyler schudde zijn hoofd. 'Het spijt me, admiraal, dat mag ik niet zeggen. Het kost me mijn kop als ik iets loslaat, maar ik denk dat ik waardevolle inlichtingen voor u heb en ik zal alles doen om toestemming te krijgen u op de hoogte te stellen. Kan ik de telefoon misschien even gebruiken?'
'In het andere kantoor,' zei Dodge bot, hoewel er vier toestellen binnen handbereik stonden.
Tyler ging terug naar de andere kamer en zette zich aan een bureau. In zijn binnenzak vond hij het kaartje met het telefoonnummer dat Ryan hem gegeven had.
'Acres,' klonk een vrouwenstem.
'Mag ik dr. Ryan van u?'
'Meneer Ryan is op het ogenblik niet aanwezig.'
'Wilt u me dan doorverbinden met admiraal Greer?'
Dodge stond ineens achter hem. 'James Greer? Dus je werkt voor hem...'
'Greer,' zei een stem door de telefoon. 'Skip Tyler?'

'Daar spreekt u mee.'
'Heb je de gevraagde informatie voor me?'
'Die heb ik, admiraal.'
'Waar ben je nu?'
'In het Pentagon.'
'Goed, kom dan onmiddellijk hierheen. Je weet het te vinden?... Goed, je wordt verwacht.' Greer legde neer.
'Dus je werkt voor de CIA,' zei Dodge.
'Ik mag er echt niets over zeggen, sir. Neem me niet kwalijk, maar ik moet er nu vandoor. Ik zal proberen iets voor u gedaan te krijgen.'
'Bel ons maar op,' zei Dodge streng. 'We zijn er de hele nacht.'

*Langley*
De rit over de George Washington Boulevard verliep sneller dan hij had gedacht, de vrijdagavond in aanmerking genomen. De menigte die in de stad inkopen voor het weekend had gedaan zorgde ditmaal niet voor grote opstoppingen op de te klein geworden snelweg. Hij sloeg bij Langley af en stopte even later voor de poort aan de zijkant van het gebouw. De slagboom was neergelaten.
'Oliver Tyler?' vroeg de bewaker. 'Uw papieren graag.'
Tyler toonde hem zijn pasje.
'In orde. U kunt doorrijden naar de hoofdingang. Er staat al iemand op u te wachten.'
Het kostte hem bijna twee minuten om over de licht beijzelde parkeerplaats rond het gebouw naar de hoofdingang te rijden. Een bewaker wilde hem helpen met uitstappen, maar Tyler sloeg zijn hulp af. Hij wilde niet geholpen worden. Een agent van de geheime dienst bracht hem met de lift naar het kantoor van James Greer.
De admiraal zat bij de open haard te dommelen; pas enkele uren eerder was hij uit Engeland teruggekomen. Hij kwam met een ruk overeind toen Tyler binnenkwam en stuurde de man van de geheime dienst weg. 'Maak het je gemakkelijk, Tyler.'
'U heeft een aardig vuurtje gestookt, admiraal.'
'Jammer genoeg wel, ik val altijd in slaap voor de open haard. Maar ik was er ook wel aan toe. Goed, laat eens zien wat je voor me hebt.'
'Mag ik vragen waar Jack is?'
'Dat mag. Hij is weg.'
'O.' Tyler maakte zijn koffertje open en haalde de uitdraai te voorschijn. 'Dit zijn alle modelberekeningen voor de, eh... Hoe heet die duikboot ook alweer?'
Greer lachte. 'Nou ja, dat mag je wel weten ook. De *Red October*. Ik had het zelf moeten bedenken, maar dat krijg je als je een paar dagen aan een stuk door in touw bent. Ik heb je dossier gezien, daar staat in

dat je voor honderd procent betrouwbaar bent. Jack zei hetzelfde.'
'U begrijpt dat er een groot aantal variabelen in het spel is, admiraal,' begon Tyler. 'Om te beginnen – '
'Ik wil graag de korte versie horen, Tyler. Zelf speel ik niet met computers, daar heb ik mijn mensen voor.'
'Akkoord. De snelheid loopt van zeven tot achttien knopen, met tien tot twaalf knopen als meest waarschijnlijke benadering. Dat komt neer op een uitwendig geluidsniveau dat zich ongeveer laat vergelijken met dat van onze Yankees bij zes knopen, al moet je rekening houden met het geluid dat de reactor produceert. Bovendien is de aard van het geluid anders. Het draaien van de rotorbladen resulteert in een terugslaande golf in de watertunnels, tegen de stroom in. Dat geeft een harmonisch, maar onregelmatig geruis op de achtergrond. Onze mensen zijn indertijd twee jaar bezig geweest om het probleem op te lossen, maar dat is blijkbaar onmogelijk. Op de sonar moet er dus wel het nodige te horen zijn, maar anders dan wat we gewend zijn. Het akoestische signaal moet bijzondere eigenschappen vertonen. Voeg daar het lage niveau aan toe en je weet dat zo'n duikboot buitengewoon moeilijk op te sporen moet zijn.'
'En dat is allemaal hieruit te halen?' vroeg Greer, in de uitdraai bladerend.
'Uw eigen mensen zullen er natuurlijk naar willen kijken. Het model kan nog wat verbeterd worden, althans het programma dat ik heb geschreven, maar ik had er ook erg weinig tijd voor. Mag ik u nog iets vragen, admiraal?'
'Je kunt het allicht proberen.' Greer leunde naar achteren en wreef over zijn ogen.
'Is de *Red October* op zee? Ik kreeg tenminste de indruk dat de Russen haar aan het zoeken waren.'
'Dat is heel goed mogelijk. Wij konden niet zo gauw bedenken waar die openingen in de romp voor dienden. Ryan zei dat jij wel een oplossing zou weten. Ik geloof dat hij gelijk had. Je bent je geld dubbel en dwars waard, Tyler. Met deze gegevens zijn we mogelijk in staat haar te lokaliseren.'
'Admiraal, als u het mij vraagt is er iets bijzonders met de *October* aan de hand. Misschien willen ze er zelfs mee naar ons vluchten.'
Greer keek hem strak aan. 'Hoe kom je op dat idee?'
'Er is een grote Russische vlootoperatie aan de gang. Alle duikboten van de Noordelijke Vloot zitten op de Atlantische Oceaan, blijkbaar met het doel om onze havens te blokkeren. Als dekmantel wordt een reddingsoperatie of zoekactie gebruikt. Dat kan zijn, maar uitgerekend deze week wordt mij naar een nieuwe raketduikboot gevraagd – terwijl alle andere door de Russen zijn teruggetrokken.' Tyler glim-

lachte. 'Dat kan haast geen toeval zijn, sir.'
Greer wendde zijn gezicht af en staarde in het vuur. Zelf was hij net bij de militaire inlichtingendienst gekomen, toen de Amerikanen hun gewaagde raid op het Son Tay krijgsgevangenenkamp ten westen van Hanoi uitvoerden. De verrassingsactie door de Groene Baretten was in het diepste geheim voorbereid, en ondanks maanden van oefening had vriend noch vijand lucht van de op handen zijnde overval gekregen... tot op de ochtend van de raid zelf. Een jonge kapitein van de inlichtingendienst was het kantoor van de luchtmachtgeneraal binnengestapt om te vragen of er misschien een overval op het kamp van Son Tay gepland was. De verbijsterde commandant had hem uitgebreid doorgezaagd over de herkomst van zijn wetenschap, tot duidelijk werd dat de jonge officier zelf scherpzinnig genoeg geweest was om uit allerlei details vrijwel de complete operatie te reconstrueren. Het waren dergelijke knappe koppen die hun meerderen een maagzweer bezorgden.
'Dus de *Red October* wil werkelijk naar ons overlopen?' drong Tyler aan.
In zijn normale doen had de admiraal hem misschien kunnen overbluffen, maar in zijn lichtelijk overwerkte toestand gaf hij het verkeerde antwoord. 'Heb je dat van Ryan?'
'Ik heb Jack sinds maandag niet meer gezien, sir. Dat is de waarheid.'
'Hoe kom je dan aan al die andere inlichtingen?' vroeg Greer fel.
'Ik heb nog veel vrienden van vroeger bij de marine zitten, admiraal, dan hoor je nog wel eens wat,' antwoordde Tyler ontwijkend. 'Pas een uur geleden begon het me te dagen. De Russen hebben nog nooit eerder al hun raketboten tegelijkertijd teruggeroepen. Ik kan het weten, ik heb zelf een onderzeeër onder mijn commando gehad.'
Greer slaakte een zucht. 'Jack heeft dezelfde opvatting. Hij zit nu zelf op zee. Als iemand anders dit te horen krijgt, Tyler, zal ik persoonlijk je goeie been boven dat vuur roosteren. Begrepen?'
'Aye, aye, sir. Wat gaan we met de *October* doen als ze hier is?' Tyler kende het antwoord al, en hij wist ook dat hij een verdomd goeie kans had om zelf een kijkje aan boord van de nieuwe Russische boot te mogen nemen.
'We geven haar terug, maar niet voor we alles hebben onderzocht wat er los en vast zit. Trouwens, er kan nog een heleboel gebeuren waardoor we die boot helemaal niet in handen krijgen.'
De betekenis van die woorden drong pas langzaam tot Skip door. 'Teruggeven! Waarom dat?'
'Het gaat hier niet om een verdwaald vliegtuig, Tyler. Die boot is miljarden waard, de raketten en kernkoppen meegerekend. Juridisch gezien is het Russisch eigendom, dat zegt de president tenminste. Het

draait er dus om of ze te weten kunnen komen dat de *October* in ons bezit is. Het is hoogst onwaarschijnlijk dat de gehele bemanning, officieren èn matrozen, wil overlopen. Wie naar huis wil, zal geen strobreed in de weg gelegd worden.'

'Die jongens zullen het thuis anders niet gemakkelijk hebben,' merkte Tyler op.

'Niet gemakkelijk? Tot aan hun nek in de stront, zul je bedoelen,' zei Greer, die zijn zeemansmanieren nog niet verleerd was. 'Maar de meesten zullen hun familie niet in de steek willen laten. En nu ga je me natuurlijk vragen of we de bemanning niet kunnen laten verdwijnen?'

'Dat idee kwam inderdaad bij me op,' zei Tyler.

'Bij ons ook, maar het zal niet gebeuren. Zelfs als we het zouden willen, hoe kun je tegenwoordig nog een massamoord verborgen houden? Ik betwijfel of zelfs de Russen dat voor elkaar zouden krijgen.'

'Dus als de bemanning er niet was zouden we de boot in bezit houden?'

'Ja, en als de katten ganzeëieren leggen... Vroeg of laat zullen de Russen om teruggave van de boot vragen, al krijgen wij genoeg gelegenheid om een kijkje aan boord te nemen. Laten we zeggen om redenen van eh, quarantaine.' De admiraal lachte. 'Een Britse admiraal stelt voor een beroep te doen op het oude slavenhalersverdrag. Dat is in de Tweede Wereldoorlog al eens gebeurd om een Duits blokkadeschip in handen te krijgen. We zullen dus hoe dan ook een schat aan informatie verzamelen.'

'Het zou beter zijn als we de *October* langere tijd kunnen houden en ermee experimenteren,' zei Tyler peinzend. Hij staarde in de vlammen van het vuur. Langzaam begon er een idee te rijpen. 'En als we er nu eens in slaagden de bemanning van boord te halen zonder dat de Russen te weten komen dat de duikboot in onze handen is?'

'Ze hadden je geloof ik beter naar Harry Houdini kunnen noemen dan naar een van onze grote rechtsgeleerden,' zei Greer, maar hij zag Tylers ernstige gezicht en vervolgde: 'Waar denk je aan?'

De admiraal luisterde aandachtig naar Tylers uitleg.

'De marine zal verdomd snel moeten opereren.' besloot Skip. 'In het bijzonder hebben we de medewerking nodig van admiraal Dodge.'

Greer stond op en liep wat heen en weer om zijn bloedsomloop op gang te brengen. 'Dat is een belangwekkend voorstel, maar het wordt wel erg kort dag.'

'Ik heb niet gezegd dat het makkelijk zou worden, sir, alleen dat het mogelijk is.'

'Bel je vrouw om te zeggen dat je vannacht niet thuiskomt, Tyler. Als ik geen slaap krijg, dan jij ook niet. Neem vast een bak koffie terwijl ik

Moore bel. Daarna nemen we contact op met Sam Dodge.'

*De Pogy*

De tactische coördinator van de Lockheed P-3C Orion rekte zich uit na tien uur bijna onafgebroken achter zijn console gezeten te hebben. '*Pogy*, hier de *Black Gull 4*,' zei hij in de microfoon. 'We gaan terug naar huis. Moeten we nog iets voor jullie meenemen? Over.'

'Alleen een paar pilsjes,' antwoordde kapitein Wood. 'Bedankt voor de assistentie. Over en uit.'

Hoog boven de golven draaide de Orion naar het zuidwesten. Na terugkeer zou de bemanning het glas heffen op de behouden vaart van de *Pogy*, de duikboot die zij bij toerbeurt begeleidden.

De USS *Pogy* wachtte driehonderd mijl ten noordoosten van Norfolk op de komst van twee Russische Alfa's die vanaf IJsland door patrouillevliegtuigen in het oog waren gehouden. De duikboot, vernoemd naar de roemruchte soortgenoot uit de Tweede Wereldoorlog, was haastig naar zee gestuurd na de 'grote beurt' op de werf van Newport News. Ondanks vele reparaties en nieuwe onderdelen werkte lang niet alles vlekkeloos. Ook de bemanning, zowel officieren als matrozen, bestond voor een groot deel uit nieuwkomers. Voor Wood was dit zijn eerste commando na een jaar bureauwerk in Washington.

Bij de laatste proefvaart had de *Pogy* een topsnelheid van drieëndertig knopen bereikt; snel voor een duikboot, maar langzamer dan de Alfa's waar ze naar luisterde. Zoals alle Amerikaanse duikboten moest zij het vooral van stilte hebben. De Alfa's konden onmogelijk van haar aanwezigheid op de hoogte zijn en zouden een gemakkelijk doelwit vormen, temeer daar de Orion nauwkeurige informatie over de positie van de vijandelijke eenheden had verschaft.

Wood gaf de duikofficier zijn instructies en ging naar de kaart. 'De eerste is op zesendertig mijl afstand, de tweede op veertig,' zei Tom Reynolds, zijn eerste officier.

Tweeënveertig knopen?'

'Jawel, kapitein, ze liggen op volle snelheid. Maar we houden ze in het vizier. Wat zijn ze van plan, denkt u?'

'Volgens CINCLANT heeft hun ambassadeur gezegd dat ze op zoek zijn naar een vermiste boot,' antwoordde Wood. Zijn stem verried hoe hij erover dacht.

'Een reddingsoperatie?' zei Reynolds schouderophalend. 'Dan denken ze zeker dat die boot bij Point Comfort te vinden is, want daar zijn ze naar op weg. Ik heb nog nooit meegemaakt dat Alfa's zo dicht onder onze kust opereerden. U wel?'

'Nee,' zei Wood peinzend. Alfa's waren snel en tegelijk lawaaiig, en de Russische strategie scheen ze vooral een defensieve rol toe te bede-

len: als 'onderscheppingsvaartuigen' konden ze hun eigen raketboten beschermen en Amerikaanse aanvalsonderzeeërs bestrijden. Wood vond het geen degelijke opzet, maar dat was eigenlijk wel zo goed.
'Misschien willen ze Norfolk blokkeren,' opperde Reynolds.
'Daar kan je best gelijk in hebben. In elk geval kunnen we niets doen voordat ze ons gepasseerd zijn. Bij de rand van het continentaal plat zullen ze moeten afremmen, dat geeft ons de kans ze ongemerkt te volgen.'
Niemand wist wat de Alfa's precies konden hebben als het op schieten aankwam. Er was veel gepraat over de sterkte van de titaniumromp van de Alfa's en Typhoons, waarvoor zelfs een nieuwe Mark-48 torpedo was ontworpen. De twee officieren zetten het snel uit hun gedachten. Het was hun taak op te sporen en te schaduwen, anders niet.

*De E. S. Politovski*

De tweede aanstormende Alfa was genoemd naar een hoofdmachinist die in het begin van de eeuw met het grootste deel van de Russische vloot in Straat Tsoesjima ten onder was gegaan. Zijn plichtsbetrachting was voorbeeldig geweest, maar in het dagboek dat jaren later in Leningrad was gevonden verzette hij zich in vlammende bewoordingen tegen de mateloze corruptie en uitspattingen van het tsaristische regime, een merkwaardig contrast met de zelfopoffering die hij bij zijn leven had getoond. In communistische ogen maakte dit hem tot een ware held, maar helaas verging het de naar hem genoemde duikboot in het begin bepaald niet voor de wind.
De kleine, spoelvormige aanvalsonderzeeër had bij de eerste proefvaarten een snelheid van drieënveertig knopen bereikt toen zich een ongeloofwaardig ongeluk voordeed; de *Politovski* kruiste het pad van een grote walvis en ramde het zoogdier in de flank. Bij de aanvaring was de romp bij de boeg over tien vierkante meter ingedrukt, waardoor de sonarkoepel en een torpedobuis op slag onbruikbaar waren, terwijl de meeste elektrische leidingen doorgesneden werden. Alleen het koelbloedig optreden van de befaamde Schoolmeester uit Wilnioes had de boot voor haar ondergang behoed, zo werd gezegd. Een twee meter lange rib van de walvis werd nog bewaard in de officiersclub in Seweromorsk als dramatisch symbool van de Russische onverzettelijkheid, maar het duurde een jaar voor de *Politovski* weer vaarklaar was. Twee dagen na het begin van de nieuwe proefvaart viel de hogedrukturbine uit; er waren nog eens zes maanden voor nodig om een nieuwe te installeren. Inmiddels waren twee andere Alfa's van stapel gelopen, waarmee nauwelijks problemen werden ondervonden. De *Politovski* daarentegen had nog verschillende kleinere tegenslagen te overwinnen en behield een slechte naam.

De hoofdmachinist, Vladimir Petsjoekocov, was een trouw lid van de partij, maar als zeeman tegelijk zeer bijgelovig. In vroeger dagen zou zijn schip tijdens een plechtige ceremonie door een baardige priester zijn ingewijd, compleet met wierookkaarsen en smekende gezangen, en Wladimir begon het te betreuren dat dergelijke tradities waren afgeschaft. Hij had problemen met de reactor.
De vrij kleine installatie had vier volle dagen op vol vermogen gedraaid om een snelheid van 42,3 knopen te handhaven en zo vlug mogelijk de Amerikaanse kust te bereiken. Petsjoekocov vond het een onverantwoorde belasting voor een schip dat aan een flinke onderhoudsbeurt toe was. De machinist maakte zich vooral zorgen over de hoofdpomp die het koelwater van de reactor voortstuwde. Het ding begon merkbaar haperingen te vertonen, terwijl de reservepomp minder vermogen bezat en daardoor een verlies aan snelheid van acht knopen zou veroorzaken. Het toegepaste koelsysteem was vooral een kwestie van extreem hoge druk, wat weliswaar een hoge snelheid mogelijk maakte maar tegelijk aanleiding gaf tot de nodige storingen. Zoals nu. Bijna alle waarschuwingslampjes stonden op rood.
Nog geen uur geleden had hij bij de kapitein gepleit voor een adempauze die zijn mensen in staat moest stellen de noodzakelijke reparaties te verrichten, vooral aan de hoofdpomp. De kapitein voelde er wel voor, maar de politieke officier was zich met de zaken gaan bemoeien en wees op hun strikte orders: zo snel mogelijk de hun aangewezen positie innemen. De man was niet op andere gedachten te brengen.
Petsjoekocov zag nog goed de blik in de ogen van de kapitein voor zich. Waar was een gezagvoerder nog goed voor als de eerste de beste politiekeling overal zijn fiat voor moest geven? De machinist vloekte binnensmonds. Hij stond voor het grote bedieningspaneel in de machinekamer, pal achter de reactorruimte. In het reactorvat heerste een druk van twintig kilogram per vierkante centimeter, een druk waaraan de hoofdpomp slechts een zeer geringe bijdrage leverde. Onder deze omstandigheden moest het koelwater tot een temperatuur van 900 °Celcius worden verhit voordat het begon te verdampen. Boven in het reactorvat ontstond een delicaat evenwicht tussen de volumes damp en water, beide sterk radioactief door de uraniumstaven die het splijtingsproces op gang hielden.
Petsjoekocov kende het hele proces en de juiste stand van alle meters uit zijn hoofd. Telkens weer liet hij zijn blik over de ettelijke wijzers en lampen van het bedieningspaneel gaan, terwijl zijn handen nooit ver uit de buurt van de twee noodknoppen van het systeem bleven.
Hij kon de pomp gewoon horen trillen. Het moest aan een van de krukaslagers liggen; als die er uitliep zou de pomp het begeven. Dat was op zich niet onoverkomelijk, ook al zou reparatie kostbare tijd

vergen, maar er was iets veel ergers aan de hand dat Petsjoekocov niet in de gaten had.
In het reactorvat, ongeveer halverwege de binnenwand, was een speciale klep aangebracht waarmee in noodgevallen een mengsel van barium en water of zelfs zeewater van buiten kon worden ingelaten om het uitvallen van het normale koelsysteem op te vangen. Dat laatste zou de reactor definitief onbruikbaar maken, maar in elk geval het smelten van de kern en daarmee de ondergang van de duikboot voorkomen – zoals bij een oudere Victor al eens was gebeurd.
De kleppen aan binnen- en buitenkant waren van titanium gemaakt om ze bestand te doen zijn tegen de hoge temperatuur en vochtigheidsgraad en tegen de blootstelling aan intense radioactieve straling. Het onafgebroken bombardement door neutronen en de extreme omstandigheden hadden het metaal van het ventiel en de steunring ondermijnd. Het onregelmatige trillen van de hoofdpomp stuurde kleine schokgolven door de hele machinekamer. De binnenste klep begon tegen de afdichting te schuren, de randen scheurden in.
Een dekofficier hoorde als eerste het geluid in de controlekamer, een zwak geruis dat uit de luidspreker aan het tussenschot scheen te komen. Hij besteedde er geen aandacht aan. Een ogenblik later brak de vleugelklep, tien centimeter in doorsnee en slechts vijf millimeter dik, los van de sluitring en viel in het stomende water. De titaanlegering was sterker, maar ook veel lichter dan staal: de stroming dreef de klep als een fladderende vlinder naar de afvoerbuis van het koelsysteem.
De buis van roestvrij staal had een inwendige diameter van vijftien centimeter, maar dicht bij de warmtewisselaar maakte hij een scherpe bocht naar beneden. Dat was het punt waar de klep even kwam vast te zitten en de waterstroom blokkeerde. De druk in de buis, bestaande uit twee aan elkaar gelaste stukken van elk twee meter lengte, nam snel toe. De lasnaad kwam onder geweldige spanning te staan door de ongelijke druk in de twee segmenten. Een opening ontstond, niet groter dan de punt van een potlood, snel uitdijend door de kracht van het water dat er doorheen geperst werd en onmiddellijk in damp overging. De koelvloeistof spoot als een horizontale fontein uit de buis.
Binnen drie seconden was de overdruk uit het reactorvat verdwenen en stond de omringende ruimte onder de stoom. Op het bedieningspaneel waren alleen nog rode lampjes te zien, een alarmbel begon te rinkelen en Wladimir Petsjoekocov stond oog in oog met zijn werkelijkheid geworden grootste nachtmerrie. In een reflex draaide hij de noodknop om teneinde het splijtingsproces tot staan te brengen, maar het mechanisme dat het ophalen van de splijtstofstaven regelde was al onklaar geraakt. Petsjoekocov wist dat zijn schip gedoemd was tot de ondergang. Als laatste redmiddel opende hij de buitenste kleppen om

zeewater in het reactorvat te brengen. Automatisch gingen door de hele boot alarmsignalen af.
De kapitein op de brug begreep onmiddellijk wat er aan de hand was. Het enige dat hij kon doen was de *Politovski* van honderdvijftig meter diepte zo snel mogelijk naar de oppervlakte brengen. Schreeuwend gaf hij orders de ballasttanks te legen en de duikroeren bij te stellen voor een snelle stijging.
In het reactorvat was een oncontroleerbaar proces op gang gekomen. Het ingelaten zeewater nam de rol van de koelvloeistof over, maar hield ook extra neutronen in de kern gevangen die het splijtingsproces voortzetten. De snel toenemende hitte dreigde de hele kern te doen smelten. De *Politovski* had niet meer dan enkele minuten om aan de oppervlakte te komen.
Petsjoekocov bleef in de controlekamer om te redden wat er te redden viel, om de bemanning de tijd te geven het schip te verlaten. Hij gaf zijn assistent opdracht over te schakelen op het noodaggregaat voor de stroomvoorziening, omdat de wisselstroomgenerator door het wegvallen van de druk weldra buiten werking zou zijn.
Op de brug werd de stroomstoring het eerst merkbaar doordat de controle over de duikroeren verloren ging. Het systeem schakelde automatisch over op elektrohydraulische instelling, maar door de grote snelheid – nog altijd negenendertig knopen – werden de voorste duikroeren omhoog gedrukt. De ballasttanks vulden zich met samengeperste lucht en de duikboot schoot omhoog onder een stijgingshoek die in korte tijd meer dan vijfenveertig graden bedroeg. Matrozen en officieren werden naar achteren geworpen en konden niets anders doen dan proberen zich staande te houden in een regen van vallende en schuivende voorwerpen.
Een ogenblik later viel de hoofdstroom compleet uit. In een van de torpedokamers voorin worstelde een kok zich in een beschermend pak en ontsloot het luik van een ontsnappingskoker. Zijn instinctieve vluchtneiging, ontstaan bij het horen van het eerste het beste alarmsignaal, was nog versterkt door de ongecontroleerde bewegingen van het schip. Hij drukte het luik achter zich dicht.
Tegelijkertijd schoot de *Politovski* als een dolle walvis voor driekwart uit het water van de Atlantische Oceaan, bleef een ogenblik hangen en viel met een machtig lawaai terug op het oppervlak.

*De Pogy*
'Brug, sonar hier.'
'Ga je gang, sonar.'
'Ik geloof dat u zelf even moet komen luisteren, schipper. Er is iets vreemds aan de hand met de Alfa-3.'

Wood was binnen enkele seconden in de sonarkamer en zette een koptelefoon op om naar de opname te luisteren die twee minuten bij de werkelijkheid achterliep. Hij hoorde een hevig geruis. Het geluid van de turbine viel weg en maakte plaats voor dat van leegstromende ballasttanks, gevolgd door een serie ploppende rompgeluiden van een duikboot die snel aan het stijgen is.
'Wat gebeurt daar nou?' vroeg hij verwonderd.

*De E. S. Politovski*
De op hol geslagen splijtingsreactie had het zeewater in damp doen opgaan en weinig overgelaten van de uraniumstaven. De gloeiende restanten hechtten zich aan de achterwand van het reactorvat als een radioactief gezwel van ruim een meter doorsnede. De roestvrij stalen wand werd aangevreten door een massa met een temperatuur van vijfduizend graden en begaf het binnen tien seconden. De halfvloeibare uranium gleed traag naar beneden en bleef tegen de wand van de reactorruimte liggen.
Petsjoekocov wist dat het met hem gedaan was. De witte verf op de wanden van de controlekamer werd zwart geblakerd en het laatste wat hij zag was een donkere massa die een blauwe gloed uitstraalde. Het was een snelle dood. Het lichaam van de hoofdmachinist was in een oogwenk verdampt.
Verder naar voren was de paniek inmiddels algemeen. In de controlekamer probeerde de commandant zich met een gebroken been overeind te hijsen en de orde te herstellen, maar het ongeluk van haar naamgever bleef de duikboot tot het laatst toe achtervolgen. Slechts één man ontkwam. De kok opende het buitenste luik van de vluchtkoker, klom op de romp en wilde de opening sluiten zoals hem geleerd was, zodat zijn lotgenoten dezelfde koker konden gebruiken. Voor hij daarmee klaar was, werd hij door een golf gegrepen en in zee gesleurd.
De gesmolten splijtstof had de vloer van de machinekamer bereikt. De massa brandde zich een weg door het staal en even later ook door de titanium romp. Zeewater stroomde naar binnen. Het grootste compartiment van de *Politovski* liep snel vol en overwon het drijfvermogen van de rest van het schip. De Alfa begon aan haar allerlaatste duik.
De kapitein werd met zijn hoofd tegen de rand van een instrumentenpaneel geslagen. De hoop van de bemanning stierf tegelijk met hem. De *Politovski* zakte met de achtersteven vooruit naar beneden, de schroefbladen machteloos en tegendraads wiekend in het kolkende water.

*De Pogy*

De kapitein luisterde nu samen met zijn sonarman naar de directe geluiden. Er kon geen twijfel over bestaan dat de vijandelijke duikboot vol water kwam te staan. Ze hadden het vollopen van de ballasttanks gehoord, wat alleen maar kon betekenen dat een of meer ruimten binnen het schip lek waren geslagen. Wood was blij dat hij het geschreeuw van de bemanning niet kon horen, het aanhoudende gedruis van water was al erg genoeg. Het mochten dan potentiële vijanden zijn, het waren toch stuk voor stuk marinemensen zoals hij en hij kon niets doen om hen te redden.

Hij zag ook dat de tweede Alfa haar koers onverminderd volgde, blijkbaar onbewust van wat zich over haar zusterschip aan het voltrekken was.

*De E. S. Politovski*

Het duurde negen minuten voordat de zinkende duikboot met een zware slag op de harde zandbodem aan de rand van het continentaal plat stuitte, tweeduizend voet onder de oppervlakte. Het was een bewijs van de kunde van haar constructeurs dat de binnenste compartimenten niet ingedrukt werden, maar voor de overlevende bemanningsleden was ook dat een vloek in plaats van een zegen. De matrozen in het voorschip waren opgesloten in een ruimte die door de haperende apparatuur van steeds minder zuurstof werd voorzien. De veertig mannen waren van een snelle verdrinkingsdood gered – en overgeleverd aan langzame verstikking.

# De negende dag – zaterdag 11 december

*Het Pentagon*
Een vrouwelijke onderofficier hield de deur voor hem open. Tyler ging naar binnen en zag generaal Harris bij de grote kaartentafel staan, waarop tal van kleine scheepsmodellen waren geplaatst.
'Skip Tyler?' vroeg Harris opkijkend.
'Jawel, generaal.' Tyler ging zo stram in de houding staan als zijn kunstbeen toeliet. Harris kwam haastig naar voren en drukte hem zo stevig de hand dat zelfs Tyler iets moest wegslikken.
'Ik hoor dat je rugby hebt gespeeld, dus zeg maar Ed.' Harris stompte hem vriendschappelijk op de borst. 'Zelf heb ik ooit in de liga van Montana gespeeld, maar dat is lang geleden. Wat is er met je been gebeurd?'
'Ik ben aangereden door een dronken automobilist, maar ik heb nog geluk gehad. Die kerel heeft het niet overleefd.'
'Zijn verdiende loon.'
Tyler knikte instemmend, al herinnerde hij zich dat ook de automobilist vrouw en kinderen had achtergelaten. 'Waar is iedereen?'
'De stafchefs zijn naar de gebruikelijke briefing – dat wil zeggen, gebruikelijk voor een weekdag. Ze kunnen elk moment hier zijn. Je doceert tegenwoordig techniek aan de marineschool, geloof ik?'
'Dat is juist, sir. Ik heb sinds het ongeluk veel gestudeerd.'
'Zeg maar Ed, Skip. En straks ga je ons vertellen hoe we die verdwaalde Russische duikboot te pakken kunnen krijgen?'
'Dat hoop ik, generaal – Ed.'
'Kom een bak koffie halen, dan kun je me er ondertussen alvast iets over vertellen.' Harris bracht hem naar een hoektafel waarop broodjes en kannen koffie klaarstonden. Hij luisterde een paar minuten aandachtig zonder de inwendige mens te vergeten. Zo te zien had hij veel nodig om op de been te blijven.
'Ouwe piraat die je bent,' zei hij toen Tyler uitgesproken was. Hij liep naar de kaart. 'Er komt heel wat voor kijken. We moeten ze bijvoorbeeld een eind uit de buurt houden. Hier ongeveer moet het gebeuren, zeg je?' Hij tikte op de kaart.
'Ja. Zoals ze nu opereren kunnen we ze in de tang nemen.'
'Ik moet zeggen dat het idee mij verdomd aanspreekt, maar Dan Foster zal niet graag een van onze eigen boten opgegeven.'
'Het lijkt mij een goede ruil.'
'Mij ook,' beaamde de generaal. 'Al kan ik het natuurlijk makkelijk

zeggen, mijn boten zijn het niet. En waar laten we haar, als we haar eenmaal in handen hebben?'
'Verschillende plaatsen rond Chesapeake Bay komen in aanmerking. Hier en hier zijn geschikte locaties, allebei eigendom van de marine. Dat is het voordeel van onderzeeërs, als je diep genoeg water vindt hoef je alleen de ballasttanks vol te laten lopen. Dat zou een tijdelijke oplossing zijn. Later kan de boot naar een definitieve begraafplaats worden overgebracht, bijvoorbeeld ergens in de Grote Oceaan.'
'Je gelooft toch niet dat we dat kunnen doen zonder dat de Russen iets in de gaten krijgen?'
Tyler was op de vraag voorbereid. 'Dan zullen ze er na een paar maanden lucht van krijgen. Wat kunnen ze ertegen beginnen? Tegen die tijd hebben wij de *October* van onder tot boven bekeken, terwijl we de overgelopen officieren altijd een mooie persconferentie kunnen laten geven. Dat zal in het Kremlin ook niet zo goed vallen. Trouwens, het lijkt me nog het waarschijnlijkst dat er weinig van de boot zal overblijven. De reactor gaat voor proefnemingen naar Idaho, de raketten en kernkoppen worden ergens opgeslagen, de inlichtingendiensten mogen een robbertje vechten over de andere apparatuur. Alleen de romp hoeft nog maar vernietigd te worden. Nee, langer dan een paar maanden hoeft het niet geheim te blijven.'
Harris zette zijn kop neer. 'Ik moet bekennen dat ik voor advocaat van de duivel heb gespeeld. Je hebt er blijkbaar goed over nagedacht. Volgens mij is het de moeite van het bestuderen zeker waard. Er komt wel een hoop materieel voor kijken, maar dat valt in de operaties in te passen. Goed, mijn steun heb je.'
Drie minuten later arriveerden de stafchefs. Tyler had nog nooit zoveel sterren in een kamer bij elkaar gezien.
Harris verrichtte de introducties, waarna admiraal Foster als eerste Tyler de hand drukte. 'We hebben net je gegevens over de *Red October* te zien gekregen. Goed werk. Tyler.'
' Dat dachten wij ook,' zei generaal Maxwell, 'maar de president geeft ons geen toestemming de bemanning te doden.'
'Als mijn plan werkt, kunnen we de bemanning naar huis laten gaan zonder dat de Russen iets in de gaten hebben. Dat is toch het punt waar alles om draait: vroeg of laat moeten we de matrozen naar Moedertje Rusland laten vertrekken. Volgens mij kan dat geregeld worden, zodat alleen de vraag overblijft waar we met de *October* heen moeten.'
Generaal Hilton keek hem wantrouwig aan. 'Laat maar horen.'
'Snel optreden is een eerste vereiste,' zei Tyler. 'De *Avalon* moet van de westkust komen, de *Mystic* is al aan boord van de *Pigeon* in Charleston. Behalve die twee hebben we een oude raketboot nodig die we

zonder veel pijn kunnen missen. Dat is het materieel. Het knelpunt is de timing – plus de vraag of we de *October* kunnen vinden.'
'Dat is misschien al gebeurd,' zei Foster. 'Gallery zei vanochtend dat de *Dallas* haar mogelijk op het spoor is. Over een paar dagen hebben we zekerheid. Ga verder.'
Tyler had tien minuten nodig voor zijn uitleg. Na afloop gingen de stafchefs aan het werk: Hilton werd naar het Witte Huis gestuurd.

*De Red October*
Bijna alle officieren hadden zich in het verblijf achterin verzameld. De theepotten op tafel bleven onaangeroerd en de deur was op slot gedraaid.
'Kameraden,' zei Petrov, 'de tweede serie films was nog erger besmet dan de eerste.'
'Ze hebben ons rommel meegegeven,' gromde Melechin. 'Zeker weer zo'n onbenul in Sewermorsk, of misschien wel een imperialistische spion. Als ze de smeerlap te pakken krijgen leg ik hem eigenhandig om, wie het ook is. Dit is verraad!'
'De instrumenten vertonen weliswaar geen abnormale uitslag,' zei Petrov, 'maar ik zal er volgens de voorschriften toch melding van moeten maken.'
'U heeft volkomen gelijk, dokter,' beaamde Ramius. 'Maar de voorschriften bepalen ook dat we een nieuwe controle uitvoeren. Melechin, ik stel jou en Borodin persoonlijk verantwoordelijk voor de juiste uitvoering. Kijk eerst de instrumenten na – als daar niets aan mankeert, weten we dat het aan de filmstrips moet liggen. In dat geval zullen er koppen rollen. Kameraden, laten we ons niet onnodig zorgen maken. Als er werkelijk sprake was van een lek zou kameraad Melechin dat dagen geleden gemerkt hebben. Aan de slag.'
Een halfuur later was iedereen weer terug in het officiersverblijf. Onder de bemanningsleden begonnen wilde geruchten de ronde te doen.
'Kameraden,' begon Melechin, 'wij zitten met een ernstig probleem.'
Op tafel lag een gedemonteerde geigerteller, met daarnaast een ontmantelde stralingsdetector uit de reactorruimte. Vooral de jongere officieren zaten er met een wit gezicht naar te kijken.
'Sabotage,' zei Melechin bijna fluisterend. Het werd doodstil in de kajuit.
'Kameraden, zoals iedereen weet zijn dit vrij simpele instrumenten. Op deze teller zit een kiesschijf, waarmee tien verschillende graden van gevoeligheid ingesteld kunnen worden. Een kind kan de was doen. Het blijkt dat bij deze geigerteller andere weerstanden zijn aangebracht, waardoor het instrument veel lagere waarden aangeeft dan de werkelijke. Drie dagen voor onze afvaart zijn alle tellers gecontro-

leerd door een technicus van de werf. Hier is het bewijs.' Melechin gooide het papier met een verachtelijk gebaar op tafel. 'Hij of een andere intrigant heeft met de apparatuur geknoeid. Bij deze detector zijn de elektrische schakelingen verbroken, behalve die van het testcircuit. Dat kan alleen een vakman gedaan hebben. Ik vermoed dat een en dezelfde persoon vervolgens een lek in het buizenstelsel heeft veroorzaakt. Kameraad Petrov heeft vermoedelijk gelijk gehad. Mijn excuses, dokter.'

Petrov knikte somber. Hij had liever ongelijk gekregen.

'Wat zijn de stralingsniveaus, dokter?' Vroeg Ramius.

'De machinisten zijn uiteraard het meest blootgesteld. Melechin en Swyadov bereiken met vijftig rad het maximum. De andere verblijven hebben veel minder aan straling blootgestaan. Voor de officieren gelden waarden van tien tot vijfentwintig rad, de vuurploegen zitten daar ver onder. Kameraden, het gaat hier niet om letale doses. Een mens kan zelfs honderd rad zonder merkbare verschijnselen doorstaan. Er is sprake van een ernstige situatie, maar niet van een levensgevaarlijke.'

'Hoe denk jij erover, Melechin?' vroeg de kapitein.

'Het is nog niet *zeker* dat er een lek is, misschien is er ook met de films geknoeid om ons moreel te ondermijnen. Maar het is mijn reactor en daarom mijn verantwoordelijkheid. Ik zal samen met Borodin nogmaals een grondige inspectie uitvoeren en de instrumenten herstellen. Ik denk dat we er hooguit vier uur voor nodig zullen hebben, waarna de reactor weer in werking gesteld kan worden. Ik stel voor dat de machinisten niet langer dan twee uur achtereen dienst doen.'

'Kameraden,' zei Ramius, 'wij kunnen niets doen tot de omvang van het probleem vaststaat. Niettemin weet ik dat wij alle moeilijkheden zullen overwinnen en onze missie volbrengen. Onze reis naar Cuba is zo goed als voltooid, alle imperialistische tegenwerking ten spijt!'

De officieren lieten een instemmend gebrom horen.

'Kameraden,' besloot Ramius, 'laten wij de bemanning niet onnodig verontrusten. Hoe groot het probleem ook is, wij zijn heel goed in staat het op te lossen.'

Petrov was daar niet zo zeker van, en hij was niet de enige. Swyadov kon het trillen van zijn vingers nauwelijks bedwingen. De jonge luitenant had een liefje thuis en maakte al plannen voor een eigen gezin. Hij wist dat de hoofdmachinist en anderen heel goed op de hoogte waren van alle problemen die zich met een reactor konden voordoen, terwijl hij ook zelf de nodige kennis op dat gebied bezat, maar dat nam allemaal niet weg dat een sterk gevoel van onzekerheid hem bekroop.

Het vertrek stroomde leeg. Melechin ging met Borodin naar achteren om de meetinstrumenten te repareren. De hulpmachinisten die een uur later afgelost werden, keerden met verontrustende verhalen terug naar de bemanningsverblijven. De reactor buiten werking gesteld, alle apparatuur uit elkaar gehaald... dat kon nooit veel goeds betekenen. Binnen twee uur wist iedereen aan boord dat er iets aan de hand was zonder dat de officieren een oplossing hadden weten te vinden.

De koks die van de kombuis het eten naar de bemanningsverblijven moesten brengen, treuzelden zo lang ze konden of probeerden een ander met het klusje op te zadelen. En in de controlekamer merkte Ramius dat er een gespannen sfeer hing, waarbij iedereen naar zijn aflossing scheen te verlangen.

*De New Jersey*

Het was even wennen, bedacht commandeur Zachary Eaton. Toen zijn vlaggeschip werd gebouwd speelde hij zelf alleen nog met bootjes in het bad. Destijds waren de Russen bondgenoten geweest, maar alleen omdat zij en de Amerikanen een gemeenschappelijke vijand hadden, geen gemeenschappelijk doel. Net als de Chinezen tegenwoordig.

Zijn vlaggeschip had verschillende voordelen. Door de grote afmetingen en de zwaarte was ook de hevigste deining slechts licht voelbaar, maar net genoeg om hem eraan te herinneren dat hij op zee was en niet op kantoor. Zijn slagschip zou net als in de dagen van weleer de directe confrontatie met de vijand aangaan, alsof er nooit vliegdekschepen waren uitgevonden. Vijf mijl uit de boeg waren de destroyers *Caron* en *Stump* zichtbaar en verder naar voren de kruisers *Biddle* en *Wainwright* op radarpatrouille. Tot zijn spijt kon zijn eenheid niets anders doen dan wachten op de komst van twee fregatten en het helikopterschip *Tarawa*, met in totaal tien AV-8B Harrier-gevechtsvliegtuigen en veertien speciale helikopters voor duikbootbestrijding om zijn eigen luchtsterkte aan te vullen.

De Russische vloot was nog zo'n achthonderd mijl van hem vandaan, verdeeld over drie groepen waarvan Eaton de *Moskwa* voor zijn rekening zou moeten nemen. De bewegingen van de vijandelijke eenheden werden onophoudelijk gevolgd en doorgegeven aan zijn operatiestaf. Hij vroeg zich af wat de Russen eigenlijk aan het doen waren.

Eaton kende het verhaal dat ze naar een vermiste duikboot zochten, maar wat hem betrof hadden ze net zo goed kunnen beweren dat ze een brug te verkopen hadden. Het leek hem nog het meest waarschijnlijk dat ze een demonstratie wilden geven om te laten zien dat zij net zo goed thuis waren op de Atlantische Oceaan als de Amerikanen, en misschien wel om een precedent te scheppen.

Dat beviel hem allerminst.

Ook met de twee taken die hem toebedeeld waren was hij niet geheel tevreden. De eerste was het in het oog houden van de vijandelijke duikboten. Zijn verzoek om de Vikings van de *Saratoga* te mogen gebruiken was afgewezen, en de meeste Orions patrouilleerden in de sector van de *Invincible*. Wat dat betrof was de versterking van de *Tarawa* welkom, al zou zijn eigen groep tegelijk kwetsbaarder worden en meer defensieve maatregelen noodzakelijk maken. De tweede taak was het schaduwen van de *Moskwa*-groep, iets waar Eaton beter raad mee wist. Als het op schieten aankwam, kon hij over meer dan voldoende vuurkracht beschikken. Het was alleen nog de vraag welke afstand hij het beste in acht kon nemen.

Dichtbij betekende binnen bereik van de boordkanonnen, ofwel twintig mijl. De tien geleideschepen van de *Moskwa* zouden niet bestand zijn tegen meer dan twee inslagen van het 200-mm geschut. De nieuwe vuurgeleiding met behulp van laser maakte het bijna onmogelijk een vastgesteld doel te missen, temeer daar er elke twintig seconden een salvo afgegeven kon worden. Het enige nadeel was het onvermijdelijke omgekeerde effect: dat ook de groep van de *New Jersey* onder direct vuur kwam te liggen.

Voor zijn vlaggeschip viel weinig te vrezen, dacht Eaton, tenminste zolang de Russen geen kernkoppen tegen haar inzetten, maar des te meer voor de veel lichtere escorteschepen. En dan was er ook nog altijd de dreiging van een Russische duikboot. Volgens zijn informatie was er in de wijde omtrek niet één te bekennen, maar je wist maar nooit met die dingen. Gelukkig kon je je niet overal tegelijk druk om maken. En wat er ook gebeurde, er zou altijd tijd genoeg zijn om luchtsteun in te roepen en zijn eigen wapens af te vuren – maar natuurlijk zou er helemaal niets van dat alles gebeuren.

Nee, de commies hadden gewoon een vistochtje georganiseerd. Het ging er alleen maar om hun duidelijk te maken dat het in deze wateren slecht vissen was.

*Marineluchtvaartbasis, North Island, Californië*

De reusachtige trekker kroop met drie kilometer per uur het vrachtruim van de C-5A Galaxy binnen onder het toeziend oog van drie laadofficieren en zes marinemensen. Het gemarkeerde zwaartepunt van de trekker moest exact boven een cijfer op de bodem van het ruim komen om te verhinderen dat de zware lading de stabiliteit van het vliegtuig zou verstoren en daarmee de levens van bemanning en passagiers in gevaar brengen.

De laadofficier stak zijn hand op, de bestuurder bracht zijn voertuig tot staan. Hij zette alle remmen vast en stapte uit, het sleuteltje in het contact latend voor de collega die de trekker aan de oostkust uit de

Galaxy zou rijden. De laadmeester en zes helpers gingen meteen aan het werk om trekker en oplegger met vierentwintig stalen kabels vast te sjorren tot er geen beweging meer in te krijgen was.
Nadat de laatste kabel was bevestigd ging de laadmeester naar de piloot, een sergeant-majoor van de luchtmacht. 'Wat is dat eigenlijk voor een ding, majoor?'
'Dat is de *Avalon*, sergeant, een DZRV: DiepZee ReddingsVaartuig. Die dingen worden gebruikt om de bemanning uit een verongelukte duikboot te halen.'
'O.' De sergeant was allerlei soorten vrachtjes gewend, tanks, helikopters, een bataljon manschappen – maar nog nooit een boot. Een Galaxy kon alles hebben! 'En waar brengen we hem naar toe?'
'Naar Norfolk,' antwoordde de piloot. 'en nee – daar ben ik ook nog nooit geweest.'
Even later kwam luitenant Ames bij hen staan, de hoogste der begeleidende marineofficieren. 'Jullie hebben vlot werk geleverd.'
'Ja, over twintig minuten gaan we de lucht in,' zei de piloot, op zijn horloge kijkend. 'We vertrekken precies op het uur.'
'We hebben geen haast, het belangrijkste is dat alles op zijn plaats blijft. Waar kan ik mijn mensen laten?'
'In de passagiersruimte, net achter de cockpit. Er is plaats voor vijftien man.' Dat laatste wist Ames ook; samen met zijn DZRV was hij al verschillende malen over de oceaan gezet, telkens door een andere C-5.
'Gaat u met dat kleine ding echt onder water, sir?' vroeg de sergeant ongelovig.
'Daar word ik voor betaald. Ik ben ermee op bijna vijfduizend voet geweest.' Ames keek waarderend naar zijn vaartuig.
'Dat is meer dan een kilometer, allemachtig! Hoe kan dat ding de druk weerstaan?'
'Dat valt reuze mee. Met de *Trieste* heb ik op twintigduizend voet gezeten. Er is genoeg te zien daar beneden. Een heleboel vreemde vissen.' Ames was van huis uit oceanograaf en was met alle diepzeevaartuigen van de marine meegeweest, behalve met de door atoomenergie aangedreven *NR-1*. 'Trouwens, als er op die diepte iets gebeurt, is het gauw met je gedaan. Als jullie eens zin hebben in een tochtje, dat kan geregeld worden. Je komt in een totaal andere wereld.'
'Dat meent u niet,' zei de piloot.
'Toch wel. Er gaan vaak genoeg burgers mee naar beneden, dus waarom jullie niet? En geloof me, het is heel wat veiliger dan deze witte walvis tijdens het bijtanken.'
De piloot knikte aarzelend. Bijtanken in volle vlucht had hij al honderden keren meegemaakt. Je moest natuurlijk goed uit je ogen kij-

ken, maar dat moest je ook in het verkeer. Nou ja, ieder zijn meug, dacht hij. Persoonlijk leek zo'n minuscuul duikbootje hem heel wat linker.
'Gaan jullie misschien naar Norfolk in verband met alle drukte aan de oostkust?'
'Dat zou best eens kunnen, maar officiële mededelingen zijn ons niet gedaan. De kranten schrijven dat de Russen een duikboot hebben verloren, dus het ligt voor de hand dat wij erop afgestuurd worden. Per keer kunnen we twintig tot vijfentwintig man van boord halen, en onze slurf kan ook op Russische onderzeeërs aangesloten worden.' Ames knipoogde. 'We zijn op alle mogelijkheden voorbereid...'

*De noordelijke Atlantische Oceaan*
De JAK-36 was een halfuur eerder opgestegen van de *Kiev* met de moeilijke opdracht het Amerikaanse AWACS-toestel te naderen dat sinds drie dagen alle bewegingen van de vlooteenheid nauwlettend in het oog hield. Eerste luitenant Viktor Shavrov kon natuurlijk geen al te gekke dingen uithalen; wat dat betrof waren de orders van admiraal Stralbo heel expliciet geweest. Maar wel kon hij ervoor zorgen dat de imperialisten goed zicht kregen op de twee warmtezoekende raketten die hij onder de vleugels van zijn toestel meedroeg. Dat zou ze leren dat de Russische vloot niet van pottekijkers gediend was.
Erg gemakkelijk was het overigens niet. Om aan vroege ontdekking door de vliegende radar te ontkomen moest hij zo laag en traag mogelijk naderen, amper twintig meter boven de ruwe golven, waarvan de reflectie hem onzichtbaar moest maken. Zijn snelheid van tweehonderd knopen betekende dat hij zuinig omsprong met de brandstof, wat ook hard nodig was, terwijl de onrustige lage luchtlagen het vliegen tot een inspannende bezigheid maakten. Mistbanken beperkten het zicht tot enkele kilometers wat hij wel zo prettig vond.
De missie had eerder hem aangewezen dan omgekeerd, omdat hij een van de weinige piloten was die met laagvliegen ervaring had. Hij was zijn militaire loopbaan begonnen in Afghanistan, waar hij met aanvalshelikopters had gevlogen en later met straaljagers. Het was een bloedige leerschool geweest, bijna van lijf-aan-lijf gevechten met bandieten en opstandelingen, die zich als armzalige ratten in het gebergte schuilhielden. Na een paar maanden al was hij heel tevreden met zijn overplaatsing naar de marine, die meer betaalde en een heel wat beter onderkomen te bieden had dan zijn oude luchtmachtbasis aan de Chinese grens. Het speet hem alleen maar dat hij nooit de gelegenheid had gekregen met de nieuwe MIG-27 te vliegen, hoewel daar misschien nog kans op was als het nieuwe grote vliegdekschip ooit voltooid werd. Intussen hoopte Shavrov vooral op het commando

over een eigen eskader.
Hij ontwaakte met een schok uit zijn dagdromerij, daar had hij helemaal geen tijd voor. Het radarsignaal werd sterker. De bandrecorder onder zijn schietstoel maakte een doorlopende opname van de signalen die het AWACS-toestel uitzond, zodat de deskundigen iets konden bedenken om de elektronische systemen van het Amerikaanse vliegende oog te verstoren. Per slot van rekening ging het maar om een omgebouwd passagiersvliegtuig, nauwelijks een waardige tegenstander voor een jager! Shavrov keek op de kaart en controleerde de inhoud van zijn brandstoftanks. De omloopmotor verbruikte erg veel energie, zodat hij bij terugkeer nog maar voor vijf of tien minuten vliegen over zou hebben.
Ineens ving zijn getrainde blik het glinsteren van zonlicht op metaal, hoog boven zijn hoofd in noordnoordoostelijke richting. Shavrov voerde de snelheid op en zat een minuut later op tweeduizend meter hoogte. De blauwe romp van de E-3 Sentry stak nauwelijks af tegen de donkerder hemel. Met een beetje geluk kon hij het toestel naderen, terwijl de staartvlakken hem aan het oog van de draaiende radarantenne onttrokken. Nu hoefde hij alleen nog maar wat toeren uit te halen om zijn raketten goed te laten zien, en dan...
Plotseling dook een straaljager naast zijn vleugel op, onmiddellijk gevolgd door een aan de andere kant.
Hij keek naar rechts en zag het met een kap overdekte gezicht van de piloot van een Amerikaanse F-15.
'JAK-106, JAK-106, ontvang je mij?' vroeg de stem over de radio in vlekkeloos Russisch. Shavrov reageerde niet. Ze hadden het nummer op de inlaat van de motor al gelezen voor hij in de gaten had dat ze er waren.
'Hallo, 106, dit is de E-3 Sentry. Ons escorte van drie heeft je de laatste honderd kilometer gevolgd, want we houden niet zo van verdwaalde straaljagers. Maak je bedoelingen bekend.'
Drie? Shavrov keek over zijn schouder en zag een andere Eagle een eind achter zijn staart hangen. De luitenant trilde van woede en schaamte terwijl hij de vierduizend meter passeerde, nog achtduizend lager dan de AWACS. De Amerikanen hadden zich natuurlijk in de mist verborgen gehouden en waren door de E-3 op koers gebracht. Shavrov vloekte binnensmonds en week niet van zijn doel af. Hij zou die AWACS eens een lesje leren!
'Keer om, 106,' zei de koele, emotieloze stem, met niet meer dan een licht ironische ondertoon. 'Anders kunnen we je missie alleen als vijandig beschouwen. Denk goed na, 106. Je bent buiten radarbereik van je eigen schepen.'
Shavrov keek opzij en zag de twee Eagles aan weerskanten afzwen-

ken. Misschien was het een gebaar van goede wil, maar het kon ook zijn dat ze de derde F-15 een vrij schootsveld wilden geven. Je wist het nooit met die imperialistische misdadigers. Shavrov was allesbehalve een lafaard, maar zeker geen dwaas. Hij liet zijn JAK langzaam naar rechts uitwijken.
'Bedankt, 106,' klonk een stem. 'We hebben namelijk een stel nieuwelingen aan boord, onder wie twee vrouwen, en die willen we niet meteen de vuurdoop geven.'
'Zal ik je vertellen wat je met die vrouwen kunt doen, Yankee?'
'Je bent *nekulturni*, 106. Laat je niet zenuwachtig maken door dat laagvliegen, en denk om je brandstof. De *Kiev* zit op honderd vijftachtig graden, afstand 318,6 kilometer. Pas op voor het koufront dat uit het zuidwesten komt opzetten, dat is kwaad vliegen. Heb je een escorte nodig voor de terugreis?'
'Smerig zwijn!' Hij zette met een woedend gebaar de radio uit en vervloekte zichzelf om zijn gebrek aan discipline. Zoals de meeste straaljagerpiloten had hij lange tenen, waar hij de Amerikanen eens flink op had laten trappen.
'Wil je dat laatste nog eens herhalen, 106? We konden je niet goed verstaan.'
Shavrov reageerde niet.
'Twee van onze Eagles moeten toevallig die kant op, 106. Ze zullen je zolang gezelschap houden. Nog een prettige dag, kameraad. Over en uit.'
In de E-3 keek een jonge radarman aandachtig naar zijn scherm. 'Nou, die gaat weer terug naar moeders, met Cobra 3 en 4 aan zijn staart,' zei hij tegen de kolonel die achter hem stond. 'Ik hoop voor hem dat hij nog thuiskomt, hij kan nooit veel brandstof meer hebben.' Hij dacht een ogenblik na. 'Misschien moeten we de volgende keer eens vragen of ze niet naar ons willen komen.'
'Wat hebben we aan zo'n JAK? Dat is een hoop oud roest.'
Shavrov moest zich bedwingen om niet vol gas te geven, hij had zich voor vandaag al genoeg laten gaan. Bovendien waren de twee begeleidende F-15's veel sneller en hadden ze veel meer brandstof aan boord. Daar konden ze de hele oceaan mee over. Die stomme opgeblazen Amerikanen! En welke idioot op de *Kiev* had eigenlijk bedacht dat de E-3 ongemerkt te benaderen was? Iemand zou ervan lusten als hij terug was.
De Amerikanen hadden tenminste niet gelogen over het weer, zag hij. Regenwolken verzamelden zich aan de horizon terwijl hij de *Kiev* naderde. Even later zwenkten de Eagles af, nadat een van de piloten zijn duim had opgestoken ten afscheid. Shavrov zwaaide machteloos. Vijf minuten later landde hij op het vliegdek van de *Kiev*, nog altijd

bleek van woede. Zodra de wielen geblokkeerd waren, sprong hij uit de cockpit en stampte weg om zijn commandant op te zoeken.

*Het Kremlin*

Moskou stond terecht bekend om haar uitgebreide ondergrondse. Voor een appel en een ei werd je met moderne, veilige, bont beschilderde treinstellen overal heen vervoerd. In geval van oorlog kon de bevolking een heenkomen vinden in de tunnels, een voorziening die de stad ten tijde van de aanleg, halverwege de jaren dertig, te danken had aan de vooruitziende blik van Nikita Chroestsjov. Kernsplijting stond toen nog in de kinderschoenen, aan kernfusie werd alleen nog maar gedacht.

Naast de lijn die van het Swerdlovplein naar het oude vliegveld liep, was een tunnel van honderd meter lengte aangelegd, afgesloten door tien meter dikke deuren van staal en beton en door middel van twee liftschachten met het Kremlin verbonden. In geval van nood kwamen hier de leden van het Politburo bijeen om het landsbestuur te leiden, maar de tunnel was ook een veilige vluchtroute naar het speciale vliegveld vanwaar ze naar hun andere schuilplaats in Zjigoeli konden ontkomen. Het bestaan van beide oorlogsbunkers was in het westen bekend, maar de KGB wist te melden dat geen wapen in staat zou zijn de dikke lagen steen en metaal te doorboren.

Admiraal Padorin kon daar weinig troost uit putten. Hij zat aan het eind van de lange vergadertafel en keek naar de stuk voor stuk grimmige gezichten van de tien leden van het Politburo, het kleine groepje ingewijden dat alle strategische besluiten moest vellen. Links van hem zat admiraal Sergei Gorsjkov, die zichzelf heel tactisch van de affaire had weten los te maken; hij had zelfs een brief geproduceerd waaruit bleek dat hij zich tegen Ramius' aanstelling op de *Red October* had verzet.

Aan het hoofd van de tafel zat algemeen partijsecretaris en president Andrei Narmonov. Zijn gezicht was onbewogen, zoals bijna altijd. Als voorbeeldig apparatsjik gaf hij zelden zijn gevoelens prijs. Hij had voor het eerst naam gemaakt als leider van een bedrijf dat telkens ruim op tijd de voorgeschreven quota haalde, maar daarmee was zijn ambitie niet vervuld. Wie hem bij zijn verdere loopbaan wilde steunen werd beloond, anderen ging hij zoveel mogelijk uit de weg. Hij was nog slechts kort de hoogste partijchef en was voor zijn positie vrij sterk afhankelijk van een losse groep aanhangers – niet van vrienden, die bestonden op dit niveau niet.

De ventilatie in de ondergrondse ruimte werkte slecht en Narmonovs donkere ogen waren betraand van de tabaksrook terwijl hij de kamer rondkeek, zoekend naar woorden om de oude, uitgebluste leden van

zijn hofkliek tevreden te stellen.
'Admiraal Gorsjkov heeft ons duidelijk gemaakt hoe gering de kans is deze verraders te achterhalen en tot zinken te brengen, voordat zij hun misdadige onderneming voltooid zullen hebben. Dat is geen goed nieuws. Tot onze schande moeten wij tevens vaststellen dat slechts onvoorstelbare beoordelingsfouten de *Red October* in handen van zo'n deserteur konden geven. Misschien kunt u ons vertellen, admiraal Padorin, wat er met onze zampolit aan boord gebeurd is en welke maatregelen uw politieke afdeling had getroffen om een dergelijke schanddaad te voorkomen!'
Er klonk geen angst in Narmonovs stem, maar Padorin wist dat de partijsecretaris zich onmogelijk op zijn gemak kon voelen. De 'beoordelingsfouten' konden vroeg of laat tégen hem gebruikt worden, tenzij hij zich er afdoende van wist te distantiëren. Of dat laatste ten koste zou gaan van Padorin was ongetwijfeld de minst belangrijke overweging; Narmonov was al vaker over lijken gegaan.
Padorin had enkele dagen de tijd gehad om zich op zijn verdediging voor te bereiden. Ook al stond hij nu aan het hoofd van de politieke afdeling van de vloot, hij wist uit eigen ervaring wat het was om oog in oog met de dood te staan. Zijn geest was scherper dan zijn uitgezakte lichaam zou doen vermoeden. Padorin was vastbesloten de feiten als een man tegemoet te treden, wat het resultaat ook mocht zijn.
'Onze politieke officier aan boord van de *Red October* was kapitein Iwan Joerievitsj Poetin,' begon hij, 'een trouw en moedig lid van de partij. Ik kan me niet indenken...'
De minister van Defensie viel hem in de rede. 'Kameraad, u kon zich vermoedelijk niet indenken dat een man als Ramius tot verraad in staat zou zijn. Waarom zouden wij uw oordeel over Poetin moeten bijvallen?'
'Dat is juist gezegd,' beaamde Michail Alexandrov, de voornaamste ideoloog sinds de dood van Michail Soeslov en een vurig aanhanger van de orthodoxe partijleer. 'Het is onbegrijpelijk dat de politieke afdeling deze overloper zo lang de hand boven het hoofd heeft kunnen houden. Uit zijn hele loopbaan blijkt dat hij zichzelf voortdurend op de voorgrond heeft willen dringen, naar het schijnt zelfs tot in de hoogste politieke kringen. Uw afdeling, admiraal, heeft zich willens en wetens schuldig gemaakt aan veronachtzaming van de partijlijn. Die wetenschap maakt uw persoonlijke opvattingen uiterst ongeloofwaardig.'
'Ik erken dat het een grove fout is geweest Ramius het commando over de *Red October* in handen te geven, temeer daar hij zelf de meeste hogere officieren kon benoemen. Aan de andere kant is dit in overeenstemming met de sinds enige jaren gebruikelijke handelwijze, die

erop gericht is officieren zoveel mogelijk met een bepaald schip vertrouwd te maken. Dat is een militaire kwestie, geen politieke.'
'Dat punt hebben wij reeds in overweging genomen,' merkte Narmonov op. 'En het is waar dat de schuld in deze zaak niet bij één man gelegd kan worden.'
Admiraal Gorsjkov zei niets, maar het was voor iedereen in de kamer duidelijk dat de laatste woorden van de secretaris speciaal op hem sloegen.
'Wat heet een militaire kwestie?' vroeg Alexandrov. 'Deze Litouwer zet met zijn vertrouwde schip de rest van onze vloot voor schut als een stel impotente ossen.' Het was een passende vergelijking voor iemand die zijn loopbaan op een staatsboerderij was begonnen.
'Wat Poetin aangaat,' hernam Padorin, 'de voor de hand liggende verklaring is dat hij om het leven is gebracht. Van alle officieren was hij de enige met vrouw en kinderen.'
Narmonov zag zijn kans schoon. 'Dat is nog zoiets, admiraal. Het feit dat geen van deze mannen getrouwd was, had toch een waarschuwing moeten zijn? U verwacht toch niet dat wij persoonlijk voor u denken?'
Padorin had nooit anders meegemaakt, maar dat zei hij niet. 'Het is niet ongewoon dat een duikbootcommandant de voorkeur geeft aan jonge, ongehuwde officieren. Een langdurig verblijf op zee stelt hoge eisen waaraan vrijgezellen makkelijker voldoen. Bovendien staan de hogere officieren in dit geval bekend als trouwe partijleden met een goede staat van dienst. Het staat buiten kijf dat Ramius een verrader is, iets waarvoor ik hem graag eigenhandig zou willen bestraffen, maar hij heeft meer mensen om de tuin geleid dan alleen ons.'
'Dat blijkt,' snoof Alexandrov. 'En wat denkt u aan deze moeilijkheden te doen?'
Padorin had zijn antwoord klaar. Hij haalde diep adem. 'Kameraden, aan boord van de *Red October* bevindt zich nog een politieke officier, onbekend aan Poetin en kapitein Ramius.'
'En waarom ben ik daar niet van op de hoogte gesteld?' vroeg Gorsjkov.
'Loginov is meegegaan als dienstplichtig matroos. Hij is direct aan onze afdeling verantwoording schuldig, met voorbijgaan van de gebruikelijke kanalen. Igor is vierentwintig en...'
'Vierentwintig?' riep Narmonov uit. 'Belast u een *kind* met een dergelijke taak?'
'Om zijn werk te kunnen doen moet Loginov zich bij de rest van de bemanning aanpassen. Alleen dan zal hij in staat zijn verraders, spionnen en saboteurs te ontmaskeren. Dat neemt niet weg dat hij voortreffelijk is voorbereid op de politieke marineschool in Kiev en door de GROE. Zijn vader is Arkadi Iwanovitsj Loginov, directeur van

de Lenin Staalfabriek in Kazan, velen van u bekend.' Narmonov was een van de mannen die knikten. 'Een gevaarlijke opdracht als deze wordt uitsluitend toevertrouwd aan mensen die bewezen hebben tot bepaalde dingen in staat te zijn. Ik heb persoonlijk met Loginov gesproken en aan zijn betrouwbaarheid valt niet te twijfelen.'
'Ik ken zijn vader,' beaamde Narmonov. 'Een eervol man. Maar wat zijn de orders van Igor Loginov?'
'Zoals ik al zei dient hij zich onopvallend als bemanningslid te gedragen, iets wat hij de afgelopen twee jaar naar tevredenheid heeft gedaan. Alleen in geval van nood moet hij zich tot de zampolit richten. Als Poetin nog leeft, wat ik mij niet kan voorstellen, behoort hij noodzakelijk tot de verraders. Loginov staat er dus alleen voor. In het uiterste geval zal hij het schip vernietigen en proberen zelf te ontkomen.'
'Is dat mogelijk, admiraal Gorsjkov?' vroeg Narmonov.
'Speciale ladingen zijn aangebracht om de boot tot zinken te brengen. Dat geldt overigens voor al onze schepen.'
'Helaas is doorgaans alleen de kapitein in staat de ladingen te activeren,' vervolgde Padorin. 'Niettemin houdt de politieke afdeling al sinds het incident aan boord van de *Storozjewoi* rekening met de mogelijkheid van dergelijke extreme omstandigheden, zeker bij raketboten.'
'Dan is Loginov zeker een raketspecialist?'
'Nee, kameraad, Igor is een van de koks.'
'Fantastisch! Onze zaak wordt dus gered door een knaap die de hele dag piepers jast!' Narmonov hief zijn handen ten hemel in een machteloos gebaar. Voor het eerst verried zijn gelaatsuitdrukking zijn gevoelens. 'Wat heb je ons aangedaan, Padorin?'
De admiraal liet zich niet van zijn stuk brengen. 'Het is een betere dekmantel dan u misschien denkt,' antwoordde hij. 'De officiersverblijven bevinden zich in het achterschip van de *Red October*, die van de bemanning in het voorschip. De gewone matrozen beschikken niet over een eigen kantine, zodat ze op hun kamers eten. Dat betekent dat een kok regelmatig van achter naar voor moet zonder dat zijn bewegingen de aandacht trekken. De vrieskast voor de levensmiddelen bevindt zich bij het onderste rakettendek in het voorschip. Alleen Loginov weet dat slechts een van de zesentwintig raketten is uitgerust met een speciale destructielading. U ziet, wij hebben rekening gehouden met de mogelijkheid dat de kapitein de andere ladingen voor noodgevallen inactief zou houden.'
'En wat moet hij dan met die raket?' vroeg Narmonov verwonderd.
Padorin kreeg onverwachte steun van generaal Visjenkov, het hoofd van de Strategische Raketstrijdkrachten, die zich net als de andere le-

gerleiders tot nu toe buiten de discussie had gehouden. 'Dat valt onder onze verantwoordelijkheid. Bij alle proefvluchten met raketten wordt een lading aangebracht die wij van afstand kunnen laten exploderen voor het geval het projectiel van zijn koers afwijkt. Bij operationele wapens worden de ladingen uiteraard verwijderd om te voorkomen dat de vijand van hetzelfde mechanisme gebruik maakt.'
'Goed, Loginov kan dus een raket laten ontploffen. Wat gebeurt er dan met de kernkoppen?' Narmonov was van huis uit ingenieur en liet zich nooit door technische details afschrikken.
'De kernkoppen zijn voorzien van acceleratiemeters, waardoor ontlading pas mogelijk is wanneer de draagraket de voorgeschreven snelheid heeft bereikt. De Amerikanen gebruiken hetzelfde systeem, en om dezelfde reden: ter voorkoming van sabotage. Dergelijke voorzorgsmaatregelen zijn volkomen betrouwbaar. U kunt zo'n raket van de Moskouse zendmast laten vallen zonder dat er iets gebeurt.'
'De raket wordt dus afgeschoten zonder te ontploffen?' vroeg Alexandrov.
'Afschieten is niet nodig,' antwoordde Padorin, 'hoewel dit voldoende zou zijn om de duikboot tot zinken te brengen. Loginov hoeft niets anders te doen dan de speciale lading met een tijdmechanisme te activeren en zichzelf in veiligheid te brengen.'
'Is dat laatste dan mogelijk?' vroeg Narmonov.
'Wij mogen zo'n jonge knaap niet van alle hoop op overleven beroven, dat zou te veel gevraagd zijn.'
'U heeft gelijk,' beaamde Alexandrov. 'Bovendien zal hij bij een geslaagde missie als een held onthaald worden.'
'Ik sta volledig voor de jonge Loginov in, kameraden,' zei Padorin. 'Met mijn eigen leven.' De admiraal kreeg geen antwoord, al zag hij hier en daar iemand knikken. Hij had al eerder oog in oog met de dood gestaan, en ook ditmaal schrok hij er niet voor terug.

*Het Witte Huis*
Arbatov kwam om tien voor vijf die middag het Oval Office binnen. De president en dr. Pelt zaten op hem te wachten. De ambassadeur zag dat er vandaag niet gedronken werd.
'Kom binnen,' zei de president, naar een blad met kopjes op zijn bureau wijzend. 'Koffie?'
'Nee, dank u. Mag ik vragen...'
'Uw duikboot is vermoedelijk terecht,' zei Pelt onmiddellijk. 'We zijn bezig de eerste berichten na te trekken.' Hij hield een bundel telexpapieren omhoog.
Het gezicht van de ambassadeur bleef onbewogen. 'Mag ik vragen

waar u onze duikboot heeft gevonden?'
'Ruwweg driehonderd mijl ten noordoosten van Norfolk. De exacte lokatie is nog niet bekend. Een van onze duikboten ving geluiden op van een explosie onder water. Dat wil zeggen, daar was een automatische opname gemaakt die pas enkele uren later werd beluisterd. Onmiskenbaar het geluid van een ontploffende en zinkende duikboot. Een ingewikkeld verhaal, maar dat heb je met al die vaktermen.'
'Militairen bedienen zich graag van hun eigen taal,' antwoordde Arbatov met een begrijpende glimlach. 'Het is nooit anders geweest.'
'Hoe dan ook, wij hebben onmiddellijk schepen en vliegtuigen naar het gebied gestuurd.'
'Ik heb een paar minuten geleden admiraal Foster aan de lijn gehad,' zei de president, 'de commandant van onze vlootoperaties. Ik moet u helaas mededelen dat er geen kans op is dat er overlevenden gevonden worden. Het water is meer dan driehonderd meter diep en u weet zelf hoe de weersomstandigheden zijn. Niettemin zullen wij alles doen wat in ons vermogen ligt. Wij beschikken over speciale apparatuur voor dergelijke acties, maar de tijd werkt tegen ons. Zelfs als enkele bemanningsleden de ramp overleefd hebben, zullen zij spoedig door hun voorraad zuurstof heenraken. Jammer genoeg is het zelfs met de kostbaarste hulpmiddelen niet mogelijk om voor eigen kust snel een duikboot op de bodem te lokaliseren.'
Arbatov nam goede nota van die laatste woorden. De president liet zich wel vaker bruikbare informatie ontvallen.
'Overigens vroegen wij ons af wat die duikboot in dat gebied te zoeken had, meneer de ambassadeur.'
'Ik heb geen idee, dr. Pelt.'
'Hopelijk was het geen raketboot, dat zou een schending van ons verdrag zijn. In elk geval komen we daar wel achter bij de inspectie van het wrak.'
'Ik begrijp waar u heen wilt, al moet ik erop wijzen dat de boot zich in internationale wateren bevindt.'
De president keek hem scherp aan. 'Als ik me niet vergis behoren ook de Finse Golf en de Zwarte Zee tot de internationale wateren... Maar laten we niet op de zaken vooruitlopen.'
'Ik zou u werkelijk niet kunnen zeggen om wat voor duikboot het gaat,' zei Arbatov.
De president wist dat hij loog, maar dat deed er weinig toe. Ook als eenmaal de ware aard van de *October* was vastgesteld, zouden de Russen volhouden dat het om een navigatiefout ging.
'Goed, daar komen we gauw genoeg achter.' De president zweeg een ogenblik, kennelijk slecht op zijn gemak. 'Admiraal Foster heeft mij nog op een ander aspect gewezen. U zult de stoffelijke overschotten –

als die gevonden worden – vermoedelijk naar de Sovjetunie willen overbrengen?'
De vraag verraste Arbatov. 'Daar heb ik geen instructies over gekregen,' antwoordde hij naar waarheid. 'Als het enigszins mogelijk is zullen wij hun een eervolle begrafenis geven.'
'Wij zullen ons best doen.'
'Ik vertrouw erop dat de regels van het internationale recht ten aanzien van het schip en haar bemanning in acht genomen zullen worden,' merkte de ambassadeur op.
'Dat spreekt vanzelf,' zei de president glimlachend. Hij liet het memorandum zien dat de minister van Justitie hem die ochtend had doen toekomen. Het bevatte een overzicht van de rechtsregels en jurisprudentie die op dit geval van toepassing waren. 'U ziet dat wij aan alles gedacht hebben.'
En wat we naar boven halen, dacht de president bij zichzelf, zal geheel volgens de regels worden afgeleverd bij de havenmeester van Norfolk, een overwerkte ambtenaar die zijn handen vol heeft aan alle opgebrachte wrakken. Als de Russen iets terug willen hebben kunnen ze een verzoekschrift indienen bij het gerechtshof voor maritieme zaken, een instantie met een wachtlijst van elf maanden...
Pelt keek op zijn horloge: het was bijna tijd voor de volgende verrassing. Hij bewonderde de aanpak van de president, die een paar jaar geleden nog vrijwel onbekend was geweest op het terrein van de buitenlandse politiek. De schijnbaar eenvoudige, bedaarde man was op zijn best als hij zijn opponenten onder vier ogen kon spreken, en hij had nog niets verleerd van de tactische ervaringen die hij als officier van justitie had opgedaan. Het was hem gegeven ogenschijnlijk achteloos mensen te kunnen manipuleren. De telefoon begon op de afgesproken tijd te rinkelen.
'Pelt... Jawel, admiraal... Wanneer?... In Norfolk, zegt u? Dat is goed nieuws, admiraal, dank u. Ik zal het onmiddellijk aan de president doorgeven. Houd ons op de hoogte.'
Hij legde neer en keek de twee anderen aan. 'Goddank, er is een overlevende opgepikt.'
'Is het zeker dat hij van de gezonken duikboot komt?' vroeg de president, opstaand.
'Hij is in elk geval een Russische matroos. Een helikopter heeft hem een uur geleden uit zee opgepikt, 209 mijl ten noordoosten van Norfolk. Hij wordt overgebracht naar het marinehospitaal in Norfolk. Volgens de eerste berichten is hij er vrij slecht aan toe.'
De president ging naar de telefoon op zijn bureau. 'Grace, verbind me door met admiraal Foster, er is haast bij... Dan, de president hier. Hoelang duurt het voor de drenkeling in Norfolk is?... Nog twee

uur?' Hij trok een somber gezicht. 'Admiraal, ik wil je wellicht ten overvloede zeggen dat deze matroos als mijn eigen zoon behandeld dient te worden, is dat duidelijk? Ik wil elk uur op de hoogte gesteld worden. Alles moet gedaan worden om hem in leven te houden.' Hij legde neer. 'Zo, dat is geregeld.'
'Kunnen wij de matroos spreken?' vroeg Arbatov onmiddellijk.
'Uiteraard. U heeft toch een arts op de ambassade?'
'Zeker.'
'U kunt hem desgewenst naar het ziekenhuis in Norfolk sturen, ik zal ervoor zorgen dat hij alle medewerking krijgt. Jeff, ik neem aan dat het zoeken naar andere overlevenden gewoon doorgaat?'
'Ja, we hebben nu een tiental vliegtuigen boven het gebied zitten en er zijn nog twee hulpschepen onderweg.'
'Mooi, mooi.' De president wreef in zijn handen. 'U hoort het, geen inspanning is ons te veel, meneer de ambassadeur.'
'Dank u. Ik zal het nieuws onmiddellijk doorgeven aan Moskou.'
'Dat kan nog even wachten.' De president hief een hand in de lucht. 'Dit moet gevierd worden met een glaasje.'

# De tiende dag – zondag 12 december

*SOSUS-centrum, Norfolk*

In de controlekamer werd de situatie steeds onduidelijker. De vijandelijke duikboten waren in de diepe bekkens van de Atlantische Oceaan niet of nauwelijks te volgen, omdat de SOSUS-linies voornamelijk geschikt waren voor gebruik in zeeëngten en in het algemeen niet ver van het vasteland verwijderd. In geval van oorlog zou het netwerk dat van Groenland over IJsland naar het Verenigd Koninkrijk liep ongeveer de helft van de Russische duikboten tijdig kunnen opvangen, maar de rest kon ongehinderd doorvaren naar het diepe water van de oceaan.

Daar, waar de bodem zich drie kilometer of meer onder de waterspiegel bevond, zou de strijd om de grote verbindingsroutes gestreden worden, met aan de ene kant grote konvooien, beschermd door destroyers en vliegtuigen, en aan de andere kant onderzeeërs met de opdracht de konvooien te vernietigen.

De snelle Russische vlootactie had de papieren plannen vrijwel nutteloos gemaakt. De Alfa's en Victors bevonden zich allemaal al boven het continentaal plat voor de Amerikaanse kust, de Charlies, Echo's en Novembers volgden op niet al te grote afstand. De grote geprojecteerde kaart waar overste Quentin in het controlecentrum naar keek was niet langer bezaaid met rode stippen, maar voornamelijk met rode cirkels – stuk voor stuk een groter of kleiner gebied waarbinnen zich een bepaalde Russische onderzeeër kon bevinden. Sommige kringen gaven een sector van honderd, andere van wel drieduizend vierkante kilometer aan, sectoren die nauwkeurig afgezocht zouden moeten worden om een precieze plaatsbepaling mogelijk te maken. En er waren heel wat van die cirkels.

De P-3C Orions waren de belangrijkste hulpmiddelen voor de opsporing van onderzeeërs. Elk vliegtuig was uitgerust met speciale boeien die afgeworpen konden worden en actieve zowel als passieve sonarapparatuur bevatten. Opgevangen signalen werden doorgegeven aan het vliegtuig, waarna een automatische ontsteking de boei vernietigde om te voorkomen dat hij in vijandelijke handen zou vallen. Het bereik van de ingebouwde zender was echter beperkt, net als het aantal beschikbare boeien. Verder waren de Orions uitgerust met infraroodapparatuur om warmtebronnen onder de zeespiegel waar te nemen en met magnetometers om de veranderingen in het aardveld vast te stellen die door het passeren van een duikboot werden veroorzaakt.

Beide instrumenten werkten echter slechts binnen een bereik van nog geen kilometer aan weerszijden van het vliegtuig, zodat een groot aantal patrouillevluchten nodig was om een groot terrein te bestrijken. Bovendien was laagvliegen noodzakelijk, wat extra brandstof vereiste en het gezichtsveld van de bemanning beperkte.

Quentin keek aandachtig naar de kaart, waarop een van de cirkels juist veranderde in een rode stip. Een van de Orions had met de actieve sonar een aanvalsonderzeeër uit de Echo-klasse opgespoord, vijfhonderd mijl ten zuiden van de Grand Banks. Het eerste uur zou de Orion de boot bij wijze van spreken in het vizier kunnen houden: op de speciale Mark-46 torpedo's van het vliegtuig stond haar naam al geschreven.

Quentin nam een slok koffie. Het zwarte brouwsel viel goed na maanden smerige medicijnen die zijn maag van streek hadden gebracht. Misschien begon zo de oorlog wel, dacht hij. Met duikboten die dicht onder de kust opereren in plaats van midden op zee, net als de Duitsers in de Tweede Wereldoorlog. Zodra de onderzeeërs hun machines stopten zouden de rode stippen op slag cirkels worden, uitdijende kringen op de kaart, waarbinnen zich een bijna onzichtbare vijand ophield, onvindbaar wachtend op het passeren van een kostbaar konvooi aan de oppervlakte. Hij moest aan zijn eigen ziekte denken, een netwerk van kwaadaardige gezwellen dat zich steeds wilde uitbreiden. Hij zag hoe de smerige vlekken zich van uur tot uur op het grote scherm vermeerderden, en hij kon voorlopig niets doen om ze te bestrijden. Hij kon alleen maar toekijken.

Quentin ging naar een console en tikte een commando in. '23' was het onmiddellijke antwoord van de computer.

Hij bromde. Vierentwintig uur eerder was het antwoord nog '40' geweest – veertig vermoedelijk tot zinken gebrachte duikboten in het eerste uur nadat de toestemming tot daadwerkelijke bestrijding zou zijn afgekomen. Nu was het amper de helft van dat aantal, dat bovendien nog met een flink korreltje zout genomen moest worden omdat het ervan uitging dat alle omstandigheden meewerkten: een stand van zaken die alleen in boeken voorkwam. Het zou hem niet verbazen als het aantal binnenkort tot onder de tien zakte. Aan de andere kant had hij alleen met bestrijding vanuit de lucht te maken en had hij geen zicht op wat zijn eigen onderzeeërs en die van de bondgenoten deden. Maar zijn twintigjarige loopbaan bij de marine had zich uitsluitend boven water afgespeeld en daarom was hij nog steeds geneigd elke duikboot als een potentiële vijand te beschouwen. In een oorlog bruikbaar misschien, maar om hun aard nooit geheel te vertrouwen.

*Een B-52*

De bemanning van de bommenwerper wist precies waar de Russen waren. Orions van de marineluchtvaartdienst en E-3's van de luchtmacht hielden de vijandelijke vloot nauwkeurig in het oog en gaven elke koersverandering door.

Het eskader van veertien B-52's was om halfvier in de vroege ochtend opgestegen vanaf het vliegveld Plattsburgh bij New York, een spoor van zwarte uitlaatrook trekkend tegen de net niet meer donkere nachthemel. Elk vliegtuig was voorzien van maximaal gevulde brandstoftanks en niet meer dan twaalf raketten, wat een groot bereik mogelijk maakte.

Dat laatste hadden ze ook precies nodig. De ervaring in Vietnam had geleerd dat een zwaar verdedigd doelwit het beste tegelijkertijd vanuit verschillende windstreken aangevallen kon worden. De helft van het eskader kon vrijwel rechtstreeks op het doel aanvliegen, de andere helft moest naar links en naar rechts een grote bocht maken om zo lang mogelijk buiten het bereik van de vijandelijke radar te blijven.

De B-52 had tien minuten geleden van de begeleidende E-3 het bevel gekregen om de draai in te zetten. Het toestel was precies op een normale luchtverkeersroute terechtgekomen, waarna de piloot zijn antwoordzender op 'internationaal' had gezet; op de Russische radarschermen zou de bommenwerper niet te onderscheiden zijn van de commerciële Boeing-747's die enige tientallen kilometers voor en achter hem zaten.

Op zee was alles donker. Niets wees op verhoogde Russische activiteit. Hun gevechtsvliegtuigen konden niet 'binnengepraat' worden, maar waren afhankelijk van goede weersomstandigheden. Vooral 's nachts was het opstijgen van en landen op een vliegdekschip een hachelijke zaak.

'Kapitein,' zei de schutter door de boordradio, 'we hebben contact op de L- en S-band. Ze zitten precies op de verwachte locatie.'

'Roger. Krijgen ze ons op de radar, denk je?'

'Dat moet wel, al zullen ze ons waarschijnlijk voor een verkeersvliegtuig aanzien.'

'Afstand?'

'Honderd dertig mijl.'

Het was bijna zover. Volgens de instructies moesten alle B-52's van het eskader vrijwel op hetzelfde ogenblik de grens van de 125-mijlszone bereiken.

'Alles klaar?'

'Roger.'

Een minuut lang bleef het stil, terwijl iedereen wachtte op het afgesproken signaal.

'Flashlight, flashlight, flashlight,' klonk het ineens over de radio, ten teken dat ze de grens bereikt hadden.
'Mooi zo, laat ze maar weten dat we er zijn,' zei de commandant door de intercom.
De jonge luitenant die de elektronische afweer voor zijn rekening moest nemen schakelde zijn bedieningspaneel in. De apparatuur was eigenlijk al verouderd, ontwikkeld in de jaren zeventig, maar daardoor heel geschikt om een nieuwe lichting ervaring te laten opdoen. De laatste tien minuten hadden speciale antennes aan de neus en vleugeltoppen van de bommenwerper de signalen van de Russische radarzenders opgepikt en geanalyseerd. De luitenant keek een ogenblik naar zijn paneel en probeerde zich te herinneren welke mogelijkheden hij allemaal had. Ten slotte koos hij op goed geluk een knop en schakelde een van de stoorzenders in.

*De Nikolajev*
Honderd vijfentwintig mijl daarvandaan keek een radaroperateur op de kruiser *Nikolajev* aandachtig naar de vlekjes die een brede kring rond de vlootformatie leken te vormen. Even later kon hij er twintig onderscheiden, grillige sporen over het scherm trekkend. Hij waarschuwde de officier van de wacht, die haastig kwam aangelopen.
'Het zijn meerdere vliegtuigen,' zei de operateur, die verschillende frequenties probeerde om de invloed van de stoorzenders te omzeilen. Even waren zes lijnen zichtbaar, traag wentelend rond een centrale as, daarna werd het scherm weer overdekt door vlekken en strepen.

*De B-52*
'We hebben de drie voorste doelen in het vizier,' meldde de raketofficier.
'Roger,' zei de piloot. 'Hou ze nog tien seconden vast.'
'Tien seconden,' bevestigde de officier. Hij telde in stilte af. 'Radar uit... *nu*.'
'Oké, stoorzender uit.'
'Stoorzenders uit.'

*De Nikolajev*
'De radaremissie is gestaakt,' zei de coördinerende officier tegen de commandant van de kruiser. Om hem heen renden bemanningsleden van de *Nikolajev* naar hun gevechtsposten. 'Storen doen ze ook niet meer.'
'Met hoeveel zijn ze?' vroeg de kapitein. Eerst was zijn spits-geboegde kruiser als een donderslag bij heldere hemel overvallen, en nu zou er ineens niets meer aan de hand zijn? Hij kon het niet geloven.

'Minstens acht vliegtuigen in een ruwe cirkel om ons heen.'
De commandant keek naar het scherm waarop de omgeving in beeld werd gebracht. Van de talrijke vlekken moest zeker de helft vijandelijke vliegtuigen voorstellen.
'Ze hebben geen raketten afgevuurd?'
'Nee, dat is uitgesloten. Ze hebben onze radar gestoord en zelf twintig seconden lang uitgezonden. Sindsdien is alles stil.'
De kapitein gromde. 'Het is een provocatie, anders niet. Wanneer komen ze binnen bereik van onze afweer?'
'De drie voorste binnen vier minuten, als ze tenminste niet van koers veranderen.'
'Schakel de vuurgeleidingsradar in, dat zal ze leren.'
De officier gaf de nodige instructies.

*Twee F-14 Tomcats*
Majoor Robby Jackson was de commandant van het 41ste Gevechtseskader, bijgenaamd 'De Zwarte Azen'. Samen met luitenant Bud Sanchez in de tweede F-14 vormde hij de kleine eenheid onder het wakend oog van een E-2C van de *Kennedy*, de kleinere marineversie van de AWACS, een tweemotorig vliegtuig dat er door de grote radarkoepel uitzag als een kruising van een gewoon toestel en een vliegende schotel. Het slechte weer, dat voor dit gebied in december maar al te normaal was, dwong de twee Tomcats enige afstand te bewaren. Het geringe zicht herinnerde beide piloten eraan dat ze een tweede inzittende hadden en in een toestel van dertig miljoen dollar vlogen.
De F-14 was bij uitstek geschikt voor hun missie, op alle weersomstandigheden berekend, met een groot bereik, een hoge topsnelheid en bewapend voor luchtgevechten. Hun prooi was een groep JAK-36's van het vliegdekschip *Kiev*. Na het incident met de E-3 een dag eerder, besloten de Russen hun krachten met de eenheid van de *Kennedy* te meten. Een kleine groep JAK's had zich dicht bij de carrier vertoond, waarna admiraal Painter toestemming had gekregen op zijn beurt zijn tanden te laten zien.
'Spade 1,' klonk de stem van de E-2, honderd mijl achter hen, 'het doel bevindt zich recht vooruit op dezelfde hoogte, afstand twintig mijl.'
Jackson bevestigde de ontvangst van de melding niet. 'Al iets te zien, Chris?' vroeg hij aan zijn radarman achterin.
'Af en toe een flits, maar nog niets bruikbaars. Ze waren alleen nog met passieve systemen op zoek naar de JAK's. Het gebruik van de sterke vuurgeleidingsradar zou onmiddellijk door de vijandelijke vliegtuigen worden opgemerkt.
'En de *Kiev*?'
'Nee, die hele eenheid houdt zich gedeisd.'

'Mooi is dat,' merkte Jackson schamper op. Hij vermoedde dat de schijnaanval op de *Kirov*-groep de Russen een toontje lager had laten zingen, al gebeurde het wel vaker dat oorlogsschepen uit voorzorg geen radar gebruikten: een uitgezonden radarstraal is door de vijand op te vangen en kan daardoor wel eens meer prijsgeven dan opleveren. 'Denk je dat die jongens zonder hulp thuis kunnen komen?'
'Als het aan mij ligt, komen ze helemaal niet thuis,' grinnikte Christiansen.
'Roger, Chris.'
'Ik krijg ze nu op de infrarood. De bewolking wordt zeker minder dicht.'
'Spade 1, hier de E-2, doel nog steeds recht vooruit en op dezelfde hoogte, afstand tien mijl.'
'De radar komt door, commandant,' zei Christiansen weer. 'De *Kiev* is net op de S-band aan het zoeken. Ze moeten ons in het vizier hebben.'
Jackson zocht het tweede kanaal op. 'Spade 2, interceptieradar inschakelen – nu.'
'Roger,' bevestigde Sanchez. De twee piloten schakelden hun sterke vuurgeleidingsradar in. Verstoppertje spelen had toch geen zin meer.
Twee minuten voor de geplande interceptie werden de radarsignalen opgevangen door de antennes aan de staartvlakken van de JAK's waarna ze alle waarschuwingslampjes deden oplichten en de microfoons lieten rondzingen.

*De JAK-36's*
'IJsvogel 1, hier de *Kiev*. Twee Amerikaanse jagers naderen met hoge snelheid van achteren.'
De leider van het Russische escadrille keek in zijn spiegel. Het bericht kwam niet onverwacht, al had hij gehoopt een confrontatie te vermijden. Jammer dat ze net uit de bewolking kwamen, dat was lang niet zo'n veilig gevoel.
De piloot van IJsvogel 3, luitenant Shavrov, drukte een knop in om zijn vier boordraketten te activeren. Dit keer komen jullie er niet zo makkelijk af, Yankees.

*De Tomcats*
'Nog een minuut, Spade 1,' zei de stem uit de E-2, 'jullie kunnen elk moment visueel contact krijgen.'
'Roger.' Jackson en Sanchez schoten tegelijkertijd uit de wolken. Met 250 knopen per uur overbrugden ze snel de kilometers die hen nog van de JAK's scheidden.
'Spade 2, naverbranding aan over drie tellen. Drie, twee, een, nu!'

Beide piloten schakelden de nabrander in, waardoor extra brandstof in de nieuwe motoren werden gepompt en de snelheid binnen de kortste keren de Mach 1 passeerde.

*De JAK-36's*
'IJsvogel 1, opgepast,' waarschuwde de *Kiev*, 'De Amerikantsi hebben hun snelheid opgevoerd.'
De piloot van de achterste IJsvogel draaide zich om en zag de twee Tomcats snel naderen, een dubbel spoor van zwarte rook trekkend. Het zonlicht glinsterde op de kap van de cockpits.
'Ze vallen aan!'
'Wat?' IJsvogel 1 keek opnieuw in zijn spiegel. 'Nee, nee, blijf in formatie!'
De Tomcats raasden met nog geen twintig meter tussenruimte over hen heen terwijl ze met luide knallen de geluidsbarrière doorbraken. Shavrov reageerde instinctief; hij trok de stuurknuppel naar zich toe en vuurde zijn vier raketten af op de Amerikaanse jagers.
'Drie, wat bezielt je?' riep de leider.
'Ze vielen ons aan, dat hoorde je toch?' protesteerde Shavrov.

*De Tomcats*
'O shit! Spade 1, jullie hebben vier luchtraketten achter je aan.'
'Twee, buig af naar rechts,' beval Jackson. 'Chris, stel de afweer in werking.' Jackson liet het vliegtuig met een ruk naar links zwenken. Sanchez week naar de andere kant uit. De vier raketten volgden het toestel van de leider. Christiansen liet vuurstoten uitgaan en wierp balonnen met kleine infrarood- en radarbakens uit om de projectielen af te leiden.
'Spade 2 is los, Spade 2 is los,' zei de stem uit de E-2. 'Spade 2, ze zitten alle vier achter jou aan.'
'Roger.' Jackson verbaasde zich over zijn eigen kalmte. De Tomcat passeerde de twaalfhonderd kilometer per uur en ging nog steeds sneller. Hij vroeg zich af hoe groot het bereik van de luchtdoelraketten was. Ineens flikkerde het lampje van de achterwaarts gerichte radar op.
'Twee, probeer achter ze te komen!'
'Roger.' Sanchez zette een draaiende klim in en dook achter de Russische gevechtsvliegtuigen aan.
Jackson liet zijn F-14 de vreemdste bochten maken. Bij een nieuwe zwenking raakten twee raketten zijn spoor kwijt, een derde werd afgeleid door een vuurstoot van de vlammenwerper en ontplofte in het niets. De vierde bleef door de infrarode warmtezoeker in zijn spoor en boorde zich in zijn uitlaat, net onder het stelvlak aan stuurboord.

De ontploffing sloeg de stabilisator en het stelvlak aan de rechterkant weg, fragmenten werden weggeslingerd en doorboorden de achterzijde van de kap. Christiansen werd tegen de helm geraakt. Een noodlampje lichtte op en waarschuwde voor brand in de rechter motor. Jackson schakelde de gehavende motor uit en stelde de brandblusser in werking. Terwijl hij Christiansen door de boordradio hoorde kreunen, liet hij de stelbare vleugels uitzwaaien en draaide tegelijkertijd het vermogen van de tweede motor terug om het toestel onder controle te krijgen. De hoogtemeter stond op vierduizend voet.
'Alles goed, Chris?'
Er kwam geen antwoord. Omkijken was uitgesloten en er waren nog altijd vier vijandelijke vliegtuigen in de buurt.
Sanchez zat vlak achter de JAK's en hield ze in het vizier. Ze hadden net geprobeerd zijn commandant neer te schieten.

*De E-2C*
De kolonel dacht snel na. De JAK's bleven in formatie en op de radio waren koortsachtige gesprekken tussen verschillende Russische eenheden te horen.
'Spade 2, hier de E-2, afbreken, ik herhaal, afbreken. Spade 1 zit pal ten westen van je, tweeduizend voet lager.' De kolonel vloekte en keek naar een van zijn ondergeschikten.
'Bent u niet te snel geweest, sir? Ik kan niet alles verstaan wat de Russen zeggen, maar het klinkt alsof ze op de *Kiev* behoorlijk in de rats zitten.'
'Dan zijn ze niet de enigen,' antwoordde de kolonel, maar hij vroeg zich af of hij er goed aan gedaan had Spade 2 terug te roepen. Het was in elk geval tegen zijn eerste aandrift geweest.

*De Tomcats*
Sanchez schudde vertwijfeld met zijn hoofd. 'Roger, afbreken.' Zijn duim verliet de knop van het boordkanon. 'Godverdomme!' Hij trok de stuurknuppel naar zich toe en zette een wilde looping in. 'Leider, waar zit je?'
Na een tijdje kreeg hij Jacksons toestel in de gaten en vloog er langzaam omheen om de schade op te nemen.
'De brand is geblust. Stabilisator en stelvak aan de rechterkant verdwenen, links vol gaten... Ik weet niet of dat het houdt. Maar wacht eens even, Chris zit voorover, er is iets met hem aan de hand.'
'Ik krijg geen contact met hem. Laten we naar huis gaan.'
'Spade 1, hier de E-2, hoe is je toestand?'
'Ik denk wel dat we het halen, maar Christiansen is gewond. Zorg dat er een dokter klaarstaat.'

Het kostte nog een uur om terug te vliegen naar de *Kennedy*. Jackson moest zich voortdurend inspannen om de controle over zijn Tomcat niet te verliezen. Bij de harde landing op het vliegdek werd hij door de eerste remkabel gestuit en brak het landingsgestel aan de rechterkant onmiddellijk af. De F-14 kwam scheefgezakt tot stilstand. Brandweerploegen kwamen van alle kanten aanrennen.
Jackson liet de kap van de cockpit omhoog komen en draaide zich snel om. Chris leefde nog, maar zijn vliegerspak zat onder het bloed. Twee hospikken duwden Jackson opzij, deden Christiansens helm af en bevestigden een halskraag op zijn schouders. Jackson zag het bloed uit zijn hals stromen.
Christiansen werd voorzichtig uit het toestel getild en op een draagbaar naar de ziekenboeg gebracht. Jackson aarzelde een ogenblik voor hij zijn vriend volgde.

*Marinehospitaal, Norfolk*
Kapitein Randall Tait liep de gang door voor zijn ontmoeting met de Russen. Zijn volle zwarte haardos vertoonde nog geen spoor van grijs, zodat hij er jonger uitzag dan de vijfenveertig jaar die hij telde. Als Mormoon was Tait opgeleid aan de Brigham Young Universiteit en de medische faculteit van Stanford. Hij was als arts bij de marine gegaan, omdat hij meer van de wereld wilde zien dan het uitzicht vanuit zijn kantoor op de Wasatch Mountains.
Pas enkele uren eerder had hij ontdekt dat medisch werk bij de marine ook diplomatieke taken kon omvatten: hoewel hij pas was aangesteld als afdelingshoofd in het marinehospitaal van Bethesda, was hij speciaal voor deze gelegenheid overgevlogen naar Norfolk om de zaak op zich te nemen. De Russen waren per auto gekomen en hadden zich niet gehaast.
'Dokter Tait, mag ik u voorstellen,' zei de luitenant die de Russen had begeleid. 'Dit is dokter Iwanov, arts op de Russische ambassade, kapitein Smirnov, marine-attaché, kolonel Petsjkin, tweede secretaris van de ambassade.'
Tait was op de heenreis ingelicht door een officier van de marine, die hem vertelde dat Wasili Petsjkin een man van de KGB was, een spion met een diplomatieke dekmantel.
'Kunnen wij de matroos zien?' vroeg Petsjkin.
'Natuurlijk, volgt u mij maar.'
Tait ging hen voor door de gang. In een van de kamers op de intensive care afdeling stonden vier bedden, waarvan er echter slechts een bezet was. Alleen aan de gangkant zaten ramen; de gordijnen ervoor waren dichtgetrokken.
Van de gewonde matroos was alleen een plukje goudblond haar te

zien. Zijn gezicht ging schuil onder een zuurstofmasker en de rest van zijn lichaam was volledig bedekt. Twee infuusflesjes hingen aan een standaard naast het bed; een rubber buisje verdween onder de lakens. Bij het voeteneind stond een verpleegster, net als Tait in een groene chirurgische jas gehuld, naar de elektrocardiograaf boven het hoofd van de patiënt te kijken. De matroos was buiten westen.
'Hoe is zijn toestand?' vroeg Iwanov.
'Kritiek,' antwoordde Tait. 'Het is een wonder dat hij hier levend binnengebracht werd. Hij heeft minstens twaalf uur in het water gelegen. Weliswaar in een beschermend pak, maar zijn adertemperatuur was niet meer dan 23,8° Celsius toen hij hier kwam.' Tait schudde zijn hoofd. 'Ik heb wel eens over zulke zware gevallen van hypothermie gelezen, maar nog nooit zelf meegemaakt.'
'Wat is uw prognose?' Iwanov keek de kamer door.
Tait haalde zijn schouders op. 'Moeilijk te zeggen. Hij is goed gezond, daar zal hij het van moeten hebben, vooral van zijn sterke hart. De shock zal het moeilijkste te verwerken zijn. De onderkoeling hebben we inmiddels aardig onder controle, al blijft het probleem dat zich daarbij telkens complicaties kunnen voordoen...'
Tait keek op toen hij zijn assistent door de gang zag aankomen, gehuld in een witte laboratoriumjas.
'Dit is dr. Jameson, die de opname voor zijn rekening heeft genomen. Hoe staat het ervoor, Jamie?'
'Slecht. In het sputum zijn sporen van longontsteking gevonden, terwijl het aantal witte bloedlichaampjes is gedaald.'
Tait leunde tegen de raampost en vloekte binnensmonds.
'Mag ik de bloedanalyse eens zien?' vroeg Iwanov.
Jameson hield hem de kaart voor. Het duurde even voor Iwanov de voor hem vreemde door de computer gemaakte berekening begreep.
'Dat ziet er niet goed uit.'
'Nee, we zullen die longontsteking met alle middelen moeten bestrijden,' beaamde Jameson. Hij haalde een medicijnflesje uit zijn zak. 'Dit is een mengsel van synthetische antibiotica, speciaal voor de bestrijding van de penicilline-resistente stammen. Ik hoor dat ze in Rusland voornamelijk penicilline gebruiken?'
'Dat is juist,' antwoordde Iwanov.
Jameson ging de kamer in en vulde een infuuszak met het geneesmiddel.
'Uw assistent is erg jong,' merkte Iwanov op.
'Negenentwintig,' zei Tait. 'Hij werkt hier al sinds hij afstudeerde aan de universiteit van Harvard, gespecialiseerd in inwendige geneeskunde en virologie. Hij is een van de allerbesten.'
Tait besefte ineens hoe ongemakkelijk hij zich in aanwezigheid van de

Russen voelde. Zijn hele achtergrond en opleiding hadden hem geleerd hen als de grote vijand te zien, maar dat mocht nu niet meer tellen; hij had eens gezworen alles te zullen doen om een patiënt het leven te redden, ongeacht de omstandigheden. 'U heeft mijn woord dat wij al het mogelijke voor de matroos zullen doen, maar op dit moment is het nog te vroeg om een redelijke prognose te wagen.'
De Russen waren geneigd hem te geloven. Terwijl Petsjkin op instructies van de ambassade wachtte had hij nâar Tait geïnformeerd. De arts mocht dan een religieus fanaticus zijn, hij stond bekend als een bekwaam en eervol vakman, een van de meest gerenommeerde artsen in overheidsdienst.
'Heeft hij al iets gezegd?' vroeg Petsjkin terloops.
'Niet dat ik weet. Jamie zei dat hij bij de opname lag te ijlen. Er is een Russisch sprekende officier geweest om naar het bandje te luisteren, maar die zei dat het alleen maar wartaal was: iets over een meisje met bruine ogen, zijn vriendin zeker. Maar ja, wat wil je bij iemand in zo'n conditie?'
'Kunnen wij het bandje beluisteren?' vroeg Petsjkin.
'Natuurlijk, ik zal het voor u opvragen.'
Jameson kwam terug. 'Zo, dat is gebeurd. Om de zes uur een dosis, en dan maar hopen dat het werkt.'
'Zal hij geen blijvende gevolgen ondervinden als hij het overleeft?' vroeg kapitein Smirnov.
'Dat is nog niet te zeggen,' antwoordde Jameson. 'Zijn handen en voeten zijn ingepakt. Hij zal natuurlijk blaren krijgen, maar hoe het met die bevriezing afloopt weten we pas over een paar dagen. Dat is voorlopig onze minste zorg.' Jameson keek de Russen vragend aan. 'Misschien kunt u ons vertellen hoe de patiënt heet? Hij droeg geen plaatje en in zijn kleding hebben we geen identificatie kunnen vinden. Zelfs de naam van het schip weten we niet. Voor de verdere behandeling kan het van belang zijn iets van zijn medische achtergrond te weten. Een allergische reactie op bepaalde medicijnen is het laatste wat we kunnen gebruiken.'
'Wat had hij aan?' vroeg Smirnov.
'Een rubber beschermpak, we moesten hem er bij aankomst uitsnijden. Verder gewone kleren. Dragen Russische matrozen geen plaatjes om hun hals?'
'Toch wel,' zei Smirnov. 'Hoe is hij gevonden?'
'Het schijnt stom geluk te zijn geweest. De bemanning van een patrouillerende helikopter zag hem in het water liggen. Na het afwerpen van een baken zijn ze reddingsmiddelen gaan halen op het vliegdekschip. Een van onze eigen mariniers brak beide benen toen hij uit de helikopter sprong en op het reddingsvlot terechtkwam. Een uur

later werden ze aan boord gebracht en meteen overgevlogen naar de wal.'
De Russen verdachten de Amerikanen ervan de identificatie van hun matroos te hebben verwijderd; Jameson en Tait dachten eerder dat de man het zelf gedaan had, misschien in de hoop in het westen te kunnen blijven.
'De zee kent geen nationaliteiten, heren,' zei Tait. 'Zij is voor iedereen een gevaar, daarom moeten wij elkaar des te meer bijstaan.'
Petsjkin begaf zich naar het raam en keek naar de matroos. 'Is het mogelijk zijn kleding en persoonlijke eigendommen te bekijken?' vroeg hij.
'Ja, al zult u er weinig aan hebben. Hij was kok, dat is alles wat we van hem weten.'
'Kok?' Petsjkin draaide zijn hoofd om.
'De officier die voor ons naar het bandje luisterde was van de inlichtingendienst. Hij wist blijkbaar wat het nummer op het hemd van de zeeman betekende.' Jameson vroeg zich af waarom de Russen hun bemanningsleden een nummer gaven. Om te zorgen dat ze op hun eigen terrein bleven, misschien? Hij zag dat Petsjkin zijn neus bijna tegen het raam drukte.
'Wanneer kunnen wij hem meenemen?' vroeg Petsjkin.
'Meenemen?' herhaalde Jameson verbijsterd. 'Binnen een maand zeker niet, tenzij in een kist. Het is zelfs niet te zeggen wanneer hij bij bewustzijn zal komen.'
'Maar we moeten absoluut met hem praten!' protesteerde de KGB-agent.
Tait keek naar hem op. 'Ik begrijp heel goed in welke situatie u verkeert, meneer Petsjkin, maar de matroos is mijn patiënt. Ik zal niets, maar dan ook niets toestaan waardoor zijn herstel in gevaar gebracht zou kunnen worden. Jameson en Iwanov kunnen mij assisteren, maar de behandeling blijft mijn verantwoordelijkheid. Ik heb slechts één doel, ervoor zorgen dat hij vroeg of laat het ziekenhuis in goede gezondheid kan verlaten. U kunt op alle medewerking rekenen, maar u zult zich aan de regels moeten houden. Afgesproken?'
Petsjkin knikte, al vond hij dat Tait wel erg hoog van de toren blies. Zouden alle Amerikaanse artsen zo zijn?
Jameson stond intussen weer naar de kaart te kijken. 'Kunt u ons misschien vertellen op wat voor duikboot hij voer?'
'Nee,' antwoordde Petsjkin zonder aarzelen.
'Waarom wil je dat weten, Jamie?'
'De daling van het aantal witte bloedlichaampjes doet me aan de mogelijkheid van bestraling denken. De andere symptomen zouden door de onderkoeling aan het oog onttrokken kunnen zijn.' Jameson keek

de Russen strak aan. 'Het kan van belang zijn, heren. Voer hij op een atoomonderzeeër?'
'Ja, dat is juist,' antwoordde Smirnov.
'Jamie, neem zijn kleren mee naar het lab. Laat alle metaaldelen onderzoeken op sporen van besmetting.'

*Marinewerf, Norfolk*
De USS *Ethan Allen* was bijna aan het eind van haar Latijn. Na ettelijke tochten door zonloze wateren had ze de leeftijd bereikt van iemand die zijn stem mag uitbrengen, wat oud was voor een onderzeeër. De raketbuizen, ooit bestemd voor Polarisraketten, waren sinds enige maanden met ballast gevuld en verzegeld. Over haar toekomst werd nog druk beraadslaagd, maar de meeste plannen werden te duur geacht. De straling, afkomstig van de oude S5W-reactor, had vitale metaaldelen ondermijnd en maakte hoogstens nog drie jaar actieve dienst mogelijk.
De tot een minimum teruggebrachte bemanning bestond voor een groot deel uit oudgedienden die naar hun pensioen uitzagen, aangevuld met leerlingen. De *Ethan Allen* vertoonde genoeg mankementen om als een volwaardige ambachtsschool te dienen.
Admiraal Gallery was in de vroege morgen aan boord gekomen, wat voor de bemanning als een ongunstig teken werd opgevat. Gallery was in 1961 de eerste commandant van de boot geweest en zijn bezoek kon weinig anders zijn dan een weemoedig afscheid. Iedereen vertelde hem dat de 'oude dame' nog kwiek van lijf en leden was. De admiraal had de ronde door het hele schip gedaan en zijn door de jicht gekwelde handen over de periscoop laten glijden waarmee hij ooit de buitenwereld had bespied, op zoek naar een 'prooi' voor zijn duikboot – een passerende tanker misschien, alleen maar om te oefenen. Drie jaar lang had hij het commando over de *Ethan Allen* behouden, met als basis Holy Loch in Schotland. Hij dacht er met genoegen aan terug, meer dan aan die latere tijd waarin hij voornamelijk bureauwerk te doen had gekregen en door stompzinnige adjudanten voor de voeten werd gelopen. Zo ging het altijd bij de vloot: zodra je bereikt had wat je wilde, was je het al weer kwijt. Organisatorisch gesproken was het een degelijk principe, de jongeren moesten ook een kans krijgen, maar lieve God – het echte werk deed je toch alleen aan boord, en daar kreeg hij uitsluitend nog de kans toe als iemand van het opperbevel in Norfolk hem een vriendendienst wilde bewijzen.
Gallery had meteen door dat de boot er geschikt voor was. Hij had haar liever op een andere manier aan haar eind zien komen, hoewel het wel eervol zou zijn. De *Victory*, het vlaggeschip van Nelson, de *Constitution* in de haven van Boston, een enkel schip dat door een

waardige naamgenoot in ere werd gehouden, verder kwam het nauwelijks voor. De meeste oorlogsschepen verdwenen op de schroothoop of keerden terug als scheermesjes. De admiraal keerde voldaan terug naar het hoofdkwartier om verslag uit te brengen.
Twee uur later stopte een vrachtwagen op de kade waaraan de *Ethan Allen* lag afgemeerd, afkomstig van de marinebasis Oceana, een station van de marineluchtvaartdienst. De officier die uit de wagen stapte droeg vreemde onderscheidingstekens, zoals de dienstdoende kwartiermeester opmerkte. Hij liet een laadploeg vier torpedovormige voorwerpen aan boord brengen, wat door hun omvang slechts met moeite lukte. Ze werden op pallets gelegd en met stalen banden op hun plaats gehouden. De dingen zagen eruit als bommen, alleen waren ze daar te licht voor. Nog een uur later arriveerde een tankwagen. De duikboot werd ontruimd en zorgvuldig geventileerd, waarna zware slangen van de tank op de vier objecten werden aangesloten. Na verloop van het opladen, of vullen, of wat het ook was, werd de boot opnieuw gelucht. De bemanning had intussen met verbazing opgemerkt dat de kade aan twee kanten door gewapende mariniers was afgesloten. Niemand werd bij de *Ethan Allen* toegelaten.
Na een tijdje kwam de bemanning erachter wat het opschrift op de metalen omhulsels betekende. Het waren toch vier bommen. Heel wat minder explosief dan de Polarisraketten van vroeger, maar bepaald niet geruststellend. Als op afspraak werd er niet meer gerookt aan boord.
Korte tijd later keerde admiraal Gallery terug op de werf. Alle leerlingen werden naar huis gestuurd met de vermaning dat ze niets ongewoons met de *Ethan Allen* hadden zien gebeuren. Daarna sprak Gallery met alle oudere machinisten en technici afzonderlijk: ze gingen er stuk voor stuk mee akkoord de laatste reis van hun schip mee te maken.
De nieuwe officieren kwamen tegen het vallen van de avond, de laagste met de rang van luitenant-ter-zee eerste klas. Met de aanblijvende technici vormden ze nog niet een kwart van een normale bemanning, wat voor een deel werd goedgemaakt door hun ruime ervaring.
Even voor middernacht begon de USS *Ethan Allen* aan haar laatste afvaart. De schipper liet het schip zonder assistentie van een sleepboot van de kade wegglijden. Na een uur passeerden ze de Virginia Capes en ze maakten zich klaar om te duiken. Tien minuten later waren ze uit het zicht verdwenen. Eenmaal onder de golven werd een koers van honderd tien graden aangehouden en had de kleine bemanning handen vol werk om alle taken te verrichten. De *Ethan Allen* reageerde als in haar beste dagen. Bij een vaart van twaalf knopen bracht ze nauwelijks enig geluid voort.

# De elfde dag – maandag 13 december

*Een A-10 Thunderbolt*

Majoor Andy Richardson had er tienduizend vlieguren in een DC-9 op zitten en slechts zeshonderd in een A-10 gevechtsvliegtuig, maar hij gaf aan die laatste verre de voorkeur. De 175ste Tactische Gevechtseenheid van de Nationale Garde was twee dagen eerder naar de luchtmachtbasis Loring in Maine gestuurd en enkele uren geleden weer opgestegen. Nu vloog het escadrille van vier jagers duizend mijl uit de kust boven de Atlantische Oceaan.

Een eind achter de laagvliegende groep volgden niet minder dan negentig vliegtuigen op dertigduizend voet hoogte, een luchtvloot die door de Russen niet anders dan als bedreigend opgevat kon worden. Dat was ook de bedoeling – om de aandacht af te leiden van de voorhoede.

De A-10 Thunderbolt werd wel het 'wrattenzwijn' genoemd, een verwijzing naar het lompe uiterlijk en tevens een ironische afwijking van de gewoonte vliegtuigen koosnamen te geven. De twee omloopmotoren waren weggestopt bij de staart met de dubbele roeren, zelf een vinding uit de jaren dertig, en de loodrecht uitstaande vleugels waren in het midden gebogen om ruimte te bieden aan het grote landingsgestel. De onderkant van de vleugels was voorzien van een groot aantal aanhechtingspunten voor raketten, terwijl de fuselage gebouwd scheen rond het voornaamste wapen, een 30-millimeter GAU-8 rotatiekanon, ontworpen als een antitankwapen.

De briefing voor hun missie, gegeven door een marineofficier, had een uur in beslag genomen. Richardsons groep van vier moest onder de radar van de Russische vloot aanvliegen naar het vlaggeschip, de door kernaandrijving voortgestuwde slagkruiser *Kirov* om het vijandelijk opperbevel iets duidelijk te maken, terwijl de hoofdmacht achter hen de aandacht afleidde. Hiertoe waren de A-10's van extra brandstoftanks voorzien in plaats van de gebruikelijke antitankwapens. Speciale infraroodapparatuur vergemakkelijkte de oriëntatie op het doel in het donker.

Richardson had zich er tijdens de briefing al over verbaasd dat een eenheid van de Nationale Garde met deze opdracht werd belast. Aan de oostkust waren inmiddels bijna duizend tactische gevechtsvliegtuigen in staat van paraatheid gebracht, deels door het oproepen van reservisten. Richardson vermoedde dat de keuze met opzet gemaakt was om de Russen aan het verstand te brengen dat ook 'tweederangs-

vliegers' in staat waren met de vijand af te rekenen.
'Linebacker, hier de E-3 Delta. Doel op vijftig mijl, richting nul-vier-acht graden. Koers een-acht-vijf, snelheid twintig knopen.'
Richardson bevestigde de ontvangst van het bericht niet. De hele missie verliep in de grootst mogelijke elektronische stilte om de Russen niet te alarmeren. Zelfs de doelradar was uitgeschakeld en alleen de infrarood- en normale camera's werkten. Hij keek snel naar links en naar rechts. Tweederangs, daar zouden ze achter komen! De minst ervaren piloot van het escadrille had nog altijd vierduizend vlieguren achter de rug, meer dan de meeste gewone piloten of astronauten ooit zouden halen, en hun toestellen werden onderhouden door liefhebbers die er zelfs hun vrije uurtjes aan wilden opofferen.
Richardson glimlachte. Dit was heel wat beter dan zijn dagelijkse werk, van Washington naar Providence of Hartford en terug vliegen. Acht jaar geleden had hij de luchtmacht vaarwel gezegd omdat het hogere loon en de vlotte levensstijl van commerciële piloten hem aantrok. Nu kreeg hij tenminste weer eens de kans om te laten zien wat vliegen ècht betekende.
Voor zover hij wist was dit de eerste keer dat een A-10 boven zee werd ingezet. Erg verbazend was dat niet, want de antitankwapens zouden ook wel raad weten met de gepantserde huid van oorlogsschepen. Jammer dat het daar niet van zou komen; het werd tijd dat iemand Iwan eens een lesje leerde.
Het lampje van de S-band radarontvanger lichtte op: de Russen waren aan het zoeken. Hij zat nog in de rand van het signaal, wat betekende dat de Russen hem niet op het scherm te zien kregen. Richardson had liever nog vijftig voet lager gevlogen, maar de orders lieten dat niet toe.
'Linebacker, verspreiden voor het aanvliegen,' klonk het commando uit het begeleidende AWACS-toestel.
De vier Thunderbolts gingen uit elkaar tot ze met een tussenruimte van enkele kilometers vlogen. De opdracht tot verspreiden betekende dat ze op dertig mijl van het doel zaten: zo'n vier minuten vliegen. Richardson keek op zijn horloge en zag dat ze mooi op schema lagen. Hoog boven en achter hem moesten de Phantoms en Corsairs van de hoofdmacht afbuigen in de richting van de Russische vloot om de aandacht te trekken. Nog even en hij zou de vijand in zicht krijgen...
Even later verschenen op de display van het infraroodsysteem de omtrekken van torpedobootjagers op de geprojecteerde horizon. Bij de briefing had hij foto's en silhouetten van de Russische oorlogsschepen te zien gekregen.
Het lampje van de radarontvanger flitste weer aan. Richardson schakelde de elektronische stoorzender in om zo lang mogelijk onopge-

merkt te blijven. De destroyers waren nog maar vijf mijl van hem verwijderd, veertig seconden vliegen. Houd je nog even gedeisd, kameraden, dacht hij.
Hij liet zijn toestel iets afzwenken om de voorste van de beschermende destroyers te ontwijken. Hij passeerde het schip op een paar honderd meter. Nog twee mijl naar de *Kirov*, achttien seconden.
Op de display was de driehoekige structuur zichtbaar die de mast en de radarkoepel van de *Kirov* vormden. Rondom de kruiser straalden lichtbakens in het donker. Richardson week nog meer naar rechts om de *Kirov* volgens plan op driehonderd meter voor de boeg te kruisen. Hij controleerde of de vuursystemen op veilig stonden: een 'ongelukje' kon fatale gevolgen hebben.
Bij een echte aanval zou hij zijn boordkanon in werking gesteld hebben om de voorste wapenmagazijnen van de *Kirov* te doorboren en de opgeslagen SAM-raketten in een geweldige vuurbal tot ontploffing te brengen. Nu draaide hij alleen de knop om waardoor een handvol felle magnesiumlichten werden afgeschoten die langzaam aan hun parachutes zouden neerdalen. De drie andere piloten volgden zijn voorbeeld onmiddellijk. De *Kirov* werd gehuld in een blauwwitte gloed.
Richardson trok de stuurstang naar zich toe en zette een draaiende klim langs de slagkruiser in. In het verblindende licht zag hij het oorlogsschip door de woelige golven ploegen en matrozen als mieren door elkaar rennen.
*Als dit echt was, zouden jullie nu allemaal dood zijn – is dat duidelijk?*
Richardson zette de radio aan. 'Linebacker leider aan E-3 Delta. Robin Hood, ik herhaal, Robin Hood. Linebacker twee, drie en vier, we gaan in formatie naar huis.'
'Linebacker leider, hier E-3 Delta. Mooi werk! De *Kiev* heeft een paar JAK's de lucht ingestuurd, dertig mijl naar het oosten. We houden ze voor jullie in de gaten. Over en uit.'
Richardson maakte snel een berekening. De Russische vliegtuigen zouden zich moeten haasten om hen in te halen, en zelfs als dat lukte waren er genoeg Phantoms in de buurt om ze af te schrikken.

*De Kirov*

Admiraal Stralbo rende van de radarkamer naar de brug van de *Kirov*, maar het was al te laat. De schijnaanval was voorbij voor ze er erg in hadden en op de golven achter de slagkruiser brandden nog enkele magnesiumlichten. De officieren op de brug keken hem ontsteld aan.
'Het waren er vier, admiraal,' rapporteerde de kapitein. 'Ze moeten onder onze radar gebleven zijn terwijl wij de hoofdmacht in de gaten hielden. Ondanks de stoorzender hebben we er twee steeds in het vizier gehouden.'

Stralbo wierp hem een grimmige blik toe. Twee van de vier was lang niet genoeg; bij een echte aanval zou de *Kirov* minstens zware schade hebben opgelopen, iets waarvoor de Amerikanen graag twee straaljagers zouden opgeven.
De zampolit van het vlaggeschip vloekte. 'De brutaliteit van die Amerikanen kent geen grenzen!'
'We hadden ze ook niet moeten provoceren,' merkte Stralbo wrang op. 'Ik had iets dergelijks verwacht, maar eerder van de *Kennedy*.'
'Dat was een grove beoordelingsfout,' antwoordde de politieke officier.
'Wat je zegt, Wasili, maar niet van de Amerikanen. Ze hebben ons net duidelijk gemaakt dat wij heel ver van huis zijn en onvoldoende luchtsteun hebben tegen de honderden vliegtuigen die ons opwachten. Intussen jaagt de *Kennedy* ons in het oosten op als een wolf. Onze positie is weinig aantrekkelijk.'
'De Amerikanen zullen niet tot werkelijke actie durven overgaan.'
'Ben je daar zeker van, Wasili? Volkomen zeker? En als een van hun piloten nu eens een "grove beoordelingsfout" maakt? Een destroyer van ons tot zinken brengt? De Amerikaanse president hoeft alleen maar naar Moskou te bellen om zijn excuses aan te bieden, te bezweren dat de schuldige gestraft zal worden... Wat zouden wij nog kunnen doen? Nee, ik geloof niet dat de imperialisten zo dicht bij hun eigen kust erg voorzichtig zullen zijn. Ik denk dat ze elk excuus zullen aangrijpen om ons aan te vallen. Kom mee naar mijn hut, wij moeten er goed over praten.'
De twee mannen verdwenen naar het achterschip. Stralbo's kajuit was spartaans ingericht; alleen een tekening van Lenin tijdens een toespraak tot de Rode Garde versierde het interieur.
'Wat is onze opdracht, Wasili?' vroeg de admiraal.
'Onze duikboten te ondersteunen bij hun zoektocht naar –'
'Inderdaad, wij hebben een ondersteunende taak, geen offensieve. De Amerikanen zijn ons hier liever kwijt dan rijk, iets waar ik heel goed in kan komen. Zij kunnen onze raketten niet anders dan als een bedreiging opvatten.'
'Maar wij vormen geen enkele bedreiging,' wierp de zampolit tegen. 'Waarom zouden wij Amerika willen aanvallen?'
'Ja, ja, en ze geloven van harte dat wij vredelievende socialisten zijn! Kom nou, Wasili, het zijn onze aartsvijanden! Natuurlijk vertrouwen ze ons niet, daarom zullen ze elk excuus aangrijpen om iets tegen ons te ondernemen. Onder het mom van vriendschappelijke hulp bemoeien ze zich nu al met onze zoekactie, alleen om ons dwars te zitten. Het zou dom van ons zijn als we ons door hun agressieve provocaties uit onze tent lieten lokken.' De admiraal zweeg en staarde een

ogenblik naar zijn bureau. 'Goed, daar zullen we dan aan gaan werken. Ik zal opdracht geven elke actie te vermijden die als vijandig opgevat zou kunnen worden. Luchtoperaties beperken zich van nu af aan tot normale patrouillevluchten. We blijven uit de buurt van hun vlooteenheden, en van de radar maken we alleen gebruik voor de navigatie.'

'En dan?'

'Dan zullen wij onze missie in alle stilte uitvoeren en desnoods onze trots vergeten. Wij zullen niet op enige provocatie ingaan.'

'Sommigen zullen dat lafheid noemen, admiraal,' waarschuwde de zampolit.

De opmerking verbaasde Stralbo niet. 'Begrijp je het dan niet, Wasili? Met hun schijnaanval hebben ze ons toch al te pakken gehad. Onze reactie stelt hen in staat onze modernste afweermiddelen te analyseren, van de radar tot en met onze vuurgeleidingssystemen. Daar moet een einde aan gemaakt worden, per slot van rekening ligt onze missie op een heel ander terrein dan op confrontatie met de Amerikanen. Door de vreedzame missie onverstoorbaar voort te zetten, zullen wij hen tot agressors bestempelen. Of had je liever dat wij ons van onze voornaamste opdracht lieten afleiden?'

De zampolit schudde ontkennend het hoofd. Alls ze hun doel niet bereikten, zou lafheid nog maar een van de lichtste beschuldigingen zijn, terwijl ze bij succes als helden onthaald zouden worden.

*De Dallas*

Jones probeerde uit te rekenen hoelang hij al in touw was. De sonarman keek het liever niet na op zijn horloge, dat zou hem maar neerslachtig maken. Ik had mijn grote bek ook moeten houden tegen de schipper, dacht hij bij zichzelf. Natuurlijk kon hij de duikboot weer terugvinden – alleen was die verdomde oceaan zo groot dat het een eeuwigheid kon duren. Hij zou een hoop geluk nodig hebben.

Hoe het ook afliep, hij hield er in elk geval een 'Hollywood-douche' aan over. Normaal kon je aan boord net een minuut zoet water gebruiken, daarna werd de toevoer onverbiddelijk afgesneden. Schoon werd je wel, maar voor je plezier eronder gaan staan was er niet bij. Mancuso had de prettige gewoonte een extra rantsoen zalig warm water toe te wijzen aan mensen die een uitzonderlijke prestatie geleverd hadden. Bij gebrek aan kroegen en vrouwen viel er aan boord weinig anders uit te loven. Goede films werden nog wel eens gedraaid en als je een beetje moeite deed kon je ook in de bibliotheek nog wel iets van je gading vinden, terwijl de meeste vrije tijd aan het ruime aanbod van computerspelletjes werd besteed.

De *Dallas* patrouilleerde ten oosten van de Grand Banks, het gebied waarin de meeste Russische duikboten na het volgen van de Rode Hoofdstraat terechtkwamen. De snelheid was vijf knopen en met de meegesleepte passieve sonar waren al allerlei signalen opgevangen. Eerst waren de snelle Alfa's gepasseerd, vaak geschaduwd door Amerikaanse boten. Een ervan was met veertig knopen langsgeraasd op nog geen drie kilometer afstand. De duikboot maakte zoveel lawaai dat je alleen maar een glas tegen de romp had hoeven zetten om haar te horen, en niets was makkelijker geweest dan haar in volle vaart te vernietigen. Vlak daarop waren de Victors gevolgd, een tijd later de tragere Charlies en Novembers. Een eind naar het westen waren de geluiden van oppervlakteschepen opgevangen, ploegend door de golven.

Ze waren al meer dan twee dagen op zoek naar hun eigen prooi. De breedbandontvanger, bevestigd aan het eind van een driehonderd meter lange kabel, had veel weg van een vishaak voor walvissen. Het was de meest gevoelige sonarapparatuur en beschermde de *Dallas* tegelijkertijd tegen eventuele achtervolgers. Jones kon er de vreemdste geluiden mee ontvangen, alle soorten schepen en soms ook laag patrouillerende vliegtuigen. Voor de kust van Florida had hij eens iets gehoord wat hij niet kon thuisbrengen, tot de kapitein de periscoop had opgestoken; het bleek een troep duikende pelikanen te zijn. Bij Bermuda had hij twee parende bultruggen betrapt – hij herinnerde zich nu nog het indrukwekkende geroep van de dieren. Jones had er een eigen opname van gemaakt die hij nog wel eens aan zijn strandvriendinnen liet horen; de meesten vonden het wel spannend, bedacht hij met een glimlach.

Het moest druk zijn aan het oppervlak. Jones schakelde regelmatig de filters uit om te horen of er niet te veel werd tegengehouden, wat nogal eens voorkwam. Machines waren per slot van rekening stomme dingen, die de neiging hadden hun eigen weg te gaan als je ze de kans gaf. Dat te voorkomen was de hele kunst van het programmeren. Jones liefhebberde graag wat met computers. Samen met een stel vrienden sloot hij weddenschappen om te zien wie van hen de beste spelletjes kon ontwerpen...

Je zit weer te dagdromen, Jonesy, zei hij tegen zichzelf. Het viel ook niet mee om urenlang naar niets te luisteren. Het zou beter zijn als ze sonarmensen onder het werk lieten lezen, maar hij was wel zo verstandig dat niet hardop te zeggen. De schipper was er nog een van de oude stempel met zijn ijzeren stelregel: alle instrumenten worden constant in het oog gehouden. Jones dacht er anders over, op die manier zou een sonarman vroeg of laat doordraaien. Om dat te voorkomen nam hij zelf op elke reis zijn muziek en zijn computerspelletjes mee, dan had hij elke dag zijn broodnodige afleiding. Ook op een duikboot van bijna een miljard dollar kon je niet zonder...

Ineens drukte hij de koptelefoon vaster tegen zijn oren. Hij scheurde een gebruikt blaadje uit zijn notitieblok en schreef de tijd bovenaan het volgende. Hij schakelde de filters weer uit en verdroeg een minuut lang de kakofonie van geluid die door oppervlakteschepen werd geproduceerd. Met de hand regelde hij de ontvangst tot hij zekerheid had.

'Luitenant,' zei hij zonder omkijken tegen Thompson, 'wilt u de schipper vragen of we iets naar het oosten kunnen gaan en twee knopen vaart minderen?'

Thompson liep door het gangetje naar de brug om het verzoek over te brengen. Vijftien seconden later klonken nieuwe opdrachten aan roerganger en machinekamer, een ogenblik daarna verscheen de kapitein zelf in de sonarafdeling.

Voor Mancuso waren het moeilijke tijden. Het was duidelijk geworden dat hij zich ergens in vergist had: de vreemde duikboot moest een andere route genomen hebben ofwel vaart hebben verminderd, en voor Jones kon dat alleen maar betekenen dat het een raketboot was – die voeren nooit snel.

De sonarman zat zoals gebruikelijk over zijn paneel gebogen, terwijl een sigaret onberoerd in de asbak lag te smeulen. Twee bandrecorders stonden te draaien, de een voor direct gebruik, de andere voor nadere analyse aan de wal. Jones glimlachte vermoeid toen hij de commandant zag binnenkomen.

Mancuso wees naar de luidspreker, maar Jones schudde zijn hoofd. 'Het geluid is te zwak, schipper. Ik heb het net opgepikt. Ze zit ergens in het noorden, maar ik heb meer tijd nodig om het nauwkeurig te bepalen.' Mancuso keek naar de schaal waar Jones op tikte en die de intensiteit van het ontvangen signaal aangaf. De wijzer kwam nooit ver bij de nul vandaan en maakte bijna om de minuut een sprongetje.

'Het begint luider te worden, schipper,' zei Jones na een tijdje. Hij leunde naar achteren en stak een nieuwe sigaret op. 'Ze komt onze kant op. Richting ongeveer driehonderd vijftig graden. Het is nog steeds aan de zwakke kant, maar het is de boot die we zoeken.' Jones verzamelde moed voor een impertinente vraag, hij had hard genoeg gewerkt om daar recht op te hebben. 'Wachten we af of zoeken we haar op, sir?'

'We wachten af, opjagen heeft geen zin. We doen net zolang onze beroemde imitatie van een luchtbel onder water tot ze in de buurt is en we haar kunnen volgen. Maak een kopie van de opname en draai die door de BC-10. Ik wil dit geluid van voor tot achter geanalyseerd hebben, zodat we precies weten hoe de schroef klinkt, de aandrijving, noem maar op. We moeten weten wat het er voor een is.'

'Het is in elk geval een Rus,' merkte Jones op.
'Ja, maar welke?'
'Aye, aye, kapitein.' Jones begon het door te krijgen. Hij had nog twee uur wacht, maar het eind was in zicht. Bijna. Mancuso ging naast hem zitten met de tweede koptelefoon en bietste een sigaret. Hij probeerde al een maand met roken te stoppen, maar tevergeefs. Aan de wal gaf hij zichzelf een betere kans.

*De Invincible*
Ryan droeg nu een marine-uniform. Het was maar tijdelijk en het enkele uniform en de twee bijpassende overhemden waren het zoveelste bewijs in welk tempo dit karwei zich afspeelde. Typisch, dacht hij – niemand heeft maar het geringste vermoeden dat ik hier ben. Ze schenen hem vergeten. Geen boodschap van de president, al had hij daar ook niet op gerekend, en Painter en Davenport waren maar al te blij dat hij niet meer op de *Kennedy* was. Greer en Moore hadden vermoedelijk wel andere dingen aan hun hoofd, en misschien vonden ze wel dat Ryan met een plezierreisje op kosten van de overheid bezig was.
Een plezierreisje was het allesbehalve. Zeeziekte bleek een kwaal die steeds opnieuw terugkwam. De *Invincible* zat voor de kust van Massachusetts vijandelijke duikboten achterna in afwachting van de Russische oppervlakteschepen, grote kringen beschrijvend over de zee die maar niet rustig wilde worden. Iedereen had een taak, behalve Jack. De piloten werden minstens twee keer per dag naar boven gestuurd voor patrouillevluchten met hun collega's van de luchtmacht. Admiraal White had aan het ontbijt al schertsend opgemerkt dat het een aardige aanvulling was op de laatste NAVO-oefening, maar het beviel Ryan absoluut niet dat hij niets omhanden had. Iedereen gedroeg zich uiteraard heel beleefd, op het overdrevene af. Hij had vrij toegang tot de brug en alles werd hem zo gedetailleerd uitgelegd dat hij de helft nog kon begrijpen ook.
Hij zat te lezen in de particuliere kajuit van White, die zijn permanente verblijf aan boord was geworden. Ritter had van de gelegenheid geprofiteerd door een CIA-studie in zijn reistas te stoppen, getiteld: 'Ontheemde kinderen, een karakterschets van communistische deserteurs.' De driehonderd bladzijden waren bij elkaar geschreven door psychologen in dienst van de CIA en andere inlichtingendiensten die te maken hadden met overlopers uit het Oostblok.
Ryan kreeg een heel nieuwe kijk op het onderwerp. Hij had altijd gedacht dat er achter het IJzeren Gordijn genoeg misstanden waren om ieder weldenkend mens tot vluchtneigingen te brengen, maar nu merkte hij dat het lang niet zó simpel was. Degenen die tot nu toe uit

het Oostblok waren weggegaan toonden stuk voor stuk hun eigen motieven: soms een verlangen naar maatschappelijke of religieuze vrijheid of de mogelijkheid tot individuele ontplooiing, soms ook de wens om als een echte kapitalist rijk te worden door de massa uit te buiten, een cynische en tegelijk veelzeggende beweegreden.
Natuurlijk bestond er altijd het gevaar dat de overloper een dubbelspion was, iemand die de CIA bewust verkeerde informatie moest toespelen. Toch kwam het voor dat ook zulke mensen niet meer uit het westen weg wilden: de verleidingen van het nieuwe leven waren immers groot. Niettemin werd elke deserteur of vluchteling in Amerika gewantrouwd. Zelfs politieke vluchtelingen en idealisten konden geplaagd worden door twijfel aan de juistheid van hun stap. Ryan las dat Aleksander Solzjenitsyn het meest gekweld werd door het feit dat hij als balling moest leven, omdat hij diep in zijn hart juist een grote patriot was.
Een groot deel van de studie was gewijd aan de problemen die overlopers bij het opbouwen van een nieuw bestaan ondervonden. Nogal wat Russische vluchtelingen hadden binnen enkele jaren zelfmoord gepleegd omdat ze niet in staat bleken met de verworven vrijheden om te gaan, ongeveer zoals langdurig gestraften het vaak moeilijk hebben om na terugkeer in de maatschappij op eigen benen te staan.
Ryan las het materiaal met belangstelling door. Tijdens zijn studie aan de Universiteit van Georgetown had hij enkele colleges psychologie gevolgd, met als resultaat het instinctieve gevoel dat psychologen en aanverwanten eigenlijk niet wisten waar ze het over hadden... Hij schudde zijn hoofd. Zijn vrouw beweerde precies hetzelfde. Caroline, die in het kader van een uitwisselingsprogramma in het St. Guy's Hospital in Londen oogchirurgie doceerde, had de neiging alles heel zwart-wit te bekijken. Iemand met een oogkwaal kon behandeld worden of niet, en daarmee uit.
Hij bladerde de studie een tweede keer door en kwam tot de conclusie dat het met de menselijke geest nooit zo eenvoudig lag. Elke vluchteling moest als een individu benaderd worden, begeleid door iemand met verstand van zaken en de wil om zijn taak tot een goed einde te brengen. Jack vroeg zich af of hij geschikt voor dat werk zou zijn.
De deur ging open en verleende toegang aan admiraal White. 'Verveel je je al, Jack?'
'Niet bepaald, admiraal. Wanneer komen we in contact met de Russen?'
'Vanavond. Jouw landgenoten hebben ze aardig de mantel uitgeveegd na dat incident met de Tomcat.'
'Goed zo, dan zullen ze zich voortaan wel twee keer bedenken voor ze een stommiteit uithalen. Dat laatste is heel goed mogelijk als ze wer-

kelijk naar een vermiste duikboot op zoek zijn. Komen ze hier iets heel anders doen, dan zit ik er lelijk naast – dat kan me duur komen te staan.'

*Marinehospitaal, Norfolk*

Tait voelde zich een stuk beter. Jameson had de zaken voor hem waargenomen, zodat hij een paar uur op een bank had kunnen slapen. Meer dan vijf uur nachtrust was hem toch al niet gegund, maar het was voldoende om hem in de ogen van het personeel bijna overdreven opgefrist te doen lijken. Hij dronk een glas melk voor hij aan de slag ging. Als mormoon vermeed hij koffie, thee en andere cafeïnehoudende dranken, een gewoonte waaraan hij zelf al lang gewend was en die nog slechts zelden ter sprake kwam in discussies met zijn vakgenoten. Tait schoor zich en ging naar de vergaderkamer, klaar voor een nieuwe dag.

'Is er al iets bekend over straling, Jamie?'

'Een expert van de duikbootdienst heeft de kleding onderzocht. Het resultaat wijst op een mogelijke besmetting met twintig rad, niet genoeg om meteen zichtbaar te worden. Als je het mij vraagt is het bloed uit de rug van zijn hand afgetapt, waardoor het geringe aantal bloedlichaampjes te verklaren zou zijn uit vaatvernauwing.'

'En hoe is hij er verder aan toe?'

'Wel wat beter. Het ziet ernaar uit dat de antibiotica werken.' Jameson hield de kaart omhoog. 'Twee uur geleden heb ik hem een transfusie toegediend, daar reageert hij goed op. De bloeddruk is honderd om vijfenzestig, hartslag vierennegentig. Tien minuten geleden was zijn temperatuur 38,2 graden, daar heeft nogal wat schommeling in gezeten. Zijn hart werkt regelmatig. Als zich geen complicaties voordoen, denk ik dat hij het haalt.'

Tait nam de kaart over en moest denken aan de tijd dat hij zelf jong en optimistisch was, net als Jamie nu. Het was een goed gevoel om te denken dat je de hele wereld kon genezen. Jammer genoeg verdween dat gevoel na verloop van tijd, in zijn geval na twee jaar te Danang. Maar Jamie had gelijk, de patiënt leek er een stuk beter voor te staan dan bij de opname.

'En wat zijn de Russen op het ogenblik aan het doen?'

'Petsjkin houdt de wacht. Het is me trouwens opgevallen dat die kapitein Smirnov bij het omkleden Petsjkins kleren angstvallig in de gaten houdt, net alsof hij denkt dat wij iets zullen stelen...'

Tait legde uit dat Petsjkin van de KGB was.

'Echt waar? Nu, dan heeft hij zeker een pistool bij zich. Hij mag wel oppassen, wij hebben inmiddels drie mariniers rondlopen.'

'Hoezo mariniers?'

'O ja, dat had ik je nog niet verteld. Een journalist heeft te horen gekregen dat we hier een Rus behandelen en probeerde op de kamer te komen. Admiraal Blackburn raakte door het dolle heen toen hij het hoorde, ook al kwam die journalist niet verder dan de gang hier. Sindsdien wordt de hele verdieping bewaakt. Ik vraag me af waarom.'
'Ik heb geen idee. Wat vind je eigenlijk van die Petsjkin?'
'Ik weet het niet, dit is de eerste keer dat ik een Rus ontmoet. Veel lachen doen ze niet, en ze houden om beurten de wacht alsof ze bang zijn dat we elk moment met de patiënt kunnen verdwijnen.'
'Of dat hij dingen zegt die wij niet mogen horen?' vroeg Tait. 'Ik heb wel eens het idee dat ze het niet zo erg zouden vinden als hij het niet haalde. Je weet toch hoe moeilijk ze deden toen we vroegen van welke duikboot hij kwam?'
Jameson dacht er even over na. 'Ach, ze zeggen dat Russen overal een geheim van maken, of niet soms? En Smirnov heeft tenslotte toch antwoord gegeven.'
'Hoe dan ook, het wordt tijd dat je gaat slapen, Jamie.'
Jameson knikte en verdween door de gang. Tait sloeg aan de andere kant de hoek om en kwam bij de kamer van de matroos. Een verpleegster kwam naar buiten met het bloedmonster dat ze net had genomen. Dat werd elk uur gedaan, zodat Petsjkin enkele minuten alleen bij de patiënt achterbleef.
Tait keek door het raam. Petsjkin zat op een stoel aan de rand van het bed waarin zijn nog altijd bewusteloze landgenoot lag. Hij had een groene operatiejas aan met van binnen en buiten een borstzakje, zodat een chirurg bij het aantrekken geen seconde hoefde te verspillen. Petsjkin stak zijn hand in de lage hals en haalde iets te voorschijn.
Tait stormde met een kreet naar binnen en sloeg een sigaret en aansteker uit Petsjkins hand. De overrompelde Rus werd van zijn stoel gesleurd en de gang op geduwd voor hij er erg in had. 'Wacht!' riep Tait.
Petsjkin probeerde vergeefs zich los te rukken terwijl in de gang het geluid van naderende voetstappen hoorbaar werd.
'Wat is er aan de hand?' Een marinier met een .45 Colt in zijn rechterhand bleef ademloos voor de twee mannen staan.
'Hij heeft een aanslag op mijn patiënt willen plegen!'
'*Wat?*' riep Petsjkin ontsteld.
'Korporaal, van nu af aan verliest u die deur geen moment meer uit het oog. En deze man komt helemaal niet meer in de buurt, begrepen?'
'Aye, aye, sir,' zei de marinier. Hij stak zijn pistool weg en posteerde zich tussen Petsjkin en de deur.
'Wat is er gebeurd?' Het was Iwanov. Gealarmeerd door de opwin-

ding was hij genaderd en overzag de situatie van een paar meter afstand.
'Dokter,' zei Tait in een poging zich te beheersen, 'wilt u dat uw patiënt blijft leven of niet?'
'Wat een vraag! Natuurlijk wil ik dat!'
'Waarom probeerde deze man hem dan te vermoorden?'
'Ik? Hoe komt u daarbij?' schreeuwde Petsjkin.
'Wat is er precies gebeurd?' vroeg Iwanov.
Voor Tait iets kon zeggen begon Petsjkin snel in het Russisch te praten, waarna hij op het Engels overging: 'Ik wilde een sigaret opsteken, meer niet. Hoe kan ik iemand vermoorden? Ik heb geen wapen bij me.'
'Er hangen hier overal bordjes "Verboden te roken", die heeft u zeker niet gezien? Uw patiënt ligt aan de zuurstof, wat denkt u dat er gebeurt als u in die kamer een sigaret aansteekt? O, zeker, u zou zelf ook brandwonden oplopen, zodat het heel mooi op een ongeluk zou lijken – maar die jongen zou het niet overleven! U bent niet zo stom als u zich voordoet, meneer Petsjkin! Maak dat u wegkomt, ik wil u hier niet meer zien.'
Petsjkin werd lijkwit. 'Dokter Tait, ik verzeker u dat ik het niet met opzet heb gedaan, ik had er geen idee van wat er kon gebeuren.'
'Er zou ongetwijfeld brand zijn uitgebroken, kameraad,' zei Iwanov nadrukkelijk. 'Open vuur bij zuurstof, je moet er niet aan denken!'
Petsjkin boog beschaamd het hoofd. Hij had met opzet gewacht tot de verpleegster de kamer uit was – in een ziekenhuis kijken ze je er altijd op aan als je rookt. Van het gevaar was hij zich niet bewust geweest, en als KGB-agent was hij gewend te doen waar hij zin in had. Hij begon weer in het Russisch te praten tegen Iwanov, die als een boze vader naar zijn biecht luisterde.
Tait begon zich intussen af te vragen of zijn reactie niet wat overdreven geweest was – iedereen die rookte was een stommeling, waar je alles van kon verwachten.
'Ik bied mijn excuses aan, dokter,' zei Petsjkin eindelijk. 'Het was een onvergeeflijke fout van me.'
Tait richtte zich tot de verpleegster. 'Zuster, van nu af wordt er voortdurend scherp op de patiënt gelet. De bloedmonsters laat u voortaan maar afhalen. En u blijft bij de deur, korporaal.'
Tait liep hoofdschuddend weg door de gang, kwaad op de Russen en op zichzelf. Hij verlangde terug naar Bethesda, waar hij thuishoorde. De lift bracht hem naar de begane grond, waar hij na vijf minuten zoeken de officier van de inlichtingendienst achter een speelkast in de kantine vond. Hij nam hem mee naar een leeg kantoor en vertelde wat er gebeurd was.

'En u denkt werkelijk dat hij hem wilde vermoorden?' vroeg de officier op ongelovige toon.
'Ja, wat anders?'
'Ik denk dat het een stomme vergissing was. Ze willen die matroos vóór alles in leven houden, zodat hij kan praten.'
'Hoe kunt u daar zo zeker van zijn?'
'Petsjkin belt om het uur zijn ambassade. De telefoons worden uiteraard afgeluisterd.'
'En als ze dat nu eens doorhebben?'
'Dan is Petsjkin een verdomd goeie toneelspeler. Nee, zorgt u maar dat de patiënt in leven blijft en laat de rest aan ons over, dokter. Maar het was een goed idee die marinier bij de deur te zetten, dan weten die Russen tenminste waar ze aan toe zijn. Dat moet je ze altijd duidelijk maken. Wanneer komt de matroos weer bij?'
'Dat is niet te zeggen. Hij is nog steeds erg zwak. Wat moet hij eigenlijk voor bijzonders vertellen?'
'Van welke duikboot hij komt. Dat liet iemand van de ambassade zich door de telefoon ontvallen – een grote stommiteit, overigens. Ze zitten er blijkbaar erg mee omhoog.'
'Weten wij dan niet welke duikboot het was?'
'Uiteraard.'
'Wat is er dan in vredesnaam aan de hand?'
'Dat mag ik niet zeggen, dok.' De officier glimlachte geheimzinnig, hoewel hij net als iedereen in het duister tastte.

*Marinewerf, Norfolk*
De USS *Scamp* lag aan de kade terwijl een grote kraan de *Avalon* op het achterschip liet zakken. De kapitein sloeg het werk ongeduldig vanaf de toren gade. Hij was teruggeroepen naar de haven terwijl hij net twee Victors op het spoor was, en dat beviel hem allerminst. Hij had wel iets beters te doen dan dit namaak-walvisjong te bemoederen, temeer daar hij nog pas een paar weken geleden met de DZRV had geoefend. Bovendien betekende het meedragen van de *Avalon* een verlies van zeker tien knopen, terwijl er vier extra bemanningsleden ondergebracht moesten worden.
Een voordeel was wel dat ze weer nieuwe voorraden konden inslaan, want ze waren al door hun verse groenten heen en een mens krijgt genoeg van dat eeuwige blikvoedsel. Maar het vooruitzicht van een frisse salade woog niet op tegen het idee dat hij de Russische boten voor de kust voorlopig hun gang moest laten gaan.
'Alles klaar, kapitein,' riep luitenant Ames van het gebogen achterdek.
De schipper belde de machinekamer. 'Afvaart over tien minuten,' zei hij.

'Aye, aye, schipper.'
Een kleine sleepboot nam haar positie in voor de boeg om bij het afvaren te helpen. Alleen Ames kende de vaarorders, ook iets wat de kapitein slecht beviel. Met die verdomde *Avalon* achterop kon hun missie nooit veel bijzonders wezen.

*De Red October*
'Kom eens kijken, Swyadov,' zei Melechin, 'dan laat ik je zien hoe een saboteur te werk gaat.'
De luitenant kwam dichterbij. De hoofdmachinist wees naar een van de inspectiekleppen op de warmtewisselaar, waarna hij naar de telefoon aan de wand ging.
'Kapitein, Melechin hier. Ik heb het gevonden. De reactor zal een uur buiten werking moeten blijven, maar we kunnen de rups op batterijen laten werken.'
'Ga je gang, kameraad,' zei Ramius.
Het zoeken naar het lek was het meest slopende geweest. Na de reparatie van de geigertellers waren de reactorruimte en machinekamers opnieuw grondig onderzocht, een duivels werk. Van een groot lek kon geen sprake zijn, dat had Swyadov bij de twee eerdere inspecties moeten merken, maar juist die wetenschap had iedereen onzeker gemaakt.
Melechin en Borodin waren niet minder dan acht uur bezig geweest en al die tijd had de reactor werkeloos moeten blijven. Om de batterijen te sparen was alleen de noodverlichting gebruikt, wat de stemming onder de bemanning niet verbeterde. Bovendien waren de hoofdmachinist en de eerste officier er niet in geslaagd een lek in de laagdrukruimte te vinden, hoewel ze het daar verwacht hadden, terwijl op de daarna ontwikkelde filmstrips geen spoor van besmetting te zien was! Hoe was dat mogelijk?
Melechin kwam terug en wees naar een buis van de koelvloeistof.
'Wat zie je daar, Swyadov?'
'Dat is de spuiklep.' Een zware metalen klep, voorzien van een afvoergoot, was op de buis aangebracht om bij onderhoud de leidingen te kunnen doorspoelen of voor controle op besmetting af te tappen. De afvoer was op het metaal geschroefd in plaats van gelast.
'Geef me eens een grote schroefsleutel.' Swyadov ging op zoek en kwam even later terug met het gevraagde voorwerp, bijna een meter lang. Melechin controleerde of de reactor was uitgeschakeld en de druk in de leiding weggevallen. Hij was een voorzichtig man. Daarna zette hij de sleutel op de schroef, die makkelijk meegaf.
'Je ziet dat de schroefdraden doorlopen tot in de mantel van de klep, kameraad. Waarom is dat?'

'Omdat ze buiten de leiding zelf blijven. Alleen de klep hoeft de druk van de koelvloeistof te weerstaan, die schroef doet niets anders dan de sluitring op zijn plaats houden.'
'Juist. Maar let nu op.' Melechin draaide de schroef er met zijn vingers helemaal uit. Het metaal glansde nog van de nieuwigheid. 'En daar heb je de sabotage.'
Swyadov zag niets.
'Dit is heel goed uitgedacht, kameraad.' Melechins stem trilde van woede en misschien ook wel van bewondering. 'Bij kruissnelheid is de druk acht kilogram per vierkante centimeter, nietwaar?'
'Jawel,' antwoordde Swyadov, die vond dat de hoofdmachinist de les wel erg lang rekte, 'en negentig procent hoger wanneer we op volle snelheid varen.'
'Wat zelden gebeurt. En uitgerekend in deze stoomleiding hebben ze een klein gaatje geboord, kijk maar.' Melechin wees het punt aan, maar Swyadov bleef liever op een afstandje. 'Nog geen millimeter in doorsnee. De saboteur heeft de schroef verwijderd, het gaatje geboord en de klep weer vastgezet. Daardoor kan een minieme hoeveelheid stoom uit de buis ontsnappen, maar niet naar boven: dat verhindert de rand van de schroef. Via de schroefdraad, om en om, wordt de stoom naar beneden gedrukt en komt uiteindelijk in de afvoer terecht. Heel weinig, maar net genoeg om dit compartiment licht te besmetten.' Melechin keek op. 'Wie dit gedaan heeft moet precies weten hoe het hele systeem in elkaar zit. Om de stoom hier te laten ontsnappen moest de druk net groot genoeg zijn, dat wil zeggen bij normale snelheid. Tijdens onze inspecties was de reactor uitgeschakeld, vandaar dat we niets konden ontdekken. Wie weet wat er zou gebeuren als we op volledig vermogen hadden gevaren.' Melechin schudde zijn hoofd. 'Werkelijk voortreffelijk bedacht. Ik hoop dat ik de dader nog eens ontmoet, ik hoop het van harte. Ik zal de grootste tang nemen die we aan boord hebben en hem zijn ballen vermalen!' Melechin haalde diep adem. 'Breng me het kleine lasapparaat even, kameraad. Het is binnen een paar minuten verholpen.'
De hoofdmachinist hield woord. Het was zijn reactor en daarom zijn verantwoordelijkheid, zodat hij het zelf moest opknappen. Swyadov vond het wel zo prettig. Achtentwintig minuten later was het kleine gaatje opgevuld met een druppel roestvrij staal en kon de schroef weer aangedraaid worden.
'Breng de leiding onder druk, acht kilogram,' beval Melechin. Een van zijn assistenten stelde de reactor weer in werking tot de druk normaal was. Melechin hield tien minuten lang een geigerteller bij de afvoergoot, maar er was geen spoor van straling te ontdekken.
'Was dat ene lek voldoende om al die films te besmetten?' vroeg Swyadov.

'Blijkbaar wel.'
De jonge luitenant was niet erg gerustgesteld. Er waren talrijke kleppen in de leidingen aangebracht, en het boren van zo'n klein gat was een kwestie van een minuut. Wie zou zeggen of er geen andere tijdbommen in het systeem waren aangebracht?
'Maak je geen zorgen, kameraad,' zei de hoofdmachinist. 'Het lijkt me weinig zin hebben om nu meteen het hele systeem te beproeven, dat kan wachten tot we op Cuba zijn. Alle ploegen blijven twee uur aan, niet langer. Als de saboteur aan boord is zal hij niet nog eens de gelegenheid krijgen iets uit te halen. We houden iedereen scherp in de gaten.'

# De twaalfde dag – dinsdag 14 december

*De Dallas*

'*Gekke Iwan*!' riep Jones luidkeels, zodat het zelfs in de controlekamer te horen was. 'Hij draait naar stuurboord!'

'Alle machines stop!' beval Mancuso snel. 'Doodse stilte!'

Een kilometer vooruit was de *Red October* scherp naar rechts gedraaid, een manoeuvre die ze sinds het herstel van het contact zo om de twee uur had herhaald. De Russische raketboot maakte een complete cirkel om met haar in de boeg ondergebrachte sonar de hele omgeving te kunnen bestrijken.

De *Dallas* moest niet alleen snel reageren om ontdekking te vermijden, het hele gebeuren was ook niet zonder gevaar. Bij het begin van elke draai zwaaide het achterschip van de *October* langzaam mee, een stalen barrière op het pad van de 7000 ton wegende *Dallas* die behoorlijk lang nodig had om tot stilstand te komen.

Dat er af en toe botsingen voorkwamen tussen Russische en Amerikaanse onderzeeërs was bekend, maar het aantal werd zorgvuldig geheim gehouden. Het beschrijven van een volledige cirkel was speciaal bedoeld om achtervolgers op een afstand te houden, en de manoeuvre werd door de Amerikanen aangeduid als 'gekke Iwan'.

De eerste uren had Mancuso de nodige afstand bewaard, tot hij merkte dat de vijandelijke duikboot elke draai rustig uitvoerde. Daarbij steeg de *October* telkens vijftien tot twintig meter. Hij vermoedde dat de Russische kapitein niet het achterste van zijn tong wilde laten zien om eventuele tegenstanders zo lang mogelijk in het onzekere te laten over de capaciteiten van zijn boot. Anderzijds kon de *Dallas* haar prooi daardoor zeer dicht naderen, wat niet iedereen aan boord kon waarderen – de laatste keer hadden ze de schroef op slechts honderdvijftig meter gepasseerd.

Het voorkomen van een botsing was het gevaarlijkste, maar niet het enige deel van de hele manoeuvre. Om niet door de Russische sonar opgepikt te worden moest het vermogen van de kernreactor tot een mininum worden teruggebracht en de hoofdpomp uitgeschakeld; de koelvloeistof bleef circuleren door convectiestromen. Door het stoppen van de stoomturbines werd het voortstuwingsgeluid tot nihil gereduceerd, terwijl de bemanning tot volledige stilte werd gemaand.

Mancuso ging zelf naar de sonarkamer. 'Ze is nog steeds aan het draaien,' zei Jones rustig. 'Afstand tot de schroef ongeveer tweehonderd meter, snelheid en machinegeluid constant. Het is weer een

langzame draai.' Jones wierp een blik op de kapitein. 'Die schipper moet verdomd zeker van zijn zaak zijn.'
'Hoe bedoel je?' vroeg Mancuso, hoewel hij het antwoord al kende.
'Het is net of hij het maar uit gewoonte doet, alsof er onmogelijk iemand achter hem kan zitten. Waarom zou hij er anders zo langzaam over doen?... Wacht even, hij is nu bijna honderd tachtig graden gedraaid, afstand tot de boeg aan stuurboord ruim een halve kilometer. Maar wat ik zeggen wilde, volgens mij heeft hij niet in de gaten dat wij er zijn.'
Mancuso pakte zwijgend de tweede koptelefoon en zette die op zijn hoofd.
'Hij passeert over stuurboord,' hernam Jones, een paar snelle berekeningen op zijn calculator makend. 'De afstand wordt ongeveer een kilometer. Ik weet het niet, denkt u dat die nieuwe aandrijving hem parten speelt met zijn duikroeren?'
'Misschien,' zei Mancuso kortaf. Het geluid vertoonde nog dezelfde kenmerken, met bijna om de minuut een vreemd gerommel op de achtergrond. Op deze afstand was ook het werken van de reactorpomp te horen, terwijl af en toe het scherpe geluid van schurend metaal klonk. Misschien wel de kok die met zijn pannen in de weer was; in elk geval werd er aan boord van de *October* geen absolute stilte in acht genomen. Mancuso glimlachte. Onder nog betere akoestische omstandigheden hadden ze de bemanning kunnen horen praten, zij het niet duidelijk genoeg om het besprokene te verstaan.
'Ze passeert achterlangs,' zei Mancuso. 'Dat betekent dat ze voor een hele draai een goeie duizend meter nodig heeft.'
'Zoiets moet het zijn,' beaamde Jones.
'Dat kan niet alleen op het roer. En je hebt gelijk, ze doen alsof het de gewoonste zaak van de wereld is. Alle Russen zijn paranoïde, zeggen ze wel eens, maar dat geldt niet voor deze schipper.' Wat Mancuso ook wel zo prettig vond, aangezien het niet echt om een vijandelijke duikboot ging.
Hij zette de koptelefoon af om naar zijn eigen boot te luisteren: dit was het gevaarlijkste moment, nu de boeg van de *October* precies naar hen gericht was. Alles was doodstil.
'Ze ligt precies dwarsscheeps,' zei Jones, 'snelheid onveranderd, afstand ongeveer elfhonderd meter.' De sonarman haalde een zakdoek te voorschijn en droogde zijn handen af. Alleen daaraan was te merken dat hij onder spanning stond. 'Ze zit aan bakboordzij achter ons, ik durf te wedden op de oude koers van een-negen-nul.' Jones keek grinnikend op. 'We hebben het weer geflikt, schipper.'
'Mooi werk, mannen.' Mancuso ging terug naar de controlekamer, waar iedereen zijn orders afwachtte. De *Dallas* lag als een dode vis in

het water, door haar negatieve balans langzaam naar beneden zakkend.

'Breng de machines weer op gang, dertien knopen.' Binnen enkele seconden werd een vaag gezoem hoorbaar van de reactor die meer vermogen ging produceren. De snelheidsmeter kwam in beweging, de *Dallas* gleed langzaam voorwaarts.

*Ministerie van Defensie, Moskou*

'Hoe gaat het met je, Misja?'

Michail Semjonovitsj Filitov keek op van de stapel documenten die hij aan het doornemen was. De minister van Defensie vond dat zijn oude vriend er nog slecht uitzag; hij had beter nog een paar dagen in het ziekenhuis kunnen blijven. Maar Misja was er de man niet naar om goede raad aan te nemen, alleen orders.

'Goed, Dmitri. Dat is altijd zo als je uit het ziekenhuis komt – ook al ben je halfdood.'

'Je ziet er anders nog steeds ziek uit.'

'Dat doen wij op onze leeftijd allemaal,' lachte Misja. 'Wil je iets drinken, kameraad?' Hij haalde een fles wodka uit zijn bureau.

'Je zou minder moeten drinken,' merkte de minister met lichte spot op.

'Integendeel, wat meer antivries en ik zou nergens last van hebben gekregen.' Hij schonk twee glazen in en hield een ervan voor aan zijn gast. 'Hier, het is koud buiten.'

De twee mannen toostten en namen een eerste slok van de heldere vloeistof.

'Ha, daar knapt een mens van op,' zei Filitov met een schorre lach. 'En vertel me nu eens wat er van die Litouwer geworden is.'

'Dat is nog niet duidelijk.'

'Zo? Misschien kun je me nu dan vertellen wat er in zijn laatste brief stond?'

De minister nam nog een slok voor hij zijn verhaal deed. Toen hij uitgesproken was, boog Filitov zich geschokt naar hem toe. 'Allemachtig, en hij is nog steeds niet achterhaald? Zijn er al koppen gerold?'

'Admiraal Korov is dood. Kort na zijn aanhouding door de KGB stierf hij aan een hersenbloeding.'

'Hm, met een gat in zijn hoofd, zeker,' merkte Filitov koel op. 'Hoe vaak heb ik niet gezegd dat een vloot van geen enkel nut is? Kunnen we er soms iets mee beginnen tegen de Chinezen, of tegen de NAVO-landen die ons omringen? Nee! Die mooie speelgoedjes van Gorsjkov kosten maar geld, en wat hebben we eraan? Niets! Zijn hele vloot is niet in staat om één enkele onderzeeër te vinden. Hij mag van geluk

spreken dat Stalin niet meer leeft.'
De minister van Defensie was oud genoeg om zich te herinneren wat er in die tijd met mensen gebeurde die niet geheel aan Stalins verwachtingen voldeden. 'Padorin heeft zijn huid gered, naar het schijnt. Hij heeft nog een mannetje aan boord van de *October* zitten.'
'Padorin!' zei Filitov op verachtelijke toon. 'Die eunuch! Ik heb hem misschien drie keer in mijn leven ontmoet, maar dat is genoeg om te weten dat hij een kouwe kikker is. Je ziet hem nooit lachen, zelfs niet wanneer hij drinkt. Is dat een Rus? Waarom neemt Gorsjkov toch van die seniele grijsaards in bescherming, Dmitri?'
De minister glimlachte. 'Dat doe ik ook, Misja, en om dezelfde reden.'
'En wat heeft kameraad Padorin verzonnen om zich eruit te draaien? Een tijdmachine soms?'
De minister legde het uit. Er waren maar weinig mensen bij wie hij zich voldoende op zijn gemak voelde om zijn hart te luchten. Filitov was commandant van een tankregiment geweest en droeg zijn oude uniform nog met trots. Op de vierde dag van de Grote Patriottische Oorlog had hij zijn eerste veldslag meegemaakt. Bij Brest-Litovsk had hij met zijn T-34 en T-76 tanks het onderspit moeten delven tegen de fascistische invallers, maar na een ordelijke terugtocht wist hij de opmars van de barbaren voortdurend te vertragen. Op het laatste moment wist hij uit de grote schaarbeweging van de vijand bij Minsk te ontsnappen, een huzarenstukje dat hij later bij Wyasma herhaalde. In 1942 had Filitov deelgenomen aan het rampzalige tegenoffensief richting Charkov, waarbij hij het slagveld aan de Dnjepr te voet moest ontvluchten. Later dat jaar vernietigde hij met een nieuw tankregiment de resten van het Italiaanse leger bij Stalingrad en nam deel aan de omsingeling van de Duitsers. Tot twee keer toe raakte hij gewond, maar zijn naam als commandant was voorgoed gevestigd. Bij Koersk, oog in oog met de SS-pantserdivisie *Das Reich*, kwam een eind aan zijn geluk. Bij de hevige strijd viel Filitov met zijn tank in een hinderlaag van 88-mm geschut. Dat hij het overleefde mocht een wonder heten, maar hij hield er grote littekens en een vrijwel verlamde rechterarm aan over, plus een handvol decoraties.
Na zijn langdurige revalidatie was hij aangesteld als opzichter van de wapenfabrieken die ten oosten van de Oeral uit de grond waren gestampt. Als geboren organisator wist hij de bedrijven binnen de kortste keren te stroomlijnen, terwijl zijn praktische ervaring doorwerkte in de afwerking van de geleverde produkten.
In een van die fabrieken hadden Misja en Dmitri elkaar voor het eerst ontmoet, de een een gewonde veteraan, de ander een stijve bureaucraat. In het begin botsten de twee onbuigzame persoonlijkheden herhaaldelijk, maar al gauw begonnen ze elkaars sterke punten te waar-

deren. In de zomer van 1944 werd Filitov tot speciaal inspecteur bij Dmitri's staf benoemd, en sindsdien hadden ze in goede harmonie onafgebroken samengewerkt.
Filitov was in al die jaren eigenlijk nauwelijks veranderd, bedacht Dmitri. Hij was misschien wat meer gaan drinken, zoals alle oude militairen, maar daar was weinig van te merken. Luisteren kon hij nog altijd als de beste, wat hem voor de minister tot een ideaal klankbord maakte voordat hij met een idee naar het Politbureau stapte. Als zelfontwikkeld man had Filitov de gewoonte steeds direct naar de kern van de zaak te vragen, de sterke en zwakke punten naar voren te halen.
'En geloof jij dat dit plan kans van slagen heeft, Dmitri? Jij weet iets van raketten af, ik niet. Kan één man werkelijk zo'n duikboot tot zinken brengen?'
'Zeker, dat is maar een kwestie van rekenen. De lading van een raket bevat genoeg energie om de hele onderzeeër te doen smelten.'
'En wat gebeurt er met onze man?' Het was een kenmerkende vraag voor de commandant van vroeger, altijd bezorgd om zijn mensen.
'We zullen uiteraard ons best doen, maar veel hoop is er niet voor hem.'
'Hij moet gered worden, Dmitri! Vergeet niet dat zo'n jonge knaap geen machine is, geen robot. Hij is een voorbeeld voor zijn leeftijdgenoten, toekomstige officieren, en levend is hij meer waard dan honderd nieuwe tanks of schepen. Onze toekomst is van zulke mensen afhankelijk, kameraad. Kijk maar naar Afghanistan, daar zie je wat er gebeurt als we dat uit het oog verliezen.'
'Je hebt gelijk, beste vriend, maar je schijnt te vergeten dat de Amerikaanse kust slechts enkele honderden kilometers verwijderd is.'
'Dan moet Gorsjkov zijn praatjes maar eens waar maken! Zo, en laten we er nu nog een nemen.' Filitov schonk opnieuw in.
'Je gaat vandaag toch zeker niet meer langlaufen, Misja? Dat zou te gek zijn.'
'Wees gerust, vandaag heb ik me voorgenomen een stoombad te nemen in de *banja* om al het gif uit mijn lijf te krijgen. Heb je zin om mee te gaan?'
'Ik moet nog werken.'
'Een stoombad zou je goed doen,' drong Filitov aan, maar hij wist dat het geen zin had. De minister van defensie werd tot de 'adel' gerekend en hield er niet van zich in openbare gelegenheden te vertonen. Misja koesterde dergelijke pretenties niet.

*De Dallas*

Precies vierentwintig uur na het herstel van het contact met de *Red October* riep Mancuso zijn hoogste officieren in vergadering bijeen. De achtervolging had iets van een routine gekregen, waardoor de kapitein zich zelfs enkele uren ongestoorde slaap had kunnen veroorloven. Inmiddels was er met de sonar genoeg materiaal verzameld om een redelijk inzicht te krijgen in de werking van de *October*.

Wally Chambers, de eerste officier, zat met een potlood te spelen. 'Jonesy heeft gelijk, het is dezelfde motor die de Oscars en Typhoons aan boord hebben. De vraag is alleen hoe de aandrijving precies werkt. Het klinkt net of de schroeven ergens mee omwikkeld zijn, misschien zijn het gerichte propellers met een kraag eromheen. Anders zou je aan een soort tunnelaandrijving denken, als ik me niet vergis hebben wij dat vroeger ook wel eens geprobeerd.'

'Dat is lang geleden,' antwoordde luitenant Butler, de hoofdmachinist. 'Ik heb er aan de wal wel eens over gehoord. Veel weet ik er niet van, alleen dat het niet werkte. Een groot voordeel was wel dat je haast geen geluid meer hoorde. Bij deze boot horen we juist dat gebrom op de achtergrond, bijna om de minuut. Het moet kunstmatig zijn, maar wat is het? Eigenlijk hebben we de boot alleen daaraan herkend.'

'Dat is waar,' beaamde Mancuso. 'Maar hoe dan ook, we kunnen het erover eens zijn dat het een raketboot is.'

Butler knikte. 'Zo'n diesel vind je niet op een gewone onderzeeër. En wat meer zegt, al haar bewegingen stemmen overeen met het gedrag van een raketboot.'

'Kan het geen Oscar zijn?' opperde Chambers.

'Nee, wat heeft die zover naar het zuiden te zoeken? En een Oscar is voornamelijk geschikt voor de bestrijding van oppervlakteschepen.'

'Ik vraag me af wat ze eigenlijk van plan zijn,' merkte luitenant Mannion op. 'Ik zie geen verband met de operaties van de andere Russische eenheden. Misschien moet ze zo dicht mogelijk onder onze kust zien te komen, zoals ze vroeger ook al eens geprobeerd hebben. Dan is de rest maar afleiding.'

Het was van beide kanten al eens uitgehaald. In 1978 was een Russische duikboot de rand van het continentaal plat voor de kust van New England genaderd, blijkbaar met de bedoeling om uit te vinden of zoiets onopgemerkt kon gebeuren.

'Nou ja, dat zoeken ze aan de wal maar uit,' zei Mancuso. 'We moeten eerst een bericht uitsturen. Mannion, breng ons over twintig minuten op periscoopdiepte. We moeten maar hopen dat onze prooi niets in de gaten krijgt als we stijgen.'

Een halfuur later verzond de *Dallas* het volgende bericht.

Z140925ZDEC
TOP SECRET THEO
VAN USS DALLAS
AAN COMSUBLANT, GALLERY
1. CONTACT HERSTELD 0538Z13DEC. HUIDIGE POSITIE 42°35′ N 49°12′ W. KOERS 194 SNELHEID 13 DIEPTE 600. CONTACT VERMOEDELIJK RUSSISCHE SS-B-N VAN GROTE OMVANG SONAR KARAKTERISTIEK VOOR TYPHOONKLASSE, ECHTER ZONDER HERHAAL ZONDER GEBRUIK VAN SCHROEVEN.
2. MISSIE VOORTGEZET. VERZOEKEN TOEWIJZING VERDERE OPERATIESECTOREN. VERWACHTEN ANTWOORD 1030Z

*COMSUBLANT, Norfolk*
'Bingo!' riep Gallery uit nadat hij het bericht gelezen had. Hij ging terug naar zijn kantoor en sloot de deur zorgvuldig alvorens hij de directe verbinding met Washington aanvroeg.
'Sam, Gallery hier. Moet je horen, de *Dallas* rapporteert dat ze een Russische duikboot met een nieuw aandrijvingssysteem heeft opgepikt, zeshonderd mijl ten zuidoosten van de Grand Banks. Een raketboot.'
'Fantastisch! De *Dallas*, is dat niet de boot van Mancuso?'
'Bartolomeo Vito Mancuso, mijn eigen beschermeling,' zei Gallery niet zonder trots. Mancuso was gezien zijn leeftijd niet als eerste in aanmerking gekomen voor het commando, maar de admiraal had met zijn stem de doorslag gegeven. 'Ik zei toch dat je van hem op aan kon, Sam.'
'Jezus, heb je gezien hoe dicht ze bij de *Kiev*-groep zitten?' vroeg admiraal Dodge, naar de grote kaart kijkend.
'Ze komen aardig in de buurt,' beaamde Gallery. 'Maar de *Invincible* is ook niet erg ver weg en we hebben altijd de *Pogy* nog. Die heeft de plaats van de *Scamp* ingenomen. Dat de *Dallas* steun moet krijgen is duidelijk, de vraag is alleen maar of we al te erg in de gaten willen lopen.'
'Daar heb je gelijk in. Ik zal er met Dan Foster over praten.'
'Goed, zolang je niet vergeet dat ik over precies vijfentwintig minuten antwoord moet geven. Je weet hoe het gaat, de *Dallas* kan haar prooi niet te lang in de steek laten. Zet er vaart achter, Sam.'
'Je kunt op me rekenen.'
Dodge verbrak de verbinding en nam een tweede telefoon. 'Verbind me onmiddellijk door met admiraal Foster.'

*Het Pentagon*

'Tussen de *Kiev* en de *Kirov*, dat ziet er niet zo mooi uit.' Generaal Harris zette een klein houten duikbootmodel op de kaart, met een piratenvlag eraan. Harris stond bekend om zijn grillige gevoel voor humor. 'En van de president mogen we de *Red October* houden?'

'Als we haar op tijd ter plaatse kunnen krijgen,' bevestigde generaal Hilton. 'Misschien kan de *Dallas* met haar in contact komen?'

'Dat zou een goeie truc zijn, generaal,' zei Foster hoofdschuddend. 'Laten we eerst maar eens naar de assistentie kijken, te beginnen met de *Invincible* en de *Pogy*. Daarna zien we wel verder. Als ze deze koers aanhoudt, komt ze precies in de haven van Norfolk uit. Dat noem ik nog eens lef hebben. Desnoods kunnen we haar altijd nog een escorte geven.'

'Dat zou betekenen dat we de *October* moeten teruggeven aan de Russen,' merkte admiraal Dodge op.

'Het is in ieder geval iets om op terug te vallen, Sam. Al was het maar om Iwan rustig te houden.'

'Ik heb weinig verstand van zeerecht,' zei generaal Barnes, stafchef van de luchtmacht, 'maar als je het mij vraagt zou dat verdomd veel op regelrechte piraterij lijken, om over een oorlogshandeling nog maar te zwijgen. Is deze hele zaak al niet gecompliceerd genoeg?'

'Het is waar dat we ons geen overhaaste stappen kunnen veroorloven,' zei Harris instemmend. 'Eerst en vooral moeten we de *Dallas* berichten dat ze haar missie kan voortzetten. Dat moet binnen vijftien minuten gebeuren. Daarna kunnen we de *Invincible* en de *Pogy* laten opstomen.'

'Akkoord.' Dodge ging naar de telefoon om Gallery te laten weten dat hij de *Dallas* een positief antwoord kon geven.

Z141030ZDEC

TOP SECRET

VAN COMSUBLANT

AAN USS DALLAS

1. MISSIE VOORTZETTEN. MELD ELKE VERANDERING IN KOERS OF SNELHEID. ASSISTENTIE ONDERWEG.

2. ELF-BERICHT 'G' KONDIGT SSIX-COMMUNICATIE AAN.

3. OPERATIEGEBIED ONBEPERKT. BRAVO ZOELOE DALLAS GA ZO DOOR.

GALLERY

'Nu de volgende kwestie,' zei Harris. 'Het is nog steeds niet duidelijk wat de Russen in hun schild voeren. De vlooteenheden zijn bijvoorbeeld niet speciaal toegerust op de opsporing en bestrijding van duikboten. Neem de *Kirov*. Het is een mooi vlaggeschip, maar wat voor

nut heeft ze bij deze operatie?'
'Dat lijkt me duidelijk,' zei Foster. 'Ze hebben alles naar zee gestuurd wat vaarklaar was en een grote snelheid kan ontwikkelen, ongeacht de specialiteit. Dat zie je ook bij de duikboten. De meeste daarvan hebben grondraketten in het ruim, dus daar beginnen ze tegen de *October* niets mee. Het gaat er volgens mij maar om dat ze zoveel mogelijk materieel op zee hebben. Een half ei is beter dan een lege dop. Wie weet plaatst een van die oude Echo's een toevalstreffer, het kan de Russen echt niet schelen hoe het gebeurt.'
'Toch is het vreemd dat ze bijvoorbeeld geen antiduikbootvliegtuigen naar Cuba hebben gestuurd om van daaruit te opereren,' merkte Harris op.
'Dan zouden ze zichzelf ontmaskeren,' wierp Foster tegen. 'Bovendien krijg je dan weer net zo'n situatie als in 1963, dat zouden wij nooit pikken. De Russen weten dat heel goed, zij houden altijd rekening met de politieke consequenties.'
'Wat zijn ze dan van plan met al die oppervlakteschepen?' vroeg Barnes verwonderd.
'Niets anders dan het ondersteunen van hun duikbootoperaties,' antwoordde Foster. 'Gorsjkov heeft jaren geleden al eens gezegd dat een onderzeeër niet zonder hulp kan. Steun vanuit de lucht kan alleen over Cuba, waar we het net over hadden, of vanaf vliegdekschepen. De bestemming van de *Red October* beperkt zich tot een bekend aantal havens, die ze met hun achtenvijftig duikboten in de gaten willen houden. De oppervlakteschepen dienen voornamelijk om die laatste taak mogelijk te maken en ons op een afstandje te houden. Aan de opsporing zelf deelnemen doen ze niet, of het zou bij toeval moeten zijn. Daarbij hebben ze het voordeel dat wij ze niet helemaal ongemoeid kunnen laten, daar is de potentiële dreiging veel te groot voor. Bovendien snijdt onze hulp bij hun zogenaamde reddingsactie naar twee kanten, als we tenminste niet op onze tellen passen. Ze zijn erg dicht in de buurt, dus als we de *October* opsporen zullen ze er als de kippen bij zijn om het schip te vernietigen. Er is niets wat wij daar tegen kunnen ondernemen.' Foster schudde zijn hoofd, maar niet zonder bewondering. Een blik op de kaart leerde hem dat de Russische onderzeeërs overal op de loer lagen, van Maine tot de zuidpunt van Florida. 'We zullen een manier moeten vinden om de *October* voor het gevaar te waarschuwen.'
'Maar hoe doen we dat?' vroeg Hilton.
'Misschien met de sonar?' opperde Harris.
Admiraal Dodge schudde zijn hoofd. 'Dat is door de hele boot te horen. We gaan er nog steeds van uit dat alleen de officieren bij het komplot betrokken zijn, zodat we het niet kunnen riskeren de bemanning

te verontrusten. Het is niet te voorspellen wat de consequenties daarvan zouden zijn. Misschien kunnen we de *Nimitz* en *America* gebruiken om de Russen terug te drijven. Verdomme, ze zitten vlak onder onze neus en straks brengen ze de *October* nog tot zinken ook!'
'Dat zal zo gauw niet gebeuren, denk ik,' wierp Harris tegen. 'Sinds onze raid op de *Kirov* hebben de Russen zich heel koest gehouden. Het zou me niet verbazen als ze dat al van tevoren van plan waren geweest, op deze manier komen wij er als de grote boosdoeners voor te staan. Ze zijn toch immers met een onschuldige reddingsoperatie bezig zonder iemand kwaad te doen? Toch zijn er lichtpuntjes. Ze hebben zich duidelijk vergist in de snelheid van de *October*. De groepen van de *Kirov* en *Kiev* zullen haar binnenkort links en rechts passeren.'
'Moeten we die oppervlakte-eenheden dan maar niet helemaal links laten liggen?' vroeg Maxwell.
'Nee, dat zou te doorzichtig zijn. Dan weten ze dat we hen doorhebben,' antwoordde Hilton. 'We kunnen wel doen alsof we de *Invincible* naar huis sturen nu de *Nimitz* en *America* beginnen te naderen. Op die manier beschermen de Britten onze zeeflank. Dan blijft alleen de vraag hoe we met de *October* in contact moeten komen. Voor het ogenblik zijn we het erover eens dat de *Invincible* en de *Pogy* de *Dallas* te hulp moeten komen?'

*De Invincible*
'Hoever zijn we ervandaan?' vroeg Ryan.
'Tweehonderd mijl, dat is tien uur varen.' Kapitein Hunter wees hun positie aan op de kaart. 'De *Pogy* is op weg naar het oosten en kan een uur later ter plaatse zijn, maar deze twee Russische oppervlaktegroepen zijn niet meer dan honderd mijl uit de buurt.'
Ryan bestudeerde de kaart. 'Denkt u dat de commandant van de *October* hiervan op de hoogte is?'
'Dat is onwaarschijnlijk,' antwoordde admiraal White. 'We zouden hem moeten waarschuwen zonder de sonar te gebruiken.'
'Dat lijkt me niet mogelijk,' zei Ryan. 'Met de radio kunnen we zo diep niet komen, dat weet zelfs een leek als ik. Ik moet er niet aan denken dat hij vierduizend mijl heeft afgelegd om letterlijk in het zicht van de haven te stranden.'
Commodore Barclay mengde zich voor het eerst in de discussie. 'U vergeet dat we niet met een machine te maken hebben, maar met een mens. Wat weten we eigenlijk van die Ramius? We weten dat hij barst van het zelfvertrouwen, genoeg om zich aan een dergelijke missie te wagen. Bovendien is hij afkomstig van *aanvals*onderzeeërs. Zo iemand leert bepaalde reacties aan die hij niet snel meer kwijtraakt.

Daar kunnen wij op inspelen,' besloot Barclay, terwijl het idee nu in zijn geest volledig vorm had gekregen.
'Hoe dan?' vroeg Ryan.
Barclay legde zijn idee op tafel. Er werd nog een uur over gepraat, waarna Ryan contact opnam met Washington om toestemming voor de uitvoering te krijgen. Technische gegevens werden snel uitgewisseld, maar omdat de *Invincible* onmogelijk al bij daglicht ter plaatse kon zijn werd de operatie twaalf uur uitgesteld. De *Pogy* nam op twintig mijl naar het oosten positie in als sonarpost.
Om elf uur die avond werd via de ELF-zender in het noorden van Michigan de codeletter 'G' doorgeseind naar de *Dallas*, die twintig minuten later naar periscoopdiepte ging om nadere orders te ontvangen.

# De dertiende dag – woensdag 15 december

*De Dallas*
'Iwan is weer bezig,' riep Jones weer, 'hij gaat naar bakboord!'
'Oké, alle motoren stil,' beval Mancuso, die een rapport in de hand hield dat hij al ettelijke keren herlezen had. Hij was er niet gelukkig mee. 'Met volle kracht achteruit.'
De stuurman gaf het commando door en keek Mancuso aan.
Op het moment dat de schotelkleppen opengingen om stoom tegen de achterste turbinebladen te persen om de schroef in tegenovergestelde richting te laten draaien, ontstond er een enorm lawaai.
'Gooi het roer om.'
'Aye, aye, sir.'
'Brug, sonar hier, we maken herrie,' sprak Jones over de intercom.
'Geweldig hoor, sonar!' antwoordde Mancuso scherp. Hij begreep de orders niet en zaken die hij niet begreep maakten hem kwaad.
'Vaart minderen tot vier knopen,' rapporteerde luitenant Goodman.
'Roer recht, machines stil.'
'Aye, aye, sir, roer recht, machines stil,' reageerde de stuurman onmiddellijk. Hij vond het vervelend als de kapitein zo schreeuwde.
'Jezus!' zei Jones. 'Waar is de schipper mee bezig?'
Een ogenblik later was Mancuso in de sonarkamer.
'Hij draait nog steeds naar bakboord. Hij zit nu achter ons,' merkte Jones zo neutraal mogelijk op. Het klonk bijna als een beschuldiging, dacht Mancuso.
'Opwindend spelletje, Jonesy,' zei Mancuso koel.
Jij bent de baas, dacht Jones, slim genoeg om zijn commentaar voor zich te houden. De kapitein zag eruit alsof hij iemand het hoofd eraf ging slaan; Jones had voor een maand krediet verspeeld.
'Het lawaai wordt minder.' Jones wachtte even. Hij moest er nog wat aan toevoegen. 'Het is niet meer dan logisch om aan te nemen dat hij ons gehoord heeft.'
'Dat was ook de bedoeling,' zei Mancuso.

*De Red October*
'Kapitein, een vijandelijke onderzeeboot,' zei de dekofficier gealarmeerd.
'Vijandelijk?' vroeg Ramius.
'Amerikaans. Hij moet ons gevolgd hebben en om een aanvaring te voorkomen achteruitgeslagen zijn toen we zwenkten. Het is absoluut

een Amerikaanse boot, een brede boeg en ik schat een kilometer hiervandaan.' Hij overhandigde Ramius zijn koptelefoon.
'688,' zei Ramius tegen Borodin. 'Verdomme! Zij is hooguit een uur of twee geleden op ons gestuit. Pech.'

*De Dallas*
'Oké, Jonesy, geef ze er maar van langs.' Mancuso gaf persoonlijk opdracht voor een actief sonar-onderzoek.
Jones aarzelde een ogenblik en laadde dan de transductoren op in het sonargewelf in de boeg.
Een geluidsgolf werd op het doel afgezonden, kaatste terug van de hardstalen romp en kwam terug naar de *Dallas*. 'Doel op 1050 meter,' zei Jones. De geluidsgolf werd verwerkt door de BC-10, en even later verschenen de ruwe karakteristieken op het beeldscherm. 'Configuratie klopt met een Typhoon. Geen Dopplereffect, ze ligt stil.'
Mancuso liet hem de procedure nog zes keer herhalen tot hij er geheel van overtuigd was dat hij gelijk had. Dat gaf nog enige voldoening. Maar niet veel.
Jones schakelde het apparaat uit. Waarvoor had hij dat in godsnaam moeten doen? vroeg hij zich af. Het ontbrak er nog maar aan dat hij het nummer op de achtersteven moest lezen.

*De Red October*
Iedereen op de *Red October* wist dat ze ontdekt waren. Het gebeuk van de geluidsgolven tegen de romp was niemand ontgaan. Het was niet bepaald een geluid waar een bemanningslid van een onderzeeboot gek op was. Zeker niet in het besef dat ze een gevaarlijke kernreactor aan boord hadden, dacht Ramius. Misschien kon hij dat gebruiken...

*De Dallas*
'Een oppervlakteschip,' zei Jones plotseling. 'Waar komt die in jezusnaam vandaan, schipper. Een seconde terug was er nog niets, *niets*, en nu krijg ik motorgeluiden door. Ik hoor twee schepen, misschien meer – ik denk twee torpedojagers... en nog iets groters. Alsof ze ons opgewacht hebben. Een minuut geleden hoorde ik nog niets. Geen moer, verdomme!'

*De Invincible*
'Onze timing is perfect,' zei admiraal White.
'Geluk,' merkte Ryan op.
'Dat hoort erbij, Jack.'
De HMS *Bristol* was de eerste die het geluid van de twee onderzeebo-

ten de *Dallas* en de *Red October* had opgevangen. Zelfs op vijf mijl afstand waren de duikboten nauwelijks op de radar te zien. De manoeuvre van gekke Iwan had drie mijl verderop plaatsgehad en de oppervlakteschepen hadden een goede positiebepaling door het aflezen van de actieve sonargolven die de *Dallas* uitzond.
'Er zijn twee helikopters onderweg,' rapporteerde Hunter. 'Ze kunnen over een minuut hier zijn.'
'Sein *Bristol* en *Fife* om te loevert van ons te blijven. Ik wil dat de *Invincible* tussen hen en de duikboot in is.'
'Aye, aye, sir.' Hunter gaf het bevel aan de verbindingskamer. De bemanning van de escorteschepen zou de order vreemd vinden, een vliegdekschip gebruikte je niet om torpedoboten af te schermen.
Een paar seconden later kwamen twee Sea King helikopters die vijftien meter boven het wateroppervlak bleven hangen en aan een kabel sonars neerlieten. Deze sonars waren veel minder krachtig dan de toestellen die aan boord waren en hadden een andere functie. De gegevens die zij voortbrachten werden meteen naar de commandopost van de *Invincible* doorgeseind.

*De Dallas*
'Britten,' zei Jones meteen. 'Dat zijn twee 195-helikopters. Dat betekent dat het grote schip een van hun kleinere vliegdekschepen is, geëscorteerd door twee torpedobootjagers.'
Mancuso knikte. 'De HMS *Invincible*. Het beste duikbootbestrijdingsteam dat de Britten hebben, bevindt zich aan boord.'
'Het grote schip komt hierheen, met tien knopen. De heli's hebben ons op de radar. Zo te horen zijn er geen andere duikboten in de buurt.'

*De Invincible*
'Positief sonarcontact,' klonk het door de luidspreker. 'Twee onderzeeërs, op twee mijl van de *Invincible*, koers nul-twee-nul.'
'Nu komt het moeilijkste gedeelte,' zei admiraal White.
Ryan en de vier marineofficieren die van de missie op de hoogte waren bevonden zich op de brug, toen de *Invincible* langzaam noordwaarts opstoomde. Alle vijf zochten ze met krachtige verrekijker het gebied af waar de duikboot zich moest bevinden.
'Kom, kapitein Ramius,' zei Ryan zacht. 'Je bent toch zo'n kei, bewijs het dan.'

*De Red October*
Ramius zat in de controlekamer weer over zijn kaart gebogen. Een verdwaalde Amerikaanse duikboot in zijn kielzog kon nog, maar nu

zat hij met een speciale eenheid opgescheept. En dan nog Engelse boten. Waarom? Waarschijnlijk ging het om een oefening. De Amerikanen en de Engelsen werkten vaak samen en het was puur toeval dat ze op de *October* waren gestuit. Hij moest ze kwijt zien te raken voordat hij verder kon gaan met wat hij wilde doen. Zo simpel lag dat. Of niet? Een aanvalsonderzeeër, een vliegdekschip en twee torpedojagers achter hem. Waren er nog meer? Als hij ze allemaal kwijt wilde zou hij daar eerst achter moeten zien te komen. Dat zou een groot gedeelte van de dag in beslag nemen. Hij moest maar eens zien hoe de zaken stonden. Het zou hun bovendien tonen dat het hem niet aan zelfvertrouwen ontbrak, dat hij hen ook op kon jagen als hij dat wilde. 'Borodin, breng de boot op periscoopdiepte. Iedereen op zijn post.'

*De Invincible*
'Schiet eens op, Marko,' spoorde Barclay aan. 'We hebben een boodschap voor je.'
'Helikopter drie rapporteert dat de duikboot omhoog komt,' klonk door de luidspeker.
'Mooi!' Ryan bonkte met zijn hand op de railing.
White nam de hoorn van een van de telefoons in zijn hand. 'Roep nog eens een van de helikopters op.'
De afstand tot de *Red October* was teruggebracht tot anderhalve mijl. Een van de Sea Kings steeg op en cirkelde rond.
'De duikboot zit op vijfhonderd voet en komt langzaam naar de oppervlakte.'

*De Red October*
Borodin liet het water langzaam uit de stabilisatortanks van de *October* lopen. De snelheid van de raketboot nam toe tot vier knopen, en de duikroeren leverden de grootste bijdrage tot de verandering van diepte. De *October* kwam langzaam omhoog en voer recht op de *Invincible* af.

*De Invincible*
'Hunter, hoe staat het met je morse,' vroeg admiraal White.
'Dat gaat wel, admiraal,' antwoordde Hunter. Iedereen begon opgewonden te raken. Dit was hun grote kans!
Ryan slikte moeilijk. Sinds een paar uur speelde zijn maag op, terwijl de *Invincible* op de rollende zee stil had gelegen. De pillen die hij van de scheepsarts had gekregen hielpen weliswaar, maar de spanning gaf hem weinig rust. Tussen de brug en de woelige zee gaapte een kloof van ruim twintig meter. Nou ja, dacht hij, als ik hier moet kotsen, heeft er tenminste niemand last van.

*De Dallas*
'Ik hoor geluiden van de romp, sir,' zei Jones. 'Ik geloof dat ze naar boven komt.'
'Naar boven?' herhaalde Mancuso. 'Ja, dat ligt voor de hand. Hij wil natuurlijk zien wat hem te wachten staan. Hij kan niet weten waar wij de laatste twee dagen geweest zijn.' De kapitein ging terug naar de controlekamer.
'Het ziet ernaar uit dat ze omhoogkomt, schipper,' zei Mannion. 'Dat is stom.' Mannion had niet veel op met duikbootcommandanten die te veel op hun periscoop vertrouwden. Dat was een teken, dacht hij, dat ze niet gewend waren aan het beperkte gezichtsveld van het leven onder water. Weliswaar een door en door menselijke reactie, maar ook een zeer gevaarlijke...
'Gaan wij ook omhoog, schipper?'
'Ja, maar heel langzaam.'

*De Invincible*
De hemel was doortrokken met witgrijze regenwolken. De zuidwestelijke wind zweepte de donkere golven op tot witte schuimkoppen. Ryan zag dat de *Bristol* en de *Fife* op dezelfde hoogte bleven. Hun kapiteins konden nauwelijks tevreden zijn met deze taakverdeling. De Amerikaanse escorteschepen die de vorige dag waren uitgestuurd waren nu op weg naar de USS *New Yersey*.
White zat weer aan de telefoon. 'Stel alle apparatuur in op het doelgebied. Laat het mij onmiddellijk weten wanneer er iets op de radar of sonar uit die sector binnenkomt. Op welke diepte zit de boot?... Goed, roep de tweede helikopter terug, ik wil ze allebei aan loefzij.'
Zij hadden afgesproken dat de beste methode om het bericht door te geven de seinlamp zou zijn, zodat niemand anders het signaal zou kunnen opvangen. Hunter nam het blaadje aan waarop Ryan het bericht had geschreven en ging naar de lamp.

*De Red October*
'Dertig meter, kapitein,' zei Borodin.
'Periscoop op,' antwoordde Ramius bedaard. De stalen buis werd hydraulisch naar boven gedrukt. Ramius zette zijn pet af en bukte zich om door de ooglens te kijken. 'Zo, maar liefst drie imperialistische schepen,' zei hij smalend ten behoeve van zijn gehoor. 'De *Invincible*. Wat een naam voor een schip! Twee escorteschepen, de *Bristol* en nog een kruiser.'

*De Invincible*
'Periscoop, aan stuurboord!' klonk door de luidspreker.
'Ik zie hem.' Barclay stak zijn hand uit om te wijzen. 'Daar is hij!'
Ryan kon hem met moeite onderscheiden. Hij zag niet meer dan een verticaal uit het water stekende bezemsteel.
'Hunter,' zei White kalm. Zijn hand schoof naar de lichthendel.

*De Red October*
Ramius zag het niet meteen. Zijn periscoop beschreef een hele cirkel voordat hij de seinlamp in het oog kreeg. Het duurde even voor hij doorhad dat hij op hem gericht was.

AAA AAA AAA RED OCTOBER RED OCTOBER KOMEN WIJ OVER KOMEN WIJ OVER GEEF ONS EEN KORT SONARSEIN ALS WIJ OVERKOMEN AAA AAA AAA RED OCTOBER KOMEN WIJ OVER WIJ OVER

Het bericht werd steeds herhaald. Ramius vertaalde het voor zichzelf. Zijn knokkels op de handgrepen van de periscoop werden wit toen tot hem doordrong dat het voor hem bestemd was.
'Borodin,' zei hij eindelijk. 'We sturen een sonarsignaal op de *Invincible* af. Die verdomde afstandsmeter van de periscoop blijft hangen. Een signaal is voldoende, alleen maar om de afstand te berekenen.'

*De Invincible*
'Ze geven signaal, sir,' klonk uit de luidspreker.
White pakte de telefoon. 'Bedankt. Hou ons op de hoogte.' Hij legde neer. 'Wel, heren...'
'Hij heeft gereageerd!' riep Ryan uit. 'Sein als de donder de rest.'

RED OCTOBER RED OCTOBER DE HELE RUSSISCHE VLOOT ZIT ACHTER U AAN DE HELE RUSSISCHE VLOOT ZIT ACHTER U AAN UW DOORTOCHT WORDT VERSPERD DOOR TALLOZE VAARTUIGEN GEVECHTSONDERZEEËRS ZULLEN U AANVALLEN HERHAAL TALLOZE GEVECHTSONDERZEEËRS ZULLEN U AANVALLEN VAART U DOOR NAAR PLAATS VAN SAMENKOMST 33N 75W ONZE SCHEPEN WACHTEN DAAR OP U HERHAAL VAAR DOOR NAAR PLAATS VAN SAMENKOMST 33N 75W ONZE SCHEPEN WACHTEN OP U SEIN ONS KORT SONARSIGNAAL ALS BERICHT IS DOORGEKOMEN

*De Red October*
'Wat is de afstand, Borodin?' vroeg Ramius, wensend dat hij meer tijd ter beschikking had.
'Tweeduizend meter, kapitein. Een mooie vette prooi als we...' De eerste officier slikte de rest van zijn woorden in toen hij de uitdruk-

king op Ramius' gezicht zag.
*Ze kennen onze naam,* dacht Ramius, *ze kennen onze naam! Hoe is dat mogelijk? Ze wisten precies waar ze ons konden vinden! Wat weten de Amerikanen! Hoe lang vaart de* Los Angeles *al achter ons aan? Beslis – je moet een beslissing nemen!*
'Vuur nog een keer een sonarisignaal op ze af, eentje maar.'

*De Invincible*
'Ze reageren, admiraal.' 'Mooi zo.' White keek naar Ryan. 'Nou, Jack, ik geloof dat de inlichtingendienst het bij het rechte eind had. Voortreffelijk.'
'De pot op met de inlichtingendienst! Ik had gelijk! Smeerlap!' Woedend balde Ryan zijn vuisten, zijn misselijkheid was weg. Hij kalmeerde. De situatie vroeg om meer decorum. 'Neem me niet kwalijk, admiraal. Op dit ogenblik zijn er belangrijker zaken.'

*De Dallas*
*De hele Russische vloot zit achter u aan... Vaar door naar 33N 75W.* Wat was er in jezusnaam aan de hand? vroeg Mancuso zich af, die het slot van het morsebericht had opgevangen.
'Conn, sonar. Hoor geluiden van de romp. Ze verandert van diepte. Motorgeluiden nemen toe.'
'Periscoop omlaag,' Mancuso greep de telefoon. 'Ik heb je gehoord, Jones. Nog iets?'
'Nee. De heli's zijn weg en van de oppervlakteschepen hoor ik niets meer. Wat is er aan de hand?'
'Het is volkomen duister.' Mancuso schudde het hoofd terwijl Mannion de *Dallas* in beweging bracht om de achtervolging van de *Red October* voort te zetten. Wat was er in vredesnaam aan de hand? vroeg de kapitein zich af. Waarom seinde een Brits vliegdekschip in morse naar een Russische onderzeeboot, en waarom stuurden ze haar weg naar een plaats van samenkomst buiten Carolinisch gebied? Welke onderzeeboten blokkeerden haar doortocht? Het kon toch niet zo zijn dat...

*De Invincible*
Ryan bevond zich in de verbindingskamer van de *Invincible*. 'MAGI ROEPT OLYMPUS,' typte hij in op het speciale codeerapparaat dat hij van de CIA had meegekregen, 'HEB VANDAAG MANDOLINE GESPEELD, KLONK VRIJ GOED. IK ORGANISEER EEN OPTREDENTJE, DE GEWONE PLEK. REKEN OP GOEDE KRITIEKEN. VERWACHT INSTRUCTIES.' Toen Ryan de codewoorden opkreeg die hij moest gebruiken had hij gelachen. Nu lachte hij ook, maar om een andere reden.

*Het Witte Huis*
'Zo,' merkte Pelt op,' dus Ryan verwacht dat de missie zal slagen. Alles verloopt volgens plan, maar hij maakte geen gebruik van de codegroep voor "succes verzekerd".'
De president leunde gemakkelijk achterover. 'Hij is eerlijk. Er kan altijd iets fout gaan. Je moet toch toegeven dat de zaken er goed voorstaan.'
'Het plan dat de chefs van staven uitgedacht hebben, is te gek om los te lopen.'

*De Invincible*
'OLYMPUS ROEPT MAGI. IK HOUD VAN OUDERWETSE MANDOLINEMUZIEK. GEEFT TOESTEMMING VOOR EEN CONCERT,' luidde het bericht.
Ryan zat op zijn gemak een glas cognac te drinken. 'Dat is mooi. Ik ben benieuwd wat ze verder van plan zijn.'
'Ik verwacht dat Washington ons daar wel van op de hoogte brengt. Voor het moment,' zei admiraal White, 'moeten we terug in westelijke richting om positie in te nemen tussen de *October* en de Russische vloot.'

*De Avalon*
Luitenant Ames bekeek het schouwspel door het kleine raampje in de boeg van de *Avalon*. De Alfa lag op haar bakboordzijde. Blijkbaar was haar achterstuk het eerst geraakt, en hard ook. Een propellorblad was afgeknapt en het onderste gedeelte van de roerstabilisator was gebroken. De hele achtersteven kon er wel afgeslagen zijn; met dit slechte zicht was het moeilijk te zien.
'Langzaam vooruit,' zei hij, terwijl hij zich naar het controlepaneel draaide. De DZRV kroop vooruit met een snelheid van een knoop. Ondanks de boeglichten bedroeg het zicht niet meer dan twintig meter.
De zeevloer was op dit punt een verraderlijke helling van slib, die bezaaid was met grote rotsblokken. Het leek erop dat de toren, die als een wig in de bodem was verankerd, verder afglijden had voorkomen.
'Godallemachtig!' De kwartiermeester was de eerste die de scheur in de romp zag.
'Een ongeluk met een reactorvat,' zei Ames, zijn stem klonk klinisch en afstandelijk. 'Er is iets dwars door de romp gebrand, en die is nog wel van titanium! En daar zit nog zo'n gat, zeker een meter in doorsnee. Er kan geen twijfel over de oorzaak bestaan, mensen. De zee kon zo naar binnen spoelen.' Ames wierp een blik op de dieptemeter: 1880 voet. 'Heb je alles op de band?'
'Ja, schipper,' zei de technicus. 'Rotmanier om dood te gaan. Arme drommels.'

'Dat hangt af van wat ze van plan waren.' Ames manoeuvreerde de Avalon rond de boeg van de Alfa. 'Is er enig bewijs van een rompbreuk?'
'Nee,' antwoordde de jongste onderofficier, 'alleen de twee brandgaten. Ik vraag me af wat er mis is gegaan.'
'Een realiteit geworden China-syndroom. Eindelijk heeft het plaatsgevonden.' Ames schudde het hoofd. Als er iets was waarop de marine aandrong, was het om veilig om te springen met kernreactoren. 'Breng de transductor eens tegen de romp. Eens kijken of er nog iemand in leven is.'
Terwijl de technicus zijn werk deed, probeerde Ames de *Avalon* doodstil te houden. Dat was niet gemakkelijk. De DZRV bewoog nogal, nu hij enkel op de toren rustte. Als er overlevenden waren, moesten die zich in de verbindingsruimte of daarvoor bevinden. Achterdeks was iedere vorm van menselijk leven onmogelijk.
'Ik heb contact.'
Alle drie de mannen luisterden ingespannen. Hun taak bestond uit opsporings- en reddingswerkzaamheden en die vatten ze serieus op.
'Misschien slapen ze.' De onderofficier zette de locatiesonar aan. De hoogfrequente golven resoneerden door beide vaartuigen. Het geluid was voldoende om de doden tot leven te brengen, maar er volgde geen reactie. De zuurstofvoorziening in de *Politovski* was een dag eerder al uitgeput.
'Dat weten we dan,' zei Ames kalm. Hij bracht de boot weer omhoog. Ze zouden terugkomen als het weer aan de oppervlakte beter werd. De marine zou zich de kans om een kijkje in de Alfa te nemen niet laten ontgaan.
'*Avalon, Avalon,* hier de *Scamp* –,' klonk door de radio-ontvanger, '– keer onmiddellijk terug. Bevestig ontvangst.'
'*Scamp,* hier de *Avalon.* We zijn onderweg.'
De *Scamp* had zojuist een ELF-bericht ontvangen: 'VAAR OP VOLLE SNELHEID NAAR 33N 75W.' Er werd geen reden vermeld.

*Langley*
'Kardinaal is nog in leven,' zei Moore tegen Ritter.
'Goddank.' Ritter ging zitten.
'Er is een boodschap onderweg. Dit keer heeft hij zijn leven niet op het spel gezet om hem ons te bezorgen. Misschien dat zijn verblijf in het ziekenhuis hem wat voorzichtiger heeft gemaakt. Ik heb hem een ander aanbod gedaan om hem daar weg te krijgen.'
'Alweer?'
'Bob, we moeten wel.'

'Ik weet het. Ik heb hem er een paar jaar geleden ook een gedaan. De knaap wil er gewoon niet mee ophouden. Je weet hoe dat gaat, sommige mensen kunnen niet zonder spanning. Misschien is hij nog niet uitgeraasd... ik kreeg net een telefoontje van senator Donaldson.' Donaldson was de voorzitter van de Speciale Commissie.
'En?'
'Hij wil weten wat er aan de hand is. Dat verhaal over een reddingsmissie slikt hij niet. Hij denkt dat wij iets weten.'
Moore leunde achterover. 'Ik vraag me af wie hem op dat idee heeft gebracht.'
'Ik heb een plannetje dat we eens uit kunnen proberen. Het wordt tijd en dit is *de* gelegenheid.'

*Washington*
Terwijl hij het bericht las liet Donaldson Ritter buiten zijn kantoor wachten. Hij wilde dat Ritter zijn plaats kende. De geruchten dat er ergens een lek zat, hadden een gevoelige snaar bij de senator uit Connecticut geraakt, en het was belangrijk dat hogere functionarissen van het verschil doordrongen raakten dat bestond tussen henzelf en door het volk gekozen vertegenwoordigers.
'Het spijt me dat ik u moest laten wachten.' Donaldson stond niet op, noch bood hij hem een hand aan.
'Dat geeft niet. Ik heb de gelegenheid te baat genomen om een tijdschrift te lezen. Daar krijg ik niet vaak de tijd voor.'
'Vertelt u mij nu eens wat de Russen voorhebben.'
'Voordat ik dat onderwerp aansnijd, moet ik u zeggen dat ik voor dit gesprek toestemming aan de president heb moeten vragen. Deze informatie is strikt voor u persoonlijk bestemd, niemand anders mag hiervan horen. Niemand. Dat komt rechtstreeks van het Witte Huis.'
'De commissie bestaat uit meer leden dan mijn persoon.'
'Als u mij uw woord niet geeft de grootste geheimhouding in acht te nemen, vertel ik u niets. Zo luiden mijn orders en die heb ik van de president zelf.' Ritter hoopte dat het recordertje dat hij in zijn zak had geen woord miste van wat er gezegd werd.
'Akkoord,' zei Donaldson met tegenzin. Hij was boos vanwege de dwaze restricties, maar tevreden dat hij zou horen wat er aan de hand was. 'Ga verder.'
'Om eerlijk te zijn, weten we niet precies wat er gaande is,' zei Ritter.
'Ik moest dus geheimhouding zweren om niemand te vertellen dat de CIA in het duister tast?'
'Ik zei dat we het niet precies wisten. We weten wel iets. Onze informatie komt voornamelijk van de Israeli's, en de rest hebben we van de Fransen. Van beide zijden hebben we vernomen dat er bij de Russi-

sche marine iets behoorlijk uit de hand is gelopen.'
'Zoiets hoorde ik. Ze zijn een onderzeeër kwijt.'
'Minstens één, maar dat is het niet. Bij hun Noordelijke Vloot is door een of andere natie een foefje uitgehaald. Ik weet het niet zeker, maar ik vermoed dat het om de Polen gaat.'
'Waarom de Polen?'
'Ik weet ook niet zeker dat het om hen gaat, maar zowel de Fransen als de Israeli's hebben goede banden met de Polen, en het loopt al een hele poos niet lekker tussen de Polen en de Russen. En ik weet wel, tenminste ik denk het te weten, dat wat er ook tussen hen is, dit niet afkomt van een westerse inlichtingendienst.'
'Maar wat is er nou aan de hand?'
'Wij vermoeden dat iemand om de Russische marine in moeilijkheden te brengen de boel minstens één, mogelijk tot drie keer toe, heeft belazerd. Maar wat het ook was, het is uit de hand gelopen. Een hoop mensen proberen hun kont eruit te draaien, zeggen de Israeli's. Ik houd het erop dat het iemand gelukt is de operationele orders van een duikboot te wijzigen, en daarna een vervalste brief van de kapitein te laten opduiken waarin deze dreigt de kernraketten af te vuren. Het verbazendst is dat de Russen erin getuind zijn.' Ritter fronste zijn wenkbrauwen. 'We kunnen er echter helemaal naast zitten. Wat we wel zeker weten, is dat de Russen een smerig kunstje geleverd is, waarschijnlijk door de Polen.'
'Zitten wij er niet achter?'
'Nee, absoluut niet! Als wij zoiets probeerden, zouden ze – zelfs als het ons zou lukken, wat niet waarschijnlijk is – ons ook iets dergelijks proberen te leveren. Zo zou er een oorlog kunnen ontstaan en u weet dat de president er nooit toestemming voor zou geven.'
'Maar iemand bij de CIA kan het toch een biet zijn wat de president ervan vindt.'
'Niet binnen mijn afdeling! Daar durf ik mijn hoofd om te verwedden. Denkt u heus dat wij zomaar een dergelijke operatie op gang kunnen brengen, zonder dat dat bekend wordt? Jezus, senator, ik wou dat het waar was.'
'Waarom de Polen dan wel?'
'Het vermoeden bestaat al een tijdje dat er binnen de Poolse inlichtingendienst een dissidente factie aan het werk is, eentje die niet bepaald gek op de Russen is. Er zijn wel een paar redenen te bedenken waarom ze dat niet zijn. De landen zijn elkaar nooit bijster vriendelijk gezind geweest en de Russen schijnen te vergeten dat de Polen in de eerste plaats Pools zijn, en daarna het communisme pas komt. Dan is er nog die geschiedenis met de paus. De paus heeft Polen een hoop prestige bezorgd, dingen voor het land gedaan waar zelfs partijleden blij mee

zijn. En u moet niet vergeten dat hun inlichtingendienst altijd een bijzonder goede naam heeft gehad. Zij waren het die in 1939 de doorbraak geforceerd hebben. Ze zijn verdomd effectief en om dezelfde reden als de Israeli's. Zowel in het westen als in het oosten grenzen ze aan vijandelijke naties. Daarom hadden ze goede agenten nodig. We weten dat er een heleboel Polen als gastarbeiders in Rusland werkzaam zijn, in ruil voor de economische steun die ze van de Sovjets ontvangen hebben. We weten ook dat op Russische scheepswerven veel Poolse ingenieurs werken. Geen van beide landen heeft een maritieme traditie, maar de meeste Russische koopvaardijschepen worden door Polen gebouwd. Hun scheepswerven werken veel efficiënter, en de laatste tijd bieden ze technische steun aan de Russische marinewerven.'

'Maar u weet niet wat er precies aan de hand is.'

'Zo eenvoudig is het niet. Geef ons wat tijd. Op het ogenblik willen we het misschien niet eens weten. U kunt ervan op aan dat degene die deze operatie is begonnen zijn uiterste best doet om alle sporen uit te wissen.' Ritter wilde dat het volgende goed tot de senator doordrong. 'Als de Russen erachter komen wie dit op zijn geweten heeft, zal hun reactie niet misselijk zijn. Over een paar weken weten we misschien meer. De Israeli's staan bij ons in het krijt. Vroeg of laat stellen ze ons wel op de hoogte.'

'In ruil voor een paar F-15's en een compagnie tanks,' merkte Donaldson op.

'Een koopje.'

'Maar als we hier niet in betrokken zijn, waarom die geheimzinnigheid?'

'U heeft me uw woord gegeven,' bracht Ritter de senator in herinnering. 'Als het uitlekt dat wij ervan weten, zouden ze dan niet geloven dat wij er ook de hand in hebben? Dat is één reden, en een ander is dat als we er ooit achter komen wat er allemaal gebeurd is, we er wel eens gebruik van zouden willen maken.'

'Dat zijn tegenstrijdige redenen.'

Ritter glimlachte. 'Zo werkt dat in ons vak. Als we erachter komen wie hierachter zit kunnen we die informatie in ons voordeel aanwenden. In ieder geval heeft u mij uw woord gegeven, en zodra ik in Langley terug ben, zal ik de president daar verslag van doen.'

'Goed.' Donaldson stond op. Het gesprek was ten einde. 'Ik vertrouw erop dat u me van het verdere verloop van de zaak op de hoogte zult houden.'

'Dat zal wel moeten.' Ritter ging ook staan.

'Zo is het. Bedankt voor uw komst.' Ook dit keer gaven ze elkaar geen hand.

Tegen zijn gewoonte in ging Donaldson via de trap in plaats van met de lift naar beneden. Met een beetje geluk had hij zojuist een belangrijke zet gedaan. Zijn wagen wachtte buiten op hem en hij gaf zijn chauffeur opdracht koers te zetten naar het FBI-gebouw.
'Is het geen operatie van de CIA?' vroeg Peter Henderson, de senators rechterhand.
'Nee. Ik geloof hem,' zei Donaldson. 'Hij is niet slim genoeg om zoiets op touw te zetten.'
'Ik snap niet waarom de president hem er niet uitschopt,' zei Henderson. 'Maar zoals de zaken staan, is het misschien maar beter dat hij incompetent is.' De senator knikte instemmend.
Terug in zijn kantoor liet Henderson de jaloezieën voor zijn raam zakken, hoewel de zon aan de andere kant van het gebouw stond. Een uur later keek de chauffeur van een passerende Black & White-taxi omhoog naar het raam en begreep de boodschap.
Henderson werkte die avond nog laat door. Nu alle senatoren bijna de stad uit waren, was het gebouw zo goed als verlaten. Donaldson was er voor privézaken en om een oogje in het zeil te houden. Als voorzitter van de Speciale Commissie voor Inlichtingenzaken had hij voor de tijd van het jaar meer werk te doen dan hem lief was. Henderson nam de lift naar de hal. Hij zag er onberispelijk uit in zijn grijze driedelige kostuum, een dure leren diplomatenkoffer in de hand. Met verende tred liep hij het gebouw uit. Een Black & White-taxi kwam de hoek om en stopte om een passagier uit te laten stappen. Henderson stapte erin.
'Watergate,' zei hij. Pas nadat de taxi een paar blokken verderop was sprak hij weer.
Henderson had een bescheiden flat in het Watergate-gebouw, een speling van het lot die hij als ironisch ervoer. Op zijn bestemming aangekomen, tipte hij de chauffeur niet. Terwijl hij naar de hoofdingang liep, stapte een vrouw in de taxi. In Washington hebben de taxi's het vroeg in de avond druk.
'Georgetown University,' zei de mooie jonge vrouw met kastanjebruin haar en een armvol boeken.
'Avondcolleges?' vroeg de chauffeur, terwijl hij in zijn spiegeltje keek.
'Tentamen,' zei het meisje met een zweem van nervositeit in haar stem. 'Psychologie.'
'Om tentamens kun je je maar beter zo min mogelijk druk maken,' adviseerde de chauffeur.
Agente Hazel Loomis probeerde de stapel boeken te ordenen en liet haar tasje vallen. 'O, verdomme,' zei ze en bukte zich voorover. Onder de passagiersstoel haalde ze een miniatuur bandrecordertje weg

dat een andere agent daar achtergelaten had.
De rit naar de universiteit nam vijftien minuten in beslag. De ritprijs bedroeg drievijfentachtig. Loomis gaf de chauffeur een briefje van vijf en zei dat hij het wisselgeld kon houden. Ze liep de campus over en stapte in een Ford die haar rechtstreeks naar het Hoover-gebouw bracht. Er was een hoop werk in gaan zitten – en het was zo eenvoudig geweest!
'Dat is het altijd als de beer je tegemoet komt.' De inspecteur die de zaak leidde sloeg bij de Pennsylvania Avenue linksaf. 'Het grootste probleem is altijd om die verrekte beer te vinden.'

*Het Pentagon*
'Heren, u bent hier gevraagd omdat ieder van u veiligheidsofficier is en gedegen kennis bezit van duikboten en de Russische taal,' zei Davenport tegen de vier officieren die in zijn kantoor zaten. 'Ik heb u nodig. Het gaat om een opdracht op vrijwillige basis. Er kan een hoge risicofactor aan verbonden zijn – ook daar kunnen we weinig over zeggen. Maar wat ik wel kan zeggen is dat het om een opdracht gaat waar iedere veiligheidsofficier van droomt, maar wel het soort droom waarover je met niemand mag spreken. Maar daar zijn we allemaal aan gewend. Zo is het toch?' Davenport toverde een van zijn zeldzame glimlachjes te voorschijn. 'Zoals ze in de film zeggen, als u mee wilt doen, mooi; zo niet, dan houdt het voor u hiermee op, en daar laten we het bij. Het is veel gevraagd om te verwachten dat iemand blindelings een gevaarlijke opdracht aanvaardt.'
Natuurlijk verliet niemand het vertrek; de mannen die voor deze opdracht waren uitgezocht waren geen weglopers. Bovendien zou erover gesproken worden en had Davenport een goed geheugen. Dit waren beroepsofficieren. Een van de compensaties voor het dragen van een uniform en het verdienen van een lager salaris dan een even getalenteerd man in de echte wereld krijgt, was het buitenkansje om je leven in te mogen zetten.
'Dank u, heren. U zult ondervinden dat dit de moeite waard is.' Davenport stond op en overhandigde ieder van hen een bruine envelop. 'U zult spoedig de kans hebben een Russische torpedobootjager aan een onderzoek te onderwerpen – van binnenuit.' Vier paar ogen keken hem eensgezind aan.

*33N 75W*
De USS *Ethan Allen* was nu al meer dan dertig uur op haar post. Ze kruiste rond in een cirkel van vijf mijl op een diepte van tweehonderd voet. Er was geen haast bij. De duikboot had net genoeg vaart om het roer onder controle te houden en gebruikte maar tien procent van

zijn capaciteit. De kwartiermeester assisteerde in de kombuis een van de officieren.
'Het is de eerste keer dat ik zoiets doe in een duikboot,' merkte de officier op die als scheepskok fungeerde en zojuist een omelet had omgekeerd.
De kwartiermeester zuchtte onhoorbaar. Ze hadden met een behoorlijke kok moeten vertrekken, maar die van hen was een jochie, en iedere man aan boord had er al meer dan twintig jaar dienst op zitten. De onderofficieren waren stuk voor stuk technici, op de kwartiermeester na, die alleen met een broodrooster overweg kon.
'Kookt u veel?'
'Soms. Mijn ouders hadden vroeger een restaurant in Pass Christian. Dit is een specialiteit van mijn moeder, een Cajun-omelet. Jammer dat we geen zeebaars hebben. Met zeebaars en een beetje citroensap kan ik wonderen verrichten. Vis jij wel eens?'
'Nee, meneer.' De kleine bemanning van officieren en onderofficieren werkte in een informele atmosfeer, maar de kwartiermeester was een man die gewend was aan discipline en statusverschillen. 'Overste, mag ik u vragen wat we hier in godsnaam uitvoeren?'
'Ik wou dat ik het wist. Het lijkt me dat we ergens op wachten.'
'Maar waarop?'
'Ik mag hangen als ik het weet. Kun je me die hamschijven even aangeven? En kun je even in de oven kijken? Het brood moet nu zo langzamerhand wel gaar zijn.'

*De New Jersey*

Commodore Eaton wist niet wat hij ervan moest denken. Zijn eenheid hield zich twintig mijl ten zuiden van de Russen op, en als het niet donker was geweest had hij de bovenbouw van de *Kirov* vanaf de brug kunnen zien. De kruiser werd voorafgegaan door een enkele rij escorteschepen, op zoek naar een duikboot.
Sinds de schijnaanval door de luchtmacht hadden de Russen zich zo mak als schapen gehouden, wat zacht gezegd tegen hun gewoonte was. Eatons smaldeel was nu belast met de bewaking van de *Kirov*, bijgestaan door twee E-3's. De *Tarawa* bevond zich dertig mijl naar het zuiden, de Harriers klaar om binnen vijf minuten op te stijgen. De Russische antiduikboothelikopters hadden zich in geen twee dagen meer in de buurt laten zien, maar ongetwijfeld was de vijand op de hoogte gehouden door de bemanning van de bommenwerpers die in groepen naar Cuba en terug vlogen. Toch deden de Russen alsof ze aan een pleziertochtje bezig waren, alleen gebruik makend van de radar voor de normale navigatie. Vreemd.
De *Nimitz* was na een haastige overtocht vanuit de zuidelijke Atlanti-

sche Oceaan inmiddels voldoende genaderd om haar vliegtuigen te kunnen inzetten; ze bevond zich op slechts vierhonderd mijl naar het zuiden, met de *America* een halve dag daarachter. Ten slotte was er nog de *Kennedy* in het oosten, zodat de Sovjets rekening moesten houden met luchtaanvallen uit drie verschillende richtingen, nog afgezien van de eenheden aan de Amerikaanse oostkust. Misschien verklaarde dat hun voorzichtige houding.

Er kon weinig twijfel over bestaan hoe ernstig de Verenigde Staten de situatie opvatten, hoewel er geen plaagstoten meer werden uitgedeeld. Daar was Eaton ook wel zo blij om. Er was helemaal niets mee te winnen, en als het moest was zijn hele eskader binnen twee minuten gevechtsklaar.

*Het Watergate-flatgebouw*

'Zou ik hier even kunnen bellen? Ik ben hier net komen wonen en mijn telefoon is nog niet aangesloten.'

Henderson had weinig bedenktijd nodig. Het meisje dat voor hem stond was ongeveer 1 meter 65 lang, had kastanjebruin haar, grijze ogen, een prima figuur, een betoverende glimlach en was modieus gekleed. 'Tuurlijk. Kom binnen.'

'Bedankt. Mijn naam is Hazel Loomis. Sissy voor vrienden.' Ze stak een hand uit.

'Peter Henderson. De telefoon staat in de keuken. Ik zal hem u wijzen.' Dat zag er veelbelovend uit. Hij had zojuist de langdurige relatie verbroken die hij had met een van de secretaressen van de senator. Het was voor allebei moeilijk geweest.

'Ik stoor toch niet? U heeft toch geen bezoek?'

'Nee, ik ben alleen. Bent u pas in Washington? Het nachtleven is niet erg enerverend en zeker niet als je de volgende dag naar je werk moet. Wat doe je voor werk – ik neem aan dat je niet getrouwd bent.'

'Inderdaad. Ik werk bij DARPA, als computerprogrammeur. Ik vrees dat ik daar weinig over mag zeggen.'

Zoveel te beter, dacht Henderson. 'Daar staat de telefoon.'

Loomis keek vlug rond alsof ze zich een oordeel vormde over de inrichting. Ze zocht in haar tasje en haalde er een muntstuk uit. Henderson lachte.

'Het eerste gesprek is gratis, en je kunt hier bellen zo vaak je wilt.'

'Ik wist,' zei ze, de toetsen indrukkend, 'dat het hier een stuk leuker wonen zou zijn dan in Laurel. Hallo, ben jij het, Kathy? Met Sissy. Ik ben vandaag verhuisd, mijn telefoon is zelfs nog niet aangesloten... Oh, iemand op mijn verdieping was zo vriendelijk me even van zijn telefoon gebruik te laten maken... Goed, ik kom morgen bij je lunchen. Tot dan.'

Loomis keek rond. 'Wie heeft de inrichting verzorgd?'
'Ikzelf. Op Harvard had ik binnenhuisachitectuur als keuzevak en in Georgetown heb je een paar prima zaken, waar je leuke dingen kunt kopen als je ze weet te vinden.'
'Ik wou dat mijn flat er zo uitzag. Wil je me rondleiden?'
'Natuurlijk, eerst de slaapkamer maar?' Henderson lachte om haar te tonen dat hij geen bijbedoelingen had – wat natuurlijk wel zo was, maar in dergelijke zaken was hij een geduldig man. De rondleiding die een paar minuten in beslag nam, overtuigde Loomis ervan dat zij inderdaad alleen waren in de flat. Een minuut later werd er op de deur geklopt.
'Bent u Peter Henderson?' De man die deze vraag stelde, was formeel gekleed. Henderson droeg een spijkerbroek en een T-shirt.
'Ja?' Henderson, beseffend wat hem te wachten stond, deed een stap terug. Maar het vervolg verraste hem toch.
'U staat onder arrest,' zei Sissy Loomis terwijl ze zich legitimeerde. 'U wordt verdacht van spionage. U heeft het recht te zwijgen en een advocaat te raadplegen. Als u geen gebruik maakt van uw recht om een advocaat te raadplegen of u zich er geen kunt veroorloven zullen wij ervoor zorgen dat u er een toegewezen krijgt. Als u uw recht om te zwijgen opgeeft, moet ik u erop wijzen dat alles wat u zegt tegen u gebruikt kan worden.' Dit was Sissy's eerste spionagezaak. Als specialiste in bankovervallen had ze het grootste deel van de laatste vijf jaar met een revolver bij de hand achter de balie van een bank gewerkt. 'Doet u afstand van een van die rechten.'
'Nee, in geen geval.' Hendersons stem klonk scherp.
'O, dat komt nog wel,' merkte de inspecteur op. 'Dat komt nog wel.' Hij wendde zich tot de drie agenten die hem begeleidden. 'Kam deze woning uit, maar hou het rustig. Niemand hoeft het te horen. En u, meneer Henderson, gaat met ons mee. U kunt zich eerst verkleden. We kunnen dit op de zachte of de harde manier spelen. Als u belooft mee te werken, laten we de handboeien achterwege. Maar geloof me, als u probeert weg te lopen, zult u er spijt van krijgen.'

*De Red October*

Ramius en Borodin beraadslaagden verscheidene minuten boven de kaart, verschillende routes besprekend tot ze het ten slotte over een ervan eens konden worden. De andere aanwezigen bemoeiden zich er niet mee. Ze waren er nooit toe aangemoedigd zich met de vaarroutes bezig te houden. De kapitein liep naar de achterste scheidingswand en pakte de telefoon.
'Kameraad Melechin,' beval hij en wachtte een paar seconden. 'Kameraad, de kapitein hier. Zijn er nog problemen met de reactorsystemen?'

'Nee, kapitein.'
'Prima. Probeer het nog twee dagen zo te houden.' Ramius legde neer. Nog dertig minuten voor de volgende wacht betrokken werd.
Melechin en Kirill Soerzpoi, de tweede machinist, deden dienst in de machinekamer. Melechin had de turbines op de monitor en Soerzpoi ging over de reactorsystemen. Ieder van hen had een officier en drie matrozen tot zijn beschikking. De machinisten hadden het deze reis bijzonder druk gehad. Ieder toestel en iedere monitor was al verschillende keren nagekeken leek het wel, en meer dan een was al helemaal opnieuw opgebouwd door de twee hoofdofficieren. Zij werden hierin bijgestaan door Valentin Boegajev, het elektronica-genie aan boord die ook lezingen in politieke bewustwording gaf. De bemanning van de machinekamer had het het zwaarst te verduren van iedereen aan boord. Dat er een lek in het circuit ontstaan was, had zich als een lopend vuurtje verspreid – op een duikboot was een geheim geen lang leven beschoren. Om hun taak wat te verlichten werden gewone matrozen toegevoegd aan het controleteam. De bemanning beschouwde het als de beste manier om zo snel mogelijk vergiftigd te raken, maar de discipline bleef gehandhaafd. Dat was grotendeels te danken aan het vertrouwen dat de mannen stelden in hun gezagvoerder.
'Kameraad Melechin,' riep Soerzpoi, 'het hoofdcircuit vertoont drukverschillen, bij nummer zes.'
'Ik kom eraan.' Melechin haastte zich naar het controlepaneel. 'Nog meer slechte instrumenten! De rest lijkt in orde.' De machinist zei het zo hard dat iedereen het kon horen. Hij fluisterde iets in Soerzpoi's oren, wat ook niet ongemerkt voorbijging. Terwijl hun handen over het bedieningspaneel gingen, schudde de jongere man langzaam het hoofd.
Een luide zoemtoon werd hoorbaar en een rood zwaailicht trad in werking.
'Druk de alarmknop in!' beval Melechin.
Soerzpoi's vinger schoot naar de hoofdschakelaar van het reactorsysteem.
Het volgende dat Melechin opdroeg was het noodaggregaat in werking te stellen. Dat nam veertig seconden in beslag.
'Het is gebeurd, kameraad!'
'*Weg!*'
Melechin was de laatste die de ruimte verliet.
'Wat is er aan de hand?' vroeg Ramius kalm.
'Stralingsgevaar in de buurt van de warmtewisselaar!'
'Goed, ga erheen met je mannen en houd jezelf in de hand.' Ramius klopte de officier op zijn arm. 'We hebben dit soort problemen eerder gehad. U bent erop getraind.'

Ramius pakte de telefoon. Aan de andere kant werd onmiddellijk gereageerd. 'Wat is er gebeurd, kameraad?' De mannen in de verbindingsruimte keken toe terwijl de kapitein naar het antwoord luisterde. Ze bewonderden hem om zijn kalmte. 'Goed, we hebben niet veel stroom meer over. We moeten naar de oppervlakte. Houd je gereed om over te gaan op diesel. Ja.' Hij hing op.
'Kameraden, luister.' Ramius sprak beheerst. 'Er is een klein defect aan het reactor-controlesysteem. Er is geen lek in het hoofdcircuit. Melechin en Soerzpoi hebben met succes het reactorsysteem buiten werking gesteld, maar de reactor kan niet naar behoren functioneren zonder het controlesysteem. Daarom zullen we de rest van de reis op dieselolie varen. Om ons voor *mogelijk* besmettingsgevaar te vrijwaren, zijn de reactorruimtes afgezet, en alle compartimenten worden gelucht zodra we aan de oppervlakte zijn.'
Ramius greep de microfoon om dit nieuws aan de gehele bemanning door te geven. Sommigen mompelden dat een klein defect een term was die de laatste tijd een beetje te veel gebruikt werd en dat kernonderzeeërs niet op diesel voeren, om nog maar te zwijgen van de idioterie om de boel te luchten.

*De Dallas*
'Geen idee, schipper,' zei Jones hoofdschuddend. 'De reactor geeft geen geluid meer en de pompen zijn amper te horen, maar de snelheid blijft even groot als eerst. Ze loopt zeker op batterijen.'
'Bij een boot van die omvang?' vroeg Mancuso. 'Dat moeten dan aardige batterijen zijn.'
'Daar heb ik al een paar berekeningetjes over gemaakt,' zei Jones, met zijn notitieblok zwaaiend. 'Gebaseerd op de romp van een Typhoon. Het zou iets bijzonders kunnen zijn, met brandstofcellen of zo, anders produceert hij genoeg elektriciteit om alle auto's in Los Angeles aan de gang te houden.'
Mancuso schudde met zijn hoofd. 'Dat kan nooit lang goed gaan.'
Jones stak zijn hand op. 'Ik hoor de romp kraken – ik geloof dat ze iets aan het stijgen is.'

*De Red October*
'Snorkel op,' zei Ramius, door de periscoop kijkend. 'Er zijn gelukkig geen andere schepen in zicht, ik geloof dat we de imperialisten kwijt zijn. Boegajev, is er iets op de radar te zien?'
'Niets, kameraad,' antwoordde Boegajev, 'er zijn zelfs geen verkeersvliegtuigen in de buurt.'
'Dan zijn we die ratten inderdaad kwijt.' Ramius belde de machinekamer. 'Melechin, de grote inlaat kan open om te ventileren. Daarna

breng je de diesel op gang.'
Een minuut later voelde iedereen de trillingen door het schip lopen terwijl de enorme dieselmotor op batterijstroom werd opgestart. Alle lucht werd uit de reactorruimtes gezogen en via de ventilatiepijp door verse vervangen.
Na drie minuten werd het ineens stil; de dieselmotor was niet op gang gekomen. Melechin riep de brug op.
'Wat is er met de diesel aan de hand, kameraad?' vroeg Ramius scherp. 'Goed, ik zal een paar mensen sturen... O, wacht even.' Ramius keek om zich heen, zijn mond een dunne, bloedeloze streep. 'Wie van jullie weet voldoende van dieselmotoren om kameraad Melechin te kunnen helpen?'
'Op de staatsboerderij heb ik veel met tractors gewerkt,' zei Boegajev.
'Dat is niet het enige...'
Boegajev knikte geruststellend. 'Ik begrijp het, kapitein, maar we kunnen de diesel kwalijk missen, wel?'
'Ik zal het niet vergeten, kameraad,' zei Ramius rustig.
'Dan bent u me nog een rondje schuldig op Cuba.' Boegajev glimlachte heldhaftig. 'Ik zou graag een Cubaanse kameraad ontmoeten, liefst een met lang haar...'
'Breng over tien minuten persoonlijk verslag uit.'
'Aye, aye.'
'Swyadov, neem zolang zijn post over.' Ramius wees naar het radarpaneel. 'Dit is een goede gelegenheid om iets nieuws te leren.'
Swyadov gehoorzaamde na een lichte aarzeling. Hij had de kapitein nog nooit zo meegemaakt.

# De veertiende dag – donderdag 16 december

*Een Super Stallion*

De Super Stallion-helikopter was een oud beestje, voor het eerst ingezet aan het eind van de oorlog in Vietnam om als een vliegende mijnenveger de haven van Haiphong vrij te houden. Sindsdien was de Sikorski voornamelijk ingezet voor zware transporten over grotere afstand, een taak waarvoor de drie turbinemotoren hem zeer geschikt maakten.

Vanavond droeg de helikopter behalve de gebruikelijke driekoppige bemanning vier passagiers en een flinke voorraad extra brandstof met zich mee. De officieren van de inlichtingendienst voerden een levendig gesprek, dat zich concentreerde op de vraag wat ze wel aan boord van een heuse Russische duikboot zouden aantreffen. Allemaal vonden ze het jammer dat er ook na afloop van hun missie strikte geheimhouding in acht zou worden genomen; alleen een handjevol mensen zou ooit het hele verhaal kennen.

Hun opdracht was nauw omschreven. De helikopter volgde de uitgestippelde koers naar de *Invincible*, waar de inzittenden moesten overstappen op een Brits hefschroefvliegtuig dat hen naar de *Pigeon* zou brengen. Op die manier zou de Super Stallion niet langer dan enkele uren van de basis Oceana hoeven te ontbreken.

De turboprop-motoren draaiden op vol vermogen en maakten een snelheid van honderd vijftig knopen mogelijk. Ze waren nog tachtig mijl van hun doel verwijderd, na een grillige reis die bedoeld was om eventuele radarspionnen om de tuin te leiden. De twee piloten waren vermoeid na vier uur vliegen onder een zware bewolking, waardoor ze voortdurend de kunstmatige horizon in het oog moesten houden. Het instrumentenpaneel gloeide met een matrood nachtlicht.

'Juliet 6,' klonk de stem van de begeleidende E-3, 'jullie doel bevindt zich op nul-acht-nul graden, afstand vijfenzeventig mijl.'

'Die denkt zeker dat we verdwaald zijn.' zei commandant John Marcks over de boordradio.

'Dat heb je met die gasten van de luchtmacht, die zijn niet gewend boven zee te vliegen,' reageerde de copiloot. 'Als ze geen rechte wegen onder zich zien, zijn ze nergens meer.'

Net een meter boven hun hoofd en iets naar achteren wentelde de zevenbladige rotor op volle toeren. De twee piloten konden niet weten dat zich in het overbrengingshuis, dicht bij een van de brandstofkleppen, een scheurtje begon te vertonen.

'Juliet 6, er is zojuist een straaljager opgestegen om jullie naar het doel te begeleiden. Rendez-vous over acht minuten. Het escorte nadert uit het noordnoordwesten. Denk om de radarecho.'
'Dank je wel,' bromde Marcks.

*De Harrier*
Luitenant Parker vloog de Harrier die van de *Invincible* was opgestegen. Achter hem zat een onderluitenant van de Royal Navy. Het escorteren van de helikopter was slechts bijzaak; het ging er vooral om de omtrek af te speuren op eventuele vijandelijke duikboten die de vlucht van de Sikorski zouden kunnen volgen.
'Enig teken van leven?' vroeg Parker aan zijn begeleider.
'Niets.' De tweede luitenant tastte met de infraroodapparatuur de naaste omgeving af. Geen van beide mannen wist waar het precies om te doen was, al hadden ze er druk genoeg over gespeculeerd.
'Kijk eens of je de helikopter al kunt vinden.'
'Wacht even... Daar, iets ten zuiden van ons.'
De tweede luitenant drukte op een knop om de display op het scherm van de piloot in werking te stellen. De drie motoren van de helikopter waren duidelijk zichtbaar binnen de zwakkere, dofgroene gloed van de hete rotorpunten.
'Harrier 2-0, hier de E-3 Echo. Uw doel bevindt zich ten noordnoordoosten van u, afstand twintig mijl. Over.'
'Roger, we hebben hem al in beeld met onze infraroodcamera,' zei Parker. 'Over en uit.' Hij zocht de boordradio op en bromde: 'Daar heb je nog eens wat aan, aan zo'n E-3.'

*De Super Stallion*
De romp van het transmissiehuis scheurde open en op hetzelfde moment verdwenen liters smeerolie in een grijze wolk uit het omhulsel. Een oorverdovend gekraak weerklonk, op het instrumentenpaneel lichtte een waarschuwingslamp op. Marcks en zijn copiloot sneden onmiddellijk de toevoer naar alle drie de motoren af, maar de tijd werkte tegen hen. De hele transmissie werd door de kracht van de turbines uit elkaar gescheurd. Het had veel weg van een explosie. Onderdelen en brokstukken werden weggeslingerd en richtten een ravage aan in het voorste gedeelte van de helikopter. Het toestel begon snel hoogte te verliezen en door de wiekende rotor om zijn as te draaien. Twee officieren werden uit hun stoel geworpen en hulpeloos naar voren gesmakt.
'Mayday, mayday, Juliet 6,' riep de tweede piloot door de radio. Marcks lag roerloos voorover op het bedieningspaneel terwijl een donkere vlek zich langzaam over zijn nek verbreidde. 'We storten neer, mayday, mayday!'

De tweede piloot kon weinig uitrichten. De hoofdmotor draaide nog steeds, maar nu te langzaam. Het mechanisme dat hem automatisch een minimale rotatie moest geven was niet in werking getreden, zodat vrijwel elke controle over het toestel verdwenen was. Twintig seconden later stortte de Sikorski in zee, nadat tevergeefs geprobeerd was met zijn staartrotor en draagkleppen het toestel half om te keren.

*De Harrier*

Het was niet voor het eerst dat luitenant Parker mensen zag sterven. In de Falklandoorlog had hij zelf met een raket een Argentijnse straaljager neergehaald, maar wat zich nu voor zijn ogen afspeelde was nog erger. Het stompe machinehuis op de romp van de Super Stallion werd uiteen gereten. Vreemd genoeg brak er geen brand uit. Hij zag de neus van de helikopter omhoog komen, maar te laat en niet voldoende. De Sikorski landde hard op het wateroppervlak en brak onmiddellijk in tweeën. Het voorste stuk verdween direct onder water, het achterste deinde een ogenblik op de golven voordat de zee naar binnen stroomde. Op het beeld van de infraroodcamera was niet te zien of een van de inzittenden uit de zinkende helikopter wist weg te komen.

'E-3, heeft u gezien wat er gebeurde?'

'Roger, Harrier. We zullen een reddingsploeg oproepen. Kunt u blijven cirkelen?'

Parker keek op de brandstofmeter. 'Roger, we kunnen nog negentig minuten in de lucht blijven.'

Parker drukte de neus van zijn Harrier naar beneden en zette zijn landingslichten aan, waardoor automatisch de nachtcamera werd ingesteld. 'Zag je dat, Ian?' vroeg hij door de intercom.

'Ik dacht dat er iets bewoog.'

'E-3, we hebben een mogelijke overlevende in het water gesignaleerd. Roep de *Invincible* op en laat ze onmiddellijk een Sea King sturen. We gaan het van dichtbij bekijken.'

'Roger, Harrier, houd ons op de hoogte. Op de *Invincible* wordt inmiddels een helikopter in gereedheid gebracht. Over en sluiten.'

De Sea King-helikopter van de Royal Navy was vijfentwintig minuten later ter plaatse. Een marinier in een rubber beschermpak liet zich in het water vallen en zwom naar de drenkeling. Andere overlevenden waren er niet, en van de Sikorski bleef alleen een plas brandstof over die snel in de koude lucht verdampte.

*De Invincible*

Ryan keek toe hoe de draagbaar het eiland opgedragen werd. Even later kwam er iemand met een diplomatentas naar hem en White toe.

'Dit had hij bij zich, sir. Hij heet Dwyer en is luitenant 1e klas. Zijn arm en verscheidene ribben zijn gebroken. Hij is er slecht aan toe.'
'Dank je.' White nam de tas aan. 'Zijn er nog andere mogelijke overlevenden?'
De matroos schudde het hoofd. 'Niet waarschijnlijk. De Sikorski moet als een steen gezonken zijn.' Hij keek naar Ryan. 'Het spijt me.'
Ryan knikte. 'Bedankt.'
'Norfolk over de radio, admiraal,' zei een verbindingsofficier.
'Kom, Jack.' Admiraal White overhandigde hem de diplomatentas en ging hem voor naar de verbindingskamer.

'De helikopter is zojuist gearriveerd. Er is een overlevende en daar zijn ze nog mee bezig,' zei Ryan door de radio.
'Wie is het?'
'Een zekere Dwyer. Hij is meteen naar de ziekenboeg gebracht en is definitief uitgeschakeld. We moeten de hele operatie opnieuw bekijken, admiraal.'
'Begrepen, over en uit,' zei Blackburn.
'Wat we ook gaan doen,' merkte admiraal White op, 'het zal snel moeten gebeuren. Onze heli moet binnen twee uur van de *Pigeon* vertrekken, anders is hij niet terug voor het licht wordt.'
Er waren slechts vier mensen dicht genoeg in de buurt om iets te kunnen ondernemen, en van hen was Ryan de enige Amerikaan. De *Nimitz* zou per radio gewaarschuwd kunnen worden, maar dat zou bij Washington slecht in de smaak vallen. De enige andere mogelijkheid was het uitzenden van een heel nieuwe ploeg, waar ze niet genoeg tijd voor hadden.
'Laten we eerst deze tas eens openmaken, admiraal. Ik moet weten wat het plan is.' Op weg naar de kajuit van White klampten ze een monteur aan, die met de sloten weinig moeite had.
Ryan las de papieren ademloos door. 'Lieve God, moet u dit eens lezen!'
'Het is geniaal bedacht,' zei White na een paar minuten.
'Zegt u dat wel. Ik vraag me af wie dat bedacht heeft. Ik ben bang dat ik het zal moeten opknappen. Ik zal Washington toestemming vragen enkele officieren met me mee te nemen.'
White bracht hem naar de radiokamer, die voor de gelegenheid geheel ontruimd werd. Ryan maakte gebruik van de speciale verbinding met het Witte Huis.
'Ik ontvang u uitstekend, meneer de president. U heeft gehoord wat er met de helikopter gebeurd is?'
'Ja, het is een hoogst ongelukkige samenloop van omstandigheden. Nu hangt alles van jou af.'

'Daar was ik eerlijk gezegd al bang voor.'
'Bevelen kan ik je niet geven, maar je weet wat er op het spel staat. Doe je het?'
Ryan kneep zijn ogen dicht. 'Ja, ik doe het.'
'Dat stel ik buitengewoon op prijs, Jack.'
Dat zal wel, dacht Ryan bij zichzelf. 'Ik zal wel een paar Britse officieren moeten meenemen, daar heb ik uw toestemming voor nodig.'
'Een, en niet meer.'
'Dat is niet voldoende.'
'Een.'
'Goed dan. We moeten over een uur op pad.'
'Je weet wat er moet gebeuren?'
'Jawel, de overlevende had de vaarorders bij zich. Ik heb ze net gelezen.'
'Sterkte, Jack.'
'Dank u. Over en uit.' Ryan schakelde de satellietverbinding uit en draaide zich om naar admiraal White. 'Zo zie je maar, bied je nooit als vrijwilliger aan.'
White scheen zijn zelfspot niet op prijs te stellen. 'Ben je bang?'
'Dat mag u wel zeggen. Kunt u een van uw officieren ter beschikking stellen? Het liefst iemand die de Russische taal machtig is. U weet wat er kan gebeuren.'
White ging op zoek en voegde zich vijf minuten later weer bij hem in het gezelschap van vier officieren, allemaal onder de dertig en met de rang van luitenant.
'Heren, dit is overste Ryan. Hij zoekt een vrijwilliger om hem bij de vervulling van een niet onbelangrijke opdracht bij te staan. Een geheime en zeer bijzondere opdracht, waaraan het nodige gevaar verbonden kan zijn. Ik heb u het eerst gekozen omdat u het Russisch beheerst. Meer kan ik niet zeggen.'
'Dan moet er zeker met een Russische duikboot gepraat worden?' vroeg een van de luitenants zonder omwegen. 'Dan ben ik uw man. Ik heb Russisch gestudeerd en heb dienst gedaan aan boord van de *Dreadnought*.'
Ryan aarzelde even omdat de man niet wist waar hij aan begon, maar ten slotte knikte hij. White liet de drie anderen inrukken.
'Mijn naam is Jack Ryan. Het gaat om de *Red October*, een Russische duikboot waarvan de bemanning naar het westen wil vluchten.'
'Zo, dus daar is al die drukte om te doen geweest. Tussen twee haakjes, Owen Williams is de naam.'
Ryan had een paar minuten nodig om Williams van de belangrijkste feiten op de hoogte te stellen. 'Tot nu toe heeft hij de doorgeseinde instructies opgevolgd, maar we kunnen nergens op rekenen zolang

we niet zelf aan boord zijn geweest. Het zou niet de eerste keer zijn dat een deserteur van gedachten verandert.'

'En hoe denkt u aan boord te komen, overste?'

'Zeg maar Jack. Ik ben niet van de marine, maar van de CIA.' Ryan legde de details van het plan uit.

'Haal je spullen op en zorg dat je over tien minuten hier terug bent,' zei White.

Williams salueerde en verliet het vertrek, White en Ryan bleven alleen achter. 'Ik zal je nog een andere vriend meegeven,' zei de admiraal. Die 'vriend' bleek een 9-mm automatisch pistool met reservepatronen en een schouderholster die onopvallend onder Ryans uniformjas verdween.

De admiraal vergezelde de twee mannen naar het vliegdek, waar een Sea King in gereedheid gebracht werd. 'Het uniform staat je goed, Jack. Je kunt er trots op zijn.' De opmerking verraste Ryan. Hij ging in de houding staan en salueerde volgens het boekje. 'Dank u, admiraal. Tot ziens.'

De twee mannen klommen in de helikopter, de deur werd dichtgeschoven en het lawaai van de motoren zwol aan tot een oorverdovend geraas. Na een aarzelende stijging zwenkte de Sea King naar bakboord en richtte zich naar het zuiden. De onverlichte omtrek van het toestel was binnen de minuut uit het zicht verdwenen.

*33°N 75°W*

Kort na middernacht maakten de *Scamp* en de *Ethan Allen* contact. De *Scamp* bleef de oudgediende op duizend meter afstand volgen in een trage rondedans, net zolang tot ook de USS *Pigeon* ter plaatse was. Drie van de stukken waren opgesteld, het wachten was op de drie resterende.

*De Red October*

'We hebben geen keus,' zei Melechin. 'We moeten proberen de diesel aan de praat te krijgen.'

'Ik kan toch helpen?' zei Swyadov.

'En wat weet je dan wel van die brandstofpompen?' vroeg de machinist op vermoeide, maar niet onvriendelijke toon. 'Nee, kameraad, dit kunnen Soerzpoi, Boegajev en ik wel af.'

'Sabotage, sabotage!' riep Ramius in de controlekamer vertwijfeld uit. 'Dat is me in al die jaren nog nooit overkomen. De diesel moet absoluut gerepareerd worden, want op de batterijen kunnen we nog maar een paar uur vooruit en de reactor moet in zijn geheel geïnspecteerd worden.'

'Moeten we geen hulp inroepen?' vroeg Iwanov.

'Wat voor "hulp" kunnen we verwachten, zo dicht onder de Amerikaanse kust? Nee, kameraden, we moeten er rekening mee houden dat deze tegenslag geen ongelukkige samenloop van omstandigheden is, maar opzet.' Ramius schudde het hoofd. 'We mogen niet het risico lopen dat deze boot in handen van de Amerikanen valt!'

*Langley*

'Dank voor uw snelle komst, senator. Het spijt me dat we u zo vroeg uit de veren moesten halen.' Moore leidde Donaldson zijn ruime kantoor binnen. 'U kent directeur Jacobs?'

'Uiteraard. Ik ben alleen benieuwd wat de top van de FBI en CIA op dit uur bij elkaar brengt,' zei Donaldson glimlachend. Het voorzitterschap van de Congrescommissie was voor hem niet zo maar een baantje; hij vond het heel prettig een van de weinige ingewijden te zijn. Zijn stemming sloeg onmiddellijk om toen Peter Henderson zich uit de hoge stoel verhief en door Ritter naar voren werd geduwd. Het kostuum van zijn assistent was verkreukeld alsof hij erin geslapen had.

'Wat heeft dit te betekenen?' vroeg de senator, maar zijn stem klonk gelatener dan iemand had verwacht.

'U heeft gelogen, senator,' zei Ritter. 'U beloofde gisteren dat het gezegde onder ons zou blijven.'

'Ik heb helemaal niet gelogen.'

'Toch heeft Henderson de informatie doorgespeeld aan een andere KGB-agent,' hernam Ritter. 'Emil?'

Jacobs zette zijn koffie weg. 'Henderson werd sinds enige tijd door ons in de gaten gehouden. Zijn contactpersoon was een taxichauffeur, vandaar dat we er vrij laat achterkwamen hoe de vork in de steel zat.'

'En door u zijn we weer op het spoor van Henderson gekomen,' vulde Moore aan. 'Enkele jaren geleden hadden wij een uitstekende agent in Moskou zitten, een kolonel bij de Strategische Raketstrijdkrachten. Na vijf jaar stonden we op het punt hem en zijn gezin naar het westen te smokkelen, maar ik was stom genoeg om zijn naam tegenover uw commissie te laten vallen. Precies een week later was hij compleet van de aardbodem verdwenen. Hij is natuurlijk doodgeschoten terwijl zijn vrouw en drie dochters naar Siberië werden gestuurd. Kunt u zich voorstellen wat voor leven ze daar leiden, senator? Erg aangenaam kan het niet zijn, voor de nabestaanden van een landverrader. Aanvankelijk wisten we niet waar we het lek moesten zoeken, behalve dat het in de kringen van uw commissie moest zijn. De gangen van de individuele leden werden nagegaan, en na zes maanden bleef u als meest waarschijnlijke kandidaat over. Vervolgens werden uw eigen stafleden nagetrokken. Maak jij het maar af, Emil.'

'In 1970, toen Henderson nog als verslaggever bij de Harvard *Crimson* werkte, werd hij naar Kent State gestuurd om een stuk te schrijven over die schietpartij. U herinnert zich vast de relletjes na de inval in Cambodja nog wel, en die verschrikkelijke blunder met de nationale garde. Het gelukkige toeval wilde dat ik daar ook bij betrokken was. Henderson is ervan over zijn nek gegaan. Dat is begrijpelijk, maar zijn reactie is dat niet. Toen hij afstudeerde en in uw staf werd opgenomen, kwam hij weer in contact met zijn rooie vriendjes en door hen met de Russen. Zij wilden informatie van hem. Dat was in de tijd van het beruchte kerstbombardement – dat vond hij iets vreselijks. En hij verschafte hun informatie, niet veel bijzonders, maar zo begint dat. Ze hielden hem het aas voor en hij hapte toe. Een paar jaar later trokken ze de haak door zijn lip en zat hij eraan vast. We weten allemaal hoe dat spelletje gespeeld wordt. Gisteren konden we een afluisterapparaatje in zijn taxi plaatsen. Het gevolg is dat we hem nu op de band hebben staan, terwijl hij precies die informatie doorgaf waarvan u verzekerd had dat hij niet zou uitlekken. U hebt geen wetten overtreden, senator, maar Henderson wel. Gisteravond om negen uur is hij gearresteerd op beschuldiging van spionage en we hebben bewijs genoeg om hem te laten hangen.'

'Ik sta hier helemaal buiten.'

'Daar zijn we volkomen van overtuigd,' zei Ritter.

'Henderson heeft erin toegestemd voor ons te werken,' zei Jacobs. 'Vanaf het moment dat u uw senaatszetel ter beschikking stelt.'

'Wat wilt u daarmee zeggen?' vroeg Donaldson.

'Hoe lang zit u al in de Senaat? Dertien jaar? Als ik het me goed herinner, bent u destijds aangewezen voor een beperkte termijn,' zei Moore.

'U zou me beter eens kunnen vragen hoe ik over chantage denk,' merkte Donaldson op.

'Chantage? Hoe komt u erbij? Directeur Jacobs heeft u al gezegd dat u geen enkele wet heeft overtreden en de CIA garandeert u dat niets van het gebeurde zal uitlekken. Of justitie ertoe overgaat Henderson te vervolgen, ligt niet in onze handen. "Senatorassistent beschuldigd van spionage: Senator Donaldson beweert van niets te weten."'

'Senator, de universiteit van Connecticut biedt u al jaren een leerstoel aan. Waarom accepteert u niet?' ging Jacobs verder.

'En anders draait Henderson de bak in. Moet ik dat op mijn geweten nemen?'

'Het is duidelijk dat hij niet voor u kan blijven werken, en het is even duidelijk dat het niet ongemerkt voorbij zal gaan, als hij na zoveel jaren "trouwe" dienst ineens ontslagen wordt. Als u echter besluit de politiek te verlaten, zou het niet vreemd zijn als hij geen soortgelijke baan bij een andere senator kon krijgen, maar wel een niet onbelangrijke job bij de Algemene Rekenkamer, waar hij toch nog toegang heeft tot geheime informatie,' zei Ritter. 'Alleen bepalen wij dit keer welke geheimen er doorgespeeld worden.'

'Die slag is voor u, Moore.'

'Ik had wel gedacht dat u er zo over zou denken. Ik zal de president op de hoogte brengen. Bedankt voor uw komst senator. Henderson komt vandaag een tikkeltje te laat. Maakt u zich niet al te druk om hem. Als hij het spelletje keurig met ons meespeelt, laten we hem over een paar jaar gaan. Dat zou niet de eerste keer zijn dat het zo ging, maar hij moet het wel verdienen. Een prettige dag verder.'

*De Pigeon*

De vlucht naar de *Pigeon* was weldadig vlot verlopen. Het reddingsschip had achterdeks een klein helikopter-platform, waar Ryan en Williams op afgezet werden. Terwijl de helikopter van de Britse marine terugkoerste naar waar ze vandaan kwam, werden de twee mannen meegenomen naar de brug.

'Welkom aan boord, heren,' zei de kapitein. 'U schijnt instructies voor mij te hebben. Koffie?'

'Heeft u ook thee?' vroeg Williams.

'Dat zal wel lukken.'

'Laten we ergens naar toe gaan waar we ongestoord kunnen praten,' stelde Ryan voor.

*De Dallas*

Ook de *Dallas* was nu in het plan betrokken. Gewaarschuwd door een ELF-bericht, had Mancuso de duikboot weer op periscoopdiepte gebracht. De lange boodschap, voorafgegaan door de aanduiding 'STRIKT VERTROUWELIJK', had hij na veel inspanning gedecodeerd. Terwijl Chambers de *Dallas* weer in het kielzog van de duikboot bracht, was Mancuso er een uur mee zoet geweest. Een matroos had hem bij het passeren van de kapiteinshut onderdrukt horen vloeken. Toen Mancuso weer te voorschijn kwam, lag er een glimlach om zijn lippen. Als pokeraar was hij ook niet bepaald een succes.

*De Pigeon*

De *Pigeon* was een van de twee modernste reddingsduikboten die de marine had. Ze was speciaal ontworpen om een gezonken nucleaire onderzeeër snel genoeg te vinden om de bemanning nog te kunnen redden. Ze was uitgerust met een veelheid aan technische foefjes, waarvan de DZRV het belangrijkst was. Dit vaartuig, de *Mystic*, hing tussen de twee gescheiden achterdelen van het achterschip van de *Pi-*

*geon.* Er was ook een speciale sonar aan boord die vooral als baken gebruikt werd, terwijl de *Pigeon* in grote cirkels koerste, een paar mijl ten zuiden van de *Scamp* en de *Ethan Allen.* Twee freggatten uit de Perry-klasse opereerden, in samenwerking met drie Orions, twintig mijl noordelijker om het gebied te zuiveren.
'*Pigeon*, de *Dallas* hier, radiotest, over.'
'*Dallas*, hier de *Pigeon*. Ontvangst luid en duidelijk, over,' gaf de kapitein van het reddingsschip ten antwoord.
'Het pakje is terecht. Over en uit.'
'Kapitein, op de *Invincible* hadden we een officier die een bericht kon doorzenden met een seinlamp. Kunt u dat ook?' vroeg Ryan.
'Bij een dergelijke onderneming? U maakt een grapje?'
Het plan was haast te simpel om realistisch te zijn. De *Red October* wilde naar Amerika, dat was duidelijk, en het was zelfs niet onmogelijk dat de gehele bemanning van plan was om over te lopen. Wie terug naar Rusland wilde zou van boord gehaald worden, waarna een van de noodladingen op een afstand tot ontploffing moest komen om het te doen voorkomen alsof de *October* werd vernietigd. De achtergebleven bemanning zou de boot vervolgens naar de Pamlico Sound brengen totdat de Russische eenheden in hun thuishavens waren aangekomen. Wat kon er eigenlijk nog misgaan? Van alles.

*De Red October*
Ramius keek door de periscoop. Alleen de USS *Pigeon* was in zicht, hoewel de radarantenne signalen opving van twee fregatten; die bevonden zich blijkbaar achter de horizon. Ramius ontcijferde met enige moeite de tekens die met de seinlamp werden doorgegeven. Zo, dus dat waren ze van plan.

*Marinehospitaal, Norfolk*
'Dank voor uw komst, dok,' zei de officier van de inlichtingendienst, die intussen praktisch de functie van geneesheer-directeur op zich genomen had. 'Onze patiënt is bijgekomen, hoor ik?'
'Ongeveer een uur geleden,' bevestigde Tait. 'Hij is twintig minuten bij kennis geweest en slaapt inmiddels weer.'
'Betekent dit dat hij het overleeft?'
'Het is in ieder geval een gunstig teken. Hij kwam redelijk uit zijn woorden, dus we hoeven ons vermoedelijk geen al te grote zorgen over hersenbeschadiging te maken. Aan de andere kant willen er bij ernstige gevallen van onderkoeling later nog wel eens complicaties optreden. Hij verkeert nog steeds in een slechte conditie.' Tait aarzelde even. 'Misschien kunt u me vertellen waarom de Russen zo'n ongelukkige indruk maken? Een van Jamesons assistenten verstaat een beetje Russisch.'

'Waarom komt u daar nu pas mee?'
'Ik dacht niet dat er iets bijzonders aan was. Een behoorlijke behandeling wordt bevorderd als je met de patiënt kunt praten.' Tait lachte in stilte om zijn ter plekke verzonnen uitvlucht. Hij voelde in zijn zak en haalde er een administratiekaart uit. 'Hoe dan ook, de naam van de patiënt is Andrei Katyskin, afkomstig uit Leningrad. Hij was inderdaad kok aan boord van zijn schip, de *Politovski*.'
'Dat is heel nuttige informatie, dokter, dank u,' zei de officier van de inlichtingendienst met enige tegenzin. Hij had het niet erg begrepen op leken die dachten dat ze het op eigen houtje konden.
'U wilt me toch zeker niet wijsmaken dat u dit niet wist?' zei Tait, omdat hij op zijn eerste vraag geen antwoord kreeg. 'De Russen wisten zelf niet van welk schip hij kwam, en nu ze het weten zijn ze niet tevreden. Dat kan maar één ding betekenen, als je het mij vraagt: dat er nog een *andere* duikboot vermist wordt...'

*Langley*
Moore greep de telefoon. 'James, zorg dat je Bob vindt en kom onmiddellijk bij me!'
Nog geen minuut later stonden de twee mannen in zijn kantoor. 'Wat is er aan de hand, Arthur?'
'Het laatste bericht van Kardinaal, lees maar.' Moore deelde twee kopieën uit. 'Hoe snel kunnen we ze waarschuwen?'
'Daar hebben we een helikopter voor nodig, maar dat duurt uren,' antwoordde Greer. 'Het moet sneller.'
'Nee, nee, we mogen Kardinaal onder geen voorwaarde in gevaar brengen. Stel een bericht op en zorg dat het persoonlijk bij Ryan terecht komt.'
'Dat duurt veel te lang!' protesteerde Greer.
'Ik mag hem ook graag, James, maar we hebben geen keus. Aan het werk.'
Greer stampte het vertrek uit, vloekend als de oude zeerot die hij was.

*De Red October*
'Kameraden, officieren en mannen van de *Red October*!' Het ontging de bemanning niet dat de stem van Ramius erg mat klonk voor zijn doen. De angstige spanning die er sinds een paar uur aan boord heerste had iedereen in zijn greep gekregen. 'Het is ons helaas niet gelukt de motoren te repareren. Onze batterijen zijn bijna leeg en wij zijn ver van elke bevriende kust verwijderd. Binnen enkele uren zal zelfs de zuurstofvoorziening bij gebrek aan stroom in gevaar komen. Wij hebben geen andere keus dan het schip te verlaten. Het kan geen toeval zijn, kameraden, dat zich een Amerikaans schip in de buurt be-

vindt om zogenaamd hulp aan te bieden. Ik zal jullie vertellen wat er zich heeft afgespeeld. Een spion van de imperialisten heeft sabotage gepleegd, wetend wat onze vaarorders waren. Ze wachten ons op in de hoop hun smerige handen op ons schip te kunnen leggen. Dat zal niet gebeuren, de *Red October* blijft van ons! Ik zal de bemanning van boord laten halen en zelf met enkele officieren achterblijven om de noodladingen te activeren. De zee is hier vijfduizend meter diep, laat ze maar proberen de *October* van de bodem te halen. Wie geen wacht heeft gaat zo snel mogelijk naar zijn eigen verblijf. Dat is alles.' Ramius keek naar de mannen die bij hem in de controlekamer waren. 'De zaak is verloren, kameraden. Boegajev, stuur een noodsignaal naar Moskou en probeer contact te leggen met het Amerikaanse schip. Daarna duiken we voor de zekerheid naar honderd meter diepte. Het is een smartelijk einde, waar ik alleen verantwoordelijk voor ben. Ik draag de schuld, niemand anders.'

*De Pigeon*
'Het bericht is ontvangen: "SSS,"' meldde de radiografist.
'Ben je al eens eerder aan boord van een duikboot geweest, Ryan?' vroeg Cook.
'Nee, maar het kan nooit zo erg zijn als vliegen.' Ryan probeerde er een grapje van te maken, hoewel hij zich allesbehalve op zijn gemak voelde.
'We gaan je eerst naar de *Mystic* brengen.'

*De Mystic*
De DZRV was een simpele constructie: drie samengelaste bollen, omgeven door drukbestendige platen, met een schroef aan de achterkant. Ryan klom als eerste door de luikopening, gevolgd door Williams. De driekoppige bemanning was de afdaling al aan het voorbereiden.
De lieren van de *Pigeon* lieten het reddingsvaartuig naar het kalme water zakken. Het verdween onmiddellijk onder de golven, voortgestuwd door vrijwel geluidloze elektromotoren. De sonar pikte meteen de Russische duikboot op die enkele honderden meters verder op een diepte van driehonderd voet lag te wachten. Binnen tien minuten had de ervaren reddingsploeg het verschil overbrugd.
De vluchtkoker in de boeg van de onderzeeër werd aan de buitenkant geopend, de slurf aangesloten op de lagedrukkamer van de *Mystic*. Nadat de aansluiting was gecontroleerd werd het overtollige water weggepompt.
'Het is uw beurt,' zei de luitenant met een gebaar naar het gesloten luik in de vloer van het middelste compartiment.
'Ja.' Ryan liet zich op een knie zakken en bonkte met zijn hand tegen

het luik. Het signaal werd aan de andere kant herhaald, waarna hij het luik ontgrendelde en naar beneden keek. De witte slurf was leeg, al stond het sluitstuk in het midden al open. Ryan haalde diep adem, wenkte Williams en klom het trapje af tot bij het onderste luik.

*De Red October*

Het luik zwaaide onmiddellijk open.

De man tegenover hem was vrij klein, maar zwaar gebouwd. Hij had drie sterren op zijn schouder, een groot aantal lintjes op zijn borst en een brede gouden streep op zijn mouw. Dus dit was Marko Ramius...

'Overste Ryan, van de Amerikaanse marine. U verkeert in moeilijkheden?'

'Spreekt u Russisch?'

'Nee.'

'We hebben een lek in de reactorruimte, waardoor het hele achterschip met straling is besmet. Evacuatie is noodzakelijk.'

Het klamme zweet sloeg Ryan uit toen hij de woorden 'lek' en 'straling' hoorde. Aan de wal, duizend kilometer achter hem, in zijn vertrouwde omgeving, was hij er nog zo zeker van geweest dat zijn scenario klopte...

'Allemachtig, dan mogen we wel opschieten! We kunnen per keer vijfentwintig man van boord halen, kapitein.'

'Niet zo haastig,' zei Ramius op luide toon. 'Wat gebeurt er met mijn mensen?'

'Zij zullen uiteraard als gasten behandeld worden en alle medische verzorging krijgen die ze nodig hebben. Daarna kunnen ze desgewenst meteen terug naar de Sovjetunie. U denkt toch niet dat we ze zullen opsluiten, hoop ik?'

Ramius bromde iets en richtte zich in zijn landstaal tot zijn officieren. Tijdens de overtocht vanaf de *Invincible* was afgesproken dat Williams' kennis van het Russisch zo lang mogelijk geheim moest blijven.

'Dokter Petrov,' zei Ramius, 'u neemt de leiding over de eerste groep van vijfentwintig. U draagt er zorg voor dat geen van hen alleen aan de Amerikanen wordt overgelaten. Bewaar onder alle omstandigheden een ordelijk en waardig gedrag.'

'Tot uw orders, kapitein.'

Vijfentwintig bemanningsleden werden via het trapje naar boven gestuurd. Williams sloot het luik van de *Mystic* achter hen af, daarna dat van de vluchtkoker. Even later hoorden ze hoe de DZRV zich verwijderde.

De stilte die volgde was even langdurig als ongemakkelijk. Ryan en Williams stonden apart in een hoek, tegenover hen Ramius en de rest

van de bemanning. Ryan moest aan vroeger denken, toen er op schoolavondjes altijd een niemandsland tussen jongens en meisjes ontstond. Hij probeerde iets te verzinnen om het ijs te breken.
'Heeft iemand misschien een sigaret voor me?'
Borodin haalde een pakje te voorschijn en schudde er een sigaret voor Ryan uit, waarna hij hem een vuurtje gaf.
'Bedankt. Het is een slechte gewoonte, maar onder deze omstandigheden kan het niet zo'n kwaad.'
Zijn eerste kennismaking met Russische tabak bekwam hem slecht. De eerste trek maakte hem al duizelig en de rook voegde een zware stank toe aan de lucht in het compartiment die reeds een mengeling scheen van zweet, smeerolie en gestoomde kool.
'Hoe komt het dat u in de buurt was?' vroeg Ramius.
'We waren eigenlijk op weg naar de kust van Virginia, kapitein, daar is de vorige week een van uw andere duikboten gezonken.'
'Zo? Een Russische boot?' Ramius vond het ingenieus bedacht.
'Ja, alleen de naam weet ik niet. Er is een overlevende uit zee opgepikt en naar een ziekenhuis in Norfolk overgebracht. Maar laat ik u eerst voorstellen: dit is luitenant Williams.'
'Ramius, aangenaam.' De kapitein draaide zich om naar een van zijn lagere officieren. 'Laat de tweede groep zich klaarmaken, ik hoor dat het reddingsvaartuig terugkomt. Neem de leiding en laat iedereen zich correct gedragen.'
Het motorgeluid van de *Mystic* kwam steeds dichterbij. Even later hoorden ze het schuren van de sluitkraag tegen de vluchtkoker. Het had veertig minuten geduurd, maar Ryan voelde zich een jaar ouder. Als het verhaal van dat stralingslek maar niet waar was...

*De Scamp*
Drie kilometer verderop was de *Scamp* tot op enkele honderden meters van de *Ethan Allen* genaderd. De twee duikboten stonden via de onderwatertelefoon met elkaar in contact. De sonarploegen werkten op volle toeren, net als die van de *Pogy* en de *Dallas* aan de andere kant van de Russische duikboot, om de wijde omgeving af te speuren op eventuele pottenkijkers.

*De Red October*
De derde groep stond onder leiding van luitenant Swyadov. Een van de mannen aan het eind van de rij, een kok, maakte zich op het laatste moment nog uit de voeten om zijn cassetterecorder te halen, een kleinood waar hij maanden voor had moeten sparen. Niemand had in de gaten dat hij niet terugkeerde, ze hadden het veel te druk met wegkomen. Het was de voorlaatste groep die van boord zou gaan.

*De Pigeon*

Eenmaal aan boord van de *Pigeon* werden de Russische bemanningsleden naar de kantine gebracht onder de nieuwsgierige blikken van hun Amerikaanse collega's. Op de tafels stonden koffiekannen en schotels geroosterd brood met ham en eieren. Petrov hield een kwartiermeester als tolk bij zich om te zorgen dat het zijn mensen aan niets ontbrak: zolang ze konden eten als wolven zouden ze zich rustig houden. Zo kon het gebeuren dat de landing van een helikopter met twintig inzittenden onopgemerkt bleef. Een van de passagiers sprong aan dek en rende naar de brug.

*De Red October*

'De laatste groep,' mompelde Ryan terwijl de koppeling weer tot stand werd gebracht. De laatste trip had een uur geduurd. Beide luiken werden geopend en verleenden doorgang aan de commandant van de *Mystic*.

'We zullen een tijdje moeten wachten, vrees ik, de batterijen zijn bijna leeg. Het opladen zal ongeveer anderhalf uur in beslag nemen.'

'Als het niet anders kan,' zei Ramius. Hij legde het zijn landgenoten uit en gaf Iwanov de leiding van de laatste groep bemanningsleden. 'De hogere officieren en ik blijven dan wel hier, wij hebben nog werk te doen. Als we het niet halen, zeg dan in Moskou dat we al het mogelijke hebben geprobeerd.'

'Ik zal het doen, kameraad,' zei Iwanov, die zichtbaar moeite had zijn emoties te bedwingen.

Ryan keek de vertrekkende groep na. De twee luiken vielen dicht en een minuut later maakte de *Mystic* zich los. Het geluid van de elektromotoren stierf snel weg; Ryan voelde de groene wanden onmiddellijk op zich af komen. Zijn borstkas scheen ingedrukt te worden nu hij pas goed besefte waar hij was: vijfhonderd kilometer uit de kust, aan boord van de grootste onderzeeër ter wereld, met slechts een handvol mensen die met het schip overweg konden.

Ramius ging voor hem staan. 'Overste, mijn officieren en ik vragen politiek asiel in de Verenigde Staten – en wij komen niet met lege handen.' De kapitein maakte een weids gebaar.

'Kapitein, namens de president van de Verenigde Staten kan ik zeggen dat uw verzoek is ingewilligd. Welkom in de vrije wereld.'

Niemand kon zien dat de intercom was ingeschakeld: het lampje boven de deur dat had moeten oplichten was uren geleden onklaar gemaakt. Zo kwam de kok twee compartimenten verder te weten dat hij er goed aan had gedaan achter te blijven, al had hij liever het tegendeel gehoord. Wat stond hem nu te doen? Zijn plicht natuurlijk, maar dat was makkelijk gezegd.

Ryan drukte de officieren een voor een de hand. 'Ik weet niet goed wat ik moet zeggen, mannen, maar jullie hebben het fantastisch gedaan. Machtig mooi!'
Hij stelde Williams voor, die zijn woorden vertaalde voor de vier officieren die het Engels niet machtig waren. 'Er was een speciale ploeg onderweg om u op te vangen, maar die is gisteravond met een helikopter in zee gestort.'
'En wat staat er nu te gebeuren?'
'Over enkele minuten zal een afgedankte Amerikaanse duikboot tot ontploffing gebracht worden, drie kilometer hier vandaan. Uw landgenoten die van boord gegaan zijn zullen denken dat u de *Red October* tot zinken hebt gebracht om haar niet in onze handen te laten vallen. Vervolgens zullen we het schip onder escorte van twee onderzeeërs naar een veilige inham moeten brengen, als we dat met tien mensen tenminste voor elkaar krijgen.'
'Mijn mensen deinzen nergens voor terug!' zei Ramius fel. De officieren begroetten zijn woorden met instemmend geknik. 'U wilt mijn landgenoten dus laten denken dat wij vergaan zijn?'
'Ja. Uw mensen zullen aan boord van het schip een hevige explosie onder water bemerken. Wat zouden ze anders kunnen denken? Als de rest van de Russische vloot de thuishavens eenmaal heeft bereikt, zien we wel wat er verder met uw "geschenk" kan gebeuren. Wat u en uw mannen betreft, er zal in het begin heel veel met u gepraat worden. Ik kan u echter verzekeren dat u als eregasten onthaald zult worden, beter dan u zich op het ogenblik kunt voorstellen.' Ryan was er vrij zeker van dat de CIA ieder van hen een aanzienlijk bedrag in de handen zou stoppen, iets waar de meeste vluchtelingen zelf nooit om zouden durven vragen.
'En onze politieke opvattingen?' vroeg Kamarov.
Ryan begon te lachen. 'Vroeg of laat zal iemand een uur of twee uittrekken om u te vertellen hoe ons land in elkaar steekt. Daarna kunt u ons onmiddellijk duidelijk maken wat er allemaal aan mankeert. Het komt me voor dat juist u de vrijheid beter dan wie ook kunt waarderen, meer valt er op dit moment niet over te zeggen. Er is werk aan de winkel.'
'U heeft gelijk.' Ramius draaide zich om en ging de hele groep door een aantal waterdicht afgesloten compartimenten voor naar de controlekamer. Onderweg passeerden ze het gelaagde rakettendek met de zesentwintig donkergroene dragers van in totaal meer dan tweehonderd waterstofbommen. Ryan werd door een beklemmend gevoel bekropen nu hij de nucleaire wapens voor het eerst van nabij aanschouwde, gereed om hun vernietigende werk te verrichten. Overal hing een doodse stilte; hij kon zich levendig indenken waarom veel

matrozen bijgelovig waren.
'U kunt daar gaan zitten,' zei Ramius, naar een soort stuurwiel en een rij instrumenten aan bakboordzijde van de controlekamer wijzend.
'En wat doe ik?' vroeg Ryan.
'Het schip besturen, overste. Dat is u toch wel toevertrouwd?'
'Nee, dit is mijn eerste keer aan boord van een duikboot.'
'Maar u bent toch marineofficier!'
Ryan schudde zijn hoofd. 'Nee, kapitein, ik werk voor de CIA.'
'CIA?' Ramius spuwde het woord uit alsof het vergif was.
Ryan keek naar de grond. 'Ik weet het kapitein, bij u noemen ze ons de Donkere Macht. Maar ik voel me op het ogenblik allesbehalve machtig – ik denk eerder dat ik het in mijn broek ga doen. Normaal doe ik bureauwerk, en ik zou veel liever thuis zijn bij mijn vrouw en kinderen. Ik ben hier door een stom toeval bij betrokken geraakt... Ik zie dat u me niet gelooft, maar het is de zuivere waarheid. Ik ben van huis uit historicus, gespecialiseerd in maritieme geschiedenis.'
Ramius keek hem een ogenblik peinzend aan. 'Ryan, Ryan... is het mogelijk dat ik iets van u gelezen heb?'
'Ja, ik heb gehoord dat mijn eerste boek in de bibliotheek van Froenze bewaard wordt. Er is een recensie van verschenen in de *Morskoi Sbornik*. Ik merk dat u goed op de hoogte bent, kapitein. Als het onderwerp u interesseert zult u bij ons meer dan genoeg van uw gading vinden.'

*De Avalon*
De vierde terugkeer van het reddingsvaartuig was voor de *Ethan Allen* en de *Scamp* het teken om in actie te komen. De *Avalon* verhief zich en legde de enkele honderden meters naar de oude raketboot af. De kapitein was zijn mannen al aan het verzamelen in de torpedokamer. Door de hele boot heen waren de luiken, deuren en mangaten opengezet. De laatste officier voerde een zwarte draad achter zich aan die naar elk van de explosieve ladingen aan boord leidde. Hij sloot de draad aan op een tijdmechanisme.
'Alles is klaar, kapitein.'

*De Red October*
Ramius verdeelde de taken. De meeste mannen werden naar de machinekamers gestuurd. 'Kamarov, Williams,' vervolgde hij in het Engels, zodat Ryan het ook kon verstaan, 'jullie gaan naar voren om alle compartimenten af te sluiten. Ik verwacht niet dat er iets mis zal gaan, maar als dat gebeurt hebben we niet genoeg mensen bij de hand om noodmaatregelen te treffen. Sluit het hele voorschip af.'
Het leek Ryan een verstandig besluit. Hij vond een lege kroes en zette

die op zijn instrumentenpaneel om als asbak te dienen. Ramius en hij bleven alleen achter.
'Wanneer moeten we vertrekken?' vroeg Ramius.
'Zodra u klaar bent. Onze bestemming is Ocracoke Inlet, een inham aan de kust. Om van het springtij te profiteren moeten we er even na middernacht zijn. Kunnen we dat halen, denkt u?'
Ramius bestudeerde de kaart. 'Makkelijk.'
Inmiddels nam Kamarov luitenant Williams mee naar de radio-kamer. Ze lieten de deur open en liepen door naar het rakettendek. Hier klommen ze een ladder af en liepen over het benedendek naar het voorste gedeelte. Door een deur kwamen ze in de voorraadkamers waar ze alle luiken controleerden voor ze verder gingen. Vlak bij de boeg klommen ze een ladder op naar de torpedokamer, sloten het luik achter zich en vervolgden hun weg naar het achterdek via bergruimtes en de bemanningsverblijven. Ze voelden zich allebei onwerkelijk nu iedereen het schip had verlaten, maar ze namen de tijd. Williams stelde Kamarov vragen over alles wat hij niet kende en de luitenant antwoordde hem met plezier. Beiden waren competente officieren en deelden een romantische verknochtheid aan hun beroep. Williams was zeer onder de indruk van de *Red October* en liet dit ook herhaaldelijk merken. Er was veel aandacht besteed aan de afwerking. Het dek was betegeld; de luiken waren met rubberen randen afgezet, zodat ze waterdicht waren en hoegenaamd geen geluid maakten. Het was duidelijk dat al het mogelijke was gedaan om het schip zo geruisloos mogelijk te maken.
Williams vertelde net een van zijn favoriete zeemansverhalen toen hij zich bij het openen van het luik van het bovenste rakettendek herinnerde dat de lichten aan waren geweest.
Ryan probeerde zich een beetje te ontspannen, maar slaagde er niet in. Zijn stoel zat niet gemakkelijk, en dat deed hem denken aan die wrange grap over de Russen, hoe ze de nieuwe Sovjetmens konden scheppen door hem in een vliegtuigstoel te zetten die hem alle mogelijke vormen deed aannemen. Achterdeks, in de machinekamer, werd een start gemaakt met het opladen van de reactor. Ramius sprak door de intercom met de machinist en hij hoorde het geluid van de koelvloeistof die sneller werd rondgepompt om stoom voor de turbines op te wekken.
Ryan schrok op. Het was alsof hij het geluid al gewaarwerd voor hij het hoorde. Een koude rilling doorvoer hem voor hij zich goed en wel realiseerde wat het inhield.
'Wat was dat?' vroeg hij automatisch.
'Wat?' Ramius bevond zich tien voet achter hem, en de elektromotoren draaiden al. Een vreemd gerommel klonk door de romp.

'Ik hoorde een schot – nee, verschillende schoten.'
Ramius keek geamuseerd. 'Ik denk dat u de elektromotoren hoort en het is toch de eerste keer dat u op een duikboot bent? De eerste keer is altijd moeilijk, dat was het zelfs voor mij.'
Ryan stond op. 'Dat kan wel zijn, kapitein, maar ik weet wanneer ik een schot hoor.' Hij maakte zijn jasje los en haalde een pistool te voorschijn.
'Geeft u die aan mij.' Ramius stak zijn hand uit. 'U mag zolang u op mijn boot bent geen wapens dragen.'
'Waar zijn Williams en Kamarov?' zei Ryan aarzelend.
Ramius hielde de schouders op. 'Ze zijn laat ja, maar het is ook een groot schip.'
'Ik ga naar voren om een kijkje te nemen.'
'U blijft waar u bent!' beval Ramius. 'U doet wat ik zeg!'
'Kapitein, ik hoorde zojuist iets wat verdomd veel van pistoolschoten weghad en ik ga kijken of er iets aan de hand is. Is er ooit wel eens op u geschoten? Op mij wel. Ik kan u de littekens laten zien. Beperkt u zich liever tot het roer.'
Ramius greep de telefoon en drukte een knop in. Na een paar seconden Russisch gesproken te hebben legde hij neer. 'Ik zal u laten zien dat er op mijn onderzeeër geen geesten schuilen.' Hij wees op het pistool. 'En u was geen echte spion, hè?'
'Gelooft u maar wat u wilt geloven. Het is een lang verhaal dat ik u nog wel eens zal vertellen.'
Er kwam een officier de verbindingskamer binnen. Ramius zei iets wat hem een lach ontlokte, die weer verdween op het moment dat de officier Ryans pistool zag. Het was zonneklaar dat geen van beide Russen daar gelukkig mee was.
'Met uw permissie, kapitein?' Ryan gebaarde naar voren.
'Gaat u maar.'
De zware deur tussen de verbindingskamer en het volgende vertrek stond nog op een kier. Ryan betrad de radiokamer en keek links en rechts om zich heen. Hij ging verder naar het rakettendek, waarvan de deur muurvast vergrendeld was door een draairad. Ryan bewoog het wiel naar links. Het was goed geolied, evenals de scharnieren. Hij trok de deur langzaam naar zich toe en keek om het luikhoofd.
'Shit!' Zwaar ademend gebaarde hij de kapitein. Het rakettendek was zeker tweehonderd voet lang en werd slechts verlicht door zes of acht gloeilampen. Aan het eind zagen ze onder een flikkerend licht twee figuren liggen.
'Geesten, kapitein?' fluisterde hij.
'Het is Kamarov.' Ramius zei iets in het Russisch.
Ryan controleerde het FN-pistool en deed zijn schoenen uit. 'Laat mij

dit maar opknappen, kapitein. Ik was vroeger luitenant bij de marine.'
En in die tijd hebben ze me absoluut niet geleerd wat ik nu ga doen, dacht hij bij zichzelf.
Het rakettendek besloeg bijna een derde van de totale lengte van de duikboot en bestond uit twee dekken. Het onderste dek was van massieve vloerplaten. Het bovenste bestond uit metalen roosters. Ryan duwde de deur achter zich dicht en bewoog naar rechts.
Het licht scheen te komen uit de buurt van de verst verwijderde lanceerbuis aan stuurboordzijde van het bovendek. Ryan stopte om te luisteren wat er gebeurde. Hij hoorde een zacht schuifelend geluid en het licht bewoog alsof het een looplamp was.
'Waarom ik?' fluisterde hij. Hij moest voorbij dertien lanceerbuizen om in de buurt van dat licht te komen, wat overeenkwam met tweehonderd voet over open dek.
Met het pistool in de rechterhand en het koude metaal van de buis sporend in zijn linker, rondde hij de eerste. Het zweet liep al over de met hard rubber afgezette handgreep van het pistool. Hij was nu tussen de eerste en de tweede buis, keek naar bakboord om zich ervan te vergewissen dat er niemand was en maakte zich op om verder te gaan. Nog twaalf.
Hij voelde een hand op zijn schouder. Ryan nam een sprong en draaide zich vliegensvlug om. Ramius. Hij wilde iets zeggen, legde zijn vingertoppen op zijn lippen en schudde het hoofd. Ryans hart klopte zo luid dat hij ervan overtuigd was dat hij er een morse-bericht mee kon seinen en hoorde zichzelf hijgen – waarom had hij dan in christusnaam Ramius niet gehoord?
Ryan gebaarde dat hij van plan was langs de buitenkant te gaan. Ramius gaf aan dat hij binnenlangs zou lopen. Ryan knikte. Hij besloot zijn jasje dicht te knopen en zijn kraag omhoog te doen. Daardoor zou hij een minder makkelijk doelwit zijn. Volgende buis.
Het kostte hem vijf minuten om halverwege het compartiment, tussen de zesde en de zevende buis, te komen. Het geluid vooraan werd sterker. Hij zag nu duidelijk dat het licht bewoog, weliswaar langzaam, maar de schaduw van de eerste buis schoof steeds een stukje op. Het moest een looplamp zijn die van stroom voorzien werd uit een muurcontactdoos, of hoe ze dat ook op een schip noemden. Wat was hij aan het doen? Zat hij aan een raket te knoeien? Was hij alleen? Waarom had Ramius de koppen niet geteld voor hij de bemanning de DZRV op liet gaan?
Waarom had hij het godverdomme zelf niet gedaan? Nog zes.
Toen hij de volgende buis rondde, gebaarde hij naar Ramius dat zich aan het eind waarschijnlijk maar één man bevond. Ramius knikte kort, hij was zelf ook al tot die conclusie gekomen. Pas nu zag hij

dat Ryan op zijn kousen was, en denkend dat het een goed idee was, bracht hij zijn linkervoet omhoog om een schoen uit te trekken. Zijn vingers voelden pijnlijk en stijf aan. Hij kwam met een klap op het rooster terecht. Ryan verstarde. Het licht bewoog even en viel stil. Ryan schoot naar links en gluurde om de rand van de buis. Nog vijf. Hij zag een gedeelte van een gezicht – en een lichtflits.
Hij hoorde het schot, kromp ineen terwijl hij de kogel op de scheidingswand hoorde afketsen en trok zich terug in dekking.
'Ik ga naar de andere kant,' fluisterde Ramius.
'Wacht.' Ryan greep Ramius en nam hem mee terug naar de stuurboordzijde van de buis, zijn pistool in de aanslag. Hij zag het gezicht en vuurde eerst, in het besef dat hij zou missen. Tegelijkertijd duwde hij Ramius naar links. De kapitein snelde naar de andere kant en dook weg achter een lanceerbuis.
'Je bent erbij,' riep Ryan luid.
'Dat denk je maar.' De stem klonk jong, jong en doodsbang.
'Wat ben je aan het doen?' vroeg Ryan.
'Wat denk je, Yank?' Dit keer had de schimpscheut meer effect. Waarschijnlijk probeerde hij een kernkop tot ontploffing te brengen, concludeerde Ryan. Een fijne gedachte.
'Dan ga jij er ook aan,' zei Ryan. Probeerde de politie niet altijd dergelijke verdachten tot rede te brengen. Had hij een New Yorkse politieagent niet eens op televisie horen zeggen: 'We proberen ze dood te vervelen?' Maar dat ging om misdadigers. Waar had hij mee te maken? Een achtergebleven matroos? Eén van Ramius' eigen officieren die maar had gedaan alsof? Een KGB-agent, of een van de GROE die zich voor een lid van de bemanning had uitgegeven?
'Dat moet dan maar,' antwoordde de stem. Het licht bewoog. Waar hij ook mee bezig was geweest, hij was niet van plan het hierbij te laten. Bij de volgende bocht schoot hij twee keer. Nog vier. Zijn kogels ketsten nutteloos af op de voorste scheidingswand. Hij keek naar links en zag dat Ramius nog steeds op dezelfde hoogte was. Hij had geen wapen. Waarom had hij er geen bij zich gestoken?
Ryan haalde diep adem en sprong om de volgende buis. Dit was waar de Rus op gewacht had. Ryan liet zich op het dek vallen en de kogel miste hem.
'Wie ben je?' vroeg Ryan, die op een knie overeind kwam en tegen de buis leunde om op adem te komen.
'Een Russische patriot! Jij bent een vijand van mijn land en je zult dit schip niet krijgen!'
Hij praatte te veel, dacht Ryan. Dat was misschien nog niet zo gek.
'Heb je ook een naam?'
'Mijn naam is niet van belang.'

'Nog familie?'
'Mijn ouders zullen trots op me zijn.'
Hij moest een GROE-agent zijn. Hij had te doen met een getraind agent die vreemd genoeg een warme vaderlandsliefde koesterde. Geen fanaat, maar een man die probeerde zijn plicht te doen. Hij was bang, maar hij zou alles op alles zetten.
*En dit hele kloteschip opblazen, met mij erbij.*
Toch wist Ryan dat hij een kans had. De Rus had iets te volbrengen. Ryan moest hem alleen zien te stoppen of hem lang genoeg aan de praat houden. Hij liep naar de stuurboordzijde van de buis en gluurde met zijn rechteroog om de hoek. Aan deze zijde van het compartiment was geen licht. Ryan kon hem beter zien dan hij Ryan.
'Je hoeft niet te sterven, vriend. Als je dat wapen nu eens neerlegt...'
En dan? De rest van je leven slijten in een federale gevangenis? Of nee, ze zouden hem laten verdwijnen: Moskou mocht nooit weten dat de Amerikanen hun duikboot hadden.
'En de CIA laat me gewoon in leven?' sneerde de stem. 'Ik ben geen dwaas. Als ik toch moet sterven, dan liever op mijn manier, vriend!'
Toen werd het licht uitgeknipt. Ryan had zich al afgevraagd hoelang dat nog zou duren. Betekende het dat hij klaar was met zijn werk? Als dat zo was, kon het elk moment met hen gebeurd zijn. Maar misschien realiseerde de man zich hoe kwetsbaar het licht hem maakte. Getraind of niet, hij was nog jong, jong en bang, en had waarschijnlijk net zoveel te verliezen als Ryan zelf. Godallemachtig, dacht Ryan, ik heb een vrouw en twee kinderen, en als ik hem niet snel te pakken neem, krijg ik die nooit meer te zien.
*Vrolijk kerstfeest, jongens, jullie vader is zojuist de lucht in gevlogen. Jammer dat we hem niet kunnen begraven, maar zie je...* Het kwam in hem op om te bidden – maar waarvoor? Voor het doden van een ander? *Kijk, het zit zo, Heer...*
'Bent u er nog, kapitein?' riep hij.
*'Da.'*
Dat zou de agent wat te piekeren geven. Ryan hoopte dat de aanwezigheid van de kapitein de man zou dwingen zijn aandacht wat meer te richten op de bakboordkant van zijn buis. Ryan dook langs de stuurboordkant. Nog drie. Ramius volgde zijn voorbeeld aan zijn kant. Er klonk een schot, maar Ryan hoorde dat het mis was.
Hij moest even stoppen om te rusten. Hij was aan het hyperventileren en daar was het niet het meest geschikte moment voor. Hij was luitenant bij de marine geweest en zou toch moeten weten wat hij moest doen! Hij had het commando over veertig man gevoerd. Maar het was een stuk gemakkelijker om anderen ergens op af te sturen, dan het helemaal in je eentje op te knappen.

*Denk na!*
'Misschien kunnen we een deal sluiten,' stelde Ryan voor.
'Ja, we kunnen afspreken door welk oor er geschoten wordt.'
'Misschien bevalt het Amerikaanse leven je wel.'
'En mijn ouders, Yank. Hoe zie je dat?'
'Misschien lukt het om hen over te laten komen,' zei Ryan, snel naar links bewegend. Hij dook nogmaals. Nu werden ze nog maar door twee lanceerbuizen gescheiden.
'Kom, Yank, we sterven samen. Er is nog maar één *poeskatel* tussen ons.'
Ryan dacht snel na. Hij kon zich niet meer herinneren hoe vaak hij geschoten had, maar er hadden dertien kogels in het magazijn gezeten. Hij moest er nog genoeg over hebben. Hij kon de reserve-patroonhouder gerust missen. Hij kon hem de ene kant opgooien en zelf de andere kant nemen, en zo een beetje verwarring stichten. Zou het lukken? Shit, in de film lukte het ook. Nietsdoen leidde in ieder geval helemaal nergens toe.
Hij nam het pistool in zijn linkerhand en haalde met de rechter de patroonhouder uit zijn zak. Hij bracht hem tussen zijn tanden, nam het pistool weer met zijn rechter over en pakte met de linker het magazijn uit zijn mond.
Het werd tijd om tot actie over te gaan. Hij wist wat hij moest doen – maar Ramius was hem voor. Uit zijn ooghoek zag hij de kapitein op de voorwand af rennen. Terwijl hij erin slaagde om een lichtschakelaar om te draaien werd er op hem geschoten. Ryan gooide het magazijn naar rechts en rende naar voren. De agent draaide zich om naar links om te zien wat het geluid veroorzaakte, ervan overtuigd dat er iets op handen was.
Terwijl Ryan de afstand tussen de twee laatste buizen aflegde zag hij Ramius onderuit gaan. Ryan dook langs de laatste. Hij belandde op zijn linkerzij en negeerde de pijn in zijn linkerarm toen hij zich omrolde om de agent in het vizier te krijgen. Terwijl de man zich omdraaide, vuurde Ryan zes keer af. Ryan hoorde zichzelf niet schreeuwen. Voor hij met een klap tegen het dek sloeg, liet hij het pistool los.
Ryan beefde te erg om meteen op te staan. Zijn wapen was nog steeds op de borst van zijn slachtoffer gericht. Hij haalde zwaar adem en zijn hart klopte wild. Hij probeerde te slikken, maar zijn mond was kurkdroog. Hij ging langzaam op zijn knieën zitten. De agent lag op zijn rug en zijn ogen waren geopend. Hij ademde nog. Ryan kwam moeizaam overeind.
Hij was twee keer geraakt, zag Ryan, in zijn borst en in de maagstreek. Hij moest iets van even twintig zijn en keek met heldere blauwe ogen naar het plafond. Hij probeerde iets te zeggen, maar kwam

niet verder dan wat onverstaanbaar gerochel.
'Kapitein,' riep Ryan, 'bent u in orde?'
'Ik ben gewond, maar ik denk dat ik het wel overleef, Ryan. Wie is het?'
'Hoe moet ik dat in godsnaam weten?'
De blauwe ogen staarden Jack aan. Wie hij ook zijn mocht, hij wist dat hij niet lang meer te leven had. De uitdrukking van pijn maakte plaats voor een immense droefheid. Hij probeerde weer wat te zeggen. In zijn mondhoeken verscheen rozig speeksel. De long was geraakt. Ryan schopte het pistool weg en knielde naast hem neer.
'We hadden een deal kunnen sluiten,' zei hij zacht.
De agent probeerde iets te zeggen, maar Ryan kon er geen wijs uit. Vloekte hij, riep hij om zijn moeder, of was het iets heroïsch? Hij zou het nooit weten. De ogen verwijdden zich nog een keer van de pijn, nog een keer een rochelende ademstoot en toen vielen de handen op de buik slap. Ryan voelde naar de halsslagader. Die klopte niet meer.
'Het spijt me.' Ryan sloot de ogen. Waarom speet het hem? Op zijn voorhoofd vormden zich kleine zweetdruppels en hij werd slap in zijn benen. Hij voelde zich ineens vreselijk misselijk. 'O, jezus, ik...' Hij liet zich op handen en voeten zakken en begon over te geven. Het duurde een minuut voor zijn maag leeg was en hij moest een paar keer spuwen voor de ergste smaak verdwenen was en hij weer overeind kon komen.
Ramius was in zijn bovenbeen geraakt. De wond bloedde. Allebei zijn handen zaten onder het bloed, maar dat kwam doordat hij ze om zijn been hield geklemd. Het leek niet al te ernstig; als de slagader geraakt was, was hij al dood geweest.
Luitenant Williams was in hoofd en borst geraakt. Hij was buiten bewustzijn maar haalde nog adem. De hoofdwond was niet meer dan een schampschot. De borstwond bevond zich niet ver van het hart. Kamarov had minder geluk gehad. Hij was door zijn neus geschoten en de achterkant van zijn hoofd was één bloedige brij.
'Jezus, waarom is niemand ons komen helpen!' bracht Ryan ineens uit.
'De deuren zijn vergrendeld, Ryan. Daar is de – hoe heet het ook alweer?'
Ryan zag de kapitein naar de wand wijzen. 'De intercom, bedoelt u. Welke knop moet ik hebben?'
Ramius stak twee vingers op. 'Regelkamer, Ryan hier. We hebben hulp nodig, de kapitein is gewond.'
Er klonk een opgewonden Russische stem, die Ramius op luide toon beantwoordde om zich verstaanbaar te maken. Ryan keek intussen naar de lanceerbuis, waarvan het luik openstond. Ook een kleiner luik

aan de andere kant was ontgrendeld.
'Wat wilde hij eigenlijk, de kernkoppen laten ontploffen?'
'Onmogelijk, die zijn beveiligd,' zei Ramius met een van pijn vertrokken gezicht.
Ryan liep naar de luikopening, waar een vreemd rubberen voorwerp op de grond lag. Hij raapte het op en bekeek het van alle kanten. 'Allemachtig,' riep hij ineens, 'dit is een tijdmechanisme!' Hij bukte zich om de looplamp van de agent te pakken en bescheen het inwendige van de buis.
'Wat is dit precies voor ruimte, kapitein?'
'Daar zit de computer in die de raket geleidt.'
Ryan keek door de opening naar binnen en zag een massa draden in allerlei kleuren, onontwarbaar verbonden met verschillende schakelborden. Hij tilde een kluwen op en verwachtte half een tikkende tijdbom te vinden, maar dat was niet het geval. Wat moest hij doen? De agent was hier iets aan het uitspoken geweest, maar wat? En had hij zijn werk voltooid? Ryan kon geen zinnig antwoord bedenken.
Op een ingeving klemde hij de lamp tussen zijn tanden, stak beide handen uit en gaf een ruk aan de bedrading. Hij herhaalde het een paar keer en kreeg onder een regen van vonken een heel stel draden los. Elk moment meende hij dat het hele schip met hem erbij in de lucht zou vliegen, maar er gebeurde niets. In een minuut tijd had hij een handvol schakelkasten afgewerkt, waarna hij met de stevige looplamp alles te lijf ging wat ook maar enigszins breekbaar scheen, net zolang tot het compartiment op de speelkamer van zijn zoon leek – vol kapotte onderdelen.
Achter hem klonken haastige voetstappen. Hij keek om en zag Borodin met nog enkele mannen bij de ingang staan.
'Soedets?' zei Borodin met een verwonderde blik op de dode. Hij keek Ryan aan. 'Soedets was een van onze koks.'
'Dan was dit zeker een specialiteit van hem,' zei Ryan, het pistool van de grond oprapend. 'Ik denk dat hij een agent van de GROE was. Kapitein, als we die verdomde raket eens gewoon lanceerden – afwierpen, bedoel ik?'
'Dat lijkt me een goed idee.' Ramius kon alleen nog schor fluisteren. 'Sluit eerst het inspectieluik, de rest kunnen we in de regelkamer doen.'
Ryan veegde met een hand de rommel opzij om de deur te kunnen sluiten. Intussen werd Williams door twee Russen naar achteren gedragen en liet Ramius zijn gewonde linkerbeen verbinden. De kapitein kreunde bij elke verkeerde beweging en moest zich door Ryan laten ondersteunen.
'Het was een gewaagde gok, kapitein,' zei Ryan.

'Het is mijn schip, en in het donker was het helemaal gevaarlijk. Bovendien draag ik zelf de schuld, ik had de bemanning bij het van boord gaan zorgvuldig moeten tellen!'
Ryan hielp hem voorzichtig door de deur van de grote ruimte. Het verband om zijn been was los gaan zitten en het bloed sijpelde weer uit de wond. 'Sluit de deur goed af.'
Ryan draaide het wiel drie keer rond tot er geen beweging meer in te krijgen was, waarna hij de kapitein weer onder een arm nam. In de controlekamer zat de roerganger met een asgrauw gezicht achter het stuurwiel.
De kapitein liet zich langzaam op een stoel zakken. 'Heeft u ergens een mes?' vroeg Ryan.
Ramius haalde een zakmes en een sleutel te voorschijn. 'Hier, met deze sleutel kunnen de kernkoppen geactiveerd worden,' zei hij met een pijnlijke lach. Poetin was niet voor niets gestorven.
Ryan hing de ketting om zijn hals en gebruikte het zakmes om de broekspijp van de kapitein open te snijden. De kogel had het dijbeen doorboord zonder het bot te raken. Ryan bedekte de twee bloedende wonden met zijn eigen zakdoek en die van de kapitein, waarna hij het drukverband zo strak mogelijk aantrok.
'Mijn vrouw zou er misschien niet tevreden over zijn, maar het moet maar.'
'Uw vrouw?'
'Ze is arts, of eigenlijk oogchirurg. Ze heeft mij verbonden toen ik zelf was neergeschoten.' Ryan zag het bloed uit het onderbeen wegtrekken, maar hij wilde het verband nog niet losser maken. 'Nu eerst die raket.'
Ramius liet de stuurman drie officieren oproepen, die even later de regelkamer binnenkwamen. De snelheid van de *October* werd teruggebracht tot vijf knopen, wat enkele minuten in beslag nam. Het ging Ryan veel te langzaam, omdat hij zich zorgen maakte over eventuele boobytraps die de agent aangebracht kon hebben, maar ten slotte haalden de drie officieren en Ramius hun eigen sleutels te voorschijn.
De kapitein wees naar een paneel aan stuurboordzijde. 'Het eerste contact, Ryan.' Hij ging naar het paneel en stak zijn sleutel in de aangewezen opening, een van de zesentwintig die onder drie rijen lampjes waren aangebracht. Een rood licht flikkerde op en een zoemtoom weerklonk.
'Opgepast, Ryan, ik tel tot drie. Een, twee, drie, nu!'
Ryan draaide zijn sleutel tegelijk met de anderen om. Een oranje lampje begon te branden en hij voelde een schok door de *Red October* gaan terwijl de SS-N-20 door een gasontlading werd afgestoten. Het gaf het geluid als van de luchtdrukrem van een vrachtwagen. De drie

Russen trokken hun sleutel uit het contact en de raketofficier sloot onmiddellijk de lanceerbuis.

*De Dallas*

'Wat krijgen we nou?' zei Jones. 'Brug, sonar. Het contact heeft net een lanceerbuis geopend, en ik – wel verdomme!' Zonder nadenken stelde hij de hoogfrequente sonar in werking en begon golven uit te zenden.

'Jones, wat ben je in godsnaam aan het doen?' snauwde Thompson.

Kapitein Mancuso kwam haastig aangelopen. 'Wat is er aan de hand?'

Jones wees naar zijn scherm. 'Twee echo's, schipper, kijkt u maar. Ze hebben een raket gelanceerd, alleen werkt de ontsteking niet of zo. Het ding blijft in de buurt hangen. Grote goden!'

*De Red October*

Ryan stond zich af te vragen of een raket kon drijven.

Dat was niet het geval. De SS-N-20 werd door de gasontlading weggeduwd en kwam nog geen twintig meter aan stuurboord vrijwel tot stilstand. Even bleef het projectiel hangen, waarna het overhelde en steeds sneller met de neus naar beneden door het water kliefde, om zijn as wentelend als een dwarrelend blad. Op drieduizend meter diepte werden de beschermkappen van de kernkoppen door de geweldige druk van het water verbrijzeld, maar overigens kwam de grote raket ongedeerd en zonder schade aan te richten op de bodem terecht.

*De Ethan Allen*

Alleen de tijdklok werkte nog. Die was afgesteld op dertig minuten, waardoor de bemanning ruimschoots de tijd had gekregen om aan boord van de *Scamp* te gaan en zich uit de voeten te maken. De oude reactor was volledig uitgeschakeld en steenkoud. De laatste stroom die de accu's produceerden hield een paar noodlampen brandende. De ontsteking werd gevoed door drie afzonderlijke, maar identieke circuits die een duizendste na elkaar stroom opwekten.

De *Ethan Allen* was geladen met vier gasbommen met een explosieve kracht die ruwweg vijf keer zo groot was als van normale chemische bommen. Doordat ieder hoekje van de oude duikboot verzadigd raakte met het explosieve mengsel werd de druk in een tel verdrievoudigd. De vier bommen vulden de *Ethan Allen* met het equivalent van vijfentwintig ton TNT, gelijkelijk door de atmosfeer verspreid.

De ontsteking had catastrofale gevolgen: de stalen romp van de *Ethan Allen* brak open alsof het een ballon was. Het enige dat niet totaal vernietigd werd, was het reactorvat, dat uit het wrak geblazen werd en naar de zeebodem zonk.

*De Dallas*
'Godsallemachtig!' Jones trok de koptelefoon van zijn hoofd en geeuwde om de doofheid uit zijn oren te krijgen. In het sonarsysteem waren speciale relais ingebouwd die zijn oren beschermden tegen het enorme lawaai dat de explosie voortbracht, maar toch had hij het gevoel alsof iemand met een moker tegen zijn hoofd had gebeukt. Iedereen aan boord had de explosie overigens kunnen horen.
'Attentie iedereen, dit is de kapitein. Wat u zojuist hoorde, heeft niets te betekenen. Meer kan ik er niet over zeggen.'
'Grote goden, kapitein!' zei Mannion.
'Wat je zegt, laten we onze koers vervolgen.'
'Aye, kapitein.' Mannion keek zijn gezagvoerder onderzoekend aan.

*Het Witte Huis*
'Waren ze nog op tijd?' vroeg de president.
'Nee.' Moore liet zich in een stoel zakken. 'De helikopter arriveerde een paar minuten te laat. Misschien valt het allemaal wel mee. Je zou verwachten dat de kapitein wel zo slim is om ervoor te zorgen dat op een handjevol getrouwen na iedereen van boord verdwijnt. We zijn er niet helemaal gerust op, maar we kunnen er helaas niets aan doen.'
'Ik heb hier persoonlijk opdracht toe gegeven, Moore. *Ik*.'
Dan weet u ook eens hoe het in het echt gaat, dacht Moore. De president had geluk – hij hoefde nooit mensen de dood in te sturen. Het was gemakkelijk om mensen met een gevaarlijke opdracht erop uit te sturen, maar het bleef altijd knagen als die met dodelijke afloop was.
'We moeten maar afwachten. De bron waaruit deze informatie komt is belangrijker dan enige operatie.'
'Goed. Hoe staat het met Donaldson?'
'Hij is op onze suggestie ingegaan. Dit deel van de operatie is heel vlot verlopen.'
'Denk je echt dat de Russen erin trappen?'
'We houden hun een mooi stuk aas voor en we zullen de lijn wat aanhalen om hen te lokken. Over een dag of twee zien we wel of ze eraan sabbelen. Henderson is een van hun topagenten – zijn codenaam luidt Cassius – en de manier waarop ze reageren zal bepalen wat voor informatie we hun toe zullen spelen. Hij zou wel eens heel nuttig voor ons kunnen zijn, maar we moeten hem wel in de gaten houden. Onze collega's van de KGB hebben een heel effectieve manier om met dubbelagenten af te rekenen.'
'We laten hem gaan, als hij het verdiend heeft,' zei de president koel.
'O, dat komt wel in orde,' lachte Moore. 'Henderson doet precies wat wij zeggen.'

# De vijftiende dag – vrijdag 17 december

*Ocracoke Inlet*

Er stond geen maan aan de hemel. De processie van drie schepen voer langzaam de inham in, even na middernacht om te profiteren van het springtij. De *Pogy* ging voorop omdat ze de minste diepgang had; daarachter kwamen de *Red October* en de *Dallas*. De stations van de kustwacht aan weerskanten van de inham werden voor de gelegenheid bemand door officieren van de marine.

Ryan waardeerde het dat Ramius hem op de toren had toegelaten. Na achttien uur aan boord van de *Red October* had hij het knap benauwd gekregen. Van de wereld viel overigens weinig te zien. De *Pogy* voerde een klein rood licht dat slechts met tussenpozen scheen, het water golfde rustig en de sterren speelden verstoppertje achter de wolkenflarden. Er stond een ruwe zeewind.

Borodin commandeerde de duikboot met snauwerige bevelen over een kanaal dat regelmatig uitgediept moest worden, ondanks de enorme strekdam die aan de noordkant was aangelegd. Toen de deining helemaal verdwenen was, zagen ze in het donker een grote rubberboot op hen toe varen.

'Ahoy *Red October!*' riep een stem in het donker. Ryan kon vaag de ruitvorm van de boot onderscheiden. De sputterende buitenboordmotor trok een wit spoor in het water.

'Zal ik antwoorden, Borodin?' vroeg Ryan. Borodin knikte. 'Ryan hier. We hebben twee gewonden aan boord, een van hen is er slecht aan toe. We hebben onmiddellijk een arts nodig!'

'Twee gewonden, begrepen.' Ryan meende het vage kraken van een radio te horen, maar het kon ook de wind zijn. 'Oké,' riep de stem uit de boot, 'er is iemand onderweg. De *Dallas* en de *Pogy* hebben allebei hospikken aan boord, zal ik die waarschuwen?'

'Zo snel mogelijk!' antwoordde Ryan zonder aarzelen.

De motorboot maakte een scherpe draai en verdween in de duisternis.

'Goddank.'

'Bent u ge... gelovig?' vroeg Borodin.

'Zeker.' Ryan werd door de vraag verrast. 'Jezus, een mens moet ergens in geloven.'

'En waarom dan wel, meneer Ryan?' Borodin keek door zijn veel te grote bril naar de *Pogy*.

Ryan dacht na over zijn antwoord. 'Omdat, als je nergens in gelooft, wat is dan de zin van het leven? Dat zou betekenen dat Sartre, Camus

en al die andere figuren het bij het rechte eind zouden hebben – dat er alleen maar chaos heerst en dat het leven zonder betekenis is. Dat weiger ik te geloven. Als u een beter antwoord wilt, ken ik wel een paar geestelijken die u graag te woord willen staan.'
Borodin gaf geen antwoord. Hij gaf een order door de brugmicrofoon en zij veranderden een paar graden van koers naar stuurboord.

*De Dallas*
Een halve mijl terug hield Mancuso een sterke nachtkijker aan zijn ogen. Mannion probeerde over zijn schouder mee te kijken.
'Jezus Christus,' fluisterde Mancuso.
'Daar heeft u gelijk in, schipper,' zei Mannion, bibberend in zijn uniformjasje. 'Ik geloof mijn eigen ogen niet. Daar heb je de Zodiac.'
Mannion overhandigde zijn commandant de draagbare radio-ontvanger die hij bij zich droeg.
'Ontvangt u mij?'
'Mancuso hier.'
'Als onze vriend stopt, wil ik dat u tien man bij haar aan boord laat zetten, uw hospik inbegrepen. Zij meldden dat ze twee gewonden aan boord hebben die verzorging nodig hebben. Zoek goeie mensen uit, ze moeten de boot helpen besturen. Stuur in godsnaam mannen die hun mond kunnen houden.'
'Begrepen, tien man waaronder de hospik. Over en sluiten.' Mancuso zag de sloep naar de *Pogy* vertrekken. 'Zin om mee te gaan, Pat?'
'Daar kunt u donder op zeggen. Gaat u erheen?' vroeg Mannion.
Mancuso hield zich op de vlakte. 'Zou Chambers in staat zijn het een dag of wat over te nemen op de Dallas?'

*Cherry Point, North Carolina*
Ed Noyens zat in de dokterskamer van het marinehospitaal op de basis in Cherry Point. Hij was chirurg en had de komende drie nachten dienst, zodat hij met Kerstmis vier dagen vrij had. Het was een rustige nacht, maar dat zou veranderen.
'Dokter?'
Noyes keek op en zag een kapitein van de MP staan. Hij kende hem. De militaire politie kwam met heel wat ongevallen aanzetten.
'Ha, Jerry. Heb je iets?'
'Ik heb opdracht om u te zeggen uw spullen te pakken voor een noodoperatie. U heeft twee minuten, dan breng ik u naar het vliegveld.'
'Wat voor operatie?' Noyes stond op.
'Dat hebben ze er niet bij gezegd. De orders komen van hogerhand, meer weet ik niet.'
'Jezus, Jerry, ik moet weten om wat voor soort operatie het gaat, an-

ders neem ik misschien de verkeerde spullen mee.'
'Dan neemt u alles maar mee. We moeten nu opschieten.'
Vijf minuten later klom hij in een Sea Stallion waarvan de motoren al gierden. 'Wat is er aan de hand?' vroeg Noyes aan de inlichtingenofficier die zich in de helikopter bevond.
'We moeten u op een duikboot neerlaten die gewonden aan boord heeft. Er zijn daar een paar hospitaalsoldaten om u te assisteren, dat is alles wat ik weet.'
De Stallion ging direct omhoog. Noyes had vaak in Stallions gevlogen, hij had in totaal vijfhonderd vlieguren: tweehonderd in een helikopter en driehonderd in andere vliegtuigklassen. Noyes was het soort dokter dat er te laat achter was gekomen dat vliegen minstens zo leuk was als opereren. Hij nam elke kans waar om de lucht in te gaan. Hij merkte op dat de Sea Stallion niet kruiste, maar recht op zijn doel afging.

*Pamlico Sound*
Tegen de tijd dat de helikopter de marinebasis in Cherry Point verliet, kwam de *Pogy* tot stilstand. De *Red October* ging wat meer naar bakboord en stopte een ietsje ten noorden van haar. De *Dallas* volgde haar voorbeeld. Een minuut later voegde de Zodiac zich weer aan haar zijde en voer dan langzaam op de *Red October* af, bijna slingerend onder het gewicht van zoveel mannen.
'Ahoy, *Red October*!'
Dit keer was het Borodin die reageerde. Hij sprak met een accent, maar was goed verstaanbaar. 'Identificeert u zich.'
'Bart Mancuso hier, gezagvoerder van de *Dallas*. Ik heb iemand van de medische dienst aan boord en nog wat mensen. Vraag toestemming om aan boord te komen.'
'Toestemming verleend.'
De Zodiac draaide bij en er sprong iemand met een touw aan boord om het vaartuig vast te leggen. Een voor een stapten de mannen op de duikboot over.
'Kapitein? Ik ben Bart Mancuso. Ik heb begrepen dat u gewonden aan boord hebt.'
'Dat klopt,' antwoordde Borodin, 'de kapitein en een Brits officier, beiden neergeschoten.'
'Neergeschoten?' Mancuso was verbaasd.
'Daar kunnen we het later nog over hebben,' zei Ryan scherp, 'stuur uw geneeskundige maar naar ze toe, oké?'
'We hebben alleen maar een hospik bij ons, maar hij is verrekte goed, en van de *Pogy* komt zo meteen ook nog iemand. Wie bent u trouwens?'

'Hij is een spion,' zei Borodin met ironie in zijn stem.
'Jack Ryan.'
'En u?'
'Ik ben de eerste officier, Wasili Borodin. Komt u mee naar de toren. Neem me niet kwalijk, maar we zijn allemaal verschrikkelijk moe.'
'Dat geldt niet alleen voor u.' Het was behoorlijk krap in de toren. 'Het was een vreselijk karwei om u te volgen. Ik moet u complimenteren met uw vakmanschap.'
Het compliment lokte niet de verwachte reactie uit. 'Heeft u ons kunnen volgen? Hoe dan?'
'Ik heb hem meegebracht. U kunt kennis met hem maken als u wilt.'
'Wat gaat er nu gebeuren?'
'We hebben opdracht om te wachten tot de dokter hier is en dan te duiken. Dan wachten we op ons gemak tot we verder kunnen. Dat kan één of twee dagen gaan duren. Kan iedereen een beetje op verhaal komen. Daarna brengen we jullie naar een veilige plaats en tracteer ik persoonlijk op het beste Italiaanse eten dat jullie ooit gehad hebben.'
Mancuso grinnikte. 'Hebben jullie Italiaans eten in Rusland?'
'Nee, en als u gewend bent aan lekker eten, zal u op de *Krazni Oktjabr* niet bepaald aan uw trekken komen.'
'Misschien kan ik daar wat aan laten doen. Hoeveel man hebt u aan boord?'
'Twaalf. Tien Russen, de Brit en de spion.' Borodin lachte fijntjes naar Ryan.
'Goed.' Mancuso haalde een zender uit zijn zak. 'Mancuso hier.'
'Zegt u het maar, schipper,' antwoordde Chambers.
'Zorg dat onze vrienden hier wat goeds te eten krijgen, Wally.'
'Aye aye, schipper. Over en uit.'
'Ik heb goede koks aan boord. Vorige week hadden we lasagna. Daar hebt u wat aan gemist. Er had alleen wat chianti bij gekund.'
'Ze hebben hier wodka.'
'Dat is alleen bestemd voor als we spionnen aan boord hebben.' Twee uur na de schietpartij had Ryan het weer te kwaad gehad en had Borodin hem een drankje uit de scheepsapotheek laten brengen. 'Ons is verteld dat jullie behoorlijk in de watten worden gelegd.'
'Misschien, maar we blijven soms zestig of zeventig dagen weg. Dat is toch behoorlijk zwaar?'
'Wat vinden jullie ervan om naar beneden te gaan?' stelde Ryan voor. Iedereen was het met hem eens. Het werd koud.
Borodin, Ryan en Mancuso gingen naar beneden en vonden in de verbindingsruimte de Amerikanen aan de ene en de Russen aan de andere kant, precies als voorheen. De Amerikaanse kapitein brak het ijs. 'Meneer Borodin, dit is de man die u opgespoord heeft.'

'Het was niet gemakkelijk,' zei Jones. 'Kan ik nu aan de slag? Mag ik uw sonarkamer zien?'
'Boegajev.' Borodin wenkte de radarofficier. Deze nam Jones mee naar achter.
De Amerikaan wierp één blik op de apparatuur en mompelde: 'Wat een zootje.' In de dekplaten zaten scheuren van de hitte.
'Spreekt u Engels?'
'Een beetje.'
'Kan ik de diagrammen voor dit ding zien?'
Boegajev was verbaasd. Niemand van de bemanning, op één onderofficier na, had er ooit naar gevraagd. Hij pakte de ordner met schematische diagrammen van de plank aan de voorste scheidingswand. Jones zocht in de ordner het codenummer op van het apparaat waar hij voor stond en haalde het diagram eruit. Hij zocht het blad af met zijn vinger en haalde dan de dekplaat van het toestel af.
'Wat een zootje, wat een zootje!' Jones was bijna geschokt.
'Pardon, wat is dat, "een zootje"?'
'O, dat is een term die wij bij de marine gebruiken. Ik weet niet hoe hij in het Russisch luidt. Sorry.' Jones onderdrukte een grijns en richtte zijn aandacht weer op de schema's. 'Heeft u een onderwatertelefoon?'
'Ja, maar die bevindt zich in de controlekamer en hij is kapot.'
'Hm.' Jones boog zich weer over een diagram. 'Ik denk dat ik op dit schatje wel een modulator kan monteren, en er dan een onderwatertelefoon voor u van kan maken. Zou van pas kunnen komen. Denkt u dat uw schipper dat zou willen?'
'Ik zal het hem vragen.' Hij ging ervan uit dat Jones zou blijven waar hij was, maar de jonge sonarman liep met hem mee naar de controlekamer. Boegajev legde Borodin uit wat Jones had voorgesteld, die op zijn beurt met Mancuso praatte.
'Kapitein ze hebben een FM-toestel dat veel wegheeft van de onderwatertelefoons die ze op de opleiding hadden. Wij hebben nog een modulator, die ik er in een half uur wel op heb,' zei de sonarman.
'Kapitein Borodin, gaat u daarmee akkoord?' vroeg Mancuso.
Borodin had het gevoel dat hij een beetje te veel achter zijn broek gezeten werd, ook al was het op zich een zinnig voorstel. 'Laat hem zijn gang maar gaan.'
'Schipper, hoe lang blijven we hier plakken?' vroeg Jones.
'Een dag of twee, waarom?'
'Het lijkt me dat hier aan boord weinig te beleven valt voor die lui. Als ik nou eens een t.v.-toestel en een video-apparaat pak? Dan hebben ze iets om naar te kijken, krijgen ze een beetje een indruk hoe het er bij ons aan toe gaat.'
Mancuso moest lachen. Ze wilden zoveel mogelijk van deze boot op-

steken, maar daar hadden ze de tijd voor, zodat Jones' plan hem nog niet zo gek leek om de spanning te doorbreken. Aan de andere kant wilde hij niet dat op zijn eigen duikboot de gemoederen verhit raakten. 'Goed, maar haal de apparatuur maar uit de officiersruimte.'
'Komt in orde, schipper.'
Een paar minuten later leverde de Zodiac de hospik af en nam Jones mee terug naar de *Dallas*. Langzaam aan begonnen de officieren gesprekken aan te knopen. Twee Russen begonnen een praatje met Mannion en voelden aan zijn kroeshaar. Hij was de eerste neger die ze ooit zagen.
'Kapitein Borodin, ik heb opdracht om iets uit de controlekamer te nemen dat bewijst dat dit de *Red October* is. Kan ik de dieptemeter daarvoor gebruiken? Dan zal ik ervoor zorgen dat een van mijn mannen er een ander voor in de plaats aanbrengt.' Het instrument dat hij gezien had, droeg een nummer.
'Wat is de reden daarvoor?'
'Ik zou het niet weten, maar zo luiden de orders.'
'Het is goed,' zei Borodin.
Mancuso gaf opdracht het ding te demonteren en Jones op te roepen en hem te vragen een ander mee te brengen.

Hoewel de verleiding groot was, deed de piloot van de Sea Stallion geen poging om te landen. Het dek was bijna groot genoeg om het te proberen. De helikopter bleef een meter boven het rakettendek hangen en de springende dokter werd opgevangen door twee matrozen. Zijn tas volgde een seconde later. De heli draaide langzaam in zuidwestelijke richting om terug te gaan.
'Zag jij wat ik denk dat ik zag, was dat een Russische duikboot?' vroeg de piloot door de intercom.
'*Wat?*' Het was te laat om het nog te kunnen zien, ze waren al twee mijl van de *October* verwijderd. 'Maar die gasten aan dek waren Amerikanen.'
'*Jezus!*' vloekte de majoor verbaasd. En hij mocht er geen woord over zeggen. De kolonel van de inlichtingendienst was daar heel duidelijk over geweest: 'Je ziet niets, je hoort niets, je denkt niets en je rept er godverdomme van z'n levensdagen niet over.'

'Ik ben doktor Noyes,' sprak de chirurg in de controlekamer tot Mancuso. Hij was nog nooit eerder in een duikboot geweest en toen hij het compartiment rondkeek zag hij dat alle instrumenten opschriften in een vreemde taal droegen. 'Wat is dit voor schip?'
'De *Krazni Oktjabr,*' antwoordde Borodin die erbij kwam staan. Op zijn pet was een glimmende rode ster.

'Wat is hier in godsnaam aan de hand?' wilde Noyes weten.
'Doktor,' Ryan nam hem bij de arm, 'achterdeks bevinden zich twee patiënten voor u. Waarom bepaalt u zich daar niet toe?'
Noyes volgde hem naar de ziekenboeg. 'Wat is er hier aan de hand?' vroeg hij nu rustiger.
'De Russen zijn zojuist een duikboot kwijtgeraakt,' legde Ryan uit, 'die nu aan ons toebehoort. En als u het waagt om dat tegen iemand te...'
'Ik geloof het niet.'
'Dat hoeft ook niet. Wat is uw specialisme?'
'Thorax.'
'Mooi.' Ryan ging de ziekenboeg binnen. 'Dan heb ik hier een patiënt met een schotwond voor u die u dringend nodig heeft.' Hij wees op Williams die naakt op een tafel lag. 'Zorg goed voor hem, dokter. Hij is een goed mens.'
Ryan vroeg zich af of het zou helpen om te bidden. Noyes zag eruit en praatte als een chirurg. Ryan hoopte dat hij een goede was. Hij liep naar de kapiteinshut, waar Ramius lag te slapen dank zij de medicijnen die hij had gekregen. Het bloeden was gestopt, en een van de hospikken had er blijkbaar naar gekeken. Noyes kon hem als tweede behandelen. Ryan ging naar voren.
Borodin had het gevoel dat hem het bevel ontnomen was en dat beviel hem niet, al viel er wel iets van hem af. Twee weken slopende spanning hadden de officier meer gedaan dan hij gedacht zou hebben. De situatie was niet erg plezierig – de Amerikanen probeerden vriendelijk te doen, maar ze lieten verdomd goed merken dat ze de baas waren! Maar de officieren van de *October* verkeerden tenminste niet in gevaar.
Twintig minuten later was de Zodiac terug. Twee matrozen kwamen aan dek om talloze dozen met bevroren voedsel aan te pakken en daarna Jones met zijn elektronische uitrusting te helpen. Het duurde een aantal minuten voor alles naar de goede plaats gebracht was en toen de matrozen weer in de rubberboot stapten, rilden ze van het koude vrachtje dat ze hadden moeten lossen en de aanblik van de lijken. Er was nog geen tijd geweest om de slachtoffers te verplaatsen.
'Ik heb alles, schipper,' rapporteerde Jones. Hij overhandigde de dieptemeter aan zijn chef.
'Wat moet dit allemaal voorstellen?' vroeg Borodin.
'Ik heb de modulator, kapitein, om de onderwatertelefoon te maken en verder een kleine kleurentelevisie, een videorecorder en een aantal banden. De schipper dacht dat uw mannen dat misschien leuk zouden vinden om een beetje te ontspannen en om ons een beetje beter te leren kennen.'

'Films?' Borodin schudde het hoofd. 'Bioscoopfilms?'
'Zeker,' grinnikte Mancuso. 'Wat heb je meegebracht, Jonesy?'
'Nou, ik heb *E.T.*, *Star Wars*, *Big Jake en Hondo*.' Jones was duidelijk voorzichtig te werk gegaan bij het uitkiezen van wat hij de Russen over Amerika wilde voorschotelen.
'Mijn verontschuldigingen, kapitein. Jones heeft niet zo'n goede smaak, als het om films gaat.'
Op het ogenblik zou Borodin al tevreden zijn geweest met *De kruiser Potemkin*. De vermoeidheid sloeg nu toe.
De kok liep met zijn armen vol levensmiddelen in de richting van de kombuis. 'Over een paar minuten heb ik koffie,' zei hij tegen Borodin.
'Ik heb liever iets te eten. Geen van ons heeft de laatste vierentwintig uur nog een hap naar binnen gekregen.'
'Eten!' riep Mancuso naar achteren.
'Komt in orde, schipper. Geef me even de tijd om de kombuis te verkennen.'
In twintig minuten had Jones de onderwatertelefoon gereed. Sinds hij met zijn vader oude televisies had gerepareerd, had hij niet meer zoveel buizen gezien en dat was een hele tijd geleden.
'*Dallas*, Jones hier, ontvang je mij?'
'Aye.' Het antwoord klonk krasserig, als een taxiradio.
'Bedankt. Over en uit.' Hij schakelde uit. 'Hij doet het. Dat ging vlot, hè?'
Een gewoon bemanningslid, en niet eens gespecialiseerd in Sovjetapparatuur! dacht Boegajev. Het was nooit bij hem opgekomen dat dit instrument bijna een kopie van de oude Amerikaanse FM was. 'Ben je al lang sonarman?'
'Drie en een half jaar. Sinds ik van school af ben.'
'Heb je dit allemaal in drie jaar tijd geleerd?' vroeg de officier scherp.
Jones haalde de schouders op. 'Zo bijzonder is dat niet. Ik klungel al met radio's sinds ik een jochie was. Bezwaar als ik wat muziek opzet?'
Jones had besloten zich aardig op te stellen. Hij had maar één bandje van een Russische componist, met daarop de Notekrakersuite, en vier bandjes met Bach meegebracht. Jones hield ervan naar muziek te luisteren als hij aan het werk was.
'Het wordt tijd om te duiken, sir,' zei Mannion in de controlekamer.
'Goed. Met uw permissie, kapitein Borodin, zal ik u assisteren met de ballasttanks. Alle luiken en openingen zijn afgesloten.' Mancuso merkte op dat ze nagenoeg hetzelfde bedieningspaneel hadden als op een Amerikaanse boot.
Mancuso nam de situatie nog één keer in ogenschouw. Butler en zijn vier mannen hielden zich achterdeks al met de nucleaire installatie

bezig. Het zag er allemaal rooskleurig uit. Het enige dat roet in het eten kon gooien was dat de officieren van de *October* van gedachten konden veranderen. De *Dallas* zou de raketduikboot constant met de sonar in de gaten houden. De *Red October* ging langzaam naar beneden. Binnen vijf minuten was ze op de bodem.

*Het Witte Huis*
Om drie uur 's nachts belde Pelt naar de Sovjetambassade. Na een paar minuten kreeg hij de ambassadeur aan het apparaat.
'Ik moet u nog mijn dank en die van het Russische volk betuigen voor het redden van een van onze mensen. Ik hoorde een paar minuten geleden dat hij bij bewustzijn is en naar verwachting volkomen zal genezen.'
'Ja, dat heb ik ook zojuist vernomen. Hoe heet hij trouwens?' Pelt vroeg zich af of hij Arbatov uit zijn bed had gebeld.
'Andrei Katyskin. Hij is een scheepskok uit Leningrad.'
'Ik heb gehoord dat de USS *Pigeon* bijna de gehele bemanning heeft gered van een andere onderzeeboot, de *Red October*. Zover het goede nieuws. Het slechte nieuws houdt in dat het vaartuig geëxplodeerd en gezonken is voordat we iedereen van boord hadden. De meeste officieren, en twee van de onzen, hebben het niet gered.'
'Wanneer was dat?'
'Gistermorgen vroeg. Sorry dat ik het niet eerder kon laten weten, maar door de explosie heeft de radio van de *Pigeon* het begeven. Dat soort dingen kunnen nu eenmaal gebeuren.'
'Ja, dat weet ik.' Pelt bewonderde zijn reactie, er was geen greintje ironie te bespeuren. 'Waar bevinden zij zich nu?'
'De *Pigeon* is nu op weg naar Charleston. We laten uw landgenoten van daaruit onmiddellijk naar Washington overvliegen.'
'U bent er zeker van dat de duikboot geëxplodeerd is?'
'Ja, een van de bemanningsleden zegt dat er een ongeluk met de reactor heeft plaatsgehad. Het was maar gelukkig dat de *Pigeon* in de buurt was. Ik vrees dat uw marine het druk krijgt.'
'Ik zal het aan Moskou doorgeven,' antwoordde Arbatov droog. 'Kunt u mij zeggen waar dit is gebeurd?'
'Ik weet het beter gemaakt. We hebben er een schip heengezonden met een miniduikboot aan boord om naar het wrak te zoeken. Als u iemand naar Norfolk laat vliegen, zorgen wij er wel voor dat hij ter plaatse komt. Voelt u iets voor dat aanbod?'
'U zei dat twee van uw officieren vermist worden?' Arbatov wilde tijd winnen.
'Ja, ze behoorden allebei tot de reddingsploeg. We hebben honderd man van de boot kunnen halen, ambassadeur,' zei Pelt alsof hij zich

moest verdedigen. 'Dat is toch behoorlijk.'
'Dat is het zeker. Ik zal een telex naar Moskou zenden. U hoort nog van mij. Bent u op uw kantoor te bereiken?'
'Ja,' Pelt hing op en keek naar de president. 'Heb ik het er goed afgebracht?'
'Het kan nog wat ernstiger, Jeff.' De president zat breeduit in een leren fauteuil, een ochtendjas over zijn pyjama.
'Happen ze toe?'
'Zo zeker als wat. Ze zullen met eigen ogen willen zien dat de boot naar de haaien is. De vraag is of we ze voor de gek kunnen houden.'
'Foster schijnt te denken van wel en wat hij zegt klinkt geloofwaardig.'
'Hm. In ieder geval hebben we haar.'
'Ja, ik denk dat dat verhaal over die GROE-agent een fabeltje is, en anders is hij er tegelijk met de rest afgeschopt. Ik wil die Ramius wel eens zien. Jezus, een ongeluk met een reactor ensceneren! Geen wonder dat hij iedereen van boord kreeg!'

*Het Pentagon*
Skip Tyler zat in het kantoor van de opperbevelhebber, waar hij het zich gemakkelijk had gemaakt. De kustwacht bij de inham had de beschikking gehad over een nachtcamera, waarvan de film per helikopter naar Cherry Point was gebracht en van daaruit met een phantom naar Andrews gevlogen. Nu bevond hij zich in de auto van een koerier die net de poort van het Pentagon door was komen rijden.
'Ik kom een pakje afleveren voor admiraal Foster,' kondigde een bode zich een paar minuten later aan. Zijn secretaris verwees hem door.
'Goede morgen, admiraal. Dit is voor u.' De bode overhandigde Foster de verpakte cassette.
De kwaliteit van de film was in één woord slecht. Het beeld was onscherp, waardoor veel details verloren gingen. Maar wat te zien was volstond: een bijzonder grote kernraketboot waarvan de toren zich veel meer naar achter bevond dan bij enige boot van westerse makelij. De *Dallas* en de *Pogy* vielen erbij in het niet. Vijftien minuten keken ze naar het scherm zonder dat er een woord werd gesproken.
'Nou,' zei Foster toen de film was afgelopen, 'we hebben onze eigen Russische raketboot.'
'Wat zeg je me daarvan?' grijnsde Tyler.
'Skip, jij stond toch op het punt om kapitein van de *Los Angeles* te worden?'
'Ja, admiraal.'
'We zijn je zeer verplicht, Skip, zeer. Ik ben een beetje op onderzoek uit geweest en heb me laten vertellen dat een in diensttijd gewonde

officier alleen maar de dienst hoeft te verlaten als is aangetoond dat hij er lichamelijk niet meer capabel voor is. We hebben weinig kapiteins die een been missen, maar als je ervoor voelt, zal ik ervoor zorgen dat je het wordt, al moet ik de president er persoonlijk om vragen.'
Tyler schudde het hoofd. 'Dank u, admiraal. Ik kan u niet zeggen hoeveel het voor me betekent dat u dat zegt, maar die fase ben ik voorbij. Ik leid nu een ander leven, heb andere verantwoordelijkheden en bovendien zou iemand anders de boot missen. Weet u wat, als u mij eens aan boord van die boot laat neuzen, valt er tussen ons niets meer te verrekenen.'
'Dat kan ik je zonder meer toezeggen.' Foster had gehoopt dat hij zo zou reageren, was er bijna zeker van geweest.

*De Sea Cliff*
De luchtfilters werkten niet zoals het moest, merkte luitenant Sven Johnsen, al speelde een net overwonnen verkoudheid hem misschien nog parten. De *Sea Cliff* passeerde juist de tienduizend voet en repareren kon pas als ze weer aan de oppervlakte waren. Gevaarlijk was het niet – alle systemen waren net zo goed beveiligd als in een Space Shuttle – hoogstens wat vervelend.
'Ik ben nog nooit op deze diepte geweest,' zei kapitein Igor Kaganowitsj bij wijze van conversatie. Het was een hele toer geweest om hem aan boord te krijgen, met verschillende helikopters die hem van de *Kiev* met een tussenlanding op de *Tarawa* naar de USS *Austin* hadden gebracht, het landingsvaartuig dat met de miniduikboot *Sea Cliff* op weg was naar het wrak.
'Ach, het is een kwestie van wennen,' zei Johnsen. 'Eigenlijk maakt het weinig uit of je op vijfhonderd of vijfduizend voet zit, als er iets gebeurt ben je er net zo snel geweest. Alleen blijft er hier wat minder van je over.'
'U bent vrolijk vandaag,' merkte stuurman Jesse Overton op. De maat werkte al twee jaar samen met Johnsen met de driemansboot, ontworpen voor oceanografisch onderzoek en ook heel geschikt om sonarapparatuur op de zeebodem te deponeren en te herstellen. De ruimte aan boord was te klein voor strakke discipline. Overton mocht niet al te ontwikkeld of overdreven beleefd zijn, de stuurmanskunst beheerste hij als de beste.
'De luchtfilters zijn aan vervanging toe, geloof ik.'
'Ja, dat gebeurt de volgende week. Ik ben de hele ochtend bezig geweest met de bedrading van de beveiliging, dat leek me belangrijker.'
'Daar kan ik weinig op zeggen. Hoe reageert ze?'
'Als een mokkeltje.' Overtons glimlach werd weerspiegeld in het dikke glas van de patrijspoort tegenover hem. De vreemde vorm van de

*Sea Cliff* maakte het manoeuvreren niet erg gemakkelijk.
'Moeten we een groot gebied bestrijken?'
'Tamelijk. De boot moet na de explosie uit elkaar gevallen zijn.'
'Dat geloof ik graag. Het is bijna vijf kilometer naar de bodem en er staat een behoorlijke stroming.'
'U zei dat de boot de *Red October* heette, kapitein. Dat is er een van de Victor-klasse, geloof ik?'
'Dat is uw aanduiding ervoor,' beaamde Kaganowitsj.
'Hoe noemt u ze eigenlijk?' vroeg Johnsen. Hij wachtte tevergeefs op een antwoord en vroeg zich af waarom de Rus zo geheimzinnig over iets onbelangrijks deed.
'We gaan eens op zoek.' Johnsen drukte een paar knoppen in en stelde de hoogfrequente sonar aan de buik van de *Sea Cliff* in werking. 'Daar is de bodem.' Op het gele beeldscherm waren de contouren in wit aangegeven.
'Geen obstakels in zicht, luitenant?' vroeg Overton.
'Vandaag niet, Jess.' Een jaar eerder waren ze in hetzelfde gebied bijna lek gestoten op het wrak van een in 1942 tot zinken gebracht Liberty-schip dat schuin tegen een rots omhoog stak.
'Ik krijg de eerste kunstmatige echo's door. Recht vooruit ligt een groot stuk, zeg drie bij negen meter. We zitten nog vijfhonderd voet boven de bodem.'
'Oké, ik doe de lampen aan.'
Een zestal felle schijnwerpers hulde de omgeving in een witte gloed, die niet meer dan tien meter in het inktzwarte water doordrong. Overton minderde vaart tot de duikboot vrijwel stil in het water lag.
'Met deze stroming zullen onze accu's het niet al te lang uithouden.'
'Hoe sterk is de stroom?'
'Anderhalf tot twee knopen, afhankelijk van de bodem. Net als vorig jaar, dus we moeten uitgaan van maximaal anderhalf uur.'
Johnsen knikte. De stroming net boven de zeebodem was een van de vele raadselen waarvoor de wetenschap zich gesteld zag – en voor Johnsen een van de redenen om zich met dit soort onderzoek bezig te houden. Voor hem was het wel een broodwinning, maar geen werk om drie mijl onder de oppervlakte te zitten.
'Op de bodem ligt iets, pal voor onze neus. Zal ik eens kijken of ik het te pakken kan krijgen?'
'Probeer maar.'
Op de schermen van de drie televisiecamera's die aan de boeg bevestigd waren was nog niets te zien. Johnsen frunnikte met de scherpteregelaars. 'Kun je het al zien?'
'Het lijkt me een of ander instrument,' zei Overton, door het raam kijkend. 'Wilt u de boeglampen even doven, die hinderen me alleen maar.'

Johnsen drukte een knop in en schakelde twee lampen uit, waardoor tevens het scherm van de boegcamera donker werd. Overton was de enige die nog een goed uitzicht had. Hij bediende de grijparm van de *Sea Cliff* met zijn rechterhand en manoeuvreerde die behoedzaam naar de wijzerplaat van een dieptemeter die van tevoren magnetisch aan de boeg van de miniduikboot was bevestigd. 'Hebbes! Het licht kan weer aan.'
Overton bracht de grijper recht voor de boegcamera om het voorwerp aan de twee anderen te laten zien. 'Wat is het?'
'Een dieptemeter, geloof ik,' zei Johnsen. 'Maar niet van onze makelij. Herkent u het ding, kapitein?'
'*Da,*' antwoordde Kaganowitsj zonder aarzelen. Hij slaakte een diepe zucht alsof hij een angstig voorgevoel bevestigd zag. 'Ik kan het nummer niet ontcijferen, maar het is er een van ons.'
'Berg maar op, Jess.'
Overton bracht de wijzerplaat over naar de bak die aan de romp gelast was. 'We moeten wat naar boven,' zei hij.
De schroeven van de *Sea Cliff* begonnen wat bezinksel van de bodem op te werpen, zodat het water troebel werd. Overton voerde het vermogen van de elektromotoren op en bracht het vaartuig terug naar twintig voet boven de bodem.
'Dat is beter, maar u ziet hoe sterk de stroom is. Dat wordt opschieten. Waar was het grote stuk?'
'Recht vooruit, ongeveer honderd meter. Laten we dat meteen maar gaan bekijken.'
'Goed, we gaan... Daar ligt nog iets, het lijkt wel een slagersmes.'
'Nee, dat is niet de moeite.'
'Hoe ver is het nog?'
'Zestig meter. We moeten het zo te zien krijgen.'
Ditmaal gaven ook de televisieschermen een duidelijk beeld, dat na een flikkerend begin stabiel bleef. 'Verdomme, moet je dat zien!' riep Overton uit.
Van achteren gezien was het langwerpige object volmaakt rond, met binnen de cirkel vier openingen die in de lengte iets uitstaken. Het hele ding was bijna tien meter lang.
'Dat is een raket, schipper, een Russische kernraket! Niet te geloven!'
'Blijf op deze afstand, Jess.'
'Aye, aye.'
Johnsen richtte zich tot de Russische kapitein. 'Ik dacht dat u zei dat het een Victor was...'
'Dan heb ik me vergist,' antwoordde Kaganowitsj met vertrokken mond.
'We nemen een kijkje van dichtbij, Jess.'

De *Sea Cliff* volgde langzaam de contouren van de draagraket. Het was onmiskenbaar een SS-N-20 die hier een zeemansgraf gevonden had, samen met de acht meervoudige kernkoppen.
Kaganowitsj nam de symbolen op het metaal goed in zich op. Aan boord van de *Kiev* was hij nauwkeurig geïnstrueerd over de herkenningstekens, omdat hij als officier van de inlichtingendienst meer van Amerikaanse dan van Russische wapensystemen af wist.
Dus de *Red October* was dood, en de Amerikanen waren zo vriendelijk geweest bij de vaststelling daarvan een handje te helpen! Het kon niet mooier. Hij hoefde alleen admiraal Stralbo op de *Kirov* nog te waarschuwen, dan kon de vloot terug naar huis. Laat de Amerikanen de volgende keer maar naar onze kust komen, dan zullen ze eens zien wie daar de baas is!
'Markeer deze plek, Jess.'
Overton drukte een knop in om een transponder uit te zetten, een zendertje dat alleen op een bepaald sonarsignaal reageerde en daardoor de plaats van de raket aangaf.
'Kunnen we het wrak zelf opsporen?' vroeg Kaganowitsj.
'Nee,' zei Johnsen, 'het wordt tijd om weer naar boven te gaan.'
'Maar uw orders...'
'Mijn orders, kapitein, luidden dat ik de restanten van een Victor moest vinden. In plaats daarvan zijn we op een raketboot gestuit. Dat betekent dat u ons voorgelogen hebt, en ik denk niet dat wij u nog veel verschuldigd zijn. U weet inmiddels voldoende, lijkt me zo. En wat ons betreft, wij kunnen later altijd nog terugkomen.' Johnsen trok aan een handgreep om de zware ballast af te werpen. Het blok ijzer zakte snel naar de bodem en de *Sea Cliff* begon te stijgen.
'Naar huis, Jess.'
'Aye, aye, schipper.'
De rest van de tocht verliep in stilte.

*De Austin*

Een uur later kwam Kaganowitsj op de brug van de *Austin* en vroeg toestemming om een bericht naar de *Kirov* te sturen. Het was van tevoren afgesproken, anders had de commandant zeker geweigerd; de identiteit van de gezonken duikboot was inmiddels genoegzaam bekend. De Russische officier verzond een aantal codewoorden en het serienummer van de dieptemeter. De ontvangst van het bericht werd per omgaande bevestigd. Kaganowitsj stapte in de helikopter die hem terug zou brengen, nagekeken door Overton en Johnsen.
'Geen hartelijke knaap, onze kapitein,' zei Overton. 'Maar we hebben hem mooi in de zeik genomen, vindt u niet?'

Ryan werd zes uur later wakker door de muziek, die hij met zijn slaperige hoofd niet zo gauw kon thuisbrengen. Hij stapte uit zijn kooi en ging naar het bemanningsverblijf. Op de tafel stond een grootbeeldtelevisie; Ryan zag nog net de aftiteling van *E.T.* De meeste officieren van de *October* en drie Amerikanen hadden naar de film gekeken. Ryan nam een kop koffie en ging aan tafel zitten.
'En, hoe was de film?'
'Fantastisch!' riep Borodin uit.
'We hebben hem al twee keer moeten draaien,' grinnikte Mannion.
'Ik hoop alleen niet dat alle Amerikaanse kinderen zo ongedisciplineerd zijn,' merkte Borodin op.
'Gelukkig niet,' zei Mancuso, die juist binnenkwam. 'Het verhaal speelt zich af in Californië, dat is een wereld apart. Het is ook eigenlijk een kinderfilm, maar ik heb hem zelf al vijf keer gezien. Zo, Ryan, ook weer in het land der levenden?'
'Ja, dat slapen heeft me goed gedaan, kapitein,' antwoordde Jack. Op hetzelfde moment kwam dokter Noyes binnen. 'Hoe is het met Williams?'
'Hij komt er wel doorheen,' zei Noyes, zichzelf van de koffie bedienend. 'Ik heb hem drieënhalf uur onder handen gehad. De hoofdwond viel mee, alleen het bloed maakte het een akelig gezicht. Die andere kogel heeft het hartzakje op een haar gemist, anders was hij er geweest. Wie heeft hem de eerste hulp gegeven?'
Borodin wees een van zijn luitenants aan. 'Hij spreekt geen Engels.'
'Zeg hem maar dat Williams zijn leven aan hem te danken heeft.'
'Weet u zeker dat Williams het haalt?' drong Ryan aan.
'Geloof me, het is mijn vak. De eerste tijd zal hij er nog slecht aan toe zijn, vooral omdat we hier niet alle faciliteiten bij de hand hebben, maar de kritieke fase is voorbij.'
'En kapitein Ramius?' vroeg Borodin.
'Die moet uitslapen, meer niet. Ik heb de wond netjes dichtgenaaid. Vraag die knaap eens waar hij zijn opleiding gehad heeft.'
Borodin deed het. 'Hij zegt dat hij vroeger veel in medische boeken snuffelde.'
'Hoe oud is hij?'
'Vierentwintig.'
'Als hij ooit medicijnen wil gaan studeren kan ik hem misschien een zetje in de goede richting geven. Als je het mij vraagt heeft hij het in zijn vingers.'
De jonge officier begon te glimmen van trots en vroeg hoeveel een dokter in Amerika verdiende.
'Ik ben scheepsarts, daarom zit ik een stuk lager. Alles bij elkaar

achtenveertigduizend dollar per jaar, maar aan de wal kun je aanzienlijk meer vangen.'
'Bij ons verdient een dokter niet veel meer dan een fabrieksarbeider,' merkte Borodin op.
'Misschien laat de gezondheid daarom wel te wensen over...'
'Wanneer kan de kapitein zijn werk weer doen?' vroeg Borodin.
'Vandaag blijft hij plat, ik wil niet dat de wond weer open gaat. Morgen mag hij weer eens proberen te lopen. Hij zal er niets aan overhouden, dus maak u geen zorgen. Maar ik zou onderhand toch wel eens willen weten wat er eigenlijk allemaal gebeurt.'
Borodin begon te lachen en vertaalde de vraag voor zijn kameraden.
'Wij zijn van plan Amerikaans staatsburger te worden.'
'Met een complete onderzeeër als lokkertje, zeker? Dat is een mooie zet. In het begin dacht ik dat er iets heel anders aan het handje was. Het zou een mooi verhaal voor mijn vrienden zijn, maar het is zeker mondje dicht voor iedereen?'
'Goed gezien, dokter,' zei Ryan lachend. 'Doodzonde.' Noyes draaide zich om en ging mopperend terug naar de ziekenboeg.

*Moskou*
'Dus u heeft goed nieuws voor ons, admiraal?' vroeg Narmonov.
Gorsjkov knikte. Rond de grote tafel in de ondergrondse commandopost hadden zich de leden van het Politbureau verzameld, samen met de stafchefs en het hoofd van de KGB. 'Kapitein Kaganowitsj is met een Amerikaans bergingsvaartuig afgedaald naar het wrak. Een naar boven gehaalde dieptemeter droeg een serienummer, waardoor onherroepelijk is komen vast te staan dat het om de *Red October* gaat. Tevens is een losgeslagen SS-N-20 raket op de bodem aangetroffen. De *Red October* is gezonken; onze missie is met succes afgerond.'
'Door een toeval, admiraal, niet door het optreden van de vloot,' zei Michail Alexandrov. 'Uw eenheden hadden opdracht de *October* op te sporen en te vernietigen, dat is niet gelukt. Kameraad Gerasimov kan ons daar meer over vertellen.'
Nikolai Gerasimov was de nieuwe leider van de KGB. De civiele leden van het Politbureau hadden het rapport van agent Cassius al gelezen, maar met zijn militaire rivalen had hij nog een appeltje te schillen. Gerasimov somde de voornaamste bevindingen van zijn informant op.
'Dat is onmogelijk!' riep Gorsjkov uit.
'Misschien,' erkende Gerasimov hoffelijk. 'Het is zelfs het waarschijnlijkst dat er met opzet verkeerde informatie verspreid is. Dat wordt door onze agenten ter plaatse onderzocht. Niettemin zijn er enkele interessante details die deze hypothese ondersteunen, admi-

raal. Sta mij toe ze met u door te nemen. Ten eerste, waarom hebben de Amerikanen een van onze officieren laten meegaan met hun modernste onderzoekingsvaartuig? Ten tweede, waarom hebben zij alle moeite gedaan voor onze man van de *Politovski*, terwijl zij hem net zo makkelijk hadden kunnen laten verdwijnen, uiteraard na hem grondig uitgehoord te hebben? Ik dacht niet dat onze Amerikaanse vrienden ineens sentimenteel geworden waren. Ten derde valt er een eigenaardige ommezwaai in hun operaties te constateren. Terwijl zij ons eerst op alle mogelijke manieren probeerden te hinderen, zowel op zee als in de lucht, struikelden ze een dag later over hun eigen benen in hun haast om onze reddingsactie te "helpen".'

'Omdat admiraal Stralbo zo wijs en moedig was om niet op hun provocaties in te gaan,' zei Gorsjkov.

Gerasimov knikte toegeeflijk. 'Mogelijk. Het was inderdaad een verstandig besluit van Stralbo. Voor iemand in uniform valt het nooit mee zijn trots in te slikken. Anderzijds zouden de Amerikanen rond die tijd wel eens van bepaalde feiten in kennis gesteld kunnen zijn. De laatste twee dagen hebben wij een onderzoek naar die mogelijkheid ingesteld, met het volgende resultaat.' Gerasimov raadpleegde zijn aantekeningen. 'Op de werf in Poljarny werken negenentwintig Poolse technici, veelal in hogere functies. Met de voorschriften betreffende de communicatie wordt geregeld de hand gelicht. Kapitein Ramius was niet op weg naar New York, zoals hij geschreven zou hebben, maar vermoedelijk naar een veel zuidelijker gelegen haven.'

'Ramius heeft ons opzettelijk misleid,' wierp Gorsjkov tegen. 'Juist om ons daartegen te wapenen hebben wij de hele Amerikaanse kust in de gaten gehouden.'

'Zonder resultaat,' merkte Alexandrov bedaard op.

'Ik wil op dit ogenblik niet beweren dat het rapport juist of zelfs maar aannemelijk is,' hernam Gerasimov op koele toon. 'Er is echter voldoende reden voor een diepgaand onderzoek door het Comité voor Staatsveiligheid, een onderzoek dat alle aspecten van de zaak zal moeten raken.'

'De werven vallen onder verantwoordelijkheid van de vloot en de GROE,' zei Gorsjkov.

'Niet meer.' Narmonov verwoordde het besluit dat twee uur eerder was gevallen. 'De KGB zal deze schandelijke affaire van twee kanten onder de loep nemen. Eerst wordt de juistheid nagetrokken van de inlichtingen die agent Cassius ons verstrekt heeft. Verder zal het onderzoek zich concentreren op de kwestie van de samenzwering zelf, aangenomen dat de bewuste brief werkelijk door Ramius is geschreven. De huidige praktijk maakt het mogelijk dat een commandant grotendeels zelf zijn officieren uitzoekt. Het Comité zal over deze gewoonte een oordeel uitspreken en aanbevelingen doen voor het versterken van de partijcontrole over de vloot. Het lijkt mij op voorhand wenselijk dat officieren in de toekomst vaker overgeplaatst worden om kliekvorming te voorkomen.'

Gorsjkov bonkte met een vuist op tafel. 'Dat zal de effeciëntie van de vloot ernstig aantasten!' riep hij uit.

Admiraal Padorin zweeg, maar ook hij had sombere voorgevoelens over het voorstel van de KGB. Wat wisten die smerige intriganten eigenlijk van de vloot, of van de partij? Corrupte opportunisten waren het, stuk voor stuk. Het Politbureau liet zich meeslepen in een heilloze aanval op de militairen, die het land tegen de imperialistische agressie verdedigden en zich altijd trouw achter de partij hadden geschaard. Voor zichzelf zag Padorin nauwelijks een uitweg. Zijn politieke afdeling droeg de eindverantwoording voor de benoeming van Ramius, en zelfs als de kapitein door anderen gebruikt was zou de admiraal net als Gorsjkov het verwijt van overhaaste actie niet kunnen ontlopen.

'Wat uw afdeling aangaat, admiraal Padorin,' zei Narmonov, 'het komt ons voor dat u afdoende voorzorgsmaatregelen had genomen om de *Red October* te behouden, tenzij Ramius zelf het schip tot zinken heeft gebracht om te voorkomen dat het in handen van de Amerikaanse rovers viel. Het ziet er hoe dan ook naar uit dat de *October* niet in vijandelijk bezit is gekomen.'

Padorin knipperde een paar keer met zijn ogen. Hij voelde zijn hart sneller kloppen. Koortsachtig probeerde hij een verklaring voor de coulante houding te vinden, maar het duurde even voor hij het antwoord had. Per slot van rekening was hij de vertegenwoordiger van de partij bij de vloot, en het was het Politbureau er in de eerste plaats om te doen het gezag over de vloot te herstellen. Padorin besefte dat hij meer dan ooit ondergeschikt zou zijn, vooral aan Alexandrov, maar daarmee viel te leven.

Hij begreep ook dat de positie van admiraal Gorsjkov uiterst kwetsbaar was geworden. Binnen enkele maanden kon de vloot een nieuwe opperbevelhebber verwachten, iemand die aan de leiband van het Politbureau zou lopen. Gorsjkov was te zelfstandig geworden naar de smaak van de partij.

Padorin wenste zichzelf geluk. Ik heb mijn kop nog, dacht hij.

'Kameraad Gerasimov zal in overleg met uw eigen veiligheidsdienst uw procedures doorlichten en voorstellen ter verbetering doen,' besloot Narmonov.

Zo, dus de KGB wilde hem ook nog als spion in het opperbevel gebruiken... Padorin had het er graag voor over, wetend dat hij de twee jaar tot zijn pensioen rustig kon uitzitten. Hij was dik tevreden.

# De zestiende dag – zaterdag 18 december

*Charleston*
De USS *Pigeon* meerde om vier uur die nacht af in Charleston. De Russische officieren waren steeds minder in staat geweest om het contact tussen hun ondergeschikten en de Amerikanen te beperken, al was het alleen maar omdat die een gemeenschappelijke W.C. hadden. Onder de 'matrozen' van de *Pigeon* bevonden zich heel wat Russisch sprekende officieren, in allerijl aan boord gebracht terwijl de laatste groep van de *October* naar boven was gehaald. Verborgen ontvangers zorgden ervoor dat alle haastig gewisselde woorden op de band werden gezet voor nader onderzoek in Washington. Alles was erop gericht om de jonge Russische bemanningsleden zoveel mogelijk onder de indruk te brengen. Petrov en de drie onderofficieren stelden, toen ze eindelijk doorkregen wat er aan de hand was, een escorte in, wat niet verhinderde dat een als bootsman verklede medewerker van de inlichtingendienst iedereen die het maar horen wilde asiel in de Verenigde Staten aanbood. Binnen tien minuten had het gerucht zich door de hele kantine verspreid.
De *Pigeon* nam alle tijd voor het afmeren. Terwijl de loopplank werd uitgelegd speelde de mariniersband op de kade een selectie van Russische en Amerikaanse muziek om de goede harmonie tijdens de reddingsoperatie te benadrukken. Ondanks het nachtelijke uur werd het een drukke ontvangst. De eerste Russische officier die zich liet zien werd verblind door vijftig schelle cameralampen en flitslichten. Verslaggevers schreeuwden om het hardst om als eerste een woord los te krijgen voor hun ontbijtshow. De culturele tegenstelling had niet groter kunnen zijn en resulteerde dan ook in een enorme chaos. De Russische begeleiders werden bestormd door persmensen, van wie sommigen met een vooruitziende blik voor tolken hadden gezorgd zodat ook een beroep op onverstaanbaarheid niet mocht baten. Petrov bracht hakkelend enkele politiek acceptabele gemeenplaatsen uit voor het oog van de camera's en wenste dat het een boze droom was. Pas een uur later waren alle Russen aan boord van de drie bussen die hen naar het vliegveld moesten brengen. Eenmaal daar aangekomen speelden zich vrijwel dezelfde taferelen af. Op weg naar het VC-135 transportvliegtuig van de luchtmacht werden de matrozen omstuwd door verslaggevers.
Iedereen kreeg een plaats toegewezen en werd ruimschoots voorzien van sigaretten en drank, zodat de stemming onder de bemanningsle-

den van de *October* even snel steeg als het vliegtuig. Een Amerikaanse officier vertelde dat de Sovjetunie de volgende dag een vliegtuig zou sturen om iedereen op te halen, maar hij hoopte dat het bezoek met een dag of wat verlengd kon worden om volledig van de Amerikaanse gastvrijheid te genieten.

Na de landing op de luchtmachtbasis Andrews bij Washington werden de matrozen voor medisch onderzoek naar het ziekenhuis gebracht. Tien medewerkers van de ambassade probeerden tevergeefs in de verwarring hun mensen in het oog te houden. Zo konden ze niet verhinderen dat de mannen onder vier ogen werden geconfronteerd met een officier van de Amerikaanse marine, die beleefd op de mogelijkheden van een toekomst in de Verenigde Staten wees en op de medewerking die daarbij zou worden verleend, zij het na een gesprek met vertegenwoordigers van hun eigen ambassade. Elk onderhoud werd op video gezet om eventuele beschuldigingen van intimidatie te kunnen weerleggen.

Na afloop van het medisch onderzoek – waarbij kwam vast te staan dat de stralingsdosis beperkt was gebleven – kregen de bemanningsleden van de *Red October* eindelijk de kans om te slapen.

*Het Witte Huis*

Arbatov zag bij zijn binnenkomst dr. Pelt als een waakhond naast het grote antieke bureau van zijn meester staan. Het kon dus geen prettig onderhoud worden, maar daar had hij ook niet op gerekend.

'Meneer de president, namens mijn regering protesteer ik tegen de pogingen die zijn ondernomen om onze matrozen te ontvoeren.'

De president reageerde fel. 'Als voormalig openbaar aanklager heb ik geleerd ontvoering als een lage en verachtelijke misdaad te beschouwen, een misdaad waarvan wij ons niet zullen laten beschuldigen – en zeker niet hier!'

'U schijnt bovendien te vergeten,' zei Pelt op rustiger toon, 'dat de zeelieden zonder ons helemaal niet meer in leven zouden zijn. Wij hebben twee moedige officieren bij de operatie verloren en u zou op zijn minst enige waardering voor onze inspanningen kunnen uitspreken.'

'Wij stellen uw reddingsacties uiteraard zeer op prijs, daar kan geen onduidelijkheid over bestaan. Maar dat neemt allemaal niet weg dat er bewust een poging is gedaan om onze matrozen tot landverraad te bewegen.'

'Pas op uw woorden, Arbatov. Wij hebben inderdaad alle zeelieden en officieren laten weten dat zij desgewenst hier kunnen blijven, maar daarbij is van geen dwang sprake geweest. Sterker nog, wij hebben zelf aangedrongen op een onderhoud met iemand van uw ambassade, zodat de betrokkenen in alle vrijheid een besluit zouden kunnen nemen. Wij hebben geen geld of vrouwelijk gezelschap aangeboden – en zoals u heel goed weet is dat bij u wel anders. Wij hebben niet de gewoonte mensen om te kopen, laat staan te ontvoeren. Ik heb als officier van justitie kidnappers laten veroordelen; een van hen is zelfs geëxecuteerd. Ik hoop dat u begrijpt dat u bij mij aan het verkeerde adres bent met uw aantijgingen.'

'Mijn regering staat erop dat alle betrokkenen naar de Sovjetunie terugkeren,' herhaalde Arbatov.

'Meneer de ambassadeur, iedereen die zich op het grondgebied van de Verenigde Staten bevindt geniet volledige rechtsbescherming. Onze rechtbanken hebben vele malen uitgesproken dat niemand tegen zijn of haar wil ergens toe gedwongen kan worden. Voor mij is deze kwestie afgedaan. Nu heb ik een vraag voor u: wat deed een van uw onderzeeërs met ballistische raketten aan boord op vijfhonderd kilometer uit de Amerikaanse kust?'

'Een onderzeeër, zegt u?'

Pelt pakte de foto die op het bureau van de president lag en hield die aan Arbatov voor. De opname was gemaakt door de *Sea Cliff* en toonde de omtrek van de SS-N-20 raket.

'De naam van de onderzeeër is – of was – *Red October*,' zei Pelt. 'De boot is voor de kust van South Carolina ontploft en gezonken. Zoals u weet bestaat er een overeenkomst die de nadering van raketboten tot binnen de achthonderd kilometer verbiedt. U hoeft niet te zeggen dat wij maar iets verzinnen - zelfs als we zo stom zouden zijn, was de tijd daarvoor te kort geweest. De foto laat een raket van Russisch fabrikaat zien, meneer Arbatov, en de boot had er nog eens negentien van zulke aan boord.' Pelt noemde met opzet een verkeerd aantal. 'Wij verlangen een afdoende verklaring voor de aanwezigheid van de *October* tegen de afspraken in, vooral in het licht van de uitgebreide operaties van de Noordelijke Vloot op de Atlantische Oceaan.'

'Dit moet de vermiste duikboot zijn,' opperde Arbatov.

'De *October* werd pas donderdag "vermist", een volle week na ons eerste gesprek,' zei de president zacht. 'Om kort te gaan, uw eerdere verklaring valt niet te rijmen met de feiten die inmiddels boven water zijn gekomen.'

'Waar beschuldigt u mij van?' vroeg Arbatov kwaad.

'Ik beschuldig niemand. Als onze overeenkomst niet meer van kracht is, goed, het zij zo. Als ik me niet vergis hebben we vrijdag al over die mogelijkheid gesproken. Hoe dan ook, ik zie geen enkele reden waarom uw vlooteenheden zich nog langer bij onze kust zouden moeten ophouden – mocht dat toch gebeuren, dan kunnen wij dat niet anders dan als een provocatie opvatten. Uw "reddingsoperatie" is immers voltooid. U kunt zich voorstellen wat de generale staf voor opvatting over de hele zaak heeft en welke voorstellen mij van die kant ter overweging worden gegeven – dezelfde die mijn collega Narmonov van zijn stafchefs zou krijgen als de situatie omgekeerd was. Ik zal het Amerikaanse publiek nog deze middag in een verklaring op de hoogte stellen; ik neem aan dat u zich de reacties kunt indenken. Ik verzoek u dringend mijn standpunt in dezen aan uw regering over te brengen. En vergeet niet dat enkele matrozen inmiddels de wens hebben uitgesproken in de Verenigde Staten te blijven, zodat we een dezer dagen toch wel achter de waarheid komen.'

Arbatov beende het vertrek uit en stapte in de Cadillac limousine van de ambassade. De chauffeur was het hoofd van de KGB-afdeling in Washington. 'En?' vroeg hij, terwijl hij de wagen op gang bracht.

'Het gesprek is precies verlopen zoals ik voorspeld had. We weten nu met zekerheid waarom ze onze mensen willen ontvoeren.'

'En waarom dan wel, kameraad?' drong de chauffeur aan zonder zijn ergernis te laten blijken. Nog maar een paar jaar geleden zou een partijbons als de ambassadeur het niet gewaagd hebben zich met de zaken van de KGB te bemoeien, maar na de dood van Andropov was het Comité voor Staatsveiligheid ernstig ondermijnd. Het werd hoog tijd om daar iets aan te veranderen.

'De president denkt dat wij opzettelijk de geheime overeenkomst van 1979 hebben geschonden door een onderzeeër naar hun kustwateren te sturen. De matrozen worden natuurlijk ondervraagd om uit te vinden wat de vaarorders waren. Hoe lang heeft de CIA nodig, denk je?'

Arbatov schudde kwaad het hoofd. 'Misschien zijn ze er nu al achter. Drugs, misschien een vrouw, alles om hun tong los te maken. De president dreigde zelfs met de opwinding die er bij zijn militaire kliek is ontstaan. In bedekte termen weliswaar, maar we kunnen wel raden wat ze hem adviseren. Straks zeggen ze nog dat wij een verrassingsaanval aan het voorbereiden waren, zo niet erger! Ha, alsof wij niet alles doen om een vreedzame coëxistentie mogelijk te maken, in elk geval meer dan zij. De idioten wantrouwen ons. Ze zijn bang, bang en vooral kwaad.'

De chauffeur had aandachtig toegeluisterd om het in zijn rapport aan Moskou te kunnen opnemen. 'Kunt u ze dat kwalijk nemen?'

'En hij zei ook dat er voor onze vloot geen reden was om zich nog langer aan de kust op te houden.'

'Was dat een eis of hoe zei hij het?'

'Nee, hij drong niet erg aan, wat me trouwens lang niet bevalt. Als je het mij vraagt zijn ze iets aan het uitbroeden. Blaffende honden bijten niet, het omgekeerde kon ook wel eens waar zijn. In elk geval verlangt hij een verklaring, dus ik zal iets tegen hem moeten zeggen. Maar

wat? Wat is er nu eigenlijk werkelijk gebeurd?'
'Dat zullen we nooit weten, denk ik.' De KGB-man wist het wel, althans volgens de oorspronkelijke versie van het verhaal, hoe ongelofelijk die ook mocht zijn. Hij kon zich nauwelijks voorstellen dat de vloot en de GROE zich zo kolossaal om de tuin hadden laten leiden. En dan was er ook nog het krankzinnige verhaal van agent Cassius dat hij zelf aan Moskou had doorgegeven. Was het denkbaar dat èn de Sovjetunie èn de Verenigde Staten zich door een derde partij in de luren hadden laten leggen? Zijn orders waren duidelijk: zo snel mogelijk uitzoeken of de CIA op eigen houtje had geopereerd. Zelf dacht hij van niet, daar was de hele zaak te gecompliceerd voor, er had meer van moeten uitlekken. In elk geval zou de komende weken alles in het werk gesteld moeten worden om uit te zoeken welke rol de CIA gespeeld had en vooral of er een spion in het opperbevel van de Noordelijke Vloot ontmaskerd diende te worden. Een positieve conclusie zou hem niet onwelkom zijn. De GROE zou de schuld in de schoenen geschoven krijgen en veel in aanzien verliezen, ten gunste van de KGB. Het ging er alleen nog om precies vast te stellen wat er gebeurd was; als het resultaat zijn rivalen schade zou berokkenen, des te beter...

Zodra de Russische ambassadeur verdwenen was, opende Pelt een zijdeur van het Oval Office en liet Moore binnen.
'Het is lang geleden dat ik me moest verbergen om een gesprek af te luisteren, meneer de president.'
'Denkt u werkelijk dat het ons zal lukken?' vroeg Pelt. 'Ik bedoel maar, het is een behoorlijk ingewikkelde operatie.'
'Dat is waar,' zei Moore terwijl hij zich in een van de leren stoelen liet zakken, 'maar het mooie is, dat wij het meeste werk aan de Sovjets kunnen overlaten. Onze agenten achter het IJzeren Gordijn zullen de komende tijd de nodige vragen gaan stellen, net als die van Sir Basil. De Fransen en Israëli's zijn al bezig, omdat wij bij hen geïnformeerd hebben naar de bedoelingen van die verdwaalde raketboot. De KGB zal zich snel gaan afvragen waarom de vier belangrijkste westerse inlichtingendiensten zo op zoek zijn in plaats van in hun schulp te kruipen, wat de normale reactie is wanneer je zelf ergens achter zit. Vergeet niet dat de Russen tussen twee vuren zitten. Aan de ene kant is het mogelijk dat een van hun meest vooraanstaande marineofficieren hoogverraad heeft gepleegd, en dat op ongekende schaal. U heeft ons dossier van kapitein Ramius gezien: hij is een trouw lid van de partij, een voorbeeld voor de jeugd. Het gaat hier niet om een balletdanser of een basketballer of zelfs maar om een KGB-agent die overloopt. Bovendien geniet iemand als Ramius in Rusland allerlei voordelen, wat zijn desertie voor de Russen helemaal onbegrijpelijk moet maken.

Aan de andere kant kunnen ze geloof hechten aan het verhaal dat wij Henderson hebben laten doorspelen en dat door verschillende bijkomende omstandigheden aannemelijk wordt gemaakt. Het is niet voor niets dat Arbatov zich zo kwaad maakte over onze pogingen hun matrozen bij ons te laten blijven.'

'En aan welke versie zullen ze ten slotte het voordeel van de twijfel geven, denkt u?' vroeg de president.

'Dat is vooral een psychologische kwestie, des te moeilijker te doorgronden omdat we hier met Russen te maken hebben. Ze hebben de keus tussen hoogverraad door tien vertrouwde officieren en een samenzwering van buitenaf – als u het mij vraagt zullen ze liever dat laatste geloven. Het is nu eenmaal altijd makkelijker om jezelf als slachtoffer te beschouwen dan als iemand die zichzelf in de nesten heeft gewerkt. Een voordeel is daarbij, dat de KGB het onderzoek zal leiden.'

'Waarom is dat een voordeel?' vroeg Pelt, die geboeid naar de uitleg van Moore zat te luisteren.

'Omdat de schuld altijd bij de GROE gelegd zal worden, aan welk verhaal ze ook de voorkeur geven. De GROE is verantwoordelijk voor het militaire apparaat en de KGB zal alles in het werk stellen om de concurrentie een slag toe te brengen.'

'Maar de KGB kan Hendersons informatie toch niet bevestigen?'

'Zeker kunnen ze dat! Zo werkt dat bij inlichtingendiensten, als je met alle geweld iets wil vinden dan lukt dat ook. Geloof me, we zijn die Ramius meer verschuldigd dan hij ooit zal weten. Een kans als deze krijg je maar zelden; we komen er altijd goed uit, wat er ook gebeurt.'

'Net als de KGB,' merkte Pelt op. 'Is dat geen nadeel?'

Moore haalde zijn schouders op. 'Dat zou vroeg of laat toch wel gebeuren. Na de dood van Andropov hebben de militairen grotere invloed gekregen, daar moest een keer een reactie op komen. Dat wij ervan kunnen profiteren is mooi meegenomen. We hoeven er alleen maar voor te zorgen onze laatste kaarten goed uit te spelen.'

'Wat moet er dan nog gebeuren?' vroeg de president.

'Onze brave Henderson zal over een maand of wat laten doorschemeren dat de *Red October* al vanaf IJsland door een van onze eigen onderzeeërs is gevolgd.'

'Maar waarom?' vroeg Pelt verbaasd. 'Dan weten ze meteen dat al onze opwinding over de raketboot gespeeld was.'

'Toch niet,' wierp Moore tegen. 'Vergeet niet dat de aanwezigheid van de *October* een schending van onze overeenkomst betekende, wat onze tegenmaatregelen rechtvaardigt. Bovendien zullen de Russen ons toch al van een dubbel spel verdenken, dat is normaal. Door open kaart te spelen met de *Dallas* zullen wij hun vermoeden bevestigen – en tegelijk de aandacht afleiden van wat we werkelijk willen verbergen, namelijk dat de *Red October* in onze handen is gevallen. De Russen hebben daar een mooie uitdrukking voor: "Vlees voor de wolven." Ze zullen een uitgebreid onderzoek op touw zetten om achter onze activiteiten te komen, maar dat kan geen kwaad. Greer, Ritter en ik zijn de enigen die binnen de CIA weten wat er exact is gebeurd.'

'U vergeet Henderson en al onze mensen die met de *October* in contact zijn gekomen,' zei de president.

'Henderson weet verdomd goed dat hij zijn eigen doodvonnis tekent als hij iets loslaat. De KGB kent geen genade met dubbelspionnen en zal zeker niet geloven dat wij hem gebruikt hebben om valse informatie door te spelen. Hij wordt trouwens nauwlettend in het oog gehouden. En wat de anderen betreft, dat zijn er misschien honderd of iets meer. Stuk voor stuk betrouwbare mensen, zodat we in elk geval de eerste tijd op geheimhouding mogen rekenen. Op langere termijn zal er misschien iets beginnen te dagen bij de Russen, maar tegen die tijd liggen de restanten van de onderzeeër op een diepe plek in de oceaan. Voorlopig zullen we de *Glomar Explorer* naar zee sturen, zogenaamd om delen van de *October* boven water te halen. Het kan geen kwaad om ze in de waan te laten. Maar ook al komt de KGB achter de ware gang van zaken, wat dan nog? Ze zouden wel gek zijn als ze openlijk toegaven dat ze zich grandioos om de tuin hebben laten leiden, om nog maar te zwijgen over de reactie van hun eeuwige rivalen bij de GROE.'

'En wat gebeurt er met de overgelopen officieren?' vroeg de president.

'Die zullen wij onder onze hoede nemen, daar kunt u op rekenen. De CIA krijgt zelden klachten over zijn gastvrijheid. De eerste maanden zullen besteed worden aan instructies over de affaire zelf, terwijl ze meteen voorbereid worden op hun nieuwe leven hier. Een nieuwe identiteit, herscholing, desnoods plastische chirurgie, en op den duur een baan. Vrijwel alle deserteurs willen vroeg of laat iets doen voor de kost, ook al bieden wij hun levensonderhoud aan. Ik denk dat de marine wel geïnteresseerd zal zijn in deskundige adviseurs.'

'Ik wil ze ontmoeten,' zei de president impulsief.

'Dat kan geregeld worden, al zal het uiteraard in het diepste geheim moeten gebeuren.'

'Camp David is een geschikte plaats. En vergeet Ryan niet, die heeft het nodige verdiend.'

'Dat is duidelijk. Wat ons betreft is zijn toekomst al verzekerd.'

*Tyoeratam*
De reden voor het nachtelijke duiken van de *Red October* cirkelde op achthonderd kilometer hoogte rond de aarde. De grote verkenningssatelliet Albatros-8 was elf maanden geleden vanaf het Kosmodroom in Tyoeratam met een zware draagraket gelanceerd en hield sindsdien met de radar vooral de oceanen in het oog.
De Albatros-8 bevond zich om halftwaalf die middag boven Pamlico Sound. De warmtegevoelige ontvangers bestreken de gehele zichtbare horizon en legden alle gegevens vast op banden, waarvan de inhoud boven de pool per laser werd overgebracht naar de communicatiesatelliet Iskra, die de informatie onmiddellijk doorseinde naar het volgstation in Tyoeratam. Ook de stoorsignalen die door de *New Jersey* op zee waren uitgezonden, werden bewaard voor latere analyse van de Amerikaanse elektronische afweer. De informatie van de Iskra werd niet alleen opgevangen in Tyoeratam, maar ook in het westen van China waar Amerikanen en Chinezen een grote schotelantenne hadden opgesteld om voor hun eigen doeleinden van de gegevens gebruik te kunnen maken.
'Mooi weer,' bromde een Russische operateur. '*Nu* krijgen we mooi weer!'
'Geniet er maar van zolang het duurt, kameraad,' zei zijn buurman. 'Ik zie dat er een koufront nadert. Ze hebben net zo'n strenge winter gehad als wij. Hopelijk stellen ze het ook net zo op prijs.'
'Onze mensen op de oceaan zijn er mooi klaar mee.' De operateur rilde bij de gedachte aan de zware stormen op zee. Hij had in de zomer een tochtje op de Zwarte Zee gemaakt en was van begin tot eind zeeziek geweest. 'Wat zie ik hier? Kolonel!'
'Wat is er, kameraad?' De kolonel die het werk begeleidde kwam haastig aanlopen.
'Dit is Pamlico Sound,' zei de operateur, met zijn vinger op het scherm wijzend, 'ongeveer halverwege de Amerikaanse oostkust.' Het scherm bracht de warmteverdeling aan de wateroppervlakte in beeld; tegen de groene achtergrond waren twee witte vlekjes te zien, waarvan er een zich af en toe leek te splitsen, die een temperatuurstijging van een halve graad aangaven.
'Zonlicht misschien?' vroeg de kolonel.
'Nee, de lucht is helder, dus daar ondergaat het hele gebied de invloed van,' antwoordde de operateur bedaard. Hij liet het nooit merken wanneer hij iets bijzonders gevonden dacht te hebben. 'Het zijn twee of drie duikboten, dicht onder de oppervlakte.'
'Weet je het zeker?'
Een druk op de knop bracht het radarbeeld op de monitor, een normaal lijnpatroon van de lichte golfslag. '*Op* het water is niets bijzon-

ders te zien, kolonel, dus moet de warmtebron zich *onder* water bevinden. De paartijd van de walvissen is voorbij. Het kunnen alleen atoomonderzeeërs zijn. Ik denk dat de Amerikanen van onze activiteiten geschrokken zijn en hun boten dekking hebben laten zoeken, vermoedelijk onder escorte van een of twee andere duikboten. Hun basis bevindt zich slechts enkele honderden kilometers naar het zuiden. Ik zou denken dat het een boot van de Ohio-klasse is.'
'Onze vloot wordt teruggetrokken, dus als je gelijk hebt zullen ze de baai weldra verlaten.'
'Dat zou jammer zijn, dit is een mooie gelegenheid om een Ohio langere tijd te volgen. Die kans krijgen we niet vaak, kolonel.'
'Ja, dat is waar. Goed werk, kameraad.'
Tien minuten later was de informatie doorgestuurd naar Moskou.

*Vlootcommando, Moskou*
'We mogen deze kans niet laten voorbijgaan, kameraad,' zei admiraal Gorsjkov. 'Onze vloot heeft opdracht gekregen om te keren, maar we zullen enkele duikboten achterlaten om de boel in de gaten te houden. De Amerikanen zullen in de drukte niet al onze eenheden kunnen volgen.'
'Dat ben ik met u eens,' antwoordde zijn stafchef.
'De Ohio heeft verschillende mogelijkheden: Charleston of Kings Bay in het zuiden, Norfolk in het noorden. We moeten de *Konowalov* en de *Sjabilikov* de komende dagen op hun plaats laten blijven om te zien of ze de Ohio kunnen volgen. Het wordt tijd om aan te tonen dat wij niet voor niets over een vloot beschikken.'
'Ik zal de nieuwe orders binnen het kwartier laten sturen, admiraal.'
De stafchef vond het een goed plan. Gorsjkov had hem verteld wat er bij de laatste vergadering van het Politbureau was voorgevallen, en dat zag er niet goed uit. Hoewel, als Gorsjkov de laan uit werd gestuurd was hij zelf een voor de hand liggende opvolger...

*Een Iljoesjin-62*
Het lijntoestel van Aeroflot landde bij het vallen van de avond op Dulles International Airport. Het viermotorige vliegtuig, nagenoeg een kopie van de Britse VC-10, taxiede naar een afgesloten deel van de luchthaven om bijgetankt te worden. De inzittenden die vanuit Moskou waren meegevlogen stapten niet uit om de benen te strekken. De bemanningsleden van de *Red October* werden met twee bussen van de vertrekhal naar het wachtende vliegtuig gebracht. Het besneeuwde landschap zou een van de laatste dingen zijn die ze van Amerika te zien kregen. Stil en slaperig keken ze naar buiten, ditmaal niet lastig gevallen door verslaggevers nadat ze pas een uur eerder in

het ziekenhuis waren gewekt.

De matrozen werden aan boord van de Iljoesjin gescheiden van de meegekomen lagere officieren, die onmiddellijk na het opstijgen door mensen van de KGB werden ondervraagd. De gesprekken verliepen niet in de meest aangename sfeer, zodat velen zich afvroegen of het niet beter was geweest het lot van de achtergebleven officieren te delen.

'Gedroeg kapitein Ramius zich anders dan normaal?' vroeg een majoor van de KGB aan Petrov.

'Integendeel!' riep Petrov snel uit, in de verdediging gedrongen. 'Op onze boot was sabotage gepleegd, weet u dat niet? We mogen van geluk spreken dat we het er levend hebben afgebracht!'

'Sabotage gepleegd? Hoe?'

'Iets met de reactor. Ik ben scheeparts, geen machinist, maar ik weet wel dat er sprake was van een stralingslek. De filmstrips waren besmet, hoewel de detectors helemaal niets aangaven. Er was niet alleen met de reactor zelf geknoeid, ook met de instrumenten. Ik ben er persoonlijk getuige van geweest hoe kameraad Melechin demonstreerde wat er met de geigertellers aan de hand was. De rest kunt u beter aan Swyadov vragen, die heeft hem naderhand geholpen de zaak te herstellen.'

De majoor keek op van zijn aantekeningen. 'Waarom was u de Amerikaanse kust zo dicht genaderd?'

'Waarom vraagt u dat? U weet toch wat onze vaarorders waren?'

'En hoe luidden die dan wel, dokter Petrov?' De KGB-man keek hem strak aan.

Petrov vertelde wat hij wist. 'Ik heb ze gelezen; ze waren op de deur van de bibliotheek geplakt, zoals altijd.'

'Door wie getekend?'

'Door admiraal Korov, wie anders?'

'En u vond de orders niet enigszins eigenaardig?' vroeg de majoor kwaad.

Petrov gaf geen krimp. '*U* trekt uw orders toch ook niet in twijfel, kameraad...'

'Wat is er met de politieke officier gebeurd?'

Iets verderop vertelde Iwanov dat de *Red October* door Amerikaanse en Britse schepen was gelokaliseerd. 'Kapitein Ramius wist ze allemaal op briljante wijze te ontwijken! Het is dat die vervloekte reactor het begaf, anders hadden we onze missie tot een goed einde gebracht. U moet die saboteur zien te vinden, kapitein. Ik maak hem eigenhandig af!'

De KGB-officier was niet aangedaan. 'En wat waren de laatste orders die Ramius u gaf?'

'Ik moest de discipline onder de matrozen handhaven en zorgen dat ze zo min mogelijk met Amerikanen in contact kwamen. Het schip zou nooit in handen van de vijand komen, zei hij.' Iwanov dacht met betraande ogen terug aan zijn *October* en haar commandant, allebei verloren.
'Het is heel uitgekookt gedaan,' vertelde Swyadov in een ander deel van het vliegtuig. 'Zelfs kameraad Melechin moest drie keer een complete inspectie uitvoeren om het lek te vinden. Ik heb het zelf gezien,' zei hij, hoewel dat eigenlijk niet het geval was. 'De afloop weet ik niet precies, ik had geen wacht. Ik weet alleen dat Melechin, Soerzpoi en Boegajev uren bezig zijn geweest om te proberen de diesel op gang te brengen. Ik bood me nog aan als vrijwilliger om te helpen, maar kapitein Ramius wilde geen onnodig risico nemen. Dokter Petrov was het met hem eens.'
Twee uur na de start kwamen de ondervragers van de KGB bijeen om hun aantekeningen te vergelijken.
'De kapitein heeft een sluw spel gespeeld, als hij tenminste werkelijk de zaak wilde verraden,' zei de kolonel die voor de eerste verhoren verantwoordelijk was. 'Op zijn dienstorders valt niets aan te merken en de vaarorders waren voor iedereen zichtbaar opgehangen.'
'Dat kan een falsificatie zijn geweest,' wierp een majoor tegen. 'Trouwens, wie van de mannen aan boord herkent de handtekening van admiraal Korov? En Korov zelf hoeven we niet meer te ondervragen.' De opperbevelhebber van de Noordelijke Vloot was enkele uren eerder tijdens een verhoor overleden als gevolg van een hersenbloeding, tot algemene teleurstelling. 'Ik vraag me af of we werkelijk een geheime duikbootbasis op Cuba hebben. En wat te denken van de dood van de politieke officier?'
'De dokter zegt zeker te weten dat het een ongeluk was, maar ik weet het niet. Een gebroken nek... Kan Ramius geen ongeluk geënsceneerd hebben?'
'Dat is mogelijk,' zei de majoor die Petrov ondervraagd had, 'ook al was Ramius niet speciaal opgeleid voor man-tegen-man gevechten.'
De kolonel wist zich niet goed raad met de zaak. 'Zijn er aanwijzingen dat de bemanning iets wist van een op handen zijnde poging tot desertie?' De anderen schudden ontkennend het hoofd. 'De taken aan boord werden dus normaal afgewerkt?'
'Ja,' antwoordde een jonge kapitein, 'volgens de navigator heeft Ramius uitstekend werk gedaan door de eenheden van de imperialisten af te schudden. Ik heb niet laten doorschemeren dat er van een samenzwering sprake zou kunnen zijn. Nog niet.' Ze wisten allemaal dat de zeelieden op het hoofdkwartier doorgezaagd zouden worden tot ze alles opgebiecht hadden.

'Goed, ik dacht ook niet dat we daar op dit moment harde bewijzen voor hebben. Ik stel voor dat we de bemanning wat rust gunnen tot we in Moskou zijn. Pak ze niet te hard aan.'
De sfeer aan boord van de Iljoesjin werd geleidelijk meer ontspannen, niet in de laatste plaats door de wodka die werd geserveerd om de tongen losser te maken en de verstandhouding met de KGB-officieren te bevorderen. De KGB zou nog ruimschoots de tijd krijgen om vast te stellen wat zich precies had afgespeeld tussen de afvaart en het moment waarop de laatste man aan boord van de *Mystic* was gegaan. Andere afdelingen waren al aan het werk om uit te zoeken of het gebeurde met de *Red October* aan de CIA of aan een andere westerse inlichtingendienst toe te schrijven was. De kolonel had in elk geval het idee dat het antwoord wel eens niet bij de matrozen kon liggen.

*De Red October*
Noyes stond de kapitein toe de vijf meter van de ziekenboeg naar het officiersverblijf te lopen. Ramius zag er niet erg goed uit, al kwam dat voor een groot deel door de baard die hij net als de anderen had laten staan. Borodin en Mancuso hielpen hem op de stoel aan het hoofd van de tafel.
'Hoe is het met uw been, kapitein?' vroeg Ryan met een glimlach. Hij voelde zich stukken beter nu hij de besturing de laatste uren aan iemand met meer ervaring had kunnen overlaten. Hij verlangde naar het ogenblik waarop hij de *Red October* zou kunnen verlaten, maar voor het eerst in twee weken was hij niet bang en had hij ook geen last van zeeziekte.
'Pijnlijk. Ik hoop niet dat zoiets me ooit nog eens overkomt. Ik weet niet of ik al gezegd heb dat ik mijn leven aan u te danken heb, net als wij allemaal.'
'Het was ook mijn eigen hachje,' antwoordde Ryan wat verlegen.
'Wanneer vertrekken we?'
'In de loop van morgen,' zei Mancuso. De *Dallas* was regelmatig naar periscoopdiepte gegaan om orders te ontvangen en per onderwatertelefoon aan de *Red October* door te geven. 'We hebben enkele uren geleden bericht gekregen dat de Russische vloot op weg naar huis is. Tegen de avond is het pas met zekerheid te zeggen; tot die tijd houden onze jongens ze scherp in de gaten.'
'Waar gaan we heen?'
'Welke bestemming heeft u eigenlijk in uw brief opgegeven?' vroeg Ryan voor Mancuso antwoord kon geven.
'Mijn brief – hoe weet u dat ik die geschreven heb?'
'Dat kan ik helaas niet zeggen, kapitein.'
'Ik schreef dat we naar New York zouden gaan om het schip aan de

president van de Verenigde Staten te overhandigen, bij wijze van geschenk.'
'Maar u lag niet op koers naar New York,' wierp Mancuso tegen.
'Nee, inderdaad, in werkelijkheid wilde ik naar Norfolk of in elk geval naar een marinehaven. Waarom zou ik Padorin de waarheid vertellen?' Ramius schudde zijn hoofd.
*Beste admiraal, ik ga naar New York...* Ryan kon het nauwelijks geloven. Geen wonder dat de Russen in paniek raakten! 'Waarom heeft u dat eigenlijk gedaan?' vroeg hij verwonderd. 'U had kunnen weten dat de hele Noordelijke Vloot achter u aan zou komen.'
'Dat mochten ze,' antwoordde Ramius, 'dat mochten ze. Ik dacht dat niemand ons zou kunnen opsporen. U heeft me lelijk te pakken gehad, kapitein.'
Mancuso probeerde zijn glimlach te verbergen. 'We hadden u bij IJsland al in de gaten. En u heeft nog veel geluk gehad ook: als we op tijd uit Engeland waren vertrokken hadden we bovenop u gezeten. Onze sonarman doet voor niemand onder. U kunt hem trouwens straks zelf ontmoeten. Hij werkt op het ogenblik met Boegajev samen.'
'Wat zal er na afloop met mijn mensen gebeuren?' vroeg Ramius.
'Precies weten doe ik het niet, ik heb nooit dergelijke zaken bij de hand gehad. Ik kan wel zeggen dat de CIA u goed zal opvangen. De eerste tijd zult u op een veilige plaats ondergebracht worden om bij te komen, daarna zal er veel met u gepraat worden – door ons en door mensen van de marine. Dat zal u niet verbazen. Op iets langere termijn zult u in de gelegenheid gesteld worden een eigen bestaan op te bouwen. Al uw mensen zijn intelligent en bereid om de handen uit de mouwen te steken, dus ik denk dat het wel zal lukken.'
'En wie ooit een reisje met de *Dallas* wil meemaken is welkom,' vulde Mancuso aan, maar Ryan betwijfelde of dat toegestaan zou worden. De marine zou niet graag een deserteur aan boord zien – dat zou hen maar op het idee kunnen brengen met waardevolle informatie terug naar huis te gaan.
Ryan luisterde naar het gesprek dat zich tussen de twee kapiteins ontwikkelde en besefte dat hij iets heel bijzonders meemaakte – een ontmoeting tussen vertegenwoordigers van twee totaal verschillende culturen en volken, proberend iets gemeenschappelijks in karakter en ervaring te vinden om zodoende de basis voor wederzijds vertrouwen te leggen. Het was boeiend en aandoenlijk tegelijk. Vooral voor de Sovjets moest het moeilijk zijn, moeilijker dan wat hij ooit in zijn eigen leven had ondervonden. Ze hadden al hun schepen achter zich verbrand en de sprong in het duister gewaagd, geleid door de hoop dat het aan de andere kant beter zou zijn. De laatste twee dagen had hij leren inzien hoe hachelijk het bestaan van een deserteur was – veel

hachelijker nog dan oog in oog met een gewapende vijand te staan, zoals hem zelf met de saboteur was overkomen.

# De zeventiende dag – zondag 19 december

*De Red October*
'Nog acht uur,' fluisterde Ryan tegen zichzelf. Dat hadden ze tegen hem gezegd – nog acht uur varen naar Norfolk. Op eigen verzoek bediende hij weer de achterste duikvlakken. Iets anders kon hij niet en hij wilde toch wat om handen hebben. De meeste Amerikanen waren nodig in de machinekamers achterin, Boegajev en Jones bewaakten de sonar, de medische staf hield zich bezig met Williams in de ziekenboeg. De controlekamer werd alleen bemand door Mancuso, Ramius en Ryan zelf. De kok voorzag hen van brood en koffie, karige kost vergeleken bij wat Ryan aan boord van de *Invincible* had gekregen.
Ramius zat ongemakkelijk op het hekje rond de periscoop. Zijn beenwond bloedde niet meer, maar bezorgde hem genoeg last om het meeste werk aan Mancuso over te laten.
'Roer recht,' zei Mancuso.
Ryan draaide aan het wiel en keek op het instrument dat de hoek van het roer aangaf. 'Roer is recht, koers honderd twintig graden.'
Mancuso keek fronsend naar de kaart. Het beviel hem niets zo behoedzaam met de grote duikboot te moeten omgaan. 'Die zandplaat hier wordt door de zuidelijke stroming steeds uitgebreid, zodat ze om de paar maanden moeten baggeren. En met die stormen van de laatste tijd zal het er niet beter op geworden zijn.' Hij wierp weer een blik door de periscoop.
'Ja, ik heb gehoord dat dit een gevaarlijk gebied is,' zei Ramius.
'Het kerkhof van de Atlantische Oceaan,' beaamde Mancuso. 'Het schijnt dat de Duitsers hier in de laatste oorlog al de grootste moeilijkheden hadden. Op uw kaarten staat het niet aangegeven, maar er moeten honderden scheepswrakken op de bodem liggen.' Hij ging terug naar de kaart en wees het aan met zijn vinger. 'In elk geval varen wij er met een flinke boog omheen, en we gaan pas hier naar het noorden.'
'U kent hier de weg,' zei Ramius.
De *Dallas* voerde de losse formatie aan, gevolgd door de *Red October* en de *Pogy*. Alle drie de boten voeren voor driekwart onder water, maar niemand bevond zich aan dek. De visuele navigatie werd met de periscoop uitgevoerd en alle elektronische systemen waren uitgeschakeld om geen geluid te produceren. Ook de tunnelaandrijving van de *Red October* was buiten gebruik. Mancuso en zijn machinisten hadden de plannen uitgebreid bestudeerd en waren vol lof over de wer-

king van het systeem. Ramius kon niet geloven dat hij al zo snel ontdekt was, tot Jones zijn eigen kaart liet zien waarop hij de vermoedelijke koers van de *October* vanaf IJsland had uitgestippeld. Zijn schattingen bleken slechts enkele kilometers met de werkelijkheid te verschillen.
'Uw sonar is beter dan wij dachten,' erkende Ramius grommend.
'En Jonesy is de beste sonarman die we ooit hebben gehad,' beaamde Mancuso.
'Hij is nog erg jong.'
'En hij is niet de enige,' zei Mancuso glimlachend, 'al zijn het er natuurlijk nooit genoeg naar onze zin. Wij werken alleen met vrijwilligers waar we zelf iets in zien, en ze krijgen de best denkbare opleiding.'
'Brug, sonar hier,' zei Jones. 'De *Dallas* gaat duiken.'
'Bedankt.' Mancuso stak een sigaret op en ging naar de boordtelefoon om de machinekamer op te roepen. 'Laat Mannion naar de brug komen, we duiken over enkele minuten.' Hij hing op en kwam terug naar de kaartentafel.
'Dus u heeft ze ook langer dan drie jaar onder u?' vroeg Ramius.
'Ja, natuurlijk. Anders zijn we ze meteen kwijt als ze net opgeleid zijn.'
Waarom kan dat bij onze vloot niet, dacht Ramius bij zichzelf, al kende hij het antwoord maar al te goed. De Amerikanen gaven hun mensen een behoorlijke vergoeding en verzorging en schonken hun vertrouwen – allemaal zaken waar hij zelf twintig jaar vergeefs voor had gevochten.
Mannion kwam de controlekamer binnen. 'Ze duiken over een paar minuten, Pat.'
Ramius liep hinkend naar de kaart. 'We zeggen dat uw officieren uit de bourgeoisie gekozen worden om de gewone matrozen onder de duim te houden.'
Mannion bleef bij het schakelbord van de ventilatie staan. Het had hem de vorige dag twee uur gekost om het ingewikkelde systeem te begrijpen. 'Dat is waar,' zei hij. 'Alle officieren komen uit de heersende klasse, kijkt u maar naar mij.' Mannions huid had de kleur van zwarte koffie.
'Maar u bent zwart,' zei Ramius verwonderd. Hij had de spot in de stem van de eerste officier niet gehoord.
'Jawel, we zijn van alle markten thuis.' Mancuso stond weer aan de periscoop. 'Een Italiaanse schipper, een zwarte navigator... en een gek als sonarman.'
'Ik hoor u wel, kapitein!' riep Jones uit de andere kamer. 'De *Dallas* belt net door dat ze op ons wacht. Alles ziet er goed uit. Het zal voor-

lopig de laatste keer zijn dat we de telefoon kunnen gebruiken.'
'Als u wilt kunnen we duiken, kapitein,' zei Mancuso.
'Goed. Laat de ballasttanks vollopen, meneer Mannion,' beval Ramius.
'Aye, aye.' De luitenant draaide de bovenste rij schakelaars op het paneel om. Ryan knipperde met zijn ogen. Door de hele boot klonk een geluid alsof er een miljoen w.c.'s werden doorgetrokken.
'Duikroeren vijf graden neer, Ryan.'
'Vijf graden neer,' herhaalde Ryan, het juk hanterend.
Mancuso keek naar de met de hand ingetekende schaal van de dieptemeter. De wijzer passeerde de zestig voet. 'Wat gaat ze langzaam naar beneden,' merkte hij op.
'Duikroeren horizontaal,' zei Ramius.
Ryan voerde het bevel uit. De *October* scheen zich even te verzetten alvorens ze aan de dwang van de duikroeren gehoor gaf. Ryan had gedacht dat een duikboot even makkelijk manoeuvreerbaar was als een vliegtuig.
'Maak het schip wat lichter, Pat,' zei Mancuso. 'Genoeg om haar met net een graad neer in evenwicht te houden.'
Mannion keek naar de dieptemeter. De ballasttanks waren geheel gevuld, zodat hij het verder met de stabilisatietanks zou moeten doen. Het duurde vijf minuten voordat hij het gewenste evenwicht bereikt had. 'Sorry,' zei hij wat beschaamd, 'ik ben niet gewend aan zo'n groot schip.'
Ramius was onder de indruk en tegelijk geërgerd. De Amerikanen hadden er niet langer voor nodig dan hij zelf, en dat de eerste de beste keer...
'Goed, nu kunnen we het noorden opzoeken,' zei Mancuso. De laatste zandplaat lag twee mijl achter hen. 'Ik stel voor een koers van nul-nul-acht graden aan te houden, kapitein.'
'Roer tien graden links, Ryan,' zei Ramius. 'Koers wordt nul-nul-acht graden.'
Ryan herhaalde de bevelen, een oog op de roerstand, het andere op het gyrokompas gericht.
'Heeft u soms moeilijkheden met de besturing, kapitein?' vroeg Mancuso. 'Toen we u volgden kregen we de indruk dat uw draaicirkel behoorlijk groot was.'
'Alleen als we de rups gebruiken. Het water wordt met grote kracht uit de tunnels tegen het roer geperst, en als je sterk bijstuurt ga je schommelen. Bij de eerste proefvaarten liepen we er schade door op.'
'En als u de schroeven gebruikt heeft u nergens last van?' vroeg Mannion.
'Nee.'

Het beviel Mancuso niet erg, maar eigenlijk deed dat er weinig toe. Hun plan was ondubbelzinnig genoeg. De twee Amerikaanse aanvalsonderzeeërs zouden met een snelheid van dertig knopen opstomen richting Norfolk om de weg vrij te maken voor de iets langzamer volgende *October*.

*De V. K. Konowalov*

Toepolev was weer op weg naar het westen. De vlootorder had alle schepen met een snelheid van twintig knopen terug naar huis gestuurd, maar de *Konowalov* en nog een andere Alfa waren twee en een half uur later in het diepste geheim omgekeerd en voeren in de richting van de Amerikaanse kust. De snelheid was gereduceerd tot vijf knopen om zo min mogelijk geluid voort te brengen en daardoor onopgemerkt te blijven. Toepolev moest als observatiepost dienen en om zo mogelijk te weten te komen wat de Ohio-onderzeeër aan het doen was die volgens de berichten op weg was naar Norfolk of Charleston. Uit de vlootorder was duidelijk geworden dat de *Red October* was gezonken. Toepolev vroeg zich hoofdschuddend af hoe Ramius dat had kunnen doen. In elk geval had hij het verraad met zijn leven moeten bekopen.

*Het Pentagon*

'Het zou me liever zijn als we wat meer luchtsteun kregen,' zei admiraal Foster, tegen de muur leunend.
'Dat ben ik met u eens, maar daardoor zouden we wel erg in de gaten lopen,' antwoordde generaal Harris.
Twee Orions waren de lucht ingestuurd om het gebied tussen Kaap Hatteras en Norfolk te bewaken zonder al te veel aandacht te trekken. De meeste andere P-3C's bevonden zich een eind uit de kust om de terugtrekkende Russische vloot te volgen. De drie vlootgroepen hadden zich inmiddels verenigd en werden omringd door duikboten. Vijfhonderd mijl naar het oosten werden ze opgewacht door de *Kennedy*, de *America* en de *Nimitz*, terwijl de *New Jersey* achterbleef. De Britse eenheden waren uit de operaties geschrapt en al een eind op weg naar huis. Alles scheen erop te wijzen dat het hele incident goeddeels afgewikkeld was. Alleen over de bewegingen van de Russische duikboten bestond nog wat onzekerheid.
'U gaat naar Norfolk, admiraal?' vroeg Harris.
'Ja, het lijkt me zinnig om eens met CINCLANT te overleggen nu alles bijna achter de rug is,' antwoordde Foster.

*De Konowalov*

De Alfa liet zich langzaam voortdrijven aan de rand van het continentale plat, zo'n vijftig mijl ten zuidoosten van Norfolk. Toepolev had het vermogen van de reactor tot vijf procent laten terugbrengen, net genoeg om de elektrische systemen in werking te houden. Geluid werd vrijwel niet meer geproduceerd en ook aan boord werd volledige stilte in acht genomen. Orders werden alleen nog mondeling doorgegeven, de koks mochten hun potten en pannen niet meer gebruiken en probeerden de bemanning tevreden te houden met brood. Alle gesprekken werden op fluistertoon gevoerd om maar niet de aandacht van de kapitein te trekken; iedereen wist wat dat in deze omstandigheden voor gevolgen zou hebben.

*SOSUS-centrum, Norfolk*

Quentin bestudeerde de gegevens die hij van de twee Orions had doorgekregen. De USS *Georgia*, een Amerikaanse raketboot, werd na problemen met een turbine door twee onderzeeërs naar Norfolk geëscorteerd. De admiraal had gezegd dat de boot zo snel mogelijk gerepareerd en weer naar zee gestuurd moest worden in verband met alle Russische activiteit. De *Georgia* had vierentwintig Trident-raketten aan boord, een aanzienlijk deel van de Amerikaanse afschrikkingskracht. Het herstellen van de schade kon niet uitgesteld worden. Nu de Russische vloot zich aan het terugtrekken was kon de *Georgia* veilig binnenlopen, maar de Orions moesten eerst controleren of er in de algemene verwarring geen vijandelijke duikboten in de buurt waren gebleven.

Een van de P-3C's kruiste op negenhonderd voet hoogte boven zee, vijftig mijl ten zuidoosten van Norfolk. Infraroodcamera en magnetometer registreerden geen opvallende veranderingen, hoewel het toestel op een bepaald ogenblik de *Konowalov* op nog geen honderd meter passeerde. De romp van de Alfa bestond uit gedemagnetiseerd titanium. Ook de sonarboei die zeven mijl ten zuiden van daar werd afgeworpen ving geen geluid van de reactor op. Alle informatie werd doorgeseind naar Norfolk, waar Quentin met zijn staf koortsachtig in de weer was om de nog ontbrekende Russische boten op te sporen.

Het verbaasde Quentin niet dat enkele onderzeeërs van de gelegenheid gebruik hadden gemaakt om hun eerder in kaart gebrachte posities te verlaten. Er waren geen aanwijzingen dat een of meer Russische onderzeeërs waren achtergebleven, en hij zag ook niet in waarom ze dat zouden doen. Hij vroeg zich af waar CINCLANT mee bezig was. De opperbevelhebber scheen over iets zeer verheugd te zijn. Quentin vermoedde dat het de bedoeling was de gezonken Alfa door de *Glomar Explorer* of een ander bergingsschip naar de oppervlakte te laten ha-

len. Dat zou inderdaad een unieke gelegenheid zijn om zo'n schip eens goed te bekijken. En verder was er alle reden om tevreden te zijn; de operaties tegen de Russische vloot waren goed verlopen.
Over de *Georgia* hoefde niemand zich erg druk te maken. De kust was veilig en een trage Ohio maakte net zo weinig lawaai als een walvis-wijfje dat maagd wil blijven. CINCLANT dacht er blijkbaar net zo over, anders had hij de twee Orions niet door reservisten laten bemannen.
Quentin ging naar de telefoon om aan het opperbevel door te geven dat er nog altijd geen spoor van vijandelijke activiteit te bekennen was.

*De Red October*
Ryan keek op zijn horloge. Al vijf uur voorbij. Dat was een lange tijd om alleen maar op een stoel te zitten en een snelle blik op de kaart leerde hem dat hun aanvankelijke schatting vermoedelijk te optimistisch geweest was – of anders had hij het verkeerd begrepen. De *Red October* bevond zich boven de rand van het continentale plat en zou weldra een westelijke koers naar de Virginia Capes gaan volgen. Nog een uur of vier varen, schatte hij. De hele tocht kon hem niet gauw genoeg achter de rug zijn. Ramius en Mancuso zagen er moe uit, net als iedereen eigenlijk. Het was hard werken in de machinekamers en de kok liep zich uit de naad om iedereen van brood en koffie te voorzien. Vooral de Russen leken niet te verzadigen.

*De Dallas/De Pogy*
De twee escorteschepen losten elkaar weer af in het haasje-over spel dat ze van het begin af aan gespeeld hadden. Om beurten voeren ze ruim een halfuur op topsnelheid vooruit, waarna een enkele stoot van de actieve sonar aangaf dat er geen ongewenst bezoek in de omgeving was; vervolgens snelde het tweede geleideschip, aan de andere kant van de *Red October*, naar de voorhoede om ook daar de naaste omtrek af te speuren.
De *Pogy* had het afgesproken sein gegeven. Luitenant Wally Chambers, die het commando over de *Dallas* had gekregen, gaf het bevel 'volle kracht vooruit'. De kust moest veilig zijn, maar toch hield hij er niet van met tweeëndertig knopen door het water te klieven, een snelheid die zijn boot vrijwel blind maakte.
De *Pogy* liet zich terugzakken en richtte de passieve sonar op de *Red October*. 'Wat een herrie, en dat bij twintig knopen,' merkte de sonarman wat schamper op. 'Zelfs van de *Dallas* hoor je nu veel minder.'

*De Konowalov*
'We pikken wat geluid op naar het zuiden.'
'Wat is het, denk je?' vroeg Toepolev. Hij was de laatste uren niet uit de deuropening weg te slaan geweest, tot ongenoegen van de sonarploeg.
'Dat is nog niet te zeggen, kapitein, maar de koers is onveranderd. Het komt deze kant op.'
Toepolev ging terug naar de controlekamer en gaf bevel de reactor op een nog lager pitje te zetten. Uitschakelen was hem nog liever geweest, maar het opstarten kostte altijd enige tijd en die hadden ze misschien niet te missen. De kapitein rookte achter elkaar drie sigaretten voordat hij weer naar de andere kamer ging. Hij moest zijn sonarman een beetje ontzien, die had hij nu meer nodig dan wie ook.
'Het is een Amerikaan, kapitein, ik hoor een enkele schroef. Snelheid vijfendertig knopen. Vermoedelijk een Los Angeles. Het laatste kwartier is de boot niet meer dan twee graden van de koers afgeweken. Als het zo doorgaat zullen ze ons rakelings passeren, en ik denk – wacht even, de machines worden stilgezet.' De ervaren sonarman drukte de koptelefoon vaster tegen zijn oren. Het geluid van motoren en schroef stierf langzaam weg. 'De boot ligt stil, kapitein.'
Toepolev glimlachte. 'Laat ze maar luisteren, kameraad, ze zullen ons niet horen. Hoor je geen andere schepen in de buurt?'
De sonarman bediende zijn instrumenten om de omgeving af te luisteren. 'Hm, alleen aan de oppervlakte, zo te horen. Maar wacht, hier heb ik iets. Drie graden verwijderd van het eerste contact, meer niet. Een enkele golf van de actieve sonar, kapitein, heel zwak.'
'Zo.' Toepolev leunde met zijn rug tegen het schot. 'Vakwerk, kameraad. Nu moeten we geduld hebben.'

*De Dallas*
De gevoelige apparatuur ving geen enkel vreemd geluid op. Chambers liet de boot keren om met de actieve sonar in de boeg de *Pogy* en de *Red October* te berichten dat de eerste tien mijl vrij waren. De *Pogy* voerde haar snelheid op tot dertig knopen, gevolgd door de nieuwste aanwinst van de Amerikaanse vloot.

*De Konowalov*
'Het zijn twee andere duikboten, waarvan een met een dubbele schroef als ik me niet vergis. De eerste vaart veel sneller. Hebben de Amerikanen onderzeeërs met twee schroeven, kapitein?'
'Ik dacht het wel,' zei Toepolev peinzend. Het verschil tussen de twee was nooit zo goed te horen, maar ze zouden er vanzelf achterkomen. De *Konowalov* gleed met niet meer dan twee knopen vooruit, hon-

derd vijftig meter onder de oppervlakte. Alles leek goed te gaan; nu zouden ze de imperialisten eens iets laten zien.

*De Red October*

'Kan iemand mij even aflossen?' vroeg Ryan.
'U wilt zeker de benen strekken,' zei Mancuso begrijpend.
'Ja, en na al die koffie moet ik ook nodig.'
'Ik neem het wel van u over.' Mancuso ging aan het roer zitten. Ryan haastte zich naar de dichtstbijzijnde W.C. en kwam twee minuten later opgelucht terug. Hij deed een paar kniebuigingen om het gevoel in zijn benen terug te krijgen en wierp daarna een vluchtige blik op de kaart. Het was een vreemd gezicht, al die Russische lettertekens op een kaart van de Amerikaanse kust.
'Het is te merken dat u geen zeeman bent, Ryan,' zei Ramius, die zijn bewegingen zwijgend had gadegeslagen.
'Dat heb ik toch ook al toegegeven, kapitein,' beaamde Ryan inschikkelijk, terwijl hij zijn plaats weer innam. 'Hoe lang doen we er nog over naar Norfolk?'
'Niet meer dan vier uur,' antwoordde Mancuso. 'We moeten na het vallen van de avond aankomen. Alles schijnt geregeld te zijn om ons ongemerkt binnen te loodsen, al zou ik niet weten hoe ze dat voor elkaar denken te krijgen.'
'We zijn bij daglicht vertrokken,' merkte Ryan op. 'Zou niemand ons toen gezien kunnen hebben?'
'Ach, wat viel er eigenlijk te zien? Drie commandotorens zonder herkenningstekens. En we moesten op dat tijdstip vertrekken om van het hiaat in de Russische satellietbewaking te profiteren.'
Ryan stak zijn zoveelste sigaret op. De spanning begon aan zijn zenuwen te knagen, vooral omdat hij aan het roer weinig anders te doen had dan naar de instrumenten te turen. Na een onwennig begin bleek dat de duikboot zich makkelijk in evenwicht liet houden, en gelukkig hadden ze maar één keer een scherpe draai moeten maken – dertigduizend ton staal, dat was niet zo vlot op koers te brengen.

*De Pogy/De Red October*

De *Pogy* passeerde de *Dallas* op volle snelheid en zette tien mijl verder de machines stil. Drie mijl daarvandaan hield de bemanning van de *Konowalov* de adem in.
Na de ontvangst van het signaal dat de kust veilig was, stoomde de *Red October* voorbij de stilgevallen *Dallas*. Het was drie uur in de middag en de kleine bemanning verlangde naar de aankomst in Norfolk. Ryan vroeg zich af wanneer hij weer naar Londen zou kunnen. Hij zou het liefst die avond nog op het vliegtuig stappen, maar hij

voorzag dat de CIA een uitgebreide nabespreking met hem wilde houden. Mancuso en diens bemanningsleden aan boord van de *Dallas* rekenden er al niet meer op dat ze snel naar huis gestuurd zouden worden.

*De Konowalov*

'Het is een heel grote, kapitein. Op deze koers zal ze ons op minder dan vijf kilometer passeren.'

'Dan is het een Ohio, net als Moskou al zei.'

'Maar een Ohio heeft slechts een enkele schroef, en ik hoor duidelijk een dubbele... In elk geval passeert ze ons over een minuut of twintig. De voorste boot vaart weer op topsnelheid, meer dan dertig knopen. Die blijft zo'n vijftien kilometer uit de buurt.'

'En de derde boot?'

'Die houdt zich drijvende, net als wij. De afstand is me niet helemaal duidelijk, maar ik durf de actieve sonar –'

'Ja, ja, dat weet ik ook wel,' snauwde Toepolev. Hij ging terug naar de controlekamer.

'Laat de machinisten paraat zijn, we kunnen elk moment afvaren. Zijn de vuurploegen op hun post?'

'Jawel, kapitein,' antwoordde de eerste officier. 'De snelste Amerikaan vormt een makkelijk doelwit, die kan ons niet ontlopen. Van de andere kunnen we binnen enkele seconden de exacte positie bepalen.'

'Eindelijk eens goed nieuws,' zei Toepolev lachend. 'Je weet wat ons te doen staat als we de kans krijgen. We naderen de grootste boot en rammen het achterschip. Ze hebben lang genoeg een spelletje met ons gespeeld, nu is het onze beurt. Laat de machinekamer het vermogen opvoeren, we moeten zoveel mogelijk snelheid ontwikkelen.'

'Dat is riskant, kameraad.'

'Zeker, maar we hebben geen keus. Tien procent van het vermogen, we moeten maar hopen dat ze ons niet horen.'

*De Pogy*

'Waar komt dat vandaan?' De eerste sonarman boog zich over zijn instrumenten. 'Brug, sonar hier. We hebben contact, richting twee-drie-nul.'

'Kun je zeggen wat het is?' vroeg commandant Wood onmiddellijk.

'Nee, ik heb het net te pakken. Ik hoor de reactor en stoomturbines, maar wat het er voor een is...' Hij zette zijn apparatuur op maximale ontvangst. 'In elk geval niet een van ons, schipper. Als ik me niet vergis is het een Alfa.'

'Shit, dat kunnen we net gebruiken. Waarschuw de *Dallas*, snel!'

De sonarman probeerde het, maar de op topsnelheid varende *Dallas* miste de vijf korte stoten van de actieve sonar. De *Red October* was acht mijl bij hen vandaan.

*De Red October*
Jones kneep zijn ogen verbijsterd dicht. 'Boegajev, zeg tegen de schipper dat ik net alarmsignalen heb opgevangen.'
'Actieve sonar?'
'Ja. Verschillende golven, maar ik weet niet precies hoeveel.'

*De Pogy*
Wood nam snel een besluit. De vijf gerichte, maar zwakke signalen waren door de *Dallas* blijkbaar niet opgepikt.
'Waarschuw ze met alles wat je hebt.'
'Aye, aye.' De sonarman draaide de versterkers van de actieve zender vol open. Enkele ogenblikken later schoten energiegolven van honderd kilowatt door het water.

*De Dallas*
'Au!' Laval draaide het volume lager. 'Schipper, de *Pogy* slaat alarm!'
'Machines stop!' riep Chambers. Zijn luitenant gaf het bevel door aan de machinekamers, waar de stoomtoevoer naar de turbines werd afgesneden. Daardoor liep de temperatuur in de reactor op en ontsnapten meer neutronen, wat het splijtingsproces sterk vertraagde.
'Vaart minderen tot vier knopen en aanhouden,' zei Chambers terwijl hij naar de sonarkamer ging. 'Frenchie, ik moet zo snel mogelijk weten wat het is.'
'Daar is de snelheid nog te groot voor, sir.'

*De Red October*
'Het lijkt me verstandig om vaart terug te nemen, kapitein,' zei Mancuso omzichtig, maar Ramius was niet overtuigd.
'Ze hebben het signaal niet herhaald.'
Dat kon ook niet: de *Dallas* voer nog te snel om de *October* te lokaliseren en te waarschuwen.

*De Pogy*
'De *Dallas* heeft de machines stopgezet, sir.'
Wood kauwde op zijn onderlip. 'Goed, dan kunnen we proberen de smeerlap te vinden. Vol vermogen.'
De commandant ging terug naar de controlekamer. 'Schip gevechtsklaar maken.' Door de hele boot begon het alarm te rinkelen. Binnen veertig seconden waren de ploegen op hun post met eerste officier Tom Reynolds als vuurleider.

Inmiddels kreeg eerste sonarman Palmer een echo op zijn scherm, vijftien seconden nadat hij de geluidsgolven had uitgestuurd.
'Brug, sonar hier. We hebben contact. Richting twee-drie-vier graden, afstand zesduizend meter. Aan de voortstuwing te zien is het een Alfa.'
De kapitein keek naar Reynolds. 'Je hebt het gehoord.'
Reynolds stopte de gegevens in de computer en stuurde twee mensen naar de kaartentafel om de berekening met de hand uit te werken. Ook een computer moest gecontroleerd worden.
De vier lanceerbuizen waren geladen met Harpoonraketten en Mark-48 torpedo's, waarvan de eerste alleen geschikt waren voor de bestrijding van oppervlakteschepen. De twee torpedo's waren de modernste in hun soort, van afstand bestuurbaar en voorzien van een eigen actieve sonar om het doel te zoeken, met een snelheid van meer dan vijftig knopen en een springlading van een halve ton.
'De banen zijn voor beide doelen berekend, schipper. Looptijd vier minuten en vijfendertig seconden.'
'Palmer, actieve sonar uit,' zei Wood.
'Aye, aye.' Palmer draaide een paar knoppen om. 'De doelhoek schommelt rond de nul graden, kapitein. Ze zitten op dezelfde diepte als wij.'
'Oké, houd ze in de gaten.'

*De Dallas*
'De *Pogy* heeft een echo gekregen met de actieve sonar,' zei Laval. 'Richting ongeveer een-negen-een graden. Er moet nog een duikboot in de buurt zijn, maar welke? De geluiden die ik van reactor en turbines opvang zijn te zwak.'

*De Pogy*
'De *October* volgt nog steeds, kapitein,' meldde Palmer. 'Ze heeft geen vaart geminderd.'
Reynolds keek op van de kaart waarop de torpedobanen waren uitgestippeld. 'Dan komt ze tussen ons en het doel.'
'Shit. Langzaam vooruit, roer twintig graden links.' Wood ging naar de sonarkamer terwijl zijn orders werden doorgegeven. 'Palmer, hou je klaar om de *October* de volle laag te geven. We mogen haar deze keer niet missen.'
'Alles klaar, kapitein.'
Wood hield de kompasnaald scherp in het oog. De draai die de *Pogy* maakte ging hem lang niet snel genoeg; de *October* mocht absoluut niet te dicht in de buurt komen.
'Nu!'

Palmer stelde de actieve sonar op vol vermogen in werking.

*De Red October*
'Schipper, alarmsignaal van de *Pogy!*' riep Jones.
Mancuso sprong overeind en zette de scheepstelegraaf op 'Stop' voordat Ramius iets kon zeggen, maar de Russische kapitein knikte instemmend terwijl hij fronsend de kaart bestudeerde.
De zoemer van de intercom klonk. Ramius nam op, luisterde even en begon daarna snel in het Russisch te praten. Na enkele ogenblikken legde hij weer neer. 'Ik heb mijn mensen verteld dat we niet precies weten wat er aan de hand is.'
'Dat is de waarheid.' Mancuso kwam ook bij de kaart staan. Het geluid van de aandrijving nam af, maar niet vlug genoeg naar de zin van de Amerikaan. Hij was zijn eigen boten gewend.
'Misschien kan uw sonarman iets ontdekken,' opperde Ramius.
'Goed idee.' Mancuso ging naar de deur. 'Jonesy, kijk jij eens of je iets kunt oppikken.'
'Ik zal het proberen, kapitein, maar met dit spul zal het niet meevallen.' Jones had de ontvangers al ingesteld op de richting waarin de twee escorteschepen zich moesten bevinden. Hij drukte de koptelefoon vaster tegen zijn oren en ging aan de slag met de versterkers. Hij verlangde meer dan ooit naar de computergestuurde apparatuur aan boord van de *Dallas*, maar het was nu niet de tijd om zich daar kwaad over te maken. Hij sloot zijn ogen en bediende met subtiele gebaren de instrumenten, zijn rechterhand spelend met een pakje sigaretten. Aan Boegajev, die naast hem zat en naar dezelfde geluiden luisterde, schonk hij totaal geen aandacht meer.

*De Dallas*
'Hoe staat het, Laval?' vroeg Chambers.
'Ik heb alleen de richting kunnen vaststellen, verder niets. De *Pogy* moet haar in het vizier hebben, de echo was heel sterk, maar daarna zijn de machines zowat stilgezet. Ik denk dat ze knap dicht in de buurt is.'
Chambers was pas vier maanden geleden bevorderd tot eerste officier, nadat hij anderhalf jaar instructeur was geweest aan de wal. Zijn kennis en ervaring gaven hem uitzicht op een toekomstig eigen commando, al was hij met zijn drieëndertig jaar aan de jonge kant en moest hij zijn onzekerheid nogal eens verbergen achter het strenge optreden dat van hem als Mancuso's rechterhand verwacht werd. Hij besefte heel goed hoe belangrijk deze missie was, voor de anderen en voor hem zelf: zijn hele loopbaan stond op het spel. Alles hing af van de beslissingen die hij nu ging nemen.

'Kun je haar met een enkele golf lokaliseren?'
Laval dacht even na. 'Niet exact, maar het levert allicht iets op.'
'Doe maar.'
'Aye.' Laval boog zich over zijn paneel en liet een enkele geluidsgolf uitgaan.

*De Konowalov*
Toepolev knipperde met zijn ogen. Misschien had hij beter kunnen wachten met het opvoeren van het vermogen tot ze gepasseerd waren. Het enige voordeel was, dat alle drie de schepen nu vlak in de buurt waren en vrijwel stil lagen.
De vier onderzeeërs hadden net genoeg vaart om op diepte te blijven. De *Konowalov* had zich tussen de twee Amerikaanse escorteschepen in het noorden en de *Red October* in het zuidoosten geschaard.

*De Red October*
'Iemand heeft haar net met de sonar bestookt,' zei Jones rustig. 'Ze zit ruwweg in het noordwesten, maar ze maakt te weinig geluid om te kunnen zeggen wat het is. Als u het mij vraagt is ze niet ver uit de buurt.'
'Hoe weet je dat?' vroeg Mancuso.
'We hoorden zowel de golf als de echo. Er zijn natuurlijk verschillende mogelijkheden, maar het lijkt erop dat de indringer tussen ons en de *Dallas* of de *Pogy* zit, iets naar het westen.'
'Afstand tien kilometer, maximaal,' vulde Boegajev aan.
'Het is allemaal vrij onzeker, schipper, maar meer gegevens hebben we niet.'
Mancuso knikte en ging terug naar de controlekamer.
'En?' vroeg Ryan, die niet zo snel had begrepen wat er zich afspeelde. Hij had de duikroeren helemaal neergedrukt om de boot zo goed mogelijk op diepte te houden.
'We hebben een vijandelijke duikboot bij ons.'
'Heeft uw man iets gevonden?' vroeg Ramius.
'Niet veel. De boot bevindt zich vermoedelijk ten noordwesten van ons en niet al te ver weg. Het kan er niet een van ons zijn: volgens Norfolk hebben onze boten deze sector ontruimd. Dan blijft er maar één mogelijkheid over.'
De aandrijving zorgde voor een snelheid van nog maar twee knopen, net voldoende om de *October* bestuurbaar te houden maar niet op diepte. Ondanks de stand van de roeren steeg de onderzeeër met ruim een meter per minuut.

*De Dallas*
'We gaan terug naar het zuiden, het bevalt me niets dat we verder bij de *October* vandaan zitten dan die Alfa,' zei Chambers ten slotte. 'Roer vijftien graden rechts, nieuwe koers een-acht-vijf graden.'
Terwijl het schip de scherpe draai inzette, lagen in de lanceerbuizen de projectielen te wachten, drie Mark-48 torpedo's en een enkele MOSS, een peperdure simulator waarmee een duikboot kon worden nagebootst om vijandelijk vuur af te leiden. Een van de torpedo's was afgestemd op de Alfa, maar door de vage positiebepaling zou de ingebouwde sonar zelf een deel van het werk moeten doen.

*De Konowalov*
'Volg de Ohio,' beval Toepolev. 'Snelheid drie knopen. We moeten geduld hebben, kameraden. De Amerikanen weten nu waar we ons bevinden, daarom zullen ze geen gebruik meer maken van de actieve sonar. Wij kunnen langzaam en geruisloos verdwijnen.'
De bronzen schroef van de *Konowalov* begon sneller te draaien. Door het uitschakelen van elektrische systemen die niet essentieel waren, wisten de machinisten de snelheid op te voeren zonder dat de reactor meer lawaai maakte.

*De Pogy*
Op de dichtstbijzijnde aanvalsboot werd het signaal zwakker, de richting daardoor onzekerder. Commandant Wood besloot na ampele overweging niet opnieuw de actieve sonar te gebruiken omdat hij daarmee ook hun eigen positie zou kunnen prijsgeven.
Eerste sonarman Palmer meldde het passeren van de *Dallas* aan bakboordzijde. De twee kapiteins zagen af van het gebruik van de onderwatertelefoon; elk geluid kon nu fataal zijn.

*De Red October*
Ze kropen al een halfuur voort. Ryan zat aan het roer de ene sigaret na de andere te roken en voelde het zweet in zijn handen staan. In een stalen buis opgesloten zitten, zonder iets te kunnen horen of zien, was niet waar hij voor opgeleid was. Er was een Russische duikboot in de nabijheid en hij wist wat haar orders waren – het vernietigen van de *Red October*. Hij vond dat de twee kapiteins onder de omstandigheden opmerkelijk koel bleven.
'Kunnen uw boten ons beschermen?' vroeg Ramius.
'Alleen als ze zelf het eerst beschoten worden mogen ze in actie komen, verder kunnen ze weinig doen.'
'*Wat?*' riep Ryan verbijsterd uit.
'Ja, wat wil je, een oorlog beginnen misschien?' Mancuso lachte alsof

hij het een vermakelijke situatie vond. 'Dat gebeurt er namelijk wanneer twee schepen elkaar torpederen. Nee, we zullen zelf een uitweg moeten vinden.'
'Dat is ons toevertrouwd. Ryan, wees gerust,' zei Ramius. 'Een raketboot is erop gebouwd om verborgen te blijven. Kapitein, op welke afstand kon u ons bij IJsland horen?'
'Ik heb het niet precies in mijn hoofd,' zei Mancuso peinzend. 'Een kilometer of dertig, denk ik.'
'Toen voeren wij met dertien knopen; als we nu langzaam naar het oosten gaan denk ik dat we onopgemerkt kunnen blijven. U weet dat de Russische sonar niet zo efficiënt is als de uwe!'
Mancuso knikte. 'U kent het schip het beste. Misschien kunnen we een noordoostelijke koers aanhouden, dan zitten we binnen het uur achter ons escorte.'
'Akkoord.' Ramius hinkte naar het regelbord om de deuren van de tunnelaandrijving open te zetten. Via de intercom gaf hij de nodige orders, en na een minuut of wat klonk het zoemen van de elektromotoren en nam de snelheid langzaam toe.
'Roer tien graden rechts, Ryan. Duikroeren horizontaal, nieuwe koers veertig graden.'
Ryan voerde de orders uit, blij dat ze eindelijk iets deden. Vanaf zijn plaats aan het roer hoorde hij het water door de gang aan bakboord stromen. Het ruisende geluid werd regelmatig onderbroken door een vreemd gerommel dat enkele seconden aanhield. De naald van de snelheidsmeter passeerde de vier knopen.
Mancuso keek bedachtzaam op van de kaart waarop hij met muntstukken de vermoedelijke posities van de drie andere duikboten had aangegeven. Hij wilde geen aantekeningen op de kaart zelf maken om de waarde ervan voor de inlichtingendienst niet te bederven – het kustgebied was bezaaid met symbolen die niets aan duidelijkheid te wensen overlieten.
De *Red October* had een snelheid van zes knopen bereikt. De drie andere onderzeeërs bevonden zich nu binnen een cirkel met een diameter van tien kilometer rond het schip. De afzonderlijke koersen voerden ruwweg naar hetzelfde punt.

*De Konowalov*
Toepolev was tevreden. Waarom was hem niet duidelijk, maar de Amerikanen speelden onverwacht een behoudend spel. In hun plaats had hij een veel opdringeriger tactiek gevolgd om de raketboot en het tweede geleideschip de gelegenheid te geven om te verdwijnen. Maar ja, op zee wist je het nooit.
Zijn sonarman pikte een vreemd geluid op, dat slechts een paar secon-

den duurde. Zeker een seismisch gerommel, zei hij.

*De Red October*

Ryan drukte de duikroeren iets naar beneden om de *October* op een diepte van honderd meter te houden. De twee kapiteins spraken over de afwezigheid van thermische lagen in het gebied, volgens Mancuso niet ongewoon na zware stormen. Het optreden van warmteverschillen had het gemakkelijker gemaakt aan hun achtervolger te ontkomen.

Ryan keek op en zag Jones wrijvend over zijn oren in de deuropening staan. Hij was nog niet gewend aan de vreemde koptelefoon.

'We hebben contact naar het noorden, schipper, maar erg onregelmatig. Ik heb geen exacte plaats kunnen bepalen.'

'Wat is het er voor een?' vroeg Mancuso.

'Niet te zeggen. De passieve sonar is hier onder de maat. Helemaal blind zijn we niet, maar het scheelt niet veel.'

'Goed, laat het ons weten zodra je iets meer hoort.'

'Aye, aye. Eh, Boegajev vroeg of ik koffie wilde meenemen.'

'Ik zal een kan laten halen.'

Jones knikte en verdween weer in de sonarkamer.

*De Konowalov*

'Ik krijg iets door, kapitein, maar ik kan niet zeggen wat het is,' zei de sonarman door de telefoon.

Toepolev stond op en ging naar hem toe, onderweg op een stuk brood kauwend. Het gebeurde maar zelden dat ze erin slaagden een Ohio op te pikken, en elke keer was het contact binnen tien minuten weer verbroken. Niemand kende precies de karakteristieken van de duikbootklasse.

Toepolev zette de tweede koptelefoon op. 'Het kan even duren, kapitein.'

Ondanks de gelijkmatige temperatuur van het kustwater traden er altijd zwakke stromingen op die de geluidsgolven afbogen of weerkaatsten. Toepolev wachtte geduldig. Na vijf minuten stak de sonarman zijn hand op. 'Dit is het.'

De commandant trok wit weg.

'Richting?'

'Daar is het signaal te zwak voor, en het duurt te kort om iets nauwkeurig te zeggen, maar meer dan drie graden van de boeg kan het niet verwijderd zijn.'

Toepolev gooide de koptelefoon neer en ging naar de brug. Hij nam de politieke officier bij een arm mee naar de officierenkajuit.

'Het is de *Red October!*'

'Onmogelijk.' De zampolit schudde nadrukkelijk zijn hoofd. 'Volgens het opperbevel is het wrak van de *October* op de bodem gezien.'
'Dat moet een list zijn geweest. Het geluid komt onmiskenbaar van de tunnelaandrijving, kameraad. De Amerikanen hebben de boot in hun bezit. We moeten haar vernietigen!'
'Nee, we moeten eerst Moskou om instructies vragen.'
'Hoe lang gaat dat niet duren, kameraad? Een kwartier om naar de oppervlakte te gaan en een bericht uit te zenden, een halfuur voor het antwoord – en dan zullen ze *bevestiging* vragen! Dat geeft de *Red October* de tijd om weg te komen. Nee, er is geen tijd voor overleg en bovendien zijn onze oorspronkelijke vaarorders nog van kracht.'
'Maar als u zich vergist?'
'Ik vergis me niet, kameraad!' zei de kapitein fel. 'En vergeet niet dat alles in het logboek opgenomen zal worden, ook uw halsstarrigheid. Uw hoofd zal rollen, niet het mijne!'
'Bent u er absoluut zeker van?'
'Honderd procent!'
'Goed dan,' zei de zampolit zuchtend. 'En hoe denkt u het aan te pakken?'
'Het moet zo snel mogelijk gebeuren, voordat de Amerikanen ons te grazen kunnen nemen. Kom.'
De twee mannen gingen terug naar de controlekamer. De zes lanceerbuizen in de boeg waren geladen met 533-mm draadgeleide torpedo's.
'Sonar, lokaliseer het contact met alle middelen!'
De sonarman drukte op een knop en stelde de actieve systemen op vol vermogen in werking.

*De Red October*
'Au!' Jones ging met een ruk overeind zitten. 'Iemand is ons aan het zoeken, schipper, en het is geen vriendje. Midscheeps aan bakboordzijde.'

*De Pogy*
'Brug, sonar hier, de Alfa heeft de *October* gevonden! De richting van de Alfa is een-negen-twee graden.'
'Halve kracht vooruit,' beval Wood onmiddellijk. De motoren van de *Pogy* werden opgejaagd en weldra kliefde haar schroef het zwarte water.

*De Konowalov*
'Afstand zevenduizend zeshonderd meter, doelhoek nul,' rapporteerde de sonarman. Dus dit is de onderzeeër die we kwijt waren, dacht hij bij zichzelf.

In de regelkamer werden de gegevens in de computer ingevoerd. Een ogenblik later verschenen de antwoorden op het scherm. 'Banen voor torpedo's een en twee berekend.'
'Houd u klaar om te vuren.'
'Lanceerbuizen open... nu!'
'Controleer de baanberekening,' zei Toepolev.

*De Pogy*
Alleen Palmer herkende het kortstondige geluid.
'Brug, sonar. De Alfa heeft zojuist twee lanceerbuizen geopend! Richting een-zeven-negen.'

*De Konowalov*
'De banen zijn vastgesteld, kapitein.'
'Een en twee afvuren,' beval Toepolev.
'Nummer een gelanceerd... Nummer twee gelanceerd.' De *Konowalov* trilde licht terwijl de elektrisch voortgestuwde torpedo's hydraulisch werden afgevuurd.

*De Red October*
Jones hoorde het als eerste. 'Snelle schroeven aan bakboord,' zei hij luid en duidelijk. 'Torpedo's aan bakboord!'
Ramius bonkte met zijn vuist op de reling. '*Ryl naljewa!* Links, roer links!'
'Schiet op, Ryan!' riep Mancuso.
'Roer links, aye.' Ryan draaide het wiel zo ver mogelijk om terwijl Ramius de scheepstelegraaf op 'Volle kracht vooruit' zette.

*De Pogy*
'Twee projectielen,' zei Palmer. 'Ze kruisen onze koers op afstand, schipper. Ze zijn op weg naar de *October*.'

*De Dallas*
Ook Laval had ze gehoord. Chambers zette de machines op vol vooruit en liet de boot een scherpe draai naar bakboord maken. Met torpedo's in de buurt bleef hem weinig over dan te doen wat hem geleerd was – zien dat hij zo snel mogelijk wegkwam.

*De Red October*
'Welke koers moet ik volgen?' vroeg Ryan.
'Jones, waar zitten die dingen?' riep Mancuso.
'Richting drie-twee-nul, kapitein,' antwoordde Jones onmiddellijk. 'Ze komen onze kant op.'

'Ryan, nieuwe koers drie-twee-nul graden,' zei Ramius. 'We moeten zo snel mogelijk draaien.'
Makkelijk gezegd, dacht Ryan kwaad. De wijzer van het gyrokompas verschoof angstig traag. Hij voelde het wiel trillen onder de druk die het geheel schuin staande roer ondervond.
'Twee torpedo's in aantocht, koers ongewijzigd,' meldde Jones, veel koeler dan hij zich voelde. 'Houd je vast, mensen...'

*De Pogy*
Op de kaart waren de *October*, de Alfa en beide torpedo's aangegeven. De *Pogy* bevond zich zes kilometer naar het noorden.
'Kunnen we niets doen?' vroeg de eerste officier.
'Schieten op de Alfa, zeker,' zei Wood hoofdschuddend. 'Jammer genoeg niet, verdomme. Trouwens, voor de *October* zou het geen verschil maken.'

*De Red October*
Mancuso hield zich op de achtergrond. De Russische kapitein draaide met de boeg in de richting van de aanstormende torpedo's, een tactiek die het trefvlak verkleinde maar het doelzoeken voor de projectielen vergemakkelijkte. Mancuso hoopte maar dat Ramius voldoende van de mogelijkheden van de torpedo's op de hoogte was.
'Koers drie-twee-nul graden, kapitein,' zei Ryan.
'Duikroeren maximaal neer.'
Ryan drukte de hendels helemaal naar voren. Alleen het werk deed hem zijn doodsangst vergeten, overgeleverd als hij was aan de beslissingen van de twee commandanten.

*De Konowalov*
'Het doelvlak is kleiner aan het worden, kapitein,' meldde de sonarman.
Toepolev dacht snel na. Hij kende alle tactische voorschriften voor gevechtssituaties, en hij wist ook dat Ramius een groot aandeel in het opstellen van die regels had gehad. Marko zal in de richting van de torpedo's draaien en de bodem opzoeken om in de echo's onzichtbaar te worden, dacht hij bij zichzelf.
'Wees op je hoede, ik denk dat hij zo snel mogelijk zal duiken.'
'Denkt u dat hij de bodem op tijd kan bereiken, kapitein?'
Toepolev probeerde zich te herinneren welke eigenschappen de *October* had. 'Nee, daar is het te diep voor. We hebben hem gevangen.'
Het spijt me voor je, oude kameraad, maar ik heb geen keus.

*De Red October*

Ryan kromp ineen bij elke geluidsgolf die door de romp heen drong en tussen de dubbele wanden weerkaatste. 'Kunt u niets tegen die sonar doen?' vroeg hij.

'Geduld, Ryan,' zei Ramius. De Russische kapitein had de maatregelen die hij moest nemen al honderden keren geoefend. 'Laat hem eerst maar denken dat hij ons heeft.'

Ryan merkte verbitterd op dat de twee kapiteins in kalmte niet voor elkaar onderdeden. Maar voor een situatie als deze waren ze ook juist opgeleid.

'Schipper,' riep Jones, 'de twee torpedo's zijn net geactiveerd, de sonar werkt! Koers constant.'

Het was waar Ramius op wachtte. 'Ja, de sonar hebben we vijf jaar geleden van u afgekeken, maar niet de torpedoaandrijving. Boegajev!'

In de sonarkamer had Boegajev zijn stoorzenders al in werking gesteld. Nu stemde hij de frequentie van de golven af op die welke door de torpedo's werden uitgezonden, echter met een subtiele afwijking; daardoor ontstonden verschillende echo's, die door de projectielen als evenveel doelen werden aangezien. Het was de enige kans om de vuurleiding vanaf de Alfa te misleiden.

*De Konowalov*

'Verdomme, ze zijn ons aan het storen!' De sonarman liet voor het eerst iets van zijn opwinding blijken toen hij de nieuwe signalen opving. Op het scherm werd het eigenlijke doel geflankeerd door twee andere vlekjes, het ene in het noorden en dichterbij, het andere in het zuiden en verder weg.

*De Red October*

'Ryan, duikroeren vol omhoog!' riep Ramius.

Ryan trok de handgrepen helemaal naar zich toe en hoopte dat Ramius wist waar hij mee bezig was.

'Jones, hoe staat het ervoor?'

De sonarman keek op het beeldscherm dat de echo van de stoorzender vertoonde. 'Richting van beide torpedo's drie-twee-nul graden, afstand tot de eerste 2000 meter, tot de tweede 2300 meter. De eerste is iets naar beneden gericht, kapitein!'

*De Pogy*

Commandant Wood liep in zichzelf te schelden. Welke stomme idioot had verzonnen dat hij niets kon doen zolang hij zelf niet onder vuur genomen werd? Niets? Misschien toch...

'Sonar, geef die klootzakken de volle laag!'
De BQQ-5 zond schokgolven van energie uit naar de Alfa. Schieten konden ze niet, maar misschien waren ze in staat om de vuurgeleiding van de Russen in de war te schoppen.

*De Red October*
'Een ervan heeft ons te pakken, schipper, maar ik weet niet welke.'
Jones schoof de koptelefoon van een oor, klaar om hem helemaal af te doen. De twee torpedo's naderden met eenenveertig knopen, een vrij trage snelheid die sonargeleiding mogelijk maakte. Ineens hoorde hij de toonhoogte veranderen toen de eerste torpedo onder de kiel van de *October* passeerde. 'De eerste heeft ons gemist, schipper. Nummer twee nadert onveranderlijk.' Hij boog zich opzij en klopte Boegajev bemoedigend op de schouder. Misschien waren die Russen toch zo stom nog niet.

*De Konowalov*
De tweede torpedo sneed op topsnelheid door het water, geleid door de laagfrequente sonar in de boeg van de *Konowalov*. De vuurleider stuurde het projectiel recht op zijn doel af, voordat de *October* de gelegenheid kreeg de frequentie aan te passen.
Met een zware slag boorde de torpedo zich midscheeps in de romp, vlak voor de controlekamer. De springlading van een halve ton kwam meteen tot ontploffing.

*De Red October*
Ryan werd door de kracht van de explosie uit zijn stoel geworpen en sloeg met zijn hoofd tegen de grond. Van de eerste klap bekomen, sloeg hij zijn ogen op en zag niets. Het was pikdonker. Het suizende geluid was niet uit zijn oren te verdrijven. Pas na enkele ogenblikken knipte de rode noodverlichting aan. In de aangrenzende ruimte had Boegajev niet op tijd zijn koptelefoon kunnen afzetten. Met gescheurde trommelvliezen rolde hij over de vloer, krimpend van de pijn. In de machinekamer was het licht blijven branden. Melechin krabbelde als eerste overeind en begon onmiddellijk de schade op te nemen.
De lading was tegen de lichte stalen buitenwand tot ontploffing gekomen. Aan de binnenkant bevonden zich een met water gevulde ballasttank van twee meter doorsnee, die geheel aan stukken werd gereten, en een aantal zuurstofflessen die hetzelfde lot ondergingen. Het grootste deel van de explosieve kracht was daarmee verbruikt; het resterende deel ging ten koste van een rij grote nikkel-cadmiumbatterijen, met opzet hier door de Russische constructeurs aangebracht

om de weerstand van de romp te vergroten – ook al werden ze daardoor blootgesteld aan de schadelijke invloeden van het zeewater en was onderhoud niet mogelijk. Nu werden ze de redding van het schip. Van de binnenromp was alleen een lasnaad opengescheurd, waardoor het water als uit een slang in de radiokamer spoot, maar er was geen bres geslagen.

Ryan worstelde zich overeind en ging terug naar zijn plaats aan het roer, al wist hij niet wat hij moest doen. Hij hoorde het water bruisend in het aangrenzende compartiment stromen.

'Wat moet ik doen?'

'Zo, je bent er nog.' Mancuso had een duivelsgezicht in de rode verlichting.

'Nee, ik ben de pijp uit – wat moet ik doen?'

'Ramius?' Mancuso zag de Rus een zaklamp van de wand halen.

'Naar de bodem, snel.' Ramius belde de machinekamer om de motoren te laten stoppen. Melechin had het bevel zelf al gegeven.

Ryan duwde de hendels naar voren zonder er iets van te begrijpen. Met een getroffen onderzeeër ga je verdomme toch niet naar *beneden*, dacht hij.

*De Konowalov*

'In de roos, kapitein,' zei de sonarman. 'De machines zijn stopgezet, maar ik hoor de romp kraken alsof ze van diepte verandert.' De zee was te veel in beroering gebracht om met de sonar nog iets op te vangen. De echo's van de explosie golfden door het water en de miljarden luchtbellen die waren ontstaan, trokken snel een ondoordringbaar scherm rond de *October* op. Alleen dat er een treffer was geplaatst was zeker.

*De Dallas*

'Een-nul voor de rooien,' zei Laval. De sonar was bij de hoge snelheid van de *Dallas* vrijwel onbruikbaar, maar het geweld van de ontploffing was door het hele schip voelbaar geweest.

In de regelkamer bestudeerde Chambers hun positie op de kaart, twee mijl verwijderd van de *October*. Zijn officieren keken naar de instrumenten zonder iets van emotie te tonen. Tien kameraden waren zojuist getorpedeerd en de vijand was in de buurt.

'Vaart minderen tot langzaam vooruit,' beval Chambers. 'Sonar, heb je al nieuws?'

Laval probeerde wijs te worden uit de kakofonie van geluid. Terwijl de snelheid van de *Dallas* terugliep tot onder de tien knopen bediende hij koortsachtig zijn instrumenten.

'Brug, sonar. De *October* heeft een enkele treffer geïncasseerd. Ik

hoor de motoren niet meer, maar het klinkt ook niet alsof ze in stukken gebroken is.'
'En de Alfa?'
'Die is niet te horen met al die herrie.'
Chambers keek met een gekwelde frons voor zich uit. Je bent officier, hield hij zichzelf voor, je wordt ervoor betaald om na te denken. Een, wat is er aan de hand? Twee, wat kun je doen? Eerst nadenken, dan handelen.
'Welke afstand tot de Alfa?'
'Ongeveer negenduizend meter, sir,' antwoordde luitenant Goodman na een blik op het scherm van de vuurleidingscomputer. 'Ze moet aan de andere kant van de *October* zitten.'
'Diepte zeshonderd voet,' beval Chambers. Hij wenste dat hij Mancuso of Mannion bij zich had, een ervaren officier aan wie hij zijn ideeën kon toetsen.
'We gaan naar beneden, luitenant,' zei hij. 'De door de ontploffing veroorzaakte storingen in het water zullen eerder omhoog dan omlaag gaan, dus we moeten er zo snel mogelijk onder zien te komen om de *October* te lokaliseren. Het is mogelijk dat ze al op de bodem ligt. Het water is hier driehonderd meter diep, dus de bemanning kan nog in leven zijn. In elk geval moeten we haar tegen de Alfa beschermen.' Desnoods schieten we die Russen uit het water, dacht hij bij zichzelf, voorschriften of geen voorschriften.

*De Red October*
Ook een stabilisatietank was bij de ontploffing opengescheurd waardoor de daling sneller ging dan ze hadden verwacht.
Melechin was meteen aan het werk gegaan om iets aan het lek in de radiokamer te doen. Elk compartiment bevatte een elektrisch aangedreven pomp, gesteund door een hoofdpomp van het noodaggregaat, en die zorgde ervoor dat het water niet verder kon stijgen. De radio's waren onbruikbaar geworden, maar niemand was ook van plan om een bericht de lucht in te sturen.
'Duikroeren maximaal omhoog, Ryan, roer vol rechts,' zei Ramius.
De daling van de *Red October* werd vertraagd. De boot schoot in oostelijke richting onder de in beroering gebrachte zone uit om voor de Alfa onzichtbaar te worden. Mancuso begon te geloven dat ze het toch nog zouden overleven. In elk geval was de *October* de moeite meer dan waard om te behouden.

*De Dallas*
'Sonar, probeer de *October* met twee zwakke stoten te vinden. Ik wil niet dat iemand anders ons hoort.'

Laval draaide aan de knoppen en zond de golven uit. 'We hebben haar! Richting twee-nul-drie graden, afstand twee-duizend meter. Ze ligt niet, ik herhaal, *niet* op de bodem.'
'Roer vijftien graden links, nieuwe koers twee-nul-drie,' zei Chambers. De roerganger herhaalde het bevel.
'Frenchie, wat hoor je?'
'Ik geloof dat ze de pompen in werking gesteld hebben,' antwoordde Laval. 'In elk geval gaat ze vooruit. Richting is nu twee-nul-een graden. Ik krijg haar door met de passieve sonar.'
'Thompson, reken de koers van de *October* uit. Goodman, is de MOSS klaar om af te vuren?'
'Alles klaar,' antwoordde de vuurleider.

*De Konowalov*
'Zijn ze er geweest?' vroeg de zampolit.
'Ik denk het wel,' antwoordde Toepolev, 'maar om zeker te zijn moeten we dichterbij zien te komen. Langzaam vooruit.'
'Langzaam vooruit.'

*De Pogy*
De aanvalsonderzeeër was de *Konowalov* tot op twee kilometer genaderd en bestookte haar onophoudelijk met sonargolven.
'Heb je de baan berekend?' vroeg commandant Wood.
'Jawel,' antwoordde Reynolds. 'Looptijd achtenzeventig seconden. Twee torpedo's klaar om af te vuren.'
'Langzaam vooruit.'
'Langzaam vooruit,' herhaalde de eerste officier.
De *Pogy* minderde vaart. Wood vroeg zich af of hij een excuus kon vinden om de torpedo's te lanceren.

*De Red October*
'Ik ontvang sonarsignalen van een van onze eigen boten, schipper, noordnoordoostelijk. Ze kan niet ver weg zijn.'
'Denk je dat je haar met de onderwatertelefoon kunt bereiken?'
'Jawel, kapitein!'
'Geeft u toestemming om met mijn eigen schip te communiceren?' vroeg Mancuso aan Ramius.
'Zeker.'
'Ga je gang, Jones.'
'Jones hier. Versta je mij, Frenchie? Over.' Jones keek fronsend naar de luidspreker. 'Ontvang je mij, Frenchie? Geef antwoord.'

*De Dallas*

'Brug, sonar hier, ik heb Jonesy aan de lijn.'

In de controlekamer nam Chambers de hoorn van de haak. 'Chambers hier. Hoe is de toestand bij jullie, Jones?'

Mancuso nam de microfoon over voor de sonarman iets kon zeggen. 'Wally, Mancuso hier. We zijn midscheeps geraakt, maar ik geloof dat het schip het houdt. Kun je ons uit de brand helpen?'

'Onmiddellijk. Over en uit.' Chambers legde neer. 'Goodman, zet de buis van de MOSS open. Na het afvuren gaan we er achteraan. Als de Alfa begint te schieten, blazen we haar op. Stel de torpedo in op tweeduizend meter met daarna een scherpe draai naar het zuiden.'

'Afstelling gereed. Lanceerbuis staat open.'

'Afvuren.'

'De MOSS is afgevuurd, sir.'

Twee minuten lang hield de simulator een snelheid van twintig knopen aan om bij de *Dallas* uit de buurt te komen, daarna nam de vaart automatisch af. In de neus van het projectiel zat een bandopname van de kenmerkende geluiden van een aanvalsonderzeeër, uitgestuurd door een krachtige sonarzender. Na elke vier minuten volgde een periode van stilte. De *Dallas* volgde op een kilometer afstand en liet zich een eind zakken.

'Schiet dan, klootzak,' zei Chambers stil. De mannen van de vuurploeg knikten grimmig.

*De Konowalov*

'Roer tien graden links,' beval Toepolev rustig. 'We komen aan de noordkant van het scherm uit tot we genoeg kunnen horen.'

'Ik krijg geen signalen door van de *October*,' meldde de sonarman. 'Wacht, hier is een nieuw contact, richting een-zeven-nul graden. Eén schroef, kapitein, dat moet een Amerikaan zijn.'

'Welke koers?'

'Ik geloof dat ze naar het zuiden gaat... Ja, dat klopt. Ik hoor het nu duidelijker, het is een Amerikaan.'

'Die probeert ons af te leiden. Geen aandacht aan besteden.'

'Wat?' riep de zampolit uit.

'Kameraad, was zou ú doen als u getorpedeerd werd? Omkeren natuurlijk – maar Marko niet, die weet dat ze daar op rekenen. Ik weet hoe Marko denkt, daarom geloof ik dat hij zijn noordelijke koers zal vervolgen. Als de *October* gezonken was zouden ze niet proberen ons af te leiden. De boot is in elk geval beschadigd, we hoeven haar alleen nog te vinden en de genadeslag te geven.' Toepolev voelde zich zeker van zijn zaak: hij zou bewijzen dat hij de nieuwe meester was zonder dat zijn geweten hem hoefde te plagen. Hij vervulde zijn plicht.

'Maar de Amerikanen zullen...'
'Zij zullen niet schieten, kameraad,' vulde de kapitein met een flauwe glimlach aan. 'Dat hadden ze al veel eerder kunnen doen als ze gewild hadden, maar daar hebben ze eerst toestemming voor nodig. Wij niet.'

*De Red October*
De tunnelaandrijving was onbruikbaar geworden doordat de romp aan een kant was ingedrukt. De *Red October* moest haar snelheid van zes knopen handhaven met de schroeven, wat veel meer geluid produceerde.
'Roer vol links,' beval Ramius, 'we keren om.'
'Wat?' Mancuso keek de kapitein geschokt aan.
'Denk na, kapitein, denk goed na,' zei Ramius, met een snelle blik op Ryan om te zien of zijn order werd uitgevoerd. Ryan deed het zonder te weten waarom. 'Wat is er gebeurd? Moskou heeft een duikboot laten achterblijven, vermoedelijk een Alfa zoals u ze noemt. Ik ken de commandanten stuk voor stuk, ze zijn allemaal jong en agressief. Hij moet weten dat de treffer niet fataal was en zal ons achtervolgen. Daarom draaien we ons om als een vos en laten de boot passeren.'
Het idee beviel Mancuso niet, dat was duidelijk aan zijn gezicht te merken, al moest hij toegeven dat het een sluwe zet was. Een beetje te sluw, misschien wel. De Amerikaan concentreerde zich weer op de kaart. Het was niet zijn boot.

*De Dallas*
'Die smeerlap doet niets! Hij heeft de MOSS niet gehoord of hij besteedt er totaal geen aandacht aan. We hebben de Alfa nu midscheeps voor ons.'
Chambers vloekte binnensmonds. 'Nou, het was in elk geval leuk geprobeerd. Roer vijftien graden rechts, we moeten achter ze aan.'

*De Pogy*
De koerswijziging werd opgemerkt door de *Pogy*, die zich nu op een mijl aan bakboordzijde van de Alfa bevond. Commandant Wood wist niet goed wat hem te doen stond. De simpelste oplossing, het afvuren van zijn torpedo's, was uitgesloten – ook al zou hij niets liever doen. De Alfa zat achter zijn landgenoten aan, Amerikanen net als hij, maar zolang die aan boord van een Russische boot zaten... Nee, zijn plicht ging voor.
Hoogmoed komt voor de val, bedacht hij bitter. De hele operatie was opgezet met het idee dat er geen vijandelijke schepen in de buurt waren, althans niets konden uitrichten tegen de twee escorteschepen.

Het zou een les moeten zijn voor de volgende keer, maar daar had Wood weinig aan.

*De Konowalov*
'Contact,' zei de sonarman, 'bijna recht vooruit. Schroefaandrijving, lage snelheid. Richting nul-vier-vier graden, afstand onbekend.'
'Is het de *Red October*?' vroeg Toepolev.
'Dat is niet te zeggen, kapitein, het kan ook een van de Amerikaanse schepen zijn. Ik geloof dat hij ons nadert.'
'Vervloekt!' Toepolev keek verward om zich heen. Waren ze de *Red October* misschien al gepasseerd? Zou de boot dan toch gezonken zijn?

*De Dallas*
'Weet hij dat we hier zijn, Frenchie?' vroeg Chambers in de sonarkamer.
'Dat is onmogelijk,' antwoordde Laval hoofdschuddend. 'We zitten er pal achter. Wacht eens even... Hier is nog een contact, aan de andere kant van de Alfa. Dat moet de *October* zijn. Jezus, ik geloof dat hij onze kant op komt! Ik hoor twee schroeven, dat rare geluid is weg.'
'Wat is onze afstand tot de Alfa?'
'Maximaal drieduizend meter.'
'Halve kracht vooruit, roer tien graden links!' beval Chambers. 'Frenchie, gebruik de sonar voor onder het ijs eens om hem te bestoken, misschien kennen ze die niet. Dan denkt hij dat wij de *October* zijn. Hoop ik.'

*De Konowalov*
'Hoogfrequente sonar!' riep de operateur. 'Het komt pal van achteren. Zo te horen is het geen Amerikaan, kapitein.'
Toepolev vroeg zich verwonderd af wat er aan de hand was. Het schip aan bakboord was in elk geval Amerikaans – dan moest de *October* achter hem zitten! Marko was nog altijd een sluwe vos, hij had de *Konowalov* opgewacht en laten passeren om haar de grond in te boren!
'Volle kracht vooruit, roer vol links!'

*De Red October*
'Contact!' zei Jones luid. 'Pal vooruit, en het is de Alfa! We zitten er haast bovenop, schipper, ik krijg aparte echo's van boeg en achtersteven.'
Ramius en Mancuso keken elkaar aan en waren het eens zonder dat er iets gezegd hoefde te worden. De Russische kapitein knikte.

'Wat is de afstand, Jones? Alle middelen!'
Jones gaf een enkele stoot met de actieve sonar. 'Afstand vijftienhonderd meter, doelhoek nul. We zitten op gelijke hoogte.'
'Jonesy,' zei Mancuso, 'jij bent onze vuurleider. Hou de Alfa in het oog.'

*De Konowalov*
'Actieve sonar van stuurboord, afstand onbekend, richting nul-viernul graden. Ze hebben de afstand bepaald.'
'Waar zitten ze?' vroeg Toepolev.
'Nog vrijwel pal achter ons, kapitein, waar ik haar haast niet kan horen.'
Een van beide contacten was de *October*, maar welk? Hij durfde niet het risico te nemen een Amerikaanse onderzeeër te torpederen.
'Kapitein, ik krijg ze nu beter door. De twee contacten in het westen en noordwesten zijn allebei Amerikanen, die in het oosten kan ik niet thuisbrengen.'
'Vervloekt, we hebben te veel snelheid,' zei Toepolev. 'We moeten terug naar langzaam vooruit en de *October* onder het draaien in het vizier nemen.'
De *Konowalov* was normaal een snel reagerend schip, maar door de afnemende vaart oefende de schroef een remmende werking op de manoeuvre uit. Maar Toepolev had geen keus; een te grote snelheid zou het moeilijk maken hun doel met de sonar exact te lokaliseren.

*De Red October*
'De Alfa blijft draaien, maar ik krijg minder echo van de schroef. Ze heeft vaart geminderd.' Jones keek naar zijn scherm en berekende razendsnel koers, snelheid en afstand. 'Twaalfhonderd meter, ze draait nog steeds. Gaat er echt gebeuren wat ik denk?'
'Daar ziet het naar uit,' zei Mancuso in het gangpad tussen regelkamer en sonarafdeling.
Jones zette de actieve sonar op automatische werking. 'Ik ben benieuwd wat ze doen als ze omgekeerd zijn. Als ze een beetje hersens hebben, verdwijnen ze zo snel mogelijk naar het zuiden.'
'Dat moeten we dan maar niet hopen,' zei Mancuso. 'Houd je roer recht, Ryan.'
Ryan gehoorzaamde en vroeg zich af of de volgende torpedo wel hun ondergang zou worden.
'We zitten nu aan haar bakboordzijde,' zei Jones opkijkend. 'Ze heeft bijna de boeg voor, we kunnen elk moment de sonar verwachten.'
De *Red October* nam in snelheid toe tot achttien knopen.

*De Konowalov*
'Ik heb haar,' zei de sonarman. 'Afstand duizend meter, richting nul-vier-vijf. Doelhoek nul.'
'Stel de torpedo's op scherp,' beval Toepolev.
'We draaien nog te snel,' antwoordde de eerste officier, koortsachtig rekenend. De twee onderzeeërs naderden elkaar met meer dan veertig knopen. 'Torpedo nummer vijf klaar! Lanceerbuis geopend, alles klaar.'
'Afvuren!'
'Nummer vijf afgevuurd!'

*De Red October*
'Afstand negenh... wacht even, snelle schroeven pal vooruit! Torpedo nadert, pal vooruit!'
'Niet op letten, hou die Alfa in de gaten!'
'Richting van de Alfa twee-twee-vijf, de draai is bijna voltooid. We moeten iets naar bakboord, kapitein.'
'Roer vijf graden links, Ryan, nieuwe koers twee-twee-vijf graden.'
'Roer vijf links, koers twee-twee-vijf.'
'De torpedo nadert snel, kapitein,' zei Jones.
'Niks mee te maken, houd de Alfa in de gaten.'
'Aye. Richting onveranderd twee-twee-vijf... net als van de torpedo.'
De afstand tussen de twee duikboten nam zienderogen af. Alles draaide om het ingebouwde veiligheidsmechanisme van de aanstormende torpedo, dat in werking bleef zolang het projectiel zich niet vijfhonderd tot duizend meter van het moederschip verwijderd had. Als de *October* maar snel genoeg het verschil kon overbruggen, zou de torpedo niet ontploffen. Haar snelheid nam toe tot ruim twintig knopen.
'Afstand tot de Alfa zevenhonderdvijftig meter, richting onveranderd twee-twee-vijf. De torpedo is er bijna, kapitein, nog een paar seconden.' Jones staarde naar het scherm en kromp onwillekeurig ineen.
Met een daverende slag scheen de torpedo zich midden in de halfronde boeg van de *Red October* te horen. Op de beveiligingsmeter stonden nog honderd meter aangegeven. Bij de schok brak het wapen in drie stukken die door de klievende voorsteven van de raketboot opzij werden geslingerd.
'Een losse flodder!' riep Jones lachend. 'Goddank! De Alfa zit op twee-twee-vijf graden, afstand zevenhonderd meter.'

*De Konowalov*
'Geen voltreffer?' vroeg Toepolev verbijsterd.
'Die vervloekte veiligheid,' riep de vuurleider. In zijn koortsige haast

had hij zich op de afstelling verkeken.
'Waar bevindt het doel zich?'
'Richting nul-vier-vijf, kameraad, constant,' antwoordde de sonarman. 'Ze komt snel dichterbij.'
Toepolev verbleekte. 'Roer vol links, volle kracht vooruit!'

'Ze proberen weg te draaien,' zei Jones. 'Richting twee-drie-nul graden. We moeten iets naar stuurboord, schipper.'
'Ryan, roer vijf graden rechts,' zei Mancuso, maar Ramius kwam onmiddellijk met een tegenorder. 'Nee, nee, tien graden rechts, Ryan!'
'Afstand vierhonderd meter, richting twee-twee-vijf. Doelvlak wordt groter, vooral naar links,' zei Jones gejaagd. 'Afstand wordt minder... driehonderd meter. Doelhoek nul graden, we zitten op gelijke hoogte. Afstand tweehonderdvijftig meter, richting van het centrum twee-twee-vijf. We kunnen niet missen, schipper.'
Toepolev had een andere diepte moeten opzoeken, maar hij vergat dat Ramius de eigenschappen van zijn schip heel goed kende en vertrouwde daardoor te veel op de manoeuvreerbaarheid van de *Konowalov.*
De twee onderzeeërs naderden elkaar onafwendbaar.
'Grijp je vast!'
Ramius dacht er pas enkele tellen voor de klap aan om het noodsignaal te laten klinken.
De *Red October* ramde de *Konowalov* even achter het middenschip onder een hoek van dertig graden. De titanium romp van de *Konowalov* werd opengescheurd, de boeg van de raketboot in elkaar gedrukt als een leeg bierblikje.
Ryan kon zich niet staande houden. Hij sloeg met zijn hoofd tegen het instrumentenbord en werd verder naar voren geslingerd. In de ziekenboeg kon dokter Noyes nog net verhinderen dat Williams tegen de grond werd gesmeten. Jones zag zijn complete sonarapparatuur uitvallen. De *October* schoot over de Alfa heen en schuurde met de kiel over het bovendek van de kleinere onderzeeër.

*De Konowalov*
Alle compartimenten aan boord waren waterdicht afgesloten, maar iets uitmaken deed het niet. Het water bruiste door de opengescheurde romp naar binnen en het duurde niet lang voor de achterwand van de regelkamer onder de enorme druk bezweek. Het laatste wat Toepolev zag was een regen van wit schuim die van stuurboord kwam. De *Konowalov* begon slagzij te maken en lag weldra ondersteboven in het water, meegesleept in de stroming van de raketboot. Langzaam begon de achtersteven naar beneden te wijzen, terwijl de nog niet ver-

dronken bemanningsleden wanhopig op de been probeerden te komen. De politieke officier wist nog aan de handgreep te trekken waarmee het noodbaken moest worden opgelaten, maar door de omgekeerde ligging bleef de kabel steken in de reling van de commandotoren. Alleen een stroom luchtbellen zou de laatste rustplaats van de *V. K. Konowalov* markeren.

*De Red October*

'We... we leven nog,' stamelde Ryan, zijn bloedende gezicht betastend.

'Duikroeren omhoog, Ryan!' schreeuwde Ramius.

Ryan trok met een hand de hendels naar zich toe.

Ramius nam de telefoon. 'Wat is de schade, Melechin?'

'De reactorsystemen zijn intact,' antwoordde de machinist onmiddellijk. 'Zo te zien is een van de torpedokamers aan het vollopen. Ik heb er lucht ingespoten en de pomp in werking gesteld. Ik stel voor dat we naar de oppervlakte gaan om de omvang van de schade op te nemen.'

'*Da!*' Ramius liep hinkend naar een van de panelen en liet het water uit alle ballasttanks lopen.

*De Dallas*

'Jezus,' zei Laval, 'wat een klap! Ze zijn op elkaar gebotst, kapitein. De een gaat neer, de ander omhoog, ik kan niet zeggen wie wie is. Ik hoor nergens machines.'

'Breng ons op periscoopdiepte, zo snel mogelijk!' beval Chambers.

*De Red October*

Het was zes minuten voor vijf in de middag toen de *Red October* voor het eerst boven de waterspiegel kwam, zevenenveertig mijl ten zuidoosten van Norfolk. Aan het oppervlak waren geen andere schepen in zicht.

Jones haalde de laatste sigaret uit zijn pakje. 'Mijn werk is afgelopen, schipper. Met deze apparatuur kunnen we geen school walvissen meer horen.'

'Ga maar naar voren, Jonesy. Mooi werk.'

'Graag gedaan, schipper – maar over een half jaar zwaai ik af, reken daar maar op.'

Boegajev ging met hem mee naar voren, nog steeds doof en geschokt na de eerste torpedo-inslag.

De *October* lag nagenoeg stil op de golven, bij de boeg iets lager en twintig graden naar bakboord overhellend door de ongelijke verdeling van de ballasttanks.

*De Dallas*
'Krijg nou wat,' zei Chambers. 'Ze hebben de Alfa te pakken genomen! We gaan naar de oppervlakte, snel. Laat de blus- en reddingsploegen zich gereedmaken!'

*De Red October*
'Alles goed, overste?' vroeg Jones, voorzichtig de sneden in Ryans gezicht betastend. 'Het lijkt wel of u met uw hoofd door een ruit bent gegaan.'
'Zolang ik bloed, leef ik nog,' merkte Ryan met trillende stem op. 'Ik hoop alleen niet dat u altijd zo slecht stuurt...'
'Kapitein Ramius,' vroeg Mancuso, 'krijg ik toestemming om naar de brug te gaan en contact met mijn schip op te nemen?'
'Ja, misschien hebben we hulp nodig.'
Mancuso trok zijn uniformjasje aan en voelde in zijn zak om te zien of hij de kleine radio nog bij zich had. Een halve minuut later bevond hij zich op de commandotoren. Opgelucht keek hij de horizon af. De wereld buiten had er nog nooit zo wondermooi uitgezien.
Even later kwam de *Dallas* bruisend aan de oppervlakte. Het gezicht van de man die op de brug verscheen was op vierhonderd meter afstand niet te onderscheiden, maar het moest Wally zijn.
'Ahoy, *Dallas*, Mancuso hier.'
'Ahoy, schipper, Chambers. Alles goed?'
'Ja, maar we kunnen wel een paar mannetjes gebruiken. De boeg is lelijk ingedeukt en midscheeps hebben we een treffer geïncasseerd.'
'Ik kan het hiervandaan zien, allemachtig!' De *October* helde sterk naar voren over, alsof de boot topzwaar was, en het water stroomde in en uit het gat in de zijkant. Mancuso vroeg zich af hoe het mogelijk was dat het schip bleef drijven, maar dat was van later zorg.
'Ik zal een boot sturen,' vervolgde Chambers, 'de hulpploeg staat klaar. O, kijk, daar hebben we onze andere vriend.'
Driehonderd meter verderop kwam de *Pogy* aan de oppervlakte.
'Volgens Wood is de kust veilig,' zei Chambers met een grimmige lach. 'Dat hebben we al vaker gehoord, als ik me niet vergis. Moeten we de wal niet oproepen?'
'Nee, laten we het eerst maar eens aankijken.'
De *Dallas* kwam geleidelijk dichterbij en zette op zeventig meter afstand een boot uit die hevig deinend naderde. De schade aan de *Red October* bleek bij de eerste inspectie mee te vallen. De torpedokamer stond niet onder water, dat was een valse melding geweest van een onklaar geraakte sensor. De voorste ballasttanks waren opengescheurd, maar de constructie van het schip was zodanig dat het manoeuvreren er nauwelijks hinder van ondervond. Het kostte nog twee

uur om de bres in de wand van de radiokamer provisorisch te dichten, en na een uitgebreide discussie werden de twee kapiteins het erover eens dat duiken weer mogelijk was als ze langzaam voeren en niet dieper gingen dan dertig meter. De aankomst in Norfolk zou alleen wat vertraagd worden.

# De achttiende dag – maandag 20 december

*De Red October*

Ryan had het aan Ramius te danken dat hij zich nu boven op de toren bevond. Om iets terug te doen had hij de kapitein de ladder op geholpen. Mancuso was er ook bij geweest. De controlekamer was nu met Amerikanen bemand en de bezetting van de machinekamer was aangevuld. Het lek in de verbindingskamer was niet volledig onder controle, maar dat zat boven de waterlijn. Het compartiment was leeggepompt en de *October* helde een stuk minder over. Bij de boeg lag ze nog wat lager, wat gedeeltelijk gecompenseerd werd toen de ballasttanks leeg gepompt werden. De *Dallas* en de *Pogy* waren nog ondergedoken en waakten er ergens achter hen voor dat ze lastig gevallen werden. Ze naderden kaap Henry en kaap Charles.

Nog verder daarachter voer een LNG-tanker de doorgang tussen de twee kapen tegemoet, die door de kustwacht was afgesloten om de drijvende bom ongehinderd naar de LNG-terminal bij Cove Point te laten gaan – tenminste dat verhaal hadden ze rondgestrooid. Ryan vroeg zich af hoe de marine de kapitein zo gek had gekregen om motorpech voor te wenden of op een andere manier vertraging op te lopen. Ze waren zes uur te laat. Bij de marine moesten ze tot ze veertig minuten geleden aan de oppervlakte waren verschenen en onmiddellijk door een rondcirkelende Orion waren opgemerkt, het niet meer gehad hebben van de zenuwen.

'Bent u ooit eerder in Amerika geweest?' vroeg Ryan om de stilte te verbreken.

'Nee, in geen enkel westers land. Eén keer in Cuba, maar dat is jaren geleden.'

Ryan keek voor en achter zich. Ze zouden nu wel in de monding van de baai zitten.

'Een sleepboot.' Mancuso wees ernaar.

De Amerikaanse kapitein had uitstekende ogen. Het duurde minstens een minuut voor hij haar in het brandpunt van zijn verrekijker had.

'*Sceptre*, dit is de *Paducah*. Ontvangt u mij?'

Mancuso haalde de radio uit zijn zak. '*Paducah*, de *Sceptre* hier. Goeiemorgen.'

'Vaart u achter mij aan, kapitein.'

'Prima, *Paducah*. Doen we. Over en uit.'

HMS *Sceptre* was de naam van een Engelse aanvalsonderzeeër. Ze was waarschijnlijk ver weg, aan het patrouilleren bij de Falkland-eilanden of zo. Dat ze hier opdook kon gebeuren en het tegendeel zou moeilijk te bewijzen zijn. Ze hadden blijkbaar de indruk dat de een of andere agent lucht had gekregen van de aankomst van een vreemde onderzeeër.

De sleper was tot op een paar honderd meter genaderd en keerde om hen voor te gaan. Ze voerden alleen maar één rode lamp.

'Ik hoop niet dat we burgerschepen tegenkomen,' zei Mancuso.

'Ik dacht dat de toegang tot de haven versperd was,' zei Ramius.

'Er zou een zeilboot doorgeglipt kunnen zijn. Die zijn op radar bijna niet te zien.'

'Woont u hier?' vroeg Ramius aan Mancuso.

'Ja, mijn eskader is in Norfolk gestationeerd. Mijn huis bevindt zich in Virginia Beach, maar het zal nog wel even duren voor ik me daar laat zien. Ze sturen ons direct terug, dat is het enige dat ze kunnen doen. Dus, waarschijnlijk ben ik weer niet thuis met Kerstmis. Nou ja, dat hoort er nu eenmaal bij.'

'Bent u getrouwd?'

'Ja, en vader van twee zoons, een van acht en een van vier. Michael en Dominic heten ze. Die zijn eraan gewend dat hun vader nooit thuis is.'

'En u?' vroeg hij aan Ryan.

'Een jongen en een meisje. Ik heb er ernstig aan getwijfeld, een tijdje terug, maar als het een beetje meezit ben ik met Kerstmis thuis. Als alles een beetje geregeld is kunnen we dan niet iets gaan doen met z'n allen?'

'Een etentje,' grinnikte Mancuso.

'En de CIA betaalt alles.'

'Wat is de CIA met ons van plan?' vroeg Ramius.

'Zoals ik u al zei, kapitein, over een jaar zult u ongestoord ergens kunnen wonen, waar u maar wilt en hoe u maar wilt.'

'De sleper draait naar bakboord,' zei Mancuso wijzend. De conversatie werd hem een beetje te sentimenteel.

*Norfolk*

Twintig minuten later waren ze op hun bestemming. Het grote droogdok was speciaal gebouwd voor de raketduikboten van de Ohioklasse. De enorme betonnen doos was tweehonderd vijftig meter lang en voorzien van een stalen dak om de inhoud aan het oog van spionagesatellieten te onttrekken. Het dok bevond zich in een streng bewaakte hoek van de basis, waar niemand zonder vergunning toegang tot had.

'Alle machines stil,' beval Mancuso.

'Machines stil.'

De *Red October* had al enige tijd vaart geminderd en kwam na tweehonderd meter geheel stil te liggen. De *Paducah* kwam langszij voor het afmeren. Langzaam gleed ze door het zwarte water, waarna de *October* aan de kade in het dok werd vastgelegd met de trossen die matrozen haar toewierpen. De duikboot bleef exact in het midden liggen. De grote schuifdeur van het dok sloot zich achter hen, terwijl een groot zeildoek over het dek werd getrokken. Daarna pas werden de schijnwerpers ontstoken.
Ramius keek zijn Amerikaanse collega aan en zei met een trieste ondertoon in zijn stem: 'Daar zijn we dan.'
Een rijdende kraan liet langzaam de loopplank zakken op het rakettendek voor de brug, waarna enkele officieren met het goud vrijwel tot aan hun ellebogen naar de brug renden. Ryan herkende Dan Foster.
De admiraal salueerde toen hij het eind van de loopplank bereikt had en keek naar boven. 'Ik vraag toestemming om aan boord te komen, kapitein.'
'Verzoek toegestaan,' zei Ramius luid.
Foster sprong aan boord en klom haastig het laddertje op, wat door de slagzij die het schip nog steeds maakte nog niet zo eenvoudig was. Hijgend stond hij ten slotte op de toren.
'Kapitein Ramius, ik ben Dan Foster.' De admiraal schudde iedereen de hand. Het was ineens dringen geblazen op de brug.
'Je uniform ziet er niet zo mooi uit, Ryan. Je gezicht trouwens ook niet.'
'Ach we hebben onderweg wat moeilijkheden gehad.'
'Zo, wat is er dan gebeurd?'
Ryan liet het uitleggen aan de anderen over en ging naar beneden zonder zich te excuseren. Hij voelde zich niet op zijn gemak tussen al die marinemensen. In de regelkamer stonden de mannen elkaar stil lachend aan te kijken, alsof ze bang waren dat het magische ogenblik al te snel voorbij zou gaan. Voor Ryan was dat al gebeurd. Hij haalde zijn spullen op en klom door een dekluik naar boven waarna hij tegen de stroom in de loopplank afliep. Niemand scheen hem op te merken.
Aan de wal zag Ryan twee ziekenbroeders met een draagbaar, waarop hij besloot op Williams te wachten. Intussen rookte hij zijn laatste Russische sigaret. Korte tijd later werd Williams van boord gedragen, begeleid door Noyes en de twee hospikken.
'Hoe voel je je?' vroeg Ryan terwijl hij met de draagbaar meeliep naar de ambulance.
'Ik leef nog,' zei Wiliams met een matte glimlach. De Britse officier was pas drie uur volledig bij kennis.
'Ik ook. Eindelijk weer eens vaste grond onder mijn voeten, goddank!'

'Hij moet zo snel mogelijk naar het ziekenhuis, Ryan,' zei Noyes kortaf. De draagbaar werd in de ambulance geschoven, die met zwaaiende lichten van de kade wegreed.
'Overste Ryan?' Hij draaide zich om en zag een sergeant van de marine voor zich staan.
'Ja.'
'Er staat een wagen voor u klaar, sir. Wilt u mij maar volgen.'
De sergeant ging hem voor naar een grijze Chevrolet die hem rechtstreeks naar het marinevliegveld bracht. Daar werd Ryan in een helikopter gestopt, maar tegen die tijd was hij al zo moe dat het wat hem betrof evengoed een arreslee had kunnen zijn. Tijdens de korte vlucht naar de luchtmachtbasis Andrews zat hij in een hoekje voor zich uit te staren. Bij aankomst werd hij weer afgehaald en naar Langley gebracht.

*Langley*
Het was vier uur in de ochtend toen Ryan eindelijk het kantoor van Greer binnenkwam. De admiraal had gezelschap van Moore en Ritter en bood hem iets te drinken aan; geen koffie dit keer, maar goede bourbon.
'Ga zitten, jongen,' zei Moore.
'Verdomd knap werk.' Greer keek hem met een brede glimlach aan.
Ryan koos een stoel en nam een flinke slok uit zijn glas. 'Dank u. Wat staat er nu verder te gebeuren?'
'We krijgen eerst de nabespreking,' antwoordde Greer.
'Toch niet, admiraal. Ik vlieg als de donder naar huis.'
Greer haalde met twinkelde ogen een mapje uit zijn zak en wierp dat Ryan toe. 'We hebben al voor je gereserveerd. De eerste vlucht naar Londen vertrekt om vijf over zeven. Per slot van rekening moet je nog de tijd hebben om je op te knappen en je Ski Barbie op te halen.'
Ryan dronk zijn glas leeg. Zijn ogen begonnen te tranen, maar hij kon nog net een hoestbui inhouden. 'Ja, ik kan wel een goede wasbeurt gebruiken. Maar dit niet meer.' Hij voelde in zijn zak en haalde het automatische pistool te voorschijn.
'Is die agent van de GROE dan niet met de rest van de bemanning van boord gegaan?' vroeg Moore.
'Wist u dan van hem af?! En u heeft me verdomme niet eens gewaarschuwd!'
'Rustig aan maar,' zei Moore. 'We waren een half uur te laat. Dat was pech, maar het belangrijkste is dat je het gered hebt.'
Ryan voelde zich te moe om uiting te geven aan zijn verontwaardiging. Greer zette een bandrecorder op het bureau en hield zijn notitieblok vol vragen in de aanslag.

'Williams is er slecht aan toe,' zei Ryan twee uur later. 'Maar volgens de dokter haalt hij het wel. De *October* gaat voorlopig nergens heen. De boeg is helemaal ingedrukt en in de zijkant zit een behoorlijk gat. De Russen hebben inderdaad een stevige constructie gebruikt, dus zelfs in die Alfa kunnen zich nog overlevenden bevinden...'
'Dat is jammer voor ze,' zei Moore.
Ryan knikte bedachtzaam. 'Ik was al bang dat u dat zou zeggen. Het staat me niet erg aan mensen zo te laten sterven.'
'Ons ook niet,' zei Moore, 'ons ook niet, maar als we iemand naar boven zouden halen, zou de hele zaak uitkomen en alles voor niets zijn geweest.'
'Trouwens, het is een kans van een op duizend,' zei Greer.
'Ik weet het niet.' Ryan sloeg zijn derde glas achterover en begon de drank te voelen. Dat Moore onverschillig was verbaasde hem niet, maar de houding van Greer viel hem tegen. De oude zeerot had door de hele affaire – of misschien wel door zijn werk voor de CIA – blijkbaar zijn erecode vergeten. En ikzelf dan? dacht hij. 'Ik weet het niet.'
'Dit was oorlog, Jack,' zei Ritter, vriendelijker dan zijn gewoonte was.
'Dan mag je van geluk spreken als je levend thuiskomt,' zei Ryan, terwijl hij opstond. 'En dat ben ik ook van plan, zo snel mogelijk. O, voor ik het vergeet.' Ryan trok het kettinkje met de sleutel over zijn hoofd en gaf het aan Greer. 'Je ziet het er niet aan af, maar hier kun je vijftig miljoen mensen mee om zeep helpen. "Ozymandias is mijn naam, koning der koningen! Ziet op mijn werken, gij machtigen, en wanhoopt!"' Ryan verdween naar het toilet in de wetenschap dat hij halfdronken moest zijn om Shelley te gaan citeren.
De drie mannen keken hem na. Greer zette de bandrecorder uit en keek naar de sleutel in zijn hand. 'Moet hij zo de president ontmoeten?'
'Nee, dat is geen goed idee,' zei Moore. 'Hij is behoorlijk aangeschoten, wat ik hem niet kwalijk kan nemen. James, breng hem naar het vliegveld. Morgen of overmorgen kan er wel iemand naar Londen voor de nabespreking.'
'Afgesproken.' Greer keek naar zijn lege glas. 'Is het hier niet een beetje vroeg voor?'
'Dat wel,' zei Moore, 'maar we hebben een geslaagde dag achter de rug en per slot van rekening is het nog donker. Kom mee, Bob, er is nog werk aan de winkel.'

*Marinewerf, Norfolk*
Mancuso en zijn mannen werden met de *Paducah* teruggebracht naar de *Dallas*. De onderzeeër koos onmiddellijk het ruime sop en was voor de dageraad alweer onder de golven verdwenen. Net als de *Pogy*

zou ze nog een maand langer buitengaats blijven, terwijl de bemanning op het hart gedrukt kreeg alles te vergeten wat zich had afgespeeld.

De *Red October*, bewaakt door twintig gewapende mariniers, lag eenzaam in het langzaam droogvallende dok. Een eerste selecte groep technici was al aan boord gegaan om de codeboeken op te halen. Ramius en zijn officieren werden per bus naar de luchthaven gebracht en waren een uur later in het geheime onderkomen van de CIA in de golvende heuvels ten zuiden van Charlottesville in Virginia. Slechts twee mannen slaagden erin wakker te blijven voor hun eerste verwonderde kennismaking via de kabeltelevisie met het leven in de Verenigde Staten.

*Dallas International Airport*

Ryan miste de dageraad. De Boeing-747 vertrok volgens schema om vijf over zeven. Het duurde een tijd voor het toestel door de dichte bewolking in het volle zonlicht kwam, maar toen was Jack Ryan voor het eerst van zijn leven aan boord van een vliegtuig in slaap gevallen.

*Lees ook van A.W. Bruna Uitgevers B.V.*

## Tom Clancy en Steve Pieczenik

# Tom Clancy's Op-Center

**Wanneer – waar dan ook ter wereld – een conflict dreigt uit te groeien tot een wereldcrisis, komt Op-Center in actie.**
**Onder zenuwslopende omstandigheden coördineert directeur Paul Hood de interactie tussen het computercentrum en het veldteam. Militaire bliksemacties ter plekke, geregisseerd door de meest geavanceerde computertechnologie ter wereld.**

In *Op-Center* komt het team in actie wanneer politieke samenzweerders in het Verre Oosten een Derde Wereldoorlog trachten uit te lokken. Tussen het communistische Noord-Korea en het op het Westen gerichte Zuid-Korea lijkt een strijd op handen, waaraan de VS zich niet zullen kunnen onttrekken. Ondanks sabotage en tegenwerking slaagt het team van Op-Center erin een wereldbrand te voorkomen...

*Op-Center* is het eerste deel van een serie messcherpe thrillers.

ISBN 90 449 2650 0

*Lees ook van A.W. Bruna Uitgevers B.V.*

## Tom Clancy en Steve Pieczenik

# Tom Clancy's Op-Center
# Brandhaard

**Wanneer - waar dan ook ter wereld – een conflict dreigt uit te groeien tot een wereldcrisis, komt Op-Center in actie. Onder zenuwslopende omstandigheden coördineert directeur Paul Hood de interactie tussen het computercentrum en het veldteam. Militaire bliksemacties ter plekke, geregisseerd door de meest geavanceerde computertechnologie ter wereld.**

Het Op-Center-team raakt betrokken bij de zorgwekkende politieke situatie in Spanje, waar de spanning tussen de vijf belangrijkste etnische groepen hand over hand toeneeemt. De conflicten tussen de Castilianen, de Basken, de Catalanen, de Galliciërs en de Andalusiërs bereiken langzaam maar zeker hun hoogtepunt. Het land verkeert in een chaotische toestand.

Een bijna onmogelijke missie, want Op-Center mag dan wel gespecialiseerd zijn in het ontmaskeren van terroristen en het neerslaan van staatsgrepen, het is nog nooit geconfronteerd met zo'n gecompliceerde situatie als deze. Een situatie die bepaald wordt door fragmentatie en afscheiding en die wel eens zou kunnen leiden tot het uiteenvallen van een hele natie…

ISBN 90 449 2841 4

*Lees ook van A.W. Bruna Uitgevers B.V.*

## Tom Clancy

# De Colombia Connectie

De Colombiaanse drugsmaffia ruimt twee tegenstanders uit de weg. Op zich geen opzienbarende gebeurtenis – de doodseskaders slaan dagelijks toe –, ware het niet dat het in dit geval twee hooggeplaatste VS-functionarissen betreft. Een zaak met internationale gevolgen.
Het doel van de actie is duidelijk: de machtige drugsbaronnen geven met de moord te kennen inmenging van de Amerikaanse overheid en het intensieve ingrijpen van de narcoticabrigades meer dan beu te zijn.
Onmiddellijk gaan de Verenigde Staten tot tegenactie over. In het diepste geheim worden undercoverteams naar Colombia overgebracht. Ook op het thuisfront zet men het tegenoffensief in: gewapend met alle technologische middelen die hun ter beschikking staan, en dat zijn de meest geavanceerde ter wereld, binden deskundigen de strijd aan met het drugssyndicaat.
Maar onvermijdelijk dringen zich vragen op: wie of wat is eigenlijk de échte vijand? En zijn de consequenties van een té harde tegenactie nog wel te overzien? Deze en tal van andere vragen kosten onder anderen Jack Ryan, historicus, ex-marinier en CIA-medewerker, de nodige hoofdbrekens. Samen met zijn obscure tegenhanger, de schimmige meneer Clark, gaat hij op zoek naar de antwoorden. Wat ze verwachten is een gevaar van buitenaf, maar het gevaar van binnenuit zou wel eens bedreigender kunnen zijn…

ISBN 90 449 2796 5

*Lees ook van A.W. Bruna Uitgevers B.V.*

**Tom Clancy**

# Kardinaal van het Kremlin

In Amerika werken geleerden aan het geheime defensieproject 'Tea Clipper' en in de Russische heuvels vlak bij de Afghaanse grens rijst een buitenaards aandoend complex van zuilen en torens op in de nacht: de beide wereldmachten werken onafhankelijk van elkaar in het diepste geheim aan de ontwikkeling van Star Wars.
Eén man krijgt opdracht uit te vinden hoe ver het Russische militaire apparaat is gevorderd: kolonel Filitov (codenaam: Kardinaal), rechterhand van de Russische minister van Defensie en spion voor Amerika. Bij het doorspelen van Filitovs geheime materiaal wordt echter een fout gemaakt en bij de KGB gaan onmiddellijk alle alarmbellen rinkelen.
Het is aan Jack Ryan, historicus, ex-marinier en CIA-medewerker, die voor ontwapeningsonderhandelingen in Moskou is, om Filitov al improviserend met een list uit het Kremlin te krijgen.
Hij stuit daarbij op een groot aantal onverkwikkelijke intriges, die zijn onverwachte opdracht extra gecompliceerd maken. Ryan moet alles op alles zetten om Filitov veilig naar Amerika te loodsen en een Derde Wereldoorlog af te wenden.

ISBN 90 449 2733 7